김우창 金禹昌

1936년 전라남도 함평 출생. 서울대학교 문리과대학 정치학과에 입학해 영문학과로 전과했다. 미국 오하이오 웨슬리언대학교를 거쳐 코넬대학교에서 영문학 석사 학위를, 하버드대학교에서 미국 문명사 박사 학위를 취득했다. 서울대학교 영문학과 전임강사, 고려대학교 영문학과 교수와 이화여자대학교 학술원 석좌교수를 지냈으며 《세계의 문학》 편집위원, 《비평》 편집인이었다. 현재 고려대학교 명예교수, 대한민국예술원 회원으로 있다.

저서로 『궁핍한 시대의 시인』(1977), 『지상의 척도』(1981), 『심미적 이성의 탐구』(1992), 『풍경과 마음』(2002), 『자유와 인간적인 삶』(2007), 『정의와 정의의 조건』(2008), 『깊은 마음의 생태학』(2014) 등이 있으며, 역서 『가을에 부쳐』(1976), 『미메시스』(공역, 1987), 『나, 후안 데 파레하』(2008) 등과 대담집 『세 개의 동그라미』(2008) 등이 있다. 서울문화예술평론상, 팔봉비평문학상, 대산문학상, 금호학술상, 고려대학술상, 한국백상출판문화상 저작상, 인촌상, 경암학술상을 수상했고, 2003년 녹조근정훈장을 받았다.

세 개의 동그라미

세 개의 동그라미

마음, 이데아,
지각

김우창·문광훈의
대화

김우창 전집

15

민음사

사람이 자신의 삶을 참으로 의미 있게 살고자 할 때
따를 수밖에 없는 것이 양심의 소리이지요.
내면성을 통한 개인의 새로운 반성 없이는
사회의 윤리가 제대로 된 상태에 있을 수 없습니다.

—김우창

간행의 말

1960년대부터 글을 발표하기 시작한 김우창은 문학 평론가이자 영문학자로 글쓰기를 시작하여 2016년 현재까지 50년에 걸쳐 활동해 온 한국의 인문학자이다. 서양 문학과 서구 이론에 대한 광범위한 천착을 한국 문학에 대한 깊은 관심과 현실 진단으로 연결시킨 김우창의 평론은 한국 현대 문학사의 고전으로 읽히고 있다. 우리 사회의 대표적 지성으로서 세계의 석학들과 소통해 온 그의 이력은 개인의 실존적 체험을 사상하지 않은 채, 개인과 사회 정치적 현실을 매개할 지평을 찾아 나간 곤핍한 역정이었다. 전통의 원형은 역사의 파란 속에 흩어지고, 사회는 크고 작은 이념 논쟁으로 흔들리며, 개인은 정보 과잉 속에서 자신을 잃고 부유하는 오늘날, 전체적 비전을 잃지 않으면서 오늘의 구체로부터 삶의 더 넓고 깊은 가능성을 모색하는 김우창의 학문은 우리가 믿고 의지할 수 있는 소중한 자산의 하나가 아닌가 한다. 그리하여 간행 위원들은 그 모든 고민이 담긴 글을 잠정적이나마 하나의 완결된 형태로 묶어 선보여야 할 필요성을 절감했다. 이것이 바로 이번 김우창 전집이 기획된 이유이다.

김우창의 원고는 그 분량에 있어 실로 방대하고, 그 주제에 있어 가히 전면적(全面的)이다. 글의 전체 분량은 새로 선보이는 전집 19권을 기준으로 약 원고지 6만 5000매에 이른다. 새 전집의 각 권은 평균 700~800쪽가량인데, 300쪽 내외로 책을 내는 요즘 기준으로 보면 실제로는 40권에 달한다고 봐야 할 것이다. 이 막대한 분량은 그 자체로 일제 시대와 해방 전후, 6·25 전쟁과 군부 독재기 그리고 세계화 시대에 이르기까지 한국 현대사를 따라온 흔적이다. 김우창의 저작은, 그의 책 제목을 빗대어 말하면, '정치와 삶의 세계'를 성찰하고 '정의와 정의의 조건'을 탐색하면서 '이성적 사회를 향하여' 나아가고자 애쓰는 가운데 '자유와 인간적인 삶'을 갈구해 온 어떤 정신의 행로를 보여 준다. 그것은 '궁핍한 시대'에 한 인간이 '기이한 생각의 바다'를 항해하면서 '보편 이념과 나날의 삶'이 조화되는 '지상의 척도'를 모색한 자취로 요약해도 좋을 것이다.

2014년 1월에 민음사와 전집을 내기로 결정한 후 5월부터 실무진이 구성되어 본격적인 활동을 시작했다. 방대한 원고에 대한 책임 있는 편집 작업은 일관된 원칙 아래 서너 분야, 곧 자료 조사와 기록 그리고 입력, 원문 대조와 교정 교열, 재검토와 확인 등으로 세분화되었고, 각 분야의 성과는 편집 회의에서 끊임없이 확인, 보충을 거쳐 재통합되었다.

편집 회의는 대개 2주마다 한 번씩 열렸고, 2016년 8월 현재까지 42차례 진행되었다. 이 회의에는 김우창 선생을 비롯하여 문광훈 간행 위원, 류한형 간사, 민음사 박향우 차장, 신새벽 대리가 거의 빠짐없이 참석했다. 이 회의에서는 그간의 작업에서 진척된 내용과 보충되어야 할 사항에 대해 서로 의견을 교환했고, 다음 회의까지 무엇을 해야 할지를 결정했다. 일관된 원칙과 유기적인 협업 아래 진행된 편집 회의는 매번 많은 물음과 제안을 낳았고, 이것들은 그때그때 상호 확인 속에서 계속 보완되었다. 그것은 개별 사안에 대한 고도의 집중과 전체 지형에 대한 포괄적 조감 그리고 짜임새 있는 편성력을 요구하는 일이었다. 이렇게 19권의 전체 목록은 점차 뚜렷한 윤곽을 잡아 갔다.

자료의 수집과 입력 그리고 원문 대조는 류한형 간사를 중심으로 서울대학교 국어국문학과 대학원의 천춘화 박사, 김경은, 허선애, 허윤, 노민혜, 김은하 선생이 해 주셨다. 최근 자료는 스캔했지만, 세로쓰기로 된 1970년대 이전 자료는 직접 타자해야 했다. 원문 대조가 끝난 원고의 1차 교정은 조판 후 민음사 편집부의 박향우 차장과 신새벽 대리가 맡았다. 문광훈 위원은 1차로 교정된 이 원고를 그동안 단행본으로 묶이지 않은 글과 함께 모두 검토했다. 단어나 문장의 뜻이 불분명한 경우에는 하나도 남김 없이 김우창 선생의 확인을 받고 고쳤다. 이 원고는 다시 편집부로 전해져 박향우 차장의 책임 아래 신새벽 대리와 파주 편집팀의 남선영 차장, 김남희 과장, 박상미 대리, 김정미 대리, 김연정 사원이 교정 교열을 보았다.

최선을 다했으나 여러 미비가 있을 것이다. 독자 여러분들의 관심과 질정을 기대한다.

2016년 8월
김우창 전집 간행 위원회

일러두기

편집상의 큰 원칙은 아래와 같다.

1   민음사판『김우창 전집』은 1964년부터 2014년까지 한국어로 발표된 김우창의 모든 글을 모은 것이다. 외국어 원고는 제외하되,『풍경과 마음』의 영문판은 포함했다.(12권)

2   이미 출간된 단행본인 경우에는 원래의 형태를 존중하였다. 그에 따라 기존『김우창 전집』(전 5권, 민음사)이 이번 전집의 1~5권을 이룬다. 그 외의 단행본은 분량과 주제를 고려하여 서로 관련되는 것끼리 묶었다.(12~16권) 이 책의 저본은『세 개의 동그라미: 마음, 이데아, 지각 —— 김우창과의 대화』(한길사, 2008)이다.

3   단행본으로 나온 적이 없는 새로운 원고는 6~11권, 17~19권으로 묶었다.

4   각 권은 모두 발표 연도를 기준으로 배열하였고, 이렇게 배열한 한 권의 분량 안에서 다시 주제별로 묶었다. 훗날 수정, 보충한 글은 마지막 고친 연도에 작성된 것으로 간주하여 실었다. 예외로 자전적 글과 수필을 묶은 10권 5부와 17권 4부가 있다.

5   각 권은 대부분 시, 소설에 대한 비평 등 문학에 대한 논의 이외에 사회, 정치 분석과 철학, 인문 과학론 그리고 문화론을 포함한다.(6~7권, 10~11권) 주제적으로 아주 다른 글들, 예를 들어 도시론과 건축론 그리고 미학은『도시, 주거, 예술』(8권)에 따로 모았고, 미술론은『사물의 상상력과 미술』(9권)으로 묶었다. 여기에는 대담/인터뷰(18~19권)도 포함된다.

6   기존의 원고는 발표된 상태 그대로 싣는 것을 원칙으로 삼아 탈오자나 인명, 지명이 오래된 표기일 때만 고쳤다. 단어나 문장의 의미가 불분명한 경우에는 저자의 확인을 받은 후 수정하였다. 단락 구분이 잘못되어 있거나 문장이 너무 긴 경우에는 가독성을 위해 행 조절을 했다.

7   각주는 원문의 저자 주이다. 출전에 관해 설명을 덧붙인 경우에는 '편집자 주'로 표시하였다.

8   맞춤법과 외래어 표기는 국립국어원 규정에 따르되, 띄어쓰기는 민음사 자체 규정을 따랐다. 한자어는 처음 1회 병기하는 것을 원칙으로 하고, 문맥상 필요하다고 판단되는 경우 여러 번 병기하였다.

본문에서 쓰인 기호는 다음과 같다.

　　　책명, 전집, 단행본, 총서(문고) 이름:『　』

　　　개별 작품, 논문, 기사:「　」

　　　신문, 잡지:《　》

인문학적 사유와 삶의 기술

『세 개의 동그라미: 마음, 이데아, 지각』은 3년 전 한길사의 제의로 시작된 김우창 선생과의 대화를 기록한 것이다.

선생의 학문 세계나 사유의 스펙트럼은 단순히 몇 차례의 만남이나 대화, 몇 개의 개념적 접근으로는 드러나기 어려워 보인다. 그의 학문은 다각적인 면모를 지니고 있기 때문에 그것을 제대로 이해하려면 면밀한 사전 준비가 필요하다. 그래서 나는 2006년 초 두어 달에 걸쳐, 일상의 삶과 학문의 삶, 감각과 사유의 의미, 예술과 현실의 관계, 인문학과 시민 사회의 방향, 한국학의 미래와 동서양학의 통합 문제, 정의와 너그러움 등 20여 개의 큰 주제를 우선 정하였고, 그 각각의 주제 아래 10~15개 정도의 구체적인 주제를 가능한 한 체계적으로 작성하였다. 대담은 이렇게 작성된 300여 개의 질문들을 바탕으로 2006년 6월 3일부터 10월 31일까지 선생 댁에서 모두 11회에 걸쳐 이루어졌고, 매번 네 시간 가까이 소요되었다.

대담은 내가 준비한 질문을 바탕으로 이루어졌지만, 이야기의 소재는 그때그때 일어난 현실의 이런저런 사건들과 관련하여 그 자리에서 만들어지는 경우도 많았다. 또 이해가 어려웠던 내용이 있거나 보충이 필요하다고 판단된 경우 다음 만남에서 좀 더 상세한 답변을 부탁드리기도 했다. 출판사는 녹음된 내용을 정리하여 1차 원고를 만들었고, 선생과 내가 한 차례씩 보충하였으며, 그 뒤 편집이 진행되면서 원고는 여러 차례 다듬어졌다.

차례에서 알 수 있듯이 이 대담에서는 많은 주제들이 다루어진다. 사실 너무 다양하게 펼쳐져 있어, 몇 가지 핵심 술어를 추출하려고 하면, 뽑은 그 술어가 금세 빈약하고 공허해져 버린다. 그러나 명료하게 이해하기 위해서는 일정한 질서가 필요하고, 이 질서를 위해 단순화도 불가피해 보인다. 대담의 전체 윤곽을 잡기 위해 세 차원의 겹침을 한번 생각해 보는 것은 어떨까. 이 겹침의 중심축은 인간-개인-실존이다. 이 개인의 안에는 감각과 사유가 있고, 그 밖에는 현실과 사회가 있다. 그리고 개인은 감각과 사유를 통해 이 현실과 관계한다.

첫째는 감각과 사유의 겹침이다. 이것은 감정과 이성, 파토스와 로고스의 겹침이고, 조금 더 넓게는 자유와 책임의 문제로 옮겨질 수 있다. 또 문학적 차원으로 번역하자면, 이러한 관계는 시적인 것과 비시적인 것, 문학과 사회, 예술과 정치, 글쓰기와 윤리 등으로 계속 번역될 수 있을 것이다.

둘째는 개인과 사회의 겹침이다. 실존과 전체는 이런 개인과 사회의 한 변주라고 할 수 있다. 나날의 일상이나 감각, 소박함, 정직성, 죽음, 슬픔, 겸손은 개인적 속성이라고 할 수 있고, 공공성이나 정의, 연대 의식이나 민주주의는 사회적 속성이라고 할 것이다. 중요한 것은 물론 이런 겹침의 복잡다기한 양상이다.

셋째는 인문과학과 자연과학의 겹침이다. 한국학과 외국학의 관계는 이런 겹침보다 큰 범주가 될 것이고 동양학과 서양학의 관계는 그보다 더 큰 범주가 될 것이다. 여기에서 더 나아가면 학문하는 일의 일반적 성격 — 보편성의 문제와 만난다. 어떻게 사느냐 하는 것도 나의 전체 문제, 즉 구체적 보편성의 문제와 다르지 않다. 이쯤 되면 우리는 인간과 그 삶의 테두리 ─ 지구와 공간과 시간과 우주를 생각하지 않을 수 없다. 역사와 문명 그리고 외경심과 신성함을 떠올리는 것은 이 대목이다. 어떤 것이 다루어지든 제각각 지닌 고유한 속성과 그 얽힘의 방식에 대한 성찰이 차근차근 펼쳐진다.

이렇게 겹치는 세 차원 앞에서 지금 여기의 우리는 보고 느끼고 생각하는 가운데 기존의 현실보다 더 나은 현실을 꿈꾸며 살아간다. 그런 만큼 이 꿈은 근본적으로 형이상학적이고 이념적인 것이다. 이 지각과 이데아를 하나로 모으는 것은 다름 아닌 주체의 마음이다. 마음이 자아의 내면적 현실과 사회의 외면적 현실을 하나로 이으면서 오늘 우리의 삶은 구성된다. '세 개의 동그라미'란 제목은 이런 맥락에서 이해될 수 있을 것이다.

나는 오랫동안 선생의 글을 읽어 왔다. 중간중간 의문 나는 점이 없지 않았지만, 그것은 시중에 나온 다른 여러 책들을 참고함으로써 나름으로 깨치고자 애썼다. 그러나 풀리지 않는 문제는 늘 있었다. 그런데 독서가 이어짐에 따라 쉽게 해결될 수 있는 문제라기보다는 그저 겪어지는 것, 살면서 스스로 깨우치는 것이라는 생각이 점점 강하게 들었다. 글이 진실하다면, 글쓴이는 바로 그 글 속에서 가장 내밀한 방식으로 현존하리라는 생각도 했다. 글이 실존의 전인적 투사물(投射物)임은 예나 지금이나 틀리지 않을 것이다.

그러면서 20여 년이 어느덧 지나갔다. 유학 후 돌아온 1999년 가을, 나는 모든 일을 제쳐 두고 김우창론부터 썼다. 그것은 나중에 『구체적 보편성의 모험: 김우창 읽기』(2001)라는 책으로 출간되었다. 이 책을 쓰면서 그간 가졌던 김우창 이해를 일단 스케치했다고 생각하였다. 하지만 내가 독일에 있는 동안 씌어진 선생의 많은 글들을 새롭게 읽지 않으면 안 되었다. 그것은 누구보다도 많은 것을 그의 글에서 배울 수 있다고 생각했기 때문이다. 나는 선생의 저작을 어떻든 통과해야 한다고 여겼고, 그래서 나 스스로 납득할 만한 질서를 부여할 수 있다면, 내가 하고 싶은 일 — 예술론·문예론·미학론·문화론을 상당한 놀이 공간(Spielraum) 안에서 할 수 있으리라 여겼다. 그렇게 해서 2006년에 나온 책이 『시적 마음의 동심원: 김우창의 인문주의』와 『심미적 인문성의 옹호: 아도르노와 김우창의 예술 문화론』이다.

이번 대담은 이런 과정 끝에 찾아온 그야말로 즐거운 확인과 물음의 마당이었다. 이런 기회를 바란 적이 없었던 것은 아니지만, 그것은 전혀 뜻하지 않은 것이었다. 나는 그동안 읽어 오면서 품어 온 문제들을 어떤 작위도 배제한 채 자유롭게, 있는 그대로 질문드리고자 하였다.

이 글을 읽는 데는 정해진 순서가 없다. 특별한 다짐이나 계획 없이 마음 가는 부분에서 천천히 읽어 내려가면 된다. 어떤 구절에는 공감하듯이 어떤 구절에는 거리를 두고, 어떤 대목에서 비판적이듯 또 어떤 대목에서는 우호적일 수 있을 것이다. 그러나 우선되어야 할 것은 세심한 읽기임엔 틀림없다. 대담 자체의 일반적 성격으로 하여, 또 선생의 평상시 어조로 하여 이들 주제는 옆에서 읊조리듯 나직하고 차근차근 다루어진다. 시의 담담함과 철학적 견고함이 빚어낸 인문 정신의 궤적이라 할까. 그의 언어에는 감정이 표백되어 있다. 표백된 언어는 정신의 기율이다. 독자들은 어느 항목, 어느 쪽을 펼치더라도 한 원숙한 지성이 정제해 낸 삶의 통찰을 만날 수 있으리라.

노벨상을 받은 인도의 경제학자 아마르티아 센(Amartya Sen)을 가리켜 작가 나딘 고디머(Nadine Gordimer)는 "실존적 혼란에 질서를 부여하고자 할 때 우리가 기댈 수 있는 몇 안 되는 세계적 명성의 학자"라고 칭한 적이 있지만, 김우창 선생의 사유는 아마 한국 인문학의 영역에서뿐만 아니라 세계적 지평에서 보아도 우리가 믿고 의지할 수 있는 드문 지성이지 않나 여겨진다. 이것은 선생의 언어가 보여 주는 논리와 설득력, 그리고 세계를 읽는 안목에서 잘 입증되리라고 나는 여긴다. 선생은 셈처럼 '전체(das Ganze, totality)'를 놓치지 않으며, 기존의 성취를 통합하면서도 그와는 다르게 자신의 사고를 펼치고 있다.

그러나 이 모든 것도 일정한 거리감 속에서, 냉정하고도 공정하게 수용되어야 할 것이다. 그 어떤 현실의 보편성도 보편성 자체를 자임할 수는 없기 때문이다. 우리가 상정하는 보편성이란 기껏 미래의 보편성으로 난 길 위의 작은 잠정적이고도 부분적인 보편성에 불과하다. 모순과 역설을 해명하면서 나아가는 정신의 명료성과 반성적 사유의 일관성, 이 모든 것은 아마도 '우리 자신의 삶을, 한계의 허망함 속에서 어떻게 삶답게 꾸려 나갈 것인가'의 문제로 귀결될 것이다. 배운 바대로 우리는 몸으로 실천하며 살아갈 수 있어야 한다. 인문학의 문제는 결국 삶의 영위법에 대한 탐구인 까닭이다.

살아가면서 지금 이 순간을 언젠가 그리워하게 될 것이라고 예감하게 되는 때가 간혹, 어쩌면 아주 드물게 있다. 김우창 선생과의 대화는 내게 그런 소중하고 행복한 시간이었다. 나는 개인적으로 이 대담집이 문화사적으로 척박한 이 땅의 어떤 의미심장한 지성사적 기록물이 되리라 믿는다. 그러나 이런 판단도 내가 하기보다는 이 책을 읽는 독자 여러분께, 그것이 실상 얼마나 또 어떤 면에서 어느 정도로 그러한지, 맡기고 싶다.

2008년 7월
문광훈

이 책에 부쳐

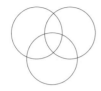

이 책의 제목은 약간의 설명을 요한다. '세 개의 동그라미'는 위상학 (位相學)에서 말하는 '벤 도해(Venn Diagram)'에 나오는 세 개의 동그라 미 — 서로 겹치기도 하고 따로 있기도 하면서 얽혀 있는 세 개의 원이다.

사람에게 모든 인식의 노력은 지각으로부터 출발한다. 마음은 그로부 터 일정한 개념을 구성해 낸다. 그 개념은 단순한 개념일 수도 있고 세계의 뒤편에 숨어 있는 플라톤적인 이데아가 드러나는 사건이라고 할 수도 있 다. 특히 이 개념이 마음의 구성 작용 속에서 형이상학적 빛을 발하는 것으 로 느껴질 때 그러한 생각이 든다. 이러한 인식의 과정에서 지각과 이데아 와 마음은 서로 겹치기도 하고 빗나가기도 한다. 이러한 관계를 벤 도해에 투입해 본 것이 이 책의 제목이다.

사람의 인식의 모험에서 언어가 중요한 도구인 것은 말할 필요도 없다. 어쩌면 또 하나의 동그라미를 보낼 필요가 있는지도 모른다. 그러나 말은 우리의 삶의 노폐물과 같은 느낌을 줄 때가 많다. 그것은 어디에선가는 쓸 모가 있었겠지만, 대체로는 믿을 수 없는, 벗어 버려야 하는 삶의 허물처럼 느껴지는 것이다. 이에 대하여 글은 조금 더 반성적 구성의 노력의 결과일 수 있다.

나는 이 책이 너무 많은 말을 담고 있는 것에 대하여 꺼림칙한 느낌을 갖는다. 그러나 그 말들이 어느 정도라도 의미 있는 것이 되었다면, 문광훈 선생의 노력으로 인한 것이다. 문 선생은 대담을 시작하기 전에 수십 쪽에 달하는 질문지를 작성하였다. 그것은 일정한 논리와 일관성을 가진 것이었다. 그럼에도 불구하고 나의 말들은 종종 길을 잃고 방황하였다. 말의 기록을 수정하고 보충하는 사이에 무의미한 헤맴의 잔가지들이 조금은 정리되었기를 희망한다. 이 수정과 보충의 작업에서도 문 선생은 몇 번씩 되돌아 살피며 퇴고하는 일에 모든 성의를 다하였다. 깊은 감사의 뜻을 전하고 싶다.

대담집의 일이 시작된 것은 물론 한길사 김언호 사장의 제안으로 인한 것이다. 쉽게 끝날 것으로 예상했던 일이 몇 달을 넘어 몇 년에 걸친 일이 되었음에도 불구하고 참고 기다려 주셨다. 깊이 감사드린다. 한없이 길어진 대담 현장에 지루함을 참고 늘 밝은 표정으로 참석하신 한길사의 박희진 선생, 그리고 녹취록을 글로 옮기고 조판과 교정에 수고를 아끼지 않으신 한길사 다른 여러분에게도 감사드린다. 이 모든 선의의 노고가 그런대로 부질없는 것이 되지 않았기를 바랄 뿐이다.

2008년 7월
김우창

1부

반성적 삶

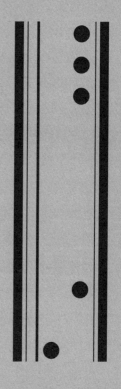

일상생활의 존중

나날의 삶

문광훈 저는 이전부터 선생님 글들을 즐겨 읽어 왔습니다. 가만히 돌아보니까 햇수로 20년이 넘었더라고요.『궁핍한 시대의 시인』과『지상의 척도』중판이 나온 게 1985년이었으니. 그 당시 학교 앞 서점에서 우연히 그 책들을 보게 되었습니다.

처음에는 읽는 데 고생을 많이 했습니다. 왜냐하면 선생님의 책 한 권을 이해하려면 십수 권의 책에 대한 이해를 전제해야 했기 때문이었지요. 그런데 읽는 시간이 더해질수록, 그 이전에 가졌던 많은 절실했던 문제들과 다른 책들이 손가락 사이로 빠져나가는 듯했어요. 어떤 책은 반쯤 읽어도 되고 어떤 책은 안 읽어도 되고 하는 식으로. 그래서 선생님의 글을 더 집중적으로 읽게 되었습니다.

필자가 독자를 끄는 데는 여러 가지 요인이 있는 것 같아요. 누군가를 열심히 읽는다는 것은 시켜서 되는 일은 아닌 것 같고요. 저의 경우 그 요인이 뭘까 한번 생각해 보았지요. 문제 제기 방식이나 구성, 문체 등도 중요하겠지만 그보다는 문제를 바라보는 선생님의 관점과 이 관점을 풀어가는 논리적 절차, 삶의 복합성과 다양성에 대한 존중, 이런 존중 속에서도 탐구를 멈추지 않는 감춰진 열의 같은 것, 그리고 이런 열의와 더불어 견지하는 유보적 태도, 이런 것들이 좋았던 것 같아요. 그러나 무엇보다 깊은 친화성을 느낀 것은 선생님의 나직한 어조와 실존 의식이 아니었나 여겨집니다. 이런 실존의 생생함 속에서 감각과 사유가 부단히 갱신되고 확대되는 체험을 갖곤 했지요. 선생님의 글을 읽으면 늘 한 뼘씩 자라난다는 느낌이 들었거든요. 아마도 이것이 선생님 읽기를 지금껏 계속해 온 주된 요인이 아니었나 생각됩니다.

선생님 글에 대해서는, 여러 평자들이 이미 지적한 것처럼, 많은 주제나 문제의식들이 얽혀 있어서 한마디로 규정하기가 어렵습니다. 저는 이번 대담에서 이런 여러 의미론적 관계망 가운데 하나하나씩 일정한 연결 고리를 만들어 가능한 한 체계적으로 질문을 드리려 합니다. 우선 요즘 생활에 대해 여쭙고 싶습니다. 이건 사실 사소하다고 말할 수도 있지만, 중요한 것일 수 있다고 여기는데요. 이전부터 개인적으로 여쭤 보고 싶었던 질문이기도 합니다. 예를 들어 선생님의 하루 시간표는 어떠한지, 오전 오후에 무엇을 하시는지요? 아침에 일찍 일어나서 작업하시는 것 같은데 또 저녁을 드시고 난 밤 시간은 어떻게 보내시는지요?

김우창 뭐 얘기할 만한 특별한 게 없네요. 보통 사람들하고 똑같아요. 특별히 엄격하게 사는 것도 아니고 아침 일찍은 일이 잘 안 되는 것 같아서, 가볍게 신문을 보거나 이메일 체크 정도 하지요. 그것도 시간이 많이 걸리는 일 같아요.

문광훈 몇 시부터 그런 일들을 하세요?

김우창 대개 아침 7시나 될까 그래요. 그리고 저녁에도 하지요. 아침에 일어나서는 오후부터 일 열심히 하고, 저녁밥 먹고도 밤에 좀 하고 자야지, 그렇게 생각은 하는데, 먹고 나면 일하기가 싫어져요. 그래서 또 책이나 보다가 글이나 읽다가 그냥 자고 그렇게 되는 것 같아요.

특별한 얘기는 없는데, 한 가지는 있지요. 어릴 때 아버지가 그런 데 엄격했어요. 시간표를 만들어 주고 매일 그 시간에 무엇을 했는지 적으라는 숙제를 주신 일이 있습니다. 일은 아니었지만, 얼마간 영향이 있었는지. 그런데 공부하는 삶을 살다 보면, 시간이 가장 귀중하다는 것을 저절로 몸에 익히게 됩니다. 지도 학생들 처음 만나면, "30분 다방에서 잡담하고 지나면 오늘 내가 손해 봤다고 좀 느껴야 공부할 수 있을 거다." 이렇게 얘기를 하지요. 30분 낭비했다면, 공부하는 사람 자세로는 좀 틀린 거라고. 그에 대한 후회가 없으면 안 된다고 하지요. 그런데 그게 꼭 좋은 건지는 몰라요. 강박적으로 되기 때문에. 그래서 재미없는 생활을 계속하게 되는 것 같아요. 시간을 경제적으로 쓰는 게 공부하는 사람한테는 중요하고, 모든 사람에게도 중요한 건 사실이겠지요.

시간이란 게 제일 한정된 자원이지요. 내가 고려대학교에 처음 왔을 때, 김상협 총장이 앞으로 학교가 해야 할 일 하나만을 이야기한다면 그것이 무엇이겠느냐 해서, 기숙사를 지어야 한다고 했습니다. 다른 뜻도 있지만, 가장 중요한 이유는 서울같이 복잡한 도시에서 학생들이 통학으로 길에서 허비하는 시간이 없어야 한다는 것이었지요. 김 총장은 잘 이해하지 못했습니다.

문 선생이 일상생활 얘기를 하셔도 모범이 될 만한 게 없으니까 할 얘기가 없네요. 그러나 일상생활의 중요성은 인정해야 한다는 일반론적인 말은 할 수 있지요. 보통 사람들에게 아침에 일어나서 밥 먹고 나가서 일하다 저녁에 돌아오는 이런 생활이 중요한데, 이것이 가능하게 되는 세상을 만드는 것이 민주적인 정권이 해야 할 일이지요. 그러나 정치하는 사람들은 그리고 정치에 관심을 가진 지식인들은 낭만주의자들입니다. 정치적으로 맹렬하게 활동하려면 보통 일상사를 초월해야 하거든요. 밥도 안 먹게 되고 시간도 안 지키게 되고, 이런 것을 할 각오가 되어 있지 않으면 정부에서 말하는 이른바 개혁이라든지, 또는 그전에 우리 학생들이 생각한 혁명이라든지, 이런 건 불가능하지요. 일상생활을 넘어서야 되거든요.

그러나 지금은 우리나라 사람들에게 일상적 생활이 생긴 단계입니다. 가난한 사람들이, 말하자면 '부자들이 설치고 다니는 세상 보기 싫으니까 뒤집어엎겠다.'라는 생각을 하고 있다고, 혁명하는 사람들은 여기는 것 같은데, 그 경우 가난한 사람이란 자기 생활을 뒤집을 것도 없는 사람들이라는 얘기거든요. 그런데 지금 많은 사람들은 더 큰 것을 보기 싫은 것도 있지만 자기 생활에 뒤집고 싶지 않은 것들이 상당히 생긴 상황에 있다고 할 수 있습니다. 구체적으로 부동산 문제를 얘기하도록 하지요. 내가 요전에 신문 칼럼에도 한 번 썼지만, 사람들은 자기 집값 올라가면 다들 좋아해요. 그러니까 현 정부의 업적 가운데 하나가, 말은 집값 안 올린다고 하지만 사실상 집값 다 올려놓은 것이지요. 강남 따라 우리 동네도 집값 오르면 좋아한다고들 생각하는데, 그것은 좋으면서도 근본적으로는 불안 요소가 되는 겁니다. 사는 공간일 뿐만 아니라, 부동산이라는 관점에서 자기 집을 평가해야 한다는 불안감을 늘 만들어 내는 겁니다. 지금 우리 집이 3억인데, 작년에 2억 5천이던 게 금년에 3억이 되었으니 지금 팔아야 될까, 아니면 좀 기다려서 3억 5천이 되면 팔까, 어디를 골라야 또 2억 주고 사서 5억 정도에 팔 수 있을까……, 부동산 투기에 관계없는 사람도 이런 것을 생각하지 않을 수 없게 되었지요.

마르크스는 "노동자들이여, 들고일어나라."라고 얘기하면서 "당신들이 잃을 것은 당신들을 얽매고 있는 쇠사슬밖에 없다."라고 말한 게 있어요. 그런데 그 쇠사슬은 극단적인 경우가 아니면 바로 밥줄이기도 합니다.

변화도 필요하지만, 지금 삶을 살아가는 데 안정이 필요하고 그걸 존중해 주면서 개선하는 방안을 만들어 나아가야지요. 삶의 안정을 약속하는 아무 대안도 없이 마구 흔들어 놓기만 하는 정책들에 경고를 준 것이 이번에 나온 현 정부의 지지도 조사 결과가 아닌가 하는 느낌이 들어요.

학자는 노동자가 아니니까 특히 그런지 모르지만, 공부하려면 안정된 일상생활이 있어야지요. 일상생활을 존중하지 않고는 학문적 업적이나 문학적 업적이 잘 안 되지요. 우리나라에서 정치적인 것을 너무 강하게 하다 보니까 일상생활 없이 문학이 생산되는 것처럼 생각하는 경향이 있는 것 같아요. 『해는 또다시 떠오른다』라는 헤밍웨이 소설에 만날 모여 술 먹고 얘기하고 투우장에 구경 가는 이런 얘기들 나오니까 기자가 "당신 스페인 가서 참 재미있게 살았다. 어떻게 그렇게 재미있게 살았느냐?"라고 물어, 헤밍웨이는 "내가 그렇게 재미있게 살았으면 어떻게 재미있게 사는 이야기를 소설로 썼겠느냐."라고 했지요.

문광훈 잠은 몇 시간 정도 주무세요?

김우창 그것도 참 얘기하기가 어렵네요.

문광훈 선생님은 거의 모든 것에 스스로 엄격하실 것 같은데요.

김우창 그건 내가 늙은 사람이라는 걸 문 선생이 생각을 안 하고 한 질문입니다. 무슨 얘기냐 하면, 늙으면 잠이 일정치 않지요.

젊을 때는 일찍 자고 일찍 일어나고 대개 그렇게 했지요. 하지만 지금은 밤에 계속 자기가 어려워요. 자꾸 깨어나요. 그러니까 많이 자는지 적게 자는지 알기가 어려워요. 그리고 불규칙해요. 어떤 때는 네 시간 자기도 하고, 어떤 때는 한 여덟 시간 잤는데 실제 누워 있기는 열 시간 누워 있었던 때도 있고, 늙으면 대개 그런 것 같아요. 대체로 일찍 자고 일찍 일어나지요. 그래서 젊은 사람하고 살면 젊은 사람들이 괴롭거든. 시어머니가 새벽 4시에 일어나서 며느리한테 뭐라고 하니까 며느리 마음이 괴로워지는데. 대개 패턴은 그렇게 되지만, 내 경우는 아주 불규칙해요. 통제할 수가 없는 것 같아요. 언제부터 자고 언제부터 일어나고가 안 되고, 밤에 여러 번 깨기 때문에. 어떤 때는그래요, 밤에 일어나면 다시 잠이 오도록 청하기도 하지만, 그냥 일어나서 책이나 보든지 컴퓨터로 인터넷이나 이메일 체크를 하든지 하자, 그랬다가 도로 자기도 하고. 뭐 이렇게 아주 불규칙하지요. 몇 시간 자느냐에 대해 신경을 안 쓰려고 해도 그것도 잘 되지 않아요. 1960년대 젊은이들의 정신적 지도자의 한 사람이었던 노먼 브라운(Norman Brown)은 나이 마흔 때부터 수십 년 동안 한 번도 눈 감고 잔 일이 없지만, 아무 일이 없었다는 이야기가 있었습니다. 브라운을 개인적으로 알았던 사람한테 들은 이야기입니다.

자연을 알아 가는 삶

문광훈 사모님과 같이 부근에 산보는 자주 나가시나요?

김우창 매일 조금씩 하려고 노력하는데 안 하는 날도 많아요. 어제는 못 했는데, 세 번이나 시내에 나갔다 올 일이 있었거든요. 아무튼 고려대학교에서 은퇴하니까 산보를 좀 하게 되는 것 같아요. 그전에는 훨씬 어려웠습니다. 내가 원래 촌사람이라 그랬는지도 모르지만 예전부터 자연 가까운 데서 사는 걸 좋아했는데, 이 동네는 자연을 가까이 접할 수 있는 곳이 되어서 다행으로 생각하고 있습니다. 산이 큰 위로가 되고 나무나 풀을 가까이 보는 게 아주 중요하다는 걸 은퇴하고 나서 확실히 알게 되는 것 같아요. 풀이나 나무를 더 자세히 보게 되고, 더 알아야 되겠다는 생각도 들고.

저 마당에 있는 나무도 그렇거든요. 여기서 수십 년 살았지만 정원사 불러서 손대고 하는 걸 일체 안 했지요. 그러다 작년에 너무 험해서 한 번 잘

랐습니다. 어저께 내 친구가 한 사람 왔어요. 그 사람은 시골에 집을 가지고 있는데, 나무에 대한 이야기를 많이 해 주었습니다. 자기는 가지를 많이 자르는 게 마음 아프대요. 그런데 자르고 나서 바람이 잘 통하면 나무가 좋아하는 것을 자기도 느낄 수 있다고 합니다. 나무가 무작정 가지가 퍼지다 보면 곤충이나 해충도 많이 끼고, 또 썩은 가지가 생기면 박테리아가 들어가고, 이런 걸 나무가 통제 못하는데, 그것을 사람이 해 주면 나무가 좋아하는 걸 자기가 느낄 수 있다는 겁니다. 그 친구도 은퇴하고 촌에서 사니까 많은 걸 배우게 된다고 생각했지요.

오늘 아침 영국 신문을 보니까 바나나가 앞으로 멸종이 되든지 아주 비싸질 거라고 하더군요. 바나나에는 씨도 아무것도 없잖아요? 바나나는 심어서 자라는 게 아니지요. 바나나를 먹으면서도 그 생각을 못했어요. 이런 걸 자세히 알아야 된다는 느낌이 산보하니까 많이 느껴져요.

내가 그 기사를 재미있게 본 게 씨 때문인데, 바나나는 그 씨를 심어 기르는 것이 아니고 나무를 끊어 삽목해서, 땅에 가지를 심어 재배한대요. 보통은 양성 생식 아니에요? 동물도 그렇고 사람도 그렇고. 양성 생식을 하면 두 개의 다른 DNA들이 합쳐져서 변종들이 생기거든요. 그러니까 종자가 점점 다양해져요. 그런데 가지를 끊어 땅에 꽂아 재배하면 똑같아요. 그러니까 부모 바나나하고 자식 바나나하고 DNA나 유전 암호(genetic code)가 똑같은 거예요. 클로닝(cloning)이지요. 이렇게 되면 종자를 균일하게 하고 크게 하는 데는 좋지만, 해충이나 박테리아에 아주 약한 바나나가 되는 것이지요.

지금 바나나를 잠식하는 박테리아가 아프리카나 아시아에 많이 퍼지고 있는데, 박테리아 같은 경우는 화학약을 뿌려 죽이면 반드시 더 강한 변종이 생겨요. 이 무서운 생존력을 가진 박테리아가 이 나무를 죽이고 다른 종류의 나무에 가서 붙으면, 나무의 종자가 달라 해로운 작용을 못하기 때문에 나무가 죽지 않는데 똑같은 놈들이면 다 죽게 된다고 합니다. 변종이 생겨 자꾸 조금씩 달라지면 박테리아가 번창을 못하는데, 클로닝이기 때문에 박테리아에 아주 취약해요. 지금 번창하고 있는 박테리아가 너무 강해져서 화학 살충제로는 도저히 통제할 수가 없다고 합니다. 이 때문에 새 종자를 개발하기 전에는 바나나가 멸종되든지 아주 비싸지든지, 그렇게 될 거라는 보도입니다.

옛날부터 바나나를 먹으면서도 한 번도 구체적으로 바나나의 생태학에 대해서 생각해 본 일이 없는지, 얼마나 내가 빈약하게 살았는가를 깨닫게 됩니다. 우리도 바나나뿐만 아니라 많은 식물들을 꺾꽂이해서 기르는데, 거기에 들어 있는 생리학이라는 게 결국은 '클로닝의 생리학'과 똑같다는 거지요. 그런데도 양성 생식을 통한 번식이 아닌 경우는 클로닝이 된다는 사실에 대해 생각해 본 적이 없거든요. 이렇게 간단한 사실을 지금까지 한 번도 생각해 보지 않았으니 얼마나 엉터리로 살았는가, 이런 생각을 오늘 아침에 그 기사를 보고 느꼈어요.

은퇴한 다음 산보를 하게 되면서 나무나 풀에 대해 많이 의식하게 됩니다. 특히 우리 식구가 식물에 관심이 많아서 책도 사다 보고, 이게 무슨 종자고, 역사는 어떻게 되고 이런 걸 얘기하니까 나도 산보길에서 풀도 나무도 예사로 보지 않게 돼요. 그런데 공부가 쉽지 않습니다. 공부는 어릴 때부터 생활의 일부로 해야요. 우리 집에 오는 시골 사람들은 다 잘 알고 있습니다. 공부는 관심을 가지고 사물을 보는 습관과 거기에서 얻어지는 레퍼토리의 집적입니다. 그래서 모든 것들이 자연스러운 삶의 일부가 되어야지요.

늙어서 공부하려니까 문제가 생깁니다. 내가 우리 집식구한테 요전날 그랬어요. "아, 이런 관심을 갖기 시작하니까 제대로 산보도 못하고 이거 안 되겠다."라고. 머리를 좀 쓸어 낸 다음이 아니면, 이게 무슨 나무냐, 어떻게 생긴 거냐, 이런 관심이 금방 거기에 부과되니까 안 되겠다는 말이지요. 처음에는 좋아했는데, 내가 나무를 더 알고 풀을 알게 되어서 좋다고 그랬는데, 그게 아니라 정신 건강을 해치는 거다, 농담으로 그랬어요.

삶은 레퍼토리의 집적입니다. 피아니스트가 손가락 가지고 피아니스트가 되는 것이 아니지요. 가장 중요한 부분이 머리에 집적된 레퍼토리입니다. 사람 사는 데도 어릴 때부터 삶의 중요한 것들에 대하여, 아름다운 것들에 대하여 레퍼토리를 만들어 가야지요. 학교 공부가 조금은 도움이 되지만, 자신이 지나가는 삶의 길을 의식하면서 지나가는 것이 그 레퍼토리를 만드는 방법이지요. 나이가 들면서, 이 세상 모든 것이 경이에 가득한 기적이라는 것을 깨닫게 될 것입니다.

문광훈 정원에 나가 나무 손질은 가끔씩 하시나요?

김우창 우리 집식구가 그런 데 아주 재미를 붙이고 열심히 하는데, 나도 안됐으니까 가끔 도와주기는 해요. 그러나 글 쓰는 일, 글 읽는 일, 해야 될 일이 마음에 꽉 차고 급해서 잘 안 됩니다. 이런 것으로부터 해방되어 마당 돌보는 삶을 살아야 될 텐데, 아직도 해방이 안 되었구나, 하는 생각이 들어요.

문광훈 이번 봄에 가꾸신 화초는 어떤 것이 있나요?

김우창 우리 식구가 많이 했어요. 식물 공부도 많이 하면서, 나도 새로 배우게 되었지요. 그전부터 사다가 가꾸던 제라늄이니 베고니아, 피튜니아 같은 것들. 금년에 내가 처음 본 건 헬리오트로프라는, 또 폴리오스라는 외래 식물인데 아주 많아요. 관심을 가지고 보면 잡초도 다 그 나름의 특성이 있고 재미있어요. 어제 온 친구에게 "우리는 잡초도 다 좋은 것 같은데……." 그랬더니 그 심정은 알지만 안 된다고 합니다. 왜냐하면 "잡초는 워낙 생명력이 강해서 다른 식물을 다 죽여 버리기 때문에 공생하려면 그 놈들을 조금 손봐야 된다."라고 얘기해서 어제 그것도 깨달았어요. 전 같으면 그대로 다 두었지요.

나무도 그대로 두다가 옆에서 자르라 그러면, "아, 나 그거 하기 싫은 데……." 이랬는데, 그것도 간단히 생각해서는 안 되고 구체적으로 하나씩 알아야지요. 풀이나 나무도, 어제 그 친구와 이야기하면서 내가 많은 걸 배웠는데, 다 성질이 달라요. 다 같이 잡초·화초·정원수, 이렇게 취급하면 안 된다고. 예를 들면 소나무는 1년 내내 가지를 쳐 줘도 되지만, 칠 때 어떻게 치라고 얘기를 하지요. 안 그러면 상처가 생겨서 균이 들어가 좋지 않다고. 균이 안 들어가게끔 해야 되지요. 또 단풍나무 같은 것은 봄이나 가을에 해 주면 좋고.

물 주는 방법도 얘기해요. 해가 빛날 때 물을 화초에 조금 주면 프리즘이 생긴대요. 물이 프리즘 역할을 해서 화초에 들어가는 햇빛의 작용이 이상해진다는 거지요. 그러니까 햇빛 날 때 안 주는 게 좋고, 주려면 듬뿍 주라더군요. 많이 주면 잎 전면에 물이 깔리기 때문에 프리즘 작용이 약화될 수 있다는 얘기를 해요. 야, 주변에 있는 것을 우리가 얼마나 모르고 사나. 이런 걸 알면서 사는 게 얼마나 풍부하고, 자연을 이해하고 살아가는 환경에 대해서 많은 걸 깨닫게 되는 건데 이걸 모르고 사는가 많이 생각했어요. 그전에도 중요하다고 여겼지만 은퇴하고 돌아다니고 산 있는 데 산보하니까, 이런 생각들이 많이 생기는 것 같아요.

문광훈 은퇴하시기 전 선생님께서 쓰신 글들, 특히 시 해설에 보면, 산이나 나무 그리고 풀에 대한 얘기가 많습니다. 이제는 좀 더 그렇게 하실 수 있을 것 같아요.

김우창 구체적으로 하나하나 조심스럽게 알아 가야 된다는 느낌이 좀 생기는 것 같아요.

다음 세대의 삶

　문광훈 자제분들에 대해 말씀드리려고 하는데요. 큰따님은 미국에서 변호사로 활동하면서 식당을 경영하고, 두 아드님의 경우 첫째분은 미국에서 둘째분은 영국에서 대학교수로 재직하고 있다고 알고 있습니다. 막내따님은 수학으로 학위를 받고 영국의 어느 대학 수학연구소 연구원 생활을 하고 있는데요. 손자 손녀도 있을 텐데 방학 때 할머니 할아버지 댁으로 놀러 오면 어떻게 지내시는지요? 잘 놀아 주시는지요?

　김우창 잘 나오질 못해요, 걔들이 바빠서. 우리 아들 하나는 수학을 하고 하나는 생물을 하는데 생물하는 애는 거의 못 나와요. 그러니 손자도 못 보고 해서 우리가 가끔 어렵게 시간을 내서 가 볼 수는 있지요. 생물은 실험 과학이기 때문에 실험실을 떠날 수 없는 것 같아요. 수학하는 아이들은 가끔 아이들 데리고 오고. 그리고 손자들하고 잘 놀지요. 수학하는 애의 손자는 아직 어린데, 문화적인 것에 관심이 많아요. 그런 얘기를 손자가 하니까 우리도 또 상대해서 얘기해 주고.

　일반적인 얘기를 하나 하면 할아버지나 할머니와 손자 손녀의 관계가 아버지나 어머니와 아들딸 사이의 관계보다는 대개 좋다고 그러지요. 왜 그러냐면, 부모와 자식은 생명이 한창 뻗쳐 나갈 때 둘 다 공존하기 때문에 경쟁 관계가 생기게 돼요. 그런데 할아버지나 할머니는 그런 경쟁 관계가 전혀 없는, 하나는 생명이 위축되어 가고 하나는 생명이 팽창하는 관계이기 때문이라는 겁니다. 인류학자들이 보통 이렇게 얘기하는 것 같아요. 그 관계가 좋은 것은 부모가 돌보니까 그래요. 손자 손녀에 대해 할아버지 할머니는 책임이 좀 약하거든요. 이건 인류학계에서도 얘기하는데 반드시 공유적 관계인지 어떤지는 모르겠어요. 내가 겪어 보니 손자 손녀를 통해서 다른 아이들에 대한 관심도 많이 늘어나는 것 같아요. 우리가 젊을 때는 자기 아이들 돌보기도 급급하니까 모든 게 정신이 없었지만 나이가 들면 모르는 아이들을 보아도 그 애들이 잘 자라야 한다는 느낌 같은 것도 생기고, 돌봐 줘야겠다는 마음도 생기는 것 같아요. 인류학에서도 그렇게 얘기하지요.

대부분 집안에는 항렬이라는 게 있잖아요. 항렬자가 세대에 따라 교차하게 되어 있지요. 그러니까 내 항렬자는 이름의 앞 글자 '우'인데, 아버지의 항렬자는 뒷글자의 '구'이고 내가 위로 '우' 올라갔으니까 우리 큰아들 이름은 준 '형' 해서 아래로 내려가거든요. 그러니까 대부분의 집안에서 항렬자가 그렇게 교차하게 되어 있습니다. 할아버지 세대하고 손자 세대가 더 친밀한 관계를 가지게 된다는 것을 옛날에는 항렬자를 만드는 사람들이 직관적으로 알고, 그것을 이론화하여 만든 거 아닌가 싶어요. 문 선생 집안은 어떻습니까?

문광훈 저희도 저까지는 그렇게 했지요. '광(光)' 자 혹은 '복(復)' 자로 항렬을 따랐는데, 제 아이는 항렬에 안 따르고 그냥 제가 붙였습니다.

김우창 항렬에 따르면 대부분 항렬자가 앞으로 갔다 뒤로 갔다 하지요? 그래서 할아버지와 손자는 그 위치를 공유하게 되어 있고, 아버지와는 어긋나게 되어 있고. 이것은 인류학적 관찰과 연결된 거 아닌가 여겨집니다. 왜 그렇게 교차하게 되었는가를 연구하거나 설명한 글은 내가 아직 읽어본 적이 없어요.

문광훈 조금 전에 말씀하신 것과 관련 있는 질문일 것 같은데요. 사람이 가진 희망은 아주 적고, 이마저도 위태로울 때가 많습니다. 그래서 희망의 이런 작은 부분도 동시대적 상황 속에서 찾기보다는 대개 세대적 연속성 속에서 확인하려 하지 않는가, 이런 생각이 듭니다. 현실적으로는 장점보다는 불만이나 미비점이 더 잘 보이니까요. 선생님께서 가지신 생각도 아마 자제분에 대해서보다는 손자, 또 손자의 손자, 이런 식으로 연결되면서 기울지 않을까 합니다.

김우창 애들이 자라서 어떻게 살 수 있을 것인가, 그 세계가 어떠한 것일까, 또 그다음 세대가 살 때의 세계는 어떨 것인가, 이런 생각들이 나이가 드니까 더 일어나는 것 같아요. 젊을 때는 그때그때 부딪히는 문제가 더 절실했는데 늙어 가면서 생명력이 약해지니까 앞으로의 세대가 어떻게 살지에 대한 생각들이 좀 더 생겨나지요. 그러나 미래를 낙관하기는 쉽지 않습니다.

내가 옛날에 미국에서 대학원 다닐 때 지도 교수가 원자탄 개발이 확산되는 걸 걱정하면서, 아들 세대 손자들 세대를 생각하면 암담해서 완전히 염세주의자가 된다고 얘기해요. 그래서 참 추상적인 얘기를 저렇게 실감있는 것처럼 얘기한다 속으로 그랬거든요. 그런데 늙은 사람에게 그런 생각이 나는 건 사실이에요. 앞으로의 세계가 어떻게 될지에 대해 걱정하게되지요. 우리가 환경 문제에 관심 가지는 것은 세대를 넘어선 미래에 대한 걱정과 관계있지요. 많은 사람들이 환경 문제에 둔감한 것은 장래의 사람들을 생각하지 않기 때문입니다. 우리 세대야 죽을 때까지는 지금 지구 온난화 어쩌고 떠들지만, 걱정할 필요가 없어, 그러지요. 온난화돼서 큰 난리가 나기 전에 우리는 이미 없어질 테니까. 그러나 다음 세대를 생각하면 환경 문제 같은 것을 심각하게 생각하게 되지요. 세대의 연속성에 대한 생각이 부재한 것과, 환경 문제를 등한시하는 것은 연결되어 있어요.

동양에서는 세대의 연속성을 거의 영원한 것처럼 생각해 왔기 때문에 폐단도 있었거든요. 자기 세대 집안이 어떻게 영속적으로 살 수 있는가를 늘 생각했지요. 효(孝)도 거기에 연결되어 있어요. 나쁜 면이 있으면서도 좋은 점도 있는 것 같아요. 이중환의 『택리지』는 동네를 어떻게 고르느냐를 다룬 책인데 그런 얘기가 여러 군데 나와요. 이만하면 세거(世居) 지역이 되겠다, 오랫동안 세대를 지나서 살 만한 땅이 되겠다. 또 이런 데를 골라서 살아야 되는데, 그 땅은 어떠어떠한 특정을 가져야 된다, 이렇게 되어 있지요.

지금 우리나라에서 아파트는, 내가 안 살아서 그런지는 몰라도, 참 문제라고 생각해요. 아파트에서 자자손손 살 생각하는 사람은 없을 거예요. 30년 되면 헌다고 그러니까. 재건축 못해서 아우성치는 걸 보면 그것도 이해가 안 돼요. 독일 베를린에 갔을 때, 비스마르크 시대에 지은 아파트에 사는 사람 집에 간 일이 있어요. 그러니까 100년도 넘은 집이었어요. 우리는 30년도 되기 전에 어떻게 하면 재건축할 건가 생각하고, 자자손손 살 생각은 전혀 안 하지요. 시간적 연속성 속에서 사람이 산다는 것을 잊어버리는 것은 상당히 큰 문제인 것 같아요. 좀 더 넓은 의미에서 그걸 생각해야지요.

몇 년 전에 죽은, 프리모 레비(Primo Levi)라는 이탈리아 작가가 있어요. 유대인이었고 아우슈비츠에서 살아난 사람이었습니다. 이 사람 자서전에 보면 그는 자기가 태어난 데서, 즉 태어난 집에서 죽었어요. 큰 부자도 아니에요. 그런데 자기 집에 대해 쓰면서, 그가 늙어서 쓴 건데, 여기는 우리 아버지한테 동생이 야단맞은 장소다, 집 구석구석마다 자기 기억이 깃들어 있는 곳이라고 그래요. 그런 걸 보면, 너무 보수적인 생각 같기도 하지만, 동시에 사람이 그렇게 지역적·공간적 기억 속에서 사는 것이 중요하고, 그것이 다음 세대를 위해 생각하는 데도 도움 되는 것이 아닌가 여겨져요.

내가 서울시 시정개발 자문위원을 잠깐 했는데, 그때 서울시 도시 계획 발표하는 데서 내가 농담 비슷하게 이런 얘길했어요. 이 거리를 지을 때 '100년 후에 서울 사람들이 어떻게 이 거리에 살 것인가' 생각하면서, '200년 후에 어떻게 여기서 서울 사람들이 살 것인가' 생각하면서 도시 계획 하면 좋겠다고 말이지요.

세대의 연면(連綿) 속에서 생각한다는 것은, 아까 문 선생이 말씀하신 걸로 돌아가서, 중요한 일이고 그런 의미에서 노인들의 느낌도 참고할 수 있을 것 같아요. 노인들이 아버지보다는 좀 더 여유를 가지고 장래를 생각할 수 있는 나이에 있으니까요.

투명한 마음

내면성과 도덕

문광훈 인간의 내면성 또는 내면성의 특징을 여러 가지로 생각할 수 있지만, 그 중요한 하나는 사람이 대외적 관점에 열려 있으면서도 그 많은 것을 결국에는 자신으로 돌리는 그러니까 '자기 회귀적인 반성성'이라고 할까요, 그 점에 있는 것 같은데요. 차분히 앉아서 자신과 그 둘레를 돌아보는 일이 우리나라에서는 특히 부족한 것 같습니다. 개인적이고 사회적인 그리고 정치 제도적인 측면이, 또 사람과 사람 사이의 관계가 그래서 부박한 것 같아요. 그런 점에서 내면성에 대한 선생님의 관심은 매우 중요하지 않은가 생각되는데요. 이해의 통로가 어렵다고 해서 내면성의 수련을 도외시하는 일은 잘못되어 보입니다.

김우창 사람이 하는 모든 일에는 마음이 끼어들게 마련입니다. 다른 사람과 소통하고 세상을 인식하는 데 설사 그것을 의식하지 않고 있더라도 마음의 중개가 작용하고 있습니다. 특히 세상에 살면서 삶을 즐기는 데는 나도 모르게 즐기는 자기를 느끼게 되지요. 이 모든 일의 복판에 있는 중개자를 잘 움직이게 하는 것이 삶을 제대로 사는 데 핵심적인 일이지요. 모든 정신적 전통은 모두 이것을 맑게 닦는 것을 생각했습니다. 그러나 마음은 거의 있는지 없는지 모르는 존재이기 때문에 잊히기 쉽습니다. 물론 이것을 너무 의식하고 사는 것은 또 하나의 역기능에 빠지게 됩니다. 또는 '너무'가 아니라 그냥 의식만 돼도 움직이는 것이 느려지고 자연스럽지 못하지요. 정신병자 비슷해질 수도 있고. 그러나 마음이 없으면 사람은 기계가 되지요. 사람을 기계가 되게 하려는 것이 많지요. 우리를 억압하는 것들이 다 그러한 것입니다. 그런데 그중에도 집단의 압력은 가장 큰 기계화의 압력이지요.

내면성은 자신을 되돌아보고, 인식론적 반성으로 얻어지는 것이기도 하지만, 좋은 사회에서는 그 투명한 마음이 그냥 거기 있는 것이라고 할 수 있습니다. 그러니까 사실은 그것을 어떻게 어려운 경로를 통해 확인하느냐가 중요한 것이 아니라 모든 사람이 자기의 내면적 진정성 속에서 저절로 행동할 수 있는 조건을 어떻게 만들어 내느냐가 중요하다고 할 수 있습니다. 생각하고 말하는 건 바보 같지만, 행동하는 걸 보면 자연스럽게 인간적으로 행동하는 사람들이 있는 사회를 생각할 수 있습니다. 사회 조건이 그렇기 때문에 그렇게 되는 것일 텐데, 그런 것이 없어질 때 내면성 회복이 필요하게 된다고 할 수 있습니다. 그러나 잃어버린 내면성을 되찾는 것은 원래의 천진한 내면성의 상태로 돌아가는 것이면서 동시에 보다 높은 단계에서 거기로 돌아가는 것이라고 할 수 있습니다. 변증법적으로 생각하는 것이 좋을는지 모릅니다.

문광훈 선생님께서 말씀하셨듯이 좋은 사회라면 아마 내면성의 미덕도 의식이나 의도의 대상이 아니라 저절로 체화되는 것이어야 될 것입니다. 그럴 때 의식하지 않아도 반향이 있을 테고요. 도덕을 굳이 말하지 않더라도 도덕이 행해지게 되는 그런 상태가 건전한 거지요.

김우창 노자가 이야기한 것처럼 도덕이나 윤리를 이야기하는 건, 마치 물에서 나온 고기들이 '물이 얼마나 중요하냐' 하면서 서로한테 물을 뿌려 주는 것과 같은 것입니다. 이것은 노자가 한 말을 다른 사람이 인용한 얘기입니다. 공자의 유교 도덕과 같은 것을 한 단계 낮은 것으로 말한 것이지요. 물속에 사는 고기는 물이 중요한지 어떤지도 모르고 살다가, 거기서 벗어나서야 '물이 얼마나 중요하냐'고 얘기하며 서로 물을 입에 뿜어 뿌려 준다는 거예요. 내면성에 대한 것도 그렇게 얘기할 수도 있지요.

나는 이 동네(평창동)가 좋습니다. 부자 동네라고 욕도 하지만, 산과 집이 잘 어울려 있습니다. 옛날에는 성북동에서도 살았습니다. 아버지가 거기 사셨는데, 그때는 전혀 개발되지 않은 상태였지요. 나는 성북동보다 이 동네가 더 좋아요. 이 동네는 지리적 형태 자체가 분지를 이루고 있어서 한 동네라는 느낌을 줍니다. 성북동은 좋은 집도 많고 산도 자연도 있지만, 하나의 동네라는 자연스러운 경계가 분명치 않습니다. 골이 너무 길게 또 넓게 되어 있는 것도 원인이고 사람의 마을이 자연의 테두리를 존중하면서 발달하지 않았기 때문이기도 합니다.

그거하고 관련이 있을 터인데 이 동네에서는 가게에 가면 믿을 수가 있어요. 이곳 사람이 좋아서라기보다는 동네 사람들을 상대로 장사를 해야 하는데 거기서 속임수를 쓰면 장사를 못하게 되지요. 그러나 의식적으로 생각해서 그렇게 되는 것이 아니라 저절로 한동네라는 느낌이 있어서 그렇게 되는 것일 겁니다. 지리적 형태로부터 시작해서 하나의 좋은 테두리가 있으면, 그 안에서 사람들은 도덕적이고 뭐고 굳이 생각할 필요 없이 인간관계가 자연스럽게 된다고 할 수 있습니다. 그런 상태가 제일 좋은데, 잘 안 되는 게 오늘의 상황입니다. 그래서 내면적인 것, 내면을 통해서 무엇이 진정성(Eigentlichkeit)인가를 탐구할 필요가 대두됩니다.

삶의 테두리로서의 동아시아

문광훈 언젠가 선생님께서 "모든 삶의 안정성의 기초는 어떤 큰 사회가 아니라 지역 사회, 즉 토대와 이 토대에서 나오는 안정성, 또 이 안정성을 구성하는 믿음, 신뢰, 정직성 이런 것이다."라고 말씀하신 적이 있는데, 그 것과 연관되는 것 같습니다.

김우창 더 보태어 얘기하면, 지난번[1]에 오에 겐자부로 씨와 얘길 했는 데, 오에 씨는 "일본이 한국이나 중국에 대해 과거에 잘못한 것을 반성하 고, 영토 문제나 신사 참배 문제 등을 도덕적으로 해결해야 하는데 그러지 못해 유감스럽다."라고 말했습니다. 나도 동감한다고 했지만, 그때 얘기 를 충분히 하지 못한 것이 있습니다. 지금 우리나라에서도 그렇고 일본에 서도 아시아 공동체를 만들어야 한다, 사는 토대를 만들어야 된다는 얘기 가 있습니다. 일본에게 아시아 공동체가 절실한 삶의 일부가 된다면, 반성 은 자연히 따라 나올 것으로 생각할 수 있습니다. "도덕적 반성을 통해서 아시아 공동체를 만들어라."라고 얘기할 수 있지만, 그 반대로 공동체라는 것이 있으면 반성의 필요를 저절로 느끼게 됩니다. 꼭 계산에서가 아니라 사람 마음의 움직임이 그렇지요.

일본이 반성이나, 공동체 의식을 못 느끼는 것은, 간단히 얘기하면, 일 본이 진짜 극동이 아니기 때문에 그렇습니다. '극동'이란 말은 서양에서부 터 나온 말인데, 동쪽 끄트머리에 있다면 살아가기 위해서 서쪽으로 붙어 야 되지요. 한국도 보고 중국도 보면서 '아, 이게 우리가 살아가는 공간이 다.'라고 느낄 텐데 사실 일본은 극동이면서도 태평양을 통해 미국으로 연 결되고 또 그걸 넘어 유럽을 보면서 살아도 되거든요. 그러니까 아시아에

---

1 2006년 5월 19일 서울에서 '동아시아 평화 비전을 향하여'라는 주제로 가진 공개 대담.

대해 공동체 의식을 느낄 지리적 조건이 안 되는 거지요. 그러나 궁극적으로는 되어야 하고, 되겠지요. 또 이 지리적 조건에 보충해서 만들어지는 게 생활권입니다. 무역도 더 많이 하게 되고 민간 교역도 많이 하게 되면, 일본이 '아, 이 사람들하고 같이 살지 않으면 안되겠다.'라는 느낌을 가질 겁니다. 그럼 저절로 도덕적 반성을 하고, '한국이나 중국을 자극하는 일을 안 해야겠다, 우리가 손해 나더라도 조금 양보하고 미래의 큰 것을 기대해야 되겠다.'라는 생각들이 날 거라고 느껴요. 이런 얘기를 조금하고 싶었는데 그때 길게 못했지요.

　그러니까 너무 도덕적으로만 접근할 게 아니라 그것을 가능하게 하는 사실 조건에 비춰서 얘기하는 게 필요합니다. 지금 단계에서 도덕과 양심이 말해지는 것은 우리가 아직 예비 단계에 있다는 말이 됩니다. 그러나 더 넓은 차원에서의 선(先)의식을 갖는 운동도 필요합니다. 단지 '일본 사람이 잘못했다' 이렇게 하기보다는. 오에 씨가 '프루덴티아(prudentia)'란 말을 했는데, 그게 생활의 지혜라는 얘기거든요. 생활의 지혜를 가지려면 같이 산다는 느낌을 가져야 돼요. 그건 중국이나 일본 어느 쪽으로나, 교역 관계, 인간 교류, 여러 생활상의 대등한 관계가 점차 늘어나면서 생겨난다고 봐야 되겠지요. 국제 관계에서 그런 것처럼, 동네에서도 자기가 알아볼 수 있는 세계 속에 사는 것이 사람의 도덕적인 것, 내면적인 것을 저절로 길러 주는 테두리가 되지 않나 합니다.

도덕과 윤리

문광훈　이건 도덕의 아주 핵심적인 부분 같은데요. 도덕도 도덕주의라든가 어떤 이념의 당위성 속에서 이해하려는 게 아니라 생활의 내적 욕구로부터, 또 사실적 토대의 인정으로부터 자연스럽게 퍼져 나가야 된다는 생각이 전반적으로, 선생님의 글 어디서나 드러나 있는 것 같습니다.

　김우창　사실 헤겔 같은 사람도 그렇게 생각하는 것으로 보입니다. 헤겔은 도덕과 윤리를 쪼개서 얘기했지요. 헤겔이 생각하는 모랄리테트(Moralität, 도덕성)와 지틀리히카이트(Sittlichkeit, 인륜성)의 관계를 글로 쓴 일도 있습니다. 지틀리히카이트는 '지테(Sitte, 관습)'와 연결되어 있습니다. 그것은 영어의 에틱(ethic)이 희랍어 에토스(ethos)에서 나온 것과 같지요. 사람들 관계가 일정한 규범 속에서 습관적으로 움직여 가는 상태를 지틀리히카이트, 윤리라고 부릅니다. 도덕은 이 지테가 깨졌을 때, 그래서 다른 사람이나 주변 환경이 그렇지 못할 때, 그래서 양심에 따라 행동할 필요가 생길 때 요구됩니다. 헤겔의 아주 좋은 관찰인 것 같아요.

　우리나라는 과거 닫힌 좁은 사회였기 때문에 윤리 속에서 살아왔다고 할 수 있습니다. 그러나 모든 것이 원활하게 움직여 가는 사회였다고 할 수는 없습니다. 윤리로 인해 일어나는 잔혹한 갈등이 많았습니다. 그러나 도덕은, 헤겔적인 의미에서의 도덕은 없었다고 할 수 있습니다. 그야말로 도덕이 필요한 상황이었지요. 이것이야말로 내면성은 그것이 의식적 과정으로 등장하기 전에는 생겨나지 않는다는 것을 보여 줍니다. 그것은 외로운 양심의 소리로서 생겨납니다. 사회가 부과하는 관습과 윤리를 일탈했다가 생겨나는 것이지요. 이 일탈 그리고 거기에서 일어나는 개인의 내면적 자각이 없이는 도덕의 기초가 만들어지지 않습니다. 조선조 시대를 지배한 것은 윤리 규범에 대한 싸움이었다고 할 수 있습니다. 으레 있는 것으로 되어 있는 윤리를 누가 장악하고 누구를 거기에 순종케 하느냐는 것이 쟁점이지요. 지금 우리의 상태는 도덕이 강조될 그러한 상태입니다. 그러나 앞에 말한 개인의 내면적 자각에서 일어나는 도덕에 대한 이해는 거의 없는 것 같습니다.

그것이 어떤 종류의 것이 되었든, 도덕으로부터 어떻게 지틀리히카이트로 가고, 어떻게 지틀리히카이트에서 다시 지테로 가느냐는 또 하나의 문제라고 할 수 있지만, 그것은 현대 사회에서는, 헤겔도 느낀 것인데, 지극히 어려운 일입니다. 세계를 하나로, 자기가 살고 있는 지테 속에 포함시키면서 살아간다는 것은 보통 어려운 것이 아니거든요. 동물로서의 인간의 한계를 넘어가는 것이기 때문에 참 어렵지요.

불란서의 한 환경학자가 한 얘긴데, 우리 집에도 고양이가 많지만, 고양이는 여차하면 뛰어나갈 수 있는 가능성이 있는 자리에만 앉는다고 합니다. 궁지에 몰려서 도저히 빠져나갈 수 없는 데가 아니라, 빠져나갈 수 있도록 앞에 조망이 있는 곳을 택하여 앉는다는 말입니다. 그러니까 고양이는 늘 일정한 영토를 의식 속에 가지고 있어요. 본능적으로 그러는 거지요. 사람도 말하자면 동물적 본성으로 일정한 테두리 안에서 살고, 그 안에서 자기가 적절하게 마음을 조정하며 살 수 있어야 할 것입니다. 의식의 동물로서의 인간에게 이 테두리를 주는 것이 관습입니다. 그러나 이런 관습의 규범적 세계가 도덕성만 가지고 가능하기는 참 어려울 것 같아요.

문광훈 도덕이 윤리라든가, 더 나아가 관습으로 나아가는 것이 도덕적 발전의 단계라고 할 수도 있지만, 또 다른 한편으로 개인의 양심을 존중하고 개인의 자율성이라든가 이 자율성이 일어나는 내면적 심급에 대한 사회적 고려도 있어야 하지 않을까요?

김우창 이미 비친 바대로 바로 그렇습니다. 헤겔도 역사의 진전은 지테, 지틀리히카이트에서 모랄리테트로 간다고 생각했어요. 그러니까 모든 사람이 일정한 규범 속에서 제대로 사는 세계, 희랍 시대 폴리스와 같은 세계로부터 점점 양심, 말하자면 기독교적 양심이 필요한 세계로 나아온 것이 서양사의 진전이라고 보지요. 실제 역사에서는 거의 불가능하다고 하겠지만, 이상적으로는 모랄리테트에서 거꾸로 지테로 가는 것이 좋겠지요. 그러한 지테를 지향하는 것은 사람의 절실한 소망이고 또 어느 정도까지는 그러한 기초가 없는 사회에서는 사람이 살 수가 없을 겁니다. 철학적으로는 두 가지를 나누어서 이야기할 수 있지만, 사실 세계에서 그것은 서로 혼합된 상태에 있다고 해야 되겠지요. 개인의 차원에서도 완전히 윤리적인 사회라고 해도 그 윤리를 비판적으로 새로 보는 개인의 도덕적 반성, 내면성을 통한 새로운 반성이 없이는 사회의 윤리가 제대로 된 상태에 있을 수가 없지요.

문광훈 오히려 내면성의 확대 과정이라는 말씀인가요?

김우창 그렇지요. 관습적인 규범이 존재하면서도 도덕은 존재하는 것이겠지만, 그것이 점차 파괴되는 것이 근대적 역사라고 할 수 있습니다.

문광훈 이런 헤겔의 논의들을 우리 사회에 비춰 보면, 도덕에 대한, 그러니까 개인의 양심에 대한 사회적 존중은 서구 사회보다 훨씬 더 약하지 않나 생각됩니다.

김우창 그렇습니다. 도덕이 있어야 된다는 소리가 많이 나오기는 하지만, 또 약하니까 많이 나오고. 아직도 도덕의 근원은 유일하게 애국심, 민족, 이런 집단성에 있는 것으로만 생각되는 것 같습니다. 이것이 필요 없다는 말은 아니지만, 보다 깊은 근원에 대한 이해가 없다는 말입니다.

문광훈 도덕에 대한 외침은 많지만, 개인이 정말 스스로 하는 자율성에 대한 존중이나, 스스로 작동할 수 있는 양심의 체계 같은 것은 우리 사회에 적은 것 같아요.

양심의 근거

김우창 그 근거를 찾아내기가 아주 어렵기 때문에 그렇게 생각하는 것 같아요.

문광훈 보편적 가치가 없다는 건가요?

김우창 그보다는 어떻게 해서 인간이 양심적인 인간이 되느냐 하는 문제에서 우리는 아직도 갈피를 못 잡고 있다고 할 수 있습니다. 프로이트식으로 이야기하면 양심이란 억압적인 아버지의 목소리입니다. 마음에 지니고 무의식적으로 그에 따르는 억압적 기제의 하나이지요. 도덕과 양심은 그러한 것 이상의 의미를 가지고 있는 것일 겁니다. 우리가 제일 쉽게 도덕과 양심에 연결할 수 있는 것은 아까 말한 대로 민족, 민중, 또는 추상적인 이념이면서 역시 집단성에 근거한 통일, 이런 것들이지요.

문광훈 이를테면 외적 집단적 당위성의 슬로건들이 내적 자발적 양심의 요청을 대신하는 경우로군요.

김우창 세계를 움직이는 것들은 힘이 있어야 하는데, 양심도 세상 속에 움직이려면 힘이 있어야 되지요. 그러나 양심의 힘이 어디서 나오는지 모르지요. 그래서 집단의 힘에만 양심의 근거를 두려고 하는 것일 겁니다.

며칠 전 어느 신문에 국민들이 자기 나라에 대해 자부심을 느끼는 정도를 서른 몇 개 나라에서 조사했다는 기사가 났습니다. 우리나라가 33등인가, 아주 밑바닥에 있어요. 1등은 잘 알려지지 않은 나라고, 2등이 미국이었던 것 같습니다. 우리나라처럼 대한민국, 조국과 민족, 통일, 반만년 역사를 내세우는 나라가 드물 텐데 그 순위로는 밑바닥에 있는 것은 웬일인지 모르겠습니다.

양심의 기초를 집단 의식에서 안 찾고 어디에서 찾느냐 하는 것을 살펴볼 때, 푸코의 생각을 떠올리게 됩니다. 거기에서 행복하게 살기 위해, 보람 있게 살기 위해 필요한 것이 양심이라는 답이 나오지 않나 합니다. 사람이 자신의 삶을 잘 살아야겠다는 것을 생각하는 것을 푸코는 '자기를 돌보는 것(souci de soi)'이라고 불렀습니다. 이 돌봄에서 필요해지는 것이 이성이고 양심입니다. 하이데거는 양심을 다른 의미에서 개체적 삶의 깊은 토대에 두었습니다. 사람이 자기 삶의 밑에 놓인 존재의 부름에 귀 기울일 때 듣게 되는 것이 '양심의 소리'라고 했습니다. 그 소리의 부름에 답하려는 것이 우리가 느끼는 양심의 반응입니다. 사람이 자신의 삶을 참으로 의미 있게 살고자 할 때 따를 수밖에 없는 것이 양심의 소리지요. 하이데거 얘기는 형이상학적이고 푸코 얘기는 현대인의 감성에 맞는 경험주의적인 얘기지만, 어느 쪽이나 양심의 근거가 반드시 집단의 의무에서 오는 것이 아니라 개체적 삶의 절실한 필요에 있다고 생각한 점에서는 마찬가지라고 하겠습니다.

내면성과 관련하여 말하면, 바로 내면성의 원리의 하나가 양심에 따라 사는 도덕성이라고 할 수 있습니다. 집단 이전에, 자기의 삶을 잘 살려고 하는 사람의 내면으로부터 나오는 행동의 원리가 도덕이고 윤리라고 할 수 있다는 말입니다. 물론 아까 얘기하던 내면성의 원초적 존재 방식을 생각하면, 그것은 구태여 자기반성이 없어도 자기 사는 게 제대로 되어 있으면 저절로 사람 움직이는 기본적 원리로서 존재하는 것이라고 할 수 있지 않나 합니다.

상황과 도덕

문광훈 그런 점에서 봤을 때 자기 내면의 목소리에 귀를 기울인다든지, 참된 의미에서 자기를 배려하고 키우고 육성시키려는 이런 노력들이 우리 사회에는 부족한 것 같습니다. 많은 것들이 외향화된 슬로건 속에서 아니면 당위적 규범에 의존하니까 '민족'이나 '대한민국'과 같은 술어가 모든 것인 것처럼 간주되지요.

김우창 노자 얘기로 돌아가서, 상황이 급박하니까 그렇게 되는 것 같아요. 상황이 급박할수록 상투적인 표현을 많이 쓰게 되지요. 그것이 가장 간단하게 인간관계를 집단적으로 규정하면서, 상황을 내 관점에서 통제하게 해 주지요. 버스에서 젊은이가 나한테 행패를 부리면 내가 쓸 수 있는 제일 간단한 방법은, "늙은이를 이렇게 대접할 수 있어!", 이렇게 호통하며 그를 제압하는 것이지요. 늙은이를 존중해야 된다는, 전통적인 것을 얼른 끌어내서 압도하는 것이지요. 며느리가 시아버지한테 잘못 행동하면, "집안 망할 년."이라고 야단을 하는 경우도 집단의 이름을 단속의 수단으로 삼는 예입니다. 상황이 급박할수록 그 사회에서 통용되는 집단적 규범을 불러와서 나를 방어하고 다른 사람을 제압하는 기제로 삼습니다. 그러다 보면 내면으로부터 자발적으로 나오는 규범의 존재는 점점 희미해지게 됩니다.

다시 얘기하면 상황이 급박할수록 통상적 도덕규범, 집단적 도덕규범을 불러들이기 쉽고, 또 통상적 도덕규범을 자꾸 불러들이다 보면 참으로 근본에 들어 있는, 급박성을 제거할 수 있는 어떤 보편적 원리에 이르기가 어려워집니다. 민족을 찾다가 통일을 찾게 되는 것도 그러한 면이 있습니다. 도덕적 강제력 이외의 다른 이유도 찾아서 이야기하는 것이 필요할 터인데, 집단적 구속력을 동원하는 것은 가장 쉬운 방법이지요.

예는 얼마든지 있습니다. 이러한 예들은 우리나라 고유의 사유 방식과 수사 방식을 드러낸다고 할 수 있습니다. '고려대학의 명예를 실추시키는 교수'라고 하면 학교에서 꼼짝 못하는 경우가 그런 예입니다. 방송윤리위원회 위원을 한 일이 있습니다. 위원들은 일반적인 윤리 사항에 마음을 쓰면서도 소속 대학의 명예를 귀중하게 생각하고 또 다른 단체들의 명예도 비슷하게 고려해 주는 것을 중요하게 생각합니다. 나는 개인의 명예는 존중하되 공공 기구의 명예는 오히려 잘못을 분명히 밝히는 데서 수호된다고 생각했습니다. 또 그것이 의무지요. 공공 기구의 공공성이 바로 그렇게 하여 유지되는 것일 테니까요. 그래서 농담으로 나는 이런 이야기들을 했습니다. 고려대학교에서 무슨 잘못 있고, 교수가 무슨 잘못을 했다 하면, "고려대학교에는 이 모 교수 같은 나쁜 놈도 있지만 나 같은 좋은 놈도 있다, 나는 이렇게 좀 프라이드를 가지고 생각해 보고 싶다."고요.

내 지도 받은 학생 하나가 모 대학 교수였는데 전두환 정권 시기에 쫓겨났지요. 그랬다가 며칠 전에야 복직이 되었습니다. 십오륙 년 만입니다. 사건은 당시 교무처장이 입학 채점 시 몇 번 몇 번에게 점수 많이 주라고 지시한 데서 시작됐습니다. 항의가 통하지 않아 공표가 되고 학생들 데모가 일어났고 정부 반대 시위로 확대되고 사람이 다치는 큰 사건이 되었어요. 내가 그 대학 교수 몇 사람에게 부당하다는 말을 하니까 그 교수들은 성을 내면서 "학교 명예를 실추시킨 놈을 그대로 둘 수 있느냐."라고 역정을 냈어요. 학교의 명예라는 건 바로 공정하게 하는 데 있는 것일 텐데 부정 폭로가 학교 명예를 실추시킨다고 생각한 것입니다. 도덕의 인간적 본질 그리고 그것이 사회에서 갖는 기능을 전적으로 잘못 이해하는 것이지요. 도덕을 집단이라는 것에만 근거하게 할 때 일어나는 일입니다.

문광훈 문제는, 그것이 도덕의 명분화에 그치는 게 아니라 사람의 관계 일반이 파괴된다는 데 있는 것 같아요. 어떤 이론이나 이념에 대한 많은 탐구도 그런 집단주의적 명분 속에서 피상적으로 되어 버립니다.

표절에 대하여

김우창 대학에 수십 년 동안 있으면서 표절 사건을 여러 번 봤어요. 또 요즘 많이 문제되지 않습니까. 표절이 무엇인가에 대한 개념이 없어요. 좀 관대하게 이해해서 나는 두 가지로 생각해요. 하나는 우리 전통에서 공자를 인용할 때 꼭 인용 부호를 붙일 필요가 없었거든요. 모든 사람이 다 아니니까 전통이 그렇고 또 좋은 말 인용해서 쓰는데 누가 했든지 간에 그게 무슨 상관이냐 이렇게 생각하는 사람도 있을 수도 있지요.

또 하나는 우리 사회에 대강대강 해야 하는 일들, 별생각 없이 하는 요식 행위 등이 얼마나 많습니까? 결혼식이나 장례식처럼 의미를 절실하게 느끼지 못하는 행사에 돈 내고, 참석하고 하는 것들, 대체로 건성으로 하는 일들이지요. 그중에도 조사다 축사다, 주례사다 기념사다 하는 것들은 진짜 말인지 표절인지, 가려내기 어려운 수사적 언어입니다. '표절이 관행'이라는 말이 있었지만, 관행이라는 것이 이러한 것들 아닙니까? 자신과 사회에 대하여 그리고 하는 일에 대하여 명확한 사실적 인식을 가지고 행하는 일이 많지 않은 것이 우리 사는 방식입니다. 사람 사는 것이 다 그렇고 우리 전통이 그렇다고 할 수도 있는데, 전통적 정신 훈련은 생각은 물론이고 동작 하나하나도 분명한 의도로 이어져야 한다는 것을 강조했지요. 물론 사회에는 의미가 분명치 않은 의식상(儀式上)의 언어가 많고, 그 의미는 사회 전체의 상징체계 속에서 나오지요. 그러나 의식 있는 자란 그 체계 전체에서의 의미를 알고 자기의 일을 행하는 사람입니다. 이 경우, 언어와 행위의 의미는 전체성과의 연결에 있지요. 어떤 경로를 통해서이든지 사실과의 밀착성이 살아 있는 윤리성의 보장입니다. 이 사실성의 인지에는 자신의 일거수일투족을 자신의 내면적 눈으로 의식하고 있는 내면성의 활동이 들어 있습니다.

문광훈 지금에 와서는 학문하는 방법이 이전의 전통과는 좀 다르게, 인용의 문제에서 드러나듯이, 더 사실적으로 대응해야 될 것 같습니다. 요즘 저희 세대에서도 인용할 때 표절하면서 '이건 이래서 되고 저건 저래서 되고'라는 식으로 그냥 넘어가는 경우가 많은데, 그러면 곤란할 것 같은데요.

김우창 표절 문제 자체도 중요합니다. 그러나 궁극적으로는 사회에 성립하고 있는 도덕적인 테두리 안에서 그 의미가 드러납니다. 우리나라에서는 표절이 자신의 지적 양심을 속이는 일이라는 인식이 아직 분명치 않은 것 같아요. 또 기술적으로도 그것이 무엇인지 모르는 것 같습니다. 결국 모든 것은 사실과 나와의 엄정한 관계, 도덕적 인식의 핵심을 이루는 이 관계가 분명한 것이 되어야 세부 규칙이 설 것 같습니다.

지루한 잡담을 하나 하면, 나도 표절했다고 잡지에 한번 크게 난 적이 있어요. 《애지》라는 잡지에 기사 제목까지 「김우창 vs 벤야민」이라고 났어요. 몇 년 됐어요. 어디서 인용했다고 다 밝힌 것인데, 발터 벤야민의 글을 많이 인용했다고 해서 그걸 다 표절이라고 해 놓은 거예요. 이것을 보고, 표절이 무엇인지 우리 사회는 아직 모르는 것 같다는 생각을 했지요.

나의 생각은 다른 많은 사람의 생각에 힘입어서 앞으로 나아갈 수 있을 때가 많습니다. 그때 힘을 빌려 준 사람의 이름을 밝히는 것은 도의적 의무지요. 그리고 그 사람과 나의 생각이 하나로 얽혀서 일체적인 것이 되었다고 하더라도, 그 다른 근거를 밝혀 놓는 것은 표현된 생각의 정확성, 부정확성, 계보와 역사 등을 밝히는 데 주요한 실마리가 됩니다. 이러한 세부 사항이 무에 그리 중요하냐 할 수도 있지만, 과학 논문에서 이것은 검증의 필요에 비추어 절대적인 요구라고 할 수 있지요. 단순히 도덕적인 차원에서도 언제나 나의 생각과 나의 사실을 분명하게 가려 놓는 것이 의의가 있지요. 소유권을 말하는 것이 아니라 분명한 자기의식은 도덕적으로 인식론적으로나 명징성의 유지에 늘 필수적인 일이니까요.

문광훈 표절하면서 표절이 무엇인지도 모르고, 인용하는 방식도 서투릅니다. 그래서 남의 것을 모방하는 것에 대한 지적 양심의 납득할 만한 기준이 우리에겐 매우 낮은 것 같아요.

김우창 다시 말해 그것은 사회가 뒷받침하는 어떤 종류의 도덕적 행위에 대한 이해가 성립하면, 그 테두리 안에서 표절이라는 게 의미가 있게 되는 것이지요. 이런 경우도 있어요. 몇 십 년도 더 된 옛날 얘긴데, 학위 논문 심사를 갔는데 논문을 보니까 내가 쓴 걸 너무 많이 차용하고 출처를 밝히지 않았어요. 논문을 쓴 사람의 설명은, '선생님이 얘기하신 것을 존중해서 그렇게 썼다.'라는 것이었습니다. 내가 논문 심사로 들어갈 것도 알고 있었지요. 학문의 길이 외로운 길이라는 것, 외로운 사람들의 만남이 학문상의 만남이라는 것을 의미한다고도 할 수 있는 것입니다. 이러한 우리의 생활 관습에서 벗어난, 보다 냉혹하고 엄격한 세계가 존재한다고 할 수 있는데 우리는 그것에 들어가는 것을 두려워합니다.

문광훈 이상한 종류의 경외심이 많은 것 같아요. 그리고 많은 것이 삶의 의미를 찾고자 하는 엄정한 투명성의 부족으로 일어나는 것 같네요.

김우창 경외심은 우리를 초월하는 엄숙한 세계에 대한 것이어야 하고, 그 앞에서 우리 모두가 엄격해야지요.

문광훈 선생님이 말씀하신 인용이라든가 표절에 대한 개인적 이해도 부족할 뿐만 아니라 이런 잘못된 오해를 용인하는 사회적 규범도 거의 없다는 의미겠지요?

김우창 그것을 가능하게 하는 도덕적 행위에 대한 이해가 생기지 않고 있다는 거예요.

문광훈 바로 그 때문에 어떤 것을 표절하고도 '저건 표절된 것이다.'라는 지적을 누군가가 할 때, 그것을 많은 사람들이 받아들이지 못하지 않습니까? 글의 바른 꼴에 대한 정확한 관념이 없다고나 할까요.

김우창 표절은 서양에서 나온 개념이니까, 이 개념을 우리 문화 속에서 받아들이기 위해서는 우리 문화 속에 그것을 부도덕한 행위로 보는 도덕적 이해가 있어야 하지요.

집단성, 정치, 도덕과 내면성

문광훈 슬로건이 된 사회적 당위성을 많은 사람들이 조건 없이 받아들이고 그것을 체질화하면서 흥분 속에 동참하는, 의식적·무의식적으로 일어나는 이런 집단적 동원화가 우리 사회엔 심합니다.

김우창 윤리라는 것은 다른 사람과의 관계를 규정하는 것이기 때문에, 집단과의 관계도 여기에 포함된다 할 수 있습니다. 다만 윤리에서 말하는 다른 사람이란 자체 집단 안의 한 사람 한 사람을 말합니다. 개인에 관계없이 추상화된 집단이 행동의 의무를 부과하게 된 것은 근대 국가의 탄생과 관계되는 것 같습니다. 왕이나 사직 그리고 그것의 신격화, 이러한 것은 집단을 인격화하는 행위에 관계된다고 할 수 있습니다. 결국 윤리적 의무는 인격자에 대한 의무를 말하니까. 또 실제 집단의 흥분을 일으키는 것은 그것과는 별개의 원초적인 심리적 에너지에 이어져 있는 것 같습니다. 여러 사람과 함께, 또 여러 사람을 위해서 움직인다는 것은 사람을 흥분시킵니다. 이 집단적 흥분이 집단적 윤리의 당위성과 결합한 것이 요즘 현상인 듯합니다. 우리는 그것이 어떠한 것이든지 간에 집단의 흥분에 약한 것 같습니다. 정치는 그것을 불러일으키는 것이 주된 목적이라고 생각하지요.

다시 말하여 민족이나 국가를 최종적인 것으로 하는 윤리 도덕의 경우에도 집단 현상과 직접적인 연계가 있는 것은 아니라고 할 것입니다. 군중 현상이 확인하는 것은 잠재적인 힘의 실체로서의 군중의 존재입니다. 이 집단의 힘에 참여하는 것은 일시적이나마 사람의 힘을 새롭게 하는 방법이 되겠지요. 이러한 군중 현상을 정당화하는 데 집단적 윤리 도덕의 명분이 사용되고 거꾸로 이 윤리 도덕의 명분이 군중의 힘을 타서 스스로의 힘을 느끼는 것이겠지요.

그 대신 섬세한 도덕과 윤리가 약화되는 것은 불가피합니다. 그것은 떠들썩한 환경이 아니라 <u>스스로를</u> 되돌아볼 수 있는 공간을 요구합니다. 『논어』에 증자의 말로 "나는 나를 하루 세 번 돌아본다!(吾日三省吾身)"라는 말이 있습니다. 일정한 윤리적 기준에 따라 살려는 사람이 해야 하는 일이지요. 이 반성의 기준에는 내가 민족을 위하여 바르게 일했는가 하는 조항도 포함될 수 있습니다. 그러나 집단 윤리가 반드시 군중 집회에 의하여만 열매를 맺는 것은 아니지요. 그러니까 다시 한 번 개인적 도덕, 집단적 윤리 그리고 대중적 압력, 이 세 가지는 별개로 생각되어야 합니다.

사족으로 붙이면, 증자가 세 번 반성하는 것은 다른 사람의 관계에 충성을 가지고 행동했는가, 벗과 교류함에 있어서 믿음으로 했는가, 스승의 말씀으로 전해 받은 것은 공부했는가, 이 세 가지 규칙에 따라 항목별로 자기반성을 하는 것이지요. 그러니까 자기반성은 반성이되, 항목에 관계없이 있는 대로의 자기를 돌아본다는 의미에서의 자기반성은 아닙니다. 즉 완전히 전제 없는 내면에로의 회귀를 말하는 것은 아니지요. 그리고 여기에서 반성의 대상이 되는 것은 자기가 한 일입니다. 그러니까 반성이 부분적이어서 주체가 주체를 본다는 어려운 작업은 없습니다. 도덕과 양심은 실존적 바탕으로부터 생각할 때, 이러한 자신 전체를 향한, 대상화된 것을 초월한, 전제 없는 내면적 반성의 움직임에 관계되어 있습니다. 이것이 개인의 삶에도 관계되고 집단의 삶을 위한 개인의 결단에도 관계되지요. 이 경우, 후자의 결정도 반드시 전자의 개인의 내면적 숙고를 배제한 것일 필요가 없습니다. 그러나 거기에는 자유인으로서의 자유가 있기 때문에 집단의 관점에서는 위험이 따르지요.

공인의 정직성

문광훈 개인의 도덕과 전체의 도덕이 같은 데서 나와서 같은 결과에 이를 수도 있지만, 그것이 서로 달라지는 경우는 어떻게 하지요?

김우창 우리에게는 집단이 정당화하는 것이면, 그것은 모든 것을 다 정당화해 줍니다. 그런데 집단의 목적 수행에 개인의 도덕성은 어떻게 되느냐 하는 것은 별로 문제 삼지 않습니다. 공산 혁명의 전개에서 혁명의 목적으로 개인적 정의 또는 인도주의적인 기준이 무시되는 것은 보통이었습니다. 그러다 보니 순전히 개인적 동기의 일도 큰 명분만 뒤집어씌울 수 있으면, 적당히 넘어갈 수 있었습니다.

말할 것도 없이 집단의 명령을 수행하는 데 있어 개인의 도덕이 어떤 관계를 가지고 있느냐는 매우 복잡한 문제입니다. 적어도 그것에 일어나는 갈등은 삶의 비극적 일면으로라도 보아야 할 텐데, 집단의 이름만 있으면, 개인의 자잘한 일은 무시되는 것이 보통이지요. 조금 안 맞는 이야기이지만, 집단의 움직임 안에도 개인의 양심의 문제가 없어지지 않는다는 예시로 몇 가지 있었던 다른 나라의 일들을 생각해 보지요.

부시 대통령과 블레어 수상이, 없는 대량 학살 무기를 있다고 거짓 정보를 만들어 이라크 전쟁을 일으켰다는 것은 널리 알려진 사실 아니에요? 미국에서도 그게 문제가 되었지만, 영국에서 더 많이 되었어요. 그러니까 전쟁이 정당하냐 아니냐를 떠나서 국민에게 잘못된 정보를 가짜로 만들어서 제공하고, 그걸로 국민의 희생을 요구하고 다른 나라를 침범하는 일을 벌였다 해서 문제가 되었어요. 그런데 그보다 한 단계 더 내려가서 문제가 된 것은 거짓말했다는 간단한 사실이었다고 할 수도 있습니다.

이 간단한 관점에서는 미국에서보다 영국에서 더 문제가 되었습니다. 왜냐하면 영국에서는 공적 광장에서의 정직성이라는 것이 더 중요하기 때문에 그렇다고 할 수 있습니다. 그것은 귀족 제도와 관계있는 것 아닌가 합니다. 옛날에 "너 거짓말쟁이다." 하면, 그것은 결투로 해결해야 하는 명예 훼손이 되는 문제가 됐지요. 정직성은 자기 나름으로 떳떳하게 사는 사람으로서의 근거지요. 이것은 자기를 높게 생각하는 사람이 아니면 누릴 수 없는 특권이기도 해요. 물론 정직성은 일반 시민에게도 중요한 덕성이 되었습니다. 일반 시민도 말하자면, 귀족과 같은 자기 존엄성을 가지게 되었으니까. 블레어의 국가 정책이 옳으냐 그르냐를 떠나서 그의 부정직성이 그의 권위를 크게 손상한 일이었습니다.

문광훈 사회적 기풍이 건전한 데는 그런 전통이 작용하고 있군요.

김우창 그러면서도 블레어는 쫓겨나지는 않았습니다. 국책 수행과 거짓말, 어느 쪽이나 어려운 문제예요. 국회에서 나가라는 맹렬한 말도 많았지요. "거짓말하는 수상이라니 도대체 뭘 하겠는가." 하면서.

영국에서 한창 그게 문제시될 때 내가 재미있게 생각한 게, 미국에서도 "부시, 이 거짓말쟁이 나쁜 놈." 이런 말이 나왔지요. 그런데 영국이 훨씬 시끄러운 것 같아요. 영국 사회에서 정직성이란 아주 중요하니까. 그건 현실적으로 정직성이 중요해서이기도 하지만, 귀족적 전통으로 인한 것이라고 할 수도 있습니다. 사람 사는 일이 복잡하다는 것을 생각하게도 합니다. 모든 것이 민주주의 하나로 해결되는 것은 아니지요. 비민주주의의 전통에서 나온 것도 살아남아서 좋게 되는 것도 있습니다.

문광훈 그렇게 볼 때 영국 사회의 도덕적 수준은 우리보다는 높은 것 같은데요.

김우창 그러면서 나쁜 짓도 많이 했지요. 간단히 얘기하기 어려운 것 같습니다. 우리는 식민지를 만들고 사람 죽이는 거 안 했으니까. 그러나 그들에게는 정직성이나 도덕의 문제를 날카롭게 따지는 전통은 있다고 하겠습니다. 우리나라 사람들은 일반적으로 정치적인, 공적인 명분은 그대로 수

궁하지요. 또 그러나 그런 말들은 정략적 수사가 되는 수가 많습니다.

다른 기묘한 사건을 하나 이야기하겠습니다. 우리나라 신문에도 조금 났는데, 얼마 전 네덜란드 이민 장관이 국회 의원 한 명의 시민권을 박탈해 버렸어요. 아얀 히르시 알리(Ayaan Hirsi Ali)라는 국회 의원인데, 원래 소말리아에서 온 사람이었지요. 그 사람은 아프리카에서의 여성 학대에 대하여 많은 글을 썼습니다. 영화감독 테오 반 고흐(Theo Van Gogh)가 아프리카에서 일어나는 여성 억압에 대해 영화를 만들 때 스크립트를 쓴 사람이 알리입니다. 그로 인해 반 고흐는 2004년 11월에 이슬람주의자들에 의해 암살되었는데, 알리는 네덜란드에서 국적도 얻었고 국회 의원까지 되었어요.

그런데 한 달쯤 전에, 네덜란드의 이민 장관이 그의 국적을 박탈한다는 발표를 했습니다. 국적을 받을 때 거짓말을 했다는 이유였지요. 1992년 네덜란드에 오면서 내란 상태에 있는 소말리아를 탈출하여 정치적 망명처를 요구한다고 진술했습니다. 그런데 최근 소말리아에서 온 것이 아니라 케냐에서 왔다는 사실이 알려졌습니다. 소말리아에서 도망 나와 케냐에서 10여 년을 살다가 네덜란드로 이민 온 거지요. 다만 이민의 편의를 위하여 소말리아에서 지금 피해서 오는 것이라고 썼던 것입니다. 처음 입국할 때 적은 거짓말로 서류가 무효라는 것입니다.

이민 장관의 조처에 여러 해석이 있습니다. 하나는 정치적 목적 때문이라고 해요. 지금 유럽에 아프리카 이민에 대한 적대감이 많으니까 이민 문제에 강경하게 나오면 정치적 이점이 생길 수도 있지요. 다른 하나는 정치와는 관계없이 서류를 거짓말로 작성했기 때문에 그랬다는 것이 장관이 내세우는 이유고, 그것을 받아들이는 사람들도 있습니다. 그들의 정직성 강박으로 보아 후자의 해석도 가히 틀리지는 않지 않나 합니다. 우리에게는 잘 이해되지 않을지 모르지요. 정치 망명이라는 큰 사건에 작은 거짓말이 무슨 문제냐, 대체로 우리는 이렇게 생각하겠지요.

이민 장관이 재고하겠다고 했다는데, 이 히르시 알리라는 사람은 명사 (名士)이기 때문에 이미 미국 가서 살겠다고 했고, 미국에서도 오라고 그랬어요. 그래서 자기 개인적으로 어딜 가 사나 문제는 없는데, 하도 네덜란드 안에서도 비판이 많으니까 장관이 재고를 하는 거라고 오늘 아침 신문에 났습니다. 엄격하게 정직해야 된다는 그들의 도덕적 기준에서 우리와 다르다고 할 수 있습니다. 말하자면 우리와는 다른 종류의 도덕적 컨피규레이션(configuration, 총괄적 형태) 속에 살고 있다고 할 수 있지요.

문광훈 도덕을 생각할 때도 복합적으로 사고하는 것이 아주 중요하다는 거지요?

김우창 철저하게 사고해야지요. 내면성의 문제였는데, 이야기하다 보니, 우리에게 급하게 다가오는 것은 윤리와 도덕의 문제라는 것을 알았습니다. 그러다 보니 관습과 윤리, 윤리 규범과 도덕, 공공 도덕과 실존적 양심의 소리, 집단적 도덕과 집단의 일체성, 정치의 수단으로서의 집단적 열광, 이러한 것들의 차이를 조금씩 생각해 본 것이 되었습니다. 여기에 핵심적인 것이 내면성이지요. 모순은 사람 사는 일에서 가장 큰 특징입니다. 모순을 보고, 어떤 두 가지 해결할 수 없는 모순이 있으면, 그것을 둘 다 인정하는 것이 중요하지요. 그런데 문 선생이 나보고, "한편으로 보면 이건 이렇고 또 다른 한편으로 이렇다고 한다."라는 말을 한 일이 있지만, 다른 사람들도 지적한 일들이 있어요.

문광훈 질문자의 입장에서, 또 개인적으로 저는 그런 걸 좋아합니다. 제가 가장 싫어하는 게 단정하고 단언하는 발언이거든요. 왜냐하면 사람 사이의 많은 문제들이 거기서부터 시작하는 것 같아서지요. 사회적 문제는 더 그렇다고 여겨져요. 그러니까 이렇게이렇게 이야기하면서도 주저하고 유보하고 해야 되는데, 그러나 상호 주관적 차원에서는 그렇게 되는 것 같지 않습니다.

　김우창　철저하게 생각하는 습관이 안 돼서 그렇지요. 그것은 생각보다 윤리적 도덕적 의무를 중시하기 때문입니다. 그것에 대하여 의문을 제기하는 것이 생각의 출발이 되는 수가 많으니까.

행복과 생명의 충일감

행복에 대하여

문광훈 예전에 선생님이 행복과 관련하여 심리학자 칙센트미하이 (Mihaly Csikszentmihalyi)를 언급하면서 "일이 즐거움과 이어질 때 행복이 생겨난다."라고 쓰신 적이 있는데요. 그 대목을 제가 한번 읽어 보겠습니다.

문화도 그렇고 문학도 그렇고 형용사적으로 존재하는 것이지 실체적으로 존재하는 것이 아니라는 것입니다. 하는 일이 문화적이어야 하지, 문화를 따로 지녀 가지고 있는 지도자가 필요한 것은 아니라는 말입니다. 보람이란 단순히 의무로 삶을 사는 것이 아니라 기쁨 속에서 또는 삶의 충일감이나 자아실현의 느낌 속에서 얻어지는 것이지요. 살아야 할 삶을 살되 기쁨이 있는 삶을 생각하는 것이 문화의 이상입니다.

그러니까 문화나 문학에서 우리가 얻을 수 있는 행복은 외적으로 또 확연하게 불변의 것으로 있는 것이 아니라 내가 사는 데서, 기쁨이 있는 삶을 스스로 살아가는 데 있고, 이것이 크게 보면 문화의 이상이라는 것이지요. 행복의 개인적이고 사회적인 의미에 대해 말씀해 주십시오.

김우창 문화가 우선 행동적이라는 것, 어떤 행위 속에서 일어난다는 것이 중요하지요. 앞서 얘기한 것처럼, 내가 도덕적으로 살아야 되겠다는 결심을 하기 때문에 도덕적으로 사는 것보다 사는 것이 저절로 도덕적이면 제일 좋은 것처럼, 문화적이라는 것도 행동하는 데 자연스럽게 보기 좋다, 야만적인 것이 아니다, 이런 느낌을 주는 것이 좋지요. 그 자체를 추구하는 건 문화를 대상화하고 그것에 우리가, 우리의 주체성이 종속되는 것이라 할 수 있습니다. 여기서부터 상품화도 일어나게 돼요.

그러니까 자연스럽게 행동하는 것 자체도 자기 생명의 표현으로서 나타나는 것이 좋아요. 또한 사회의 생명에 찬 삶의 표현으로서 문화적인 것이 일어나는 게 좋지요. 문화 상품화가 일어나는 것도 문화를 대상화하는 데서 일어나지요. 동어 반복 같지만, 이러한 것은 자신을 대상화하는 세계에서 일어나는 일입니다. 그런데 오늘의 세계는 우리를 전부 대상화해서 그러한 세계의 노리개가 되게 하지요. 상품의 세계니까 그러한 것을 완전히 무시할 수는 없겠지만, 그것이 참으로 삶에 도움이 되려면, 그 근본에 삶 자체에 대한 충실성이 있어야 되지요.

행복이라는 것은, 지금 얘기한 것과 연결해서 말하자면, 생명의 충일감 속에서 많은 게 이루어지면 저절로 생겨나는 것이라고 할 수 있습니다. 밖으로부터 부과되는 외적인 모형을 통해서 추구되면, 그것은 생명에 대한 어떤 한계를 부여하는 일이 된다고 할 수 있습니다. 세상의 좋은 일은 다 좋아서 하는 것이지요. 가령 사람은 먹어야 생명을 유지할 수 있는데, 사실은 그런 것을 의식 안 하고 먹는 걸 다 즐기지요. 엄숙하게, 내가 오늘 이것을 먹지 않으면 죽으니까 먹어야 된다, 이렇게 사는 생명도 있을 수 있지만, 그것은 괴로운 일이지요. 아주 위급한 시기에는 그렇게 되겠지만 보통 때는 즐겁게 먹으면 그것이 생명에 도움 되고 생명을 연장하는 중요한 기능을 가지게 되는 것입니다.

어떤 사람들 얘기는, 무엇을 먹느냐 할 때 먹고 싶은 걸 먹는 것이 중요하다고 합니다. 바로 몸이 필요로 하는 거니까. 내가 조금 짠 것이 먹고 싶다 할 때는 사실 소금이 필요한 경우고, 내가 단것이 먹고 싶다고 느낄 때는 이 단것에 있는 빠른 에너지가 필요한 경우라고 하지요. 우리의 전통 의학에서 나온 것이지만 요즘 그렇게 얘기하는 의사들이 있어요. 그러니까 자기가 즐겨서 먹는 것이 대개 생명 연장에 도움이 되지요. 또 먹는 즐거움을 더 높이기 위해서 요리법이라는 것이 생긴 거 아닙니까? 단순히 비타민 몇 개, 단백질 얼마 이렇게 먹을 게 아니라 요리를 잘해서 먹는 건 더 즐겁게 하기 위해서지요. 먹는 것 자체가 즐겁고 행복한 일이지만 그것이 우리 삶에 도움이 되지요.

사랑도 그렇습니다. 사랑은 생명을 세대 간에 연장하는 수단, 그러니까 생식의 기능을 위한 것인데, 다 즐거워서 하지요. 엄숙하게, 아, 내가 우리 세대를 연장하기 위해 사랑을 해야겠다고 한다면, 참 답답한 삶의 형태가 되지요. 이는 우리 전통 사회의 문제점 가운데 하나였지요. 자식을 얻기 위해서 결혼하는 것 말입니다. 그 기쁨을 더 확대하고 더 높은 것으로 고양할 수 있다는 것은 생각 안 하고, 그냥 엄청나게 자식들 낳아서 부모, 조상 제사 잘 지내게 해야지, 이렇게 하면 얼마나 괴로워집니까. 모든 좋은 것이 좋게 사는 데 도움이 되지요.

도덕의 경우도 사실은 기뻐서 하는 거지요. 그것이 도덕의 근본에 들어 있어요. 삶의 조건이 왜곡된 경우에 도덕적인 것은 사람의 기쁜 삶과 절단된 상태로 존재하게 됩니다. 마치 섹스라든지 자식을 낳는 것이 사랑이라는 더 복잡하고 미묘하고 고귀한 것이 될 수 있다는 사실로부터 절단되어 존재하는 것과 같지요. 절단되어 존재할 수 있다고 말할 수는 있지요. 엄숙한 도덕적 규범을 상기해야 할 때도 있지만, 그것을 원형적인 것으로 생각하는 건 옳지 않아요.

그렇기는 하지만, 모든 것이 지금 말한 대로만 되는 것은 아니라는 것도 생각해야겠지요. 좋은 약은 입에 쓰다는 것도 사실 아닙니까? 단것을 좋아한다고 단것만 먹어도 안 되고, 성욕의 충족을 위하여 그것만 추구하여도 곤란하지요. 아이들에게 가르치는 일의 하나가 제가 좋아하는 것을 좋아하게 하면서도 몸에 좋은 것을 좋아하게 하는 것 아닙니까? 입맛에 좋은 것과 몸에 좋은 것이 하나가 되는 것이 바람직한 상태이기도 하고, 어떻게 보면 가장 자연스러운 상태라고 할 수도 있습니다.

칸트가 병이 나 누워 있는데 손님이 오니까 옷을 갖추어 입고 나가면서, 내가 아직 후마니타스(Humanitas)를 잃지 않았다고 했다는 일화를 그전에 글에 언급한 일이 있습니다. 옷을 차려입고 손님을 맞이한다는 것은 남의 눈치를 보는 일이라고 할 수도 있는데, 칸트가 눈치 보느라고, 아니면 잘 보이려고 그런 것은 아니겠지요. 밖과 안이 서로 교환되는 어떤 기제가 있는 것일 겁니다. 옛날 조선조 선비의 수신 사항에 공구신독(恐懼愼獨)이라는 것이 있지 않습니까? 늘 두려워하고 혼자 있을 때도 조심조심하는 것일 터인데 누가 본다고 전전긍긍 조심을 합니까? 어디 그것이 떳떳한 일입니까? 공구신독에 혼자 있을 때도 누가 보듯이 행동하라는 뜻이 있는 것은 사실이지만, 눈치 보라거나 잘 보이라는 것은 아니지요.

서울 시내가 깨끗해지는 것도 그러한 생각을 하게 됩니다. 관광객 눈치도 보고 외국 도시에 비교해서 열등감도 생기고 해서 시가를 정비하는 것이지만, 어느 시점부터는 그냥 도시를 아름답고 인간답게 하는 것 그 자체로 바뀌게 되는 것 같습니다. 한류와 같은 것도 천덕스러운 상품주의가 분명 스며 있겠지만 거기에서 출발한다고 하더라도 어느 시점부터는 그 자체로 아름다운 것을 추구하게 되는 것이 아닌가 합니다. 결국은 밖이 안을 살피는 방편이 되어 안이 깊어지고 참모습의 안이 구현되는 것일 겁니다. 안을 살피며 산다는 것이 자폐적으로 된다는 것은 아니지요. 세계는 하나이고 그 안의 모든 것은 변증법적 교환 관계에 있다고 할 수 있지요.

도덕의 핵심은 자유입니다. 무서워서 무엇을 하면, 그것이 무서워서 하는 일이지 그 자체를 위하여 하는 것은 아니지 않겠습니까. 그러나 자유는 곧 필연성과 하나가 됩니다. 칸트가 『실천 이성 비판』에서 말한 절대적 도덕의 근거가 자유이지요. 자유 없이는 도덕이라는 것이 의미 없어요. 칸트가 자유 얘기하면 그것은 금방 필연성의 얘기가 돼요. 자유롭게 한다는 것은 필연적·도덕적 규범에 따라 산다는 것을 의미합니다. 자유라는 건 도덕적 필연성을 선택하는 자유를 말하니까. 그래서 칸트를 너무 딱딱하고 엄숙하다고 느끼는 사람이 많아요. 그렇지만 그 근본 원리는 맞지요. 자유라는 것은 도덕적 필연성을, 규범을 선택할 수 있는 자유이자 도덕적 필연성을 말하니까 자유는 필연성이다, 이렇게 되지요. 이것이 원형적 상태입니다.

그러니까 자유와 필연성의 관계, 기쁨과 생명의 관계, 도덕과 기쁨의 관계, 이런 게 현실 속에서는 다 모순된 것 같으면서도 연결되어 있지요. 칸트식으로 얘기하면 현상 세계에서는 이 두 개가 자주 분리되기 때문에 일률적으로 말하기는 어렵지요. 그러나 이 둘이 분리된 상태를 원형적인 것으로 생각하는 것은 잘못 이해하는 것이고, 또 사회적 도덕 체계를 잘못 구성하게 하는 원인이 될 수 있지요.

쾌락에 대하여

문광훈 말씀하신 건 아주 어려운 문제이지만 중요한 지적인 것 같습니다. 그러니까 감각과 정신, 필연과 자유, 일과 즐거움과 같은, 모순되어 보이는 대립항들이 일치하는 데서 행복이 나오고 문화의 이상도 그렇다, 이렇게 이해하면 되나요? 칸트 철학의 핵심도 바로 이 점인 것 같은데요.

김우창 그런데 칸트가 너무 엄격하게 얘기하니까 사람들이 안 좋아하지요. 우리의 단순한 소망도 그래요. "내가 날개가 있다면 하늘을 날 것을……." 이런 노래가 있잖아요? 그게 아마 하이네 시인가 그렇지요? 우리나라에도 그와 비슷한 이미지를 가진 시들이 많습니다. 날개 있다면 하늘을 날 것을, 내가 새라면 하는 것. 한하운의 시에도 그 비슷한 게 있는 것 같은데. 그런데 "내가 두더지라면 땅속을 헤집고 다닐 것을……." 이런 건 거의 없거든요. 앞으로 더러 있을는지도 몰라요. 이런 단순한 소망도 사실은 생명의 근본적 조건에 연결되어 나오는 것이기 때문에 일단은 존중할 필요가 있지요.

하나 더 보태면, 학생들한테도 여러 번 얘기했는데, 영어의 pleasure, 이것은 그렇게 강한 쾌락만을 의미한 것 같지 않습니다. '제발, 앉으세요.'도 '즐겁게 앉으세요.(Please, sit down.)'라고 하니. 그런데 pleasure를 한국말로 번역할 때 쾌락이라고 하잖아요? 독일어로는 뭐라고 하지요?

문광훈 루스트(Lust)의 의미가 있겠네요.

김우창 루스트에 해당될까요?

문광훈 루스트는 기분이나 (가벼운) 즐거움이고, 좀 더 강한 것으로 '베게렌(Begehren)'이 있습니다.

김우창 베게렌은 더 욕망에 가까운 것이고. 하여튼 pleasure를 쾌락이라 그러는데, 이 말은 우리가 한자로 쓸 때 대개 두 글자를 붙여 쓰니까 그렇게 하지만 우리의 정신 상태를 반영한 것 같아요. 옛날 사람들은 쾌락이라는 말을 안 썼을 것 같아요. 현대에 나오는 말 같아요. 옛날엔 그냥 락(樂)이라고만 했지요. 당신 요즘 무슨 재미로 삽니까 그러면 나는 그냥 화초 바라

보는 낙으로 살지, 또는 부모가 두 분 다 살아 계시고, 하늘을 우러러 부끄러운 것이 없고, 영재를 얻어 얘기를 나누고, 이런 것을 맹자는 '세 가지 낙이 있다(三樂)'고 그랬지요. 그때 낙이란 조용한 기쁨을 얘기하거든요. 그런데 요즘은 쾌락을 얘기해야 속이 시원해요. 쾌락의 절정은 어디 있냐면, 섹스에도 있고 마약에도 있고, 밖에 나가서 한번 악쓰는 것에도 있고.

물론 낙이 쾌락이 되고 퇴폐가 되기도 하지요. 독일 신문인《프랑크푸르터 알게마이네 차이퉁(Frankfurter Allgemeine Zeitung)》에 얼마 전에 나온 얘긴데, 병원 응급실에서 일하는 사람이 있어요. 응급실에서 일어나는 응급 상황이 이 사람은 아주 재미있는 거예요. 급하게 환자 받아 처리하고 이러는 게. 우리 생각하기에는 스트레스가 많을 것 같은데. 그래서 그 사람은 응급 상황을 만들려고 사람을 몇 죽였어요.

문광훈 현대 사회에서는 즐거움을 누리는 것도 극단으로 치닫는다, 이 말씀이시지요?

김우창 옛날엔 낙으로 족했는데 이제는 '쾌' 자가 붙어야 되고. 쾌락을 추구하게 되었어요. 그게 사람이 원하는 것이면서 동시에 위험스러운 가능성을 가지고 있다는 것을 생각해야 돼요. 아까 원형적인 얘기는 했지만, 매우 조심스럽게 생각해야 될 성격의 것입니다. 또는 인간성 자체가 상당히 과격한 것들을 담고 있다고 할 수도 있습니다. 그러니까 낙이 확보되지 않으면 쾌락을 요구하게 된다고 할까요.

미국의 어니스트 칼렌바흐(Ernest Callenbach)라는 사람이 「에코토피아(Ecotopia)」라는 짤막한 소설을 썼어요. 아이디어는 미국의 북서부에 자연 참 좋고 기후 좋은 곳이 독립해서, 거기에 완전히 평화롭고 행복하게 모든 사람이 서로 도와가면서 기쁘게 사는 유토피아를 세웠다는 것입니다. 그런데 그 지역의 일부를 떼어 전쟁놀이하는 터로 만들었어요. 전쟁하고 싶은 사람, 공격적인 마음을 발휘하겠다는 사람은 저희끼리 죽이고 살리고 싸우게끔 아예 터를 별도로 만들어 놓았지요.

소설의 대부분은 그 얘기가 아니고 평화롭게 잘사는 얘기지만, 유토피아에서조차 그런 구역을 설정한 것을 보면, 낙에 만족하지 않고 쾌락을, 또 극단적 쾌락을 추구하는 본성이 사람에게 있는지도 몰라요. 그러나 간단히 생각할 건 아닌 것 같아요.

한(恨)에 대하여

문광훈 즐거움의 어떤 이상적 형태는 극단으로 치우칠 것이 아니라 일정한 균형을 취할 수 있도록 생각해야 된다, 또 좀 조심스럽게 생각해야 된다는 뜻이지요?

김우창 문화적으로 더 섬세하게 고양된 상태로 가져갈 수 있다는 것이지요. 프로이트가 '문화와 불편함(Unbehagen)'을 말한 것처럼, 불편함은 불가피하고 어느 정도의 욕망이나 충동에 대한 억제도 필요하다, 이렇게 말할 수 있지요. 문화적으로 고양되면, 한쪽으로 즐거움과 기쁨은 더 커지면서 동시에 한쪽으로 기율과 자기 억제도 필요하다는 것이지요.

억제나 기율이 필요하다는 것은, 이 얘기는 나중에 연결되지만, 욕심을 좀 줄여야 된다는 말이지요. 금욕적인 것이지요, 즐거운 금욕. 금욕이라는 것을 남이 부과하면 받아들이기 어렵고, 스스로의 판단에 따라서 받아들이면 오히려 자기 성취의 일부가 되기 때문에 기쁘게 받아들일 수 있는 것 같아요.

문광훈 푸코의 자기 배려라든가 스토아 학파에서 말하는 자기 절제로서의 쾌락, 이런 것과 연관되는 것 같은데요. 또 그렇게 할 수 있을 때, 개인의 즐거움이 사람과 사람 사이의 관계, 그러니까 상호 주체적 관계에서도 타당할 수 있는 면을 가지겠지요.

　김우창　절대적인 게 되지요. 사람의 기쁨에서 큰 부분이 여러 사람과 어울리는 데서 오는 것이기 때문에.

　문광훈　그런 점에서 균형으로서의 쾌락에 도달한다면 개인의 어떤 행동은 곧 사회적 행동일 수도 있겠네요.

　김우창　그렇습니다. 프로이트식으로 얘기해서 자기 억압이 적은 사람은 사회관계가, 대인 관계가 더 원활하다고 봐야지요. 우리나라에서, 내가 글로 본격적으로 쓰지 않았지만 한(恨)을 미학적 원칙으로 생각하는 것은 기이한 일입니다. 물론 프로이트도 예술을 억압된 욕망을 가상 속에서 성취하는 것에 연결하기는 했습니다. 그러나 원칙적으로 억압을 스스로 알면서 억압을 극복한 것이 좋지요. 우리 식으로 말하여 한이 없는 삶이 좋지요. 기쁜 사람에게는 한이 없거든요. 기쁨 속에 사는 사람에게 무슨 한이 존재하겠어요?

　문광훈　한을 우리의 고유한 정서로 내세우는 것은 거의 일반화되어 있지요. 그렇지만 그것을 다른 문화의 사람들에게 납득시키기란 어려운 일인 것 같아요. 왜 그렇게 근거 없이 고수하는 것인지 모르겠습니다.

　김우창　묘한 게, 신비한 게 있는 것 같아서 자꾸 옹호하는 것 같은데요. 국문학에서는 거기에 무엇인가 신비한 것을 발견하는 것 같습니다. 그러나 한의 극복을 감탄하는 것이 아니라 그것을 지니고 표현하는 것을 감탄하는 것은 아무래도 이상합니다. '저 사람 참 한을 가질 만한 사람인데도 마음이 평정한 상태에 있다.'라고 하면 참 좋은 사람이라고 생각하지, 한에 차 있는 사람은 무엇이 좋겠는가, 이렇게 내가 어떤 국문학자한테 한번 얘길 했더니 막 화까지 내는 것을 보았습니다.

　문광훈　독일에 있을 때 친구들한테 한의 의미를 정리·번역해서 설명해준 적이 있어요. 그런데 제 설명에도 물론 문제가 있었겠지만, 이 친구들이 납득을 못하는 거예요. 'reasonable(überzeugend)하지 않다'는 것이지요. 설령 좋거나 의미 있는 기능을 하는 감정이나 정서적 상태라고 해도 전체적으로 부정적이고 퇴행적인 내용인데, 그것이 어떻게 한 나라의 대표적 정서가 되고 심미적 원리가 될 수 있느냐는 거였어요. 그렇게 물어 올 때 아주 곤란하더라고요. 그런데 우리나라에서는 아직도 그것을 신비화하고 숭배하는 듯한 분위기가 있어요. 아직도 좀 몽매하다고나 할까요?

김우창 내가 반대되는 얘기를 하니까 마치 민족 정서의 본질을 왜곡시키는 사람처럼 나를 보았어요.

문광훈 우리 민족 특유의 그리고 가장 승화된 예술 문화적 형식인 것처럼 한을 생각하는데, 그것은 잘못이지요. 현대에서는 기존과는 전혀 다른 방식으로도 이른바 고유 정서라는 것에 접근할 수 있고, 또 그렇게 해석하여 기존의 의미를 대체할 만한 새로운 이념적 양식을 꺼낼 수 있어야 될 것 같은데 그러질 못하고 있습니다.

슬픔에 대하여

김우창 조선조 시대의 글을 보면 거기에는 실제 한이 없어요. 상당히 낙관적입니다. 사람의 감정을 하나로 분류하는 것은 개념과 언어의 문제이지 인간 현실이 아닐 수 있습니다. 한보다는 독일 사람들과 우리가 통하는 게 그런 거라고 할 수 있는데, 고향을 그리워한다는 말을 하임베(Heimweh)라고 하잖아요? '베(Weh)'라는 말은 한과 좀 비슷한 말이지요. 슬프다는 뜻이니까. 고향을 그리워하는 마음이 슬프지 않고 기뻐야 될 텐데 그러니까 독일 사람과 우리가 좀 비슷하지요. 샤덴프로이데(Schadenfreude, 남의 불행을 즐거워하는 것) 같은 말도 그렇고. 영어를 쓰는 사람도 그걸 얘기할 땐 반드시 독일어로 해야 되지요. 영어에는 그런 감정이 없기 때문에. 하임베, 페른베(Fernweh, 먼 곳에 대한 향수)를 말할 때 독일 사람들과 우리는 통하는 데가 있지요.

그런데 감정을 하나로 말하기 어려운 것은 인간에 공통된 것이라고 할 수도 있습니다. 우리말로 할 때도 하임베를 향수(鄉愁)라고 번역하는데, 수(愁)라는 말은 슬프다는 뜻이지 않습니까? 애수란 말도 있지만, 인간의 자연스러운 느낌으로 생각할 수 있지요. 일본에서도 그런 게 중요한 문학적 카테고리로 되어, 그것을 사물의 서글픔 — '모노노 아와레(物の哀れ)'라고 부르지요. 슬픔이라는 것과 향수의 '수(愁)'라는 말은 한시(漢詩)에 제일 많이 나오는 말일 겁니다. 그 말의 어원이 어떤지는 모르지만, 파자를 해 보면 '가을(秋)의 마음(心)'이라는 뜻이 됩니다. 가을의 마음이 뭐냐는 여러 가지로 생각할 수 있지만, 사실은 시의 많은 것들이 가을에 관한 것이지요. 말하자면 생명의 순환에 대한 느낌이고, 생명의 쇠퇴에 대한 느낌이고, 생명의 쇠퇴가 주는 어떤 슬픈 해방감을 얘기하거든요. 그래서 시의 주제가 '수', 가을의 애수, 가을의 마음이라는 한자를 쓰는 걸 거예요.

문광훈 그런데 하임베나 동경이나 그리움 같은 것은 근본적으로 소통 지향적인 감정의 카테고리인데, 한은 그에 비해 밀폐적입니다. 그래서 너무 강조하면 좀 위험하지 않은가 하는 생각이 듭니다.

김우창 그렇습니다. 부정적 요소가 강합니다. 위험스러울 수도 있지요. 한을 극복하고 보다 더 너그러운 마음으로 나아가는 것을 존중해야지, 한에 남아 있는 것을 존중하는 것은 사람의 행복에 저해될 뿐만 아니라 인간을 더 개방적이고 이웃에 대해 친절한 마음을 가진 사람이 되도록 만드는 데 방해가 되지요. 행복한 사람이라야 다른 사람에 대해 마음이 순탄하지, 원한을 가지면 좋은 사람이 될 수 없지요. 왜 그걸 그렇게 좋아하는지 난 모르겠어요.

문광훈 이를 더 넓은 관점에서 보면, 학문하는 사람, 학문과 연관된 일을 하는 사람의 사실적·과학적 사고가 부족한 것과 연관되는 것 같아요. 하나 하나씩 단계적으로 논리적으로 파고드는 것이 아니라 그럴듯하고 보기 좋게 두루뭉술하게 말하거나, 아니면 단지 전래되어 오는 것이기 때문에 그냥 존중하는 경우가 많습니다. 그것은 곤란한 것 같아요.

김우창 아까 우리가 얘기한 것에 연결시켜 말하자면, 오늘날의 학문 전통은 지나치게 도덕주의적이기 때문에 그렇지요. 도덕적 규범을 강조하다 보니 억압이 생기고 억압이 한에서 어떤 자기표현을 발견하는 것인지도 모릅니다. 학문하는 사람이 뭘 파헤쳐서 논리적으로 분석하기보다도 지켜야 될 사회적 규범을 큰 소리로 재확인하는 것이 학문이다, 이렇게 생각하는 것 같아요.

문광훈 학문하는 논리가 학문적이지 않네요. 제가 아까 행복의 개인적·사회적 의미를 여쭌 것도 바로 그 점과 연결되어 있습니다. 쾌락도 어느 정도 사회 안에서 사람과 사람 사이에서 통용될 수 있는 어떤 균형, 극단으로 치우치는 것이 아니라 평행점을 생각하면서 추구될 때 건전해지지요. 그럴 때 개인의 행복도 개인을 넘어 간주관적(間主觀的)으로 퍼져 나가면서 사회적 범주로도 인정받을 수 있지 않을까 여겨집니다. 여기에는 사고의 면밀함이 필요하고요.

김우창 이반 일리치(Ivan Illich)가 한참 동안 많이 읽혔지만, 그 사람 책 중의 하나가 『공생을 위한 방법(*Tools for Conviviality*)』입니다. 어떻게 하면 우리가 convivial하게 사느냐, 그 수단에 관한 책입니다. convivial이란 술 먹고 즐기는 일, 독일식으로 gemütlich한 것을 말하지요. 그러나 어원적으로 따져 보면 con이라는 건 '더불어 한다'는 얘기고, vivial은 vivere, '산다'는 얘기거든요. 즉 '같이 산다'는 말이지요.

일리치가 conviviality라고 할 때, 그것은 함께 사는 사회를 만들어야 된다는 얘기지만, 동시에 즐겁게 함께 살아야 된다는 뜻을 나타내려 한 것입니다. 엄숙하게 그냥 단결해서 적을 무찌르고 삽시다, 이게 아니라 기쁘게 다 같이 사는 세계를 만들어야 된다는 것이지요. 솔리더리티(solidarity, 연대성)나 프레터너티(fraternity, 우애) 같은 말들은 전통적으로 평등한 사회를 얘기할 때 나오는 구호와도 같지만, conviviality라 한 것은 '기쁘게 함께 사는 세계' 또는 '같이 사는 데서 기쁨도 온다'는 걸 나타나기 위해서지요.

그러니까 행복은 개인을 위해서 중요할 뿐만 아니라 사회적으로도 아주 중요한 말입니다. 행복을 다시 살릴 필요가 있는 까닭은, 우리가 윤리적으로 사는 데 개인적 실천적 근거도 주고 사회적 근거도 줄 수 있는 개념이기 때문이에요. 어디 글에 썼는데, 미국 헌법이나 독립선언서는 '사람은 원래 양도할 수 없는 권리를 가지고 태어났다'고 하면서 거기에 자유·평등·행복 추구의 권리를 포함하였습니다. 불란서 혁명식으로 얘기하면 자유·평등·우애, 이렇게 되어야 되는데, 왜 행복 추구를 얘기했느냐에 대하여 여러 해석이 있습니다. 그러나 그 말 자체가 중요하다고 할 수 있습니다.

오래전에 쓴 글이라 지금은 분명하게 기억 안 나는데, 그때 한번 확인했을 거예요. 비록 군사 정권 때였지만, 박정희 때 새로 헌법을 규정하면서 행복에 관한 규정이 나왔던 것 같아요. '이게 현실이든 아니든, 이것을 헌법의 조항으로 둔다는 것은 우리 역사상 최초의 일이다.' 그랬어요. 왜냐하면 우리 전통 사회에서는 부귀를 실질적으로 존중하면서도 사회적 규범으로는 한 번도 존중한 일이 없거든요. 만날 복 주라고 빌지만, "복 많이 받으세요."라고 늘 말하지만, 그것이 공식적 이데올로기로 된 일은 없거든요. 선비라는 건 엄격하게 도덕적으로 살아야지, 행복 추구하면 안 되는 걸로 되어 있는 게 우리 전통이기도 했습니다. 그러나 개인이 행복할 권리가 있다는 것을 모든 사람이 인정해 주는 것이 중요하지요. 사실 행복이란 개념은 개인적 개념으로만이 아니라 사회적 개념으로서도 중요한 겁니다. 물론 지나치게 자기 행복만 추구하면 conviviality는 없어지게 되지요.

삶의 깊이와 넓이

문광훈 조금 전에 행복의 사회적 의미와 개인적 의미, 공존의 문제, 이 삶의 공존성에 닿아 있는 행복 추구를 얘기하셨는데요, 선생님은 최근에 깊이라든가 공간, 공간 의식, 생물학적 연관에 관한 글을 많이 쓰신 것으로 압니다. 그러면서 합리성의 구성도 이러한 근원에 이어져야 한다는 것, 삶의 전체적 조건은 깊이에 귀 기울임으로써 파악될 수 있다는 것을, 특히 메를로퐁티(Maurice Merleau-Ponty)와 연관해서 쓰신 적이 있는데요. 균형이나 사회적 공존, 삶의 어떤 공존적 가능성도 깊이에 또는 이 깊이에서 보이는 삶의 무한성에 우리가 닿아 있을 때 얻어지지 않는가 여겨집니다. 그런 의미에서 깊이나 공존에 대한 의식, 혹은 좀 더 일반적으로 말하면 삶의 큰 테두리에 대한 의식은 행복의 표상과도 직접 연관되는 것 같습니다.

김우창 이 과학과 경험의 시대에, 특히 우리 사회처럼 모든 걸 이해관계와 전략으로 생각하는 공리주의적인 사회에서 얘기하기는 참 어려운 문제입니다. 근본적으로 인간 존재가 형이상학적이라는 것, 형이상학적 차원이 인간 존재의 근본이라는 것은 맞는 얘기가 아닐까 해요.

루이 알튀세르(Louis Althusser)의 글에 "사람이 주체가 되는 것은 큰 주체의 부름을 받아서다."라는 대목이 있습니다. 큰 주체의 부름을 받아서 비로소 자기도 주체가 된다는 것이지요. 알튀세르의 뜻은 국가의 이데올로기 기구가 나를 불러 주면 그때부터 내가 '사람이 되었다'는 느낌을 가지게 된다는 것을 비판하려는 거지요. 또 다른 종류의 글이지만, 에티엔

발리바르(Etienne Balibar)는 주체에 대해 쓴 글에서 시민으로 주체적 존재가 된다는 것은 종종 사람을 종속 관계에 묶어 놓으려는 국가의 계략이라고 주장한 것이 있지요. 비판적으로 보는 건 좋지만, 결국 사람이 큰 부름에 응해서 자신을 발견한다는 것은 인간의 실존 속에 들어 있는 피할 수 없는 구조의 일부라는 생각이 들어요. 인간의 실존 자체가 큰 부름에 응하게 되어 있어요. 단지 그 큰 부름이라는 것을 너무 섣불리 생각하면 안 된다고 말할 수 있지요. 더 간단히 말하면, 잘 됐든 못 됐든 종교적 욕구가 사람한테 있다고 할 수밖에 없지 않나 합니다. 커다란 존재에 대한 어떤 관계를 내가 수립해야 된다는 생각이 사람 속에 있는 것 같아요. 그걸 지나치게 잘못 생각하면 광신자가 됩니다. 근본주의자가 되고.

사람다운 삶을 가능하게 하고 그 바탕에서 개인적 실천에도 안정감을 주는 큰 것에 대한 갈구가 사람 존재의 근본에 있다고 할 수 있습니다. 하이데거가 생각하는 '존재'라는 말로 표현될 수도 있고. 그는 존재를 쉽게 규정할 수 없는 걸로 말하면서도 그런 게 있다고 암시합니다. 모든 것을 포괄하는 것이라면, 그것은 단순히 외부에 있는 것이 아니라 우리 자신 안에도 있지요. 삶의 바탕에 있는 어떤 것이라고도 할 수 있습니다. 삶의 바탕에 있는 어떤 근원적인 것, 또는 자기를 넘어서면서 자기 안에 있는 것, 여기에 귀를 기울이는 것이 평화와 만족 그리고 깊은 의미에서의 행복을 줄 것이 아닌가 하는 생각을 할 수 있습니다.

하나 더 보태면, 지금 얘기한 것은 이데올로기적인 차원에서의 큰 집단적 주체가 나한테 주는 어떤 베루프(Beruf, 직업 또는 부름), 즉 나를 부르는 것이지요. 국가나 집단이 날 부르는 것, 또 우리 삶의 실존적 기반에서 존재가 나를 부르는 것, 나아가 어떤 사람의 경우에는 하나님이나 신이나 부처님이나 이런 큰 존재가 나를 부르는 것이라고 얘기하는데, 나는 여기에 추가해서 이것이 생물학적인 것에 연결되어 있다고 생각해요. 고양이가 어디 앉으려면 도망갈 구멍을 찾으면서 앉는다고 아까 내가 말했는데, 사람도 늘 공간 속에 존재한다는 거지요. 또 그 공간은 자기를 넘어서는 무한한 것이고요.

우리가 지금 길을 걸어 다니고 마당에도 나가고 체조도 하고 하지만, 생각해 보면 내가 손 하나 흔드는 것도 무한히 연결되는 공간 속에서 일어납니다. 내가 도저히 헤아릴 수도 없는 무한히 연속되는 공간 속에서 내 손이 움직이고 다리가 움직이지요. 이것도 하나의 에너지의 표현이기 때문에 그 에너지가 무한한, 몇백억 광년 저편에 있는 별에까지도 참여하는, 무한한 공간 속에 참여하는 행위이지요. 이것은 생물학적 차원에서의 인간 존재의 큰 테두리인 것 같아요. 그러니까 우리가 사는 데 어떤 일정한 땅이 있어야 된다거나, 도망갈 구멍이 있어야 되는 것은 무한한 공간 속에서 존재하고 있다는 사실에도 이어지는 것이라고 볼 수 있습니다. 이런 것들에 대한 의식을 갖는다는 것, 또는 그것을 우리의 무의식에 느끼는 것은 우리가 평정을 찾는 데도 필요하지요.

문광훈 자기 삶을 넘어가는 것 혹은 그 삶의 바탕에 있는 근원적인 것에 귀 기울이는 것이 자연스러운 일이라는 말씀이지요? 이것은 바로 타자의 참여나 타자의 무한성에 대한 참여를 말하는 레비나스의 윤리학과도 바로 연결되는 것 같습니다.

김우창 레비나스는 그것을 보다 인간적 차원에 가져오지요. 그가 생각하는 윤리는 다른 사람과의 관계의 영역에 속하면서, 다시 신비의 차원이라고 할 수밖에 없는 절대적인 타자의 세계에 이어집니다. 형이상학적 깨달음이 사회적 윤리와 어떻게 연결되는가라는 문제는 좀 더 연구해 봐야 되겠지요. 그러나 거기에 연결이 있는 것은 사실입니다. 사람이 큰 세계 속에 존재한다는 걸 인식하는 것은 생물학적으로도 사실이고, 자기 사는 영역을 알고 사는 게 동물로서도 필요한 것이며, 감각적으로도 우리가 느끼는 것이지요. 우리가 민족에 흥분하는 것도 큰 것의 부름에서 자기 존재의 정당성을 확인하려고 하는 충동으로 인한 것이라고 말할 수 있겠지요.

그런데 이 큰 것, 무한한 공간에 대한 우리의 느낌은 무한히 펼쳐지는 것에 대한 느낌이면서, 무엇인가 양적인 의미에서의 공간을 넘어가는 암시를 가지고 있습니다. 여기에서 깊이라는 공간은 특별한 의미를 가지고 있습니다. 그것은 반드시 그냥 펼쳐지는 공간은 아니지요. 깊이도 그것의 앞에 서면 넓이가 됩니다. 넓이는 어디에나 존재하는 공간이지요. 깊이는 서 있는 사람의 특별한 위치에 관계되지 않고는 성립하지 않는 공간입니다. 메를로퐁티는 깊이의 실존적 성격을 인정했습니다. 깊이는 우리에게 무서움을 줍니다. 높은 산에서 아래를 내려다볼 때 무섭지요. 떨어지면 큰일 나니까. 물에 빠지면 큰일 나고. 그러나 그것은 기이한 매력을 가지고 있습니다. 기이한 각도에서 우리의 존재를 확인한다고 할까, 어쩌면 높은 차원에서의 행복이라고도 할까. 한(恨), 하임베, 페른베도 반드시 간단한 의미의 행복감은 아니면서, 실존 확인의 한 기분이라고 할 수 있습니다.

사람의 삶을 에워싸고 있는 가장 큰 테두리는 죽음 아닙니까? 이것도 개인적인 것이지만, 사회적인 것이기도 하지요. 문 선생이 죽음에 대해서 물어보신 것도 있고 해서 말씀드리는 얘긴데, 죽음에 대해서 실천적 경험적으로 관찰해서 쓴 책이 있습니다. 스위스의 의사 엘리자베스 퀴블러로스(Elisabeth Kübler-Ross)라는 사람이 쓴 『죽음의 순간(On Death and Dying)』입니다. 저자 자신이 의사이기 때문에 죽는 사람들을 많이 봤는데 사람들이 어떻게 해서 죽음을 받아들이게 되는가, 그래서 결국 마지막 죽음에 이르게 되는가를 아주 섬세하게 관찰하고 그것을 책으로 쓴 것입니다.

죽음에 이르는 데에는 다섯 단계가 있다고 합니다. 처음에 의사가 "당신은 죽을 병에 들었다."라고 얘기하면 믿지 않지요. 부정의 단계입니다. 그다음은 왜 하필이면 내가 죽어야 하는가, 내가 무슨 죽을 죄를 지었는가

하고 묻는 분개의 단계지요. 그다음은 내가 이번에 살아난다면, 참으로 좋은 일을 하겠는데, 또는 우리 아들 결혼하는 것만이라도 보고 죽었으면, 이러한 조건 완화를 바라는 협상의 단계가 있습니다. 그다음 이도저도 되지 않으면 아주 큰 절망에 빠지지요. 그러고는 마지막에 가서는 "아, 도저히 피할 수 없다. 난 죽는 도리밖에 없다."라고 체념하고 모든 걸 받아들이는 단계가 있어요. 그런 단계에 이른 환자들은 눈물을 아주 많이 흘리고 이유 없이 눈물이 침대에 흥건할 때를 많이 볼 수 있다고 합니다. 마지막 단계는 수긍의 단계입니다. 이 단계에 이르면 모든 걸 체념하고 받아들이고 자기 운명에 순응하고 깊은 평화를 느끼게 됩니다.

퀴블러로스는, 환자가 죽음에 이르는 여러 단계를 거쳐 이 평화에 이르게끔 의사가 도와주어야 한다고 말합니다. 그냥 정신없이 죽으면 안 된다는 거지요. 우리나라에서 이러한 평화를 얻고 죽게 도와주는 일이 있는지 참 궁금합니다. 똑같은 뜻에서 한 것은 아니지만, 니체가 말한 '운명에 대한 사랑(Amor fati)'을 죽음의 단계에서 실행하는 것이라고 할 수도 있습니다. 이 죽음의 평화는 아무 욕심이 없는 평화, 아무 애착이 없는 평화지요. 추상적인 이야기이긴 하지만, 이 죽음의 평화에서 거꾸로 삶에 대한 더없는 사랑, 그러면서 모든 것을 초월한 사랑이 가능해지는 것이 아닌가 하고 생각해 볼 수 있습니다. 그것이 운명에 대한 사랑이 아닌지.

우리가 넓은 공간을 얘기하고 하이데거식으로 존재의 근원에서 오는 소리에 귀 기울이고, 그 두려움을 깨닫게 되고 하는 것이 이러한 것에 이어진 것이 아닌가 생각할 수 있습니다. 루돌프 오토(Rudolf Otto)가 말하는 성스러움(das Heilige)의 경험은 엄청난 두려움 속에서 아무것도 생각할 수 없고 할 수도 없는 광란과 같은 정신 상황과 비슷합니다. 퀴블러로스에게 죽음의 경험은 이러한 두려움의 단계도 넘어가서 아주 극단적 평화 이해를 넘어가는 평화의 단계에 이르는 것을 말하지요. 알 수는 없는 일이지만 좌우간 보통 사람들이 소화하고 이해할 수 있는 정도로서는 공간에 대한 경험에 그런 평화의 느낌이 있는 것이 아닌가 합니다. 탁 트인 하늘, 맑은 하늘을 보고 느끼는 기쁨 가운데도 그런 것이 있지요.

문광훈 아주 일상적인…….

김우창 일상적으로 다가오는 형이상학적 차원을 무어라고 과학적으로 설명할 수 있는지 모르겠습니다. 생물학적 근거를 찾아보고 싶지만. 하여튼 그러한 종류의 큰 것에 대한 체험을 인간 존재의 중요한 면으로 받아들이는 것은 개인 생애의 진전을 위해서도 필요하고, 사회의 궁극적인 의미를 유지하기 위해서도 필요한 것인 듯합니다. 간단히 말하여 백 년, 천 년 살 것처럼 행동하다 보면 나쁜 일도 많이 하게 되지만, 그런 더 큰 세계가 있다는 것을 안다면 조금 다르지 않을까요? 역시 사람이 형이상학적 존재라는 것은 맞는 말 같습니다.

그런 의미에서 공간의 느낌은 정신적 차원에 대한 느낌이기도 하지요. 또 우리 사는 환경 자체를 '공간 인식이 있을 수 있는 환경'으로 만들어야 한다는 생각도 들고요. 도시 계획도 그래요. 서울에서 산을 없애 버린 것, 지금도 없애고 있는 것은 이런 의미에서도 유감이지요. 또 도시 공간도 너무 따닥따닥 만들어 놓으니 공간의 연속성이나 무한성을 느낄 수 없게 되는데, 그것도 이러한 정신적 의미를 말살하는 일이 될 수 있습니다.

문광훈 아주 중요한 말씀입니다. 삶과 그 테두리에 대한 생각, 그리고 그 느낌은 중요한 것 같아요. 지금 여기를 넘어서는 형이상학적 차원을 단지 초월적 선험적인 곳에서 또 이념에서 찾는 것이 아니라, 지금 여기에서 경험하고 감각하고 느끼는 것. 이렇게 함으로써 나의 차원 이상의 어떤 타자, 이 타자의 무한성으로 다가갈 수 있다면 굳이 겸손이라든가 겸허라는 말을 쓰지 않더라도 인간은 윤리적일 수 있을 것 같아요.

생로병사의 의식

김우창 앞에서 한 그 의사 이야기는 사람이 병들어 죽을 때까지 다섯 단계를 거치는데 의사가 도와줘야 된다는 거지요. 육체를 돌보는 사람이 정신적인 것도 돌봐 주는 거지요. 아주 허망한 것이지만 자기 인생을 받아들일 수 있도록. 그런데 개인적 이해도 그렇지만 사회적 기구가 그렇게 되어 있어야 합니다. 그래야 좋은 사회가 되지요. 다른 사람 죽어 가는 걸 도와주는 사회 말이지요.

우리나라가 지금은 많이 나아졌지만 정말 아주 큰일이라고 느끼는 것은 죽음을 가지고 흥정하고 장사하는 것이지요. 상여가 나가는데 그걸 막고 서서 '돈 안 주면 못 간다.'고 합니다. 그런 거 보면 우리 사회가 얼마나 바닥에 이르렀는지 느끼게 돼요. 태어나는 것, 늙어 가는 것, 병드는 것, 죽어 가는 것을 존중해 줘야지, 그렇지 않고 돈 뜯어내고. 결혼식도 그렇지요. 상당히 성스러운 일이잖아요. 그러나 성스러움이 있는 결혼식을 우리가 얼마나 볼 수 있습니까? 우리도 관혼상제를 귀중하게 생각했는데 말입니다.

그런 게 사람이 오랫동안 살아오는 사이에 생겨난, 인간 존재에 대한 존중의 습관에서 나온 것인데 우린 다 깨졌지요. 관혼상제도 없게 되고. 사람 사는 것에 대한 어떤 종류의 외경심을 사회 속에서 절차적으로 유지하도록 여러 사람들이 노력하는 것은 중요한 일입니다. 사람뿐만 아니라 모든 생명체에 대한 관계도 그렇습니다. 그렇게 연결되지요. 매우 먼 이야기 같기는 하지만 이 모든 것들이 공간에 대한 느낌에 이어진 것으로 생각됩니다. 공간을 잘못 설계하면 그것은 큰 부정적 역할을 하는 것 같아요.

문광훈 공간의 구조가 사람의 사고의 구조나 정서의 구조도 규정하는 것 같습니다.

김우창 그런 것 같아요.

문광훈 제가 느끼기로 요즘 선생님 글에서 깊이나 공간에 대한 탐색을 이전보다 더 집중적으로 하시는 건 아닌가 생각됩니다.

김우창 점점 공간이 중요하게 느껴져요.

문광훈 예. 그런 주제의 글이 점점 늘어났고, 또 논의의 지평이 더 광범위하게 확대된다고나 할까요?

음악의 공시적 공간

김우창 공간과 관계하여 조금 괴상한 이야기를 해 보겠습니다. 이것은 위에 말한 공간이 단순한 공간이 아니라는 것을 조금 엉뚱한 각도에서 말해 보려는 것입니다. 공간은 우선적으로 시각적인 것이지만, 청각을 통해서 그것을 생각해 보자는 거지요. 내가 참으로 좋아하는 것은 음악인데, 어쩌면 우리 집식구는 더 그렇고요. 참 묘한 것은 음악이란 몇 번 들어도 괜찮다는 것이지요. 그런데 책은 한 번만 보면 되고, 두 번 보고 싶은 책은 적은 것이 이상해요.

문광훈 제가 근래 들어 절실하게 느낀 게, 흡입력이라고나 할까, 음악의 호소력은 훨씬 더 강하고 원초적인 것 같아요.

김우창 근원적이라서 신비스러운 거지요. 왜 소리 나는 걸 그렇게 좋아하는지 이해할 수 없는 일입니다.

문광훈 책에서도 감동을 받을 때가 있지만, 음악에서의 감동은 그 밀도가 훨씬 더 강렬합니다.

김우창 음악은 아주 신비스러운 거예요. 새소리 같은 건 짝을 찾는다고 하지만 그게 전부인지도 모르겠고. 사람이 만들어 낸 음악이란 건 특히 이상하지요.

에드워드 홀(Edward Hall)이란 문화인류학자가 리듬에 대해 쓴 책이 있어요. 여러 사람이 이렇게 말을 하면 처음에는 각각의 리듬으로 이야기하다가 시간이 조금 지나면 리듬이나 억양, 전체 음악이 비슷해진다는 이야기가 거기에 있습니다. 이 사람하고 얘기하면 이렇게 되고, 저 사람하고 얘기하면 저렇게 되고. 사회에는 그때그때 중요한 역할을 하는 리듬이 말하자면 보이지 않게 있는데 그 리듬을 따다가 만든 음악이 유행하게 된다고 합니다. 그것보다 더 깊이 있는 것은 고전 음악의 리듬이지요. 그때그때 변하는 리듬을 따내는 것은 대중음악입니다.

문광훈 사회적 리듬이라는 게 있다는 거지요?

김우창 예, 그때그때. 문 선생이 요즘 내가 무슨 책을 읽는지 물어본 적 있는데, 수학을 하는 스티븐 스트로가츠(Steven Strogatz)의 『싱크(Sync)』를 읽고 있었지요. 거기 보면 싱가포르나 말레이시아 같은 데 가면 반딧불이 반짝반짝하는데, 한참 보고 있으면 그놈들이 다 똑같이 리듬을 맞추어서 반짝인다는 겁니다. '싱크'란 책 제목도 '싱크로나이즈(synchronize, 동시에 일어나다)'란 말을 줄여서 한 말이지요. 반딧불이 어떻게 해서 싱크로나이즈, 즉 동시에 리듬을 맞춰서 반짝이느냐, 거기에 대해 수학과 물리학을 가지고 이해하려고 한 것이 이 책이지요. 답은 '저절로 그렇게 되어 있다'는 것이에요. 처음에는 반딧불이 그렇게 하는 것은 그중에 우두머리가 하나 있어, '나 따라서 해라' 그래서 그러는 것 아니냐는 설도 있었는데, 스트로가츠는 자연 현상들이 저절로 시간을 같이하는 리듬을 가지게 되는 경우가 많다는 겁니다. 그런데 사회에도 일정한 리듬이 있고, 생명체에도, 우주에도 리듬이 있어서 이 리듬하고 연결되어 일어나는 것이 음악 현상이라고 생각되어요. 음악의 근원은 신비라고 할 수밖에 없습니다.

우리의 개념적 사고의 많은 것이 시각적입니다. 현상(phaenomenon)이란 말 자체가 눈앞에 나타나 보이는 것을 말하는 것 아닙니까? 시각적인 것은 개념화되지만 청각적인 것은 개념으로 파악하기 어려운 부분이 많아요. 이 청각적 리듬은 싱크로나이즈 현상 속에도 있고 우주 현상 속에도 있고 우리 생명에도 있고, 그런 것 같아요. 그리고 거기에 이어져 있는 게 음악이라는 생각이 들어요.

문광훈 그것을 '리듬의 편재성'이라고 말할 수 있나요?

김우창 그럴 수 있을 것 같습니다. 그런데 아직 우리가 이해를 못하는 것 같아요.

문광훈 편재하는 리듬은 인간의 지력으로는 개념화하기 어렵다는 거지요?

김우창 그렇습니다. 우리의 개념이라는 게 시각에 많이 의존하고 있기 때문이에요. 아까 공간 얘기를 했는데, 개념적 사고의 밑바닥에는 공간이 있거든요. 공간은 눈에 보이는 것이고, 육체로 체험하는 것이지요. 개념적 사고는 또 공간에 연결되기 때문에 그러한 공간을 넘어가는 것에 대해서는 우리가 잘 이해 못하는 것 같아요.

푸코의 『말과 사물』에도 나오지만, 뭘 생각하려면 공간에 확 늘어놔야 된다는 얘기입니다. 정신 속에 평면적 공간을 생각하고 그 안에 늘어놓아야 된다는 거지요. 그러니까 공간 인식이라는 게 개념적 사고에 아주 중요하고 논리 발달에도 중요합니다. 예를 들어 이 공간에 표적이 될 만한 abcd가 있는데, abcd가 어떠한 논리적 관계에 있느냐, 이걸 밝혀내는 게 기하학이고 개념적 사고거든요. 자기 사는 세계가 이러한 공간 체험을 풍부하게 제공하는 것이 아닐 경우에 개념적 사고에도 차질이 오지요.

아까 안 한 얘기를 또 하면 내 생각에는 공간이 단지 시각적이고 평면적인 것이 아니라 상당히 사건적이고 과정적인 측면이 있다는 거지요. 그전에 『마음의 생태학』[1]에서도 얘기하려고 했지만, 사건적이고 과정적인 것에는 논리를 넘어서는 논리가 있지요. 이성은 사건적이고 과정적인 것이라는 생각이 들어요. 우리 사고가 경직되어서 이해 못기도 하지만, 더 큰 이유의 하나는 우리 사고의 많은 부분이 시각적이라서 그렇지요. 그래서 시각적인 것을 넘어서는 것은 이해하기 어려워해요. 그런데 리듬은 이것을 넘어서는 영역에 속하면서 많은 것을 하나로, 말하자면 하나의 사건적 공간으로 묶어 내지요. 위에서 말한 실존적 깊이의 공간은 사실 그보다 더 보편적인 사건적 공간의 일부라고 생각하면 어떨까 합니다.

재미있는 걸 하나 말하지요. 얼마 전에 미국 갔다가 나도 그 얘길 이민 가서 사는 한국 사람한테 처음 들었어요. 운전면허 시험을 보고 면허증을 발급할 때, 눈이 흐리다는 사람은 상당한 정도까지 봐준다고 그래요. 늙은 이가 되면 눈이 나빠지잖아요? 그런데 귀가 안 들리는 사람은 면허증을 안 준다는 겁니다. 음악이 창조하는 것은 어떤 소리의 공간이라, 그렇게 이야기하는 음악 이론가도 있지만, 소리는 공간 지각에 아주 중요해요. 그래서 귀가 멀면 면허증을 안 주는 거겠지요. 자동차 운전하려면 뒤에 뭐가 있는가, 옆에 뭐가 일어나는가, 늘 의식해야 하지요. 눈은 앞만 보는 데 비해 귀는 옆이나 뒤에서 일어나는 일을 무의식적으로 늘 파악하기 때문에 더 중요하다고 할 수 있습니다. 그 교포 이야기 들으니까 금방 이런 생각이 들었어요.

문광훈 시각보다는 청각이 훨씬 더 근원적인 지각이네요.

김우창 근원적입니다. 그 얘기 들으니까 정말 청각이 공간 파악에 필요한 거라는 것을 느꼈지요. 눈으로 보기만 하는 것 같지만, 그게 아니고 청각으로 상황을 보충적으로 인식하고 있어야 눈에 보이는 게 제자리에 놓

---

1 2005년 한국학술협의회가 주관한 제7회 '석학 연속 강좌'에서 발표한 강연집.

일 수 있다는 것이지요. 그 얘기 들으니까, 아, 이걸 지금까지 몰랐는데 정말 일상적으로 참 중요한 것이라는 생각이 들었지요.

주체적 존재의 어려움

공공 공간과 말

문광훈 저는 선생님 글에서 거의 언제나 쓰는 사람, 필자이자 화자인 '나'의 존재를 느낍니다. 어떤 대상을 다루건 간에, 정치나 사회 현실에 대한 진단이건, 문학 작품에 대한 비평이건, 아니면 공간과 시간에 대한 성찰이건 간에 나의 감각과 경험으로부터 모든 글쓰기가 시작되는 것 같은데요. '자기 자신'에 대한 선생님의 이해를 직접적으로 듣고 싶습니다.

김우창 모든 사람의 이야기가 다 자기의 표현으로부터 시작하고 자기 생각으로부터 시작한다는 건 틀림없는 사실입니다. 그것은 너무 좁게 자기로부터 출발해도 안 되고 그렇다고 감추어져도 안 되는 애매한 것이라고 하여야 옳을 것입니다. 그러니까 '내 얘기는 이렇다'고 내세우는 것은 정당하면서도 정당하지 않은 것이라고 해야 할 것 같습니다.

모든 사람이 각자 자기 의견을 얘기하지만, 공공의 공간에서 얘기할 때는 자기의 얘기면서 동시에 자기가 공공의 공간에 서 있다는 의식이 있어야 된다고 하겠습니다. 예를 들어 인터넷에서 모두 자기 의견을 얘기하니 좋다고 하는데 그것은 반드시 옳은 생각은 아닙니다. 자기 방에 앉아 인터넷에서 하는 얘기와 국회에서 또 강의실에서 하는 얘기는 성질이 전혀 다르지요. 공공 공간에서 말하는 것은 자기의 속말을 하는 것이 아니라 어떤 공간에 존재하는 말에 개입해 들어가는 것입니다. 인터넷으로 공공 공간이 확대되고 민주주의가 확대된다고들 하지만 그것은 맞기도 하고 안 맞기도 한 이야기입니다.

국회에서는 국회 의원으로서 얘기하는 것이지 개인의 사담을 하는 건 아닙니다. 강의실에서는 강의 주제에 관해 얘기하는 것이지 개인적 잡담을 하는 것이 아니지요. 어떤 사람들은 개인적 주장이나 잡담을 하는 것이 마치 솔직하고 민주적인 얘기 방식이라고 착각하고 있습니다. 또 어떤 사람은 반대로 개인적 관점 없이 전혀 객관적 사실과 명제만을 전달할 수 있는 것처럼 생각합니다. '말의 공간 속에 우리가 어떻게 개입하느냐'는 깊이 생각해 볼 문제입니다.

문 선생께서 내가 '자기'를 많이 강조한다고 하는데, 그것이 지금 얘기한 테두리 안에서 자기가 어떻게 놓여 있느냐를 생각하면서 주제의 공공성에 개입한다는 의미가 아니라 사담을 늘어놓거나 보편성을 고려함 없이 자기 얘기를 한다는 의미라면 크게 잘못하고 있다는 것을 지적하신 것이겠지요.

문광훈 예, 그렇습니다. 선생님 글에서 제게 늘 느껴지는 '나'의 존재는 어떤 사인화(私人化)된 개인이라기보다는 객관적으로 여과된 개인으로 보입니다. 그러면서도 공적 문제 논의의 출발이 선생님의 어떤 실존적 절실함, 이런 것에 뿌리를 두고 있다는, 그래서 글의 울림 같은 게 느껴진다는 생각을 자주 갖게 되거든요.

김우창 그건 문 선생이 좋게 보셔서 그런 거지요. 그렇기는 하나 글의 성질이 그렇다는 것은 불가피한 인간 조건이지요. 그러니까 공공 공간에 존재하는 언어에 자기가 어떻게 관계하느냐가 중요하지요. 마치 자기는 개입됨 없이 공공 공간을 자기가 전적으로 대표하는 것처럼 얘기하는 것도 옳지 않고, 그렇다고 자기의 사담이 공공 공간을 대치할 수 있는 것처럼 생각하는 것도 옳지 않지요.

문광훈 선생님께서 말씀하신 두 가지 극단적 경우, 그러니까 사인화된 개인이나 슬로건처럼 된 집단 담론들이 우리의 언어 공간을 지배하고 있지 않은가, 이런 생각이 듭니다.

김우창 소설과 같은 상상된 사적 언어의 경우도 그렇지요. 소설가가 자기 얘기와 경험에 기초해서 쓰는 것은 사실이지만 완전히 사담으로 옮겨가면 소설의 공적 공간이 없어지기 때문에 좋은 소설이 안 됩니다. 물론 여기에서 공간이라는 것은 앞서 말한 물리적 공간과는 다른 공간입니다. 그렇다고 개인적 관점이 완전히 배제된 얘기만 하면 소설이 또 안 되지요. 모든 언어가 그렇습니다. 문 선생이 지금 얘기하신 대로, 사담이 마치 공공 담론으로 그대로 옮겨 앉을 수 있는 것처럼 생각하는 경우가 있고, 또 자기가 공공 담론을 완전히 대표하는 것처럼 생각하는 경우가 있어요.

문광훈 그러니까 개별 언어와 집단 언어가 상호 교차 없이 배타적으로 고착된 것이 우리 시대의 언어적 특색인 것 같습니다.

김우창 언어나 자기 위치에 대한 자기반성적 성찰이 부족한 데서 온다는 생각이 들어요.

문광훈 언어와 이 언어를 쓰는 주체가 사회적 공간 안에서 일치하는 것에 대한 윤리성이나, 개인으로부터 전체로 나아가는 과정에 대한 철학적 성찰이 우리에게는 부족한 것 같아요.

김우창 또 실존적 자각의 문제도 들어 있다고 봐야지요. 나와 언어의 세계와의 관계, 나와 내가 생각하는 문제가 뭔가에 대한 실존적 관계가 분명하면, 일방적으로 사인화되든지 사인이 마치 공공 공간을 대표하는 것처럼 얘기하는 일은 안 일어난다고 해야겠지요.

문광훈 실존적 개입에 대한 사회적 인정을 꺼리거나 이런 의식이 부족한 이유는 무엇인가요? 이것이 우리의 명분주의적 전통과 연결되어 있는 것은 아닌가요?

김우창 모든 언어 행위를 자기표현과는 관계없는 명분의 표현으로 생각하는 전통이 유교에 있고, 일제하에서 민족주의적인 투쟁을 하면서 민족을 대표해 얘기하는 것이 마치 자기인 것처럼 되어, 자신은 거기에 참여하는 한 사람이라는 생각이 없어져 버린 것도 있겠지요. 또 민주주의에 대한 오해로 자기 얘기와 그 공공화 사이에 존재하는 변증법의 매개를 모르는 결과라고 할 수도 있지요.

문학을 놓고 말하면, 문학은 특히 자기 이야기를 하는 것이지요. 이 자기 이야기라는 것은 사담이란 뜻이 아니라, 자기가 그리는 상황을 두고 작가가 가지고자 하는 독자적인 통찰에 대한 헌신을 말합니다. 그러나 결국은 실존적 커미트먼트(commitment, 의무 또는 책임)라 할까, 이것이 약한 것과도 관계있다는 생각이 듭니다. 자기 삶을 철저하게 살아 보겠다는.

사건으로서의 자아

문광훈 흔히 얘기하듯 나와 너, 우리와 그들의 겹침, 자아의 이중성 또는 나의 타자성, 이런 것들에 대한 자의식이 근대 이후에, 특히 현대 철학에서 많은데, 그에 대한 선생님의 생각은 어떠신지요?

김우창 지금 얘기한 것처럼 언어의 사용이 직접적 나의 표현도 아니고, 그렇다고 객관적으로 존재하는 진리를 대변하는 것도 아닌 것처럼, 나라는 것도 개체적으로 또는 공적으로만 정의하기는 어려운 존재지요. 나는 내가 틀림없이 존재한다고 생각하지만, 나는 잠정적으로 또는 상당히 단단한 것으로 정립하는 나라는 원리와 세계 사이에 일어나는 사건적 지속이라고 해야 하겠지요.

그런데 대체로 우리는 나를 집단적 범주에 의하여 정의하는 것 같습니다. 가령 한국 사람이면 '한국 민족의 일원'으로 개인을 완전히 소진시킨 상태로 이해할 수 있다고 생각하는 경우를 쉽게 발견할 수 있습니다. 그러나 '내가 누군데, 나를 알아주지 않고……'라는 식의 자기 이해도 나를 강력하게 주장하는 것 같으면서, 집단적 범주에 의지해서 나를 정의하고 그것을 내세우는 것이지요. '내가 그래도 교수인데 나를 교수 대접을 안 하고……' 이런다든지, '내가 그래도 국장인데, 계장 네가 어째서 이렇게 날 대하느냐……' 이런다든지. '내가 누군데'라는 건 사회적 카테고리 또는 집단의 카테고리로 자신을 정의한 것입니다. 이것은 모든 사회에서 일어나는 일이지요. 다만 우리 사회에서 이것은 내가 가진 특권 또는 내가 확보하고자 하는 특권과 관계가 있는 것 같아요. 그러나 그러한 관직 같은 것에 관계없이 나를 있는 그대로 알아 달라는 것도 어려운 주문입니다. '아무것도 아닌 사람'이, 이 말 자체가 정의되어야 할 말이지만, "나야, 나 몰라?" 하는 경우, 대개는 자신의 완력을 근거로 자기를 정의하는 것이겠지요. 그러한 벌거벗은 자기에 입각해서 자기 의견을 다른 사람에게 내리누를 수도 있고.

나를 간단한 의미에서 사건적 지속으로 파악하는 것도 매우 어려운 일입니다. 그래서 '난 점수를 몇 점 맞은 사람이다', '난 서울대학 나온 사람이다', '난 고등고시 한 사람이다'라는, 객관적으로 부여되는 하나의 거점에 의해 자기를 파악하고, 그것으로써 자신의 지속적 원리로 삼으려고 하지요. 그러나 일정한 점수를 받은 다음, 서울대학을 나온 다음, 나라는 존재가 정지 상태에 들어가는 것은 아니지요.

문광훈 흥미로운 것은, 집단과 자기를 일치시키거나 아니면 한편으로 주체를 절대시하는 태도의 폐해는 조금 전에 말한 사회 공간에서의 말을 쓰는 두 가지 태도와 그대로 상응하지 않는가 하는 점입니다. 하나의 언어를 쓰더라도 지나치게 객관화시켜서 집단의 이름으로 한다든지, 아니면 언어를 주체적 과잉의 수단으로 사용하면서 그것에 자족한다든지. 그러니까 우리 사회에 나타난 언어 사용의 두 가지 방식과, 공적 공간에서 이루어지는 개인에 대한 두 가지 행동 방식은 일정하게 상응하는 것 같습니다. 그 폐단의 핵심은 이 둘의 복합적 얽힘에 대한 성찰이 없다는 것이 아닌가 합니다.

주체와 객체

김우창 둘 다, 사적인 자기를 내세우는 것이나 집단의 대변자를 참칭하는 것이나, 사회나 개인을 어떤 주체적 과정으로 보는 것보다 객체적 카테고리에서 인식하기 때문이라고 할 수 있습니다.

문광훈 자기는 빠져 버린다든지 아니면 자기 신뢰가 지나쳐 주관성이 절대화한다든지 말이지요.

김우창 자기를 절대화하는 경우도 자기의 주체적 원인을 절대화하는 것이 아니라, 다시 말해 주체적 존재로서의 자신을 절대화하는 것이 아니라 어떤 객체적 카테고리에 의해서 규정된 자기를 절대화하는 것이지요.

사르트르가 노벨상을 거절한 이유는 여러 가지지만, 그 하나는 노벨상 수상자라는 카테고리로 자신을 정의하는 것을 거부한 거라 할 수 있지요. '저 사람 노벨상 수상자다.' 이렇게 노벨상 한 번 받으면 완전히 딱지가 붙지요. 그것은 굉장히 높은 위치를 부여받는 것임에도 불구하고, 자기를 자유로운 주체적 존재로 이해하는 것과 좀 거리가 있게 되는 일입니다. 사르트르 얘기로 하면, 'en soi(즉자(卽自), 단순히 존재함)'가 되지 'pour soi(대자(對自), 존재함에 대한 의식)'가 아니지요.

임금님 같은 사람이 좋은 옷 입고 다니는 것, 훈장 같은 것 달고 다니는 걸 보면 난 우스운 생각이 들어요. 왜냐하면 자기보다 높은 사람이 없는데, 누가 봐서 자기를 인정해 달라고 하는 것이기 때문이에요. 자기를 장식해서 내가 그렇게 높은 사람임을 알아 달라는 것인데, 그것은 자기를 종속적 위치에 놓는 것이지요. 사실 높은 사람이라면 그럴 필요가 없지요.

거기서 나온 패러독스가 있어요. 히틀러는 자기 부하들은 금줄도 달게 하고, 훈장도 다 달게 하면서 자기는 병사 옷 입고 다녔지요. 1차 대전 때 자기가 병장이니까 병장 옷 아무 장식 없는 것을 입고 다녔어요. 스탈린도 처음에는 그랬어요. 밑에 있는 장군들은 다 금줄하고 뭐 장식하게 하면서 자기는 아주 평범한 옷을 입고 다녔어요. 너희 놈들은 다 남한테 보여 인정받는 놈들이니까, 인정받으려면 금줄 붙이고 훈장 붙이고 계급장 붙여야지, 그러나 난 누가 인정할 필요도 없을 만큼 높은 존재니 병사 옷 입고 다녀도 된다. 히틀러 생각에 들어 있는 것도 그런 것이 아닐까요? 그런데 그렇게 얘기하는 것 자체가 또 한 번 자기를 객체화하는 것이기 때문에 사실 이것도 그렇게 간단한 이야기는 아닙니다. '나는 누가 봐줄 필요도 없이 함부로 입고 다녀도 나 자신의 존재다.'라고 주장하는 것 자체가 또 한 번 자기를 객체적으로 얘기하는 것이지요. 그 때문에 '어떻게 하면 정말 주체적 존재가 되느냐.'는 참 어려운 문제예요.

문광훈 그래서 조금 전 선생님 말씀을 그대로 인용하면, "어떤 사건의 지속으로서 자신의 존재를 계속 반성적으로 고찰하는 수밖에 없다."가 될 것 같네요.

김우창 또 다른 한쪽으로 이렇게 생각할 수도 있어요. 사회적으로 부과된 객체화된 성격에 의해 자기를 이해 안 한다는 것은 달리 보면 건방지기 짝이 없는 일이고, 또 아까 말한 것처럼 다른 방식으로 자신을 객체화하는 것이지요. 그것은 오만에 의해 그 사람이 규정되는 것이지요. 그러니까 다른 사람처럼 자기를 모델로 만들어서 이 모델에 따라 살려는 것이 한쪽으로는 굉장히 천박한 것이면서, 다른 한쪽으로는 높은 자기실현의 방법이 될 수도 있지요. 그래서 그것은 간단히 말할 수 없지요.

가령 15세기의 독일 출생의 신부 토마스 아 켐피스(Thomas a Kempis)의 저서에 『그리스도를 본받아(De Imitatione Christi)』란 것이 있지요. 제목의 뜻은 그리스도를 모방하여 그와 똑같이 자기 삶을 산다는 것이지요. 그것이 가장 거룩한 삶이라는 생각입니다. 이 경우 밖에서 주어진 어떤 모델에 따라서 산다는 것이기 때문에 자기를 객체화하는 것이지요. 그러면서도 가장 높은 의미에서 자기를 초월해 자기를 없애는, 없애면서 일반화하고 주체적으로 산다는 것이기 때문에 간단한 객체화는 아닙니다.

'이미지 관리'라는 말이 있습니다. 자기를 객체화해서 조정한다는 얘기지요. 그러나 이런 생각에는 자신이 주제냐 객체냐 하는 것을 떠나 문제적인 면이 있다고 할 수 있습니다. 이런 조정으로 다른 사람을 속이려는 수작이 들어갈 가능성이 있는 것이 아니겠습니까. 그런 점에서도 자기를 천박하게 하는 것이라고 할 수 있지요. 우리나라에서는 이 말이 별 의식 없이 쓰입니다. 인간에 대한 물음을 포기한 것이라고 할 수 있습니다. 그렇기는 하나, 지금 얘기한 것처럼, 어떤 이미지에 따라 산다는 것은 자기를 객체화하고, 객체화함으로써 오는 자기 비하를 나타내 주면서 또 동시에 그 비하를 통해 자기를 초월해 보다 넓은 것에 일치할 수 있는 가능성도 열어 주는 것이지요. 독일어에서 교양이라는 말 '빌둥(Bildung)'은 이미지라는 말 Bild와 깊은 관련이 있는 것으로 이야기되지 않습니까? 이미지의 문제도 간단히 얘기하기는 어려워요.

문광훈 자기 객체화가 자기 초월일 수도 있지만 오만의 표현일 수도 있고, 또 자기 비하일 수도 있지만 자기 고양의 계기가 될 수도 있다는 것이지요?

김우창 그렇습니다. 자기를 좁혀서, 아주 낮춰서 천하게 만드는 것일 수도 있고, 또 천함을 통해 자기를 승화시키는 방법일 수도 있어요. 여러 가지 가능성을 가지고 있지요.

자기 초월

문광훈 그렇다면 오만이나 자부심은 어느 정도 필요하다는 생각도 듭니다. 그러나 정녕 필요한 것은 '부단히 지양되어야 할 것으로서의 자부심'이라는 생각도 듭니 다.

김우창 끊임없이 지양해 나아가야겠지요. 그래서 제일 높은 단계는 성인의 단계, 끝에 자기가 없는 단계지요. 그렇게 생각하지 않는 사람도 있겠지만. 니체의 『차라투스트라는 이렇게 말했다』에 제일 많이 나오는 것 중의 하나가 "사람이란 것은 극복되어야(überwinden) 할 무엇이다."지요. 거기에서 극복되어야 할 첫 대상은 나 자신이겠지요. 니체는 극복을 통해 초인이 되길 원했습니다. 그러나 '높은 인간(Übermensch)'의 길은 어설픈 사람에게 '아래 인간(Untermensch)'의 길이 되기 쉽지요. 성인이 되는 것은 아래 인간이 되어 높은 인간이 되는 길이라고 할 수도 있고.

문광훈 선생님, 내세에서의 초월적 의미가 아니라 지상에서의 초월적 의미에 대해 좀 구체적으로 말씀해 주세요.

김우창 자기를 없애고 자기를 겸손하게 생각하고, 모든 사람들을 받아들이며 세계를 있는 그대로 받아들이는 상태를 넘어 뭐가 있겠어요? 사람이라는 게 아무것도 아닌 존재이지요. 있는 세계를 받아들이고 있는 사람들을 받아들이고, 이 모든 것을 수용할 수 있는 것은, 다시 자기를 세계로 열고 세계를 자기에게 여는 일이기도 하지요. 초인은 이렇게 해서 높아지고 커진 사람이 아닐까요? 그래서 밝음의 관점에서 세상을 보고, 또 세상의 밝음에 열린 사람이라고 할까요? 그러나 세상은 열어 보면 너무 어두운 것이 많지요. 성자가 적어도 이해하기는 쉽지요. 이 성자적인 것을 향해 나아가는 것이 정말 자기를 극복하는 방법으로 이해하기가 쉬운 길이지요.

　문광훈　일상에서의 성자적 현존의 가능성, 이것을 선생님께서는 믿으시는지요?

　김우창　어려운 일이지요. 오히려 나는 일상적으로 하고 싶은 생각이 없어요. 이 이상을 따르고 싶은 생각이 없는 것은 너무 약한 사람이기 때문이지요. 그러나 생각할 수 있는 것 같아요.

　성자가 된다는 것도 모순을 담은 길이지요. 톨스토이의 「세르게이 신부」라는 중편 소설이 있는데, 세르게이는 성자가 되기 위해 고생도 하고 여러 가지 일을 하다가 고생 끝에 어느 시골 농부집에 들르게 되지요. 거기에서 밥을 얻어먹으면서, '아무런 생각 없이 충실하게 농사짓고 사는 이 사람이야말로 성자다.'라고 생각하지요. 자기가 성자가 되려고 했던 건 자기를 내세우려는 것이었다고 생각하고, '나는 성스러운 사람이 되어야겠다고 생각한 것 자체가 잘못이다.'라고 느끼게 되지요. 자기를 충분히 비운 것이 아니라는 깨달음이지요. 진짜 내가 성스러운 사람이 되려고 노력한다 해서 되는 건 아닌지도 몰라요. 물론 이것은 성자가 되지 못하는 사람의 거짓된 자기 위안일 수 있습니다.

　문광훈　성자든 아니면 우리가 납득할 만한 또 다른 인간상이든, 그것은 일정한 신념 안에서 그러나 이 신념을 최소화시켜 나가는 삶의 과정이라고 말이지요?

김우창 끊임없이 자기를 비우면서 많은 것에 대해 개방 상태에 놓이려고 노력하는 것, 인간의 고통에 대해, 또 잘못에 대해서까지 열려 있도록 노력하는 것이 필요하다는 것은 맞는 말이 아닐까 합니다. 이것은 워낙 큰 요구이기 때문에 못하지만. 적어도 지적으로 많은 입장을 개방적으로 고려하면서 이해하고, 거기에서 어떻게 보다 더 나은 결론을 도출할 수 있느냐를 생각하는 것은 모든 지식인이, 또 모든 사람이 할 수 있는 일이 아닐까요.

덧붙이면, 모든 것에 대해 열려 있다는 것 자체도 문제가 생길 수 있어요. 많은 사람들이 모든 것에 열릴 수 없는 것은 마음이 좁아서이기도 하지만, 실존적 급박성 속에서 선택해야 되기 때문에 그렇기도 해요. '너도 좋다', '너도 좋다', '너도 좋다' 하는 건 머리로 생각하면 그럴 수 있지만, 실제로 살아가는 사람은 어떤 하나를 선택해야 되기 때문에 이 실존적 급박성 속에서 모든 것에 열려 있기는 아주 어렵습니다. 나도 선택하여야 하고 우리도 선택하여야 하지요. 그것은 많은 것을 고려하면서 상황적으로 판단할 수밖에 없을 것입니다. 하여튼 실존적 선택과 모든 것에 대한 열림 사이에 갈등이 있을 수 있다는 것, 상황 속에서 선택하여야 한다는 것, 그러면서도 열려 있도록 노력한다는 것, 이 모든 것이 필요할 것 같습니다.

문광훈 참 어려운 문제네요.

김우창 어려운 문제지요. 그런 문제에 대해 생각하는 것이 사회에 있어야 되는 건 사실인 것 같아요. 그렇지 않으면 사회가 독단론적으로 (dogmatic) 되고, 사람 사는 데 제일 필요한 관용성이 없어지니까요.

문광훈 저는 개인적으로 '지식인의 사명이나 책무' 운운하는 걸 별로 안 좋아하는데요. 그것이 불필요하다는 뜻에서가 아니라 그 선언 자체가 모든 사명을 대신하는 듯한 그래서 여하한의 무책임성도 면제해 주는 듯해서 말이지요. 그러나 사르트르가 보여 준, 조금 전에 선생님께서도 말씀하신 주체의 자기 성찰 과정은 경이롭다는 생각을 갖게 됩니다. 제가 갖는 경이로움은 노벨상이라는 공식화된 명성을 거부한 데 있는 것이 아니라, 물론 그것도 대단한 것이지만 그보다는 직접 외치지는 않지만, '자유를 체현하는 주체적 방식에 있어 그가 얼마나 철저했는가'라는 데 있습니다. 모든 외적 인위적 명명에 대해 얼마나 실천적으로 대응했는가를 다른 명제나 슬로건이 아니라 그 삶 자체로 적나라하게 보여 주는 것 같아서요. 자유로운 의식을 가진 인간으로서 자유로운 생애의 어떤 납득할 만한 궤적을 실제로 보여 준다는 점에서 한 사회에는 이런 고귀한 예가 참으로 필요하지 않나 여겨집니다.

김우창 놀라운 모델이지요. 그러나 아까 얘기한 것처럼, 그게 또 모델이 되면 곤란하지만요. 더 높은 모델은 노벨상 수상 거부 같은 것이 아니라 모든 사람을 위해 자기를 바칠 수 있는 것이겠지요.

친구에 대하여

문광훈 사람의 성향은 그에 가까이 있는 사람들을 보면 어느 정도 드러납니다. 몽테뉴와 라 보에티의 친교는 잘 알려져 있습니다. 몽테뉴는 『수상록』에서 라 보에티와 자신의 "두 마음은 너무 혼연일체여서 꿰맨 자국조차 보이지 않을 정도"라고 쓰고 있습니다. 그러면서 이 친구를 일러 "그는 모든 재능과 덕성에 있어 나보다 탁월했을 뿐만 아니라 우정의 의무에서도 그러했다."라고 말합니다. 저는 이 구절을 읽을 때면, 라 보에티의 크기 이상으로, 이런 친구의 크기를 먼저 내세우는 몽테뉴 자신의 폭과 넓이를 느끼게 됩니다. 그래서 수업 시간에 말하곤 했지요. "존경할 만한 친구를 가져야 하고, 그렇게 친구를 존경할 수 있을 때 자기 스스로도 존경받을 만하다."라고요. 상응하지 않으면 친구가 되기 어려울 것 같습니다. 나이 차이에도 불구하고 '친교'라 말할 수 있는 친구에 대해 말씀해 주십시오.

김우창 내가 부족한 것 가운데 하나가 친구가 별로 없다는 점 같아요. 그것은 개인적 성격도 관계있고, 또 모든 걸 보편적 카테고리에서 보기로 들면 친소(親疎) 관계라는 것이 없어져 버리지요. 문 선생이 얘기한 대로 적을 사랑하기도 하고 친구를 미워하기도 하고 이래야 한다면, 그건 보편적 원칙하에서 그런다는 얘기입니다. 그러면 진짜 인간의 친밀한 관계는 안 생긴다고 얘기할 수 있지요.

저건(거실 한쪽 벽면에 걸린 액자를 가리키며) 우리 아버지가 쓰신 건데, '수능성담위오우(水能性淡爲吾友, 물은 능히 그 성질이 맑기 때문에 내 친구가 될 만하다.)'라고 되어 있지요. 출전이 어디인지는 모르겠는데, 비슷한 이야기는 많이 있지요.『장자』에도 "군자들의 친교는 물처럼 담담하다. 그러나 소인들의 친교는 단술과 같다."라는 말이 있지요. 담담해야 친구가 된다는 생각이야 좋지요. 그러나 단술처럼, 꿀처럼 진하고 단 관계도 사람에겐 필요하거든요.

문광훈 꿀처럼 단것에 대한 것은 사회적 인간적 요구인 것 같은데요. 그러니까 자연이나 생명 일반의 요구는 아닌 것 같고요. 단지 인간 세계 안에서 이루어지는 삶에 필요한 것 같아요. 좁은 의미의 요구라는 거지요.

김우창 개인적으로 그게 필요하다는 건 우리가 인정해야 될 거예요. 그렇기는 하나 그것이 일반화될 때 그 사회는 망하는 것입니다. '코드 인사'라는 말의 '코드'라는 게 그거 아니에요? 자기 친구면 나쁜 짓 해도 봐주고 나쁜 사람도 봐주고 하는 것이지요.

그러나 인간이 실제 필요로 하는 진한 관계가 있다는 건 부정할 수가 없지요. 문학 작품이나 시의 많은 내용이 그것에 관계되어 있기도 하고. 그러나 그것을 사회의 일반적 규범으로 확대 사용하여 공공 관계에서, 또 정치적 책임의 자리에서 적용하면 그 사회는 부패하게 될 수밖에 없어요. 친한 사람이면 능력에 관계없이 내게 도움이 되니 좋아하고, 안 친한 사람이라 능력에 관계없이 멀리한다면 그 사회는 좋은 사회가 안 됩니다. 우리 사회는 그게 너무 강하지요. 일반적인 담담한 관계를 신뢰할 수 없어서 친한 관계가 필요하게 되지요. 사회 전체를 믿을 수 없기 때문에 그냥 눈감아 주는 사람이 필요하게 돼요.

문광훈 그것은 아까 말씀하신 개인에 대한 이해, 또 언어 사용에서 주체의 객관화 훈련이 우리 사회에 부족한 이유와도 연관되는 것 같습니다.

김우창 특히 지식인에게 있어 친소 관계를 초월해서, 자기 패를 초월해서 얘기할 수 있어야 된다는 건 중요한 임무 중의 하나지요. 우리 사회에서는 그렇지 않은 것 같아요. 내 편이면 무조건 옹호해서 얘기해야 되고, 저 편이면 무조건 나쁘게 얘기하게 되니. 그런데 친교 때문에 공정하지 못한 것은 오히려 인간적이지요. 이익 때문에 친교를 가장하는 것은 더 곤란한 경우지요. 다른 이야기가 되지만, 집단의 경우도 비슷하지요. 집단 이익을 옹호하는 것이 무조건 좋다고 생각하는 것도 이런 테두리에 들어갈 수 있지요. 신문 보도나 논설도 그런 것들이 너무 많아요.

타당성과 공정성

문광훈 일정한 사안에 대해 어떤 당파성(Parteilichkeit)이나 나아가 입장(Stellungnahme) 등 자기 관점을 갖는 것은 필요한데, 이것이 사회 전반적으로 사익화되는 데 문제가 있는 것 같아요.

김우창 당파성은 공산주의 이념에서 나온 것인데, 사회의 혁명적 갱신

가능성을 너무 믿고 그것을 위해서는 공정성을 넘어서 파당성이 더 중요하다는 입장을 낳지요. 그 테두리 안에서는 파당성이야말로 궁극적인 공정성의 잠정적 형태이지요. 이해는 되지만, 많은 진실 왜곡의 근원이 되는 주장입니다. 그런 혁명적 이념의 테두리에서 생각하는 것이 아니더라도 우리 사회에는 출처도 모르는 그런 생각이 많이 퍼져 있는 것 같습니다. 이건 우리 편이 주장한 거니까 무조건 지켜지도록 얘기하고 받아들여야 된다는 생각이 사회의 공공성과 투명성을 훼손하는 역할을 크게 하고 있는 것이 우리 상황이지요.

문광훈 공익과 사익의 구분이 불분명하다는 거지요?

김우창 지식인의 경우는 어떻게 보면 친구가 없어야 되는 거라고도 할 수 있지요. 적어도 지식인으로서 이야기할 때는.

문광훈 선생님께서 어디에 쓰신 글을 읽은 적이 있는데요. 아인슈타인이라든가 괴델 같은 큰 수학자들은 대체로 '홀로 가는 사람(Einzelgänger)'이었다는 사실 말이지요. 조수도 없이 혼자서 연구하는 그런 사람들이었다고.

김우창 그런 걸 좇아갈 수는 없지요. 우리는 보통 사람이니까. 가령 그리스도가 자기 어머니가 오셨다고 누군가 그랬을 때, "내겐 어머니가 없다."라고 말한 것과 같지요. 자기 어머니를 부정한다는 것은 말이 안 되지 않아요? 그러나 아주 공공의 입장에 서면, 어머니와의 관계까지도 자기의 공적 사명에 종속시킬 필요가 있다는 얘기겠지요.

문광훈 특히 학자나 작가나 예술가들은 홀로 있는 것, 이런 걸 별로 두려워해서는 안 되는데 우리 사회에서는 너무 두려워하는 것 같아요.

김우창 두 가지를 두려워해요. 하나는 친구 없는 걸 두려워하는 것입니다. 그것은 정말 괴로운 일이지요. 다른 하나는 많은 사람들의 믿음으로부터 벗어나는 걸 두려워하는 것 같아요. 이것도 괴로운 일이지만, 이것은 극복해야 하는 괴로움이라고 할 수 있습니다.

　문광훈　그건 자기 의견의 개진에 대한 두려움이 강하다는 것이지요. 우리 사회의 학자들은 이미 있는 것을 상투적으로 답습하는 안전한 길을 대개 택하는 것 같아요. 학문의 발전도 그래서 더디지 않나 여겨지고요. 그런데 학문의 발전은 사실 소수에 의해 더디게 이루어지는 것 같습니다.

　김우창　나도 하고 싶은 이야기가 있어도 안 할 때가 많지요. '이 소리 했다가 너무 공연히 얻어맞을 테니까 하지 말아야겠다.'는 것이지요.

반성적 자아와 진리

　문광훈　나-개인-자아의 탐구란 말이 바른 의미에서 '자아의 사회적 확대 과정에 대한 탐구'라고 한다면, 이런 탐구가 우리의 지적 전통에서는 약하지 않나 여겨집니다. 여기에는 열악한 현대사의 파행이 크게 자리하고 있고, 다른 한편으로 우리 자신의 내면성 훈련이, 전통의 단절 때문이건 아니건 간에, 약화된 데도 원인이 있어 보입니다. 개인주의나 내면성 또는 자아의 현대적 재정립과 관련하여 이 문제를 어떻게 생각하시는지요?

　김우창　그것은 아까 얘기한 것에 그대로 관계되어요. 자기를 얘기한다는 것은 단순히 자기만을 얘기하는 것은 아니지요. 진리에 대해 얘기할 때, '우리에게 주어진 실천적 한계 안에서 내가 발견하는 사건'으로 진리를 말하는 것이지요. 그것은 다른 사람에게 일어나는 것과 차이가 있으면서도 동시에 공통된 것이지요. 이런 변증법적 이해가 있어야 될 것 같아요. 우리의 유교 전통에서도 자기 내면성의 탐구는 중요한 것이었지요. 그러나 자기를 매개로 진리를 알게 된다는 의식이 삭제되고, 자기가 진리와 직접 관계하는 것처럼 이해한 것이 문제인 것 같아요.

문광훈 그건 미묘하면서도 중요한 차이인 것 같네요.

김우창 진리에 가까이 가려고 노력하는 게 우리의 지적·전인적 노력의 목표지만, 이것이 나의 노력을 매개로 이루어진다는 사실은 잊혀지고, 마치 내가 직접적으로 진리와 일치할 수 있는 것처럼 생각하면, 그것은 독단론이 되고 근본주의가 돼요. 우리는 자기 성찰적인 면이 부족한 것 같아요. 말하자면 몽테뉴적인 면이 조금 부족하다고 얘기할 수 있을 것 같아요.

퇴계의 경우 자기 성찰이 있지요. 일상생활에서도 그렇고 철학적 관점에서도 자기를 늘 되돌아보지요. 『자성록』이란 제목 자체가 그렇지요. 그러나 이때 돌아보는 게 자기라는 의식은 서양에 비해 조금 약하다고 할 수 있어요. 끊임없이 자기를 돌아보되, 돌아보고 있다는 이 자기의식은 약합니다. '오일삼성오신(吾日三省吾身)'이라는 말이 논어에 있지요. 그런데 여기 '돌아본다'는 것은 효도했는가, 신의를 지켰든가, 옛글을 읽었는가를 되돌아본다는 말입니다. 데카르트의 '코기토'는 드러난 자기 행동을 어떤 기준에 비추어 살펴본다는 말이 아니라 자기를 직접 돌아본다는 것을 말합니다. 삼성(三省)은 주체가 주체를 되돌아보는 것이 아니라 주체의 행동을 대상화하고 그것을 살피는 것입니다. 그나마 조선 후기에 올수록 자기 성찰에 의해 진리에 이른다는 것은 약해지는 것 같아요. 마치 자기가 노력하면 직접 진리와 일치하는 것처럼 생각하거든요. 물어볼 것도 없이 이미 격언적으로 표현된 하나의 진리를 자기가 되풀이하는 것처럼 생각한 것은 뒤로 올수록 많아진다고 봐야겠지요.

실학 같은 문제도 그래요. 실학이 현실적 문제를 많이 다루었다고 좋아하지요. 사람이 현실 속에서 산다는 것, 그러니 현실 문제를 정치적·기술적으로 해결해야 된다는 것은 좋은 것이지요. 그러나 현실 문제를 생각하는 것이 자기 자신임을 성찰하지 않는 것은 또 하나의 도그마티즘에 빠지는 결과를 가져오게 됩니다. 이것은 서양의 현대 과학에서도 일어납니다.

후설(Edmund Husserl)이 『유럽 학문의 위기와 선험적 현상학』에서 얘기한 것도 이것이지요. "과학적 지식 탐구가 인간의 성찰적 노력을 통해 일어난 다는 것을 잊어버리는 것이 문제다." 이것이 후설의 중요한 테제 중의 하나 아니에요?

우리가 객관적 인식을 하게 되면 그 객관적 인식의 결과로 드러난 진리에 압도되어, 그것이 인식의 과정 속에서 일어난 것임을 잊어버리기가 쉽습니다. 그건 유교에서도 일어나고 서양의 과학적·분석적 철학에서도 일어나지요. 원래부터 동양 전통에서는 성찰적 과정이 매개된다는 것에 대한 인식은 조금 약했다고 할 수 있을 것 같아요. 우리에겐 개인주의가 약하고, 또 서양식으로 개인의 자유, 사상의 자유를 원하는 자유주의 전통이 발생하지 않은 사실과도 관계있는 걸로 생각돼요.

문광훈 그런 점에서 몽테뉴식의 자아 탐구는 우리의 지적 전통 속에서 앞으로 훨씬 더 깊이 탐구되고 확산될 필요가 있을 것 같네요.

김우창 하고 있는 일에 대해 자기 성찰적이고 자기비판적인 것을 끊임없이 계속하는 일은 모든 철학적·문학적·지적 작업에서 필요한 거예요. 그것이 도그마를 피하는 유일한 방법이니까. 다만 몽테뉴의 경우, 그의 초점은 엄정한 사고의 담당자로서보다도 경험적 차원에서 자신의 정체에 있었다고 할 수 있겠지요. '내가 무엇을 아느냐(Que sais je)'를 문제 삼지 않은 것은 아니지만, '내가 누구냐(Qui suis je)'가 더 중요했다고 할 수 있지 않으냐 하는 말입니다. 더 인간적인 관심이지요. 문 선생이 물으신 것도 이러한 데 관계되는 것인데, 내 버릇대로 문제를 너무 추상화했습니다.

죽음에 대하여

문광훈　다음 부분으로 넘어가겠습니다. 실천의 내용이 무엇이건 간에 그 지향은 사회로 확장되는 개인의 행복이라고 할 수 있을 텐데요. 행복에 대한 이해는 불가피하게 소멸, 사라짐 혹은 죽음에 대한 이해와 이어질 수밖에 없습니다. 그래서인가요, 몽테뉴는 '철학을 공부하는 것은 죽음을 공부하는 것'이라고 쓴 적이 있습니다. 선생님께서는 죽음을 어떻게 생각하시는지요?

김우창　죽음은 사람 사는 데 아주 중요한 것의 하나이기 때문에 사실 모든 정신 전통에서 죽음을 빼고 얘기하는 것은 별로 없습니다. 서양 사상 또는 서양 기독교 전통에서는 중세 때까지 학자들이 책상 위에 해골바가지를 가져다 놓고 만져 보고 들여다보고 하며 중시했거든요. '메멘토 모리(memento mori)'라고 해서 사람이 죽는다는 걸 생각한다는 뜻이지요.

불교에서도 결국 삶이 허망하다는 얘기가 중요하지요. 그러나 그것은 단순히 허망함이나 죽음만을 말하는 것은 아닙니다. 죽음은 우리가 일체성에 이르는 한 방법이지요. 생명을 아는 일체적 관점은 생명의 밖에 서는 것인데, 그것이 죽음이지요. 죽음을 통해 생명을 한번 들여다볼 수 있기 때문에 생명의 본질이 드러나요. 죽음을 보면 허무하다는 결론이 나오기도 하지만, 또 동시에 허무 속에 일어나는 하나의 드라마로서 생이 귀중하다는 것, 되풀이될 수 없는 것이라는 사실도 나옵니다. 죽음의 두 가지 뜻은, 하나는 삶이 허무하다는 얘기고, 하나는 삶이 귀중하다는 것이지요. 우리가 죽음을 얘기할 때 허무하다고만 생각하기 쉽지만, 귀중하다는 얘기는 잊어버리게 되는 것 같아요.

내가 강의하면서도 하는 얘기인데, 엘리엇의 「리틀 기딩(Little Gidding)」에 이런 구절이 있어요. "물과 불이/ 도시와 목초지와 잡풀을 잇고/ 물과 불이/ 우리가 거절한 희생을 조롱한다." 사람이 하는 일은 다 황폐하게 마련이고 끝장나게 마련이라는 것이 전체의 요지입니다. 목숨과 세대의 연속도 끝나고 세계 자체의 종말처럼 물과 불이 사람의 일을 무화하지요. 그런데 이 구절에서 기이한 것이 "물과 불이/ 우리가 거절한 희생을 조롱한다."라는 말입니다. 모든 것이 허무하게 끝난다면, "우리가 거절한 희생"이 아니라 "우리가 바쳤던 희생"을 조롱하여야지요. 한 일이 우스워지는 것이 아니라 안 한 일이 우스워지는 겁니다.

죽음을 생각하고 허무한 걸 생각하면 많은 걸 후회하게 됩니다. 한 일이 허무하게 되었다고 하는 것이 아니라 내가 해야 될 것을 안 했다고 후회하는 것입니다. 얼른 생각하면 해 봐야 소용없으니 안 한 게 당연한 것 같지만, 바로 죽음이 있기 때문에 그때 그걸 내가 하지 않았으면 안 되었다고 생각하게 된다는 겁니다. '내일 세상이 끝난다면 뭘 하겠냐.' 할 때, 술이나 잔뜩 먹고, 이런 식으로 생각할 수 있지요. 그런데 술 먹으면 뭘 하겠어요? 반대로 내일 죽는다면 바로 내가 귀중하게 생각하는 일을 지금 조금이라도 더 하는 게 좋겠다고 생각할 수도 있지요. 물론 그 귀중한 일도 허무한 일이지만.

그러니까 죽음은 인생을 완전히 허무하게 만들면서도 귀중하게 하는 것이지요. 인생을 전체적으로 보고 세계를 전체적으로 보게 하는, 중요한 테두리 중에 하나입니다. 그걸 잊어버리는 것이 현대의 세속주의가 지닌 큰 문제점 같아요. 이걸 보통 차원에서 얘기하면 이런 생각이 들 때가 많아요. 결국 모든 사람이 죽음이라는 버스를 타고 죽음을 향해 가는데, 거기서 서로 아우성을 치며 영원히 살 것처럼 하는 것이 아니라 이 여행 시간이 잠깐인 걸 알면 서로 좀 참으면서 모든 사람이 편하게 갔으면 좋겠다고 생각할 수 있지요. 그런데 그렇지 못하고, 다른 놈 죽여 없애고, 다른 사람은 앉아 있지도 못하는데 나는 드러누워서 가야겠다는 생각도 하지요. 죽음은 사고의 훈련으로서, 삶의 훈련으로 중요한 것 같아요. 우주의 무한성처럼 말이지요.

물리학에서 우주의 역사를 대개 140억 년 또는 150억 년 전일 거라고 그랬는데, 최근에 어떤 계산으로는 빅뱅으로부터 시작해서 137억 년이라고 보다 정확히 얘기하는 것 같습니다. 그런 관점에서 보면 사람이 백 년 동안, 천 년 동안, 만 년 동안 겪은 것은 의미가 없지요. 생명도 지구도 그렇다는 이야기지만, 또 다른 한쪽으로는 그게 얼마나 귀한 것인가를 말하는 것이기도 하지요.

문광훈 죽음에 대한 선생님의 이해는 죽음에 대한 몽테뉴의 이해와도 유사한 것 같은데요. 완벽한 소멸로서의 죽음, 허무의 절대적 시작으로서의 죽음이라기보다는 바로 이 소멸의 허무성으로 하여 우리 삶을 더욱 강렬하게 느끼고 살아가야 되는 근거를 보시는 것 같아요. 삶을 절대적으로 규정하는 한계 조건으로서의 죽음을 알지 않으면 삶도 더 깊게 더 밀도 있게 살기 어렵다고 선생님의 말씀을 그렇게 이해할 수 있을 것 같아요.

김우창 불교에 있는 것도 바로 그런 것 아닙니까? 불교의 가장 큰 원리인 자비(慈悲)는 윤리적 인간과 인간, 또 인간과 생물체, 즉 중생과의 기본적 관계로 생각되지요. 자비란 말은 슬픔이란 뜻이거든요. 그러니까 모든 게 허무하다는 것, 힘이 없다는 것, 슬픔으로부터 사랑이 시작된다는 얘기지요. 또 그것이 우리를 길러 주는 역할을 한다는 얘기니까. 많은 것들이 그런 것처럼 이것도 역설적인 것 같아요.

문광훈 죽음에 대한 역설적 이해라고 하나요? 아니면 더 넓은 그리하여 자기 초월적인 이해라고 하나요? 그런 게 들어 있는 것 같습니다. 그러니 삶을 규정하는 한계 조건으로서, 혹은 삶의 에너지로서 죽음을 생각하지 않을 수 없네요.

김우창 이렇게 죽음이 사람의 한계를 생각하게 하고, 무한한 것 가운데 사람이 일시적으로 존재함으로써 허무하면서 더 귀하다는 얘기도 하지만, 일반적으로 사람의 한계를 아는 것은 중요한 것 같아요. 우리가 할 수 있는 일의 한계를 아는 것도 중요하고, 또 많은 사람들이 한계 속에서 고통스러워 하고 있다는 것을 아는 것도 중요한 것 같아요.

마르크스주의 같은 것도 그래요. 내가 마르크스주의에 관심 갖기 시작할 때 큰 동기가 된 것의 하나는 많은 사람이 잘못도 하고 고통을 당하는데, 그것이 꼭 자기 때문만은 아니라는 것이었어요. 사회적 구조로 인해서 잘못이 일어난다는 것이지요. 사회적 구조를 바르게 함으로써 더 바른 인간관계에 들어갈 수 있다는 것이 마르크스주의에 들어 있는 것이 아니겠습니까? 마르크스주의가 삶의 책임을 개인으로부터 사회 구조 속으로 옮기는 데는 인간에 대한 자비로운 이해의 배경이 있다고 할 수 있지요. 사람들이 별로 생각 안 하는 측면입니다.

그러나 마르크스주의는 인도주의를 별로 좋아하지 않습니다. 가난한 사람들이 빵을 훔쳤으면 그건 그 사람 잘못이 아니라 사회 제도의 잘못이라고 하는 것은, 사회 제도의 잘못을 탓하는 것이면서도 동시에 그 사람의 책임을 면제해 줘서 그 사람을 자비롭게 봐야 한다는 얘기가 들어 있어요. 그러면서도 마르크스는 개인의 한계를 알게 모르게 인정하면서 인간의 한계는 인정하지 않습니다. 혁명으로 세계를 완전한 것이 되게 하겠다는 것이 그것이지요. 어느 정도까지 견딜 수 있는 정도의 세계로 고쳐질 수 있다면, 그것으로 만족해야 된다는 것을 안 받아들여요.

문광훈 인간을 에워싼 근본적 제약 틀, 이것은 한두 가지가 아니라 여러 겹인데, 이런 것에 대한 고려를 전혀 안 하거나 적게 한다는 겁니까?

김우창 일방적으로 투쟁적인 것들만 너무 강조하다 보니까 그렇지요.

문광훈 인간과 관련해서 그것은 죽음이 될 것이고요.

김우창 죽음을 빼놓고 보면 다음 세대를 위해 지금 혁명해야 된다고, 지금은 모든 것을 희생해도 좋다는 생각이 나온다고 할 수 있습니다.

문광훈 그런 점에서 과장된 거지요.

김우창 우리는 다음 세대를 생각해야 됨과 동시에 내 삶도 생각해야 합니다. 오늘의 세대가 다음 세대를 위해 완전히 희생해야 된다는 건 생명이 짧다는 것에 대한 인식이 부족한 것이라고 생각돼요. 오늘의 세대를 살게하면서 또 다음 세대를 살게 하는 것이 되어야 해요. 그러니까 한계에 대한 인식, 죽음에 대한 인식, 생명의 무상함에 대한 인식이 정치적 프로젝트에서도 사실 중요한 것이지요.

사람이 놀라운 것 중의 하나가 그것인 것 같아요. 사람을 목 졸라서 죽인다고 할 때, 그것이 5분 걸리는지 10분 걸리는지는 모르겠어요. 그 짧막한 순간 동안 숨을 못 쉬면 죽는다는 것은 엄청난 사실 중의 하나거든요. 지금부터 하루만 참으면 내일부터 정말 좋은 사람이 된다고 해도 도저히 불가능한 것이지요. 이것이 우리 생명 현상의 절실한 한계 중의 하나이지요.

삶의 무상, 아이디어의 무상

문광훈 소멸이나 사라짐에 대한 생각을 선생님 글의 여러 군데서 본 적이 있는데요. 아래의 글은 『심미적 이성의 탐구』(1992) 머리말인 「헌책들 사이에서」에서 인용했습니다. 이런 글에는 논리의 견고함이나 철학적 사고의 무장 못지않게 시적이고 서정적인 감성이 들어 있고, 또 이 모든 것을 포용하는 무한성에 대한 자각이 엿보입니다.

치워야 하는 대상으로 내 앞에 놓인 나의 헌책들은 잉여의 사물로만 느껴진 것이다. 무엇 때문에 이 많은 책이 필요했던 것인가. 책에서 책으로 건너며 헤매며 그 안에서 지혜를 찾을 수 있다고 생각하는 것은 얼마나 어리석은 것인가.(14쪽)

헌책에서 내가 느끼는 것은 세월이며 나의 늙어 감이다. 가지고 있는 책이 헌책이 되는 것은 장서주가 나이가 들어 간다는 단순한 사실을 뜻하는 것에 불과하다. 세상에 틀림없는 사실 중의 하나가 사람의 삶은 삶의 신장이면서 동시에 삶의 쇠퇴 또는 죽음으로의 행진이라는 것이다.(16쪽)

나의 근본적인 운명을 결정하는 것이 외적인 존재로서의 나라면, 내적 존재로서의 나는 완전히 허깨비에 불과하다. 나의 거기 있음으로 하여 세계가 의미 있는 것으로 펼쳐질 수 있었다면, 바로 이 나의 있음도 허깨비와 같은 것이다. 내가 보는 세계 또한 허깨비에 불과하다. 나는 허깨비들의 환각 속에 있었다. 그러나 우리의 삶의 의미와 풍미는 전적으로 그것으로부터 연유하는 것 같지 아니하였던가.(17쪽)

생활의 낱낱으로 육화된 반성, 이런 것들이 스며들어 있음을 저는 이 글에서 봅니다. 말하자면 생활과 철학 사이에 한 치의 틈도 허용되지 않는다는 것이지요. 바로 이 점이 감동을 줍니다. 그래서 이 책을 읽으면서 사실 전 언젠가 울먹인 적도 있는데요. 자기가 사랑하거나 흠모하는 이들에게 사람이 흔히 바라듯이, 저는 선생님도 더 이상 늙지 않으셨으면 하고 바란 적이 있습니다. 이런 데서도 죽음에 대한 생각이 많이 묻어 나옵니다.

김우창 삶이란 우리의 실존적 정열이 만들어 내는 환상이란 느낌이 내게는 꽤 강하게 있는 것 같아요. 우리가 살림을 차려 놓고 살면 다 제자리에 있는 것 같지만, 이사 갈 때 자동차에 싣고 보면, 무슨 쓰레기가 이렇게 많은가 이런 느낌이 들거든요. 그러니까 잠깐의 질서를 잡아 놓은 것, 약간이지만 그래도 그 질서를 잡아 놓고 내가 그곳에 살고 있다는 느낌을 갖는 것, 다른 사람 보기에도 '아, 저기는 그 사람이 사는 곳'이라는 느낌이 드는 것, 이것이 세계를 만들어 내지요. 그러나 실존적 정열, 실존적 환상이 영원한 것은 아닌 것 같아요.

책에 대한 것도 그렇고 우리의 아이디어도 그런 것 같아요. 저 책만 보면 꼭 내가 도통할 것 같은 생각이 들지만, 그 시기가 지나고 나면 그렇지 않지요. 이 아이디어만은 좋은 아이디어 같은데, 그러다가도 약간 시기가 지나면 별것 아닌 걸 가지고 그렇게 흥분했다는 생각이 들지요. 실존적 정열과 환상은 사회적으로도 존재한다고 할 수 있습니다.

리처드 로티(Richard Rorty)가 인용한 건데 "철학의 문제는 해결되거나 해결되지 않는 것이 아니고, 단지 사라질 뿐이다." 하는 말이 있지요. 그때는 절실하게 해결되어야 될 문제라고 느꼈는데, 사태가 조금 바뀌고 나면 그게 왜 문제였는지도 이해할 수 없게 되어 버리지요. 우리가 관심 갖는 삶의 아이디어, 질서, 아름다움도 사실 그런 성격을 가진 것 같아요.

문광훈 누구의 문장인지 기억나지 않지만, "삶의 문제는 여러 가지 변형된 형태로 자리를 옮겨 갈 뿐, 온전히 해결되지는 않는다."라는 문장을 얼마 전 본 적이 있는데, 그와 유사한 것 같습니다.

글을 쓰는 것

문제를 풀어 가는 과정

상황과 글

문광훈 선생님의 다섯 권 전집이 나온 것은 1993년 민음사에서였지요. 그 글들은 모두 '에세이'라는 부제를 가지고 있습니다. 이때 에세이는 '붓 가는 대로 쓴 것'이라는 전래적 의미보다는 '논리의 엄격성 속에서 이루어지는 자유로운 글쓰기'라는 서구적 의미에 가까운 것으로 보입니다. 더 중요한 것은 이 글에 담긴 실존적 자기 서술적 성격으로 보이고요. 이것은 앞에서 언급하신 자기반성성과 연관되는 것으로 보이는데요. 이런 점에서 몽테뉴식 에세이의 현대적·한국적 재현은 아닌가 여겨지기도 하고요. 선생님께서 생각하시는 에세이의 의미는 무엇인지요?

김우창 '수필'이라 하면 좀 이상하기 때문에, 또 수필은 아니기 때문에, 처음에 그 책 낼 때도 내가 에세이라고 했어요. 그건 제대로 된 학문적인 글이 아니라는 겸손을 나타낸 것이기도 하지만, 시론(試論)이란 뜻이 제일 강했어요. 에세이란 '한번 시험해 본다'는 말 아닙니까? 그러니까 한번 탐색해 본다는 뜻에서 내가 표현한 것이 절대적인 것은 아니고 어떤 옳은 것에 가까이 가려는 노력에 불과하다는 걸 뜻한 거지요.

문광훈　그렇지만 어떤 학문적인 글보다 더 단단하고 견고한 논리를 가진 글로 여겨지는데요. 이런 글을 에세이라고 부르시면 다른 글은 어떻게 되나요?

김우창　문 선생이 호의로 하시는 얘기겠지만, 모두 과분한 비교입니다. 몽테뉴와 비교하니 한 가지를 말하고 싶어요. 나 자신도 그렇고 우리 시대도 그렇고 몽테뉴의 경우보다는 우리가 더 실존적 또는 실천적 절실함 속에서 생각만 해서 되는 것이 아니라 선택해서 실천해야 하는 상황에 있는 것이 아닌가 하는 느낌이 듭니다.

문광훈　몽테뉴의 시대에서보다 지금 시대에서 훨씬 더 절실했다는 말씀인가요?

김우창　내가 글 쓰는 것도 그렇고, 다른 사람들도 그렇고, 생각하고 선택하고 실천해야 된다는 강박을 떠나기가 어렵습니다.

문광훈　그런 고민에는 한국의 인문학적 현실 조건이 크게 작용하겠지요?

김우창　그렇습니다. 한국의 상황이 급박했기 때문에.

문광훈　질문을 다시 드리자면 사회 정치적·역사적 상황뿐만 아니라 어떤 인문학적인, 말하자면 전통의 척박함과 이런 척박함에도 다시 재구성해야 하는 학문의 내적 절실함 같은 것이 있었다는 거지요?

김우창　그것보다도 그냥 사회 정치적 문제였을 것 같아요. 우리나라처럼 지난 100년 또는 150년 동안 많은 사람들이 정치를 의식하지 않고 살지 않으면 안 되는 그런 사회나 시대가 드물었을 것 같아요. 우리는 누구나 정치를 의식하지 않을 수 없거든요. 몽테뉴도 상대적으로 자기 시대의 문제를 표현한 것이지만, 우리의 경우보다는 그 절실성을 덜 느꼈을 것 같다는 거지요. 우리는 정말 지나치게 정치화되지 않을 수 없게 살아온 것 같아요.

문광훈 그러면서도 선생님의 이런 글에서는 다른 글에 비해 실존적 삶의 뉘앙스가 많이 느껴집니다. 사실 이런 글이 적지 않고요.

다음 질문으로 넘어가겠습니다. 선생님의 사유는 관계항적으로, 그러니까 그물망과도 같이 퍼져 나가고 이렇게 퍼져 나간 것은 지금 여기의 나, 그러니까 선생님 자신으로 돌아오는 회귀적 성격을 가지고 있다고 여겨집니다. 다시 말해 그물망적 확산과 회귀 사이의 움직임이 선생님의 사유를 특징짓는 한 요소라는 것입니다. 그 때문에 적지 않은 독자들이 어렵다고 말도 하고요.

김우창 어렵다는 것이 내 글에 대해서 제일 많이 얘기하는 것이에요. 그러니까 의도적으로 내 얘기를 하고 또 사회 얘기를 하고 나한테 돌아오기보다는 저절로 실존적 절실성, 말하자면 이 문제가 내가 생각하고 글쓰는 데 동기가 되었기 때문에 그렇지 않나 여겨져요.

뭘 어떻게 해야 될 것인가 이 상황에서 어떻게 생각하고 어떻게 행동해야 할 것인가. 이런 것이 우리 사회의 전반적 상황이었던 것 같아요. 단지 내 경우는 그걸 좀 더 실존적으로 받아들이고, 다른 많은 사람의 경우는 시대적 상황으로 받아들이고 그런 차이가 있는지는 모르지요.

억압과 그 상처

문광훈 조금 주저했지만 이 질문을 드리겠습니다. 선생님께 '상흔이 될 만한 상황들(traumatische Situationen)'이 있다면, 무엇이라고 할 수 있나요? 학문적 또 생애적, 인간관계적 차원에서, 또 더 큰 차원에서는 우리 사회 전체에서 말씀해 주시면 좋을 것 같아요.

김우창 그건 내 개인적 얘기보다는 일반적 얘기로 할 수 있을 것 같아요. 많이 누그러졌다고는 하지만 우리 자랄 때도 그랬고 지금도 우리나라에서 성장하며 맨 처음 깨닫게 되는 것이 '우리의 인간관계가 얼마나 억압적인 건가'지요. 많은 사람들은 그걸 하나의 트라우마라고 인식하지 못할 테지만. 엄격한 집안에서의 훈련이나, 부모와 자식 간의 관계, 사람 관계에서 규범적 관계가 아주 엄격하잖아요? 아버지 어머니에 대한 것, 학교에서 교사와 학생의 관계, 또 군대에서 억압적 관계가 굉장히 강하지요. 숨은 폭력적 관계가 많아요. 나에게도 그랬지만, 이것이 모든 사람에게 커다란 트라우마라고 할 수 있지요. 거기에서 지금도 사람들이 벗어나지 못하고 있다고 할 수 있습니다. 자기 의견을 일방적으로 강요하는 것들이 거기서 나온 결과 아닌가 생각돼요. 그래서 너그럽게 행동하는 것을 주저하게 되지요. 그런 의미에서 내 개인적 경험이기도 하지만 모든 사람들의 경험이지요.

지금 학생들의 과외 같은 것도 그렇잖아요? 부모가 사랑에 의해 자식 교육한다고 하지만, 자발적 의욕으로 공부를 하는 것은 아니지요. 모든 일이 꼭 그렇게 될 수는 없지만 그래도 자발적이어야 하는데, 억압적 관계를 통해 하는 과외가 제대로 인간 성장에 기여하겠는가 하는 생각이 많이 들어요.

문광훈 모든 관계의 비자발적·억압적 조건들이 개인의 행동이나 언어, 감각까지도 왜곡시킬 수 있다는 거지요?

김우창 자발성을 다 상실하게 하고, 남의 눈치 속에서 살게 하고, 이렇게 되지요.

문광훈 선생님의 시대 조건에서는 이런 트라우마가 훨씬 더 사회 역사적·정치적으로 강했지요?

김우창 나뿐만 아니라 모든 사람들이 우리 사회에서 체험하는 것이지요. 단지 거기에 대해 '상처적'이라는 인식을 별로 갖고 있지 않은 것 같아요. 규격화된 틀 안에 억지로 집어넣는 것이 아니라 자발적으로 나아가야 된다는 것을 별로 모르는 게 우리 사회인 것 같아요.

가령 아버지와 어릴 때 한 상에서 밥 먹으면, 아버지가 손대기 전에는 절대로 먹으면 안 되고 고기 있으면 많이 먹으면 안 되고 하는 규칙들이 있지 않습니까? 아버지 일어나기 전에 내가 일어나면 안 되고, 아주 많지요. 이런 것들이 억압적입니다. 교사들도 학생들의 성장을 도와주는 사람이라기보다는 억압하는 사람처럼 행동하는 경우가 계속 나오지요. 우리가 자랄 때는 중학교 때부터 벌써 군사 훈련이 시작되었어요. 거기다 데모를 해도 자발적 의사가 아니라 강압적으로 나가는 것이었습니다. 반공주의의 공허함도 우리가 무슨 공산주의나 민주주의, 자본주의를 알아서 깨달은 것은 아니었어요. 중학교 때부터 반공 데모 나가서 아우성치고 깃발 흔들고 하는 것이 너무나 헛된 것, 거짓이라는 걸 느끼면서 알게 된 것입니다. 그런데 지금도 그런 것이 굉장히 많습니다. 모든 사회에서 다 성장의 트라우마가 있지만, 우리 사회는 자기도 모르는 트라우마 속에 서서 사는 게 많지요.

상처의 치료로서의 인문 과학

문광훈 다른 이야기일 수도 있고 연관되는 이야기일 수도 있는데요. 아주 단순화시키면 인문학의 과제도 삶의 어떤 트라우마적 상황, 이런 조건들을 완화시키는 방향으로 나아가야 되지 않을까요?

김우창 그런데 현실은 그것을 강화하는 쪽으로 나아갑니다. 명령으로 나아가니까. '이래야 된다', '나라를 사랑해야 된다'라는 식으로. 미국의 사로얀(Willim Saroyan)의 소설에 이런 얘기가 있어요. 한 미군 병사가 자기 집으로 보낸 편지에, "나라를 사랑하고 나라를 위해 죽을 각오가 있다."라고 쓴 게 아니라, "내가 사랑하는 우리 마을, 내가 사랑하는 나의 부모, 가족, 친구들을 지키기 위해 내가 전쟁에 나갈 수밖에 없다고 느낀다."라고 적어요. 나라 사랑이 아주 구체적인 데부터 시작되는 겁니다. 자기 고장을 사랑하기 때문에 이 고장을 누군가 부수려 하면 나가 싸운다, 이렇게 돼야지요. 자기 고장이나 친구나 가족에 대한 사랑 없이 나라를 위해 목숨 바친다는 것만 강조하면 억압적이게 됩니다. "정말 나라를 사랑하면 가서 죽어라." 이렇게 말하면 안 갈 사람이 많으니 간단히 해결할 수는 없지만, 기본은 그래도 사회 체제가 나의 자발성을 억압하고 나의 자유로운 의지를 손상시키는 데서 출발하면 안 되지요. 그러면 전부 상처가 됩니다.

문광훈 자발성을 신장시키는 방향으로 인문학의 미래를 생각해야 된다는 것이군요.

김우창 그렇습니다. 바로 자신의 삶을 자신이 살게 하는 데 도움을 얻고 또 주려는 것이 인문 과학 공부의 핵심이라고 할 수 있지요. 그러나 각박한 세상이 되어 전체 분위기가 그것을 실천하기가 아주 어렵게 되어 있습니다. 책이라는 것도 읽어라읽어라 하면 의무가 되서 안 되잖아요? 똑같은 얘기지만, 학교에서 논문 내는 것도 그렇지요. 사회 분위기가 전체적으로 되어야지요. 연구해서 계속 글 쓰는 것을 좋아하거나 적어도 그것을 스스로 받아들이는 의무로서 내면화하는 것과, 그것 안 하면 월급 안 올라가고 승진 안 되니 써야 된다는 것은 차이가 있습니다. 동기적 관계라는 건 전혀 다르지요.

지금은 성인이 없는 나라와 사회가 되었는데, 택시 운전수처럼 성자적인 사람이 없다는 농담 같은 에세이를 쓴 일이 있지요. 다 자기 하고 싶은 일을 하는데 이 사람은 손님이 가자는 데만 가니, 얼마나 자기를 죽이고 남의 의지에 따라서 사는 사람인가요? 친구 집에 간다 하면 거기 데려다주고, 상가 간다면 상가 데려다주지요. 정말 남에게 봉사하기 위해서 사는 사람입니다. 이것을 돈 벌기 위해서 하는 걸로 해석하면 하기 싫은 일을 하는 사람, 또는 당연히 해야 될 일을 하는 사람이 되지요. 하지만 앞에서 말한 것처럼 해석하면 그는 고마운 사람이 되는 겁니다. 그 스스로 그렇게 생각하면 자기 자신도 좋은 사람이 되지요. 사실은 똑같은데 동기적 관계를 뒤집어 버리면 사람 살기가 괴로워지지요.

　이것도 수필로 쓴 것인데, 미국에서 어느 가게에 갔어요. 미국의 촌동네에는 가게가 하나밖에 없는 경우가 있어요. 그걸 제너럴 스토어(general store)라고 하는데, 뭐든지 다 있지요. 창고가 굉장히 크지요. 거기 한번 가서 뭘 달라고 했는데, 아주 작은 것이라 가게 주인이 그걸 못 찾아요. 그래서 꼭 필요한 게 아니니 그만두라고 얘기해도 기어이 창고를 샅샅이 뒤져서 찾아왔습니다. 그러니까 자기 노력이 물건 팔아 얻는 이윤에 비해서 훨씬 많아요. 그걸 보고 내가 생각한 거예요. 그 사람은 제너럴 스토어를 운영하면서 동네 사람이 필요할 때 도와준다는 인식을 자기도 모르게 가지고 있기 때문에 손해가 나도 그렇게 열심히 찾는다고. 운전수고 교사고 다 나를 위해 이렇게 도와주는 사람이라 생각하면, 그래서 사회적으로 봉사한다고 생각하면, 훨씬 살기가 편해지지요. 똑같이 돈 내고 똑같이 일하면 분위기는 달라지겠지요. '돈 벌려면 잘 가르쳐라'는 것과, '가르치기 때문에 선생님의 생활을 위하여 돈을 내는 것'은 교사라는 직책을 얼마나 다르게 생각하는 일이 됩니까?

　다시 트라우마라는 주제로 돌아와 생각하지요. 우리가 사회적으로 해야 될 일들이 많지만 그것이 우리의 자발성과 우리의 자연스러운 성장을 억압하고 손상시키는 쪽으로 가면 그것은 트라우마가 되어요. 스스로 깨닫게 하면 그것은 자기 발전의 좋은 계기가 됩니다. 우리 자랄 때도 그랬지만, 우리 사회는 지금도 억압적으로 문제를 해결하려고 하는 것이 너무 많아요. 이것을 인간화하는 것이 공부의 사회적 의미가 될 수 있습니다.

문광훈 그게 인문학의 중대한 과제인 것 같습니다. 이를테면 자발성의 장려라고 할까요?

김우창 그렇지요. 단순한 공동체에서 그것은 자연스러운 것이지만, 한없이 복잡해지는 사회 속에서도 이 자발성, 사실은 의무와 자발성의 혼성체를 계속 유지하려는 노력이 인문 과학의 한 의무라고도 할 수 있습니다.

스스로 만들어 가는 삶

문광훈 자유로우면서도 선하고 동시에 행복할 수도 있는 일상의 조건이 오늘날에도 가능한지, 혹은 잘해야 그 조건에 대한 탐색의 과정만 있는 것은 아닌지 여겨지기도 합니다. 또는 탐색의 과정 자체가 자유롭고 행복하다고 자위해야 하는 것 같기도 하고요.

김우창 점점 사회가 각박해지는 건 사실이지요. 공동체가 없어지고 경쟁이 심해지기 때문에 자유롭게 자기의 보람 있는 삶을 산다는 건 아주 어려워지는 것 같습니다. 그러다 보면 지금 문 선생 말씀하신 대로 '보람 있는 삶이 무엇이냐'는 걸 탐색하다 말아 버리는 것 같아요. 그러나 탐색 자체가 사는 방법 중의 하나이기 때문에 탐색이 있는 것이 보람 있다고 생각할 수 있습니다.

교사로서, 또 먼저 산 사람으로서, 중요한 것은 다음에 오는 사람에게 자기 길을 자기가 헤쳐 나가야 하는 것이 삶이라는 것을 깨닫게 하는 일입니다. 그 길이 어떤 것이냐는 자기가 알아서 발견해야지요. 자아를 만들어 가는 것도, 어떤 자아를 만들어 가느냐에 관계없이, 만들어 가는 것이라는 것을 깨닫는 것이 핵심입니다. 길도 자아도 열어 두면 위험할 것 같지만, 스스로 만들어야 한다는 부름이 우리를 지켜 줍니다. 물론 좋은 사회란 이러한 생각을 할 필요도 없이 다 제대로 되어 가는 사회라고 할 수 있지만, 잃었다 찾는 데는 다른 변증법적 발전이 있게 마련입니다.

문광훈 우리 사회는 트라우마를 좀 줄일 수 있는 가능성을 갖고 있을까요?

김우창 지금 상태에서는 우리도 그렇고 세계적으로 참 드문 것 같아요. 자기 인생을 살면서 사회적 기여가 되는 게 제일 좋은 상태인데, 둘 사이의 일치가 지금은 점점 어려운 것 같아요. 전부 다 보이지 않게 노예 제도 속에 들어 있는 것 같은 느낌입니다.

문광훈 점점 더 암울해지는 것 같네요.

김우창 예, 그건 세계적으로 고쳐져야 될 것 중의 하나인 것 같아요. 마르크스는 인간 사회가 완전히 바뀌면 모든 사람들이 아침에 낚시하고 오후에 쉬고 저녁에 철학하고 할 수 있다는 것 아닙니까? 사람의 욕심이 한이 없어서 만족하지 못하고 한없는 경쟁 사회가 되니 물질적 수단을 추구하느라고 스스로 정의롭고 여유 있게 영위하는 보람 있는 삶은 불가능해졌지요.

사랑과 체념과 슬픔

문광훈 자발성 속에서 자기의 선택과 결정에 따라 삶을 꾸려 가는 것, 이것의 목표는 단순화하면 행복일 것이고 그 방식은 사랑일 것입니다. 최근 들어 읽은 마르케스의 『콜레라 시대의 사랑(El Amor en los tiempos del cólera)』에 이런 대목이 있었습니다. "죽는 것이 가장 가슴 아픈 유일한 이유는 그것이 사랑 때문이 아니라는 것이다."

그러니까 삶의 모든 것을 사랑에 대한 관심에서 행한다고 해도 이 사랑으로 행할 수 없는 것이 있고, 가령 죽음은 사랑으로도 할 수 없는 대표적 한계다, 그래서 그것은 가장 슬픈 것이 된다, 이런 생각이 들었는데요. 사랑은 인간 삶의 최고 동력이 될 수 있다고 선생님은 생각하시나요?

김우창 마르케스의 말대로 사랑 때문에 죽으면 좋겠는데, 그렇지 못하지요. 사실 많은 것들은 사랑으로서 삶을 사는 것이 아니라, 니체가 얘기한 것처럼, 운명을 사랑하는 것을 배우는 거지요. 이것이 또 하나의 사는 방법인 것 같아요. 그러니까 운명이 사랑이기를 원하는 경우도 있지만, 운명 자체를 사랑하는 걸 배우는 거지요. 마르케스의 뜻이 정확히 무엇인지는 모르지만, 죽음을 사랑까지는 아니 해도 받아들이는 훈련을 해야 되겠지요.

문광훈 조금 더 체념적이기도 하고, 뉘앙스가 더 넓은 것 같기도 합니다.

김우창 궁극적인 것은 순응이겠지요. 사랑이라는 것은 적극적인 얘기고, 소극적으로는 순응하는 것이 사람 사는 방법이지요. 순응한다면 요즘 다 나쁜 걸로 생각하는데, 일리 있는 얘기지만 그게 전부는 아닌 것 같아요. "남들은 자유를 사랑하지만 나는 복종을 좋아한다."라는 구절은 한용운의 시에 있는데, 무엇에 순응하느냐가 중요한 거겠지요.

문광훈 선생님께서 말씀하시는 순응은 그 의미가 훨씬 더 포괄적인 것 같아요. 아까 말씀하신 자기 초월, 이 초월로부터 지속적인 자기 갱신까지 다 포함하는 것 같아요.

김우창 괴테의 『빌헬름 마이스터』에 나오는 자기주장에 대한 체념, 슈바이처의 생명에 대한 외경심, 성리학에서의 공경이 다 그 비슷한 것 아닐까요? 외경이란 두려움을 말하고, 두려움은 무서움을 뜻하지요. 근접하기 어려운 것이나 건드릴 수 없는 어떤 것들을 말하지요. 외경심이나 외포감 안에도 순응하는 게 있고, 절대적 아름다움, 절대적 선에서도 그것이 있지요. 내가 어떻게 하겠다기보다는 그 앞에 감동하고 내가 수동적으로 되기 때문이지요.

주자나 퇴계에 중요한 경(敬)은 '존경한다'는 거지만, 영어로 번역할 때는 mindfulness라고 한 것 같은데, 좋은 번역인 것 같습니다. '주의한다'는 말이지요. 고려대학교 심리학과의 김성태 교수도 『경과주의』란 책에서 이 두 가지를 연결하고 있습니다. 퇴계나 주자에서 '주의·집중'해서 생각해야 하는 걸 경이라고 하지요. 이 말이 뜻하는 것은 '우리가 존경하는 것이라야 주의를 기울인다'는 거지요. 그러니까 존경 안 하는 것은 다 무시해 버립니다. 생명체도, 꽃 하나도 생명의 경이에 대해 존경심을 가져야 주의해서 보게 되지요. 꽃 하나라도 주의해서 보려면 생명의 경이에 경탄감을 가져야지요.

외경심이나 경탄하는 마음, 존경, 유교적인 경은 수동적 상태, 능동적 수동 상태를 말한다고 할 수 있습니다. 하이데거가 '겔라센하이트(Gelassenheit, 그대로 놓아둠, 내맡김)'를 정의한 것이 바로 이러한 역설적인 말입니다. 감동과는 반대의 심리 상태를 말하는 것 같은, 불교에서 슬픔, 자비 그리고 슬픔은 '내가 어떻게 할 수 없다'는 데서 나오는 절망감이라 할 수 있습니다. 생명의 애처로움에 대해 어떻게 할 수 없기 때문에 슬픔을 느끼지요. 그런데 거기서 어찌하여 불쌍하고 사랑하는 마음이 이는 것입니까? 불교적 슬픔은 바로 사랑이 있기 때문에 일어나는 것이 아니겠어요? '그놈 고생해도 싸지, 죽어도 싸지.' 하는 데 슬픔이 있을 수 없지요. 슬픔에서 일어나는 사랑은 마르케스가 얘기한 것보다 큰 사랑일지 모릅니다.

문광훈 선생님께서는 '형이상학적 전율'에 대해 쓰신 적도 있는데요. 조금 전 말씀에는 성스럽고 종교적인 차원이 강하게 배어 있지 않나 여겨집니다. 그러면서 그런 요소를 넘어 숭고한 위엄 같은 것이 느껴지는데요.

김우창 결국은 '사람 사는 데 정말로 성스러움이 있느냐'는 문제겠지요.

그런 요소가 있는 건 사실인 것 같고, 그것이 사람의 심리적 태도에 있어서도 중요한 것 같아요. 우주의 무한성, 이 무한한 연속성에 대해 생각하는 것도 우리의 경외감을 불러일으키고, 어떻게 보면 성스러움에 대한 경험과 비슷한 것 같아요.

문광훈 선생님 앞에서 선생님 평을 하기가 주저되는데요. 그래도 말씀드린다면, 선생님께서는 조용하시면서도 어떻게 보면 의외로 활동적이시고, 엄격하시면서도 부드러우시다는 생각을 하게 됩니다. 또 때로는 매우 단호함을 보이기도 하시고요. 이 단호함은 자기 이해관계를 떠난 사안에 대해 그러시지 않나 여겨집니다. 저희들처럼 공부를 하고 있는, 또 그렇게 시작할 후학들로서는 그것이 어떻게 가능한지, 어리석은 질문이긴 하지만, 드리지 않을 수 없는데요.

김우창 너무나 부족한데, 문 선생의 평에 말려들면 안 되지요. 인간 됨은 제쳐 두고, 이론적으로는 말할 수 있지요. 자기 이해관계를 초월한다는 것은 모든 성찰이나 학문에서 기본이라고. 인간관계에서도 그렇고. 실천과 일체가 되면, 사랑의 실천이 되고 자기를 초월해서 본다는 것, 그렇기 때문에 자기한테 엄격하면서 다른 사람에게 관대하되 이 관대함을 무조건적으로 하는 것보다는 보편적 관점에서 다시 승화하는 것, 이러한 것이 사람의 도덕적 의무이고 좀 더 높게 사는 방법이기도 하고 편하게 사는 방법이겠지요.

문광훈 거기에는 말 못할 고통이 참 많이 따를 것 같은데요.

김우창 보통 사람은 못하지요. 나도 못하고. 그러니까 편안하게 살기가 쉽지 않다는 말입니다.

감정과 그 사회적 표현

문광훈 우리 지성사에서 선생님 글이 어떤 위치를 갖는지 정확히 규정하기 위해선 여러 가지가 검토되어야 할 것인데요. 그러나 이 자리에서 간단히 말씀드린다면 좁게는 '시의 철학'으로 읽을 수도 있고, 넓게는 우리 인문학의 새로운 표준을 확립하지 않으셨나, 하는 생각도 하는데요. 우리 인문학의 글, 특히 문학의 글은 너무 교훈적이거나 아니면 고상하고 순수한 것을 즐겨하는 경향이 있습니다. 아니면 거꾸로 되어 지나친 당파성 때문에 한편에 치우친다는 지적이 있습니다. 앙드레 지드인가요? "아름다운 감정은 나쁜 문학을 만들어 낸다. 착한 감정만으로는 훌륭한 책을 쓸 수 없다."란 글을 어디선가 읽은 적이 있습니다. 이런 말은 우리 문학에, 우리 문단에 적용될 수 있지 않는가 여겨지는데, 선생님의 의견은 어떤가요?

김우창 아까 얘기한 것에 연관해서 대답할 수 있을 것 같아요. 사람 사는 것이 지속적, 사건적 성격을 가지고 있다고 보면, 제일 중요한 것은 우리가 어떻게 행동하느냐지요. 그러지 않고 이것을 객체화하면, 그래서 객체화한 절대적 기준에 의해 삶을 살게 되면, 그건 미화된 모양을 띠거나 교훈적 성격을 띠게 되지요.

문 선생이 지금 인용한 내 글 가운데 "아름다움과 문화적이라는 건 형용사적으로 존재해야 된다."라는 말이 있어요. 그러니까 아름다움은 그 자체로 추구되기보다도 존재하는 방식이 아름다움을 느끼게 해야 된다는 것이지요. '그 사람이 아름다운 사람이다.'라는 것보다 '그 사람 하는 행동이 아름다워야 된다.'라는 생각이 들어요. 그래서 형용사적으로 존재한다는 것은 사람 사는 데 실용적 의미를 가지면서 그것을 초월하는 어떤 미적·형이상학적 감동을 주지요. 그것이 아름다운 거지요. 이런 뜻에서 그 '형용사적'이란 말을 했지요. 그러니까 우리가 '어떻게 사느냐', '어떻게 행동하느냐', '어떻게 존재하느냐'라는 사실적 관계를 얘기하면서 거기에 드러나는 교훈이나 미적인 기쁨을 보여 줘야지, 그 자체를 추구한다면 결국 객체화된 것을 추구하게 됩니다. 그 때문에 그것은 진실된 삶의 모습을 손상시키게 된다고 생각해요.

문광훈 선생님 말씀은 앞의 질문하고도 이어지는 것 같습니다. 그러니까 우리나라는 감정 지향적 사회라고 할 수 있는데, 이때의 감정은 깊이의 차원에서 다루어지기보다는 피상적 차원에서 자주 다루어지지요. 그래서 서정이나 아름다움도 표면적으로 취급되어 그 다차원성은 잘 고려되지 않습니다. 그러니 감정과 이성, 감각과 사고의 겹침과 같은 복합적 가능성을 논리적으로 사고하는 일은 약하지 않나 여겨집니다.

김우창 우리나라 사람이 전부 그렇다고 하면 안 되겠지만, 감정을 강조하는 경우가 많은 것은 사실이지요. 사람이 죽었을 때, '원통하도다.' 하며 땅을 치는 것보다도 더 감동하게 되는 것은 가장 가까운 미망인이 눈물을 참으며 견디는 것을 보는 것이지요. 우리 전통은 감정을 사회적 소통의 한 수단으로 생각하는 경향이 있지 않은가 합니다. 물론 '원통하도다.' 하는 것은 감정의 표현이라기보다도 의식(儀式) 행위라고 보아야 하겠지만, 그것을 자연스러운 것으로 보편화하면 자연스러운 감정이 죽게 되지요.

문광훈 거짓된 사회성인가요? 사회성이라고 해서 다 나쁜 것은 아닌데, 이것이 지나치게 외향화되면 왜곡되는 것 같아요.

김우창 인간의 자발적·자율적 존재에 대한 인정에 기초해서 사회성이 생겨야지요. 이것 없이 사회성이 우선하면 우스워지지요. 나는 서양의 장례식에서 조사하는 사람이 자기 슬픔보다도 미망인을 위로하는 데 초점을 맞추는 데 놀란 일이 있습니다. 자신의 슬픔을 직접 표현하는 것이 아니라 다른 사람의 슬픔을 위로하는 형식으로 표현한 것이지요. 자기 슬픔은 억제하고 다른 사람의 슬픔을 존중해 주는 식으로.

물론 모든 공식적인 슬픔의 표현은 양식화된 소통의 언어입니다. 그것이 우리의 내적인 삶의 자율성을 보호해 주지요. 그러나 이 내적인 삶 없이 형식화된 사회성을 모든 것으로 간주하면 안 되지요. 깊은 슬픔을 느끼게 하지 않는 죽음 앞에서 슬픔을 표현하는 것은 위선이라고 해야 할까요? 그렇지는 않지요. 슬픔의 직접적 표현을 사회적 형식으로 대신하지요. 그러나 사회적 형식은 절제된 슬픔의 표현 방식이지 그것을 과장하는 것은 아닙니다. 그리고 중요한 것은 존중의 요소입니다. 다른 사람의 슬픔에 대한 존중 그리고 누구의 죽음이 되었든지, 죽음의 엄숙성에 대한 존중이 그 형식에 들어 있어야지요. 기쁜 일의 경우도 마찬가지지요. 무조건 기쁜 체하는 것이 좋은 것은 아니지요. 나의 기쁨과 남의 기쁨, 남의 기쁨에 대한 존중, 기쁜 일 슬픈 일에 대한 사회적 공감과 참여의 의무, 이러한 것들이 적절하게 구분되고 형식화되어야지요. 또 자신의 기쁜 일을 남에게 말하는 것은, 꽃이 이유 없이 우리에게 기쁨을 주듯이, 기쁨을 나누어 가지겠다는 초대이고 너그러움의 표현이지요. 강요하는 것은 아닙니다. 그런데 강요가 되는 수가 있지요.

이와는 다른 자발적인 삶, 절제 있는 삶에 기초한 데서 나오는 감정의 주고받음이 중요하지요. 그것이 정말 사람의 삶을 자유롭게 하고 평화롭게 하는 것이지요. 감정을 직접적으로 사회 소통의 한 수단으로 삼으면 문제가 생기게 되고 억압성을 띠게 된다고 느껴져요. 정치에서도 그렇지요. 정치는 흔히 집단적 격정을 물신(物神)이 되게 하여 집단의식을 벗어나지 못하게 하지요.

문광훈 그런 게 우리 사회에서는 수단화되어 있고, 또 과잉적으로 표출되는 것 같아요. 저는 그런 적이 있었습니다. 대학교 다닐 때이던가요? 그렇게 생각하면 안 되는데 한 장례식에 가서 보니 여봐란 듯이 소리 내어 곡하는데 그것이 문득 우스꽝스럽다는 느낌을 자아내더군요. 사람들이 죽음

앞에서는 처연하고 좀 차분해야 할 텐데, 가만히 있다가 사람 들어오면 소리 내어 엉엉 울고 하는 것이 너무 부자연스럽게 여겨졌어요. 거짓이란 생각도 들었고요.

김우창 이미 말한 대로 원래 곡이란 슬픔의 표현인데 장례 의식의 한 요소이지요. 반드시 감정이 들어가는 게 아니에요. 가령 중국에서는 장례식에서 곡하는 사람을 고용하기도 했어요. 아일랜드에서 keening이라고 하는 것도 비슷한 것입니다. 옛날에는 일정한 시간을 두고, 또는 그러할 의식상의 의무가 생기면 곡을 하지 않습니까. 원래는 '아이고아이고' 하며 소리를 내는 것이지 우는 게 아니었지요. 말하자면 음악을 연주하듯 하는 거였지요. 사실 중국에서는 피리를 불고 하는 음악을 하지요. 이런 의식의 언어와 참으로 느끼는 감정 사이에 혼동이 일어났다고 할 수 있습니다.

문광훈 선생님, 그럼 그것은 지금도 존중해야 할 의례(ritual) 또는 제의(祭儀)인가요?

김우창 지금은 시대가 바뀌었으니까 달라져야겠지요. 의식 절차의 한 부분이었던 것을 실체화해서 진짜로 만들었기 때문에 혼란이 일어나지요. 이것은 그 의식의 퇴화와도 관계있는 것 같아요. 가령 우리의 편지 양식도 그렇잖아요? 내가 불편하게 느끼는 것 중 하나인데, 옛날 같으면 '옥체만강하시고 댁내 제절이 균안하시기를……', 이런 식으로 쓰지요. 의미 없는 소리지요. 그런데 그것이 의미 없는 소리라고 폐지되니 얼마나 불편합니까? 내 실제 감정을 표현해야 될 것 같기도 하고 안 해야 될 것 같기도 하고. 편지 서두에 'Sehr geehrter Herr(친애하는 선생님)'라고 쓸 때, Sehr geehrter는 빈말이지만 사회적 예의로 필요한 것이지요. 예의는 존중이나 존경과 실체 사이에 존재하는 또 하나의 실체입니다. 여기의 존중이나 존경은 존경할 만한 사람에 대한 존경이기도 하고, 모든 사람에 대한, 그가 누구이든, 존경, 칸트적인 의미에서의 존경이지요.

사제 간이나 군신 간의 관계도 그렇습니다. 가령 내가 대통령을 존경 안 할 수도 있고 존경할 수도 있지요. 진짜 존경할 만한 사람인가 판단을 하려면 대통령의 인격 등을 다 검토해 봐야 되잖아요? 그러나 대통령이 여기에 나타난다면 우리가 일정한 예의를 보여 줘야 되지 않겠어요? 이것은 내가 대통령을 존경할 만한 사람이라고 보느냐 아니냐와는 별 관계없는 의식 절차의 문제지요.

한 사회가 가진 의례 절차의 질서와, 자기 감정의 자연스러운 질서, 진실과 사회적 규범들이 깨어진 데서 감정의 진실성 또는 허위성의 문제가 생겨나지요. 그러나 지금의 세상은 그런 의례가 어떤 것이어야 하느냐를 새로 발견해야 하는 세상이지요. 민주 공동체 내의 사람들 사이에 행동이 어떤 것이냐를 열심히 생각하고 실천하는 일이 필요하겠지요. 이것이 없으니까 민주 사회라고 하면서 선후배니 뭐니, 계급장이니 뭐니 하는 문제들이 생기지요.

문광훈 행동을 제약하는 여러 불합리적, 비민주적 조건들이 문제겠는데, 참 어렵습니다.

김우창 네, 거짓 감정도 안 되고 실제의 감정으로도 안 되고. 옆집 사람의 아버지가 죽었는데 나와 아무 관계없다면서 모른 체할 수는 없지 않아요. 그런데 그것이 완전히 형식적이 되어도 곤란하지요. 요즘은 결혼식 청첩장을 고지서라고도 하지요. 그렇다고 결혼식에 가서 돈만 내고 가 버리는 것이 옳은 거냐고 할 때, 그것도 옳다고 할 수는 없지요. 원칙적으로는 그런 사람에게 청첩장을 보내지 않고, 그럴 생각이면 가지 말아야지요. 제일 중요한 것은 결혼을 축하해 줄 수 있고, 축하해 줄 의무가 되어 있는 사람들을 초청하는 것이지요.

너무 얘기가 길어졌지만, 사회를 받들고 있는 의례적 관계가 우리의 실체적 느낌과 어긋난다고 해서 완전히 무시해서도 안 되고, 자발적 감정을 의례적 감정과 일치시켜도 안 돼요. 또 자발적 감정을 가짜로 만들어 내려고 해서도 안 되고요. 윤리의 기본의 하나는 우리 감정의 자발성이에요.

그러나 그런 복잡한 사회적 절차 속에서도 감정의 순정성이라는 것도 중요하지 않습니까? 낭만적인 사랑이 조금은 그것을 실현하려는 데서 나온 것이지요. 영국의 윤리학자 무어(George Edward Moore)의 말에 'Irresistability of Emotion(감정의 불가항력성)'이란 말이 있습니다. 마음대로 안 되는 것이 감정의 특성의 하나이지요. "이 사람하고 사랑해."라고 말해서 사랑이 금방 되겠습니까? "이 사람 오늘부터 존경해."라고 해서 존경하게 되지도 않지요. 그렇다고, 되풀이하는 말이지만 사랑이나 존경의 의무와 의식이 사라져도 곤란하지요.

문광훈 사회적 규범과 개인의 윤리적 자발성을 이어 준다는 점에서 선생님께서는 최근에 좀 더 집중적으로 의례를 논의하시는 것 같아요.

김우창 의례에 대해 내가 관심을 많이 가지게 된 건 사실입니다. 자발적 감정 생활의 보호막으로 중요하지만, 사회 질서의 중재자로서의 그 작용이 너무 중요하다는 생각이 들어서입니다. 서양에서 사회 질서의 기초가 법이었다면, 조선조는 의례를 사회 질서의 기본으로 삼으려 했던 사회이지요.

인간의 이성과 세계의 이성

문광훈 『마음의 생태학』에서 선생님께서는 이렇게 쓰신 적이 있습니다.

데카르트가 중요한 철학자가 되게 한 것은 과학이나 철학의 문제만이 아니라 자신의 체험적 진실에 충실하고 그의 사고가 그의 삶 전체에서 우러나온 것이었기 때문이었다는 사실은 분명하다.

여기에서 데카르트에 대한 선생님의 해석은, 선생님 자신에게도 해당되리라고 여겨집니다. 다른 식으로 표현하면, 선생님의 글은 어떤 근본적 반성성 속에서 움직이지요. 그것은 자기 자신과 그 주변을 살피는 가운데 대상의 주제를 탐색해 가는 사유의 움직임입니다. 이 움직임의 동력은 '관찰하면서 동시에 반성하는 자아'가 될 것 같고요. 그러니까 이성의 원리도 어떤 법이나 원리로부터 연역되어 나오는 것이 아니라 삶의 전체를 겨냥하고 있고, 또 이렇게 하면서도 세부에 닿아 있고 이 세부는 다시 나날의 생활에 뿌리를 두면서 그 주변으로 퍼져 갑니다.

이런 회로를, 이 회로 속에서의 반성적 왕래를 선생님의 글은 잘 보여주지요. 그리하여 철학적 분석과 개인적 수상(隨想), 성찰의 엄밀함과 일상적 체험이 분리되지 않지요. 선생님 글의 매력이자 강점은 바로 사유의 매개에 있고, 이렇게 매개하는 반성적 자아의 평정성에 있지 않나 여겨집니다. 아마도 우리의 글이 반성해야 할 항목도 이런 점이지 않나 생각되어요.

김우창 그건 문 선생이 좋게 보셔서 그런 거지요. 실제 내가 원하는 것은 조금 더 객관적이고 분석적인 글인데, 그렇게 되지를 않은 겁니다. 그런 문제와는 별도로 데카르트의 경우, 그의 인간적 수양과 방법론적 성찰 사이에는 깊은 관계가 있지요. 그러면서도 철저한 객관성에 이를 수 있었습니다. 데카르트의 글은 철학이나 철학 논술, 과학 논술뿐만 아니라 문학 선집(anthology)에도 나오는데, 당연한 일입니다. 그것은 데카르트가 자기 성찰적 인간임을 나타내는 것 같은데, 인간적 성찰과 반성과 발전의 한 부분으로 소위 데카르트의 합리론이 나오는 것이지요.

문광훈 최근에 『마음의 생태학』에서도 거듭 강조하시는 바도 이 부분, 데카르트의 자기 서술적이고 자기 전기적인(self-biography) 면모로 보입니다. 이런 자전적 성격에 녹아 있는 진실성 말이지요. 조금 전 말씀은 그 맥락과 연결되는 것 같아요.

김우창 이성적 반성이라는 것, 그러니까 우리가 성찰하면서 문제를 생각하는 것은 자기 실존적 반성으로부터 나오지요. 그러나 자아 안의 이성은 자아를 넘어가는 것이지요. 또 『마음의 생태학』에서 강조하고자 한 것은, 이성이 표현된 법칙성이 아니라 이 법칙성을 넘어가는 활동의 원리라는 것이었습니다. 이성은 어떤 능동적 원리지요. 단지 실증적, 법칙적 내용만으로 이성적인 것을 이해하기는 어려워요. 그러기 때문에도 그것은 자아의 활동에 깊이 연결되어 있다고 할 수 있습니다.

문광훈 이성에 대한 흔히 있는 비판에서는 이성의 한두 가지 변모, 그러니까 주로 실증적 측면이나 과학적 측면 아니면 기술적·도구적 측면에 국한되어 있지 않나 생각됩니다. 그런데 선생님의 관점은, 그것도 없지는 않지만, 그보다 자기 탐구적이고 실존적이고, 나아가 마음의 어떤 반성적 운동과 연관된 내면적인 측면을 강조하십니다. 더 중요한 것은 이런 내면성을 재구성하는 데로 귀결합니다. 그러니까 반성의 이중 운동, 대상 검토적이고 주제 의식적인 측면을 강조하는 것이지요. 그래서 그것은 실체화되기보다는 이런 실체에 대한 반성이고 이 반성의 부단한 움직임이 되지요.

김우창 자연 과학의 법칙에 이성의 실체가 잘 나타난다고 해도 이 자연 과학의 법칙도 변하는, 따라서 능동적인 것이지요. 그러기에 법칙이 수정되고 새로운 법칙이 발견되는 것이 아니겠습니까? 과학의 진리는 만고불변의 진리이면서 만고불변의 진리가 아니지요.

문광훈 신과학 운동인가요? 1970년대 이후에 전개된 과학의 자기반성은 바로 이 점과 관련되는 것 같은데요.

김우창 그렇습니다.

문광훈 이런 활동 속에서 선생님 고유의 어떤 형식 —이건 여러 가지 용어로 표현할 수 있는데요. —이기도 하고, 형상이자 체계이고 표현이자 인식 틀인 이런 것들이 만들어지는 것 같습니다. 그만큼 세계를 다양하게 바라보면서도 이런 다각적 고찰에 생애의 반성적 일관성이 지속적으로 드러난다고나 할까요? 자신에 대해 또 세계에 대해 '열려 있다'는 것은 바로 이런 뜻일 것 같습니다. 저는 이 점에서 글과 삶, 사유와 행동을 두루 관통하는 것으로서의 스타일을 느낍니다. 이것에 대해 선생님의 말씀을 좀 듣고 싶습니다. 우리 사회에서 스타일은 너무 단편적으로 이해되는 것 같아서요. 주로 문체나 기교와 같은 뜻으로 쓰이지 않아요? 예전에 선생님은 베토벤과 연관해서도 이걸 한 번 쓰신 적이 있으신 것 같은데요.

김우창 그러니까 베토벤이 쓴 건 다 베토벤적인 것이라고 한 것이지요. 베토벤적 스타일이 있지요. 그의 작품에 드러납니다. 그것은 일관성의 원리이고 변주의 원리인데, 정체적인 것이 아니고 운동의 원리이지요. 마치 그의 모든 작품은 그것이 나타나는 무한한 변주의 운동인 듯한 인상을 줍니다. 자연 세계에 움직이는 이성도 이런 식으로 움직이는 것이 아닌가 하는 생각이 들 때가 있습니다. 요즘은 세상에 알려지지 않은 화가도 일정한 테마를 가지고 의도적으로 자꾸 변주를 해야 된다, 그래야 '그 사람이 그걸 그리는 사람이다.' 하고 딱지가 붙어 유명해진다, 이렇게 생각하는 것 같습니다.

베토벤의 일관성은 이런 상업적 전략에서 나온 것 같지는 않습니다. 이러한 창조적 정형성에 이른 사람의 자기표현의 힘들은 그 사람의 지속 원리이면서 세계가 지속하는 원리에 일치하는 것이 아닌가 하는 생각이 듭니다. 베토벤이 베토벤적 음악을 쓴다는 것은 그가 자기를 표현하는 지속적 원리, 베토벤적 스타일을 만들어 내는 데 성공했다는 말이기도 하지만 소리가 베토벤을 통해서 일정한 지속성을 드러내는 것이라고 할 수 있지 않나 하는 것입니다. 소리의 세계가 베토벤 속에서 하나의 질서로 나타나는 것일 수 있다는 말이지요.

보통 사람의 경우도 '저 사람은 저런 사람이다.'라고 우리가 어떤 사람을 판단할 때, 그건 그 사람의 인격 안에 지속하는 어떤 특질이 있다는 말도 되고, 세계 자체가 그 사람을 통해서 어떤 지속성을 표현하는 것이라는 뜻도 된다고 할 수 있지요. 특히 예술가들의 경우가 그래요.

문광훈　창작 활동에서는 그게 거의 절대적으로 필요하겠지요? 학자들에게도 매우 중요할 것 같고요.

김우창　대작가는 자기 품성의 표현으로서의 일관성과 함께 세계에 일관되는 어떤 지속의 가능성을 자신의 성격을 통해서 표현하지요. 세계가 뭐냐는 것도 정의해야겠지만 세계 자체는 고정된 것이라기보다 세계의 지속하는 모습을 인간의 품격과 부딪쳐서 드러내는 면이 있다는 생각이 들어요. 물론 거대한 물리적 세계가 다 표현되는 것은 아니지만, 적어도 세계에 그러한 부분이 있어서 그것이 바로 글의 스타일이나 화가의 스타일, 음악의 스타일이 되는 게 아닌가 생각돼요. 세계가 자기를, 자기가 가진 주제를 어떤 사람의 인격을 통해 변주하는 거지요. 이 사람한테는 이렇게 변주해서 나타나고, 저 사람한테는 저렇게 변주해서 나타나고 말이지요. 그게 시대적으로 통일되어서 시대적 변주의 가능성이 되고. 아까 얘기한 것처럼, 요즘에는 '이런 것을 많이 그리는 화가가 이 사람이다.' 해서 장사하는 일도 있지요. 그러나 스타일은 인위적으로 만들어 내는 것이기보다 세계나 시대 자체가 가진 지속적 특질이 어떤 사람의 창조적 능력과 부딪쳐서 표현되는 거지요.

문광훈　개인의 어떤 고유한 특성과 시대의 어떤 보편성이 예술적 형식을 통해서 창조적으로 매개된다는 것이지요?

김우창　예. 그러나 그냥 객체화된다는 것이 아니지요. 상업적 스타일은 객체화된 것이지요. 그러나 진정한 스타일은 주체적 특질이 나타난 것을 말하지요. 지금 내가 스타일에 대해 얘기한 건 내가 얘기한 것이기도 하지만, 메를로퐁티한테도 비슷한 생각이 있고, 미국 시인 월리스 스티븐스

(Wallace Stevens)에도 비슷한 생각이 있어요. 다만 두 사람 다 내가 말한 것처럼 우주론적 확대는 하지 않는다고 할 수 있지요. 나도 조금은 무책임할 수 있는 말로 표현하니까 하지, 글로 쓴다면 더 조심하겠지요.

문제 풀이로서의 글쓰기

문광훈 아주 드문 경우이긴 하나 선생님에게도 시간에 쫓겨서 쓴 글이, 읽어 보면, 없지는 않는 것 같아요. 그러나 거의 모든 글에서 문장은 밀도 높은 사유를 담고 있습니다. 감각과 사유의 작동이나 언어적 구사에서 허투루 되는 것을 허용하지 않는 글쓰기의 엄격성이 느껴지는데요. 이것은 지금의 젊은 학자들이 프로젝트니 해서 한해살이처럼 매년 연구 계획서를 작성하고, 연구비를 받아 논문 한 편 쓰고, 이렇게 사는 것과 참 다른데요. 이것은 오늘날에 거의 일반화된 글쓰기 형태가 되어 버렸습니다. 그 점에서 보면, 독자적 문제 제기와 시각으로 글을 쓰는 일이 윗세대보다 요즘이 더 어렵지 않나 혹은 더 드물지 않나 생각됩니다.

김우창 글을 쓴다는 것은 내게서 늘 문제를 풀어 나가는 과정인 것 같아요. 내가 마음에 가진 것을 표현하는 면도 있지만, 내가 어렴풋이 가진 것을 다시 정리하고 다시 생각해 보고 그것을 문제화해서 해답을 찾아 가는 방법인 것 같아요. 그리고 글이 까다로워지는 이유 중의 하나는, 이건 개인적 취미일 텐데, 문장 하나하나가 무슨 수수께끼에 대한 답을 해 줘야 재미가 있지, 안 그러면 재미가 없는 것 같아요. 그러니까 내가 의문을 가진 것에 대한 답을 줘야 하나하나가 재미있어서 쓰지, 그러지 않으면 재미가 없어지지요. 다시 말해 문장도 그렇고 문제도 그렇고, 언제나 하나의 문제적인 것으로 나한테 드러나고 해답을 요구하는 것으로 나타납니다. 해답을 찾는 계속적 과정이 결국 글 쓰는 것이지요. 그래서 자꾸 까다롭고 사변적이 되는 것 같아요.

문광훈 자기 해명적인 요구가 선생님 글쓰기의 근본 동력이라고 생각이 됩니다.

김우창 자기 해명보다도 문제 자체의 계속적 해명이 글 쓰는 방법이지요. 해명이 하나로 주어지는 것이 아니라 무수한 작은 답변들로 이루어져 결론에 이르게 되는 것 같아요.

2부

글쓰기와
사유의 계단

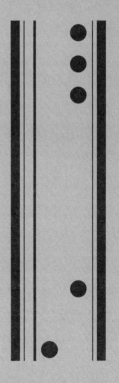

삶은 결국 받아들이는 것

사람의 일, 자연의 일

문광훈 비가 많이 오면 정원으로 내려가셔서 하수구도 한 번씩 치우셔
야겠네요.

김우창 전에는 그랬어요. 축대가 붕괴될까 겁이 나서. 요즘은 게을러져
일을 미루게 되지만. 여기 올라오면 평탄한 것 같지만 사실은 많은 부분이
축대 위에 있지요. 위쪽에서 내려온 물이 마당에 고이면 축대에 압력을 가
하지요. 20년 전에 이사 올 때 축대를 보강하긴 했지만 그래도 약간 못 미
더워요. 물은 워낙 무섭지요. 축대 위는 흙을 아무리 다져서 넣어도 바닥에
구멍이 크게 나지요. 수백 수천 년에 걸쳐 자연이 하면 단단하게 흙이 쌓이
는데 사람이 한 건 아무리 다져도 무너지기가 쉬운 것 같습니다.

조선 시대 사람들이 잘 생각한 거예요. 한강 가에 정자를 지어도 강가
에 바짝 짓지는 않았지요. 지금은 둑을 쌓았지만 옛날에는 강가의 모래사
장이 그대로 있었던 것으로 생각됩니다. 강에 물이 적을 때는 그냥 제 길로

가지만, 비가 많이 오면 근처가 전부 물바다가 되기도 하는 담수 구역이 된 것이지요. 둑을 쌓는 토목 공사의 능력이 없었다고도 할 수 있고, 그런 공사의 경제성을 보지 못했다고 할 수도 있지만, 모래사장까지도 강의 영역으로 보는 지혜를 가졌었다고 할 수도 있지요.

도나우 강가에 강둑을 쌓은 곳이 많은데, 콘라트 로렌츠(Konrad Lorenz)는 이것을 비판하고 원상 복구를 위한 운동을 벌였습니다. 환경 의식이 성장하면서 나온 지혜이겠지요. 로렌츠에 의하면, 강물은 제 길을 따라가면서도 땅 밑으로 스며들어 근처의 나무들과 초목들에 물을 공급합니다. 둑을 쌓고 집을 지으면 근처의 초목들이 살기 어렵게 되지요. 도나우 강에 인공으로 토목 공사를 하면, 자연이 파괴되고 경치가 죽는다는 지적을 그는 일찍부터 많이 했습니다.

문광훈 독일에서 발원해서 오스트리아 동쪽을 지나 헝가리 쪽으로 가는 그 하류 부분에 이런 강안 작업을 많이 했나 보네요?

김우창 길게 흘러가니 여기저기서 공사를 많이 했겠지요. 잠깐 가 본 곳인 비엔나 근처는 둑이 별로 없는 것 같아요. 모래사장, 놀이터, 피크닉 장소 등은 있고, 잠깐 들렀을 때 인상적인 것은 강안에서 멀지 않은 곳에 솟아 있는 쓰레기 처리장 탑이었던 것 같습니다. 비엔나에는 친환경 예술가 훈데르트바서(Friedensreich Hundertwasser)의 건축이 많이 있는데, 그 탑도 그가 기획하고 디자인한 것이라고 해요. 훈데르트바서는 나중에 보다 자연에 가까운 나라를 찾아 오스트레일리아로 이민한 것으로 알고 있습니다.

환경론자들이 댐을 못 짓게 한다고 불만을 표하는 사람이 많지요. 환경으로 경제가 희생되어 당장 먹고살기가 곤란해지면 안 되겠지만, 그럼에도 가장 큰 테두리는 환경입니다. 문제를 부분적으로 접근하면 안 되지요. 사람이 제일 인지하기 어려운 것이 전체성이거든요. 물리학에서 얘기하는 필드(field)라는 것, 장(場)의 환경을 인식하는 것을 잘 못해요. 사람의 인식은 늘 대상적이기 때문이지요. 대상의 총체를 연결하는 것, 관계성의 총체를 생각하는 것이 중요하지요.

전체성에 대하여

문광훈 메를로퐁티의 문제의식에서 가장 핵심적인 부분도 그런 것 같은데요. 말하자면 전체적인 것(the holistic, das Ganze)에 대한 탐구를 철학적 탐구의 핵심으로 삼은 것 말이지요.

김우창 메를로퐁티가 많이 의지하고 있는 것 중 하나가 게슈탈트 심리학인데, 게슈탈트 심리학은 심리 현상, 특히 지각에 대한 전체성의 관점에서의 탐구라고 할 수 있지요. 그런데 이 전체성이 도식적인 공식이 아니라는 것에 주의할 필요가 있습니다. 그가 전체성을 강조한 것은 사실이지만, 그에게 중요한 것은 장(場)이란 말로 설명할 수 있는 어떤 넓이의 개념이 아닌가 합니다. 전체성이라는 개념을 잘못 이해하면, 인간 이해, 특히 사회적 존재로서의 인간 이해에 큰 왜곡을 가져올 수 있습니다. 이데올로기의 폐해가 그러한 것이지요.

전체성은, 흔히 총체성이라고도 표현하지만, 헤겔적 마르크스주의에서도 중요한 개념의 하나이지요. 마르크스주의에서 전체성은 전체주의에도 통합니다. 마르크스의 헤겔적 근거를 다시 되찾으려 한 서방 마르크스주의자들의, 루카치를 포함하여, 전체성은 인간의 주체성이나 주체가 구성하는 사회적 현실을 조금 더 유동적으로 파악한 것입니다. 루카치의 경우는 조금 애매하지만, 메를로퐁티의 중요성은 지각 현상이나 사회 현상의 분석에서 장을 강조하면서도 그런 단순화된 도식으로서의 전체성을 지양

할 수 있었다는 점에 있습니다. 메를로퐁티는 마르크스주의자였고, 코제브(Alexandre Kojève)나 장 이폴리트(Jean Hyppolite) 같은 사람의 헤겔식 마르크스 해석을 알고 있기는 하였겠지요. 그러나 그가 특히 헤겔적이었다고 하기는 어렵습니다. 그를 경직된 마르크스주의의 이데올로기에서 벗어나게 한 것은 그의 과학적 관심이 아니었나 합니다. 과학의 이성은 속류 마르크스주의의 도식적 이성보다는 유연한 탐구적 이성이니까요. 메를로퐁티의 과학적 관심 중의 하나가 게슈탈트 심리학이지요.

그런데 최근 과학의 이론은 상당히 유연하지요. 물리학에서 나오는 복합성의 이론이나 혼돈(chaos) 이론도 사물에 대한 부분적 접근을 전체성의 관점에서 지양하려고 하지요. 그러나 그 전체성은 선형적으로 단순화될 수 없는 것입니다. 이러한 점에서 이것은 메를로퐁티에 통하는 것이라고 할 수 있지요. 그런데 게슈탈트 심리학이 주로 지각 현상에 관심을 가졌던 데 대하여 보다 넓게, 물론 영향력의 면에서는 훨씬 좁았지만, 인간 심리를 장(場)의 개념으로 파악하려 한 것에 쿠르트 레빈(Kurt Lewin)의 위상학적 심리학(topological psychology)이 있지요. 위상에 따라서, 장이 달라짐에 따라 사람의 마음이 어떻게 바뀌는가에 대해 관심을 많이 갖고 이를 체계화해 보려 한 것입니다. 레빈은 게슈탈트 심리학자이지만 심리학을 조금은 수학의 위상학(topology)에 이어 보려 했습니다.

이러한 것들을 여기서 나열하는 것이 별로 의미 있는 일은 아닌데, 나의 젊은 시절의 독서 경험에서 중요한 부분의 하나였다는 것을 밝히는 것이 되었네요. 이런 것들은 인간 존재의 사회성을 인정하지 않을 수 없으면서도, 전체주의적 결정론에 수렴하는 것을 피하게 하는 데 중요한 것들이었습니다. 그러나 이것을 여기서 말하는 것은 개인의 이야기를 하려는 것보다도 인간을 큰 테두리에서 이해하려 할 때 빠질 수 있는 전체성의 이데올로기가 정답이 아니라는 것을 말하려는 것이지요. 개인의 일이나 사회의 일, 또는 물리적 세계의 일을 큰 테두리 속에서 보는 것은 매우 중요한 일이지만, 그렇다고 그것을 지나치게 단순화하여 모든 것을 하나의 도식으로 파악할 수 있는 것처럼 생각하는 것은 맞지 않는 일이라고 할 수 있습니다. 나에게 메를로퐁티의 의의는 이러한 데 있습니다. 그리고 거기에 과학적인 뒷받침이 있다는 것은 위로가 되는 일인 것 같습니다. 그러나 이러한 세부를 떠나서, 앞의 이야기를 되풀이하면, 일을 전체적 테두리에서 보도록 노력하는 것은 중요한 일이지요.

문광훈 사람은 매일 매 순간 자기가 하고 있는 어떤 일, 보고 듣고 경험하는 일을 더 중시하고 그것에 매몰되어 있기 때문에 개별적 사안 그 이상을 보는 것은 생리 조건적으로 아주 힘든 것 같습니다.

김우창 위에 말한 것에 덧붙여 말하면, 철학적으로 하이데거의 표현을 빌려 근본적 존재론의 관점에서 볼 때, 존재자(das Seinende)에서 존재(das Sein)를 못 보는 거지요.

일상적 삶의 형이상학적 성격

문광훈 사람은 세상살이의 이런저런 조건 때문에 사회 정치적·경제적·환경적 측면들을 다 고민하기도 어렵거니와, 고민한다고 해도 관점의, 뭐라고 해야 하나 경험 이전적 결정 구조 때문에 스스로 공정하기가 매우 어렵습니다. 생래적으로 거의 불가능하지 않은가 하는 생각이 드는데요.

김우창 그러니까 하이데거는 인간 존재의 큰 테두리를 말할 때, '열려 있음(das Offene)'과 같은 막연한 소리들을 하게 되지요. 그러나 실제는 막연하고 형이상학적인 얘기가 아니라 사람의 근본에 들어 있는 얘기들이지요. 바로 우리가 서 있는 바탕이기 때문에 알기가 어려운 것일 겁니다.

문광훈 눈에 보이는 가시적이고 지각적인 것의 테두리는 사실 우리가 직접적으로 관계하면서도 감지하기 어려운 것입니다. 그런 면에서 우리 삶을 에워싸고 있는 항상적 조건이라고도 할 수 있고요. 그 때문에 '모든 생활 자체가 형이상학적'이라는 메를로퐁티의 견해는 맞는 것 같아요. 선생님께서 조금 전에 말씀하신 '열려 있음'이란 개념도 공허하게 울릴 수도 있지만 모든 삶을 뒤에서 조건 짓는 틀이자 바탕으로서 어쩌면 가장 생생한 삶의 구성 요소이지 않는가 하는 생각도 드는데요.

김우창 보고 느끼고 그냥 사는 삶이 형이상학적 구조를 가지고 있다고 할 수 있습니다. 열려 있는 것은 형이상학적 얘기가 아니라 우리가 그 안에 있는 공간이지요. 또는 거꾸로 공간은 일상적 존재로서의 인간에게 늘 열려 있는 형이상학이라고 할 수 있습니다. 형이상학적·철학적 문제에 집착해서 현실의 생활을 떠난 철학은 상당히 건조무미하고 죽은 철학이 되지요.

문광훈 선생님께서 말씀하신 두 가지를 병행시키고 동시에 진행시키는 것이 중요하게 보입니다. 그것이 인문학의 과제인 것 같기도 하고요. 우리의 학문은 전체적으로 어느 한쪽에 치우친 면이 많습니다.

김우창 현상학적 심리학이라고 하는 학문을 개척한 에르빈 슈트라우스 (Erwin Straus)의 책으로 *Vom Sinn der Sinne: Ein Beitrag zur Grundlegung der Psychologie*(감각의 의미에 관하여: 심리학적 토대에 관한 기고문)라는, 우리말로 옮기기 어려운 제목의 책이 있습니다. 여기서 Sinn이라고 한 것은 지각 이전 그러니까 막연하게나마 사물에 대한 판단이 일어나기 전의 직접적 감각 또는 느낌을 말합니다. 슈트라우스는 이 책에서 사람으로 하여금 가장 기초적인 차원에서 세계와 접하게 되는 감각에 어떻게 공간이나 공간 안에서의 움직임이 이미 예견되어 있는 것인가를 보여 줍니다. 사람의 감각이 '아무것도 써 있지 않는 백지'라든가 '거울'이라고 생각하는 원자론적 심리학의 관점에 크게 대조되는 생각이지요. 그야말로 옛날 옛적에 영어로 번역된 것을 읽었는데, 인간에 관계된 모든 것이 얼마나 세계 내적 존재라는 존재론적 전제에 의하여 규정되는가를 생각하게 하는 책이었지요. '세계-내-존재'라는 말은 하이데거식 말이지만, 슈트라우스의 명제는 과학적 접근에 기초한 것이지요. 물론 슈트라우스가 하이데거도 그 일부를 이루는 현상학 운동에 영향을 받은 것은 사실이지요. 그러나 그는 더 절실하게 우리가 느끼고 만지는 세계가 얼마나 형이상학적인가 하는 것을 다시 생각하게 하지요.

조금 현학적인 이야기가 되지만 생물학자나 수학자들이 다 관심을 가지고 있는 기하학적 형태에 '대칭(symmetry)'이라는 것이 있습니다. 수학자 헤르만 바일(Hermann Weyl)이 이 제목으로 쓴 책이 있지요. 대칭은 기하학적 형상을 말한 것이지만 생명체의 특징을 이루는 형태이기도 합니다. 사람이 이 형태에 특히 주목하는 것은 맹수와 같은 동물을 숲속에서 식별하는 데 두 눈의 대칭적 형태를 알아보는 것이 중요하다는 사실에 관련시켜서도 얘기합니다. 진화론적 관점입니다. 그리고 이 대칭은 우리가 아름답게 느끼는 형태들에서 중요한 공식의 하나 아닙니까? 삶의 기본적인 생존 본능, 아름다운 형상, 수학적 형태, 형이상학적 차원의 어떤 의미, 이렇게 간단히 연결해 보아도 이 모든 것이 하나로 이어져 있다는 것을 느끼지 않을 수 없습니다. 나무들도 보면 마음대로 생긴 게 아니지요. 나무나 잎사귀나 꽃에서 대칭성을 비롯한 기하학적 형태가 중요하지 않습니까? 감각 또는 지각 현상 속에 과학과 형이상학이 들어 있다고 하겠지요. 놀랍지요. 그렇게 보기 시작하면 꽃이나 나무를 봐도 재미가 있습니다.

문광훈 삶의 신비라든가 형이상학도 거기에서 나오는 것 같네요.

김우창 나도 나무들 보면서 '아, 이렇게 나무를 모르고 살았구나.' 하는 느낌을 가질 때가 많아요. 좀 공부했어야 되는데. 눈만 가지고는 안 돼요.

분석적으로 모든 걸 봐야지요. 아까 얘기로 돌아가면, 지각과 기하학, 수학과 형이상학의 연결은 참 재미있는 것 같아요. 플라톤의 이데아 세계가 허황한 얘기가 아니라는 생각이 들 때가 많아요.

사적인 삶의 의미

문광훈 이 질문은 사소한 것이라고 생각하실지도 모르겠는데, 사모님과는 어떻게 만나셨는지요? 중요하지 않다고 생각하는지 여태까지의 다른 대담에서는 한 번도 그런 질문을 안 해서요.

김우창 그런 개인적 얘기는 천박한 것이 되기 쉽지요. 개인적으로는 나의 삶을 나 나름의 독특한 느낌을 가지며 사는 것인데, 얘기로 하면 상투적인 이야기가 되지요. 자서전도 그렇고, 소설도 그렇고, 그것을 제대로 얘기하려면, 스타일과 정신에 독자적인 것이 있어야 해요. 누구의 삶이나 당사자들의 관점에서는 천박한 삶이 아닌데, 프루스트나 토마스 만이 되기 전에는 그걸 표현할 재간이 없지요.

문광훈 그렇지만, 선생님 뒤로 저희들 같은 후학들이 있고, 또 그 뒤에도 학문적 연속성을 갖는 사람들이 있게 될 터인데요. 선생님의 논저나 대담집, 여러 논문과 저서뿐만 아니라 선생님께서 실제로 매일매일 어떻게 사셨고, 또 젊은 시절에 무슨 고민을 하셨으며 어떤 사랑의 열병을 앓으셨는지, 거기에 남아 있을 어떤 고유한 색채를 기록해 두는 것도 나중의 세대에게 절실한 의미를 가질 것입니다.

김우창 가령 우리 집식구와 어떻게 해서 결혼하게 되었나 했을 때, 젊은 남자가 젊은 여자한테 관심을 갖는다는 건 얼마나 자연스럽습니까. 세상에서 제일 자주 일어나는 일이지요. 이 사람이 왜 특히 좋았는가 물으면,

가까이 있으니까 좋아한 거지요. 배우자가 될 만한 사람들을 세상에서 모두 보고 결정한 것도 아니고, 우연히 학교를 같이 다니고 그렇게 해서 된 것이지요. 이렇게 설명하면 아무 재미가 없지요. 독특한 것이 없어지니까. 자기 인생을 설명하려면, 프루스트 정도가 되어야지요. 속되지 않게 얘기하려면, 소설가의 상상력이 필요해요.

문광훈 그래도, 에피소드가 있다면 하나 들려주세요.

김우창 그냥 얘기하면, '갑순이와 갑돌이가 사랑을 했더래요'라는 노래에 다 들어 있는 것이지요. 대부분 사람들은 자기 인생을 제대로 모르고 살다가 죽어요. 자기 일생을 알고 있다고 생각하는 것은 잘못입니다. 이것은 프루스트에도 해당될 것입니다. 다만 그는 소설을 쓰는 사이에 많은 작은 사실들을 발견했지요.

문 선생 질문에 답을 안 하고 이런 얘기해서 미안하지만, 다른 얘기를 하지요. 내 아는 사람 가운데 이승만 대통령하고 가까웠던 사람이 있어요. 이승만 대통령이 4·19가 난 후 어지러울 때 자기를 불러 "어떻게 했으면 좋겠냐." 해서, "하야(下野)하시는 도리밖에 없다."라고 말했답니다. 과연 대통령이 하야했지요. 그러니 그 사람은 자기가 중요한 역할을 했다고 생각하는 것이 당연하지요. 그러나 대통령이 그 사람 외에도 열 명 또는 서른 명한테 물어봤을 수가 있어요. 그런데 그 사람은 자기가 중심적 역할을 했다고 생각하지요. 지금 386세대도 그런 사람이 많을 거예요. 자기가 중심적이었다고 생각하고, 그걸로 밑천 좀 뽑아야겠다고 생각하는 사람들이 있겠지요. 그래서 나는 이렇게 얘기해요. 자기 인생을 알려면 도서관에 가서 공부해야 된다고, 그리고 프루스트처럼 날마다 앉아서 잃어버린 시간을 찾아보아야 한다고. 그걸 찾는 데 프루스트는 29년쯤 걸렸지요. 더러 내가 장난 삼아 생각도 하고 농담도 하는데, 한 120년쯤 살았으면 좋겠다고. 먼저 60년 살고 이번에는 생각하면서 같은 삶을 60년 다시 살자는 것이지요.

자서전이란 장르가 있지요. 자기가 주인공이니 자기 얘기는 누구든지 할 수 있지요. 그러나 삶의 진짜 의미에 대해, 자기가 한 것이 뭐였던가에 대해 안다는 것은 특별한 사람에게만 주어진 재능이지요. 우리가 언제 태어났는지나 압니까? 호적을 보고 알지요. 그러나 그것은 맞나요? 내 생년월일도 호적에 나와 있는 것과 부모님이 알려 준 것은 다른데요. 정치가들의 회고록에는 자기가 역사의 주인공이기 쉽지요. 의도적인 거짓말은 아니지요. 자기 얘기의 주인공인 것은 틀림없으니까. 그러나 거짓이 없이도 주관적 진실이 객관적 진실은 안 되지요. 『잃어버린 시간을 찾아서』는 개인 이야기인데, 왜 소설이지요? 자기 삶의 무엇인가는 소설적으로 재구성되는 도리밖에 없지요.

이번에 벨기에의 겐트에 갔다 왔어요.[1] 회의만 참석하고 곧 돌아왔기 때문에도 그랬지만, 본 것이 없어요. 회의가 끝나고 토요일 오후에 가이드 따라 시내를 구경하기는 했지만 집에 돌아와서 관광 가이드를 보니까 아무것도 안 보고 온 거예요. 우리 사는 것도 그런 것 같아요. 우리가 지나는 순간은, 고생스러운 거든 좋은 거든, 굉장한 무엇으로 가득 찬 것 같지요. 이런 가득 찬 느낌을 가졌는데, 지나고 나서 생각해 보면 남은 게 별로 없거든요. 우리 집식구와의 관계도 이런 식으로, 젊은 남자가 젊은 여자를 좋아했다는 식으로 설명할 수밖에 없지요.

문광훈 그건 너무 맹물 같은데요.

김우창 지나고 보면 인생이라는 것이 맹맹한 것 같네요.

---

1 2006년 6월 22일 벨기에 겐트 대학과 코르트레이크의 뤼벤 대학에서 열린 국제 비교문학 회의를 말함.

운명에 대하여

문광훈 그러면 평생의 배우자, 동반자로서의 사모님에 대한 지금의 느낌이나 회한, 이런 것은 말씀해 주실 수 있을는지요?

김우창 그 얘기도 일반적으로 할 도리밖에 없어요. '좋은 아내를 만나서 잘 살았다.'라고는 이야기할 수 있고 고맙게 생각하지요. 그러나 정말 잘 살았던 것인지는 결혼을 여러 번 한 것이 아니기 때문에, 객관적 판단이라고 할 수 없지요. 당신은 당신 삶에, 인생에 대해 만족하느냐고 물어볼 때, 다른 인생을 살아 봤어야 비교를 할 텐데, 꼭 한 줄로밖에 안 살았는데 어떤 인생을 살았는지 비교해 볼 도리가 없지요. 누구든지 한 줄밖에 못 살지요. 그러니 어떻게 거기에 대해 만족, 불만족을 얘기할 수 있겠어요? 결국은 체념하는 도리밖에. '이것이 내게 주어진 운명이었다.'라고 말하는 도리밖에, 비교를 가능하게 한다는 의미에서의 선택은 없었다라고. 이것이 정직한 답변이라는 생각이 들어요.

그런데 그 운명이란 '사주팔자가 정해졌다.'라는 얘기라기보다 우리 사는 것 자체가 우연의 운명이지 않나 하는 것이지요. 우연히 남녀가 만나고 사는데, 그걸 받아들이고 같이 살기로 시작하면 필연이 되지요. 우연으로부터 시작해서 필연의 뿌리가 자꾸 생기게 되지요. 집을 마련해서 같이 목숨을 부지해서 살고, 아이를 낳게 되면 또 아이를 버릴 수 없기 때문에 거기에 봉사하게 되지요. 먹고사는 데 매이고. 이렇게 되면 그것이 우연으로부터 시작되었지만 필연으로 자꾸 바뀌어 가는 거지요.

그중에서 제일 중요한 것이 아이들이지요. 여기에는 생물학적 필연성 같은 것이 있습니다. '이것이 나에게 주어진 몫이다.'라고 느끼는 가장 강한 이유는 부모 밑에서 자라니까 그런 것 같아요. 그러나 자라게 되면서 독립적 존재고, 선택할 수 있고 집을 나갈 수 있다는 느낌이 생기게 되지요.

그러면 방황을 하게 되고, 방황하게 되면 인생이란 뿌리 없이 허공에 떠도는 것이라는 느낌이 많이 생겨요. 아무 데나 정착해서 살면 되지, 어디 가서 발 내리고 살 이유가 별로 없거든요. 그러다가 이제, 특히 남녀 관계에서는 아이가 생기면, 그 아이를 위해 아이의 목숨을 부지해 줘야 되고 길러 줘야 된다는 것에서 선택의 여지가 없는 뿌리가 생기게 됩니다. 남녀가 만나는 것은 신비한 것 같아요. 미스터리지요. 그러니까 부모로 인해 우리가 뿌리를 느끼다가, 성장하면서 뿌리가 없어지고 허공에 난 씨앗같이 되다가, 남녀가 만나 생활의 근거를 마련하고, 아이들이 생기면 이 아이들이 새로운 뿌리가 되지요. 그러다가 아이들이 성장해서 나가면 또 뿌리가 약해지게 됩니다.

천상병 씨 시에 「귀천」이 있지요? "저세상에 가서 말하리라 아름다웠다고……." 그런데 천상병 씨는 외적으로 봤을 때 행복한 사람이 아니었거든요. 나도 개인적으로 만난 일도 있지만. 그러나 세상 아름다웠다고 얘기한다는 것은 좋은 말인데, 또 헛된 말입니다. 아름답지 않았다 하더라도 어떻게 하겠어요? 별수 없는 거예요. 아름답든 아름답지 않든 별수가 없는 거지요. 그러니까 궁극적으로 밑바닥에 들어 있는 것은 뭐든지 우리가 이해할 수 없는 운명에 대한 순응이라고 할 도리밖에 없지요. 그 운명이란 우연성 속에서 계속적으로 우리가 필연을 느끼게 되는 것이지요. 이럴 도리밖에 없다는 것을 느끼게 됩니다. 이것은 다 허황한 얘기지요. 문 선생 얘기는 구체적 질문인데.

이러한 이야기가 나온 김에 조금 더 계속할까요? 부모 자식, 생물학적 연쇄, 이러한 것들을 떠나서 고향도 있고 조국도 있고, 일가친척, 친구, 그리고 거기에 따라 나오는 정과 의무의 연줄들이 있지요. 이것들이 얽혀서 하나의 필연의 그물을 이루는 것 같지만, 정말 그러한지는 분명치 않습니다. 부모 자식 간의 관계도 그렇기는 하지요.

몇 년 전에 오스트리아의 알프스에서 한 이틀을 보내게 된 일이 있었습니다. 여름인데도 춥고 초목도 많지 않은, 조금 삭막한, 사람도 별로 없는 작은 호텔에 머물렀습니다. 고지대가 되어선지 열병이 나 누워 있었던 것이 주된 일과였지만, 그 호텔에서 조금 올라가니 옛날 로마 군사들이 판 우물 자국이 있었지요. 로마 군인들이 스위스나 오스트리아에 복무하러 왔다가 먹고살려니까 우물을 팠겠지요. 물도 잘 나오고 살 만하다는 느낌이 들고, 그러다 게르만 족하고 야만인하고 결혼하는 사람도 생기고, 자식 낳고 로마로 돌아갈 수 없는 사람들이 생기는 그런 일들이 있었을 것 같아요. 오스트리아에 있다는 말은 못 들었지만, 스위스에는 라틴어의 변종인 레토-로만어(Rhaeto-Romance)라는 말을 사용하는 소수의 사람들이 있지요. 로마 사람의 흔적이 아닌가 합니다. 스위스의 언어가 불어, 독어, 이탈리아어 세 가지 외에, 또 이 말이 있습니다. 그 보잘것없는 우물을 보니 이런 것들이 생각났지요. 로버트 프로스트(Robert Frost)의 시 중에는 중국에서 페르시아로 시집가는 왕녀가 도중에 배종(陪從)하는 신하와 사랑에 빠져 도상 어디에 정착하는 이야기를 쓴 것이 있지요. 우연히 왔다가 목숨 부지하고, 또 세상에서 신비한 게 남녀 관계이니까, 서로 만나서 살고 자식 낳아 기르고 그러다 보니 자자손손 그 땅에 뿌리내리게 되고, 이런 사연이 많겠지요.

물론 행복이 중요하지요. 그러나 우리가 행복했느냐는 질문도 답하기 어려워요. 단지 그간의 삶에 대해서 고맙다고 말하는 것밖에. 행불행보다도 자기의 운명을 어떻게 받아들이느냐가 더 중요한 문제라고 생각돼요. 다시 이야기해서, 세상이 아름다우면 제일 좋겠지만, 아름답지 않아도 어떻게 하겠어요? 아름다운 걸 찾아야지요. 나무가 많고 꽃이 피고 하면 좋지만. 또 사막에 가면 사막대로, 찾아보면 아름다운 게 있거든요. 그러니까 사람이 불가피하게 물어보는 질문이지만, 또 우리 스스로도 물어보는 질문이지만, 거기에 대해 반드시 나는 행복했다, 나는 불행했다, 아름다웠다, 아름답지 않았다, 이런 것들이 답변의 전부는 아닌 것 같아요.

문광훈 행복이나 불행, 우연성이나 필연성보다 더 원초적인 운명에 대한 사랑, 이런 것들이 있다는 말씀이지요?

김우창 그렇게 받아들일 수밖에 없을 것 같아요. 아름다운 것도 있고, 행복도 있다고 생각해야지요. 또 사실 그렇고. 우리가 사는 삶이 어떤 형태의 삶이든지 받아들여야 된다면, 이왕 사는데 행복할 수 있기를 바라지, '이놈의 세상 못살겠다.'고 자꾸 그러면 얻을 게 하나도 없어요. 아름답지 않고 추한 이 세상이라 해서 얻을 게 없기 때문에 진짜 아름다운 것을 찾아야지요.

문광훈 그러니까 운명에 대한 사랑에는 깊은 의미의 수동성 혹은 체념 혹은 순응하는 마음이 있네요. 그리고 그것은 세상에 대한 적극적 저항의 또 다른 면일 수도 있고요.

김우창 이 저항이란 것은 가만히 두어도 생길 수밖에 없는 것 같아요. 사람에겐 꿈 많고 하고 싶은 것도 많고 하지만, 세상이 사람 살기 좋게 되어 있는 것은 아니니까요. 그런 의식은 계속 일어나지요. '이놈의 세상 어떻게든 뜯어고쳐야지', '어떻게 좀 잘될 수가 없을까?' 하는 생각은 매일 일어나고 그게 정치적 동기가 되지요. 하지만 가장 깊은 의미에서 삶에 대한 인식은 결국 받아들인다는 거지요. 그 받아들임으로부터 우리의 저항적 의지도 조금 순화되는 면이 있을 것 같아요. 세상을 너그럽게 볼 수 있게 되고, 그러다 보면 실제 너그러운 세상도 오게 되는 수가 있지요.

그냥 추상적으로 답변해서 그렇습니다. 내가 우리 집식구에게 고맙게 생각할 뿐만 아니라 다른 사람도 아내에게 또 남편에게 그런 마음이 있을 겁니다. 고통스러운 일이 있어도 다 참고 견뎌 주고 도와주는 것, 또 서로 이해할 수 있는 사람이 있다는 것이 얼마나 중요한 일인가요? 거기에 추가

해서 나 같은 사람은 큰 고생 안 했으니 복을 참 많이 받았지요. 고맙게 생각해요.

철학적 친구와 고등학교 시절의 회상

문광훈 자아의 탐구와 관련해서 선생님께서는 친구가 드물다는 이야기도 하셨는데요. 독창적 사고나 고유한 학문 세계를 가진 분은 대체로 '홀로 가는 사람'인 것 같습니다. 다른 한편으로 상대방이 다 수용하기 어려울 만큼 자기 요구(Selbstanspruch)의 수준이 높아서 그런 것 같기도 하고요.

김우창 성격 나름일 거예요. 타고난 것이 있는 것 같고. 그러나 내가 처음 공부를 하기 시작할 때는 친구들이 몇 명 있었어요. 철학에 관심이 있던 친구들이지요. 다 같이 책도 읽고 얘기하는 친구들이 고등학교 때부터 있었어요. 그중 제일 가깝던 친구가 몇 년 전에 죽었지요. 그 친구도 고등학교 때부터 철학을 좋아했어요. 그 친구 영향도 있었을 성싶어요. 그 친구는 철학책, 교양적인 책들을 많이 봤고, 나도 봤지요. 칸트 같은 것도 보려 하고 헤르만 헤세나 일본 철학자들, 미키 기요시(三木淸) 또는 니시다 기타로(西田幾多郞)도 같이 읽고. 우리 시대는 일본 책들이 좀 읽히던 때였거든요.

그렇게 하다가 그 친구는 서울대 철학과를 들어갔어요. 나는 일단 정치학과로 갔지요. 그 친구는 크리스천이 되고 가톨릭 신학에 관심을 많이 가져 벨기에의 루뱅에 가서 공부했어요. 가난했어요. 장학금 받아 루뱅에 갔다가 또 파리 대학에 갔어요. 불란서에서 오랫동안 중세 교부신학을 공부했지요. 그러니까 그 친구는 보수적인 공부를 했고, 나는 더 진보주의적인 관심을 많이 가지게 된 것이지요. 책은 일본 책으로도 보고 한국 책으로도 봤는데. 그 친구는 독일어로도 보다가 하이데거가 희랍 철학을 좋아하니까 희랍어 공부해서 석사 논문은 희랍 철학에 대해 썼지요. 그 친구는 2000년인가에 은퇴하자마자 파리에 갔어요. 파리에 왔다고 나한테 편지했는데, 며칠 후에 죽어 버렸어요.

문광훈 아주 친하신 분이었는데, 그렇게 떠나셨네요.

김우창 우리가 고등학교 다닐 땐 철학이나 독일 문학에 관심을 많이 가졌지요. 고등학교 시절 이야기를 조금 하지요. 지금하고는 상당히 다르니까. 고등학교 다닐 때 독일어를 가르치던 선생님이 "너희들 독일어 좀 더 공부해라."라고 해서 그 친구랑 몇 사람이 방과 후에 교실에 남아 개인 지도를 받았어요. 나중에 서울대학에서 영국사를 하신 나종일 선생님이 그분이시지요. 그런데 그 선생님이 우리 입시 준비를 시켜 준 것은 아니고, 그렇다고 과외비를 받은 것도 아니에요. 방과 후에 공부도 하고, 선생님 댁에 가서 밥도 먹고 그랬어요. 대가에 대한 아무 기대도 없었어요.

요즘은 생각할 수 없지요. 우리 고등학교 3학년 때는 오후 3시면 끝났거든요. 나중에 대학교에 들어가 그 선생님과 교장 선생님이 "방학 때 와서 우리 학생들 좀 가르쳐라." 해서 1학년인가 2학년 여름에 독일어 선생을 했어요. 슈니츨러(Arthur Schnitzler)의『눈먼 제로니모와 그의 형(*Der Blinde Geronimo und Sein Bruder*)』이라는 텍스트로 강독을 했지요. 그때 가르친 것은 그 교장 선생님이 우리 용돈 좀 벌어 쓰라고 그랬을 거예요. 그 교장 선생님이 서울에 오셔서 우리를 불러 시내에서 국수를 사 주시기도 했어요.

독일어 과외 같이한 한 친구는 외삼촌인가 삼촌인가가 일본에 계셔서, 그때 일본과 한국은 국교도 없던 때인데, 책 같은 걸 잘 보내 주었습니다. 일본 책도 보내 주고 독일어와 일본어 대역된 책들을 보내 주어, 빌려 볼 수 있었지요. 헤세의 수필「구름들(Wolken)」을 독일어로 본 것이 그 친구한테 빌린 대역본이었지요. 요즘 같으면 입시 준비 하느라 정신 하나 없을 터인데.

문광훈 그게 몇 년도였나요?

김우창 내가 1954년에 대학 들어갔거든요. 그러니 1951~1953년이지요. 전쟁 중이었어요. 광주에서 다녔기 때문에 전쟁과는 좀 거리가 있었지요. 모두 가난하고 힘든 때였고 말하자면 전원시적인 면들이 있었습니다. 입시 준비한다고 해서 과외하고 학원 가는 것은 없었고 개인적으로 특히 준비하는 것도 별로 없었지요. 얘기가 자꾸 새들어가는데, 영어 선생님도 미군 점퍼 같은 것을 입고 다니셨는데, 교과서 외의 것을 읽어야 된다고 생각해서 등사판에 긁어 만들어 철한 것으로 웰스(Herbert George Wells)의 『세계 문화사 대계(The Outline of History)』 첫 부분을 나누어 주고 강독을 했지요. 거기에는 인류가 진화해 온 경위가 들어 있는데, 사람하고 제일 가까운 게 침팬지라든지 오랑우탄이라든지 하는 유인원 이야기가 나옵니다. 미안한 이야기이지만, 그 선생님의 별명이 한때는 오랑우탄이 되었지요. 참 고마우신 분이었습니다.

그 시절을 돌아보면 헤르만 헤세의 『수레바퀴 아래서(Unterm Rad)』나 『데미안』에 나오는 장면들에 비슷한 데가 있었지요. 철학과 문학을 생각하고 자연을 보러 놀러도 다니고. 돈이나 입시하고는 관계없고. 아까 이야기한 친구가 좋아한 게 『데미안』이었지요. 일본어로 읽었습니다.

문광훈 한국어로 된 것은 거의 없어서인가요?

김우창 없지는 않았지만 일본 말에서 찾을 수 있는 것이 없는 거예요. 일본 말에는 세계 문학 전집이라든가 이런 것이 있었지요. 그 당시엔 헌책방에 일본 책이 많았어요. 주변에 각 집마다 자기 아버지들이 보던 게 다 일본 책이었으니까 서로 빌려 보고 했어요.

교육과 부름으로서의 삶

김우창 작년에 프랑크푸르트에 갔을 때[2] 독일 태생의 교포 학생 하나가 우리 운전을 해 줬어요. 그 학생이 마울브론 고등학교를 다녔는데, 그곳이 헤세가 다닌 신학 김나지움(Maulbronner Evangelisch-Theologisches Seminar)의 후신이었어요. 그 얘기하다가 헤세의 그곳 생활을 알려면『수레바퀴 아래서』를 읽는 것이 좋다고, 그 학생이 그 책을 선물로 주었습니다.『수레바퀴 아래서』는 그때까지 안 읽어 봤어요. 상황에 비슷한 데가 있어요. 주인공이 공부를 잘하는 학생인데, 교사가 과외로 희랍어, 라틴어, 히브리어도 가르쳐 주고. 그런데 이 교포 학생이 다닐 때에도 이 고전어들을 배웠더군요. 학생 수도 한 반에 스물이 안 되었던 것 같아요.

『수레바퀴 아래서』 얘기를 좀 계속하면, 이것은 자연스러운 성장의 이야기이지만, 교육 제도에 대한 비판을 담고 있는 비극적 이야기이기도 하지요. 우수한 학생인 주인공은 엘리트 고등학교에 뽑혀 들어가지만, 학교에서는 공부를 안 하게 됩니다. 규격화된 학교 교육을 싫어하여 문학을 좋아하는 친구를 사귀다가 그 영향으로 공부를 등한히하게 되어, 결국 학교에서 쫓겨나지요. 고향으로 돌아가 철공소 도제가 되는데, 공원(工具)들 사이에서 그 나름의 행복을 발견합니다. 그러던 어느 날 공원들의 모임에 가서 재미있게 지내다가 집으로 돌아오는 길에 강물에 빠져 죽어 버리지요.

이러한 이야기를 보면서, 교육에 대한 헤세의 두 가지 생각을 추측하게 됩니다. 철공소의 도제로서의 생활 속에는 그 나름의 행복이, 또는 학교에 다니는 것보다 더 큰 그날그날의 행복이 있다는 것이 그 하나입니다. 학교

---

2 2005년 10월 19일부터 23일까지 열린 프랑크푸르트 도서전 행사에 주빈국(한국) 조직위원장으로 참석한 것을 말함.

교육이 중요한 것이 아니라 자신의 삶을 찾는 것이 중요하지요. 학교가 의미를 갖는다면 이 자신에 맞는 삶을 찾는 데 그것이 하나의 길목을 이루고 있기 때문입니다. 좋은 학교 졸업장이 있어야 한다는 우리 생각하고는 상당히 다른 생각이지요. 이것은 헤세도 학교를 마치지 못했으니까 자신의 삶에서도 배운 교훈이겠지요. 대학 막 입학한 다음에 읽은 것으로 기억하는데, 헤세의 「혼약」이란 중편에서는 주인공이 많은 정신적 방황을 하고 지적 탐구의 길을 헤매다가 결국은 고향에 가서 이발사가 되어 행복해지는 이야기가 있지요.

이러한 노동하는 생활에 대한 긍정적 평가가 가능하려면, 노동 조건이 좋아야지요. 그 조건에서 가장 중요한 것은 노동이 공동체 속에서 적절한 자리를 차지하고 행복한 삶의 단위를 이루고 있어야 한다는 것입니다. 『수레바퀴 아래서』를 보면 공원들은 그들 자체의 어울림의 삶이 있고, 또 그것은 작은 도시의 자연스럽고 건전한 공동체적 삶의 일부가 되어 있지요. 그리고 또 하나 첨가할 것은 주인공이 끼어든 철공소가 장인의 기술을 가진 사람들의 사회라는 것입니다. 우리나라의 경우 작은 공동체도, 장인의 소기업도 없는 사회가 되었는데, 독일은 지금 어떤지 모르겠습니다.

헤세는 교육 또는 지적 탐구의 삶에 대해서 또 하나의 생각을 가지고 있다고 할 수 있습니다. 이것도 같은 차원에서의 생각이라고 할 수 있습니다. 이것은 『수레바퀴 아래서』의 주인공의 죽음에 관계됩니다. 소설에서는 자살했다는 얘기는 안 나오고 그냥 죽은 걸로 되어 있지만, 역시 자살의 혐의가 짙은 것은 사실입니다. 그래서 헤세의 생각에는 지적 욕구라는 것도 주어진 운명 중의 하나다, 독일식으로 얘기하면 '소명된(berufen) 것의 하나다.'라는 것이 있지 않나 합니다. 소설의 주인공은 철공들 사이에서 행복을 찾기는 하지만, 그것은 그의 마음에서 그를 부르는 일은 아니었을 것입니다. 그의 마음의 부름은 공부하라는 것이지요. 그의 죽음은 그가 그 부름에

응하지 못한 때문이라고 할 수 있지요.

지금은 공부한다는 게 너무 출세에 연결되기 때문에 경쟁이 심해지고, 하기 싫은 사람, 거기에 아무 부름을 느끼지 않는 사람도 하게 되지요. 모든 직업을 다 존중하고 존중받을 만한 삶의 조건을 갖출 수 있게 해 주고 한다면, 자라나는 사람들이 그 나름의 부름을 느끼면서 자기 재능을 발전시키는 제도가 있다면 그러한 제도를 가진 사회가 가장 이상적인 것이라 하겠지요. 『수레바퀴 아래서』를 선물로 받고 헤세를 다시 많이 생각하게 되었습니다.

문광훈 《경향신문》의 격주 칼럼에 얼마 전 『수레바퀴 아래서』에 대해 적으셔서 요즘 그걸 읽고 계시구나 생각했지요.

김우창 내가 그것을 읽고 『유리알 유희(Das Glasperlenspiel)』 얘기도 했지요. 그것은 지적 엘리트주의의 옹호이지요. 지식이 출세의 수단이 되다 보니까, 지적 추구도 그 나름의 부름의 세계로 가는 것이 인정 안 되지요. 평준화라는 것이 이것을 인정하지 않는 데서 나오는 세속적 압력 아닙니까?

문광훈 그러니까 헤세 소설에 나타나는 동아리의 자연스러운 분위기는 시대적인 혹은 경제·사회·정치적 조건으로부터 당연히 영향을 받겠지만, 다른 한편에서는 그와 따로 있는 것이기도 하네요. 지금의 우리 사회는 이전보다 경제적으로 훨씬 더 부유하고 정치적으로 진전된 단계에 왔지만, 교육 쪽으로는 그렇지 않지 않습니까? 사람의 사회관계도 더 거칠고 공격적으로 변모해 버렸습니다.

김우창 경제적으로 조금 더 부유한 상태를 유지하면서, 어떻게 자연스러운 인간 본성이 피어나는 조건을 유지하느냐가 중요한 과제인 것 같아요. 철공소 직공이 되는 거나 대학에서 지적인 것을 추구하는 것이 사회적으로 동등해지는, 그러면서 동시에 지적인 것에 대한 존경심이 복합적으로 존재하여야 되지 않을까 하는데, 현실적으로 가능한 것인지는 모르겠어요. 노동의 삶, 특히 장인적 노동의 삶이 존중되고 동시에 지적인 삶, 특별한 정신적인 부름의 삶도 존중되고 그러면 좋겠는데.

지적인 작업도 그 나름의 특수성을 가진 일이지요. 사회에서 얼른 보기에는 이것들이 관계없는 것 같으면서도 깊은 의미를 가진 것이라는 느낌이 있는 것이 좋지요. 『유리알 유희』는 그야말로 전혀 기능적이고 공리적인 의미를 갖지 않는 일, 보통 사람이 이해하지 못하는 음악과 수학을 하는 사람들의 일을 사회의 정신적 지주가 되게 하고 있는 기이한 이상 사회의 이야기지요. 조금 더 전통적인 사회에는 대개 이러한 것이 있지 않나 합니다. 우리나라에서 그것은 지나치게 출세와 계급과 특권에 관계되어 존재하기는 하였지만.

문광훈 그때와 비교하면 사람과 사람 사이의 현재적 관계, 지적 분위기, 사회 정치적·경제적 관계 등 많은 것들이 이제는 그야말로 병리적 (pathologisch) 단계에 온 것으로 보입니다.

김우창 그래요. 외적으로 부과된 목적 때문이 아니라 스스로 동기가 있어서 하면, 공부도 능률이 나지 않나 합니다. 우리 학교 다닐 때, 영어와 같은 외국어도 고등학교 2, 3학년 때에 교과서가 아니라 필요한 책을 읽을 정도가 되는 것은 아주 어렵기만 한 일은 아니었던 것 같습니다.

문광훈 독일어도 그렇고. 선생님께서는 읽으신 양도 많았고, 이해의 속도도 엄청 빠르게 진전된 것 같아요.

김우창 뭐 지금도 알아야 할 것이 한이 없다고 느끼지만, 책 읽는 기초적인 독해력은 그냥 열심히 하면 되는 거 아닌가 생각했지요.

문광훈 독서량이나 이해 속도에 해석력, 자기 언어를 통한 대상 제어력 등 이런 여러 바탕이 그때 이미 시작된 것이네요.

김우창 중요한 것은 동기와 분위기였던 것 같아요.

문광훈 분위기 이상으로 영향을 준 것은 선생님과 함께하는 동아리의 자발성인 것 같은데요.

김우창 공부를 세속적 목적을 위해 할 수도 있지요. 그러나 공부 자체를 좋게 보고 그것이 사람 사는 데 좋은 것이라는 생각이 있어야 된다는 느낌이 듭니다. 내가 서울대학에 전임 강사로 취직했을 때, 철학과의 박홍규 선생님께서 삼선교에 있던 당신 집에서 열었던 세미나에 가곤 했었지요. 그것은 아무 이해관계가 없는 일이었지요. 대개 라틴어나 희랍어 텍스트를 읽는 거였어요. 요만한 책상 하나 있고 그 주변에, 나같이 취직한 사람도 있었지만 학생도 있고, 서너 명이 앉아 돌아가면서 텍스트를 번역하는 것이었지요. 오래 같이 안 했지만 그 그룹에는 서울대학교 고대철학 교수인 이태수 선생도 학생으로 있었지요. 그때 세네카나 키케로 같은 사람들을 읽었는데, 박홍규 선생님이 가끔 가다 코멘트를 했습니다. 모두 하이데거 같은 사람에게 관심을 가지고 있었는데, 박 선생님 말씀에 독일 철학을 두고 '둥켈(dunkel, 어두운)'이라고 하시던 것이 생각납니다. 희랍 철학이나 로마 철학처럼 분명하고 밝아야지 불분명하면 안 된다는 의견이셨겠지요.

아까 그 말에 대해 하나만 더 보태지요. 자아의 탐구 말씀하시니까. 고등학교 졸업할 때, 불란서에서 철학 하고 죽은 그 친구가 교지에 글을 하나 썼는데, 그 제목이 「자애(自愛)로서의 출발」이었어요.

언어 너머의 존재

지혜의 글쓰기와 철학적 사변

문광훈 어제 제가 읽은 마르크스의 글 가운데 이런 게 있었습니다. "가장 '급진적으로(radical)' 된다는 것은 사물을 근원으로부터 파악한다는 것이고, 이 근원이란 인간에게 자기 자신이다." 메를로퐁티가 자기의 글에서 인용한 이 말이 떠오릅니다.

우리나라에서도 에세이의 전통, 말하자면 서구 지성사에서 몽테뉴 이후 루소-파스칼-니체-베르그송-바슐라르로 계승되는 시적·철학적 산문의 전통이 일어나야 되지 않을까 여겨지는데요. 한글로 되어 있으면서 이 두 가지 기준, 철학적 사유의 엄격성과 문학적 감성의 부드러움이 결합된 글이라는 기준에서 봤을 때, 선생님의 글은 그 앞줄에 있지 않을까 생각됩니다. 그런 점에서 몽테뉴 글쓰기와 선생님 글쓰기의 차이점을 한번 더 간략하게 말씀해 주십시오.

김우창 몽테뉴를 잘 모르니까 뭐라고 얘기하기 어렵지만, 다시 한 번 문 선생이 호의로 하는 이야기이지만, 참으로 과분한 비교지요. 몽테뉴가 자기의 글을 '에세이'로 했다거나 내가 쓴 것도 시론이라는 뜻에서 '에세이'라고 생각하는 거나 통하는 거라고 할 수 있을는지요? 높고 낮음에 관계없이 비교를 말한다면, 내가 가진 느낌으로는, 몽테뉴는 더 인간 중심적인 것 같아요. 몽테뉴가 철학자가 아니라면 이상한 말이 되겠지만, 나의 경우 인간에 대한 관심이 없는 것은 아니지만, 조금 더 철학적 질문이랄까, 존재론적 질문에 관심이 있는 게 아닌가 그런 생각이 들어요.

몽테뉴는 사회적으로도 높은 지위를 가지고 현실 행정에 참여하면서 반성적 생각을 끊임없이 한 드문 인간인 것 같습니다. 그러한 높은 명성을 얻은 문필가는 아니더라도 요즘에도 그렇게 계속적으로 질문하고 생각해 보는 현실 정치인이 있다면, 참 부러운 일이겠지요.

요전에도 문 선생으로부터 몽테뉴 이야기가 있어서, 조금 찾아보았는데, 그 수필에 이런 말이 있습니다. "오늘 아무것도 못하고 하루를 낭비했다, 이런 말을 하는 것을 듣지만, 제대로 된 말은 아니다. 그렇다면 오늘 살지 않았다는 말인가? 사는 것이야말로 가장 기본이요, 빛나는 일인데 무슨 다른 것을 원하는가?" 그리고 이어서 이런 말이 있습니다. "책 쓰고, 싸움에 이기고, 영지를 넓히고 하는 것이 아니라, 성정(性情)을 가다듬고 행동에 정온(靜穩)함을 얻는 것, 이것이 인간으로서의 책무다. 적절한 삶을 사는 것이야말로 우리의 최대의, 빛나는 걸작품이다."

사는 것이 중요하지 다른 무슨 외적인 업적이 중요하겠어요? 이런 말에서도 볼 수 있듯이, 몽테뉴는 지혜의 인간이지요. 그렇다는 것은 그가 헬레니즘 시대의 철학자처럼 끊임없이 사는 방법에 대하여, 자기 돌보는 방법에 대하여 생각한 사람이라는 말입니다. 우리 동양 전통에서도 현자는 사는 법, 처세, 처신법, 바른 사회와 정치, 이런 것을 이야기한 사람들이지요. 사실 우리의 선현(先賢)들도 그런 것을 적으면서 살았지요. 글의 스타일로 보아, 이러한 지혜의 글쓰기 특징은 좋은 사례들을 많이 들어서 논리와 선례로서 설득하는 것입니다. 조선조 시대의 글이란, 임금에게 올리는 상소문까지도 전부 고사를 인용하는 것이지요. 몽테뉴에도 그러한 스타일이 있지요. 이러한 글에 비하여 내가 쓰는 것은 조금 더 삭막한 추상적 관심에서 나온 것이 많지 않나 합니다. 구태여 불란서 사람들을 들자면, 인문적 유연성보다는 조금 더 사변적인 면이 강한 데카르트, 또는 조금 더 형이상학적인 파스칼 같은 사람들이 나한테 더 친근한 느낌이 들지 않나 합니다. 물론 이러한 대가들에 비교하는 것은 말이 안 되고, 다만 어떤 사람들에 대해서도 친화감에 기초한 비교는 가능하니까, 그러한 느낌이 든다는 이야기입니다.

문광훈 아마 초월이나, 간간이 언급하시는 형이상학에 대한 탐구나, 아니면 좀 더 넓게는 공간과 관련하여 무한성에 대한 탐구, 이런 것들이 선생님께는 존재론적 관심의 본격적 논의 마당이 되지 않나 여겨집니다. 그것이 우리 삶과 현실의 보이는 보이지 않는 바탕, 가장 근본적 토대이기 때문에 그렇지 않은가 생각되고요.

김우창 시대의 차이일 것 같기도 해요. 몽테뉴의 시대는 종교 싸움도 많고 역병도 많고 부패도 많고 했지만, 인본주의적 시대라고 할 수 있지요. 그렇다는 것은 종교가 아니라 르네상스 이래의 인간 중심적 사고가 시대의 주류를 이루었다는 말이기도 하지만, 시대에 그른 것들이 있다면 그것을 바른 마음과 바른 행동, 인간의 조신(操身)으로 고칠 수 있다고 생각한 시대라는 말입니다. 즉 사회학적 상상력이 나오기 전, 사회를 구조적으로 생각하기 시작하기 전의 시대였습니다. 우리 시대는 사회학적 시대이지요. 불란서 혁명이나 러시아 혁명 같은 것은 사회를 구조적으로 바로잡으면 모든 것이 잘된다는 개벽 사상을 밑에 깐 대정치 혁명인데, 그러한 혁명 이념을 좇든 안 좇든 우리는 모두 사회를 구조적으로 생각합니다. 이 구조의 핵심을 뒤집어 바로잡으면 문제가 해결된다는 전제를 암암리에 받아들이고 있지요. 도덕성이라는 말을 많이 하지만, 그것은 사람들의 도덕적 각성, 수신제가(修身齊家)를 말하는 것이 아니고 사회 기구를 조종하는 사람들이 그 기계를 사리(私利)를 위해서 운영하면 안 된다는 정도의 이야기이지요. 지혜의 글쓰기가 죽어 버린 것이 우리의 시대입니다. 『명심보감(明心寶鑑)』이나 『채근담(菜根譚)』의 시대가 아니지요. 아직도 그러한 글들이 없는 것은 아니지만, 글들이 추상적이고 이론적이 되지요.

비교할 수는 없겠지만, 나의 글도 지혜의 글이 아니라 추상적인 논설이겠지요. 물론 성격이나 취향의 차이도 중요하지요. 내 취미에 추상적인 데가 많아요. 《사이언티픽 아메리칸(Scientific American)》이란 미국 과학 잡지가 있는데, 조금 전문적인 얘기도 있고 보통 사람이 볼 수 있는 글도 나와요. 여러 해 동안 받아 보면서 내가 제일 관심을 가지고 보는 것은 코스몰로지에 대한 글이에요. 전문적인 부분은 빼고 대강대강 훑어보는 것이지만, 잘 읽게 되는 것이 천체 물리학에 대한 글입니다. 대학 진학 전후에도 그 방면으로 갈 것을 잘못하지 않았나 하는 생각을 했지요.

문광훈 자연 과학에 대한 선생님의 관심은 오래전부터 있으신 것으로 알고 있는데요. 예전에 김용준 선생님께서 한번 언급하신 걸 들은 적이 있습니다.

에세이의 전통

문광훈 에세이의 전통과 지혜의 글쓰기에 대해 좀 더 구체적으로 선생님의 글을 살펴보면 이렇습니다. 가령 『시인의 보석』이란 책에 수록된 「인용에 대하여: 문화 전통의 이어짐에 대한 명상」이나 『법 없는 길』에 수록

된 「나아감과 되풀이: 심미적인 것의 의미」, 「고요함에 대하여」, 아니면 「보이는 것과 보는 눈: 아르키펭코의 한 조각에 대한 명상」, 「음악의 인간적 의미, 인간의 음악적 완성」, 이런 것들은 제목이나 부제에서 이미 드러나듯, 우리의 문학적 풍토에서는 보기 어려운 아주 독특한 내용과 문제의식을 담고 있다고 여겨집니다. 이와 같은 글이 없었거나, 있었다고 해도 그 성찰적 깊이에 있어 견줄 만한 것이 없다고 저는 생각하는데요. 그런데도 이런 글의 의의에 대한 언급은 잘 안 나오는 것 같습니다.

김우창 어저께 문학번역원에서 얘기했는데, 한국 문학의 번역이 너무 현대 문학에 치중하고 있다는 것과 다른 하나는 고전 문학 또는 전통적인 문학도 번역을 해야 한국 문화가 더 위엄 있는 걸로 보일 거라는 말을 했지요. 그리고 옛날에 쓰인 것을 현대의 카테고리로 보면 안 된다는 말도 했습니다. 현대 문학에서는 중요한 장르가 소설, 시, 연극, 수필 등이지요. 옛날의 글을 이 장르로 파악하면 안 되지요. 장르에는 서열이 있어요. 지금에 와서 제일 중요한 건 소설처럼 되어 있고, 이 서열에서 수필은 좀 낮은 자리를 차지하지요. 우리 전통에서 어떤 장르가 제일 압도적이고 중요했느냐면, 이론적으로는 시지만 실제로는 수필이라 할 수 있습니다. 적어도 수필적인 것, 수상적(隨想的)인 것이 많거든요. 서간도 여기에 포함할 수 있습니다. 많은 짤막짤막한 글들이 다 수필적 성격을 가지고 있지요. 물론 그때 사람들이 가졌던 관심과 지금 사람들의 관심이 다르기 때문에 현대적 관점에서 재편집할 필요는 있지요. 번역도 하고.

우리 전통에서 에세이는 일상생활을 얘기하면서 거기에 들어 있는 어떤 의미를 찾아내는 글이지요. 지금 문 선생이 얘기한 내 글에 대해 구태여 얘기하자면, 내가 쓰는 글도 그런 수필적 전통 속에 있다고 볼 수도 있겠지요. 단지 그런 일상적 글에 비해 교훈적 목적을 크게 내세우지 않는다는 것, 더 분석적으로 쓰게 된다는 것이 차이겠지요. 입장이나 방법은 다르지요. 그러나 전체적으로 볼 때, 대개 수필적 성격을 가지고 있어서 우리 전통에 없었던 것은 아니라고 말할 수도 있겠지요.

지각의 작은 수정 거울들

문광훈 선생님 글의 분석적 성격, 글쓰기의 엄밀성은 적어도 우리 전통에서는 상당히 취약한 부분이지 않았나 하는 생각이 듭니다. 말이 중언부언된다든지, 대상 현실에 대해서 피상적으로 혹은 인상적으로 단정한다든지, 아니면 지나치게 의례적이라든지, 또 선생님이 말씀하신 대로 교훈적이라든지, 그래서 몇 가지를 읽으면 대개의 경우 일정한 형태로 수렴되는 그런 종류의 글들이 많은 것 같아요.

김우창 나도 그런 것 속에 사로잡히지 않았다고 얘기할 수는 없지요. 내가 조금 더 분석적으로 쓴다면, 서구적 교육 때문에 그렇겠지요.

문광훈 예를 들어 한 편의 글을 인용해 보고 싶습니다. 「산에 대한 명상」(『마음의 생태학』, 세미나 5, 145쪽)에 나오는데요. 이렇습니다.

보고 생각하는 행위의 무한한 전개와 그것의 사건적이고 형상적인 성격을 참작할 때, 세계를 비추는 거울은 무수한 거울들의 집합 또는 수정의 반사체들의 집합인지 모른다. 또는 그러한 수정의 반사체들이 바로 세계의 총체 그것일 수도 있다. 여기에서 우리의 작고 큰 관조와 사고는 이 수정 거울의 굴절을 만들어 내는 수많은 각도이다. 그것은 먼지처럼 작을 수도 있고 또는 어떤 투명한 날의 하늘처럼 거대한 것일 수도 있다. 그것은 변하기도 하고 지속적인 것이기도 하다. 또 그것은 밝음을 비추기도 하고 어둠을 비추기도 한다.

여기에서 보이듯이, 선생님의 글은 언제나 보고 생각하는 일의 얽힘 또는 관계의 망 또는 체계를 보여 줍니다. 그러면서 전체 체계와의 이런 연관 아래서 우리의 지각적 생애가 어떻게 만들어지는가를 드러내고 있지요. 개방적 감성과 논리의 엄밀성 그리고 자유로운 사고가 독특한 스타일 속에서 통합되는, 그럼으로써 하나의 전통을 이루는 것이 아닌가, 저는 그렇게 생각합니다. 기존의 전통에 대해 이 전통이 결여하고 있는 무엇을 의문시하면서 스스로 하나의 전통이 되는 글쓰기의 정신에 대해서 좀 여쭙고 싶습니다.

김우창 문 선생이 인용해 주신 부분은, 어떻게 보면 수필적으로 장식인데, 그 밑바닥에는 세계의 생김새에 대해 내가 가지고 있는 어떤 형이상학적 존재론적 이해가 들어 있는 것이 아닌가 합니다. 하이데거의 『예술 작품의 기원(Der Ursprung des Kunstwerks)』에서도 나오는 것처럼, 세계에는 언제든지 지구(Erde)와 세계(Welt) 사이의 투쟁 갈등이 있지요. 그런 생각이 여기에 조금 더 들어가 있다고 할 수 있습니다.

이 세계는 사람이 만든 거지요. 그러면서 자의적으로 만드는 건 아니지요. 말하자면 지구 또는 땅이 가능하게 한 것 안에서 일어나는 게 세계입니다. 하이데거가 생각한 지구와 세계의 관계에서도, 세계는 자기 마음대로 만들어 놓고 땅은 주어진 어떤 물리적 조건, 인간이 마음대로 사용하는 질료라고 이해되진 않아요. 땅이란 어떻게 보면, 존재가 나타나는 물리적 바탕이라고 할 수 있습니다. 존재의 계시 안에서 땅은 물리적으로 성립하고, 세계는 사람과 이 물리적 조건과 존재 사이에서 사람이 형성하는 역사적 구조물입니다. 지구라는 물리적 조건과 그것보다 더 근원적인 존재와 세계가 있지요. 여기에 또 하나 붙여야 되는 것이, 이 세계가 역사적 성격을 가지고 있다는 것입니다. 다시 말하여, 인간이 거주하는 세계는 물리적 조건과 존재의 열림에 추가하여, 역사적으로 지속되는 어떤 구조물로서, 나도 거기에 참여하고 옛날 사람들도 참여하고 우리 동시대 사람도 참여하고 미래의 사람도 참여하면서 만들어 나가는 것이지요.

이렇게 말하면서, 사람들이 참여하고 그것이 전체를 이룬다고 하는 것이 중요하다고 느낍니다. 우리가 사물을 볼 때의 하나하나 다 다른 관점들이 그 나름의 세계의 구성 요소의 하나가 아닌가 하는 것입니다. 이것이 총집합해서 세계가 만들어지는 것 같아요. 문 선생이 인용하신 데서 수정 거울, 작은 수정들의 조각이 서로 비추고, 멀리서 오는 빛을 비추고 하는 것은 그러한 생각을 이미지로 표현해 보려 한 것이지요.

본다는 것만 해도, 보는 것은 그때그때 다르게 보는 것이지요. 그러나 이것은 그때그때 일어나는 사건이면서도 동시에, 하이데거식으로 말하면, 존재론적인 운명(Schicksal)에 의하여 일어나는 일이고, 그에 대한 적응(Geschick)으로 일어나는 일이라고 할 수 있어요. 하는 일도 그러하지만, 보는 일도 어떤 특별한 방향성, 기술, 운명, 이런 것들 속에서 일어난다고 할 수 있지요. 그것들은 하찮은 일시적 사건이면서 어떻게 모여 세계를 만들어요. 그러니까 세계를 보는 것 하나하나가 아주 중요한 존재론적인 사건이면서 역사적 사건이지요. 이것은 다시 일정한 방향으로 정형화되지요.

집을 어떤 모양으로 짓는 게 좋다는 것은 우리가 배우기도 하고 보기도 하지만, 내가 보고 저 사람이 보고 이 사람이 보는 데서 어떤 미적 기준이 생겨서 집을 그렇게 짓고 창은 이렇게 존재하는 게 좋다 해서 이 각도에서 보고 하지요. 그래서 세계는 실제 많은 사람들이 동등한 자격으로 참여하는, 그런 지각 행위의 집합으로서 존재합니다. 지각 행위를 비유적으로 얘기할 때 거울이라고 하지요. 모든 사람이 가진 작은 거울들이 모여서 하나의 세계를 아기자기하게 만들게 됩니다. 나 혼자였으면 못 봤을 것을 여러 사람이 같이 보게 되는 것이지요. 그런 경우에도 내가 보는 관점과는 다른 관점을 상정하지 않고는 사물을 보지 못합니다. 우리가 책상을 볼 때 후설에게 중요하게 생각되었던 것은, 눈에 비치는 것이 그 한쪽이지만, 보이지 않는 쪽도 상정되어서 책상이라는 것을 지각하게 된다는 사실이었지요. 이 상정된 관점은 우리 자신의 것이기도 하고 다른 사람의 것이기도 합니다. 하여튼 하나하나의 세계는 조각조각이지만, 우리는 그것을 넘어가는 어떤 전체성을 의식하게 됩니다. 그 세계를 넘어서 지구(땅)를 알게 되고 존재(Sein)도 짐작하게 되지요.

이러한 지각 현상은 사회적으로 정치적으로 확대될 수 있습니다. 모든 사람이 제대로 사물을 보고 즐겁게 생각하고 또 서로 얘기하고 표현하는 것이 세계 구성에서 사실 중요하지 않을 수 없지요. 이것이 민주적입니다. 그러나 민주주의는 자기 마음대로 보고 하는 것이 아니라, 세계의 물리적 조건이나 존재론적 가능성에 기초해서 지각 현상들이 일어나고 그것이 하나로 합칠 때 의미 있는 것이 된다고 할 수 있습니다.

독자의 이해에 대하여

문광훈 선생님이 말씀하신 대로 개개인의 지각 행위, 이 지각이 일어나는 바탕, 또 이 바탕 위에서 일어나는 현상으로서의 역사적 사건 그리고 이 사건을 에워싼 우주적 테두리, 이런 것들이 선생님 글에서는 순수철학적인 개념적인 언어로서만 아니라 무엇보다 비유적인 생생함 속에서 성찰되고 있거든요. 이런 글은 다시 말씀드리거니와 관념의 깊이와 경험의 구체성을 하나로 통합한다는 점에서, 우리 인문학에 있어, 제가 생각하기에는, 거의 유일무이(einzigartig)하지 않나 여겨집니다.

김우창 잘 봐주셔서 그런 것이고 다 입장 나름일 거예요. 보는 것이나 지각이 중요하다고 늘 느끼는 사람과 그렇지 않고 추상적 개념에 의해 움직이는 사람, 또는 감각적으로 느끼는 것에 완전히 빠지는 사람, 이런 사람들이 많기 때문에 그 중간에 서 있는 사람의 입장은 얼른 표현이 잘 안 되는 것이 많지요.

문광훈 아니면 이해되지 못하고 있거나……. 선생님께서는 그런 이해되지 못함에 대해선 섭섭하지 않으세요?

김우창 섭섭한 것은 없지만 얘기할 때 늘 주저하게 됩니다. 내 말이 통할까 의심이 가기 때문에 얘기하기가 싫어질 때가 있습니다.

문광훈 말 없는 고통, 이런 게 많을 것 같은데요.

김우창 딱히 고통이랄 것은 없지만, 글 쓴다는 게 고통스럽지요, 만날.

문광훈 각고의 노력을 통해 도달한 생각들이 지식인 사회 내부에서마저 잘 소통되거나 이해되지 못하는 것에 대한 회한 같은 것은 없으신지요?

김우창 거기에 대해선 난 별 느낌은 없는 것 같아요. 내가 자폐적 성격이랄까 그래서요. 나 자신에 대해 생각하는 것, 내가 궁금하게 생각하는 걸 해명하는 것으로 족한 것 같아요. 그런데 대부분의 경우에 그게 단지 개인적인 것은 아니지요. 내 쓰는 글의 많은 것이 청탁에 의해서 씌어지지 않습니까? 그러니까 생각은 다른 사람이 문제를 제기했기 때문에 촉발되는 경우가 많거든요. 그러나 그 사람을 상대로 설득하고 이해받고 하기보다도 그 청탁에 의해 내 마음속에 일어나는 질문을 해결하는 것으로 족한 것 같아요.

문광훈 그 말씀은 저로서는 충분히 이해되는데요. 조금 전에 말씀하신 어떤 주저감과 관련해서 제가 드린 질문입니다.

김우창 다시 자폐적인 성격을 말하는 수밖에 없네요.

글에 있어서의 집단 명령과 삶의 있음

문광훈 우리 전통에서는 그야말로 이것은 과장이 아니라 사실이라고 저는 여기는데요, 그런 예가 없었던 것이지 않은가 하는 생각에서 그렇게 질문드린 것입니다.

우리가 글의 진실성을 말할 때 학문적인 것의 의미나 철학한다는 것의 뜻도 떠올리지만, 무엇보다 살아간다는 것과 학문, 생활과 글 사이의 어긋나지 않음, 어긋나지 않으려는 어떤 고투를 생각하게 됩니다. 그렇다는 것은 실제로 글처럼 살지 않는다면 이런 글이 나올 수 없다는 뜻이지요. 글과 삶의 이런 일치점은 무엇보다 지금 우리 삶의 일반적 형태 — 공허한 사고, 상투적 언어 그리고 둔탁한 감각을 되돌아보게 합니다. 이런 피상성과 외양성의 피해는 우리의 학문 공동체라고 해서 크게 다르지 않은데요. 조금 더 직접적으로 표현하면, 오늘날의 학문적 파편성은 이전보다 더욱 심한 것 같습니다. 물론 그렇지 않은 학자들도 적지 않지만, 불성실이나 부정직은 말할 것도 없고 현학성, 과장과 허풍, 거들먹거림, 속물주의도 심한 것 같아요. 더 큰 문제는 이런 것이 아무렇지도 않게 의식 없이 표현된다는 데 있어 보입니다. 거기에 대해 선생님의 조언을 좀 듣고 싶습니다.

김우창 그때그때 필요에 따라서 쓴 필요에 의한 답변이지요. 자폐성 얘기를 했지만, 언어나 글은 사회적 성격을 벗어나기는 어려운 것 같아요. 언제나 글은 어떤 사회적 요구에 대한 답변이라고 할 수도 있거든요. 그런데 우리나라는 사회적 성격이 강한 사회이기 때문에, 그것을 강조하는 사회이기 때문에 많은 사람들의 글이 사회의 문제에 휩쓸려 있는 경향이 있는 것 같아요.

그 이유는 우리의 역사적 고통 때문이라고 하겠지요. 일제나 식민지나 독재나, 또 산업화 과정의 고통이나 또 유교적 전통에서도 사회 윤리의 명령이 언어 행위의 내용이니까. 탓하기는 어렵고 그때그때의 필요에 따라서 일어나는 일이었기 때문에 어찌 할 수 없지요. 좀 관대하게 봐줘야 될 수밖에. 내가 요즘 특히 많이 생각하게 되는 것은 당위적이고 개념적인 언어, 집단 의무를 강조하는 언어는 윤리 도덕의 근거를 훼손할 수 있다는 점이지요. 칸트식으로 윤리 도덕의 근본이 개인의 자율성, 개인의 자유에 기초해 있지 않으면, 그것은 부패하게 되지요. 개인의 존엄성이나 도덕적 관점에서의 위엄이 개인의 자유 위에 선 것이 아니라면, 그것은 도덕 이외의 것을 밑에 받치고 있는 것이지요. 개인의 자유 또는 자율은 극히 가냘프기 때문에 존엄한 것인데, 마음 약한 사람들이 의지하기 어려운 것이지요. 사회적 의무나 집단적 의무, 법도…… 이런 것도 다 중요하지만, 그것만을 강조하면 결국, 문 선생이 지적하신 것처럼, 왜곡되고 속된 것이 많이 나올 가능성이 커지지요. 인간 본연의 자연스러운 있음에 대한 느낌을 유지하는 섯, 그러니까 자유롭게, 자연 속에 자연스럽게 존재하는 것, 자연과 존재의 근본적 규제 속에서 바로 윤리적 존재로서 자기가 자율성을 가지고 있다는 걸 확인할 필요가 있지요.

시적으로 말하여 인간 존재도 나무나 풀, 산처럼 저절로 있는 것, 이것에 대한 느낌이 모든 것의 근본이라고 할 수 있습니다. 실러의『소박 문학과 감상 문학(Über die naive und sentimentalische Dichtung)』같은 데 핵심으로 들어 있는 것은 자연스럽게 존재하는 것에 대한 존중입니다. 우리의 전통, 도교의 전통에도 사실 그런 것이 있고. 이래야 된다 저래야 된다는 것에 반해 실러는 자연 그대로의 있음 속에 있다는 것에 대한 느낌이 강하면서, 동시에『인간의 심미적 교육론(Über die Ästhetische Erziehung des Menschen)』에서는 이 느낌을 어떻게 정치적으로 형성할 수 있느냐를 생각합니다. 그런데도 실러가 괴테보다 조금 더 낮은 작가처럼 취급되는 것은 너무 도덕적이고 윤리적 느낌이 강해서 그럴 겁니다. 그런데도 그 안에는 자연의 소박한 것에 대한 갈망이 강하게 표현되어 있지요. 그것을 잃어버리는 도덕주의는 부도덕하고 비윤리적인 데로 떨어진다는 생각이 많이 들어요.

많은 사람이 자율적인 존재이고 다 존중할 만한 사람이란 느낌이 있어야 집단의 이름으로 개인이 희생되지 않지요. '나라를 위해서는 한두 놈 죽어도 또는 죽여도 별수 없지…….' 이런 생각이 아픈 생각이 되지요. 사실이건 피치 못하게 일어나는 일이지요. 그렇지만 좋다는 것이 아니라 삶의 비극적 조건 중의 하나지요. 그래도 좋다고 허용될 일은 아니거든요. 그런데 우리 사회에서는 이런 비극적 느낌이 조금 없지요. 그래도 요즘 와서는 한국 사회가 많이 좋아졌어요. 옛날에는 한두 놈 광화문에 내놔서 총살해야 된다, 이런 생각들이 많았어요.

개인의 자율에 대한 존중과 집단에서 요구하는 윤리적·도덕적 명령이 일치될 수 없기 때문에 사람 사는 게 괴롭습니다. 그러나 이 일치될 수 없다는 비극적 간격에 대한 느낌을 유지하는 건 아주 중요해요. 늘 일치시키려 하면 정치는 못합니다. 정치는 이놈을 살리기 위해 저놈을 좀 고생시켜야 되는 결정을 많이 내려야 되니까. 안 해야 된다는 생각이 있으면서 그렇게 결정하는 것과, 당연히 전체를 위해 이놈들 좀 혼내도 된다고 생각하는 것은 그 사회의 도덕, 정치, 인간관계에 차이를 가져오고, 그 사회의 역사적 종착역에도 차이를 가져옵니다.

그러나 이것은 우리의 체험으로부터 나온 것이에요. 일본 사람들에 대해 투쟁해야 되고 독재에 대해 투쟁해야 되고, 계급적 착취에 대해 투쟁해야 되는 일이 너무 많았기 때문에 불가피하게 일어난 일이면서, 윤리와 도덕의 근본을 망가뜨리는 일이지요. 그러다 보니 글도 암암리에 존재하는 집단적 명령을 재생하는 일이 되어 버리지요.

헤세의 글에는 나무를 찬양하는 부분이 많아요. 요즘 『나무들(Bäume)』이라는 책을 가끔 보지요. 이양하 선생의 수필집 제목에도 『나무』라는 것이 있지요. 물론 식물 찬양은 낭만주의자들의 전유물이지요. 콜리지의 유기적 형태론은 나무 모양에서 사람이 찾는 형태적 이상을 찾은 것이지요. 삶의 유기적 형태, 있는 그대로의 존재, 자기 나름의 자족적 존재에 대한 느낌을 유지하는 것은 매우 중요한 일입니다. 도덕적 명령을 너무 중시하는 것은 이 느낌이 약해지는 것과 관계가 있어요. 도덕과 윤리는 결국 인간관계에 연관되는 것이니까 집단을 강조하게 되고, 그래서 구체적 인간관계, 구체적 개인의 자연스러운 있음을 잊어버리게 되지요. 글에서도 집단의 의무를 잊어버릴 수는 없지만, 그것만 되풀이하는 것은 글로 하여금 사람의 있음의 근본, 자신의 있음의 근본을 거짓되게 하는 일이 되지요. 물론 재미도 없고, 자신의 삶의 수정 거울을 통하여 우리의 집단적 삶에 보다 찬란한 빛을 보태어 주는 일도 아니고.

진정한 선택

문광훈 글이 다른 외적 강제나 규율, 아니면 도덕적 영향으로부터 자유롭게 되는 것, 좀 더 소극적으로 말하면, 선생님 말씀대로 자연스럽게 되는 것, 그래서 자족적 느낌을 가지고 있는 그대로의 진실에 봉사하려고 노력하는 것, 이런 요구도 사실은 간단한 것이 아닙니다. 평범한 것 같으면서도 매우 중요하고 그 때문에 실행하기가 어렵지 않나 여겨집니다.

제가 드린 질문을 좀 더 구체적인 경험과 결부시켜 말씀드리면, 이렇습니다. 제가 한 계간지의 편집주간 일을 여러 해째 하고 있는데요. 논문 투고만 하면 됐지, 그 심사는 어떻게 하느냐에서부터 내가 어느 대학 몇 학번인데라든가, 심지어 정부 기관에서 자문 활동한다든가 또는 어떤 잡지의 편집위원으로 활동하고 있다든가, 이런 관련 없고 불필요한 일을 버젓이 내세우는 경우가 흔하거든요. 어느 교수는 지도하는 대학원생과 함께 쓴 논문을 제출했는데, 많은 문장들의 주어와 목적어가 따로 놀더군요. 그런 글을 한 번도 아니고 두 번인가 세 번인가 투고했으니. 심사 결과를 보내니까 어떤 경우는 엄청난 욕을 써서 그렇게 결과를 통보한 학생에게 이메일로 보내더군요. 거의 파탄 지경이었는데요. 이런 부실성, 물량주의, 뻔뻔스러움이 지금의 학문 공동체에 광범위하게 스며 있지 않나 여겨집니다. 말하자면 자기 검토의 자의식이 부족하다고나 할까요?

김우창 사회에서 그것을 보이지 않게 강요하는 면도 있지요. 되풀이하건대 글이나 말을 할 때, 민족, 국가, 우리의 발전, 국제적 위상, 이런 것으로 얘기하기가 제일 쉽지요. 그런데 지금 제도가 모두 경제 원리에 의해 움직이는 것이어서 논문도 수량적으로 계산하게 되니까 우선 논문 투고부터 해야지요. 그러나 역설은 이것이 비경제적인 것을 많이 만들어 내는 것입니다. 자기가 실제 깊이 느낀 것도 아니고 조사한 것도 아닌 것들을 얘기하는 허황된 경우가 많이 생기게 되어요. 주제도 그렇지요. '국가의 지상과제다', '이건 우리나라에서 꼭 해야 되는 과제다'라고 써 놓으면 연구비 타기가 쉬워지는 경우도 있지요. 순수하게 자기가 정말 하고 싶은 것, 자기가 발견한 독자적 의미를 가진 것은 허용이 잘 안 됩니다. 흥미 있는 것은 돈과 출세가 국가주의, 민족주의를 강조하게 만든다는 것입니다.

그런데 '하고 싶은 걸 한다.'고 할 때 궁극적으로 내 마음대로 한다는 것이 참으로 내 마음대로 하는 것이냐 하는 것도 간단히 결정하기 어려운 일이에요. 내가 가령 지금부터 나 좋을 대로 이상한 옷을 입고 머리를 파랗게 물들이고 길에 나간다 해서 그것이 자기 좋을 대로 하는 것인지 알기 어렵지요. 기행에 대한 사회적 요구, 사회적 수용 태도가 있기 때문에 하는 것이기 쉽지요. 이것은 기발한 발상의 글이나 예술 작품에도 적용할 수 있는 이야기입니다. 진정한 의미에서 자기 마음대로 한다는 것은 진실에 대한 탐구 없이 불가능합니다. 내가 정말 원하는 게 뭐냐를 탐구하는 것은 얼마나 어렵습니까?

나는 농담으로도 말하지요. 사람들 사치하는 건 좋다. 비싼 차도 사치의 하나지요. 죽어도 그것이 있어야 하면 사는 것이 좋지요. 비싼 그림도 이 그림은 내가 꼭 사고 싶다고 해서 사면 좋지요. 그러나 '이건 피카소니까 사야겠다.' 하면 그건 벌써 자기 결정이 아니거든요. '아, 나는 참 좋은 옷 하나 샀고, 보니까 정말 내 맘에 든다.' 해서 사는 게 아니라 이게 구찌 같은 명품이니 별말 안 하고 사지요. 그런데 여기에 들어 있는 역설의 하나는 이것이 자기 좋을 대로 하는 일이기도 하지만, 대상에 대한 집중을 말하는 것이기 때문에 자기를 벗어나는 행위이기도 하다는 것입니다. '진짜 자기 마음대로 하는 게 뭐냐.'는 극히 어려운 문제예요. 도덕 자체가 문제 있는 것이 아니라 위계질서나 권력 질서의 전술로서 자리하는 도덕 윤리, 또 공리적 입장에서 나온 여러 수량적 생각이 문제지요. 이런 것들이 안 좋다면, 자기는 좋을 대로 해야 되겠다고 하지만 그 자기 좋은 대로 한다는 것 자체도 쉽지 않은 것이지요.

문광훈 자의성, 나아가 자발성도 이를테면 사회적으로 조건 지어진다는 것이지요?

김우창 사회적으로 만들어지는 겁니다. 자기가 진짜 좋아하는 게 뭐냐는 걸 안다는 것은 정말 어려운 일이에요.

문광훈 사유의 길은 더 모르겠지요. 우회적인 것이고.

김우창 결국 '자유란 필연에 순종하는 것'이라는 칸트의 답변이 나오게 됩니다. 그러나 '내가 꼭 해야 하는 게 뭐냐.'는 더 쉽게 집단의 수사학으로 돌아가지요.

문광훈 그것은 아까 선생님께서 말씀하신 운명에 대한 순응과 연결될 수 있을 것 같습니다.

김우창 그러나 가짜 운명이 있고 진짜 운명이 있다고 할 수 있지요. 지금 문 선생이 말씀하신, 왜 공허한 일이나 글들이 많이 나오게 되느냐는 질문에 대한 답은 그것이 현실의 요구에서 나온다는 것이지요. 그런데 그 현실적 요구 없이 자유롭게 또 진실되게 자기가 쓰고 싶은 걸 쓰느냐 하면, 그것도 쉽지 않아요. 진정한 과제를 찾는 것은 위 두 가지를 넘어서 진정한 운명을 확인하는 일에 관계된다고 할 수 있습니다. 그러나 다시 한 번 뒤집어 말하면, 이것은 써 가는 사이에 발견되는 것이기 때문에 처음부터 거창하게 자신의 진정한 운명을 찾아 나서는 것도 거의 불가능한 일이라고 해야겠지요.

문광훈 좀 더 적극적으로 생각하면, 학문에서 의미 있는 결과로서의 글들은 언제나 소수였다고 해석해도 될는지 모르겠습니다.

김우창 사실 그렇지요.

문광훈 학문사, 지성사, 예술사, 더 나아가 문화사가 다 그런 것 같아요. 소수의 예외적 인간에 의해 추동되는, 그러나 다수를 향해 열려 있는 정신의 움직임으로서 그것들은 자리하지요.

김우창 이건 조금 다른 얘기가 되지만, 학문의 과제 추구에는 자유가 있어야 되고, 또 압력이 불가피하기도 하고 그렇지요. 그러나 녹을 먹으니 의무가 없는 것은 아닌데, 직업으로서의 학문이라는 것을 떠나서, 사람은 모두 목숨을 부지해야 한다는 점에서는 녹을 먹고 있는 것이지요. 그 의무를 자기 스스로 발견하고 정의할 수 있는 여유는 있어야 해요. 최장집 교수가 한 얘기인데, 정치사상사에서 중요한 텍스트로 사용되는 책에 레오 스트라우스(Leo Strauss)와 조지프 크롭시(Joseph Cropsey)가 같이 쓴 『서양 정치사상사』라는 게 있지요. 최장집 교수가 크롭시를 한번 만나 이야기를 나누는데, 이제 자기가 은퇴했으니까 논문 좀 써야겠다고 하더랍니다. 그 얘기는 자기는 학부 학생들의 교수였고, 그 때문에 논문 쓰는 것은 자기 의무

밖의 일이라고 생각하고 있었는데, 이제 은퇴했으니 쓰고 싶은 논문을 쓸 수 있게 되었다는 말입니다. 모든 것을 논문 편수로 계산하는 외면적 물량주의 대학 풍토에서는 생각할 수 없는 일이지요. 어떻게 보면 논문보다 가르치는 것이 중요하지요. 그리고 재능과 취향에 따라 쓰는 것이 아니라 가르치는 것을 선택하는 것이 적절한 일일 수도 있지요.

문광훈 명성 있는 학자임에도 불구하고 가르치는 걸 우선으로 삼고 그 일에 엄격하게 매진하였다는 거지요.

김우창 자신과 자기의 할 일을 엄격하게 이해하고 그에 따른 것이지요. 그전에 한 얘기를 되풀이하면, 한국예술종합학교에서 창조성 교육에 대해 세미나가 있었는데, 참으로 중요한 창조적 능력은 아무나 가지고 있는 것은 아니다, 반드시 교육을 통해서 창조적 예술가가 되는 것은 아니다, 주입식 공부도 필요하다, 창조적 능력을 너무 쉽게 계발되는 것으로 생각하는 것은 진짜 창조적 재능이 나왔을 때 그를 참으로 아끼고 존중하는 일을 등한시한다는 말을 했지요. 그렇다고 창조적 능력이 뛰어난 것은 아니지만 자신의 삶을 충실하게 하는 사람이 그 나름의 존경의 대상이 되지 말라는 것은 아니지요. 각자가 자신에 맞게 적절한 삶을 성취하는 것이 중요해요. 모든 사람이 충실하게 자기가 할 수 있는 일을 하는 것, 이것은 어떻게 보면 중세적 계층 사회 얘기 같지만, 진정한 민주 사회의 이야기이기도 하지요.

문학의 언어, 존재의 언어, 사회의 언어

문광훈 우리 학문 공동체를 지배하는 듯한 피상성이나 철학적 사유의 결여, 집요한 논리와 깊이의 상실, 전체성의 무시, 주체적 지속성의 손상,

억압된 사회 상황 이런 것들은 하나로 연결되는 것 같습니다. 그러나 이런 걸 다 제쳐 두고 더 간단히 말하면, 우리 사회의 글들이 전체에의 조망을 잊지 않으면서 더 차분해지고 더 내밀해지고 더 조심스러워졌으면 하고 바라게 됩니다. 우리 문학에서 요청되는 가장 절실한 사항으로 한두 가지를 지적하신다면, 선생님은 어떻게 말씀하시겠습니까?

김우창 그것은 전반적으로 어려운 문제예요. 어저께 어떤 세미나에서 얘기했던 것의 제목이 '문학과 홍보 전략'이었어요. 그런데 나는 상당히 아이러니를 가지고 붙인 제목인데, 우리나라처럼 전략적 사고가 많은 사회에서는 아주 심각한 제목으로 여겨졌을 겁니다. 홍보와 문학 사이에는 결정적인 혐오 관계가 있다고 얘기했지요. 그러면서 "시는 남에게 하는 말이 아니라 자기 스스로에게 하는 말을 남이 엿듣는 것이다."라는 예이츠의 말을 했지요. 남에게 말을 하려면 전략이 들어가지요. 정현종 씨의 시에 "시를 썼으면 땅 한구석에다 묻어 두든가 할 일이지 뭣 때문에 발표하느냐."라는 내용의 이야기가 있어요. 그러나 정현종 씨가 시를 발표하지 않은 것은 아니지요. 이러한 시인들의 말은 패러독스를 포함하고 있어요. 스스로에게 하는 말이면서 또 동시에 엿들을 것을 기대하지 않는 것이 아니지요. 그러니까 나쁘게 말하면 허위 진술이기도 해요. 남한테 하는 얘기이면서 무슨 스스로 하는 얘기라고 하는가 탓할 수도 있지요. 그러나 언어 자체가 사회적인 것입니다. 따라서 자신 혼자 흐릿하게 생각한 것을 언어로 표현한다는 것은 벌써 역사와 사회 그리고 언어의 보편적 문법 속에서 내 경험을 해석하는 것이에요.

"언어는 존재의 집"이라는 하이데거의 말이 유행하는데, 상투어가 되기 쉬운 말이지요. 존재가 언어를 지어 놓고 그 안에 좌정하고 있다는 뜻이라면 그것은 틀린 말일 것입니다. 사람이 언어를 만들어 놓고 존재가 들어오기를 기다릴 뿐이지요. 언어에 존재가 비칠 수도 있고 비치지 않을 수도 있지요. 시적 언어가 존재의 언어인 것처럼 착각하면 안 되지요. 언어를 통해서든지 언어를 넘어가는 다른 무엇을 통해서든지 접근의 노력이 있을 뿐이지요. 그러나 아마 언어(logos)가 인간이 거기 가까이 가는 데 편리한 통로라고는 말할 수 있겠지요. 존재는 언어를 초월한다고 하는 것이 맞는 것일는지 모릅니다. 그러나 사람이 원하는 것은 그것을 이해하는 것입니다. 이해 가능성(intelligibility) 또는 명증화 가능성(articulation)은 삶의 절실한 요구이고, 사람이 사람답게 사는 데 필수 조건의 하나입니다. 문명의 조건이지요. 이 가능성의 하나, 어쩌면 절대적인 하나가 언어라고 할 수 있습니다. 그러나 이렇게 말하면서 또 보탤 것은 이 이해 가능성에 대한 요구, 로고스에 대한 요구 자체가 인간이 고안한 것이라기보다 원천적으로 주어진 것이라는 점입니다. 존재를 인격화하여 말하면, 존재가 사람과 존재의 통로로서 언어를 준 것이라고 할 수 있어요. 그러나 다른 쪽으로부터 이야기하면, 존재의 불가해성 가운데서 그에 어긋나지 않으면서도 사람이 살 만 한 집을 만드는 데 의지할 수 있는 건축 원리가 로고스라고도 할 수 있습니다. 사람이 그의 집을 지으려고 하는 노력이 역사지요.

이러한 의미에서 언어는 역사의 집이기도 하고 사회의 집이기도 하지요. 사회적이라고 하는 것은 역사(歷史)가 집단의 역사(投事)일 수밖에 없기 때문이기도 하지만 우리가 의식하는 것이 우리의 삶에 피할 수 없게 끼어드는 동료 인간들, 즉 사회이기 때문이지요. 말할 것도 없이 언어는 무엇보다도 사회적 소통의 수단으로 이해되지 않습니까? 역사 속에서 형성된 매체를 통한 소통이지만, 우리는 대체로 통시적 역사보다는 공시적 사회를 더 많이 의식한다고 할 수 있습니다. 언어는 사회적 삶의 가장 중요한 인자이고 이러나저러나 사회 구조는 우리 의식의 깊은 데 관여되어 있습니다. 우리가 말을 하는 것은 사회적인 행위이지요.

그러니까 우리는 저절로 사회적 계기가 요구하는 말을 합니다. 상투적인 이야기를 하게 되지요. 잡담을 하거나 덕담을 하거나 험담을 하거나. 글을 쓰는 것도 비슷합니다. 그러나 그것은 조금 더 말의 원천적인 얽힘에 착반해 들어가는 행위이지요. 그러다 보면 글에서는 의식적으로 무의식적으로 우리를 지배하고 있는 사회적인 명령에 더 따르게 되지요. 사회 속에 있다 보면 다른 사람과의 관계를 전략적으로 조종하려는 의도가 움직이게 되는 것도 불가피합니다. 이 지배 전략에서 가장 편리한 것은 사회적 명령의 힘을 빌리는 것이지요. 그러나 언어를 조금 더 깊이 생각하면, 아까 말한 것처럼, 그것은 존재에 근접하는 통로입니다. 이것과 사회적인 요구는 통하는 것이기도 하고 통하지 않는 것이기도 하지요. 어떤 경우에나 사회적 요구도 존재와 비밀을 경유하여 재구성됨으로써 진정한 것이 됩니다. 시적 언어는, 사회적인 것이든 아니든, 이 바탕에 근접하거나 그것을 멀리서나마 느끼게 하는 언어라고 할 수 있습니다. 그런데 신기한 것은 외적인 제약을 떠나서 자기 속으로 들어가는 것이 바로 존재에로 나아가는 길이라는 것입니다. 진정성의 원어는 Eigentlichkeit인데, 자기 자신의 실존적 진정성의 뜻이기도 하지요. 그러나 이것이 쉬운 것은 아닙니다. 제 마음대로 하는 일은 더욱 아니고요.

글은 제약 속에 움직이는 자발적인 행위입니다. 스스로 그것에 묶이는 것이지요. 어쩌면 알게 모르게 사회적 지배 의욕이 작용하기 때문인지 모르지요. 지배하기 위하여 복종한다는 말이 해당된다고 할 수도 있습니다. 하여튼 글쓰기는 괴로운 일이지요. 자기에게 기율을 덮어씌우는 일이니까. 글을 너무 쓰면 괴로워져서 해방되고 싶은 생각이 들지 않습니까? 자다가도 언어가 나오면 피곤해지지요. 언어는 자꾸 움직이면서 이어 가고 개념을 연결하고, 이런 경우 괴로워지는 이유는 자연스럽게 존재하고 있는 나의 있음이 언어에 의해 속박당하고 있기 때문이에요. 강연이나 논설 비슷한 얘기들, 말도 안 되는 얘기들이지만, 그러한 것들이 나오는 꿈을 꾸면 피곤해요. 이미지를 보는 꿈은 피곤하지 않아요. 풍경을 보거나 하는 것은 더욱 피곤하지 않아요. 언어가 괴롭게 느껴지는 것은, 그것의 로고스로 해명되어야 하는 존재와 사회의 속박이 우리의 자연스러운 존재를 억압하기 때문이라는 생각이 들어요. 그러니까 존재는, 가장 간단한 것도, 언어 너머에 있는 것 같아요.

예이츠나 정현종 씨의 말로 돌아가서, 혼자 중얼거리는 것이 시라는 것은 역설적이지만 중요한 이야기입니다. 역사와 사회 또는 존재, 로고스화된 존재로부터 해방되어 자기의 자연스러운 있음으로 돌아가는 것이 시이지요. 그러면서 다시 밑에 들어 있는 깊은 로고스에 스스로를 얽매는 것이지요. 그리고 다른 사람에게 이 해방과 구속의 역설을 들려줍니다. 이 역설의 실현이 시적인, 문학적인 언어 행위이지요. 문학에 스스로를 맡기는 사람은 이러한 역설로서, 사회적 인간으로서, 역사적 인간으로서, 실존적 인간으로서 존재와 언어와의 착잡한 관계를 깨닫지 않을 수 없을 것입니다. 또는 이것을 보다 확연하게 우리 문학인들이 자각했으면 하는 것이 나의 바람이라고 할 수도 있습니다. 그러니까 글을 쓴다는 것은 사회적 맥락 속에 얽혀 들어가는 일이지만, 동시에 혼자 하는 얘기라는 것입니다. 그래야 남 눈치 보지 않고 자유롭게 쓰지요. 자유롭게 쓴다는 것은 자기 얘기를 그대로 하는 것이기도 하지만, 객관적으로 생각한다는 투명한 보편적 관점에서 쓴다는 뜻이지요. 말하자면 투명한 공간을 만들어 내고 이 공간에 여러 가지를 나열한다는 것을 말해요.

글과 사유의 공간

김우창 그런데 공간 이야기가 나와서, 이 이야기를 조금 보태겠습니다.

생각을 하고 글을 쓰는 데 공간의 문제는 이러한 행위의 자연스러움과 부자연스러움의 역설을 다시 한 번 생각하게 하니까요. 우리 생각 속에는 공간 의식이 반드시 들어갑니다. 글은 종이에 쓰지요. 또는 그에 유사한 스크린에 씁니다. 종이는 물질이지만, 종이가 공간적 모양으로 된 건 우연적인 것이 아니라고 생각해요. 글 그리고 그에 대한 내적인 대응물로서의 사유, 즉 우리 의식의 원형이 종이의 공간성을 만들어 낸 것이지요. 닥나무나 다른 나무를 갈아서 평평하게 하여 종이를 만들게 한 것은 이 원형이라고 할 수밖에 없지요. 사람을 객관적으로 본다고 할 때 거울이란 이미지를 쓰는데, 가령, '연극은 자연의 거울이다.' 하는 식으로 문학 창작 행위를 모사나 재현이라고 할 때도 그렇지요.

푸코의 『말과 사물』이란 책의 첫 부분에 보면, 생각하는 것은 사물 사이에 일정한 관계를 수립한다는 것이고, 이는 다시 의식의 공간에 그것을 나열하고 한눈으로 내려다보는 행위라는 생각이 들어 있지요. 공간 없는 사고, 아토피아(atopia)의 사고는 불가능하다는 이야기도 있고. 푸코가 그 생각을 길게 발전시키지는 않지만, 그 책에서 설명하고 있는 여러 시대, 특히 그가 고전 시대라고 부르는 시대의 인식 틀은 시대적으로 형성되는 가상의 공간을 밝히는 것으로 볼 수 있습니다. 언어 행위와 사고 행위는, 다시 말하여, 가상의 공간에 사물들을 나열하고 비교해 보는 거지요. 앞뒤를 맞춰 보는 것, 논리가 맞느냐 하는 것은 앞을 보고 뒤를 보는 행위에 근원한다고 할 수 있지요. 또는 거기에는 앞과 뒤가 있는 공간이 전제되어 있습니다. 여러 가지 가능성이 있다고 할 때도 사실을 나열해 비교해 보는 것이거든요. 이것은 밖의 공간이 우리 마음에 침투해 있다는 이야기이기도 하고, 거꾸로 우리가 보는 공간이 마음의 공간의 물질적 표현이라는 말도 됩니다.

그러나 마음의 공간이라는 것은 단순히 나열, 비교, 계산, 전술의 도해(圖解)를 위한 빈 공책은 아니지요. 하이데거의 주저 『존재와 시간(Sein und

Zeit)』이 있지 않습니까? 이것이 저자가 설명하는 바와 같이 모든 존재를 해명하기 위한 기초로서의 기초 존재론(Fundamentalontologie)이라고 한다면, 시간은 있는데 공간은 어디 갔느냐고 할 수 있지요. 물리학적 개념으로 볼 때 시공간은 제일 근본적인 것입니다. 칸트에게도 그게 제일 근본적인 직관 형식인데, 그것이 어디로 갔느냐 하는 것이지요. 그런데 나는 '존재와 시간'은 '공간과 시간(Raum und Zeit)'이라고 옮겨 놓아도 상관없는 것이 아니냐 합니다.

하이데거가 존재(Sein)를 설명하는 것을 보면, 특히 후기 저작에서, 그것은 공간을 설명하는 것이 아니냐 하는 느낌을 줍니다. 존재의 열림을 말할 때, '열려진 것(das Offene)'이라는 말은 그 공간적 특성을 말하는 것이 아니겠습니까? 그러니까 '존재와 시간'이라는 제목에는 시공이 들어 있는 것입니다. 다만 이것은 아인슈타인의 시공이 알기 어려운 것처럼 평면적으로는 이해하기 어려운 시공이겠지요. 여기의 공간은 유클리드 기하학의 공간이 아니고 시간도 간단한 의미에서의 시간은 아니지요. 이렇게 볼 때, 인간과의 관계에서는 시공은 있는 것의 모든 것으로서의 존재이지요. 마음의 공간도 이 시공의 일부로서의 공간일 겁니다. 마음의 공간으로 들어간다는 것은 이 근원적인 공간에 참여하는 일입니다. 조금 더 쉽게 말하면, 마음의 공간에 들어가는 것은 이 바탕 위에서 사물이나 사안을 보는 일이지요. 즉 넓은 관점에서 보는 것입니다.

마음의 공간에 무엇을 펼친다는 것은 그 공간을 될 수 있는 대로 넓게 잡아 사물들을 펼쳐 놓는다는 말입니다. 이것이 사물을 보편성 속에서 본다는 것이지요. 이제 이것을 다시 복잡하게 만들면, 마음의 공간에 들어가면서 근원적 공간과 시공에 가까이 가고, 존재에 가까이 간다는 말이 됩니다. 사회적인 의미에서의 전체성은 이 일부라고 할 수 있지요.

시인이 자기 스스로 중얼거리는 소리를 남이 듣는다고 했을 때, 매우 간단한 그 얘기에는 근본적인 실존적 구도, 존재론적인 구도가 들어 있다고 할 수 있습니다. 자기 속으로 들어가고 자기의 중얼거림 속으로 들어가면서 존재의 근본 바탕으로 들어가는 것입니다. 다른 사람을 설득하기 위해서, 특히 홍보가 되는 이미지를 만들기 위하여 이 말을 할까, 저 말을 할까 궁리하는 것이 아니지요. 그렇다고 글이 반드시 존재론적인 해설이어야 한다는 말은 아닙니다. 되풀이하여 말한 바와 같이, 진정한 글은 실존적 깊이가 있는 글입니다. 자기 이야기이지요. 세속적인 의미에서의 실화는 아니지만, 그것은 사회에 관한 이야기이지요. 사회 비판일 수도 있습니다.

글의 언어가 일어나는 바탕은 몇 개의 층을 이룹니다. 이 층이 드러나는 때도 있고 안 드러나는 때도 있지요. 그러나 늘 거기에 먼 뿌리가 닿아 있게 마련이라는 말입니다. 이 근원적인 관계는 늘 엄숙하고 경건하여야 한다는 말도 아니지요. 근원적 존재는 모든 비판적 관점의 근원이라고 할 수도 있습니다. 다만 이것도 몇 개의 층을 통하여 우리의 일상적 언어 행위에 이어진다고 할 수 있지요.

우리 작가들에게 요구할 수 있는 게 많지요. 이런 소리 하면 구체적 처방으로서는 아무 도움이 안 되겠지만 너무 밖으로부터 주어진 것에 따라 뭘 만들거나 하기보다도 자기 안으로부터 나오는 어떤 본질적 명령에 따라 글을 썼으면 좋겠다는 생각을 합니다. 조금 더 구체성을 주어 보지요. 우리에게는 사회적이고 도덕적이고 윤리적인 관심이 압도적입니다. 나무랄 수 없는 일입니다. 종이의 공간 속에서 다른 사람의 말을 듣는다는 건, 아무리 엉터리 소설, 난폭하고 관능적인 소설이라도 사는 방법에 대해 관심을 가지기 때문에, 어떤 걸 들어 보는 것이거든요. 아, 이렇게 사는 것, 또 이런 일도 있었구나 하는, 인간의 경험 가능성에 대해, 체험 가능성에 대해 알고자 하는 갈구가 밑바닥에 들어 있기 때문에 보는 것입니다. 그래서 사실 모든 문학적 표현이란 아무리 관능적이라고 해도 크게 보면 윤리적 명령 속에 있다고 할 수 있습니다. 그러면서도 그런 것을 너무 쉽게 단순화된 윤리적, 집단적 명령에 자기를 내맡기지 말아야지요.

그리고 쉬운 수사적 전술이나 전략, 상투적 언어를 조심해야겠지요. 또 다른 한쪽으로 관능과 폭력과 피상적 환상으로 문학을 할 수 있다고 생각하는 것도 곤란합니다. 문학이나 예술에 이러한 것들이 들어가게 되는 것은 그럴 이유가 있는 일이지만, 사는 것 밑에는 윤리성과 존재론적인 바탕이 있고, 그것을 떠날 수는 없습니다. 어떤 것이든지 간에 삶의 여러 일들은 아까 말한 것처럼 근본적인 삶에 대한 관심 속에 펼쳐 보일 수 있는 것이지요. 시장에서 팔릴 것을 쓰는 것도 이해는 할 수 있습니 다. 팔려서 돈 많이 벌면 좋지요. 다만 모든 것을 거기에 양보해서는 안 되겠지요.

문광훈 정언 명령(categorical imperative)을 내면에서 이해하는 것, 다시 말하면 안으로부터의 목소리에 따르고 시장 또는 집단의 명령에 따르지 않는 것은 작가나 시인들의 작업에서도 필요하고, 또 우리의 문학 나아가 학문 활동에 요구되는 절실한 요청의 하나로 보입니다. 좀 더 차분해지고 내밀하고 더 조심스러운 자기주의(自己注意)는 어떤 보편성 그리고 공간의 무한성으로 돌아가는 길로도 생각할 수 있겠지요?

김우창 말이 그냥 페이고 페이는 것을 자꾸 내가 붙여 얘기한 감이 있지만, 거기에 보태서 하나 더 하지요. 그런 것을 주제화해서 너무 강조하다 보면 엄숙해지지요. 사르트르가 매우 싫어한 것이 부르주아적 엄숙성입니다. 그러한 엄숙성으로 자신을 감싼 사람을 그는 '살로(salauds, 더러운 놈)'라고 불렀지요. 판타지나 여러 가지 놀이도 중요합니다. 그런데 심각한 의미의 놀이가 없는 것은 아니지만, 놀이는 놀이로 알고 하고, 판타지는 판타지로 알고 해야지, 그것이 현실을 대체할 수 있다고 생각하면 안 되지요. 월리스 스티븐스는 낭만주의를 비판적으로 생각했지만, 낭만주의의 문제는 그 자체에 있는 것이 아니라 그것이 낭만주의라는 것, 현실을 떠난 놀이라는 것을 모르는 데서 일어난다고 생각했지요.

문광훈 그런 지적은 해체론이나 가상 이론 같은 것에도 타당하지 않을까요. 요즘 유행하는 담론이 가진 가장 큰 폐단이 바로 이것인 것 같습니다. 텍스트의 절대화라든가…….

김우창 텍스트의 절대화도 그래요. 아까 "언어는 존재의 집이다."라는 하이데거 말을 간단히 보면 안 맞는 얘기가 된다고 했는데, 텍스트의 절대화는 상식을 벗어난 얘기지요. 눈만 뜨면 보이는 게 돌멩이고 홍수고 산이지요. 옛날에 새뮤얼 존슨이 발로 돌을 차면서 버클리의 유심론을 반박했다는 말이 전하지요. 우리가 부딪히는 물리적 세계는 너무나 엄청난 현실 아닙니까. 또 말로 표현할 수 없는 삶의 고통은 얼마나 큽니까.

문광훈 이러한 폐단은 이른바 후기 구조주의자들이 가졌던 원래의 문제의식에도 내재되어 있지만, 그것 이상으로, 제가 보기엔 이들을 해석하는 사람들의 문제점이기도 한 것 같아요. 한국에서의 어떤 편향된, 제대로 소화되지 못한 해석 관점은 더 큰 문제지요.

김우창 시뮬라크룸(simulacrum, 환영)이 중요하고 하이퍼리얼리티(hyperreality, 초현실)가 우리 세계라고 하는 말이 틀린 말은 아닙니다. 그러나 그것은 경고로 받아들여야지요. 높은 건물에서 그것을 가상의 것이라고 생각해서 뛰어내리면 끔찍한 사고가 나지요. 사람의 고통의 하나는 많은 언어와 시각적 재현이 가상이라는 데서 옵니다. 그리고 거기로부터 무서운 사고가 일어납니다. 그래서 언어나 이미지를 절대화하면 안 됩니다. 현실의 세계는 물리적 세계이고 생물학적 세계라는 것, 언어나 문학적 표현으로 접근하려고 하면서도 우리가 만들어 낸 언어로는 접근이 용이하지 않다는 것, 이것을 아는 것이 필요하지요. 모든 것은 가까이 가려고 하는 노력에 불과하지요. 그런데 요즘은 적극적으로 가상으로 세계를 속일 수 있다는 생각이 많지요.

문광훈 오늘 선생님께서 말씀하신 것, 어떤 범주적 명령에 따라 살기보
다 자기의 목소리에 귀 기울이는 것이나, 열려 있는 공간의 무한성을 생각
한다는 것, 이런 것은 이전에 동양 전통과 관련해서, 또 퇴계 선생과 관련
해서 '경(敬)'이나 자기 성찰 또는 '인(仁)' 등과 연결될 수 있을 것 같습니
다. 그것은 니중에 '동서양의 지성적 교차'라는 항목 아래 더 자세히 질의
드리고자 합니다.

문화의 순수성

문화의 무게

문광훈 안면도에 다녀오셨는데, 그곳에서 무슨 발표를 하셨나요?

김우창 문화예술위원회의 김병익 위원장의 권고로 갔지요. 세미나 제목이 「미래의 예술, 예술의 미래」인데, 문화예술위원회 발족 1주년 기념 심포지엄(2006년 8월 23일~24일)이라고 해서 주로 그 위원들이 참석하였더군요. 대부분 젊은 사람들이고 문학 하는 사람들보다는 영화, 음악, 연극, 미술 하는 사람들이었습니다. 그런데 과거의 인물이 미래의 예술을 얘기한다고 하니 얘기가 안 통하게 되어 있었지요. 사회가 너무 달라졌어요. 과도기이니까 그렇겠지만, 좋게 달라진 것만은 아닌 것 같습니다.

문광훈 영상 문화라고 해서 영화나 비디오, 만화 등이 중요하긴 하지만 이것들은 여러 예술 장르 가운데 하나이지요.

김우창 그런 것에 너무 끌리고 있어요.

문광훈 적정량보다 치우치는 것 같아요.

김우창 또한 그 내용이 경박한 것들이 많지요. 그게 우리 사회의 문제점을 드러내는 것이지요. 불안정한 사회에서는 늘 바람에 쏠리는 법이니까. 기본 틀이 안정된 데서야 사람이 이상한 짓도 하고 딱딱하고 엄숙한 것의 틀을 좀 깨뜨리기도 하는데. 우리 문화가 무게를 좀 가져야 될 것 같아요. 요즘 '바다이야기'라는 게 신문에 많이 나고 있지만, 그것만 봐도 우리 문화가 얼마나 혼란한 상태에 있는가를 알 수 있는 것 같아요. '바다이야기'가 도박판이라니, 누가 알았겠어요?

고려대학교에서 문과 대학 창립 60주년 기념한다고 나보고도 15일에 와서 뭘 얘기하라고 하더군요. 9월 1일에는 오랫동안 문과 대학에 관계하신 영문과의 김치규 교수 같은 분들에게 문과 대학에서 상을 준대요. 좋은 행사인데, 그 행사 이름이 '새야 새야 파랑새야'예요. 그런 명칭도 타락한 거지요. 때로는 엄숙한 이름을 지켜야지요. '문과 대학 기념 특별전' 하면 됐지요. 이런 낭만주의가 없어져야 될 것 같아요. 낭만주의를 이용해서 나쁜 짓을 너무 많이 하니까요.

낭만적으로 시 제목 같은 '바다이야기'가 도박판이란 걸 누가 알았겠어요? 그것은 문화관광부에서 문화 낭만주의 그리고 사행(射倖), 이 세 가지를 붙여서 한 거 아닙니까. 사람 사는 데마다 도박장이 있는 것은 세계적으로 생각할 수 없는 거지요. 도박은 도박처럼 보여야지요. 문화관광부에서 하는 것이면 문화 행사처럼 보여야 되고, 시(詩)면 시 같아야지요. '바다이야기'처럼 시와 문화와 도박이 합쳐 있는 게 한국의 혼란 상태를 여실하게 보여 주는 것 같아요.

문광훈 말씀하신 대로 비예술적인 분야 — 정치, 경제나 일반 살림살이에 허영 의식과 위계 의식이 퍼져 있는 것이 우리 사회의 현실인데, 이런 현상이 문화 영역의 심부라고 할 수 있는 문학 예술 분야에까지도 침투해 있군요.

김우창 모든 사람 사는 데 기본이 서야지요. 자기 사는 데 대해 정확하게 표현하고, 느낌도 정확해야지요. 내가 프랑크푸르트도서전 조직위원장을 하면서 싫어한 것이 많았어요. 많은 일을 '국가 브랜드 선양'이라는 테두리에 포함시키는데, 그것이 현실이라고 해도 문화를 국가 브랜드와 연결해서만 생각해서 되나요? 민족주의나 국가주의와 상업주의의 야합이지요. 우리 실상 그대로입니다. 또 '푹 빠졌다', '완전히 정신을 놓았다', 이런 표현들이 너무 많아요. 요즘 신문에도 많지 않습니까. 누가 한국을 좋아했다 하면, '한국에 대해 호감을 가지고 있다' 정도면 될 텐데, '한국에 푹 빠졌다'는 식으로 과장해서 표현하지요. 이렇게 되면 언어가 손상되고 정신이 손상되지요. 언어나 정신은 정확해야 해요.

시에서도, 시인이 부딪치는 문제의 하나는 어떻게 비시적이면서 시적이게 하는가이지요. 요즘의 우리 시가 잘 모르는 일인 것 같습니다. 시적 언어란 과장되기 쉽기 때문이지요. 그래서 과장된 것을 억제하여 사실적 지위를 부과하면서 동시에 시적 느낌을 주는 것이 핵심이거든요. 무엇이든지 갖다가 시적으로 만들려고 하니 도박판까지도 '바다이야기'가 되지요.

문광훈 사실 현실의 거칠고 단단하고 생생한 질감을 떠나지 않으면서 시적인 것을 그대로 견지하는 게 중요하다는 거지요?

김우창 사물 자체의 즉물성(Sachlichkeit)이 절대적으로 중요해요. 즉물성 안에서 어떻게 시를 발견하느냐가 중요하지요. 말로 과장해서 시를 만들어 내고, 또 실없이 별 관계없는 것에 시적인 이름을 붙이는 것은 거짓 조작입니다. 일반적으로 귀한 것일수록 그만큼 아껴야 되거든요. 중요한 것, 민족·정의·양심·도덕이 다 그렇지요. 기독교에서는 하느님의 이름을 밝히지 않고, 함부로 말해도 안 되는 것 아닙니까. 우리나라에서도 임금이나 아버지 이름을 함부로 말하면 안 되지요. 인생의 귀한 추상적 덕성들은 함부로 자꾸 들먹이면 손상되게 마련이지요.

삶과 생각

문광훈 오늘 선생님께 질문드리고 싶은 것도 바로 그런 것과 연관됩니다. 시인 황지우와의 인터뷰 기록이 「윤리적 인간의 따뜻한 회의주의」라는 제목으로 1986년《문예중앙》에 실렸던 적이 있습니다. 여기에 흥미로운 기록이 있습니다. 평소에는 말소리도 조용조용하시고 어떤 의견이든 남에게 강요 못하시는 선생님께서《세계의 문학》과 관련하여 '자진 폐간하는 게 낫다.'라는 결연한 태도를 보이시는 것에 대해 황 시인은 이렇게 적습니다.

좋은 의미의 그런 선비 정신을 사랑하게 되었다. 한번 그렇게 되니까, 무슨 일에 몰두해 있는 사람들에게서 발견할 수 있는 방심의 자리, 예컨대 며칠째 삼지 않은 선생님의 어지러운 머리칼까지 좋아지기 시작했다.

그리고 한참 뒤에 이렇게 덧붙입니다.

항상 받는 인상이지만, 그는 늙고 마른 나뭇가지에 앉아 명상에 잠긴 학 같다.

이것은 선생님께 친화성을 느끼게 되는 한 개인의 사적인 체험을 보여주는데요. 굳이 이것이 아니더라도, 저는 선생님이 '근본적으로 생각하는 사람'이라는 생각을 하곤 했습니다. 무엇보다 글에서 느껴지지요. 생각하는 것의 생활적 의미는 무엇인지 알고 싶습니다.

김우창 내가 생각하는 사람인지 또 제대로 생각하는 사람인지는 알 수 없지만, 사람이 생각하면서 살아야 된다는 것은 사회를 위해 필요하지요.

아니면 사회에는 생각을 열심히 하는 사람이 필요한 것 같아요. 사회에서 월급 주면서 "당신 생각 좀 해 보시오." 하면서 생각을 맡아 하라는 사람도 있지요. 열렬하게 행동하는 사람만 있으면 세상이 어지러워지지요. 당장은 소용없고 당장은 우리 편이 아니라도 생각하는 사람을 사회에서 허용해야 되지요.

모든 사람이 할 수 있는 건 아닐지 모르지만, 생각 안 하면서 살면 그야말로, 옛날식으로 얘기해서 '취생몽사'지요. 자기 사는 것에서 밑천을 못 뽑는 거지요. 생각하면서 알아볼 건 알아보고, 좋은 건 좋은 줄 알고, 나쁜 건 나쁜 줄 알고 하는 것은 사람 사는 데 필요한 일이기도 하지만, 보다 보람 있게 사는 일이에요. 이것은 요즘의 노동자보다 장인의 이야기이지만, 헤겔은 어떤 물건을 만드는 일이 '자기 각성의 과정'이라는 것을 말하였지요. 물건 만드는 사람은 물건의 성질을 이해하고 거기에 따라 일해야 되니까 자기를 자제할 필요가 있다고. 물건 자체의 성격을 이해하고 자기 자제를 해야 되고 하는 사이에 자기도 그런 객관적 상태에서 파악하게 된다는 것이지요. 직접적으로 주어진 즉자적(An Sich) 상태에서 대자적(Für Sich) 상태로 옮겨 가는 것이지요. 이것은 사물에 대한 객관적 이해, 자기에 대한 객관적 이해, 그리고 보편성에 이르는 과정의 일부가 되는 것이지요. 그러니까 생각은 단순히 생각하는 사람만의 의무는 아닙니다.

문광훈 노동을 통해 사물 자체의 성격만이 아니라 노동하는 주체의 자기 객관화 과정이 이루어지는군요. 생각은 이 객관화 과정을 더욱 증진시켜 주고요.

김우창 오늘 아침 《동아일보》 칼럼에 김승희 씨의 시 인용이 있었습니다. 좋은 구절이었습니다. "당신이 살고 있는 오늘은 바로 어저께 죽은 사람이 제일 부러워하는 그것임을 알아야 된다."라는 내용이지요. 난 아직 살아 있으니까 죽은 사람은 못 가진 것을 가지고 있다는 것인데, 이것은 죽음의 관점에서 삶을 보면 삶의 의미가 더 선명해진다는 것입니다. "내가 다시는 이것을 못 보겠다." 하면, 잘 보고 가야지요. 죽음이라는 미래의 관점에 자신의 관점을 옮기고 그 관점에서 되돌아보면 삶이 더 의미가 있어지는 것이지요. 되돌아보면서, 생각하면서 사는 것이 인생에서 더 밑천을 뽑는 일이지요.

문광훈 죽음의 관점에서 살아 있는 것을 보는 것은, 조금 더 확대 해석하면, 소멸이나 사라짐 또는 부재하는 것의 시각에서 삶과 행동을 되비춰 보는 일과 연관되겠지요?

김우창 사라지는 것에 대해 알면 섭섭한 느낌도 들겠지만, 또 반대로 존재하는 것에 대한 경이감이 새로워지지요. 내가 요즘 어떤 철학자하고 편지를 주고받으면서,[1] 하이데거를 언급하지 않을 수 없었는데, 그의 『형이상학 입문』의 맨 처음 나오는 문장이 "왜 세상에 없는 것이 아니라 있는 것이 있는가?"라는 질문이지요. 이것이 형이상학의 제1차적인 질문이라고 나옵니다. 이것을 인용하면서 편지에 이렇게 썼어요. 누가 그걸 답할 수 있겠는가, 그러나 이러한 질문이 의미 없는 것은 아니라고. 적어도 그것은 우리가 세상에 대하여 갖는 경이감에 관계되지요. 이런 이야기를 쓴 것은 그 철학자는 반성적 사유의 효용을 전적으로 부정하는 사람이기 때문이었어요. 왜 무가 아니고 유냐 하는 것은 왜 죽음이 아니고 삶이냐 하는 문제의 다른 표현입니다. 되돌아본다는 것은, 인생을 풍부하게 사는 모든 사람에게 필요한 거지요. 그러나 현실적인 의미로 볼 때, 사회적으로 많은 것을 되돌아보고 모든 가능성을 살펴보는 게 필요하지요. 또 귀한 것을 귀하게 알아보는 게 필요하고요.

---

1 《지식의 지평》 2006년 창간호부터 3회에 나누어 실린 김우창-리처드 로티(Richard Rorty)의 대담.

문광훈 삶의 가능성을 풍부하게 보기 위해서라도 생각하는 것은 반드시 필요하다는 것이군요.

김우창 "사람은 앞을 보고 뒤를 돌아보는 존재다." 아리스토텔레스인가 어디에 나오는 말입니다. 요전에도 프루스트 이야기를 했지만, 그의 책 제목이 시사하는 대로, 대체로 사람들은 잃어버린 시간 속에서 살고 있지요. 지금 이 지나가는 시간도 무슨 뜻인지 모르잖아요? 그것은 되찾아야 할 어떤 것이지요. 그렇다고 해서 끊임없이 되돌아보면서 살면 현재 시간이 없어져요. 현재 시간을 살면서 되돌아보고, 되돌아보면서 살고 해야 하지만 반쯤밖에 살지 못하는 것도 피할 수 없는 일이에요.

되돌아보면서 살려면 삶의 속도를 늦추어야 해요. 도(道)라는 것은 어떻게 보면, 속도를 늦추는 훈련이지요. 의식(儀式)은 속도를 늦추어 의식(意識)을 돕자는 방편이지요. 다도는 차를 천천히 느리게 마심으로써 마실 것을 준비하고 행하는 의미를 깨닫자는 의식이지요. 결혼식이나 장례식도 그렇고요. 같이 살면 그만이고 죽으면 그만인 것을 그렇게 하는 것이지요. 그런데 사는 것을 그러한 의식(儀式)만으로 구성할 수는 없어요. 옛날 사람들이 일기 쓴 것을 보면 참 놀라워요. 그 사람들이야말로 제대로 산 사람들인 것 같아요. 그걸 하면서 사는 걸 잠시나마 되돌아보고 의미를 찾아보고 했지요.

기억과 회고

문광훈 기억이라든가 회상, 나아가 기록도 넓은 의미에서 일종의 생각의 방식이겠지요?

김우창 핵심적이지요. 기억해 낸다는 게. 그리고 그것을 다시 검토해야지요. 자서전의 문제점에 대해서는 저번에도 이야기했는데, 귄터 그라스의 자서전(『양파 껍질을 벗기며(*Beim Häuten der Zwiebel*)』)을 둘러싸고 요즘 시끄럽지요. 그 책에서 나치 무장친위대(Waffen SS)에 갔던 것을 고백한 때문이지요. 그도 그것이 무엇을 뜻하는가를 나중에야 알게 되지요. 히틀러가 그대로 계속되었으면 그 의미를 모르고 말았을 수도 있었을 겁니다. 요전에도 말했지만, 자서전은 자기가 제일 잘 아는 것이면서 자기가 모르고 다시 연구해 봐야 아는 것이겠지요.

내가 태어난 것이 1936년입니다. 그해는 히틀러가 정권을 잡고 일본이 중국과 문제를 일으키고 1937년엔 중일 사변이 일어나지요. 이런 것들은 내가 모르지요. 내가 태어났을 때의 사정을 알려면 도서관에서 연구해야 합니다. 자기가 모르고 하는 일이 많다는 것을 알면, 역사에 대한 간단한 판단을 내리는 것이 쉽지 않다는 것을 아는 데도 도움이 되지요. 역사도 너무 어려운 철학적인 문제들을 담고 있지요.

문광훈 지나치게 객관성을 주장한다든지, 이렇게 '주장된 객관성'을 어떤 일의 정당한 근거로 내세우는 경우가 잦아요.

김우창 객관성에 이르는 것이 왜 어려운가, 또 어떻게 보면 불가능한가, 이런 것에 대한 이해가 그 사회 속에도 있어야지요. 그러나 우리 사회는 이 점을 너무 간단하게 생각하는 것 같습니다.

문광훈 사회의 사유 층위가 얇으며 우리에게는 그런 반성의 지적·정신적 전통이 매우 약하다는 말씀이신지요?

김우창 옛날에는 안 그랬을는지 모르지만 지금은 자기들 하는 것, 주관적인 생각이 그대로 객관적 타당성을 갖는 것으로 보지요. 반성의 불충분으로 그렇게 되기도 하지만, 무의식적으로 행해지는 계산으로 그렇게 되기도 합니다. '한류' 같은 것을 얘기할 때도, 이것은 상업적 행위인데, 국가의 명예를 향상시킨다며 흥분하고 정당화시키지요. 물론 국제적인 상업의 성공이 자랑스럽지 말라는 법은 없지요. 그러나 그러한 성공으로서 중요하게 생각해야 하지, 그것을 일반화하여 한국 문화의 가치가 크게 성장한 것과 혼동하면 안 되지요. 그것이 문화적 성공의 일부인 것도 물론 사실이지만, 그야말로 일부이지요. 그리고 그 성공이 어떤 것인가를 상업 또는 국가 이익을 떠나서 생각해 보아야지요. 한류의 성공이 국제적인 폭력물의 성공의 일부이고, 살인 자본주의의 한 표현이라는 평도 있지요. 국가나 민족이 끼기만 하면 좋다고 한다면, 문화는 가장 낮은 세간적 성공의 기준에 항복하는 것이 됩니다. '바다이야기'의 경우도 아마 국가 산업 진흥에 관계된다고 해서 문화를 국가에 관계 짓고 산업에 관계시켜서 부패의 연결 고리를 만들어 낸 것일 겁니다.

나는 문화의 순수성을 지키는 게 필요하다는 생각을 갖습니다. '문화 산업', '국가 브랜드의 향상'을 다 나쁘다고 하면 안 되지만, 이것과 분리해서 문화만을 생각하는 부분이 사회에 있어야 된다는 생각이 들어요.

문광훈 문화의 확산이 국가나 사회 전체의 이데올로기로서가 아니라 내부의 필요에 의해 개개인의 필요에 의해 전개되어야 한다는 말씀이지요?

김우창 그렇습니다. 문화를 인간의 정신적 필요로부터 나오는 것으로 보는 부분이 지켜져야 되겠지요. 우리 영화가 외국에 팔리면 좋기는 하겠지만, 그것과 인간의 정신의 깊이를 그려 내는 것이 같은 것은 아니지요. 두 개를 쪼개서 생각해야지요.

얘기가 지금 딴 데로 갔지만 결국은 생각한다는 것은 개인에게도 필요하고 노동을 잘하는 데도 필요하고 또 사회의 도덕성을 지키는 데도 필요해요. 그런데 문화적 퇴적이 많아야 그러한 것을 쉽게 배울 수 있게 되지요. '문화 자본'이라는 비유 자체가 별로 좋지 않은 것이지만, 축적된 문화가 있다는 것은 중요한 일이에요. 또 다른 한편으로는 그러한 축적과 유지가 얼마나 어려운 것인가를 알아야 돼요. 자기를 객관적으로 안다는 것은 너무나 어려운 일이에요. 축적된 문화가 사회적인 자기 성찰에 자원이 되지요.

다시 자서전의 문제를 되풀이하면, 귄터 그라스가 자서전을 쓸 때, 그는 단순히 "나는 거기 갔다. 나는 가서 시키는 대로 이것을 했다." 이렇게 쓴 것은 아닙니다. 그것을 되돌아보고 반성했지요. 거기에는 당시의 역사에 대한 현재의 시점에서의 검토가 필요했을 것입니다. 그런데 재미있는 것은 그의 전과에 대한 고백이 늦어진 이유의 하나로 내놓은 설명입니다. 그는 "적절한 형식을 발견하기를 원했다."라는 말을 했습니다. 자신의 체험을 종합적으로 어떻게 이해하고, 어떻게 표현해야 될 건가, 그것을 탐구하는 방법은 뭔가를 생각해서 그다음에 표현하려고 했다, 이런 말로 생각할수 있지요. 그러면, 거짓으로 소설처럼 꾸미는 계획을 하는 데 시간이 걸렸다는 말일까요? 그랬을 것 같지는 않네요. 형식은 꾸밈을 위해서만 필요한 것이 아니지요. 형식은 의미를 발견하는 수단이지요. 그라스의 이야기는 자서전과 소설의 전통적 형식에 대한 반성이 자신의 체험을 이해하는 데 필요했다는 이야기라 할 수 있습니다. 이는 여기에서 간단히 말할 수 없는 매우 흥미로운 문제라고 할 수 있습니다.

감정의 과잉

문광훈 최근에 그런 것을 느낀 적이 있습니다. 선생님께서 아까 말씀하신, '어디에 푹 빠진다.'라는 감정의 과다함은 사람이 젊을수록 없을 수가 없다고 봅니다. 그런데 이것은 순간순간 경계해야 될 일이면서도 그렇게 하기가 참 어렵습니다. 글을 쓰면서도 어떤 글에 감동을 받으면 빠지게 되지요. 그런데 빠지게 될 때는 빠지는 것 자체가 고마워서, 또는 재미있어서, 또는 스스로 감동받아서 이 즐거움에 대해 거리를 갖고 생각하기가 어렵습니다. 글쓰기도 사실 이런 감동으로부터 생겨나는 에너지에서 시작되니까요.

김우창 거리를 좀 지키면서, 현실을 보면서, 이 두 개가 다 필요하지요. 예술의 순간은 엑스터시의 순간입니다. 나날의 삶이 그러한 황홀 속에 있다면 삶이 계속될 수가 없지요. 그러니까 제3의 차원으로, 엑스터시의 순간이 나날의 삶에 무엇을 뜻하는지를 연결해 주는 차원이 성립할 수 있습니다. 좋은 예술은 엑스터시와 함께 그 의미를 해석해 주는 예술이지요. 그라스가 적절한 형식을 찾았다는 것도 여기에 관계되는 일일 것입니다. 고전 음악은 그 형식 속에 이미 그러한 해석이 들어 있지요. 형식이 우선 음악의 엑스터시를 순화하는 작용을 하지요. 보통의 의미론으로는 해명할 수 없는 일이지만, 형식으로 그것을 해석한 것이지요.

단독자의 주체 횡단성

문광훈 생각하면서 생애의 일을 되돌아보고 검토하기 위해서는, 또 사회 안에서의 이런 시민적 의무를 위해서는 사회로부터 분리된 '홀로 있음'도 필요하다고 여겨지는데요. 이건 선생님의 「홀로 책 읽는 사람」에 잘 나타나 있었던 것 같습니다. 홀로 있음의 사회적 의미에 대해 말씀해 주십시오.

김우창 내가 요전에 번역원에 갔던 이야기를 했는데, 거기서 한 가지 느낀 것은, 우리 사회에는 더 냉철한 주체적 사고가 필요하다는 것이었어요. 여러 사람이 나와서 얘기하고 질문하고 토의도 했지요. 번역을 어떻게 해야 될 것인가? 어떻게 우리 문학을 해외에 알릴 것인가, 그걸 위해 예산을 어떻게 마련하고 사람을 어떻게 골라야 되고, 이런 식으로 논의가 전개돼요. 번역은 당연히 해야 되고 해외에 알리는 것은 당연히 해야 되는 일이고 집단적 사명감이 일차적인 사명감이 되는 거지요. '번역을 해서 외국에 알리는 것이 중요하다.'는 그것 자체에 대해 의문을 제기하는 사람은 이상한 사람이 되지요. 이것은 민족이니 국가니 하는 집단의식이 강해서도 그러하지만, 주최 측이 번역을 존재 이유로 하고 그것을 과제로 내거니까, 그 주최 측의 전제를 받아들이고 나서 이야기를 전개하는 것이지요. 예의가 바르다고 할 수도 있고, 시키는 대로 말하는 것을 자연스럽게 받아들이는 습관이라고 할 수도 있고.

그래서 나는, "번역을 해서 알린다는 게 중요한 일이냐? 그것부터 생각해 봐야 된다."라고 얘기했지요. 어떤 사람이 자기 자랑을 하고 자기선전을 하면 인간적으로 부족한 사람이라는 생각을 하게 되는데, 국가적인 차원에서는 그것이 정당화될 수 있느냐, 이러한 물음을 한번 내놓는다면 국가 홍보를 한다고 하더라도 그 홍보의 접근 방법이 달라질 거라고 나는 생각해요. 자기가 자기 자랑을 거침없이 하는 사람은 인격이 부족한 사람이라고 판단하는데 한 나라가 다른 나라에 가서 자기 자랑하는 건 괜찮다는 것이냐는 것이지요.

문광훈 인격이 부족한 국가가 되었네요.

김우창 국가 홍보를 완전히 부정한 것은 아니고, 우리는 잘난 사람이라고 말하는 것이 아니라 국가가 세계 공동체 안에서 적절하게 행동하기 위해 모든 나라가 평등한 자격으로 얘기할 수 있어야 한다, 그러기 위해 한 국가가 존경할 만한 국가임을 알게 하는 것이 중요하다, 그래서 한국으로서는 이 공동체에 참여하기 위해 우리도 깊이 생각하면서 느끼면서 살아온 사람들이란 걸, 신중한 국가란 걸 인식할 수 있게 하는 것이 필요하다,

이러한 전제하에서 홍보를 하는 것이 어떠냐 하는 이야기를 했습니다.

문 선생의 원래 질문으로 돌아가면 사람이 사회적 존재라는 것은 엄연한 사실이지만, 사회에서 떨어져 나와 얘기하고 생각하는 사람도 있어야 되지요. 그것은 사회를 위해서도 필요한 일입니다. 그래야 근본적인 검토, 보다 보편적인 관점에서의 나와 우리 사회에 대한 인식, 다른 사회와의 공통 기반의 확인, 이러한 여러 전망이 열리게 되지요. 물론 이에 대하여 언제나 필요한 것은 문 선생이 말씀하신 대로 사람이 단독자라는 것도 잊지 않는 것이지요. 앞에서도 말한 것처럼 시의 목소리는 결국 이 단독자라는 사실에 관계되지요.

문광훈 그게 시에 대한 존재론적 정의라고 할 수 있나요?

김우창 그러면서 단독자의 소리가 공동체의 소리이고 보편자의 소리가 됩니다. 내가 나에게 밝히고자 하는 것은 다른 사람에게도 밝히고자 하는 것일 테니까요. 그러나 지금 이야기하는 것은 다 개인의 개인 됨을 조금 두려워하는 관점에서 이야기하는 것입니다. 단독자라는 말을 썼지만, 이것은 키르케고르(Søren Aabye Kierkegaard)나 독일의 개인주의 철학자 슈티르너(Max Stirner)에 나오는 용어예요. 이들은 사회적 자아, 보편적 자아를 철저하게 배제한 자아의 가능성을 생각합니다. 일체의 사회성, 윤리적 규범성, 보편성을 씻어 낸 자아, 이것이 참 자아라는 말이지요. 이것은 슈티르너에게는 다른 어떤 사람으로도 환치될 수 없는 자아를 말하고, 키르케고르에게는 아무런 세간적인 의상도 입지 않는, 하느님 앞에 설 수 있는 자아를 말하지요. 이해하기 어려운 개념이기는 하지만 생각해 볼 필요가 있는 순수 자아의 개념이라 할 수 있습니다.

그런데 이것이 참 자아라고 할 때 모든 추상적인 개념에 의한 수렴 가능성을 철저하게 배제하는 것인데도 불구하고, 그것은 참이라는 진실의 기준, 보편적 기준을 다시 함축하는 이야기가 된다고 할 수 있습니다. 그리하여 이들에게도 순수한 개인들의 공동체나 하느님 앞이라는 공동의 광장이 상정되지요. 혼자 있는 것은 아무리 혼자 있어도 그 이상의 것으로 있는 것이 되는 것 같습니다. 그러나 그 바탕 위에서 성립할 수 있는 인간의 또 하나의 연대성, 그 구속력의 철저한 정화를 바탕으로 한 연대성의 가능성도 생각해 볼 만한 일입니다. 이것이 참다운 윤리성에 기초한 인간 유대의 원형이 된다고 할 수도 있지 않나 하기 때문이지요.

문광훈 거기에는 이미 주체 횡단적인(transsubjektiv) 면이 들어 있겠군요.

김우창 그렇다고 할 수 있지요. 매우 복잡한 이야기가 되는 것이지만.

문광훈 개인적 탐구와 개인적 사유의 변증법적 구조를 사회의식적으로 또 제도적으로 보장할 수 있을 때 비로소 건전한 의미의 지적 전통이 생길 수 있다, 이렇게 생각하면 되겠네요.

김우창 단독자의 철학을 떠나서도 개인은 주어진 사회를 대변하는 게 아니라 보통 인간에 대한 일반적 도덕적 책임을 질 수가 있어야 해요. 그것은 남을 위해서가 아니라 자기반성과 자기 탐구의 일부로서 사고와 언어를 지속할 수 있어야지요. 그리고 이것이 다른 사람한테 도움 될 수 있다고 생각해야 하고.

문광훈 아직도 우리 사회는 개인과 사회성, 개인적 탐구와 사회적 역할 사이의 통로가 너무 짧고 그렇기 때문에 그 복합적 층위를 허용하지 않는 집단적 조급증이 있는 것 같아요.

김우창 복잡한 변증법적인 관계가 있다는 것을 이제는…….

문광훈 사회적으로 그 점을 고려 안 하는 것 같아요.

김우창 그러면서도 흥미 있는 것은 우리 사회가 정말 자아 중심의 사회라는 사실이지요.

문광훈 그것도 건전한 의미의 자아라기보다는 자폐적 의미에서의 자아지요. 집단적 의미에서는 전략적이고.

정신에의 계단

김우창 다른 사람을 끌어들이고 사로잡고, 이런 것이 팽배해 있는 사회입니다. 거기에 명분이 작용할 때가 많지요. 그래서 명분과 이익 관계와 자기를 범벅으로 만들어 놓은 사회관계가 생기게 되고요. 참으로 사회에 도움 되고 자기한테도 도움 되는 언어와 사고는 별개의 차원에 존재합니다. 이것은 복잡한 개인과 사회 개인과 보편성 사이의 변증법 속에서만 발생하는 것일 겁니다.

그러나 다시 더 보태서 얘기하는 것이 필요할 것 같습니다. 칸트에서의 인간됨(Humanität, 인본성 또는 인문성)의 이야기를 전에 한 일이 있는데, 이것을 다시 상기할 필요가 있습니다. 사람들이 모두 철저한 철학적 탐구 속에 사는 것은 아니니까.

어떤 행동을 처음에는 다른 사람에게 잘 보이기 위해, 그러니까 전략적 고려 때문에 할지 모르지만 그걸 자기 마음속에서 세련화해 높이기 시작하면 다른 사람에 관계없이 자기가 높은 사람처럼 더 위엄 있게 행동하게 되고, 실제 높은 사람으로 행동하게 된다는 이야기를 했었지요. 보편성으로 나아가는 통로는 하나가 아니라고 해야 하겠습니다. 플라톤이 육체적 사랑에서부터 높은 사랑에 이르는 여러 단계를 얘기했지요. 르네상스 때 이탈리아의 신플라톤주의자(Neoplatonist)들이 플라톤의 생각을 본격적으로 발전시켜 '사랑의 계단설'을 만들어 내지요. 낮은 사랑에서 높은 사랑으로 이행하는 것이 가능하다는 설입니다. 높은 세계로 가는 통로가 많다고 할 수도 있고, 어디에나 계단이 있다고 할 수도 있고.

문광훈 마르실리오 피치노(Marsillio Ficino) 같은 사람들⋯⋯.

김우창 피치노는 "두 사람이 사랑을 하는 데는 꼭 셋이 있다."라고 말했습니다. 하나님과 나와 내 사랑하는 사람, 이 3자가 작용한다는 말입니다.

거짓은 대체로 사회관계, 사람과 사람의 관계에서 발생합니다. 사람과 사람이 만나는 데는 반드시 두 사람을 하나로 모이게 하는 바탕이 있지요. 제일 많은 것이 이익 관계 때문이지요. 우리가 여기 모인 것은 책을 만들기 위해서, 또는 이미 존재했던 어떤 인간관계의 연속으로 그렇게 된 것이라고 할 수도 있을 것입니다. 남녀가 만나는 것은 성욕으로 인한 것이기도 하고, 낭만적 매력으로 인한 것이기도 하고, 여러 가지가 있겠지요. 어떤 경우이든지 간에 그 모임을 매개하는 바탕을 순수하게 하는 노력이 있을 수가 있습니다. 피치노의 생각은 그러한 노력이 있을 때, 그 만남은 가장 순수한 것이 될 수도 있다는 것이지요. 그러기 위해선 하나님도 인정할 수 있는 윤리적인 바탕 위에 만나도록 하자, 그런 것이겠지요.

문광훈 피치노에게 하나님의 존재는 칸트에게 보편성의 이념, 인간성의 이념과 같은 역할을 하는데, 우리 사회는 그런 3자적 존재를 통한 자기 고양의 가능성을 고려하지 않고 직접적인 주고받음만을 중시하지 않습니까?

김우창 개인과 사회 사이에 복합적 변증법이 존재하고, 그것이 살아 있어야 사회도 건전하고 부패하지 않아요. 그것은 어려운 철학적인 사고로, 일상적인 의례로, 애국심으로, 신앙으로, 이러한 여러 형태로 존재하는 것이겠지요.

철학이 아니라 철학하는 것

철학하는 삶과 앎

문광훈 철학하는 사람들의 글을 보면 우리나라에서든 외국에서든, 지나치게 개념의 운용 또는 더 넓게 방법론의 문제에 사로잡혀 있는 것 같습니다. 최근에 이와 관련된 선생님 글을 읽은 적이 있는데요. 문학과 철학에 관한 박이문 선생님과의 대담 내용인데, 선생님 견해의 일부를 제가 좀 인용하겠습니다.

그런데 철학적인 내용이라는 것은 개념을 다루는 것이 아니라 지성 자체가 철학적이라야 된다는 것입니다. 헨리 제임스의 철학적인 관심을 두고, 엘리엇이 말하기를, 개념이 범할 수 없는 지성을 가진 사람이다, 라고 말했습니다. ······ 지적이고 철학적인 사람인데, 또 동시에 개념에 의해서 뒤틀리지 않는 사람이라고 했습니다. 그러니까 숨은 철학적 관심이 있어야 된다는 말입니다.

여기서 말하는 철학적 관심이란 단순히 어떤 방법론이나 인식 모델 그 이상의 사유, 그러니까 생활관을 뜻하는 것 같습니다. 말하자면 자기의 문제의식을 그 나름으로 소화해서, 그것이 생활 가운데 의식적 무의식적으로 녹아들어 자기 하는 모든 일에 철학적 관심과 고민이 배어 있는 상태 말이지요. 선생님께서는 철학의 철학다움이 어디에 있다고 생각하시는지요?

김우창 개념적 절차도 중요하지만 그 밑에는 사물을 투명하게 보려는 노력이 중요해요. 정치에서 이데올로기는 일단 사물을 보는 큰 그물이 될 수 있지만, 그것에 너무 의존하면 참으로 사회와 삶을 움직이는 사물들의 실상을 놓치게 됩니다. 영어로 heuristic이라는 단어가 있는데, '발견적'이라고 번역할 수 있지요. 큰 테두리의 개념은 발견을 위한 보조 수단이 되지만, 사실 자체를 지칭하는 것은 아니지요. 여러 개념을 가지고 사태를 보고 연결시켜 보고 해야 하지요. 중요한 것은 한편으로는 사태의 진상이고, 다른 한편으로는 개념들을 만들어 내고 한 개념에서 다른 개념으로 움직여 가는 사유의 주체입니다.

오늘 아침 신문에 어떤 분이 '바다이야기'에 대해 쓴 글을 봤는데, 바다이야기는 경쟁을 통해 사회 발전을 추구하는 신자유주의로부터 나온다, 그러니 이 신자유주의가 문제라고 하더군요. 신자유주의가 오늘의 세계 시장은 물론 사회와 경제의 바탕인 것은 사실이지요. 그러나 정부가 도덕적 품격을 가지고 있고, 사익과 정치적 파당 의식이 범벅이 된 다른 요인들이 없었더라면 그것이 생겨났겠어요? 신자유주의는 지금의 세계적 생활 환경이지요. 아이슬란드도 있고 독일도 있고 오스트레일리아도 있고 미국도 있고, 그런데 아이슬란드, 독일, 미국, 한국이 신자유주의라고 다 같은 것인가? 우리가 할 수 있는 게 뭐냐를 우리 현실 속에서 되돌아봐야지, 이 나쁜 신자유주의 때문에 다 왜곡되었다고 말하는 것은 알리바이에 불과

합니다. 이런 이야기를 어디에서 했다가 신자유주의를 옹호하는 말로 받아들여져 공격을 받았지요. 철학에서나 정치에서나 또는 시에서나 면밀한 사고가 필요합니다.

그러니까 개념은, 되풀이하여 말하건대 현실을 보는 방편입니다. 흔히 말하기를 철학의 경우 중요한 것은 철학적 개념이나 철학이 아니라 철학하는 것(philosophieren)이라고 하지요.

문광훈 우리나라의 철학서나 문예론 일반, 아니면 일반 논문의 글도 그렇고, 개념이나 방법론, 인식 모델…… 이런 것에 너무 얽매여 있는 것 같아요. 그래서 참 답답합니다. 대체 이런 사유가, 그것을 담은 글이 이 글을 읽는 사람의 감각과 사유를 갱신시키지 못한다면, 그리하여 자유롭게 하지 못한다면 무슨 소용인가, 하는 생각이 들 때가 한두 번이 아니거든요. 개념이나 논리, 관점이나 방법론이 중요한 것은 물론이지만.

김우창 여러 개념을 뚫고 지나가는 사유의 움직임이 핵심이지요.

문광훈 고기를 잡고 나면 그물망을 버리라고 했는데. 그렇듯이 개념을 사용하면서도 그것의 결함 역시 지적하고 넘어갈 수 있어야 되는데, 그게 잘 안 되는 것 같아요. 아도르노(Theodor Adorno)도 '체계 강제(Systemzwang)'란 말로 그것을 문제시한 적이 있습니다. 그런데 우리는 철학하는 사람, 생각하는 사람, 생각을 보조로 하는 사람, 그러니까 학문하는 사람 대개가 개념적 장치에 붙박혀 사유와 언어가 허우적거리는, 그리하여 질식되는 경우가 많은 것 같아요.

김우창 그 이유는 여러 가지일 것 같네요. 우리는 입시 때부터 정답 찾아내기를 하다 보니까 그렇게 되기도 해요. 또 자기 삶을 직관적으로 이해하며 살겠다는 노력에 연결되지 않으면 철학은 별 소용없는 것 같아요. 보편성이란 모든 사람을 초월하고 주관적 입장을 초월하는 어떤 플라톤적 이데아의 세계에 있다고 하고, 그것은 틀린 이야기가 아니라고도 할 수 있지만, 이 이데아의 세계를 파악하고 전개할 수 있는 힘은 우리의 주체적 사고 능력에 있지요. 주체적 사고 능력은 개념적 사고와 함께 직관적으로 알고 감각으로 느끼는 것이 뒤섞인 자기 주체성의 힘을 말하지요. 그래서 주체성을 투명하게 닦아야 한다는 명제가 나옵니다.

모든 걸 다 내가 연구해서 쓴다는 것은 좋은 의도라고 할 수 있겠지요. 그러나 모든 연장을 내가 다 만들어 쓴다는 것은 불가능하고 원시 상태를 되풀이하는 것입니다. 그 때문에 다른 사람이 만들어 놓은 개념이나 책을 연장으로 빌려서 써야지요. 그러나 어디까지나 내가 직관적으로 느끼고 감각으로 사고하는 것을 더 분명하게 밝히는 데 이것을 보조 수단으로 생각해야지, 거기에 매이게 되면 주체를 말소시키게 돼요.

문광훈 선생님의 글은 한편으로는 보편성을 말하면서도 다른 한편으로는 이 보편성의 바탕인 주체성을 이루는 내면성이나 감각, 좀 더 넓게는 지각을 말하고 있습니다. 나아가 이런 지각의 방식을 수련하는 일 ─ 마음 닦기의 중요성을 강조하시는 것 같습니다.

존재하는 것에서 존재에로

김우창 내가 좀 긴 얘기를 하나 할까요? 앞에 말한 문화예술위원회 세미나에서 김아타라는 사진작가의 작품을 논한 일이 있어요. 그는 뉴욕 시가지를 찍고 우리의 DMZ 휴전선을 찍었어요. 그런데 뉴욕 번화가를 찍은 사진에도 휴전선 사진에도, 사람이 없고 집, 길거리, 나무만 있어요. 그렇게 보이는 것은 사람이 없는 시간에 길을 찍은 것이 아니라 사진 촬영을 8시간 노출로 한 때문이라고 합니다. 이 긴 노출 시간으로 하여 움직이는 건 전혀 안 나오고, 길과 집과 나무 등 움직이지 않는 것들만 나와요.

길거리에 사람이 없는 광경의 그 사진과, 사람 왔다 갔다 하는 것을 찍은 보통 사진과, 어느 것이 조작이고 어느 것이 사실이냐 물어볼 수 있어요. 이 두 개가 다 객관적인 것이지요. 15초 동안 찍은 것은 객관적인 것인데, 8시간 노출해서 찍은 건 객관적이 아니고 조작한 것이라고 하는 것은 근거가 없지요. 이 두 객관성을 통해서 세계는 우리가 생각하는 것보다는 상당히 유연하고 복잡한 것임을 인식하게 되지요. 그런데 이러한 것을 생각하게 되고 알게 되는 것은 사진작가 김아타 씨의 노력을 통해서입니다. 그 사람의 주체적 인식과 고안을 통해 우리가 보통 인식하는 객관성이란 하나의 총체적 객관성의 일부에 불과함을 알게 된 겁니다.

그러니까 진짜 보편성의 바탕에는 우리의 주관적 주체적 노력과 객관적 실태가 겹침으로써 일어나는 거지요. 객관성은 주관성을 배제하는 것이 아닙니다. 그렇다고 나 혼자 꿈꾸는 것만으로 드러나는 것도 아니지요. 대상 세계에 대하여 질문하고, 그 질문 안에서 탐구하는 노력을 통해 우주의 더 복잡한 질서, 알기 어려운 객관적 질서가 드러나게 되는 것이지요.

문광훈 이때 드러나는 객관적 질서라는 것도 일종의 잠정적인 형태를 띠는 것인가요?

김우창 잠정적이면서도 더 영원한 것의 한 표현이라고 하겠지요. 그러니까 그것이 사실은 신비(mystery)지요.

문광훈 그렇겠네요. 하나의 형태로군요.

김우창 네. 하나의 형태입니다. 8시간의 시각 현상을 하나로 압축하면, 움직이는 것은 다 사라져 버리거든요. 요즘 영화는 어떤지 모르지만, 영화라는 것은 사실 스틸 필름을 여러 개 빨리 돌리는 것이지요. 그런데 사람이 움직이는 것처럼 보이는 것은 우리 눈이 빨리 움직이는 것을 충분히 섬세하게 포착하지 못하기 때문이지요. 우리들의 지각의 착각입니다. 착각에서 그게 움직이는 것처럼 보이는 겁니다. 양자역학에서 입자의 움직임이 관찰자에 밀접하게 연결되어 있다는 것은 이러한 문제들의 극단적인 표현이라고 하겠지요.

그러면 필름의 스틸 사진 하나하나가 진짜냐? 그것도 문제가 있어요. 움직임을 움직이지 않는 것으로 포착한 것이 어찌 진짜겠어요? 물이 흐른다고 할 때, 우리는 물의 흐르는 동작을 보지요. 그러나 그 분자 하나하나를 사진 찍어 보면, 분자들이 옮겨 가는 것이지 큰 덩어리의 물이 흐르는 게 아니겠지요. 그 운동의 양상은 우리가 지각하는 것과는 딴판의 것이겠지요. 두 개의 서로 상치된 객관적 증거가 있는데, 어느 쪽이 진짜냐 하는 것에 대해 얼른 생각하면 사진가가 노출을 오래 하니까 그런 결과가 나왔다고 하겠지만, 생각해 보면 15초로 하나 10시간으로 하나 조작은 마찬가지입니다.

문광훈 사진의 여러 기술적 실험은 현실의 다양성을 보여 주는데, 그럼으로써 객관성의 순도를 높이는 데 큰 기여를 하는 것 같네요.

김우창 우리의 선입견이 사물을 좁게, 말하자면 마치 15초 안에 사물을 종합으로 존재하는 양 보게 하는 데 대하여 김아타의 사진은 그것을 보다 큰 테두리에서 볼 수도 있다는 것을 생각하게 합니다. 궁극적으로 그것은 우리로 하여금 큰 과학적인 그리고 철학적인 질문에 이르게 합니다.

하이데거에서 존재적인(ontisch) 것과 존재론적인(ontologisch) 것의 차이는 사물의 존재 방식을 이해하는 데 중요한 구분이지요. 간단히 말하면, '존재적'이란 사물 하나하나를 떼어서 볼 때 사물이 존재하는 방식이고, '존재론적'인 것은 그것을 큰 테두리 안에서 볼 때 드러나는 존재의 방식을 말합니다. 낱낱으로 존재하는 것(Seiende)은 그러한 모든 것의 밑에 있는 존재(Sein)의 바탕 위에 일어나는 현상인 것이지요. 존재에 관한 질문은 하이데거에 있어서 가장 근본적인 철학적인 질문 아니겠어요? 사진은 가장 객관적인 재현의 수단입니다. 그러나 거기에 적극적인 성찰이 개입할 때, 그것은 상식적인 차원을 넘어가는 또 하나의 객관적인 세계를 엿보게 합니다. 실제 김아타의 사진에는 조금 더 신비주의적인 것들이 있어요. 보이는 세계가 우리의 현실 세계인 것은 틀림이 없지만, 그것은 더 큰 바탕 위에 있는 하나의 현상일 뿐입니다. 상식을 넘어가는, 그러면서도 객관적이라고 할 수밖에 없는 사진은 우리로 하여금 궁극적으로 존재적 세계를 넘어 존재의 문제에 부딪치게 한다고 할 수 있습니다. 이 생각을 별로 안 하지만, 여기에 이르게 하는 것이 주관적인 것처럼 보이는, 그러면서 주관을 넘어가는 사유의 개입입니다.

미의 세계와 성찰

문광훈 다음 질문을 간단하게 드리고 싶습니다. 주체와 객체를 잇게 해주는 매개의 동력을 밝혀내려고 하는 철학자가 드물다는 말씀을 하셨는데, 그 매개의 방식이 혹 '심미적으로(ästhetisch)' 되어야 하는 것은 아닌가요?

김우창 반성적 노력이 절대적이지요.

문광훈 그러면 그 자기반성의 계기가 '심미적으로 구조화될 때', 반성은 가장 긴밀하면서도 비강제적으로 일어나게 되는 것 아닌가요?

김우창 미적인 것은 그 일부라고 할 수는 있습니다. 그 시작일 수 있지요. 미적인 것에서 맨 처음 우리에게 호소하는 것은 사물의 색채, 형태, 질감 등 객체적인 사물의 성질이지요. 그러나 물질적으로 나타나는 현상이 형이상학적인 어떤 특성을 암시할 때, 미적인 감정이 일어나는 것이 사실입니다. 그것이 미적 효과지요. 작은 것 안에 존재하는 큰 것을 시사하는 것이지요. 그러나 그것은 큰 것 안으로 옮겨 가기를 거부합니다. 움직임의 시작은 있고 거기에 머물기를 고집하는 것이지요.

그러니까 지금 얘기한 것처럼 존재적인 것과 존재론적인 것 사이의 관계가 우리에게 주어진 기본적인 틀입니다. 미적인 감각의 이 틀 속에 있어요. 말하는 것은 뭘 의미하기 위해서 하는 것이지요. 그런데 말 자체는 소리지요. 시는 의미하면서 소리를 떠나지 않습니다. 말하자면, 존재를 암시하되 개개의 사물을 떠나지 않는 것이지요. 미적 체험은 그것과 일치하는 것은 아니면서도 형이상학적 의미화의 기본적 틀이 됩니다. 미적 체험에 철저한 사람은 철학적 자질을 가진 사람이라고 할 수 있습니다. 메를로퐁티의 철학은 미적인 것이라고 할 수 있을는지는 잘 모르지만, 그는 감각 또는 지각 현상의 철학적 의미에 대하여 끊임없는 명상을 계속한 철학자라고 할 수 있습니다.

문광훈 제가 생각하기에는 니체나 메를로퐁티나, 사르트르, 가다머, 또 아도르노도 있고……. 이런 사람들 철학의 가장 깊은 곳에는 심미적인 것에 대한 변치 않은 관심, 나아가 신뢰가 있는 것 같습니다.

김우창 그것이 출발점이기 때문에 그렇지요.

문광훈 반성적 매개의 계기가 가장 강렬하게 활성화될 수 있는 기제가 심미적인 것이지 않은가, 그런 점에서 많은 철학자들이 공통적으로 심미성에 대한 관심을 가지고 있는 것이 아닌가, 저는 그런 생각을 가지고 있는데요.

김우창 그게 기본이지요. 그러나 그게 전부라고 해도 안 되고 그것이 가장 높은 차원이라고 해도 안 될 것 같아요. 하이데거가 "사람은 땅 위에 시적으로 거주한다."라는 유명한 말을 하지 않았습니까? 이것은 횔덜린 (Friedrich Hölderlin)의 시를 설명하면서 한 말입니다. 그의 철학은 이 시적인 사실을 해설하는 데 많은 것을 바치고 있어요. 그러나 그의 철학이 시는 아니지요. 그래도 하이데거의 철학이 아주 추상적인 것 같으면서도 구체적 체험, 시적 체험에 밀착되어 있는 것은 사실입니다.

문광훈 그는 오히려 생활의 실제적 경험 전반을 사유의 대상으로 삼았지요.

김우창 그래서 하이데거의 호소력의 상당 부분은 '아, 내가 경험한 것과 비슷하다.'라는 느낌에서 오는 것이겠지요. 시적인 것은 미적인 것이니까, 미적 체험이 바탕이고 기초고 출발점이라고도 할 수 있지요.

문광훈 출발점이란 가장 핵심적인 것 아닌가요? 문예론, 미학, 예술 철학을 공부하면 그런 느낌이 자꾸 들어요.

김우창 적어도 그것이 없는 철학자는 말하자면 진짜 철학의 바탕을 잘못 이해했다고 볼 수 있지요.

문광훈 심미적 경험 없이는 '계속 나아간다(weiter machen)'고 말하기 어렵다는 느낌이 들거든요. 메를로퐁티도 마찬가지인 것 같아요. 그의 철학적 풍요로움의 핵심에는 심미적 경험의 에너지가 작동하는 것으로 보여요.

김우창 하이데거같이 굉장히 높은 추상적 얘기를 하는 사람에게도 분명히 구체성이 있어요. 여러 군데서 인용했지만 「짓다, 살다, 생각하다(bauen, wohnen, denken)」라는 글의 핵심은, 이것이 건축에 대한 철학적 해명이기도 하지만 다리라는 구체적인 건조물에 대한 것이었습니다.

문광훈 하이데거를 아직 부분적으로밖에 못 읽어서 뭐라고 말하기 어려운데요. 그 사람의 정치적 오류 때문에 철학적 변모가 단순하게 파악되는 경우는 많은 것 같아요. 다른 한편으로 그는 생활에서 매일매일 일어나는 것, 만나고 보고 겪고 생각하는 것을 광범위하고 밀도 있게 또 시적으로 언어화하는 데는 매우 뛰어나지 않은가, 하는 생각이 들어요. 그래서 하이데거의 사유 언어가 가진 마력에 한번 걸리면, 거기에서 헤어나기가 쉽지 않거든요. 정치적 과오를 반복하지 않기 위해선 조심해서 읽어야 한다는 생각이 듭니다만.

김우창 아주 구체적이고 체험적인 내용이 많이 들어 있는 것이 사실이지만, 사회적 사실이나 정치적 내용이 부족하지요. 에피소드를 하나 얘기하면, 여러 해 전에 베를린에서 열린 심포지엄에 참석한 일이 있습니다. 한국의 예술 전통을 말하면서 하이데거를 길게 얘기했더니, 미술평론가인 리디아 하우슈타인(Lydia Haustein)이 책으로 낼 때 하이데거는 좀 생략하면 어떻겠느냐고 말하는 것을 듣고 놀랐습니다. 내가 하이데거를 잘못 이해했기 때문일 수도 있었지만, 독일 사람한테 인상이 안 좋을 수 있다는 뜻을 풍겼습니다. 본인이 하이데거를 정치적인 이유로 기피하는 인물로 친 것인지도 모르지요.

문광훈 그것은 하이데거의 나치 시대 잘못에 대한 전후의 사람들, 특히 1960년대 학생 운동 이후 사회 각 분야에 등장한 이른바 비판적 좌파 지식인들의 거의 생래화된 반응일 수도 있습니다. 맞는 점도 있지만 지나친 면도 있어요.

김우창 다른 데보다 독일이 특히 그런 것 같아요.

문광훈 그것의 좀 더 일반화된 형태는 민족(Nation)이나 국가(Staat)라는 어휘에 대한 신경증적 반응이라고 할 수 있지요.

김우창 비슷한 이야기로 미국에서 내 글 한 편이 나가게 되었는데, 진보적인 잡지 지면이었지요. 내가 인용한 카를 슈미트(Carl Schmitt)를 가지고 이의를 제기했어요. 빼라는 것보다 슈미트 인용에 대한 변명을 곁들였으면 좋겠다는 것이었어요. 그래서 보수 사상가의 말이지만, 진보 정치를 포함한 모든 정치의 이해에 도움이 된다는 설명을 덧붙였지요.

문광훈 거부해야 할 측면은 거부하면서도 배울 수 있는 것은 충분히 배우고 인용할 만한 것은 인용하는 것이 좋을 텐데, 그것에 대한 경계가 지나칠 때도 있지요. 독일의 경우 지난 역사의 과오에 대해선 특히 그렇지요.

김우창 파당적인 것은 우리나라만이 아니에요. 미국도 그렇고 베를린도 그런 게 있어요.

문광훈 베를린에서는 그런 경계심이 좀 더할 것 같은데요. 아마 뮌헨 같은 남부에서 발표하셨으면 조금 덜했을 것 같네요. 베를린은 지방색이 더 강하고, 그래서 더 보수적이니까요.

요즘의 연구 과제

문광훈 다음으로 선생님께서 요즘 연구하시는 특별한 사상가나 저작에는 어떤 것이 있는지 좀 소개해 주십시오.

김우창 요즘 연구하는 게 거의 없어요. 주문 생산하느라고 정신이 하나도 없어요. 지금 얘기한 것의 많은 것은 작년에 '마음의 생태학' 강좌에서 얘기한 것입니다. 그렇지만 이때의 원고나 거기에 나온 주된 아이디어를 정리해야겠다는 생각을 하면서도 아직 못하고 있습니다. 이 강좌의 주제는 두 가지입니다. 하나는 이성의 위치를 확실히 하는 것이고, 다른 하나는 그 이성이 법칙과 같은 외적인 결과가 아니라 법칙을 만들어 내는 활동 속에 있다는 것을 밝히려는 것이지요. 이성은 규칙이면서 규칙을 넘어가는 우주적 에너지입니다. 이 후자를 조금 깊이 생각하려는 것이지요. 그리고 이것이 우리 삶에도 나타난다는 것을 말하려는 것이고요. 그런데 역설적으로 이것을 우리가 이성으로 포착하기가 어렵지요.

문광훈 그러면 『마음의 생태학』을 보완하신다는 말씀인가요?

김우창 그걸 그대로 조금 정리하려고요. 뭘 고치기 시작하면 안 되는 것 같아요. 한없이 일이 복잡해져 버려요.

문광훈 다른 출판사에서 올해(2006년) 말쯤에 출간된다고 들었는데요.

김우창 원래 아카넷에서 나오기로 했어요. 석 달 만에 준다고 하면서도 지금까지 못 보냈어요. 문 선생 봐 주신 것까지 참고로 해서 고쳐야겠는데. 이 주문 생산이 끝나야 될 것 같아요.

문광훈 그다음 작업으로 조금 전에 말씀하신 합리성의 복합적 구조에 대해 작업하시게 됩니까?

김우창 문 선생이 지금 연구하는 게 있냐니까 연구하는 게 없지만, 그런 것을 정리해야겠다는 생각이 좀 드는 것 같아요.

문광훈 합리성과 이 합리성을 에워싸고 있는 어떤 무한성, 타자 전반의 문제, 그러면서 정치 철학, 현실을 포괄하는 스펙트럼이 훨씬 큰 글이 되겠군요.

김우창 그 이성의 중요성을 강조할 필요가 있는 것 같아요. 우리나라에 이성 또는 합리성이 너무 부족한 것 같아서. 이성이야말로 물질적 세계나 생활 세계의 경이에 이르는 제일 좋은 수단이거든요. 그것은 간단한 의문에서 시작하여 우주의 끝에까지 가지요. 왜? 라는 것은 모든 사람이 제일 간단하게 가질 수 있는 삶과 세계의 문제에 접근하는 시작입니다. 통일하면 왜 통일인지 묻고, 경제 성장하면 왜 경제 성장인지, 번역하면 왜 번역인지 묻고, 밝은 하늘 하면 왜 밝은 하늘인지 묻고 모든 사람한테 주어진 삶의 기본적 토대에 이르는 가장 간단한 열쇠가 물음이거든요. 물음에 답하려면 합리적으로 설명해야지요. 그러니까 그 열쇠를 모든 사람들한테 쥐어 주어야 되는데 그게 안 주어지는 것 같아요.

문광훈 우리 사회는 근본적 질문에 대한 두려움이 많은 사회 혹은 근본적 질문을 터부시하는 사회가 아닌가요?

김우창 도그마가 참 강한 사회지요.

독서 그리고 지평의 중요성

문광훈 언젠가 선생님께서 독서를 '문제 중심적으로' 하신다고 쓰신 적이 있는데, 글 읽는 방식에 있어 중요한 문제 같습니다.

김우창 원래 책을 읽기 시작하는 것은 우연한 일일 수도 있고, 주변의 압력으로 인한 것일 수도 있겠지요. 전문가가 되는 것은 학자든 공인이든 어떤 분야에 대하여 책을 많이 읽고 그것을 잘 알고 있는 사람이 된다는 것이겠지요. 공부는 대체로 어떤 전문 영역을 선정하여 그에 따라 하는 것이 보통이지요. 책도 이 전문 구역이 정해 놓은 것에 따라 읽고.

이러한 공부는 직업적인 성격이 상당히 강하지요. 전문점이라는 말이 있지만, 분야에 따른 책 읽기, 지식 쌓기는 전문점을 차리는 것과 비슷한 점이 있지요. 칸막이하고 가게 차리는 것처럼. 독일어에서 Fachwissenschaft라거나 Fachausbilding이라거나 전문 지식에 대하여 쓰는 Fach라는 말은 칸막이라는 말이 아닙니까? 되풀이하건대 전문적인 지식을 얻는다는 것은 직업적 성격이 강한 것이지요. 물론 그렇다고 이것이 나쁘다는 것은 아닙니다. 분업에 참여하여 자신의 일에 충실하는 것은 사회에 봉사하는 것이기 때문에, 이것이 가지는 중요한 의의를 부정하면 안 되지요.

그런데 취미로 공부를 하는 경우에도, 가령, 내가 약초에 대하여 취미를 가지고 책을 읽고 공부한다고 하면 직접 알고 싶었던 것 말고도 약초 전반에 관해서 알아보게 되는 흐름이 생기지요. 이것도 전문가가 되는 것과 비슷하게 사회적인 의미를 갖는 것이 아닌가 합니다. "그 사람 약초 지식이 대단해." 하는 평판이 곧 나게 되겠지요. 그러나 더 근원적인 것도 작용하는 것이 아닌가 하는 생각도 듭니다. 어떤 영역을 소유한다, 정복한다는 자기 확대 의지와 관련이 있는 것인지, 더 근본적으로 일정한 공간 — 알아볼 수 있는 공간을 치우고 거기에 안주한다는 인간 본유의 공간 본능, 영어로 territorial imperative라고도 하는 생활 공간의 안정에 대한 욕구가 여기에도 있는 것인지 모릅니다. 다시 한 번 공간이 사람 사는 모든 일에 얼마나 중요한 것인지를 느끼게 됩니다.

이러한 전문 영역 중심의 접근에 대하여 책을 읽거나 연구와 관심에 있어서, 문제 중심적 접근이란 현실의 급박성으로부터 나온다고 할 수 있습니다. 가게 차릴 여유도 없고 삶의 영토를 정리해 놓을 여유도 없는 데 관계되는 일이지요. 배가 고파 음식을 먹어야겠다고 하면, 우선 배를 채울 음식을 찾고, 조리하여 먹고 하는 문제들이 중요하지요. 그러나 식료품점을 차린다면 여러 가지 식료품을 구비해야지요. 그것도 슈퍼를 할 수도 있고 유기농산물을 전문으로 할 수도 있고, 전문 영역을 설정하고 거기에 들어가는 것들을 두루 갖추도록 노력해야지요. 따라서 책을 문제적으로 읽는다는 것은 관심이 매우 좁아진다는 것을 말할 수 있습니다. 당장에 풀어야 할 문제를 중심으로 책을 읽을 테니까.

그러나 정반대가 될 수도 있습니다. 우리가 갖는 문제의식은 매우 좁을 수 있어요. 그러나 그것을 현실적으로 해결한다는 것은 간단하지 않습니다. 사람이 사는 현실은 복잡하니까. 예를 들어 다리를 지어야겠다고 하면, 문제 자체는 간단하지요. 그러나 그것을 현실 속에서 풀어 나가려면 복잡하지요. 먼저 자료와 기술과 경제와 노동의 문제가 있습니다. 토지와 지대와 노동이 필요합니다. 또는 토목 공학적인 문제가 핵심이라고 할 수도 있지요. 그러나 더 크게 생각하면, 지역 전체의 경제와 삶의 문제가 거기에 있고, 자연과의 관계가 있고, 심미적인 관점에서의 경관의 문제가 있지요. 가장 넓은 의미에서의 생태학적 고려가 있어야 한다고 할 수 있습니다. 아까 이야기한 하이데거의 글에 관계시켜 말하면 다리를 짓는다는 것은 인간 활동의 네 개의 틀(das Geviert), 땅과 하늘과 신적인 것과 죽어 가는 존재로서의 사람, 이러한 것들을 하나로 연결시키는 건축 행위의 일부입니다. 하이데거의 생각은 다리를 포함하여 모든 건축 행위는 마땅히 이 근본적인 틀을 어떻게 설정하느냐를 심사숙고하는 데 기초하여야 한다고 하는 것이지요. 그런데 사람들은 다리를 지으면 다리 짓는 것만 생각하고, 아파트 지으면 돈 벌 일만 생각하고 하지요. 그것이 사람의 삶을 단편화하고 새로운 문제들을 발생하게 하는 원인이 될 수 있습니다.

이렇게 보면 문제 중심적인 접근은 현실의 급박함 속에 움직이는 일이면서 동시에 넓은 관점에서 사물을 보는 것이라고 할 수 있습니다. 내 이야기가 늘 역설을 맴도는 것처럼 들릴 것 같은데, 여기에서도 사실 역설을 본다고 할 수밖에 없습니다. 작은 문제의식은 큰 문제의식을 열어 놓게 되는 것이지요.

문제의식에는 두 가지가 있다고 할 수 있습니다. 하나는 주어진 과제를 문제로 받아들이고 그것을 해결하는 것입니다. 다른 하나는 과제가 있을 때, 왜 그것이 과제가 되어야 하느냐를 묻는 것이지요. 문제를 문제시하는 것입니다. 그러니까 이것은 문제를 문제시하는 반성적 문제의식이라고 할 수 있습니다. 이 문제의식은 한편으로는, 아까 이야기한 대로 사람이면 누구나 가지고 있는 왜? 하는 질문 의식의 발효라고도 할 수 있고, 철학적 사고 습관의 표현이라고도 할 수 있습니다.

다른 한편으로 그것은 삶의 절박성에 대한 느낌에서 나온다고 할 수도 있습니다. 이 절박성은 구체적이기도 하고 일반적이기도 합니다. 어떤 일을 절박하게 생각한다는 것은 다른 일은 절박할 것이 없다고 판단하는 것입니다. 절박한 현실은 상황 전체에 대한 판단과 그 안에서 일어나는 또는 일어날 수 있는 일에 대한 비교 평가를 요구합니다. '밥 먹는 것이 급하다.' 라고 한다면, 그것이 다른 일보다도 급하다는 것이지요. 배고픔이라는 우선적인 절박성을 인정하는 것입니다. 이것을 조금 추상화하면, 그러한 인정의 바탕에 목숨의 부지, 생명에 대한 긍정이 있다고 할 수 있습니다. 이것을 다시 더 밀고 나가면, 존재의 수수께끼에 대한 물음이 일어나게 되지요. '목숨이 포도청이다.'라고 하다가 '그까짓 것 살아서 무엇해.'로 나아가고, 다시 '그래도 산다는 것이 중요하지.'라는 되돌아옴이 일어나고. 이 자문자답의 과정이 단순히 사실적 차원이 아니라 반성적 차원에서 진행되면 존재론적 질문이 되는 것이 아니겠습니까? 다리를 짓자 할 때에도, 왜? 하는 물음이 일어날 수 있고, 편리해진다는 답이 주어지고, 무엇에 편리하게 되느냐, 그것이 참으로 삶을 보람 있게 하는 데 도움이 되느냐 하는 문제들이 다시 일어날 수 있지요.

그러니까 문제를 생각한다는 것은 작은 것이라도, 그것이 절박한 것이라고 느껴지면, 늘 삶의 큰 바탕으로 열릴 가능성을 갖는다고 할 수 있습니다. 사물의 맥락을 되돌아보는 일이고 궁극적으로는 삶의 맥락으로 이어지는 일이 되니까요. 조금 거창한 이야기가 되었지만, 문제 중심적이라는 것은 책을 보거나 공부를 하거나 생각을 하거나 이러한 바탕 위에서 한다는 것이지요.

그러나 이런 의미에서 누구나 문제 중심적이 될 수는 없지요. 그러한 문제화하는 문제의식을 가지고 일에 접근하는 사람이 있어야 하지요. 그것이 삶의 균형을 확보하게 됩니다. 물론 보통 사람도 자기 일을 하면서 그러한 문제의 총체적인 영역에 대한 일반적 의식은 있어야 할 것입니다. 그것은 어떤 과제의 지평에 대한 의식이라고 할 수 있습니다. 이 지평은 전문 영역에서의 지평과 삶의 총체적 영역에서의 지평으로 나누어 볼 수 있습니다. 우리 학문에서는 너무 칸막이에 갇혀서 칸막이 너머를 보지 않는 경향이 있습니다. 적어도 지평 의식은 있어야지요. 물론 지평을 한없이 넓히고 지평만 바라보면, 발밑에 사고가 나지요. 그러나 지평 의식 없이는 주어진 과제의 현실 관련성을 잃어버리게 되지요. 우리나라의 지평 없는 국토 개발이 국토를 망쳐 놓듯이 현실적으로 일을 망쳐 놓는 결과를 가져올 수도 있습니다. 문제 중심적 독서도 이러한 틀 속에서 생각할 수 있습니다.

어떤 개념 하나를 다루는 경우에도 이러한 초점과 지평의 문제는 일어납니다. 그런데 구역적인 것을 넓은 삶의 영역의 문제의식으로 확대할 때 재미있는 질문과 생각의 자료들이 발견되는 수가 많지요. 피카소는 위대한 화가이고 공산주의자였지요. 한국 전쟁에서 미군이 한국 사람을 학살한 그림도 그리고 또 스페인 전쟁에서 일어난 사건에 대해서도 그리고 했어요. 그런데 작품 하나 가지고 있으면 팔자 고칠 만큼 비싼 것이 피카소 작품 아닙니까? 피카소만이 아니라 그림은 다 부자들의 소유예요. 피카소가 공산주의자고 민중주의자라고 해서 "너의 촌에, 너희 집에 걸어 놔." 이런 일은 아마 없을 것입니다. 그럴 수도 없고. 피카소 그림을 걸어 놓으려면 놓을 만한 방이 있어야지요. 공공 미술관에 거는 것은 한 방법이겠지만. 이념과 미술에 존재하는 이러한 패러독스를 총체적으로 생각해 보는 것도 재미있는 일이지요.

막스 베버(Max Weber)의 글에 피아노에 관한 것이 있지요. 독일에서 피아노 음악이 발전한 것은, 가령 이탈리아는 달리, 독일은 추운 나라여서 실내에서 많이 지내니까 실내 악기로서 피아노가 중시되고, 그러다 보니 피아노 음악이 독일에 많이 생겼다는 이야기지요. 이것도 재미있는 관찰이지만, 다시 한 번 인간 질서의 총체적인 테두리로서 공간의 중요성을 생각하게 하네요. 공간을 어떻게 처리하고 토지에 대해, 기후에 대해 어떤 관계를 갖느냐 하는 것이 그림이나 피아노 음악에서도 기본이 된다는 이야기지요.

물론 이러한 연관이 있다고 해서 '베토벤 소나타'를 실내 거주의 문제로, 또는 피카소의 진보적 정치의식을 상업적 동기로 환원하는 것은 옳지 않아요. 그러나 인간사를 이해하는 데 여러 연관이 있다는 것을 아는 것은 필요한 일입니다. 만하임(Karl Mannheim)의 용어를 빌리면, 적어도 그것은 많은 문화적 가치 또는 이념의 존재 구속성(Seinsgebundenheit)을 의식하는 것이지요. 이것이 단순히 이론적인 의미만을 갖는 것은 아닙니다.

가령 문화 행정에서 종종 모르고 있는 것이 이것입니다. 문화 진흥에 필요한 것은 단순히 홍보한다거나, 무작정 돈을 쓰는 일이 아니지요. 그것이 저절로 진흥될 수 있는 사실적 관련을 정밀하게 파악하고 그 인프라를 구축하는 것이 방법이지요. 포괄적 문제의식의 확대가 중요한 것은, 앞에서 이미 비친 대로, 국토 개발, 도시 계획, 주택 계획, 환경 보존 등 공간에 관계된 일에서이지요.

문광훈 그래서 문제 중심적으로 하지 않을 수 없다는 것인가요?

김우창 자기 사는 것에 관심을 가지고 자기 삶의 물음을 가지고 바라보게 되면 저절로 문제 중심적으로 되고, 결국 그것은 특정한 문제에 초점을 맞추는 일이면서 삶의 총체적인 틀의 관점에서 많은 것을 생각한다는 말이 되는 것 같습니다.

보편적 인간의 가능성

문광훈 요즘《경향신문》에 2주에 한 번씩 칼럼을 쓰고 계시는데요. 얼마 전에 요하네스 라우(Johannes Rau) 독일 대통령이 작고했을 때, 독일의 한 신문의 추도사에서 그가 정치적 역량보다는 넓은 인간성으로 칭송되는 사실을 거론하면서, 헤겔과 피히테, 브레히트와 뮐러(H. Müller)가 묻혀 있는 베를린의 한 묘지에 안장되어 있다고 쓰셨습니다. 그러면서 이렇게 언급하셨어요.

뛰어난 정치가는 이러한 철학자, 예술가, 문인들과 마찬가지로 인간의 보편적 가능성에 대한 큰 비전에 이른 사람이다.

그다음 칼럼에서는 지난 1월 불란서 사회를 달군 시위와 소요의 원인이었던 첫 취업 계약(CPE, Contract Première Embauche) 법안 발표와 관련해서 《르몽드》나 《르몽드 디플로마티크》에 실린 경제 평론을 언급하신 적이 있습니다.

노동 유연성의 불가피성을 인정한다고 하더라도, 그것이 반드시 비인간적인 형태의 것이어야 하는 것일까? …… 그러나 인간적 가치를 새롭게 확인하고 그것을 최대로 참고하면서 현실적 조정을 시도하는 일을 포기하는 것은 인간이기를 포기하는 일이다. 노동 유연성에 앞서는 것은 인간 가치의 끊임없는 재확인과 현실 적응의 유연성이다.

이 두 칼럼에서 공통된 것이 인간의 보편적 가능성 또는 인간 가치의 끊임없는 재확인입니다. 이런 것들이 정치나 철학 그리고 학문의 중요한 목표가 된다고 말할 수 있을 텐데요.

김우창 당연히 그런 것 같아요. 그런 게 없으니까 어지러운 사회가 되고 사람의 심성이 황폐해지지요. 요즘 눈에 많이 띄는 것이 정부의 사람들이 말을 함부로 하는 것이지 않습니까? 그것은 보편적 인간 기준의 상실에 관계된다고 할 수 있습니다. 모든 것을 편 가르고 싸움하는 식으로 밀고 가는 것은 모든 사람을 감싸는 비전이 없다는 것이지요. 싸우더라도 더 넓은 비전을 확인하기 위해서 싸워야지요.

큰 비전만 있어도 안 되지요. 큰 것 같으면서 부분을 무시하면, 큰 것은 다시 싸움의 도구밖에 안 되지요. 일에 대한 이데올로기적 접근이 바로 그러한 것입니다. 인간성을 어떻게 확보하느냐는 복잡한 문제인 것 같아요.

그래서 이번에 《경향신문》에 쓰면서 이 얘기를 했지요. 배를 타고 가려면 별이 어디에 있는가 확인하는 게 방향 정하는 데 매우 중요하지요. 그러나 별만 가지고 항해할 수 있다고 생각하면 꼬이는 일이 많아지지요. 항해하는 사람은 실제 그때그때 일어나는 문제를 돌보면서 어떻게 우리가 지향하는 쪽으로 가는가를 생각해야지, 별만 쳐다보고 가면 안 된다는 얘기지요. 별의 방향을 잊지는 말아야 되지만, 어떤 때는 반대로 가는 것이 그 방향으로 가는 것이 되지요. 섬이 앞에 있다든지 암초가 있으면 그것을 피해서 돌아가야 되지 않습니까?

이데올로기적 사고의 큰 잘못은 목표만 설정하고, 현실을 막무가내로 그쪽으로 밀어 가면 된다고 생각하는 겁니다. 현실에는 현실 변증법이 있지요. 이런 때에 늘 따르고 있어야 하는 것이 보편적 인간 기준이지요. 이것이 느껴지지 않으면 사람들이 항해사의 판단을 신뢰할 수 있겠어요? 이러한 목표와 현실 그리고 그것이 스며 있는 인간적 기준, 이것이 늘 교차되고 있어야지요. 꿈만 있으면 모든 게 다 해결된다고 하지만 사실은 문제는 전혀 해결 안 될 경우가 많고, 오히려 내 꿈과 반대로 가는 경우가 많아요. 그래서 꿈과 현실 정책 사이에 간격이 있어야 되지요.

문광훈 꿈과 현실을 직접적으로 연결시키면 위험하다는 것입니까? 오히려 일정한 거리를 두면서 서로 가끔씩 비춰 보는 것이 중요하겠지요?

김우창 현실에 맞춰서 늘 정책을 해 나가면서, 현실 정책이 우리가 지표로 삼고 있는 것에 어떻게 맞아 들어가는가를 검토해 봐야지요. 그러나 우선해야 되는 것은 현실에 맞추는 것이지요.

문광훈 그런 점에서 인간의 보편적 가능성이나 인간 가치의 끊임없는 재확인도 현실에 견주어 끊임없이 재검토하면서 이루어져야 된다는 이야기겠지요?

김우창 바로 인간의 보편적 가능성에 대한 의식이 우리를 현실로부터

구해 주고 또 현실에 이어 주지요. 인간은 언제나 이상과 현실 사이에 존재하니까요. 이 유연한 인간 현실을 하나의 전체성에 대한 기계적 틀로 재단하는 것은 진정한 의미에서 인간의 전체성 또는 보편적 가능성을 생각하는 것이 아니지요.

신문 읽기에 대하여

문광훈 독일 신문이나 《르몽드 디플로마티크》, 《르몽드》 등을 언급하셨는데요, 각국의 신문 서평란도 많이 읽으시는 것으로 알고 있습니다. 몇 가지 소개를 좀 해 주십시오.

김우창 문 선생이 《프랑크푸르터 알게마이네 차이퉁》의 인터넷 주소를 내가 물었을 때 적어 줘서, 그때부터 그 인터넷판을 보기 시작한 거예요. 보수적 신문인데, 쓸데없는 의견이 없고 사실을 객관적으로 보도합니다. 이번에 귄터 그라스 사건도 우리처럼 흥분하지 않고 아주 차분한 마음으로, 열 번도 더, 사실적으로 여러 관점을 소개하면서 보도했지요.

문광훈 그렇더라고요. 요즘 저도 읽고 있습니다.

김우창 프랑크푸르트도서전 조직위원장을 하면서 독일 사정을 알아야되겠다는 생각이 들어서 그때 문 선생께 그것하고 《디 차이트(Die Zeit)》의 주소를 얻어 갔지요. 《디 차이트》는 진보적이지만 너무 느리고 답답해요. 《프랑크푸르터 알게마이네》는 짤막하고 요령 분명하게 써요. 미국 것으로는 《뉴욕 타임스》 정도 보지요. 모든 게 시간이 너무 걸려요. 그래서 《르몽드》는 필요할 때 아니면 별로 안 보게 돼요. 요전에 '첫 취업 계약' 같은 건 필요하니까 《르몽드》를 찾아보았지요. 《뉴욕 타임스》는 이제 인터넷으로보고, 영국에서 나오는 《가디언》은 그냥 우편으로 내게 와요. 수십 년 동안 보고 있으니까.

시간을 너무 빼앗기는 일이 되어서 신문 보기가 싫어집니다. 그런데 안 볼 수가 없다는 생각이 들지요. 프랑크푸르트도서전에 관계하다 보니 그쪽 사정을 아는 것이 판단을 내리는 데 필요하다는 생각을 했고, 그러니 독일 신문을 보게 됐어요. 또한《경향신문》칼럼을 몇 년 쓰다 보니 반저널리스트가 되어 신문을 보아야 하고. 칼럼이란 아무래도 그때그때 시사적으로 문제되는 것을 텍스트로 하여 의견을 내놓는 일이니까.

헤겔이 신문은 현대인이 매일 드리는 기도이다, 이 비슷한 이야기를 했지요. 하여튼 신문을 열심히 보게 됩니다. 아침에 신문을 주우러 나가면서, 집안 아이들 보기에 조금 멋쩍어서 농담으로, "아직 세상이 그대로 있나 보아야지."라고 말하고는 했지요. 대문 열고 나갔다가, 세상이 낭떠러지로 가면 큰일이라는 말이었지요. 우리 사회가 불안한 곳이라서 신문을 찾게 되는 경우가 많을 겁니다. 신문 안 보고 바깥세상 안 보고 제 마음과 제 자신의 좁은 울안에서 살 수 있다면 얼마나 좋겠어요? 그런데 우리 사회에 무엇이 어떻게 돌아가는가 알아야 된다는 생각에 더 보태서, 이제는 세상 진짜 돌아가는 것을 알아야 된다는 생각을 하지 않을 수 없네요. 그리고 우리나라 일을 짐작하려면 바깥세상 돌아가는 것을 알아야 하는 것 같아요. 왼쪽으로 간다 해도 사실은 오른쪽으로 가는 경우인 것도 많으니까. 세상 돌아가는 것을 알려면 우리 밖의 관점이 필요하다는 생각이 든 것은 오래되었지요.《가디언》을 보게 된 것도 그래서입니다.

문광훈 《가디언》은 주간인가요 아니면 일간인가요?

김우창 주간도 있고 일간도 있는데, 내가 보는 것은 주간이지요. 영국 뉴스가 제일 많지만 미국 뉴스도 많이 나오고, 유럽·아프리카 등 세계의 뉴스가 다 나와요. 영국 중심적 관점이 있기는 하지만, 전 지구적 관점에서 세계에 대한 균형 있는 조감도를 제시하려는 노력이 느껴지는 신문입니다. 그리고 그 관점은 거창한 이야기를 늘어놓는 것은 아니면서도 심각성을 가지고 있지요. 간단한 농담, 건전한 농담이 없는 것은 아니지만, 센세이셔널한 것, 쓸데없는 잡담은 안 나와요. 가령 엘리자베스 여왕이, 내가 그때 놓쳤는지도 모르지만, 한국 방문한 것도 전혀 안 나와요. 자기들 나름으로 국가 사회와 인류 전체를 위해 중요성이 있다고 하는 것이 기사가 되고 논평의 대상이 되지요.

문광훈 이 주간지는 선생님께서 계속 몇 십 년째 보고 계시는 거지요?

김우창 그렇게 되었네요. 《가디언》은 영국의 진보파 신문입니다. 수사는 많지 않고, 사실의 정확한 보도와 분석이 특징이지요. 사람의 일을 제대로 아는 데 과장된 감정과 수사는 별로 도움이 안 되지요. 우리 진보주의와는 이 점에서 다릅니다.

문광훈 일반적으로 유럽 신문에서 '보수적(conservative)'이라고 말하면, 우리보다 훨씬 덜 보수적이고 훨씬 더한 정론(正論)을 가지고 있는 것 같습니다.

김우창 좌우를 막론하고 사실 존중은 모든 공적 언어의 기초로 자리 잡은 것이 아닌가 합니다. 좌우의 차이는 단순히 이해관계나 계급적 차이의 표현이기도 하지만, 사람이 하는 일의 여러 가능성을 나타내는 면이 있지요. 사람이 부딪치는 문제에 어찌 한 가지 답변만 있겠어요. 우리 신문에서는 사실보다도 어느 편이냐가 중요하지요.

문광훈 이번에 불란서 사람이 저질렀다고 하는 '영아 살해 사건'의 보도와 관련하여, 그것이 사실 보도인가 아니면 추리 소설 쓰기인가라는 언급도 나오던데, 많은 신문의 기사가 무책임한 상상력을 마음대로 발동시키고 있더군요.

김우창 두고 보아야 하겠지요. 그런데 센세이션을 좋아하는 신문의 입장에서 보면, 제일 하기 어려운 것이 두고 보는 것이지요. 우리나라에서는 믿음이 사실을 앞서고, 믿음을 강하게 표현하는 사람이 정의의 인간이지요. 전에 내가 신문사 편집 자문을 한 일이 있는데, 논평보다 사실이 중요하다는 이야기를 더러 해 보았지요. 그런데 나도 그 흔한 칼럼이라는 논평을 오래 쓰고 있으니. 신문사에서도 그렇고, KBS 이사할 때도 그렇고, 신문기자들에게 생각하고 공부할 시간을 좀 주라고 권해 보기는 했지요. 또 일정 기간 연구 휴가도 주라고. 급하게 보도해야 할 일도 있고 신문사들의 보도 경쟁도 있고 하지만, 문제들에 대한 일반적인 연구가 있으면 아무래도 보도의 질이 달라지겠지요.

문광훈 일단 기자의 일이 너무 많은 것 같아요.

김우창 깊이 있게 알아가지고 했으면 좋겠다 싶어요. 앞에서 말했던 문화예술위원회의 모임은 《중앙일보》와 같이 주최를 했어요. 신문에 '미래의 예술은 환상에 있다'라는 큰 제목으로 내가 한 이야기가 보도되었지요. 그런데 내 얘기는 그런 게 아니라 '환상적인 걸 너무 강조해서 이상하고 기발한 것들이 중요한 삶의 현실을 잊어버리게 한다.'는 것이었지요. 물론 이것도 심성의 해방의 일종이기 때문에 너무 나쁘게만 봐서는 안 된다는 말도 하기는 했지만.

문광훈 평상시에 선생님께서 말씀하시는 것을 이해 못한 바가 있네요.

김우창 판타지 소설을 옹호한 것처럼 되었지요. 난 낭만주의까지도 조심스럽게 생각하는데. 그러니 신문에 나오는 이야기를 너무 심각하게 취할 것은 아닙니다. 그것을 으레 그러려니 해야지요. 내가 한 이야기가 100퍼센트 제대로 보도된 것을 보지 못했어요. 거두절미하여 전혀 다른 의미가 되어 버리는 경우도 많고, 부정이 긍정으로 긍정이 부정으로 되는 경우도 드물지는 않지요. 오래전 이야기이지만, 간단한 전화 질문에 답을 한 것이었는데 내가 말한 것과는 정반대 이야기가 신문에 나왔어요. 그래서 항의를 했더니 사죄하는 뜻에서 사 준 저녁을 얻어먹은 일도 있었지요.

잘못 보도된 것의 덕을 본 것이지요.

　이런 이야기를 하는 것은 요즘 정치인들이, 특히 지금 정부가 들어서서 웬일인지 신문 보도에 너무 신경질적인 반응들을 보여서 하는 말입니다. 대중적 의사소통, 사실 소통에는 일정한 한계가 있어요. 정치인은 우리 같은 사람보다도 이런 것에 더 익숙할 터인데요.

너그러움과 섬세함

복합적 사고와 마음의 공간

문광훈 선생님의 사고는 대상이 무엇이건 간에 멈추는 법이 없는 것 같습니다. 사고는 하나의 대상으로부터 다른 대상으로, 다시 이 대상을 넘어 또 다른 차원으로 넘어가고요. 그러면서 이렇게 넘어간 사고로부터 주체는 다시 반성적 거리를 유지하려 합니다. 사고의 이런 중층적 전개는 문장의 복합적 구조와 상응하고요. 그래서 '그러나'라든가 '한편으로'라든가 '다른 한편으로', '그런 경우', '무엇이 아니라 무엇무엇을⋯⋯' 이런 말들이 자주 나타납니다. 이런 언어 사용이 이해의 어려움을 가중시키기도 하지만, 전체적으로 말씀드리면, 그것은 삶의 복합성이나 그 얼개를 두루 집어 내고자 하는 관계망적인 사고 또는 사고의 변증법이라 부를 수 있지 않을까 싶습니다.

발터 벤야민은 한두 개의 핵심 개념 아래 대상을 논의하는 것이 아니라, 밤하늘의 별자리처럼 불규칙적으로 놓인 여러 개의 지점을 찍어 놓고 그것을 연결시키면서 전체적 의미를 사고합니다. 그래서 그의 사유법을 '별무리(Konstellation)'란 단어로 지칭하기도 해요. 이런 사유법을 아도르노가 받아들여 자기 철학 안에 광범위하게 적용시키지요. 독일어로 표현하면 '별무리적 사유(konstellatives Denken)'나 '별무리 형태로 생각하기(Denken in Konstellation)'쯤으로 표현할 수 있을 겁니다. 저는 그런 벤야민적 사고와 선생님의 사유법이 아주 유사하지 않은가 하는 느낌을 갖습니다.

김우창 '별무리적 사고'가 무엇을 뜻하는지 얼른 다가오지는 않네요. 그러나 벤야민을 읽으면서 느끼는 것은 실제 체험적 현실에 충실하다는 것이었습니다. 감각적이고 지각적인 것에 충실하면서 또 그것을 높은 추상적 구도 속에서 이해한다는 것이 나한테는 아주 친밀감을 느끼게 했습니다.

벤야민은 거대한 구도 속에서 구체적인 걸 편입시켜 얘기하고, 이것저것을 합쳐 얘기하는데 그런 점은 호감 가는 것 중의 하나인 것 같아요. 내가 비슷한지는 모르지만 이 생각을 하면 저 생각이 나고 그래서, 이건 한편으로는 이렇고 다른 편으로는 이렇고 하지요. 사람들이 그것의 흠도 보고, 나도 문제가 있는 것 같아요. 그래서 좀 더 간단히 쓰려고 노력은 하는데 잘 안 돼요.

문광훈 그렇게 단점으로 생각할 수도 있겠지요.

김우창 글 쓴다는 것 자체가 하나의 발견 행위이기 때문에 이것저것을 검토하지 아니 할 수 없다고도 할 수 있지요. 글 쓰는 것, 또는 생각하는 것은 결정된 것에서 미결정의 상태로 돌아가서 다시 결정을 시도하는 행위입니다. 사실의 세계가 어느 정도 결정되어 있고, 그것을 언어로 고정해 놓은 공식들이 있지만, 두 세계의 관계는 늘 유동적인 상태에 있는 것이지요. 이 유동성에 일치하는 것이 생각하는 것이지요. 내 변호를 하자면, 사람들이 두려워하는 것은 유동성입니다.

문광훈 자아의 가능성에 충실하면서 객관적 진실에도 동시에 충실할 수 있는 능력, 이걸 동양학자 핑거렛(Herbert Fingarette)은 '인(仁)'으로 표현하였는데, 이를 다시 선생님께서 언급하신 것을 읽은 적이 있습니다. 윤리나 도덕을 내세움 없이 반성적 성찰 속에서 이미 윤리적으로 되어 있는 상태, 그런 과정으로부터 나오는 글쓰기의 전통, 이런 것들이 우리의 지성사에서 필요하지 않은가 하는데, 선생님의 생각은 어떠신지요?

김우창 반드시 윤리적 금언의 지침이 없더라도 스스로 움직일 수 있어야지요. 핑거렛이 설명하는 인은, 꼭 그거하고 맞아 들어가는지는 모르지만, 어떤 보편적 이념이 자기 몸에 붙어서 그것을 구체적으로 실현하게 되는 것을 말하는 것이지요. 이 기이한 현상, 보편과 자아가 일치하는 현상을 어떻게 설명하느냐가 문제지요. 가장 간단한 설명은 개체나 일반적 법칙이나 같은 바탕에서 나왔다고 하는 것이지요. 사람과 사람, 사람과 사물은 천차만별이지만 다 같이 우주 현상의 일부이니까 자유는 필연이라는 공식이 나타내는 것도 이것이지요. 그런데 재미있는 것은 핑거렛이 들고 있는 예입니다.

가령 피아니스트가 어떤 피아노곡을 잘 치려면 자신을 완전히 그 곡에다 일치시켜야 하는데 그것이 바로 그 피아니스트의 가장 개성적인 연주가 된다는 것입니다. 이것은 각고의 노력 후에 가능해지는 것이지요. 가장 개성적이 되려면, 가장 제 마음대로 하면 되는 것일 텐데요. 외국어를 배운다는 것도 그렇지요. 외국어를 잘하려면 단어 외우고 문장 외우고 하는 일을 하여야지요. 그런데 잘한다는 것이 외운 것을 다시 재생해 내는 것은 아니지요. 외우는 노력을 통해서 말의 창조적 주체성을 자신 안에 흡수하는 것이 외국어를 잘하는 것이라고 할 수 있습니다. 자기 나라 말도 그렇지요. 내 마음대로 하는데, 그것이 문법에 맞고 말의 창조적 기능성을 표현하는 것이 말하는 것이지요. 배운 것을 재생산해 내는 것이 아니지요. 생각한다는 것도 여러 개념을 연결해 내는 것이 아니지요. 그것은 그것들의 바탕에 일치하는 것입니다. 제 마음대로 자유롭게 움직이면서도 제 마음대로 움직이는 것은 아니지요. 그러니까 자유도 반드시 제 마음대로 하는 것이 아니지요. 그래서 자유는 필연성이라는 말이 나오는 것이 아니겠어요? 자기 자신이 된다는 것도 그냥 제 마음대로의 인간이 된다는 것은 아니지요.

요전에 이남호 교수가 모임에서 달라이 라마를 중심으로 불교에 대해 좋은 발표를 해 주었습니다. 불교에 보면 아홉 가지의 세계가 있고 여덟 가지의 도 닦는 방법이 있고, 또 그 안에 여섯 가지가 들어 있고, 이런 식의 숫자에 따른 나열이 많지요. 이것은 인도 사고가 숫자를 좋아하고 수학적인 것과 관계있어서이겠지요. 그러나 우리 전통에도 그런 것이 있지 않습니까? 음양이 있고, 오행이 있고, 삼강오륜이 있고. 우리의 경우는 인도의 경우보다 더 기억술의 일부로 숫자를 쓴 것 같습니다. 숫자는 나열의 방식이며 나열은 종이 위에 하는 것이지요. 그런데 숫자적 나열에 치중하다 보면 종이 위를 옮겨 간다는 것을 놓치게 됩니다. 전체 공간 말입니다. 이 공간은 사유의 공간이고, 유연성과 창조성과 보편성이 나오는 원천입니다. 그런데 이 공간이 반드시 정연한 논리적 질서를 가진 것 같지는 않습니다. 변증법적인 움직임 속에 있다고 할까요.

그때 나온 이야기인데, 하나에서 다른 하나로 옮겨 갈 때 '속도를 느리게 해야 한다.'는 말이 있었습니다. 오랫동안 생각해서 그게 뭔가를 깨닫고, 그다음에 첫째 것과 둘째 것의 차이가 무언가를 아울러 생각하면서 마음에 굴려 본다고 했습니다. 속도를 느리게 해 나가면, 그것이 단지 정답으로 몇 개 몇 개가 아니라 그것이 유기적 관계 속에서 진행되는 과정임을 이해하게 된다, 그래서 속도를 느리게 하는 게 중요하다고.

핑거렛이 인을 얘기했지만, 유교에서 중요한 건 의식 절차지요. 그런데 의식 절차를 대강대강 해 버리면 아무 의미 없어요. 그야말로 허례허식, 공허한 형식이 되어 버리지요. 그걸 생각하면서 천천히 해야 형식이 뿔뿔이 흩어지지 않게 됩니다. 정답 쓰기는 맞기는 맞지만 내적인 의미가 없어요. 프랑크푸르트에 가서 우리 종묘 제례악을 들었는데, 그것이 참으로 이러한 느림의 중요성을 전달해 준다는 느낌을 가졌습니다. 그러니까 밖에 있는 것이 내적인 의미로서 되살아나기 위해서는 우리 마음속에 한번 새겨야 되거든요. 그런데 이것은 발견의 과정이지요. 그것은 오래 명상하고 생각하고 속도를 느리게 하고 마음속에 굴려 보아야 되는 것이지요. 제일 간단한 현대적 방법은, 아까도 얘기했지만 물음을 던지는 거지요. '왜 이런가?' 하고.

생각이 흘러가는 모양에 대해서 조금 우회적인 설명을 해 보겠습니다. 어저께 다른 모임에서 나온 것인데 성경 「이사야서」(11장 7절)에 사자와 양이 같이 누워 있고 소와 곰이 같이 밥을 먹고 하는 얘기들이 나오지요. 좋은 이야기지요. 그런데 우리나라에는 그런 종류의 낙원적인, 최종적인 평화와 행복의 상태에 대한 상상력이 없는 것 같아요. 사자와 양이 나란히 앉아 있다고 할 때 사자는 뭘 먹고 사느냐? 이걸 물어봐야 하겠지요. 그래야 현실이 되지요. 이상으로나 희망으로서는 좋지만 현실로 옮겨지려면 목사님이 그 얘기만 해 봐야 소용없지요. 현실에 사는 사람들은 이런 좋은 생각도 있고, 될 수 있으면 실천하려고 노력해야 된다고 얘기해야 되지만, 또 동시에 그것이 어떻게 현실 속에 살아남을 수 있느냐에 대해서도 얘기해야지요.

19세기의 미국 작가 제임스 페니모어 쿠퍼의 『개척자들(The Pioneers)』에 이런 이야기가 있지요. 가을이면 기러기가 하늘을 새까맣게 덮으면서 옮겨 갑니다. 동네 사람들이 대포나 총을 가지고 나와서 날아가는 기러기들을 잡습니다. 잡아 떨어뜨리는 재미로. 그런데 거기 유명한 사냥꾼이 와서 딱 한 마리만 잡더니 "내가 오늘 저녁 먹는 데는 이걸로 충분하다."라며 돌아가는 장면이 나와요. D. H. 로런스가 이것을 높이 평가했습니다. 살생유택(殺生有擇)이라는 말도 있지만, 자기가 필요한 만큼의 살생을 하는 것이 현실적 해결 방법이다, 불교에서는 살생을 금하지만 살생을 안 하고 어떻게 사느냐 하는 문제에는 답이 없습니다.

살생유택이 그 답변이지요. 그러나 불충분한 답변이지요. 쿠퍼 글에서는 선택의 기준이 있지만 이 말에는 적어도 그 말만으로는 기준이 없어요. 쿠퍼 글에서는 저녁밥의 필요가 기준입니다. 이 필요는 삶의 필요이지요. 이 필요는 모순을 내포하고 있습니다. 그리고 모순 속에서의 판단을 요구하고 있습니다. 마음이 이 필요에 일치하면서 다시 그에 모순된 윤리적 명령에 일치하고 있습니다. 이것을 생각하면서 해결하려는 것이 쿠퍼의 생각이지요. 생각이 삶의 모순에 열립니다. 그것에 일치한다고 문제가 절로 해결되는 것은 아니지요. 현실의 흐름과 생각의 흐름의 일치 그리고 거기에서의 결정 그리고 그 결정의 보편성, 이러한 것들의 과정이 어떻게 성립하느냐, 여기에 대한 답변은 간단하지 않은 것 같습니다. 노력하는 가운데 마음속에 선명하게 느끼게 되는 순간이 있다고는 할 수 있겠지만.

그러나 다시 생각해 보면, 여기에 두 개의 흐름이 있는 것 같습니다. 살생이 가능한 물리적 세계가 있습니다. 이것을 생각 없이, 재미를 위해서라도 이용하는 것이 가능합니다. 물론 모두 물리적 가능성 속에서의 이야기입니다. 지금의 세계는 이런 간단한 것이 아니라 물리적 세계에 가능한 것이 무엇이냐를 편리대로 또는 호기심이 이끄는 대로 탐구하는 과학과 기술의 세계지요.

다른 한편으로 이와 일치하지 않는 윤리적 세계가 있습니다. 그것은 우리가 선택하는 세계이지만, 무엇인가 거기에도 마음대로 하는 것을 제어하는 법칙 같은 것이 있습니다. 어떤 윤리적 명령이 있지요. 이 명령은 그 나름의 체계를 이루고 있습니다. 마음은 이 두 세계의 모순에 고민하고 적절한 답을 찾으려는 것이지요. 쿠퍼의 사냥꾼은 이 사이에 타협을 찾았습니다. 그것이 가능했던 것은 두 세계가 그것을 허용하였기 때문입니다. 물론 그 타협이 괴로움이 없는 타협은 아닙니다. 살생하지 말라는 것은 타협을 허용하지 않는 절대적인 명령이니까요.

그런데 이 타협이 얼렁뚱땅 하는 일은 아닙니다. 새로운 윤리 규칙이 성립했으니까요. '생명의 필요만큼'이라는 것이 그 규칙의 일부이지요. 이 필요는 심각한 성찰을 통해서 결정되어야지요. 아무렇게나 결정될 수는 없습니다. 그러면서 그것은 한 가지로 결정되어 고정될 수가 없습니다. 살생하지 말라는 절대적인 명령이 있으니까요. 잠정적 결정은 보다 적절한 결정을 탐색하는 하나의 중간 지점일 뿐입니다. 새 한 마리도 잡지 않고 사는 방법이 반드시 없다고 할 수는 없지 않습니까?

그런데 여기에서 말하려는 것은, 다시 한 번 이러한 윤리 법칙을 벗어나면서도 윤리 법칙이라 할 수 있는 것이 허용된다는 사실입니다. 이것이 제 마음대로의 법칙은 아니지요. 그렇다면 세계에는 이렇게 발견되는 법칙 — 법칙이라면 영원불변으로 존재해야지 발견되는 것이어서는 아니되지요. — 무슨 법칙입니까? 이 법칙이 무수히 있을 수 있다는 것이 아니겠습니까?

사는 것은 이 법칙의 계속적 발견의 과정이지요. 세계에는 물리적 법칙이 있습니다. 윤리적 법칙이 있습니다. 그런 의미에서 그것은 이데아를 품고 있는 세계이지요. 그러나 발견되는 이데아에 의하여 그것은 더욱 풍부해지는 이데아의 세계입니다. 아까 '별무리 생각'이라는 말이 있었는데, 사람들이 세계의 객관적 과정의 일부로서 그들의 실존적 우연 속에서 발견하는 이데아들이 별이 되고, 그것들이 모여서 별무리가 되고, 그러면서 거대한 하나의 형상을 이루는 것이라고 할 수 있을는지 모릅니다.

궤변 같은 이야기를 했습니다. 음악은 바로 물리적 세계에 깃드는 순수 형상의 세계이지요. 그것은 늘 새로 발견되는 형상의 세계입니다. 작곡자도 발견하지만, 그것은 연주하고 듣는 사람들도 늘 새로 발견하지요. 그러기 위해서는 음악 속으로 들어가고 또 우리 자신의 속으로 들어가야 합니다. 물론 그 사이에는 소리를 내는 매체, 맞을 수도 있고 맞지 않을 수도 있는 매체도 있습니다. 여기에 법칙적 세계, 늘 있는 것이기도 하고 새로 발견되는 것이기도 한 법칙적 세계가 있는 것이지요. 있다기보다는 펼쳐지는 것이라 해야겠지요.

수련과 마음

문광훈 프랑크푸르트에서 들으셨던 종묘 제례악에 대해서 좀 더 말씀해 주세요.

김우창 제례악은 동작도 느리고 리듬도 느린 되풀이였습니다. 그런데 마치 우리가 움직이는 공간에 일정한 패턴을 그려 보여 주는 듯한 느낌을 주었습니다. 패턴이란 공간적 형상 아닙니까? 그리하여 그것은 넓은 공간의 신비를 느끼게 했습니다. 그런가 하면 다시, '아, 이건 아직도 우리나라에서 심성이 살아 있을 때의 음악이다.'라는 느낌을 가졌지요. 그런데 이런 얘기해서 안됐지만, 요즘 사물놀이와는 전혀 달라요. 정신없이 막 치고 노는 것이 필요한 때도 있겠지요. 물론 거기에도 리듬의 질서가 있지요. 하지만 그것이 근본적인 상태에 닿아 있다는 느낌을 주지는 않습니다. 근본적 상태는 좋은 것을 마음에 새기는 것을 얘기하지요. 그런데 마음을 표현한다면 우리는 주관적인 것을 마음대로 판타지로 표현하는 걸로 생각해요.

가령 일본의 연극 노(能)는 굉장히 전통적인 것이거든요. 그것에 대해 일본 사람이 쓴 걸 본 일이 있어요. 절대적으로 전통적인 동작과 소리에서 벗어나지 못하게 해요. 그걸 수련하는 사람은 한없이 반복해서 전통을 되풀이하는 거예요. 세아미(世阿彌)라는 14세기 노 연기자가 쓴 지침서에 보면, 연기의 효과를 꽃으로 표현한 부분이 많습니다. 세부를 정확히 습득하고 거기에 마음을 집중하여 연기를 한 결과는 꽃이 활짝 핀 것과 같다는 것입니다. 수련이 생명의 자발적 효과로 발효되는 것이지요.

전통적인 걸 되풀이하는 것이 처음에는 괴롭고 하기 싫지요. 그러나 되풀이하는 사이에 자기 마음속에서 꽃이 피는 것입니다. 그러면 이제 자기 마음대로 하되, 공자가 얘기한 것처럼 '욕심대로 하되 크게 벗어나지 않는' 것같이 되는 거지요. 이것은 다시 한 번 자유와 필연의 일치를 말하는 것입니다. 피아니스트가 베토벤을 자기 마음대로 주관적으로 치는 게 아니라 베토벤에 아주 충실하면서 또 동시에 자기의 독특한 해석이 되는 순간이 있어요. 슈나벨(Arthur Schnabel) 같은 최고의 베토벤 연주자가 그런 사람들이지요. 우리는 흔히 창조성이 어떤 규범이나 보편적 원칙에 따라서 펼쳐지는 것이 아니라 자기 마음대로 하는 일이라는 생각이 강한 것 같습니다. 핑거렛의 인(仁)도 그러한 것이지 않나 합니다. 마음의 너그러움 속에서 행동하되 그것이 넓은 규범 속에 있는 상태이지요.

문광훈 한편으로는 전통적 가치나 규범을 존중하면서, 다른 한편으로는 이런 존중 속에서 자기 자신의 자아성을 <u>스스로</u> 실현해 가는, 그래서 그활동이 주제의 어떤 객관화 과정이 되는 것이 바로 인이라는 말씀이지요?

김우창 불인(不仁)이란 말을 생각해 보면, 인의 미묘함이 더욱 드러나게 됩니다.

문광훈 『노자』에 나오는 말인 것 같은데요? "하늘과 땅은 어질지 않다.(天地不仁)"라는…….

김우창 그런데 중국어로는 일상적<u>으로도</u> 쓰는 말이라고 합니다. 이것은 퇴계의 『성학십도』를 번역한 마이클 칼턴(Michael Kalton) 교수가 지적한 것입니다. 가령 문 선생이 허리 아픈 것과 같은 것을 '불인'이라 그러는 거예요. 그냥 아프다는 것, 제대로 기능하고 있지 않다는 것입니다. 그러니까 인이란 생명체가 제대로 기능하고 있다는 걸 말하지요.

문광훈 그런 설명은 훨씬 생생하네요.

김우창 생명체가 제대로 기능하려면 생물학적 생리적 원칙에 따라 움직이는 거라야 되잖아요? 그런데 그것은 내가 의식적으로 그러는 게 아니고, 내 몸이 살아 있다는 것 자체가 그렇다는 것이지요. 그러면서도 모든 살아 있는 사람이 살아 있다는 것만으로 생명체의 원리에 맞게 사는 것이 되는 것은 아니지요. 그것을 고양하는 열린 방법이 있다는 것 자체가 이 일치와 불일치의 가능성을 말하는 것이지요. 마음의 경우에는 특히 그러하다고 할 수 있습니다. 그런 데다가 마음의 영역은, 사실 우리 몸도 그러하지만, 우주 공간에 이를 수 있는, 아직은 실현되지 않는 잠재적 가능성을 가지고 있지요.

문광훈 보편성에 대한 존중과 자기실현의 과정이 어떤 추상적 규범에 따라 이루어지는 것이 아니라 삶의 원칙으로, 또 몸의 생리학적 원리로 살아 있다는 것이지요? 그게 바로 인이기도 하고.

김우창 추상적 규범과 모범이 필요하기는 하겠지요. 그러나 그것이 사람을 외면적 관점에서 보는 것이 되어 버리면, 자유와 자발성, 그리고 생리 법칙처럼 살아서 움직이는 현실로서의 법칙의 본질을 잃어버리는 것이 되겠지요.

너그러움과 미움에 대하여

문광훈 선생님께서는 사유의 엄격성과 내면적 너그러움, 이런 것을 통합시키고자 노력하신다는 점에서 '어진 학자', '인의 학자'라는 생각이 듭니다. 학문의 사유 활동과 인 혹은 너그러움의 관계에 대해 말씀해 주십시오. 조금 전의 언급과 연관이 될 것 같은데요.

김우창　자꾸만 최근 생각을 되풀이하게 되네요. 세계를 인식하는 제일 간단한 방법이 '부정'이기도 하고 감정적으로 이야기하면 '증오'지요. 카뮈의 『반항적 인간』의 시작은 "자살하느냐 마느냐가 문제다." 이렇게 되어 있지요. 자살하는 사람이 입에 담을 말을 우리가 한번 생각해 보면, "이 망할 놈의 세상, 아 이젠 살기 싫어, 무슨 인생이 이래, 죽는 게 낫지." 이렇겠지요. 그러니까 특정한 자기 사정에서 비롯되는 경험과 판단을 계기로 해서 세상을 부정하고 자기를 부정하는 것이지요. 그러나 이 부정으로부터 끌어내는 실천적 결과는 그래도 하나는 아닌 것 같습니다.

다른 나라에서보다 우리나라에는 '너 죽고 나 죽자.' 하는 사람이 많고 그러한 심리 기제도 많은 것 같습니다. 우리가 처해 있는 상황이 처절하다고 할 수도 있고, 또는 달리 생각해 보면, 우리가 철학적인 사람들이라고 할까, 감정의 차원에서 철학적이라고 할까, 철저한 점이 있습니다. 대구 지하철 화재 사건의 방화범은 자신의 사정이 어려운 데서 생긴 원한으로 불을 질러 자기와 관계없는 다른 사람들을 죽이려 했다는 것 아닙니까? 카뮈가 자살을 문제 삼는 것은 세상이 살 만한 것이 아니라는, 또는 생명이 의미 있는 경영이 아니라는 생각을 배후에 둔 것일 터인데, 자실하려는 사람이 세상과 생명에 대하여 부정적인 결론을 내렸다면, 세상과 생명 일체와 자신을 다 없애야겠지요. 그런데 자기만 죽겠다고 하는 것은 약간의 회의의 요소가 남아 있는 기이한 결정이라고 할 수 있지요. 자신의 결론에 대하여 다른 사람들이 다른 결론을 내릴 수도 있다는 것을 인정하는 것이든지, 아니면 절대적인 부정에도 불구하고 다른 사람과 세상에 대한 연민이란 것이 남아 있다고 해야 할지. 세상의 부정을 자신에 대한 부정으로 한정한 것은 사실이지요.

하여튼 부정과 증오는 세계를 인식하는 가장 간단한 방법의 하나입니다. 무엇을 일거에 거부하는 것이 틀린 것은 아닐 것입니다. 구체적인 의미에서 나에게 가해지는 또는 다른 사람에게 가해지는 악을 문제 삼지 않더라도 '무엇 때문에?' 하면서 세상과 삶의 궁극적인 목적에 대하여 묻기 시작하면 우리는 곧 무의미나 허무에 이르게 되지요.

모든 것은 삶을 받아들이는 것으로부터 시작됩니다. 무의미한 것을 무의미한 그대로. 그러면 거기에서부터 의미를 찾는 일이 시작되지요. 그러나 그것은 얼마나 골치 아픈 일입니까? 죽는 것은 한 번이고 살아가는 것은 한없는 문제의 연속이지요. 날마다 매시간 생기는 문제를 풀어 가야 하니까. 죽이는 것은 한 번이고 살리는 것은 한없이 돌보아 주어야 한다는 것을 의미할 수 있습니다.

프랑크푸르트 학파의 사람들도 부정(否定)에 대해 많이 얘기하고, 나도 부정을 많이 얘기했지요. 그러나 부정은 사회 전체에 어째서 부정이 있는가를 이해하는 수단으로 한정되어야 하는 것으로 생각됩니다. 그것이 부정 자체를 지속하는 것이 되면 안 되지요. 그러나 이것이 특별한 것은 아닙니다. 부정은 부정의 열정을 불러일으킵니다. 그것도 사는 방법의 하나지만 모순적인 삶의 고양법이라는 것을 모르고 있기가 쉽지요. 부정적 심정을 이해하고 그것으로부터 화해로, 보다 넓은 세계로 나아가는 것을 생각할 수 있는 관점이 필요하지요. 사람 마음속에는 본능적으로 세계를 긍정하고 삶을 보람 있게 살고 모든 것과 화해하며 살고 싶어 하는 마음이 움직이고 있습니다. 이것을 북돋워 주어야지요. 사랑도, 하나의 관점을 통해 세계를 인식하는 것도 전체성 속에서 인식하는 것이면서 아주 어려운 거예요. 사랑을 하려면 돌봐 줘야 되잖아요? 하나하나를 돌봐 주고 알아줘야되고, 하나하나의 가정에 대해 내가 책임져야 되고 괴로워요. 또 정신적으로도 받아들일 수 없는 많은 것을 받아들여야 한다는 것을 말하지요.

문광훈 그 점에서 선생님의 생각은 아도르노와 비슷한데요.

김우창 그렇습니까?

문광훈 그는 기존 현실의 어떤 지배적 부정성(不正性)에도 불구하고, 한편으로는 이 부정적 현실을 변증법적 방식 속에서 비판적·부정적(否定的)으로 사유하면서도 다른 한편으로는 문학과 예술의 심미적 계기를 통해 그 간극을 화해시키려고 노력하지요. 그것은 심미적 화해 ── 화해 불가능한 사회에서 이루어지는 예술적 화해의 시도이지요.

김우창 부정이 완전히 없을 수는 없지요. 그것도 중요한 이해의 수단이니까. 문제는 그것이 증오에 연결되는 것이라고 할 수도 있습니다. '이놈의 세상 안되겠다.'라고 하면 무엇이 안되겠는가를 정확히 알아야지요. 그러나 이것이 사람과 연결되면 증오가 되지요. 글쎄, 증오도 필요하다고 생각할 수 있습니다. 오든(Wystan Hugh Auden)의 말에 "우리의 증오는 정확해야 된다."라고 한 것이 있습니다. 맞는 말인 것 같기도 하지만, 그것은 보다 큰 긍정을 배경으로 할 때만 맞는 것이지요. 그러나 무엇에서나 정확성은 중요합니다. 오든이 말한 것은 증오의 대상에 대한 정확성을 말하는 것이겠지요. 자신의 마음에 대한 정확한 이해를 말한다고 할 수도 있어요. 많은 증오는 자신의 해결되지 않는 콤플렉스에서 나오는 것이니까. 그런데 오든이 말한 것은, 좌우가 대립해서 싸우던 스페인 내란에 관계되어 좌파와 자유주의자들의 투쟁을 옹호하면서 나온 것인데 스페인에 가서 목숨 내놓고 싸운 조지 오웰은 "그게 무슨 소리냐, 증오가 없어져야지." 하고 답을 했지요. 오웰은 사회주의자이고 아나키스트이지만, 투쟁의 구체적인 현실을 경험하면서 공산주의의 체계화된 증오 또는 거꾸로 그들이 생각하는 선과 사랑을 위한 증오의 음모를 거부하게 되었지요.

문 선생의 질문은 너그러움, 관용과 화해에 대한 것이었는데, 그와 관련하여, 간단한 이야기를 보태겠습니다. 이 이야기는 어릴 때 읽은 이야기인데, 오스카 와일드의 동화집에『행복한 왕자』라는 제목의 것이 있었는데, 거기 나온 이야기로 기억합니다. 천사가 나무꾼을 만나지요. 추운 겨울날이었기 때문에 나무꾼이 손에 대고 입김을 후후 하고 불었습니다. 천사가 이유를 물었더니 손이 시려서 조금 따뜻하게 하려는 것이라고 답했습니다. 그다음 천사가 그 나무꾼의 집에 따라 들어갔습니다. 그 아내가 저녁을 차렸는데 나무꾼이 상에 오른 뜨거운 죽에 대고 후후 하고 입김을 불었습니다. 천사가 그 이유를 물었더니 너무 뜨거워서 그것을 식히는 것이라는 답이었습니다. 이 설명을 듣고, 이 말했다 저 말했다 갈팡질팡하는 사람에 대해 큰 분노를 느낀 천사는, 내 기억이 맞다면, 결국 그 사람을 처단하게 된다는 이야기입니다. 잔인한 일은 상황의 유연성을 상실한 자기 나름의 판단의 결과로도 일어납니다. 사람에 대한 긍정, 모든 사람에 대한 사랑의 윤리적 요구는 모든 것의 바탕이지만, 사람이 판단을 하면서 살고, 판단한다는 것은 판별하면서 사는 것이라고 할 때, 많은 경우 선악을 판별하는 일이지요. 판단의 정확성은 심정적 의미에서의 너그러움이나 사랑보다도 더욱 중요한 것이라고 할 수 있습니다. 이 판단은, 되풀이하건대 상황의 적절성의 판단이지요.

다른 한편으로 상황의 관점에서 보면 모든 것이 그럴 만한 것으로 보이고, 또 그러니만큼 용서될 수 있는 것으로 설명될 수 있지요. 그것은 용서해야 된다는 말이 됩니다. 헤겔의 말에 "모든 존재하는 것은 이성적이다."라는 것이 있지요. 이것은 헤겔의 보수적 정치 철학을 나타내는 것으로 비난받는 발언이지요. 상황을 보면, 모든 것이 용서될 것처럼도 보입니다. 그래서 정치 운동의 동력을 독단론에서 찾고자 하는 사람들은 유연한 이해의 태도를 싫어하지요. 부정과 증오의 문제는 단순히 심정의 문제가 아니고 인식의 문제입니다. 정확한 인식이 없이 어떻게 상황의 개선이 가능합니까. 다른 한편으로 정확한 인식은 진정한 너그러움의 기초가 되는 것이기도 하지요. 어떻게 보면, 사랑과 같은 심정보다도 인식의 정확성이 의미 있는 너그러움, 관용과 화해 그러면서 상황의 개선 이러한 것들을 포함하는 너그러움을 가능하게 합니다.

우리나라에서는 지금 모든 게 너무 증오로 움직이지요. 증오할 만한 게 있다는 것은 우리 사회를 보면 인정 안 할 수가 없을는지 모릅니다. 그러나 무엇을 정말 증오해야 하는가 그리고 무엇이 정확히 사람들의 마음에 증오를 일으키는가에 대한 이해가 끊임없이 동반되어야 합니다. 그 이해로부터 개선과 화해가 생겨나야지요.

우리나라에도 상당히 알려져 있는 일본의 비평가 가라타니 고진은 마르크스주의자이지요. 예전에 만났을 때 이런 이야기를 했습니다. 일본 열도가 싹 가라앉았으면 속이 시원하겠다고 하는 한국 사람들이 많다는 것입니다. 이것이 신문에 난 설 보고 가라타니 씨는 너무 놀랐다고 말했습니다. 잘못된 걸 지적하는 건 좋은데 어떻게 일본 사람 전부를 무차별로 미워하고, 일본 전부의 침몰을 원할 수 있느냐 하는 것입니다. 일본 놈들 나쁜 놈들이니까 일본 열도는 없어져야 돼, 라는 건 일본을 인식하는 한 방법이지요. 부정과 증오를 통해 세계를 하나의 대상으로 구성하는 방법입니다. 일본이 침몰한다면, 한국에서 느끼는 어떤 문제가 저절로 해결될 수 있다고 할 수도 있지요. 그런 의미에서 그것은 완전히 틀린 세계 인식이 아니라고 할 수 있습니다. 그러나 인간적인 인식은 아니지요. 인간적으로 생각한다는 것은 구체적인 개체의 실존의 착잡성을 포함하여 생각한다는 것을 말합니다. 그 관점에서 볼 때, 일본 전체를 하나로 묶은 전체화된 세계 인식은 형편없이 파편화된 인식이지요.

구체적 전체성이 아닌 부정의 전체성, 독단적 전체성은 인간 상황에 대한 정확한 인식이 되지 못하지요. 이 정부에 대해 내가 비판적으로 느끼는 것도 이러한 점입니다. 너무나 증오로 세상을 인식하고 사람을 동원하는 방법으로 생각하는 것입니다. 또 너무나 도식적인 인식에 의존하지요. 다 두드려 부술 생각이 있으면 몰라도 사람 마음을 가라앉히고 이 문제를 우리가 같이 마음 합쳐서 좋게 해결해 봅시다, 쪽으로 나아가야지요. 그게 세계를 포용하는 방법이고, 세계를 참으로 전체성 속에서 장악하는 방법이지요.

문광훈 화해나 너그러움의 태도가 국가적 차원에서 부족하다는 말씀인가요?

김우창 그게 바로 구체적인 인식의 섬세함에서 나온다는 말입니다.

문광훈 격앙된 감정의 상태로는 세계적 차원에서, 말하자면 국제 사회에서 동등한 자격을 가진 국가로, 또 건전한 국가의 건전한 시민으로 참여하기 어렵지 않나 여겨집니다.

김우창 가라타니 고진 씨는 한국을 이해하려고 노력을 아끼지 않는 사람인데도 그것을 우리가 수용하지 못하는 겁니다. 작년에 국제문학포럼에서 발표된 논문을 편집해서 책으로 내자는 아이디어가 있었어요. 그래서 미국에 있는 일본인 교수와 이야기가 되어 이것을 편집해 미국에서 출판하자는 생각이 나오게 되었지요. 첫 발상은 내가 아니라 그쪽에서 왔습니다. 그러나 못하겠다는 것으로 일이 마감되었지요. 그 교수는 나하고 서면 토의를 하면서 영문으로 번역된 논문들을 세 번이나 꼼꼼하게 읽었어요. 못하는 이유의 하나는 한국 필자가 쓴 것들과 외국 필자들이 쓴 것 사이에 큰 간격이 있다는 것이었습니다. 간격이 뭐냐고 물었지만 대답하지 않았습니다. 그것은 수준의 차이 같은 것인지도 모르지만, 그 간격이란 것이 보편성의 문제가 아닌가 하는 느낌이 들었습니다.

민족주의, 좌우의 관점에 서지 않으면 말을 하지 못하는 경향이 우리에게 있거든요. 그것이 반드시 나쁘다는 말이 아닙니다. 자기가 그 관점에서 있다 하더라도 보다 큰 테두리에서 그것을 다시 살필 수 있어야지요. 그리고 우리가 부분적인 입장에 서는 것이 불가피하다고 할 때, 어떻게 그것이 보다 전체적인 것으로 이어질 수 있는가를 보여 줘야지요. 당장에 그렇게 말하지 않더라도 부분적 입장의 주장에는 최종적 화해와 평화의 공동체를 향한 마음의 움직임이 깃들어 있어야지요. 이것은 시점의 문제이기도 하지만 논리의 문제, 보다 면밀한 검토에 입각한 논리의 문제이지요.

　문광훈　그건 아주 중대한 지적인 것 같습니다.

　김우창　그 교수는 설명을 안 해요. "중대한 차이가 있다." 이렇게밖에 얘기를 안 해요.

　문광훈　그 지적도 그렇고, 그 지적에 대한 선생님 생각도 그렇네요. 그러니까 보편적 지평에서 사고하는 능력의 부족을 언급하는 것은 우리에게 문화적 반성의 중요한 계기가 될 것 같은데요.

　김우창　반공 탄입 때문에, 민족 분단에 의해, 제국주의 때문에 어떻게 나쁜 놈의 세상이 되었나 하는 이야기는 듣다 보면 지루해지지요. 이것을 읽은 사람들은 제국주의의 문제를 비롯하여 이러한 문제에 더 비판적인 사람들인데도. 현실은 어떨지 몰라도 글에서 독자가 원하는 것은, '저놈들 죽일 놈이다', '나는 억울하다'가 아니라 그것을 넘어가는, 그에 대한 이해가 아닌가 합니다. 외줄기 이야기가 아니라 넓은 종이 위에 펼치고 보여 주는 것이라야 하지요.

　문광훈　지엽적 관점을 가졌거나 지나치게 감정 의존적인 글은 외국에서 출판하기가 어려울 겁니다. 글이 되려면 납득 가능한 논지가 있어야겠습니다.

　김우창　물론 언어적인 문제를 비롯해 다른 여러 문제도 있겠지만, 우리가 지나치게 증오와 원한에 의한 세계의 단순화로 생각을 대체하는 것이 아닌가 합니다. 전에도 얘기했지만 한이 큰 것이지요.

문광훈 하나의 시대적 이데올로기로서 어떤 이념에의 의존은 있을 수 있지만, 이 이념을 절대화하는 것은, 특히 그 이념의 내용이 한처럼 부정적이고 퇴행적일 때 위험하지 않나 여겨지네요. 그것은 조금 전에 말씀하신 인이나 너그러움과 같은 긍정적 덕성이나 태도로 수렴되어야 하지 않을까요.

김우창 옛날부터 최고의 사회 윤리는 사랑(caritas), 자비(karuna), 인(仁)입니다. 그러나 이러한 것들이 다 좋은 말씀에만 그치지 아니하려면, 앞에서 이야기한 대로 정확한 지적 인식이 수반되어야 합니다.

문광훈 학문이나 철학적 사유에 정확성이 있어야 된다는 말씀이지요?

김우창 정확히 생각한다는 것이 중요한데, 한없는 작업이지요. 보편성은 절대성을 가진 것처럼 생각되지만, 그것도 딱 정해진 게 아니지요. 역사적으로 열리는 지평 정도로 생각하는 것이 옳을 것이고. 마르크스주의든, 구조주의든, 기능주의든 사회를 구조적으로 설명해도 개인의 입장에서는 언제나 점쟁이가 필요할 수밖에 없는 세상이지요. 좋은 세상에서도 '나는 어떻게 할 것인가' 하는 문제는 새로 생각되어야 하는 문제이지요. 사회의 경우에도 그렇지요. 사회주의가 되었다고 그것으로 생각할 것이 없지는 않지요. 자본주의도 그러하고요. 신자유주의로 모든 것이 설명되는 것처럼 말하는 사람들을 보면, 어처구니가 없을 때가 많아요. 윤리 규범의 문제도 부딪치는 상황마다 새로운 문제를 가져오지요. 어질다는 것도, 아까 말한 것처럼, 구체적 상황에서 어떻게 하는 것이 어진 것이냐를 선택하여야합니다. 양자 물리학 같은 데서 말하는 것처럼 어떻게 해서 물리적 세계가 법칙적 세계이면서 불확정성을 가지고 있는지, 또 규범이 없을 수는 없는데도 자유의 불확정은 왜 늘 새로운 문제로 나타나는 것인지, 두 개가 어떻게 연결되는 것인가, 이런 것들을 한번 생각해 보고 싶어요.

문광훈 내년쯤에 그런 작업을 시작하시나요?

김우창 아니, 뭐 그냥 하는 이야기이고.

권터 그라스 이야기와 삶의 형식

김우창 권터 그라스를 둘러싸고 욕하는 사람도 많고 그렇게 말썽이 많았는데, 어저께 《프랑크푸르터 알게마이네》를 보니까 그의 책이 벌써 15만 부가 나갔대요.

문광훈 그 사람에 대한 많은 비판들 중에 요점이 '왜 지금인가.'였지요. 선생님께서 아까 말씀하신 대로 "밝히고 싶었는데, 그 적절한 형식을 찾고 싶었다."라는 그의 말도 제 생각에는 거짓되어 보이진 않아요. 또 그라스가 말하는 것처럼 나이 열다섯에 잠수함 부대(Das U-Boot)에 자원해 들어가고, 그다음에 나치 무장친위대(Waffen-SS)에 소환되어 그쪽으로 옮겼다고 하지요. 그가 하는 말 중에, "그 당시에는 나에게 무슨 일이 벌어지고 있는지 알 수가 없었다."라는 고백은 진실되어 보여요.

김우창 그것은 맞는 얘기입니다. 자기 일이라고 해서 모든 일의 의미를 완전히 알 수 있는 것은 아니지요.

문광훈 한스 벨러(Hans Wehler)라고 유명한 독일사학자 있지 않습니까? 그 사람 인터뷰에도 자기가 1933년인가 태어났는데, 이 정도 연배에서 그런 일은 너무나 흔하였다고 하대요. 무장친위대는 'SS(Schutzstaffel, 나치 친위대)'와는 또 다르더군요.

김우창 무장친위대가 더 나쁜 놈들이지요.

문광훈 그런데 그것이 '유대인 대학살'과는 연관이 없었다고 해요. 초창기였기 때문에.

김우창 권터 그라스가 들어간 것은 초창기가 아니라 말기예요. 세 번의 변화를 생각할 수 있어요. 무장친위대는 맨 처음에는 히틀러 신변 보호 친위대로 거들먹거리고 다녔고 그다음은 독일 군대의 핵심으로서 파견되어 중요한 정치적 의무들을 수행했는데, 폴란드 사람이나 유대인들 죽이는 일이 거기에 들어 있고 전쟁 말기에는 그냥 군대로 활용했어요. 그 무렵에 그라스가 들어갔다는 거예요.

문광훈 그때는 매우 느슨한 구조였다고 해요. 그 부대에 들어갔으면서도 집으로 갈 수도 있었고.

김우창 어떤 사람이 쓴 거에 그라스가 어느 전투 후에 농가에 들어가서 살아남잖아요? 그런데 거기서 한 것 중 하나가 전투복을 갈아입는 거예요. 무장친위대 유니폼을 벗어 버리고 다른 옷으로 갈아입는데, 나쁘게 해석하는 사람이 그랬어요. 유대인들이 그때 제일 미워한 게 게슈타포와 무장친위대 복장을 한 놈이라고. 그가 복장의 의미를 알고 있었다는 이야기지요. 그라스는 2차 대전 후에 미군 부대가 진주한 다음 미군 부대에서의 흑인 차별을 비판적으로 쓴 일이 있다고 합니다. 자기가 그단스크에 살면서 어릴 때부터 보아 온 독일 사람들의 유대인 차별을 몰랐을 리 없다, 그라스와 비슷한 나이라면서 이런 이야기들을 쓴 사람도 있더군요.

문광훈 그 정도 어려도 알 수 있다, 이거지요?

김우창 사람이 주변에 잡혀 가고 하는데 몰랐을 리가 없는데, 미군 부대의 인종 차별에 대하여 얘기하는 게 말이 되느냐 이거예요. 참 복잡한 것 같아요.

문광훈 여러 각도에서 볼 수 있어야 하는데, 유대인들에 대해서 독일 사람들이 대체로 아무 말 못하거든요. 이런 역사적 죄과 때문에 그렇겠지만.

김우창 미국의 유명한 유럽사 교수 피터 게이(Peter Gay)라는 사람이 있어요.

문광훈 프로이트에 대해 전기를 쓴 학자 말이지요?

김우창 계몽주의에 대해서도 쓰고. 그러니까 이 사람은 아주 냉정하게 썼대요.《뉴욕 타임스》에 쓴 결론에서 "귄터 그라스 같은 사람까지 그런 죄과가 있는 걸 보면 독일인치고 죄 없는 놈 하나 없다."라는 얘기였어요.

문광훈 설득력 있는 얘기네요. 그런 걸 보면, 귄터 그라스를 떠나서 한 개인이 하나의 사회 안에서 바르게 행동할 수 있는 개인적·역사적 조건들이 과연 무엇인가 하는 것은 정말 어려운 것 같아요. 두려워집니다.

김우창 네, 어려워요. 한 가지 말할 수 있는 것은 귄터 그라스가 너무 고고한 사람처럼 행동을 안 했어야 하지 않는가 하는 것입니다. 자기는 깨끗하고 다른 사람은 다 나쁜 놈들이라는 식이었으니.

문광훈 1960년대 초부터 40년 이상 '전후 독일의 도덕적 양심'으로서 살아왔으니까요.

김우창 좀 더 부드럽게 얘기를 했어야 됐어요. 바르게 산다는 게 너무나 힘들기 때문에 그대로 얘기를 하되 죄 지은 사람에 대해서는 더 너그럽게 보는 것, 그것이 교훈인 것 같아요.

문광훈 그라스에 대해《가디언》의 평은 어떤가요?

김우창 《가디언》은 인터넷으로 안 보고 내가 직접 받아 보기 때문에 지금까지 못 봤어요.

문광훈 일주일 정도 뒤에 오겠네요. 특히 어떤 면을 주목해서 읽으시나요?

김우창 될 수 있으면 다 보려고 해요. 세계에 대해 가르쳐 주는 게 많기 때문에요. 다시 그라스의 문제에 돌아가서, 여기에는 우리가 말한 신문 매체 차원의 이야기 이외에 또 다른 차원이 있는 것 같습니다. 그것을 한번 생각해 보고 가지요. 귄터 그라스가 젊은 시절의 잘못을 일찍 고백하지 않았던 것은 적절한 형식을 찾고 있었기 때문이라고 했는데, 그것은 아주 재미있는 설명인 것 같습니다.

적절한 형식의 문제는 참으로 수수께끼 같으면서도 매우 심각한 이야기인 것 같습니다. 이야기 형식의 핵심은, 아리스토텔레스가 말한 바와 같이 시작과 가운데와 끝이 있는 플롯 또는 이야기 줄거리 아닙니까? 그런데 우리가 하는 일에 이런 맥락이 분명한 일이 얼마나 됩니까? 이 맥락을 들추어 낼 때까지는 어떤 일이 무엇을 의미하는지 모르지요. 맥락에 맞추어 꾸며 보기도 해요. 그런데 이런 맥락이 있다고 해도 그것은 사람에 따라 얼마나 많습니까? 그라스의 삶의 맥락과 다른 사람이 생각하는 사건의 맥락이 같을 수 없지요. 나는 걱정이 많아서 주위도 살피지 않고 걸어갔는데 내가 인사도 건네지 않는 것을 본 다른 사람은 "저 사람 참 거만해졌어." 하겠지요.

그런데 이것은 조금 뻔한 이야기이고 형식 또는 형상이라는 것은 참으로 기이한 것이지요. 우리가 사물에 대해 갖는 많은 의문은 인과 관계를 통해 답해집니다. 그러나 장미의 아름다움을 볼 때 기이한 느낌은 들지만, '왜', '무엇을 위하여'라는 질문으로는 이 기이한 느낌에 답하려 하지 않습니다. 그것은 그냥 아름다운 것이지요. 거기서 그치는 것이지요. 그러나 동시에 경이를 느끼게 된다면, 그것은 무엇을 뜻합니까? 경이란 예상치 못한 것이 있었다는 이야기이고, 또 이상한 것이 있었다는 이야기이지요. 릴케의 비명에 발췌되어 있는 시는 "장미여! 순수한 모순이여/ 그 기쁨은 그 숱한 눈꺼풀 아래/ 누구의 잠도 아님에(Rose, oh, reiner Widerspruch/ Lust, Niemandes Schlaf zu sein unter soviel/ Lidern)"라고 했는데 이것은 형식이나 형상의 신비에 대한 결정적인 표현이라고 할 수 있습니다.

눈에 띄는 것이 있으면, '누가', '왜', '무엇을 위하여'와 같은 의문이 마음속에 일어나게 되지요. 아름다운 것을 볼 때도 마찬가지지요. 장미를 보면 그 뒤에 숨은 것, 의미가 있을 것 같지요. 장미 잎은 사람의 눈꺼풀 같다고 할 수도 있으니 누가 눈꺼풀을 내리감고 잠이 들어 있다고 생각할 수도 있습니다. 그러나 그 뒤에 아무도 없다는 것을 우리는 알고 있습니다. 아름다움은 우리의 주의를 사로잡으면서 그것으로 끝입니다. 모든 예술의 아름다움은 이와 같지요.

사람의 삶이 어떻습니까? 우리의 삶이 아름답다고 할 때, 그 뒤에 주인이 있나요? 훌륭하게 잘 산 사람이니까 그렇지, 이런 종류의 설명이 나올 수도 있겠고, '곱게 늙은 사람' 어쩌고 하는 우리말에도 그러한 뜻이 함축되어 있다고 할 수 있지요. 그러나 하이네가 "너는 꽃과 같이 아름답다."라고 했을 때 그 아름다움이 아이 인생의 업적의 아름다움인가요? 그렇다면, 왜 아름다운 아이를 보고 아름답다고 하면서 하이네는 곧 "슬픔이 마음에 스며든다."라고 합니까? 그 아름다움이 나이와 더불어 사라질 것을 알기 때문이지요. 마음도 나빠지고 피부도 나빠지고, 하이네가 이런 뜻에서만 슬픔을 느끼는 것은 아닐 것입니다. 그 아이의 꽃 같은 아름다움도 그 아이의 인생이 아니지요. 그렇다면 그것이 사라지는 것도 그 아이의 일은 아니지요. 거기에도 릴케의 장미의 모순이 있습니다.

그 근원을 알지 못하면서도 우리는 삶에서 어떤 형상적 완성을 찾고자 합니다. 자서전의 추구는 이것이 아닌가 모릅니다. 자서전에는 잘한 것도 있고 잘못한 것도 있지요. 그러나 궁극적인 의미는 그러한 잘못을 넘어선 어떤 형상 속에 있다고 할 수도 있습니다. 물론 그 형상 속에 상처가 있겠지요. 그러나 그것이 어떠한 역할을 하느냐 하는가는 그 안에서의 문제지요. 세상에서 말하는 것과는 다른 의미의 문제지요. 조금 더 쉽게 말하면, 내가 죄를 지은 것이 객관적으로 중요하다면, 주관적으로는 그 죄가 나에게 무엇을 의미하였던가가 중요하지요. 그것은 삶의 전체적인 형상 속에서 해명될 수 있다고 할 수 있는지 모르지요.

인간성의 심연

김우창 《가디언》에서 본 뉴스로 돌아가서, 지난 호에서 읽은 이야기를 하나 하지요. 오스트레일리아의 북동쪽에 팜 아일랜드라는 섬이 있어요. 인구가 얼마 되지도 않는 섬인데 그런 사회도 있다는 것은 인간을 다시 생각하게 하는 사실 중의 하나입니다. 거기서 일어난 살인 사건을 취재하러 간 어떤 기자가 그 섬 이야기를 썼어요. 완전히 폭력 사회여서 거기서는 길에도 혼자 못 다닌다고 해요. 주민은 외출하려면 꼭 둘 이상 작당해서 나가야 돼요. 술 먹고 난장판 피우고 사람 죽이는 게 항다반사로 일어나니 혼자는 무서워서 못 다니지요.

오스트레일리아 정부의 잘못이 크지요. 범죄를 저지른 원주민들을 무조건 거기로 보내 버리거든요. 그래도 자기들끼리 질서 있는 사회를 구성할 수 있어야 할 텐데. 오스트레일리아가 원래 그렇게 생겨난 나라지요. 영국에서 죄를 지은 사람들을 오스트레일리아로 보냈는데, 자기들끼리 나라를 만들기 시작한 것이거든요. 물론 식민 통치자들이 있었지만. 카프카의 단편에 「유형지에서(In der Strafkolonie)」라는 것이 있지요? 이것을 영어로 번역하면 'In the Penal Colony'지요. 카프카가 오스트레일리아 이야기를 쓴 것은 아니지만, 오스트레일리아를 그렇게 불렀지요. 그런데 지금 팜 아일랜드가 그런 곳이 되어 있는 것입니다.

문광훈 끔찍하네요.

김우창 그 사람들이 협동적 인간관계를 만들지 못해 혼자 길에도 못 다니는 사회가 된 것입니다.

문광훈 공권력의 남용인가요, 정지인가요?

김우창 공권력의 부재지요. 경찰도 꼼짝 못하니까요. 파푸아뉴기니에 관한 인류학 보고서에도 비슷한 사회를 말한 것이 있습니다. 길에서 모르는 사람 만나면, 죽이는 것으로 되어 있는 곳이 많다는 것이지요. 그것은 외부의 적이 없는 경우 사람들이 화목한 협동 사회를 이루어 내게 되어 있는 것이 아니라는 말이고, 인간성에 대한 증언이기도 합니다. 우리나라의 군대나 감옥에 가면 조폭 비슷한 면이 많이 있지요. 서열을 정해 사람을 내리누르는 것이 상습적이지요. 어떻게 보면 학번 따지는 것도 그 비슷한 일이라고 할 수 있습니다.

어려운 상황이 있으면 그 상황에서 상부상조의 체제를 만들어 내는 게 아니라 위계를 만들어 어느 놈은 좀 편해지고 어느 놈은 좀 더 일 많이 시켜 내가 좀 편해지자는 것, 홉스가 이야기한 야만의 상태는 상상 속의 사회가 아닙니다. 문명된 사회에도 그것은 여러 변형된 형태로 존재합니다. 그것을 경계해야지요.

문광훈 어릴 때부터 20대까지의 거친 환경에서 나온 거친 심성이 있지 않습니까? 바로 그런 것을 겪었기 때문에 20대 이후에는 심성의 순화 쪽으로 가야 되는데 현실에서는 대체로 더 거칠어지지요.

김우창 어릴 때는 가정 폭력, 아버지의 전제 등이 문제겠지요. 물론 빈곤과 같은 것이 그 밑바탕에 깔려 있겠지만, 과외 공부의 압력, 서열화된 대학 입학 경쟁, 졸업 후의 취업 경쟁 등 우리 사회에는 인간적 화합에 장애가 되는 많은 요인들이 있을 것입니다. 이것을 사회 구조나 정치로만 생각하면 일을 단순화하는 것이지요. 이러한 문제에 대한 심리학적·사회학적 연구가 필요하지요. 모든 것을 정치 조건이나 사회 구조의 책임으로 돌리지 말고 사회의 여러 분야, 특히 아이들의 성장과 관련하여 일어나는 억압적 요인들을 면밀히 들여다볼 필요가 있습니다.

문광훈 실증적 조사에 바탕한 연구 말이지요?

김우창 그런 실증적 연구를 해야지요. 또 감옥이나 군대에서 폭력적 질서가 생기는 것이 어릴 때 성장 과정과 관계있다면, 그걸 연결해서 연구해야 되겠지요.

문광훈 그걸 연구하는 데도 아까의 논의와 관련지으면 자기 삶을 주체적으로 문제시하는 능력이 있어야 하는데, 그것이 없지요. 그게 사회학적으로 중요한 테마라서 스스로 문제를 제기하고 밝혀 보겠다는 것이 아니라 유행적 담론에 그냥 수동적으로 따르는 것이지요. 외적으로 부과된 과제 아래 논문 한두 편 쓰는 것으로 자족하면서.

김우창 연구가 있는데 내가 모르는지도 모르지요.

보편적인 지식의 지평과 열림

여러 사상가들: 생각의 출발점

문광훈 선생님은 영향을 받은 철학자로 메를로퐁티를 자주 언급하셨습니다. 감각과 정신의 매개, 현상 속에서의 초월적 가능성, 지각의 구체성과 형이상학성은 메를로퐁티 사고의 핵심적인 면모라고 할 수 있습니다. 이런 이질적 축들의 매개는 선생님 글의 전체를 관통하는 하나의 실마리처럼 보입니다. 그러나 그 이외에도 많은 작가와 철학자의 지적 흔적이 사실은 곳곳에 배어 있다고 여겨지는데요.

예를 들어 프루덴티아(prudentia, 실천적 이해나 지혜)나 프로네시스(phronesis, 지혜)의 언급에서는 플라톤의 흔적이 있지만, 이런 고대 그리스의 철학을 깊이 궁구하는 가다머의 영향도 볼 수 있어요. 이것은 해석학적 사고, 해석의 역사적 순환성, 지평 융합 개념에 대한 언급에서도 단편적으로 드러나고요. 그렇듯이 초월이나 참여의 의미, '자기기만(mauvaise foi)'이라고 하나요? 원래 이건 사르트르 저작에서는 기성 관념에 의지하여 자기 정당성을 변호하는 것을 두고 하는 말인데요. 이런 개념이나, 또 '무상성(無償性, gratuité)' 개념은 — 이 무상성도 독자나 작품의 관계가 이해관계를 떠나서 주어진다는 점에서 쓰는 말인데 — 가령 '선이란 비의도적 무상성'이라는 정의에서도 묻어 있지 않나 여겨집니다. 이런 식으로 선생님은 기존의 여러 중요한 개념들, 관념의 집적물을 그 나름의 문제의식 속에서 독자적으로 전용(轉用)하시는 것으로 보입니다.

그러니까 기존 사상가와 비판적 대결을 하며 인용도 많이 하시고요. 현대 철학에서 가장 앞섰다고 할 수 있는 사고들, 가령 해체적 사고나 그 움직임, 유동성에 대한 데리다적 사유의 광범위한 수용이 나타납니다. 또 찰스 테일러나 하버마스 같은 철학적 거장들과의 논리 대결은 좀 더 명시적으로 드러나고요. 구체적 보편성의 사상도 선생님께서는 메를로퐁티를 언급하셨지만 제가 보기에는 메를로퐁티 이외에도 사실 큰 사상가들 — 헤겔이나 사르트르에게도 자주 나타나지요. 또 그 이전에 칸트의 '공통 감각(sensus communis)'이나 '주관적 일반성(subjektive Allgemeinheit)'에도 그 흔적이 담겨 있어요.

제가 느끼는 것은 이런 사상가들에 대한 자기 변용 방식 — 비판적 수용을 통한 자기화 과정의 특출함입니다. 선생님 사유의 특성에는 많은 것이 있지만, 무엇보다 개념 전용의 능력, 다른 식으로 말하여 사유의 자기화 능력이 뛰어나지 않은가 생각합니다. 글쓰기의 과정 안에는 이해와 해석, 비교와 검토, 비판과 수용, 변용과 표현 등 여러 단계가 있다고 한다면, 자기화 능력은 이런 여러 단계가 주체적 사고 안에서 하나로 통합될 수 있을 때 비로소 가능한 능력이라고 할 수 있습니다. 그래서 그것은 창조성의 다른 이름이 된다고 할 수 있지요. 이 창조적 자기화 능력은 말할 것도 없이 인문학 활동에서 핵심적인 그리고 궁극적인 능력으로 보입니다. 이런 창조성을 선생님께서는 자유자재로 보여 주시는 것은 아닌가, 라고 느낄 때가 많습니다. 그 과정은 다른 한편으로는 비밀스럽기도 하고요. 그래서 드리는 질문인데, 기존 사상을 어떻게 전취하시는지 좀 알고 싶습니다.

김우창 뭐 비밀이랄 게 별로 없어요. 그런데 계속 읽기는 했는데, 누구의 글이 내 생각에 많은 자국을 남겼는지는 분명치 않습니다. 문 선생이 든 철학자들 가운데 사르트르는 내가 젊을 때 매우 중요했고, 메를로퐁티는 책을 읽어 가는 사이에 가장 친화력을 느꼈던 철학자였지요. 내가 메를로퐁티에 끌린 것은 그의 과학적인 성향, 지각에 대한 현상학적 주의, 사실적이면서 유연한 사유에 기초한 정치 철학, 이런 것 때문이었어요. 그런 한편 그에게서 발견하지 못한 것은 보다 넓은 형이상학적 세계에 대한 열림입니다. 이러한 형이상학적 요구를 채워 준 것은 하이데거지요. 다시 읽어 보면 어떨지 모르지만, 하이데거가 나에게 가장 중요한 철학자가 아니었나 합니다. 문 선생이 말씀하신 프루덴티아나 프로네시스는 근본적으로 가다머를 경유한 고대 철학의 이해지요.

하버마스의 경우 초기의 『인식과 이해』와 같은 것은 나로 하여금 마르크스주의 같은 경직된 사회 이해로부터 풀려나게 하는 데 중요한 역할을 했습니다. 그러나 나중에는 너무 까다로운 사변이 많아져서 조금은 흥미를 잃었지요. 너무 정확히 쓰려는 것도 문제가 있는 것이 아닌가 하는 생각이 듭니다. 정확성은 사물의 정확한 곡률(曲率)에 맞아 들어가야지 그 자체의 정치성(精緻性)이 되면 안 되지요.

하버마스는 만년에 너무 학계, 미국의 행동 과학(Behavioral sciences)의 공리공론에 신경을 많이 쓴 것 같습니다. 이렇게 말하고 보니, 메를로퐁티는 조금 다르지만 사르트르나 하이데거는 자기 나름으로 글을 썼지 당대의 학계의 논쟁에 신경을 별로 쓴 것 같지 않네요. 학계의 논쟁은 스콜라주의로 빠져들게 하는 첩경이지요. 우리나라에서도 이것을 보게 됩니다. 그런데 특히 이해가 안 되는 것은 서구 학계의 잔논쟁에 너무 신경을 쓰는 것이지요.

하여튼 이런저런 사람들을 참고하면서 글을 쓰는 것은 사실인데, 내가 제대로 이해하면서 쓰는 것인가 하는 걱정이 있지요. 그러나 한 가지 위안은 내가 쓰는 것은 이들을 해설하려는 것이 아니라 내가 생각한 것을 쓰는 것이고, 내 글을 쓰는 데 이들 저자로부터는 도움이 될 만큼만 도움 받는다, 이렇게 생각하는 것입니다. 인용이 장식적 요소가 되지 않나 하는 생각을 많이 합니다. 내 얘기로 그냥 풀어 나가면 되겠는데, 내 얘기만 하면 설득력이 없을 것이기 때문에 다른 사람들의 말을 빌려 쓰는 경우도 많습니다. 그러나 인용이 필요한 심각한 이유도 있지요. 왜 내 얘기로 하면 권위가 안 서고 다른 사람을 인용하면 권위가 서는가를 생각하면 한쪽으로는 우리가 권위를 필요로 하고 권위한테 아부하는 것도 있겠지만 다른 사람이 말한 것을 빌려서 얘길 하면 적어도 두 사람 이상이 같은 얘길 한 거니까 우리 스스로한테도 설득력이 더 있는 것 같아요. 우리 사고는 다른 사람들의 흔적에 또 하나의 흔적을 보태는 일이지요.

그러니까 사르트르나 하이데거와 같은 거장 말고도, 신문에 난 기사라도 인용하면 다른 사람한테뿐만 아니라 나한테도 더 설득력이 있거든요. 그런 거 보면 우리 사고가 아무리 스스로 생각한다고 해도 다른 사람의 사고에 얼마나 의지하고 있는가, 그리고 두 사람 이상의 합의가 얼마나 중요한가를 느끼게 합니다. '지음(知音)'이라고 해서 옛날 사람은 자기를 알아주는 이가 있으면 정말 좋다고 얘길 했지요. 그처럼 사람이 정말 다른 사람의 관점을 포용하지 않고 자기 확신으로만 얘기하기는 어려워요. 그런데 왜 문학하는 사람이 철학자들을 많이 읽었는지 나도 잘 모르지요.

문광훈 선생님의 어떤 천성적 성향이나 기질이 그쪽으로 많이 기울어 있지 않나, 그래서 '근본적으로 철학적이다.'라는 생각이 들어요.

김우창 그런 것 같아요, 내가. 고등학교 때도 그랬고.

문광훈　다음 질문인데요. 한편으로는 데카르트나 하버마스, 이황, 찰스 테일러와의 비판적 대결을 하시고 또 이런 논의들은 여러 편의 글, 가령 『정치와 생활 세계』에 들어 있는 「이성과 사회적 이성」, 「궁핍한 시대의 이성」 등에서, 보편적 이성에 대한 서구 담론과 ──독일어로 이런 말을 자주 쓰는데요. ── '비판적 대결(kritische Auseinandersetzung)'을 하면서 본격적으로 치밀하게 다루어집니다. 여기에서의 초점은 감성과 이성의 겹침이나, 일상 속에서의 초월적·형이상학적 가능성 또는 이성의 감각적 실존적 성격, 감성의 이성적 질서, 로고스와 파토스의 얽힘, 내면성의 사회적 토대 등이 될 수 있을 것 같습니다.

이 부분에 대한 논의는, 제 생각이어서 틀릴 수도 있겠지만, 선생님의 사유 축조물에서 가장 빛나는 부분이 아닌가, 또 한국 인문학 전체로 봐서도 중대한 성취의 하나가 아닌가 여겨집니다. 서구의 이른바 최고 지성이 쓴 최고의 저작물과 이렇게 엄밀하고도 공정하며 주체적이고도 납득할 만한 논지를 펴는 경우는 우리 인문학의 전통에서 드물지 않나 판단하기 때문입니다. 이것은 사실 서구 지성사 안에서도 다르지 않다고 말할 수 있고요. 이런 평가에 대해 선생님은 어떻게 생각하시고, 또 조금 전에 말씀드린 이성과 사유의 겹침이나 매개, 이런 매개를 통한 통합적 사유의 모색과 관련하여 우리의 지적·문화적 전통은 어떠한지 그 평을 듣고 싶습니다.

김우창　모든 것의 기원이 감각 자료(sense data)에서 시작된다는 것, 감각적으로 주어지는 것에 의해 시작된다는 것은 틀림없다는 생각이 많이 들어요. 그런 의미에서는 나에게 상당히 실증론적(positivistic) 편향이 있다고 할 수 있습니다. 그래서 무슨 생각을 하든지 간에 내가 실제 직관적으로 느낄 수 있는 것과 연결되어야 의미가 생기는 것 같아요. 또 어떤 때는 꼭 그렇게 하지는 못하지만, 거창하게 글이 전개되어 가는 것 같으면서 내가 실감이 안 나면 그것을 삭제하는 쪽으로 다시 고쳐 쓰게 되지요.

어떤 사람들은 그런 걸 싫어하는데, 본래적 느낌, 독일어로 하면 'eigentlich'하다는 것 또는 영어로 해서 'authentic'하다는 것, '정말 이건 실감 난다'는 것이 나한테 중요하고 또 실제로 개념적 사고의 핵심인 것 같아요. 그런데 그걸 놓치기가 쉬워요. 과학적 사고에 있어서도 이건 틀림없다라는 확신이 들어가야 되거든요. 그런데 그건 많은 경우에 감각적인 걸 통해서도 그렇고 자기의 느낌에서 그렇게 된다고 생각돼요.

지난번 『마음의 생태학』에서도 내가 언급했는데, 너스바움(Martha Nussbaum)의 책을 통해 안 거지만 스토아 철학에서 카탈렙시스(katalepsis)라는 말을 끌어다 댄 일이 있지요. 그것은 '내가 보았기 때문에 틀림없다'는 확신으로부터 시작되는 어떤 증거를 말합니다. 너스바움이 이것을 말하는 것은 프루스트를 설명하면서입니다. 여기에서 확신의 근거는 통증, 사랑의 아픔입니다. 그런데 스토아 철학자의 신념이나 학설은 그 사람의 감각적 확신으로부터 시작되는 경우가 많다고 합니다. 과학적 가설에도 이러한 확신은 중요하지요. 그게 논리적으로 증명되고 다른 사실의 연관으로 뒷받침되는 거지요.

특히 문학이나 철학이나 사고에서 가장 중요한 것은 감각 자료이고, 우리 마음속에 일어나는 확신인 것 같아요. 그러나 그 확신이 도그마가 되면 안 되지요. 거기서부터 출발해서 그 확신을 논리적으로 규명하려는 것이 글 쓰는 행위입니다. 자기 확신 자체를 논리적으로 규명해서 그게 정말 타당성이 있느냐 하는 거지요. 여기에서 규명한다는 것은 그것을 정당화한다는 이야기는 아닙니다. 진리를 밝히고자 하는 정열이 이것을 보장하여야지요.

모든 사고는 카탈렙시스에서 시작하여야 한다고 할 수도 있습니다. 우리나라의 전통에서는 너무 많은 것을 개념으로부터 시작하는 까닭에 내용이 없는 형식화가 강해진 경향이 있었던 것 같습니다. 잘 모르지만, 퇴계의 편지를 보면 일상적 생활 얘기가 많지요. 사실 주자의 『근사록(近思錄)』 같은 경우도 마찬가지지요. 일상적 생활을 놓고 주자학의 개념 체계에 대해 생각했기 때문에 퇴계의 사고가 더 살아 있는 것이라고 생각합니다. 이게 나중에 오면서 너무 도그마가 되고 개념화가 되어 일상적 체험과 관계없는 상태로 간 것이 우리 유학의 전개가 아닌가 하는 생각을 합니다. 실학을 높게 생각하지만, 지나치게 현실적 문제만을 생각하는 것은 마치 근원적 탐구는 더 생각할 필요가 없고 실천적 문제만이 남아 있다고 하는 것같이 되어 생각의 근원을 말라 버리게 합니다. 학문에 있어서 실학적 접근을 무조건 예찬하는 건 옳지 않다는 느낌이 들어요.

도(道)와 로고스

김우창 우리 전통 이야기가 나왔으니, 지금 위에서 말한 것과 관련하여 사고의 유연성에 대하여 한마디 하겠습니다. 우리 전통에서 도(道)란 로고스와 달라서 원래 '길'이란 말 아닙니까? 수풀을 가는데 내가 새 길을 터 가지고 가는 수도 있지만 다른 사람이 가 본 길을 따라가는 것이 편리한 방법이지요. 산을 탈 때 대개 오솔길이 나 있는 데로 가는 것처럼. 그게 상당히 유연한 사고입니다. 로고스와 비슷한 것이면서도 실존적 의미, 사람 사는 데 필요한 논리가 암시되어 있는 유연한 원리라고 할 수 있습니다.

그런데 이게 사회화되고 위계적 질서 속에 들어가게 되면, '이렇게 안 하면 너는 사람도 아니다.'라는 정언적 명제로 바뀌고 개념화되고 그러는 게 아닌가 합니다. 그래서 도를 넘어가는 로고스가 필요하게 됩니다. 그것이 열린 세계로 가게 되는 길이지요. 여기의 이야기는 다른 저술가를 인용하는 것으로부터 시작했는데, 인용도 그렇습니다. 도를 지나치게 강조하면 고인이 간 길을 따라가는 것이 정당하지요. 고인을 인용하는 경우 참고 사항으로 인용하는 것입니다. 그러나 그것이 그야말로 따르지 않으면 안 되는 도(道)가 되면, 반드시 인용하여야 하는 것이 생기고 인용에 대한 정통적 이해를 부쳐야 되고 하지요. 로고스는 누가 개척한 길이 아닙니다. 내가 스스로 가는 길이지요. 다른 저자들은 거기에 도움을 줄 뿐이지, 반드시 따라야 하는, 이야기하여야 하는 지표가 아니지요.

로고스는 모든 사람한테 열려서 새로 어떤 것을 낼 수 있는 것이지요. 그것은 누구에게나 열림을 가능하게 하지요. 그러나 거꾸로 도라는 개념이야말로 실험적인 것이고 열려 있는 것이라고 할 수도 있지요. 그것은 실천의 흔적이고 실천은 길이 딱 정해져 있는 것이 아니지요. 동양의 고전적인 글에 인용이 많은 것은 여러 모범을 참고해서 우리 길을 만들어야겠다는 의도를 가진 것일 터인데, 그 인용은 변경할 수 없는 것이 되어 버리기 쉽지요. 그리고 서양 사고의 경우, 사례들에 따른 유연한 생각이 아니기 때문에 거기에 편협하게 된 것들도 많다는 인상도 받습니다. 가다머가 과학적 진리가 아닌 프루덴티아나 프로네시스를 다시 살리려는 것도 이에 관련되어 있습니다. 길을 찾든지 로고스에 따라 법칙을 찾든지 중요한 기초의 하나는 경험적 현실 또는 카탈렙시스의 현실이라고 할 수 있겠습니다.

동양과 서양

문광훈 서양 사고에 있어 편협한 것의 예를 들면 어떤 것이 있을까요?

김우창 답하기가 쉽지 않네요. 서양의 편견이야 많지만, 서양의 합리주의 때문에 일어나는 편협성을 예로 들어야 할 터인데. 이전에 《경향신문》 칼럼에서도 그런 얘길 했어요. 미국에서 중국 문학 가르치는 사람 얘기가,

촘스키가 보편 문법이 있다고 생각한 것, 그리고 그 보편 문법의 출처가 인간의 내적 능력에 관계있다고 상정하는 것은 중국 말을 잘 몰라서 하는 거라고 해요. 그러니까 중국 말은 문법이 중요한 게 아니라 전후 사정을 이해하는 게 중요하다, 모든 의사소통의 기본은 문법이 아니라 구체적 사실에 대한 이해다, 이런 이야기였어요. 언어가 소통 기능을 확보하는 것은 여러 관습, 언어 속에도 들어 있고 언어 밖에도 존재하는 여러 관습을 통해서라고 말하는 것이었습니다. 그도 거기에 대한 확고한 이론을 가진 것은 아니지만 그럴듯한 이야기였습니다. 한문을 읽는 것도 그렇지 않습니까? 한문은 전후 관계, 전통적 해석을 모르면 무슨 소리인지 아무것도 몰라요.

문광훈 전통적 해석이라는 게 '전고(典故)'지요?

김우창 그렇습니다. 옛날부터 쌓여 있는 이야기들, 그에 대한 전통적 해석, 이야기가 전개되는 상황 등 대체적으로 매우 콘텍스트 의존적인 것이 한문이라고 하겠습니다. 그러니까 문법 의존적이라기보다는 콘텍스트 의존적인 언어라는 말이지요.

문광훈 한문으로 된 글은 모두 그렇게 이루어진 것 같습니다. 연암 박지원의 글을 최근에 다시 좀 읽었는데, 그의 글은 편지든, 논(論)이나 설(說), 제문(祭文)이나 찬(讚), 비명(碑銘)이든 거의 다 기존에 있던 틀 안에서 조금씩 덧붙이는 형태를 취하는 것 같아요. 서(序)나 기(記)는 다른 때가 많지만.

김우창 장르의 형식적 규제가 강한 것이 그러한 글들입니다. 많은 경우 그러한 형식과 관습이 요구하는 것을 채워 넣는 것이 글쓰기이지요. 편지만 해도 그렇지 않습니까. 그런데 문장의 형식이 아니라 문장의 세부 사항에 있어서도 사전이나 문법만 가지고는 안 통하는 것이 많지요.

지금 서양인들은 자기들 생각이 진짜 보편적인 것이 아니라는 것을 자각하고 있어요. 이른바 유로센트리즘(eurocentrism, 유럽 중심주의)에 대한 비판이 높아 왔던 것이 지난 몇 십 년간의 상황이었습니다. 그러한 비판에 큰 영향을 끼친 것이 『오리엔탈리즘』 등의 책을 썼던 에드워드 사이드(Edward Said) 같은 사람이지요. 그러나 논리나 보편성이 물리적 세계를 이해하고 인간관계의 기본을 세우는 데 중요한 것임은 틀림없어요. 인간관계의 차원에서만 볼 때 서로 모르는 사람들이 일정한 질서 속에서 만나려면 보편적 규칙이 있어야지요. 그렇지 않으면 갈등과 의심, 싸움을 피할 수가 없습니다. 이러한 규칙에 따라 사는 법은 서양 사람들이 훨씬 오래 그리고 많이 익혔어요.

문광훈 보편적 규범으로 자리한 가치들은 우리보다 많다는 것이군요.

김우창 사형, 인권과 같은 것이 대표적인 것이 아니겠습니까? 아무런 사회적 위치가 없어도 인간이라는 사실만으로 어떤 권리를 가져야 한다는 것은, 인간이란 한 개념으로 많은 차이의 인간을 일반화하고 보편화하는 것이지요. 가족과 친지, 아버지와 스승과 임금, 이러한 사람들이 나에 대하여 갖는 또는 내가 그 사람들에 대하여 갖는 권리는 구체적인 사안에서 시작하여 관습이 된 인간의 도리라 하겠지요. 우리의 도에 비해서 로고스란 훨씬 넓은 원리지요. 그리고 그러한 것이 인간 윤리의 중요한 토대가 된 것은 구체적으로는 다인종적 접촉의 경험이 우리보다 많았기 때문이라고 할 수 있습니다. 하여튼 로고스는 보편적인 것에 더 열려 있다고 할 수 있습니다. 동시에 보편적이라고 말하는 것은 종종 좁은 규범적 사례에서부터 일반화해서 나온 것이기 때문에 더욱 좁은 것이 될 수도 있지요.

문광훈 서구의 보편적 로고스도 어떤 면에 있어서는 제한된 로고스이고 자기 종족 중심적(ethnozentrisch)이라는 뜻인가요?

김우창 아까도 말했지만 그렇게도 이야기하지요. 그러나 로고스를 존중하는 안에는 보편성에 대한 추구가 들어 있지요. 도에는 보편적인 것이 저절로 들어 있는 것은 아니지요.

문광훈 도는 서양적 의미의 로고스보다 좁은 의미의 로고스이거나, 아니면 체계적 논리가 부족하다는 것인가요?

김우창 그런데 여기에도 역설이 있습니다. 로고스는 일반화하는 원리이지요. 그것은 하나의 법칙 또는 공리를 알면 모든 것을 안 것으로 간주합니다. 그럴 만한 이유가 있고 그렇기 때문에 예측이 가능하지요. 그렇다고 일단 성립한 명제가 완전히 닫혀 있는 것은 아닙니다. 주장이나 실험의 결과는 늘 다른 사람의 같은 논리와 사실적 검증에 열려 있어야 합니다. 적어도 논리나 과학의 주장은 이것을 전제로 하지요. 즉 명제의 타당성은 그것으로 끝난 것이 아니라 이성적 절차에 따라 그것을 검증하고자 하는 사람의 검증에 노출되어 있습니다. 그 타당성은 사고에 있어서나 사실적 실험에 있어서나 반복의 가능성 또는 불가능성에 열려 있습니다.

사람의 관계에서도 일반 원리가 모든 것에 앞섭니다. 앞에서 말한 것처럼 일단 사람이라고 받아들이면, 그것에 따라 일정한 권리와 의무를 인정합니다. 그러면 인종 차별을 어떻게 설명하느냐 하는 의문이 일어날 수 있지만, 그것은 어떻게 보면 이러한 인간에 대한 일반론적 규정의 아이러니컬한 결과라고도 할 수 있습니다. 인간의 차이를 설명하기 위해서 문명의 단계를 설정하는 것이 필요하게 되지요.

인종의 우열을 설명하는 데는 이 이외에 진화의 관점이 있지요. 이것은 하나이면서 차이가 있는 것을 설명하는 방법입니다. 이 점에 있어서, 서양의 지성사는 보편적 인간 이념과 인종과 문화의 차이에 대한 문명론적 설명의 모순의 역사라고 할 수 있습니다. 동양의 인간론에도 보편 개념의 인간론이 있고 차이를 수용하는 인간론이 있습니다. 유교에서의 수신, 성인, 현인, 군자의 이상들은 이 차이를 수양의 척도, 학문의 척도, 문명화된 척도로서 정당화하려는 것이지요.

그러나 인간을 보편성의 관점에서 규정한다고 해서 인간 이해의 문제가 다 해결되는 것은 아니지요. 일반적 원리하에서 알지 못하는 것은 없다,

또는 알려지지 않은 것은 없다는 것은 오만과 단순화를 나타낼 수 있습니다. 개인적 앎의 관계에서 이것은 너무나 분명하지요. 어떤 사람이 자기에 대하여, '일단 사람이면 됐지, 그 이상 알 필요가 없다.'라고 한다면 섭섭하게 생각할 사람이 대부분일 것입니다. 사람이 자신을 알아 달라고 할 때 그것은 일반적 관점에서 인간으로 알아 달라는 것만은 아니지요. 물론 사람이라고 할 때도 여러 객관적 차이를 인정하지 않는 것은 아니지만, 이 객관적인 차이는 늘 객체화한 관점에서의 차이입니다. 사람을 안다는 것은 반드시 객관적 차이의 관점에서 안다는 것은 아니지요. 이것은 개체와 개체 사이의 문제이기도 하지만 사회와 사회, 문화와 문화 사이에도 존재하는 문제이며 요구입니다. 어느 사회를 객체화하여 과학적으로 이해하는 것은 충분히 인간적인 이해가 아닙니다. 그것은 이해 대상의 사회를 비하하는 일이 되는 경우가 많아요. 그래서 요즘 객관적 입장에서 타문화를 묘사해 오던 인류학의 민족지(ethnography)에 대한 비판이 많이 일고 있지요.

로고스의 일반적 관점에 대하여 도의 관점은 더 겸손하다 할 수 있습니다. 앞에 이야기한 바와 같이 그것은 그 원래의 비유적인 뜻을 보아 길을 말하고, 길은 앞서 간 사람의 발자국의 흔적이지요. 일반론이 없습니다. 그러나 이 앞서 간 사람들, 옛 성인이 간 길은 굳은 거푸집이 되려는 경향을 갖습니다. 성인이 간 길은 하나의 범례에 불과한 것인데, 그것이 그만 모범이 되고 모형이 되어 버리는 것이지요. 그런 데다가 성인이 간 길은 우주론적인 정당성을 가진 것으로 설명됩니다. 이런 뜻에서 도는 앞사람이 간 길이 아니라 앞사람이 보여 준 우주적인 원리를 나타내게 되지요. 그러니 여기에 대하여 뒤에 온 사람이 이의를 제기할 수 없습니다. 따르는 도리밖에. 물론 옛사람의 말씀이 오늘에 이해되려면 해석되어야 하고, 해석한다는 것은 새로운 의미가 첨가되는 일이라고 할 수는 있습니다.

태극이라든지 오행이라든지 하는 것을 말하는 동양의 우주론은 이성이나 논리보다도 외부 세계나 인간관계에서 발견되는 모형, 패턴에 기초한다고 할 수 있습니다. 그러한 점에서 심미적 유연성을 그 특징으로 한다고 할 수 있지요. 그러나 바로 이 논리와 로고스 없는 모형은 벗어나기 어려운 원형이 되지요. 동양에서 예의는 인간의 사회관계를 조절하는 기제로서 아주 중요하지요. 그것은 사람의 행동을 양식화하지요.

가령 고개를 숙여 인사한다고 할 때, 거기에 어떤 합리적 근거가 있는 것이라고 하기는 어렵지 않습니까? 그냥 따라서 고개를 숙여야지요. 그것을 합리적 관점에서 문제 삼기 시작하면 예의의 사회적 기능은 없어져 버리고 말지요. 그러나 이것에 합리적 근거가 없다고 하더라도 적절한 예절이 사회관계를 원활하게 하는 것임은 분명하지요. 그런 점에서 동양 사람들이, 적어도 예전에는, 예의 바름에 대하여 자랑을 느낀 것이 무의미한 것은 아닙니다.

그런데 서양의 과학적 논리에 비하여 동양의 형태 인지(pattern recognition)의 원리가, 적어도 그 근본적 의의에 있어서, 비과학적이라고 할 수 없다는 견해도 많지요. 과학의 이성이 참으로 우주의 원리인가에 대하여 근래에 많은 의문이 제기되고 있지 않습니까? 양자역학, 복합체 이론, 카오스 이론 등이 그 예입니다. 그렇다고 이성적 질서의 절대성에 대하여 의문을 제기하는 입장들이 반드시 이성을 떠난 입장이라고 할 수는 없습니다. 그것을 더 정치하게 만드는 것이라고 할 수 있지요. 그러나 이러한 문제를 생각하는 사람들이 동양의 도에 새로운 의미를 발견하는 수도 있습니다.

게리 주카브(Gary Zukav)의 『물리학 대사들의 무도(The Dancing Wu Li Masters)』 같은 책은 물리의 법칙을 선형적으로 보면 안 되고 모형에 관한 인식으로 보아야 한다는 것을 말하고 있어요. 더 유명하고 더 세련된 책으로는 프리트(Alfred Fried)나 프리초프 카프라(Fritjof Capra)의 『물리학(The

Tao of Physics)』 같은 책들도 있습니다. 이러한 것들은 대중적인 책이지만 이 책들이 설명하려고 하는 과학의 새 이론들은 우리나라에서도 '신과학 운동'이라는 이름으로 관심을 끌었어요. 하여튼 지금 말한 책들의 제목만 보아도 서양의 로고스가 전부가 아니라는 것을 생각할 수 있습니다. 과학에서만이 아니라 인간 과학의 경우에는 더욱 그러하지요. 인간 과학의 경우는 사실 전체에 못지않게 세부가 중요하기 때문에 신은 세부에 계시다는 말이 있지만, 인간이야말로 세부의 존재지요. 인간의 역사적 흔적으로 또는 오늘날의 사는 형태로서 가볍게 볼 수 있는 것은 하나도 없어요. 그것들은 다 중요한 인간 이해의 자료이고 존중되어야 할 사회적인 자원이지요.

문 선생이 얘기하신 대로 '비판적 대결(Auseinandersetzung)'이 필요해요. 쪼개서 맞세워 보고 분석하고 해석하는 것은 앞으로 우리가 해야 할 큰 작업 중의 하나입니다. 서양 사람들이 생각의 보편성을 추구하면서도 완전히 보편적 내용을 갖추지 못하고 있다는 것을 스스로 의식하고 있고, 이제 시정을 위한 노력들이 일어나고 있다고 할 수 있습니다. 그러나 지금 형편에서 이러한 일을 더 잘할 수 있는 위치에 있는 사람들은 동양 사람들이지요. 말하자면 우리는 우리 것도 알고 서양 것도 알고 있지 않습니까? 잠재적으로 보다 보편적인 지식의 지평에 열려 있는 것이지요. 이에 대하여 그 사람들은 대체로 자기 것만 알고 있는 촌놈의 위치에 있지요. 그러나 이 문제에 대하여 내가 잘 알고 있다고 할 수는 없지만, 오히려 주목할 만한 진전은 서양에서 일어나고 있는 것이 아닌가 하는 생각이 듭니다. 그것은 그들이 지금 세계에 점하고 있는 국제 정치적·국제 경제적 우위로 인한 것이기도 하고, 아무래도 연구의 방법으로는 로고스의 방법이 우선해야 하기 때문이 아닌가 합니다.

동양 사상에 관해서도 서양 학자들의 연구가 큰 참고가 되지 않을까 합니다. 케임브리지 대학교에 머물렀던 일이 있는데, 그때 소속 대학이 다원 칼리지였습니다. 학장이었던 제프리 로이드(Geoffrey Lloyd) 교수는 희랍 과학사 연구의 권위자이지요. 그때 같은 대학에 중국에서 온 학자가 있었는데, 두 분이 매주 정기적으로 만나 공부를 하고 있었습니다. 그 공부 덕택인지는 모르지만 로이드 교수는 중국 고대 과학 그리고 사상에 대해서 매우 시사적인 책들을 그후로 여러 권 냈습니다. 조지프 니덤(Joseph Needham)의 『중국의 과학과 문명』이 그랬듯이, 물론 그러한 방대한 거작에 비교할 수는 없었지만, 시사하는 바가 많은 책들입니다. 역시 서양의 합리적 연구 방법 — 전혀 다른 전통을 비교하는 데서 가능해지는 무사(無私) 객관성 그리고 자기 자신의 전통으로 번역해야 하는 필요에서 일어나는 근본적 재해석, 이런 것들이 도움이 되는 것 같습니다.

우리가 우리 것을 현대적으로 해석하고 새로운 기반 위에 세우고자 할 때 생각하여야 할 것이, 서양의 접근에서는 불가피하게 들어가지 않을 수 없게 되는 사상의 역사적 환경에 대한 의식이 아닌가 합니다. 우리 연구가 반드시 역사적일 필요는 없지요. 그러나 어떤 사상도 당대적 환경의 제한을 벗어날 수 없고 그러니만큼 그 사회 환경적 조건에 대한 의식을 갖지 않고는 알 만한 의미 해석이 될 수 없다는 경계심이 절대적으로 필요한 것 같습니다. 동양의 서양에 대한 연구에서 우리가 발견하는 것이 이것이지요.

문광훈 케임브리지에 가신 것은 언제인가요?

김우창 그게 1992년일 겁니다. 아까 말한 로이드 교수 같은 분은 참 놀랍지요. 희랍 과학자의 중요한 저작들을 이미 내놓고 이름을 얻었는데, 다시 중국을 늦게 공부하여 비교 사상의 저서를 내놓았으니. 우리나라에도 몇 번 왔다 갔지만, 후속된 학문적 연결이 있다는 소식은 듣지 못했습니다. 그의 관심의 핵심은 과학사이지만 동서 문명을 비교한 책들도 있지요. 생각하게 하는 것이 적지 않은 책들입니다. 로이드 교수 부인의 이름은 재닛 로이드(Janet Lloyd)인데, 불란서 철학 전공자입니다. 사실 내가 그때 케임브리지에 가는 핑계는 데카르트를 연구한다는 것이었지요. 별로 그 연구도 못했고. 로이드 교수는 부인과 만나서 이야기를 좀 해 보라고 했는데, 그것도 제대로 시행하지 못했어요.

그런데 내가 이 이야기를 하는 것은 로이드 여사가 중국에 관한 중요한 책을 번역했다는 것을 말하려는 것입니다. 그 저서는 중국 사상에서, 가령 『손자병법(孫子兵法)』과 같은 데 나타나는 '세(勢)'라는 개념에 대한 연구지요. 이것이 병법은 물론 정치 그리고 시나 풍경에 대한 이해에도 어떤 영향을 끼쳤나를 이야기한 것입니다. 지금 말한 책은 프랑수아 쥘리앵(François Jullien)의 책인데, 사실 나는 이 쥘리앵의 다른 책, 시와 문학에 관한 책 『우회와 접근: 중국과 희랍에서의 의미의 전략(Le Détour et l'accès: Stratégies du sens en Chine, en Grèce)』을 보고 비로소 『시경』이나 우리의 옛 한시를 조금은 이해할 수 있다는 생각이 들었습니다. 사실 서양학자들의 연구가 도움이 된 내 개인적 역사는 오래되지요. 가령 에티앙블(René Étiemble)의 『공자론(Confucius)』 같은 것은 나에게 공자와 그 시대를 의미 있게 이해하는 데 도움을 준 책이지요. 그 내용은 지금 대부분 잊어버렸지만, 가령 공자가 인이나 덕치를 강조한 의의를 이해하는 데는 그 당시에 사회 혼란을 해결하기 위해 얼마나 많은 혹독한 방법들이 시행되고 정책으로서 제안되었던가 하는 당대의 사정에 대한 설명이 큰 도움을 주었습니다. 우리 젊을 때 덕치를 가지고 어떻게 시대의 혼란을 바로잡을 수 있겠느냐 하는 급한 마음을 가지고 있었거든요. 그러나 그 덕치가 혼란의 시대와 잔학한 정치의 경험 속에서 나온 아이디어라는 사실 하나만으로도 그것이 간단히 취급할 아이디어가 아니라는 생각이 들었습니다. 에티앙블은 불란서의 가장 중요한 고전 출판인 갈리마르의 플레이아드 전집에 중국의 고전을 편입하게 하는 데 큰 역할을 했습니다.

이외에도 많은 크고 작은 예를 생각할 수 있겠지요. 우리 전통을 이해하는 데 보다 넓은 틀, 세계적인 틀이 필요하고 그것이 서구의 연구에서 많은 도움을 받을 것은 분명합니다. 그리고 중요한 것은, 앞에서 말한 것처럼 그 합리적 질문과 해석의 방식이지요. 그 기초 위에서 우리 문화의 정신적 기초가 되살아날 수 있는 것이 아닌가 합니다.

민주주의와 이성의 문화

문광훈 그런 점에서 보더라도 예를 들면 현대 민주주의의 이념이 정치체제로서 중요하긴 하나 한 사회를 성숙되게 하는 충분조건은 아님을 인식하는 것이, 그래서 어떤 거리감을 가지는 것이 필요하겠네요.

김우창 그렇습니다. 정치에는 문화의 기반이 있어야지요. 민주주의에는 그에 상응하는 기반이 있어야 합니다. 이 이야기는 민주주의를 위해서는 서양식의 이성 또는 합리성의 문화가 있어야 한다는 말이 됩니다. 결국 제도는 문화의 표현이지요. 그것은 문화를 담는 그릇이지요. 그릇만 있고 담을 것이 없으면 안 되지요. 그런데 반대로 그릇이 없으면 있던 음식도 흩어지고, 또 그릇이 있으면 없던 음식도 생기는 면이 있어요.

민주주의가 우리가 원하는 것인 것은 분명하지요. 그것을 위하여 민주주의 문화를 만들어야지요. 그러나 민주주의를 확실하게 한다고 해서 사람이 사람답게 사는 데 필요한 모든 것이 제대로 갖추어진다고 할 수는 없어요. 사람의 삶은 세부에 있습니다. 이 세부의 많은 것은 민주주의라는 큰 제도만으로 확보되지 않아요. 완전한 제도란 민주주의 이상의 것이고, 어떠한 제도든지 제도 이상의 것이지요. 그 내용도 반드시 민주주의나 합리적 절차만으로 얻어질 수 없는 것들이 많지요.

합리주의는 대체(大體)를 다스리는 질서입니다. 대체란 많은 것이 생략

된다는 말이지요. 생략하지 않으면 대체의 기강이 성립할 수 없지요. 그러나 삶의 보람은 그 이상의 것에서 오는 경우가 많고, 그것은 합리성의 제도를 오래 경험하지 못한 문화에 많이 남아 있을 가능성이 많습니다. 그런 관점에서 서양이 가지고 있는 것을 우리가 가지고 있지 못한 것도 엄청나게 많지만 우리가 가지고 있는 것을 서양이 가지고 있지 못한 것도 많지요. 흔히 전범이 될 만하다고 생각하지 않는 사회와 문화에서 우리가 배워야 할 것들도 많지요. 조금 우스운 이야기를 하면, 자기들끼리 살던 미국의 인디언 소년들이 미국의 학교를 다니다가 시험을 치르는데 각자 시험에 받은 문제를 자기만이 고민하여 해결하고 옆 친구와 상의하면 안 된다는 규칙을 도저히 이해할 수가 없었고, 그러한 개인주의적 경쟁 제도를 견디다 못하여 학교를 그만두었다는 이야기가 있지요. 이러한 데도 생각해 보아야 할 점이 있는 것은 틀림없지요.

민주주의 문제로 다시 돌아가서 그것이 좋은 제도가 되려면 여러 좋은 고려에서 나온 다른 제도들의 뒷받침이 있어야지요. 다중(多衆)만을 생각해서 일이 되는 것은 아니지요. 인터넷 저널리즘이 민주주의를 심화한다고 하는 생각을 검토해 보지요. 이것은 우리만이 아니라 서양에도 있는 생각입니다. 국민이 자기 의사를 마음대로 표현하는 건 좋지만, 두 가지 문제가 동시에 해결되지 않고는 그것은 단순히 중구난방의 민주주의가 되지요. 문제의 하나는 그 의견들을 공적 정책으로 수립해서 현실 행정으로 옮길 수 있는 어떤 절차가 분명하게 존재하느냐 하는 것이고, 다른 한 문제는 그러한 의견 추출 방법이 반드시 합의를 끌어내는 가장 좋은 방법이 될 수 있느냐 하는 것이지요. 나는 대학에서 교수회의 대신에 종이로 의견을 수합하는 것에 늘 반대했습니다. 별수 없이 따라가는 경우가 있었던 것은 사실이지만. 회의는 의견 집계의 기능도 하지만 토의 기능을 가지고 있고 이것이 더 중요하지요. 회의는 모여서 서로 설득하고 내가 가지고 있던 불충분한 정보와 의견을 수정 보완하는 기회이지요. 그래서 가장 합리적인 결론을 끌어낼 수 있어야 하지 않습니까? 그러니까 민주적 견해를 종합하는데 세 가지가 필요해요. 첫째, 모든 사람이 자기 생각을 얘기하고, 두 번째는 적절한 절차를 통해서 얘기하는 것, 셋째는 그 적절한 절차에서 모든 사람의 의견을 종합할 뿐만 아니라 이 종합하는 과정에서 합리적 결과에 도달할 수 있다는 확신이 설 수 있는 문화가 있어야 하는 것.

　　문광훈　다시 제 질문으로 돌아오면 일정하게 제한되고 인종 중심적인 면은 있지만 보편적 가치를 합리적 명증성 속에서 추구하려는 서구 사회의 미덕은 우리의 지적·학문적 전통에서 좀 취약하지 않나 하는 것이지요.

　　김우창　공적 질서를 위해서 로고스의 질서는 지금의 시점에서 절대적이라 할 수 있습니다. 지금의 시점이라는 것은 다양성을 인정해야 하는 시점이라는 말입니다. 서로 다르면서 그것을 인정하면서 하나의 튼튼한 사회 질서 속에 사는 것입니다. 우리가 이러한 것을 크게 보강하도록 노력해야 한다는 것은 의심의 여지가 없지요. 이렇게 말한다고 해서 로고스의 질서가 한시적인 의미만을 갖는다는 것은 아닙니다. 여러 번 이야기한 바와 같이 로고스에 이르려는 노력은 개인적 체험으로부터 보다 큰 질서로 우리를 연결해 주는 근본적인 통로입니다. 또는 거꾸로 큰 질서는 이 로고스를 향한 노력을 통해서 개체적 체험의 현실이 됩니다.

　　그러나 위에서도 말한 바와 같이 조금 착잡하게 생각은 해야지요. 로고스에만 따라서 산다는 것은 살벌하게 산다는 것을 의미합니다. 로고스든 도(道)든, 이성에 따라 도리에 따라 산다는 것, 즉 규범에 따라 산다는 것은 괴로운 것이지요. 「사미인곡」은 임금에 대한 충성을 애인에 대한 그리움으로 표현한 것인데, 이런 것은 거짓 비유이면서도 그 당시에는 반드시 거짓된 것만은 아닐 수 있습니다. 이 비유는 의무를 애정으로, 그리하여 괴로운 것이 아니라 기쁨을 주는 것으로 바뀌게 하는 기제로 작용했다, 이런 식으로 생각할 수도 있지요. 이것은 아무래도 거짓의 방법인 것 같지만 이런 방법이 아니라도 의무의 정서로의 전환은 우리도 생각하고 서양 사람도 생각해 볼 만한 일이지요. 그러다 보면 정서가 될 수 없는 의무에 대해서는 새로운 회의적 검토가 요구되기도 하겠지요.

사람의 사회적 행동을 규제하는 근거에는 정서와 이성이 있지요. 둘 다 규범을 만들어 내는 원천이 되지요. 동양의 농촌 경제에서 사람들이 사는 것은 동네끼리 사는 것이었고 거기서는 사람들의 정서적 관계가 중요했을 것입니다. 여기에서 공동체적 규범이 생겼겠지요. 그러나 촌사람들의 예의 규범은 제한된 환경의 산물이니 억압적인 측면을 가지고 있을 수밖에 없지요. 조금만 세상이 열리면 지평선 너머가 생각날 수밖에 없지요. 그러니까 개화기의 인사들이 이것을 벗어나려고 몸부림한 것이 아니겠습니까? 이것을 다중이 어울려 일하고 살고 하는 산업 경제의 사회에 적용하면 여러 문제가 생기겠지요. 우리 사회에 만연한 부패도 이러한 사정에 조금 관계되어 있는 것일 겁니다. 우리에게 지금 필요한 건 로고스적인 것을 많이 배우는 것이지요. 그러나 동시에 농촌 공동체에 남아 있는, 또는 요즘 사정으로는 남아 있어야 할 터인데 남아 있지 않는 공동체적 인간관계를 살려 내는 방법을 생각해 보는 것도 절실한 것이 아닌가 합니다. 그런 데 대한 연구들이 많이 필요하지요.

주체의 운동으로서의 이성

문광훈 선생님께서 여러 번 말씀하신 것이 이성의 자기 움직임이었는데요, 이성의 움직임·자기 변형·자기 창조성은 주체의 자유이자 그 존재 이유로 이어지는 것 같습니다. 주체적 자유, 이성의 움직임, 내면적 형성,

이를 통한 삶의 확장 가능성은 선생님의 사유 속에서는 결국 하나의 선 위에 있다고 할 수 있겠지요?

김우창 이성은 고정된 것이 아니라 움직임입니다. 인간이 여기에 끼어들 수 있는 것은 그의 주체성의 움직임을 거기에 맞춤으로써 비롯됩니다. 또는 거꾸로 인간의 주체성의 움직임 속에서 이성의 움직임이 실현된다고 할 수도 있습니다. 즉 주체적 탐구 속에서만 이성적인 것 그리고 보편적인 것이 드러나지요. 대인 윤리에서도, 사회관계에서도 그렇습니다. 그런데 다시 뒤집어, 그것은 직접적으로 주어진 것이면서 또 그것을 초월하는 어떤 존재의 주어짐으로 인하여 가능해지는 것이라고 할 수도 있지요.

문광훈 그러면서 어진 삶 또는 너그러운 사회에 직접적이든 간접적이든 기여하는 방식으로 전개되어야 된다, 이렇게 정리할 수 있겠습니다.

김우창 이 큰 바탕이 이성과 함께 인과 같은 것도 포용한다고 할 수 있지 않을까 합니다. 또는 이성은 그 바탕의 한 표현이지요. 이성적인 것을 너무 단순하게 기술적으로 해석하는 게 아니라 더 보편적이고 인간적인 관심 속에 놓고, 그것을 벗어나지 않게 노력하는 것이 그 본래의 모습에 충실한 것이라고 할는지 모릅니다.

이성적인 것의 특징 하나는 그에 가까이 가는 우리로 하여금 좁은 주관적 영역을 벗어나게 하는 것인데 그걸 벗어나다 보면 인간의 테두리를 벗어날 가능성이 있어요. 그것은 주체의 움직임을 잃고 이성이 또 그 움직임을 잃는 것이 됩니다. 그 때문에 조심스럽게 활용하면서 이성의 총체적 배경을 늘 의식할 필요가 있지요.

문광훈 선생님의 생각이 넓고 깊게 전개되기 때문에, 독자들을 위해 가끔 스케치해 주는 것이 필요한 것 같습니다.

선생님의 사유는 좁게는 이성의 보편적 구성에 대한 탐구이고, 넓게는 우리 사회의 합리적 질서에 대한 탐색이라고 얘기할 수 있을 것 같은데요.

이성의 의미를 오늘의 맥락 속에서 비판적으로 재검토하는 이러한 시도는, 현대적 이성에 대한 암울한 전망에도 불구하고 단순히 회의주의나 허무주의에 빠지는 것이 아니라, 또 반대로 이성주의의 논리적 경직성에 붙박히는 것이 아니라, 이 둘 사이에 어떤 새로운 가능성을 탐색하는, 그럼으로써 우리 인문학의 하부 구조를 경외할 만한 수준에서 정초하는 데 이르지 않았나 생각합니다. 이성의 현대적 정초가 갖는 의미에 대해 말씀해 주십시오.

김우창 이성이 인간적 차원 또 우주적 신비를 포함해야 한다는 건 여러 번 얘기했지요. 현실적 차원에서 이성의 중요성은 두 가지로 얘기할 수 있을 것 같아요. 하나는 기술적 면이지요. 우리 생활의 필요를 능률적으로 적절하게 만들어 내고 생산하는 데 이성적이고 합리적인 것이 필요합니다. 합리성은 사회 구조에 그리고 과학 기술의 발전에 작용해요.

또, 제도로 정착이 되지 않았고 할 수 없는 상황에서도 실천적 습관으로서 이성이 필요합니다. 이성은 복합적 사회에서 인간이 자유롭게 사는 데 필요하지요. 그러니까 내가 할 수 있는 범위와 저 사람이 할 수 있는 범위 사이에 분명한 구획을 짓고, 그것을 서로 넘나들지 못하게 해야 될 부분들이 있어요. 그 부분들을 규정하는 것은 이성적, 합리적 법칙으로 하는 도리밖에 없지요.

우리나라에서는 서로 상대방의 영역을 존중하는 합리적 구역화를 중요시하지 않는 것 같습니다. 옳은 것이면 다른 사람들을 내 마음대로 부려도 된다는 생각이 너무 많거든요. 그래서 명분의 세계가 됩니다. 한창 데모 많이 할 때 학생들이 다른 학생들 동원하려고 하는 경우, 나도 데모의 취지에 동의하는 때가 많았지만, 나는 강제 동원을 막으려 노력하였습니다. 스스로 알아서 참여하게 했지요.

합리적 사회 질서와 합리적 기술 질서에 대한 부분적인 생각들은 있지만, 종합적인 이해는 부족하다고 할 수 있습니다. 정의나 명분으로 개인적 인격의 주체성, 윤리적 독자성을 파괴해도 된다고 생각하는 것이 그러한 것이지요. 어떤 정치적 행동의 전체적 정당성, 그러니까 그 나름의 합리성이 윤리적 주체로서의 인간을 이해하지 못하고 그것을 그 안에 수용하지 못한 경우입니다. 물질세계나 사회 역사의 외면적 이성은 결국 인간의 주체성, 윤리적 주체성을 포함할 수밖에 없습니다. 그렇지 않은 이성은 자신의 선 자리에 대하여 맹목하고 있는 이성이지요. 순수 이성은 실천 이성을 필연적으로 요구합니다. 왜냐하면, 순수 이성을 매개하는 바탕이 바로 인간의 주체성이기 때문입니다. 또는 거꾸로 실천 이성의 윤리적 객관성이 없이는 순수 이성 또는 과학적 오성이 성립할 수 없다고도 할 수 있습니다. 과학 기술이나 경제 발전을 말하는 경우에도 그렇지요. 이것은 사실 인간의 윤리적 주체성을 이미 떠난 경우가 많기 때문에 윤리적 이성을 포함하는 총체적 이성으로 되돌려놓기가 더 어려운 경우라고 할 수도 있습니다.

작은 실천적 습관(habitus)으로서의 이성은 작은 데서도 경험할 수 있습니다. 이 작은 것들이 문명사회를 이루는 데 중요한 구성 요소이지요. 시끄럽게 하여 다른 사람을 잠 못 자게 한다든지, 공중 장소에서 몸가짐을 일정한 제재 속에 둔다든지 다 중요한 일이지요.

내가 고려대 대학원장 할 때 건물을 재정비하는 일이 있었는데, 그때 작은 일 하나를 말하지요. 옛날에 지어 놓은 건물을 보면, 연구실이 있고 연구실에 길고 작은 유리창이 복도 쪽으로 나 있지요. 그런데 학생들이 그 연구실을 차지한 경우, 종이를 붙여서 이를 막아 버리는 경우가 있습니다. 나는 이것을 다 떼라 했습니다. 유리창을 원래대로 해 놓는다는 것은 건물을 지은 건축가의 미학적 관점을 존중한다는 뜻도 있지만, 속으로 생각한 것은 학교라는 공간에서 학생들이 움직인다는 것은 공적 공간에서 움직이는 것으로서 자기 방과 같은 사적인 공간에서 움직이는 것과는 다른 것이라는 것을 알아야 된다는 것이었지요. 공적 공간에서 움직이는 것은 공적 공간의 몸가짐의 기율 속에 있는 것이라는 말입니다.

건축 문제로 돌아가서, 건물의 한 부분을 사용하는 것은, 특히 공공건물의 경우, 건물 전체의 심미적 균형을 손상하지 않는 범위에서 행해져야지요. 그래서 종이를 붙이거나 건물의 디자인을 수정하는 일은 대학원의 허가를 받아야 한다고 했습니다. 쓸데없는 일로 독재를 휘두른다 했겠지요. 나도 그런 쓸데없는 일로 규제를 강화하는 것은 그렇게 좋은 일이 아니라고 생각해서 곧 그만두었지요.

문광훈 사람에 대한 자율성을 존중해 주고, 강제함 없이 의견을 물어 일을 진행하는 것은 선생님의 교육관과도 연관되는 것 같습니다. 좀 더 크게는 사람에 대한 주의나 사물과 주위 환경에 대한 경(敬)의 마음과도 연관이 되는 것 같고요.

김우창 그러니까 이성적인 것에는 개인 영역의 확보에 대한 것이 있으면서, 또 동시에 개인의 인격적 주체성에 대한 존중이 있지요. 개인의 인격적 주체성을 존중한다는 것은 개인을 큰 윤리적 질서 속에서 이해한다는 것이고, 큰 윤리적 질서를 이해한다는 것은 사람이 세계 속에서 차지하는 위치에 대해 인식한다는 거지요. 앞에서 이야기한 대로 이러한 양면 ― 사실적 이성과 실천적 윤리를 합쳐 가진 것은 인간의 주체입니다. 그것이 움직이고 있어야지요. 그런데 이 움직임이란 늘 운동하고 있어야 한다는 말은 아닙니다. 마음 전체가 그것을 있게 하는 어떤 큰 것에 열려 있어야 한다는 말이지요.

그렇게 생각하면, 현실적인 차원에서, 가령 집을 지어도 자연에 맞게 짓게 되지요. 하이데거가 얘기하는 산다(wohnen)의 뜻이 여기서 나오게 돼요. 이번에 안면도 세미나에 가서도 좋은 콘도에 들어갔어요. 그런데 너무 흉물스러워요. 호화롭게 지어 놓았지만 해변의 자연스러운 풍경을 전적으로 손상하는 것이었습니다. 솔밭에 의자 놓고 밥도 먹고 하는데, 아침저녁으로 틀어 대는 음악도 그렇지요. 바닷가에 살면 자연의 소리를 들어 보자고 오는 것일 터인데, 또 자연의 침묵에도 귀 기울이고. 물론 전혀 다른 생각의 사람도 있겠지요. 그러나 서로 존중하는 구역은 있어야겠지요. 이성적인 것을 존중한다는 것은 결국 자연의 질서를 존중한다는 것이지요. 그리고 이 자연은 놀이터가 아니라 경외로서 대할 수밖에 없는 어떤 근원의 한 자락이지요.

문광훈 오늘날의 세계는 우리가 살고 있는 토대, 땅과 그 주변으로부터 여러 차원에서 너무 멀어진 것 같아요.

김우창 난 우리 지식인들에게 늘 불만스럽게 생각하는 게, 이걸 전부 신자유주의의 탓으로 돌리는 거예요. 자연에 대한 존중은 신자유주의의 문제만은 아니거든요. 또 너무 이데올로기적인 사고에 익숙해진 것 같아요. 자기가 살면서 느끼는 깃, 직접적인 것을 늘 생각하고 그래야 될 텐데.

3부

아름다움-
자유-인문학

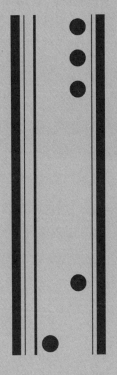

감각과 이데아의 공존

풍부한 삶

숨은 일꾼에 대하여

김우창 20세기 초의 미국 작가 토머스 울프(Thomas Wolfe)는 책을 제대로 마감하지 못하는 사람이었습니다. 그의 소설들이 스크리브너 출판사의 맥스웰 퍼킨스의 편집을 거친 것이라는 것은 잘 알려져 있는 사실이지만, 최근의 연구는 이 편집자의 역할이 지금까지 생각하던 것보다 훨씬 컸다는 것을 밝혀 주고 있습니다.

문광훈 아주 유명한 편집자인가 보네요.

김우창 예, 그 사람 전기까지 나와 있어요. 울프는 글이 그냥 쏟아져 나오는 사람이었거든요. 우리나라에서는 책을 내는 데도 뒤에서 보이지 않게 충실히 일하는 사람들이 있다는 것을 곧잘 잊어버리는 것 같습니다. 그리고 어떤 일을 하든 그것이 반드시 보여야 되고 밑천 뽑아 주는 것이 되어야 한다고 생각하면 사회가 잘될 수가 없지요. 중간 절차에 들어가는 공이 많다는 것을 잘 인정 안 하는 것은 사회가 미숙해서 그럴 겁니다. 학교에서도 직원들 노력이 중요하지요. 그런데 교수들은 직원들 없이도 일이 되는 것처럼 생각하는 경우가 많아요. 서울대학교에서 서울대학교 발전에 관한 회의가 있었는데, 직원이 너무 많다는 지적이 나왔지요. 그런데 미국 대학과 비교하면 서울대학교에는 직원이 너무나 적다는 반박도 있었습니다. 그런 엄청나게 큰 차이가 있었습니다. 사실 직원들의 뒷받침이 없으면 학교 행정도 안 되지만, 잡일 때문에 교수들의 연구 시간이 줄게 됩니다.

문법과 문장 그리고 표현 가능성

김우창 숨은 일꾼들의 기여를 별로 인정 안 하는 것은 사회에 위계질서가 강해서 그런지도 모르지요. 그런데 다른 한쪽으로는 절차의 복판에 있는 사람이 일에 충실하다는 것이 제 마음대로 권력을 사용하는 것이라고 착각하는 일이 많습니다. 관료주의가 거기에서 나옵니다. 편집의 경우에도 그렇지요. 저번에 유종호 선생이 민음사에서 책을 내는데, '일제'라고 쓴 것을 전부 '일제 강점기'로 고치는 일이 있었다고 하더군요. 보는 사람에 따라서 일제라고 덤덤하게 부르는 사람도 있고, 아주 나쁜 놈임을 강조하려고 일제 강점이란 말을 쓰는 사람도 있을 텐데, 이것을 획일화해야 한다고 생각하는 것입니다. 이것도 전체적으로 위계에 관계되는 일인지 모릅니다. 모든 사람이 입법자 노릇을 하고 싶은 것이지요. 글 쓰는 일에서는 대표적인 것이 한글 맞춤법 연구하는 사람이지요.

문광훈 글이라는 것은 잘 쓴 부분이나 못 쓴 부분, 불충분한 부분이나 빠트린 부분, 콤마와 같은 문장 부호조차 모두 저자의 삶을 보여 주는 것 같아요.

김우창 그래요, 근본적 질서가 살아 있는 한은.

문광훈 오류도 때로는 그 자체로 보이는 것이 진실해 보이지 않나요?

김우창 문법도 그렇습니다. 가령, 구두점의 쉼표나 콤마 같은 것으로 신문사와 늘 다투게 됩니다. 우리말에는 콤마가 많이 필요하거든요. 왜냐하면 형용사가 죄다 앞으로 가기 때문에. 이것은 문자 그대로 말할 때 숨을 돌리는 순간으로서 표시됩니다. 그런데 우리 편집자들은 이걸 다 없애 버려요. 줄표(―)도 그렇지요. 모두 말을 할 때 숨을 조정하는 순간을 나타냅니다.

문광훈 선생님께서 계속 그렇게 하고 계십니다.

김우창 문법은 법이 아니라 언어 현장을 정리한 것인데, 다른 법의 경우도 법이 삶의 밖에서부터 온다고 생각하는 경우가 많습니다. 내가 신문사에 설명한 것은 구두점 기호는, 콤마든 줄표든 복잡하게 생각할 것 없이, 숨 좀 돌려서 얘기하자는 것에 불과하다는 것이었지요.

문광훈 아주 간단하게 정의하면, 그러네요.

김우창 예, 간단해요. 인용하고 출전(出典)을 밝힐 때 학생들이 어디다 콤마를 붙여야 할지 모르는 경우가 있습니다. 출전도 문장인데, 마침표(period)가 나올 때까지는 콤마가 쉬는 장소를 표시하는 것이라고 설명합니다. 괄호 같은 것도 사실은 숨 쉬라는 표지지요. 말하다가 흐름을 중단하니까 그리 알라는, 이것을 아는 데 필요한 시간을 주기 위해 괄호를 쓰는 것이지요. 그런데 이것을 포인트를 낮추어서 인쇄합니다. 사실은 흐름만 중단됐지 다른 것이나 마찬가지로 중요한 내용일 수 있지요. 말은 논리와 생각의 단속(斷續)을 숨 고르기로 표하고, 글은 이것을 구두점으로 표하지요. 이것을 무시하는 것은 언어의 산 현실에서 유리되는 것이지요.

여러 가지로 언어에 대한 보다 강한 반성적 의식이 필요합니다. 우리 문장이 이광수 이후 구어체가 되었다고 하는 것 자체가 말의 현실을 잘 모르고 하는 말이지요. "경성학교 영어 교사 이형식은 수업을 끝내고 안동 김

장로의 집으로 간다."라고 할 때, '간다' 하는 것은 서술적으로는 구어에서
는 생전 안 쓰는 말이지요. '옛날에 치악산 아래 한 고을이 있었더라.'는 것
이 오히려 구어체지요.

　문광훈　요즘 글은 전부 다 문어체네요?

　김우창　지금 쓰는 게 완전히 문어체예요. 그래서 이걸 어떻게 깨느냐 하
는 것은 지금 글 쓰는 사람들의 중요한 과제의 하나일 거예요.

　문광훈　선생님 생각은, 지금 글의 많은 부분이 문어체로 되어 있는데, 그
것이 '말하듯이', 그러니까 구어체로 되어야 된다는 뜻인가요?

　김우창　완전히 같을 수는 없지만 가까워져야지요.

　문광훈　그게 자연스러운 그리고 바람직한 방향인가요?

　김우창　어순을 생각해 보지요. 가령 "먹었니, 밥?" 이렇게 얼마든지 하
는 것이거든요. "모두 먹었어? 점심 말이야." 이런 식으로. 그런데 문장을
이렇게 써 놓으면 절대 안 되는 걸로 생각해요.

　문광훈　자연스럽지 않다는 거지요?

　김우창　꼭 "점심 먹었니?" 이렇게 하게 되어 있지요.

　문광훈　그래선가요? 우리나라 글을 보면 부자연스러운 걸 많이 느끼거
든요. 그것은 선생님 의견에 기대면, 문어체와 구어체, 글말과 입말의 심한
간극에서 오는 것이라고 말할 수 있겠네요.

　김우창　글에서 지금은 아주 부자연스럽게 느끼지요. 어느 쪽으로나 부
자연스러운 거예요. 이 부자연스러움을 어떻게 자연스러움으로 옮기느냐
는 게 글 쓰는 사람의 과제예요. 편집하고 교정하는 사람들을 보면 정말 그
런 문제에 대한 기초적 생각을 안 하는 것 같습니다. 그런데 이것은 우리가
많은 일에서 교조주의적이고 독단론적인 태도를 가진 것과 관계가 있을
것입니다. 사실을 존중하고, 다른 사람을 존중하는 태도가 발달되어야 하
겠지요.

문광훈 선생님 글의 중요한 특징 중의 하나가, 제가 보기엔, 줄표를 빈번히 쓰는 일이거든요. 예를 들어 '우리들의 삶' 해 놓고 '──'를 넣어, '낙천적이고 무한한 삶' 이런 식으로 줄표는 한번 숨을 돌리고 그다음 생각을 좀 더 구체적으로 열어 주는 역할을 하거든요. 그런 사용법이 아주 편해서 저는 그 이후로 자주 사용해 왔어요. 그런데 이런 사용법은 우리말 문법에는 없어요. 앞에 말한 내용을 한번 숨 돌리고 상술하려고 할 때 쓰면 글도 전체적으로 부드러워져요. 그런데 이걸 편집자들은, 저도 여러 번 겪었는데, 출판사든 신문사든 이 줄표를 지워 버리거나 다르게 고치면서 늘 거론해요. 이런 표식이 없다고. 언어의 문법도 사실, 선생님이 지금 말씀하신 것처럼, 우리 생활의 자연스러운 요구와 필요에 따라 유연하게 또 더 세부적으로 만들어야 될 것 같아요.

김우창 줄표는 콤마보다 좀 더 많이 쉬라는 얘기지요. 말할 때 다 그렇게 하지요.

문광훈 그런데 선생님, 입말이 그대로 글말로 되면 그것도 문제가 있지 않을까요?

김우창 그것도 문제가 있지요. 글과 말은 다르기 때문입니다. 단지 내가 문제 삼는 것은 말이 가진 유연성을 글에서 없애기 때문에 글 자체가 유연성이 없어지는 것이라는 점이지요. 중요한 것은 구어냐 문어냐, 또는 어떤 것이 자연스러우냐 하는 것보다 고정관념 때문에 표현 가능성이 좁아지는 것입니다.

문광훈 그러니까 반드시 이렇게 시킬 필요는 없고, 적어도 입말의 살아 있음을 글말에서 대폭적으로 수용할 필요는 있다, 이런 말씀이지요?

김우창 다를 수밖에 없지요. 다르다는 것도 인정하고, 많은 사람들의 글의 개성적 성격을 살리면서 표현 가능성을 더 넓혀야지요.

문광훈 선생님의 문장은 간단하지 않은데요, 그런데 그 논리 전개의 과정은 선명하게 들어오는 것 같습니다. 문장이 길어지면 말이 대개 어렵고 얽히게 되잖아요? 그런데 대부분의 큰 학자들 글은 사실 간단치 않지요. 예외 없이 복잡하지요. 가령 아도르노도 만만치 않은데요. 그러나 벤야민에 비하면 그의 논지는 차라리 전체적으로 보아 선명하다고 볼 수 있지요. 벤야민의 글은 매우 난삽하고, 흔히 지적하듯 정말 비의적(esoterisch)이지요. 벤야민이나 큰 학자들의 대체적 성격에 비해 선생님 글은 복잡하기는 하지만 논리의 명료성은 훨씬 더 높은 것 같습니다.

김우창 아도르노는 상당히 어렵지요?

문광훈 아도르노의 문장도 난삽하다지만, 벤야민만큼은 아닌 것 같아요. 적어도 그의 사상적 얼개를 전체적으로 조감할 수 있으면, 웬만큼 시야 안에 들어오거든요. 그러니까 난해하고 까다로울 수는 있어도 비의적인 건 아니지요. 선생님 글에 대해 대부분의 사람들은 '난삽하다', '너무 어렵다'고들 말합니다. 제 생각은 좀 다른데, 오히려 선명하다고 여기거든요. 복합문의 병렬적 구조에도 불구하고 그처럼 높은 수위의 명증성을 보이는 건 드문 것 같아요. 그 말은, 단순히 어렵다는 것이 안 읽는 이유가 된다면 대부분의 뛰어난 저작들은, 철학자건 작가건 사상가건 간에 못 읽게 된다는 것을 뜻하지요. 아도르노도 마찬가지고요. 이들을 자기 나름으로 소화해서 우리의 현실 속에서 재구성하는 일은 더더욱 어렵고요. 그러니까 독자 쪽에서도, 저자만큼은 물론 할 수 없지만, 그 나름의 훈련을 해야 되지 않나 싶어요. 학자인 경우 그런 훈련은 의무라는 생각이 들고요.

김우창 우리 문장이 앞으로 더 유연하게 많은 걸 수용할 수 있게 돼야지요. 너무 경직된 사고들이 많아서……

문광훈 그 유연성이란 논리의 복합성을 관통해 나가는 표현의 유연성이어야 될 것 같습니다.

김우창 논리도 있고, 표현 방법도 그냥 관습적 관점에서 문법에 안 맞는다고 하면 안 될 것입니다. 요즘은 안 그러지만, 글을 쓰면 빨간줄 쳐서 보내는 사람이 있어요.

문광훈 저도 그런 걸 받은 적이 있습니다.

김우창 가령 '나는 연필 있다.'라는 문장과 '나는 연필을 가졌다.'라는 문장에서 '가졌다'는 안 된다고 '있다' 이렇게 고쳐서 보내요. 그런데 양쪽을 살려야 되거든요. 그러니까 '있다'는 게 그전부터 있던 우리의 방식인데, '가졌다'는 것이 어떤 경우 더 맞을 때도 있기 때문에 살려야지요. 그래서 말이 더 풍부해지지요.

문광훈 외국어를 하는 것의 강점은 표현 가능성을 확대시킨다는 점에 있는 것 같아요. 더 중요한 것은 표현 가능성이 곧 사고의 가능성이고, 표현과 사고의 가능성은 감각의 가능성으로부터 온다는 사실이고요. 감각, 사고, 표현이 합해져서 삶의 가능성으로 이어지는 것이 아닌가 생각됩니다.

김우창 국어의 순수성이라는 것이 전혀 무의미한 것은 아니지만, 외래의 표현을 수용하는 것도 언어를 넓혀 가는 길이지요. 하여튼 너그러운 게 제일 좋지요. 글 쓰는 데 아직도 교조적인 게 많아요.

문광훈 저도 한 신문에 쓴 칼럼에 잘못된 표현이 많다고 해서 어떤 분이 편지를 보냈어요. '그건 우리나라 말의 표현이 아닙니다.' 그래요. 그런 지적이 맞는 부분도 있지만 다른 한편으로는 사실 답답하기도 해요. 그러니까 스스로 생각하기에 논리적으로 맞으면 이젠 되어야 되는 거지요. 왜냐하면 그것 자체가 우리말의 표현 방식이나 사고의 가능성을 넓혀 줄 수도 있으니까요.

김우창 '나에게 연필 있다.'라고 할 때 '내가 연필 가졌다.'라고 하면 되는 경우도 있어요. '나 연필 있어.' 꼭 이렇게만 하면 이상해지는 경우도 생기거든요. 물론 사람의 경우는 가질 수 있지만, 사물에 대해 '그 집은 정원을 가졌다.'라고 하는 것이 잘못된 판단을 나타내는 것은 아닙니다. 그러나 언어도 바뀐다는 것을 알아야지요. 라틴어에도 보면, 로마 시대에는 '그 집에 정원이 있다.' 이렇게 되어 있어요. 중세 유럽의 라틴어에 와서 '그 집이 정원을 가졌다.'라는 표현이 나오게 되지요.

아까도 말했지만, 우리말과 라틴어가 비슷한 게 상당히 많아요. 라틴어의 특징 중의 하나는 격 변화가 분명한 거지요. 격 변화가 분명해지면 무슨 특징이 있냐면, 독일어도 그런 면이 있는데, 어순이 덜 중요해지게 돼요.

'빵을 내가 먹었다.' 하는 경우나 '내가 빵을 먹었다.' 하는 경우, 어미가 있기 때문에 혼돈이 안 일어나거든요. 영어는 그렇게 하면 안 되지요. 영어는 어미가 없기 때문에 어순이 중요하지요. 라틴어는 독일어에 비해서도 어순이 마음대로예요. 우리말도 이에 비슷한 점이 있습니다.

문광훈 그러니까 언어의 문법도 더 풍성해지고 탄력적이어야 한다는 말씀이네요. 그것은 외국어의 관점에서 보면 더 그렇기도 하고요.

김우창 여러 말을 봐야 되고 또 여러 말의 다른 습속들도 알아야 돼요. 시에서는 소리의 음악에 따라 순서가 많이 달라지지요.

문광훈 그만큼 이해하기가 어렵겠네요.

김우창 잘하는 사람은 괜찮고, 초보자 또 영어에 익숙한 사람은 익숙해지는 게 힘들지요. 우리 국어에도 실용 문법을 만들어야지요.

문광훈 현재 한글의 역사 — 대부분의 사람들이 일상에서 사용한 실제적 운용 역사가 너무 짧은 것에도 이유가 있겠지요?

김우창 한문을 많이 썼으니까.

문광훈 아까도 말씀드렸지만 언어 표현의 장점뿐만 아니라 단점, 실수, 불충분한 것마저 글 쓰는 사람의 색채를 드러냅니다. 거기서 스타일이 나오기도 하고요. 물론 이런 스타일을 가지는 것은 쉬운 일이 아니지요. 스타일을 가지고 있다는 자체가 자기 세계를 가지고 있다는 뜻이니까요.

김우창 외국어 표기나 외국 인·지명도 지나치게 경직될 필요가 없습니다. '모택동'이라 쓰면 전부 다 '마오쩌둥'으로 고쳐요.

문광훈 그렇게 고쳐 놓으면 제게는 더 어려웠습니다. 중국 사람의 이름을 한문 그대로, 우리 식으로 표기하면 괜찮은데, 신문에서 하듯 중국 발음대로 표기하면 기억하기가 더 어려워요.

김우창 영어에서 '파리(Paris)'를 '파리'라고 하는 사람은 하나도 없거든요. '파리스'라고 에스(s)를 발음해서 말하지요. 불어 잘하는 사람들도 영어로 할 때는 다 그렇게 하지요. 또 '마오쩌둥' 한다고 해서 중국 발음이 나오는 것도 아니거든요.

문광훈 그 사람들도 못 알아듣잖아요?

김우창 외래어는 그야말로 국어 존중의 관점에서 생각해야 합니다. 그것은 우리의 음운 체계 속에서 수용되어야지요. 외래어 같은 것은 무식한 사람한테 맡기는 것이 제일 좋아요. 무식한 사람은 우리말로 동화해서 표현하는 도리밖에 없거든요. 원어에 가까울 도리가 없어요. '노깡(토관)'은 일본 말로 '도깡(どかん)'이거든요. 노동자들이 '노깡'이라 해서 우리말이 되었지요.

문광훈 아주 상식적인 관점에서 변형하는 사람들의 방식을 배워야 된다는 거지요?

김우창 배추 같은 것도 그렇지요. 저 중국의 남쪽에 가면 '복초리'라고 그러잖아요? 중국 발음 고수했으면 '배추'란 좋은 우리말이 절대 안 됐겠지요.

독일의 출판

문광훈 다시 출판 이야기를 조금 하겠습니다. 저는 독일에서 공부할 때

프랑크푸르트에 있었어요. 그런데 이 도시에 주어캄프(Suhrkamp)라는 유명한 출판사가 있어요. 독일의 가장 대표적인 출판사지요. 이 출판사의 인문학 담당 편집자들은, 그 관점이나 시각에 있어 학자들 이상의 견해를 가지고 있는 것 같아요. 독일, 스위스, 오스트리아 등 독일어권만 아니라 동유럽과 서유럽 등 유럽 전체를 아우르는 거시적 전망을 가지고 있어요.

거꾸로 말하면 이 출판사의 출판 목록을 보면 유럽의 사회와 정치, 문학과 예술, 사상과 철학, 종교와 과학 그리고 문화의 전체 지형을 어느 정도 다 가늠할 수가 있지요. 그러니까 그런 공인할 만한 저작들을 지속적으로 출간해 낼 수 있고요. 독일 교수들 가운데서도 주어캄프에서 책 내는 사람이 드물거든요. 또 흔히 지적하듯, 이른바 메이저 출판사의 폐단도 없지 않기 때문에 이를 문제시하는 경우도 물론 있어요. 그래서 작은 출판사를 직접 만들어 글을 내는 경우도 있고요. 그럼에도 하나의 출판사가 한 나라의 지적 문화적 수준을 대변할 만한 명성을 누리기까지는 편집자의 역할이 아주 중요한 것 같아요.

김우창 많은 게 협동 작업이지요.

문광훈 같이 가는 것 같아요. 이상적인 경우 작가와 편집자, 저자와 출판사는 서로 자극하고 조언하면서 평생의 동업자로서, 또 친구로서 함께 가더라고요. 가령 작가나 학자가 그의 말년에 전기나 회고록을 쓰잖아요? 그러면 그 옆에 언제나 편집자와 출판인의 이름을 거명하지요. 단순히 사무적 차원의 의례적 거명이라기보다는 오랜 세월에 걸쳐 쌓아 온, 상대의 양식과 인격에 대한 존중이 묻어 있는 경우가 많아요. 이 모든 것이 합쳐서 이른바 '주어캄프 문화(Suhrkamp-Kultur)'라는 것이 생겨났고요.

김우창 그러니까 사회 전체에 서로 존중하는 마음과 공공 정신이 있어야지요.

문광훈 저자와 편집자의 관계가 약한 것은, 우리의 학문 공동체 내에서 학자와 학자들 사이의 윤독(輪讀)이나 상호 논평이 하나의 전통적 가치로서 자리 잡지 못하고 있다는 사실과 그대로 연결되는 것 같아요.

공공 공간

김우창 더 크게는 하버마스식으로 말해서 공공 공간(Öffentlichkeit, 공공성, 공적 공간)의 문제인 것 같습니다. 대통령 임기 관련하여 레임덕 어쩌고 하는 소리 나오는 것에도 이어서 생각할 수 있습니다. 공무원이 자기 일에 충실하면 대통령이 곧 갈릴 거라고 생각해서 말 안 듣고 태만할 리가 있겠습니까? 대통령도 자신의 일을 하는 게 아니라 나랏일을 하는 거지요. 공무원도 나랏일을 하는 것이고. 그러니까 모든 사람이 제3의 어떤 진실을 위해 노력한다는 생각이 사회에 보편적으로 있으면 큰 문제가 없겠는데. 학문도 내 주장보다 진리를 말하는 것이지요. 그러나 내가 말하는 것이 진리라고 말하는 것은 아니지요. '이게 나는 진실이라고 생각하는데 당신 보기엔 어떠냐' 하는 관점에서 진실이나 진리를 놓고 얘기하는 거지요. 그런데 어떤 사회에서는 모든 것이 힘의 관계로 바뀌는 거예요. 그래서 싸움이 늘 벌어지지요.

문광훈 납득할 만한 견해에는 동의하고 이렇게 동의된 의견이 공적 공간에서 좀 더 많은 사람들에게 영향을 미치고, 이런 영향을 통해 사회의 건전한 여론을 형성시켜 가는 어떤 합리적 사고의 수렴 과정이 있어야 되는데, 좋은 의견, 보다 옳은 의견에 대한 존중보다는 권력 혹은 사익에 대한 추구에 의해 많은 문제가 일어나지요.

김우창 이런 게 큰 문제일 거예요.

문광훈 옳은 소리가 나온다 해도 그에 대한 존중이 없거나 그 인정에 아주 인색해요.

김우창 그 말을 누가 했느냐가 중요해지지요.

문광훈 좋은 의미의 비판적 공동체가 사회의 곳곳에, 여러 층위와 단계에서 다양한 방식으로 존재해야 됩니다. 학자와 학자 사이에도 서로 자극이 되는 생산적 의견 교환의 관계가 생겨나야 하고요.

김우창 우리가 현대적 얘기를 하기 시작한 지 100년, 길게 잡으면 150년이고 짧게 잡으면 한 50년이 될지 60년이 될지. 그런 데다가 공공 정신이 다 깨졌어요.

논리와 일상적 삶

문광훈 선생님께서는 이성을 강조하시면서도 그 바탕이 되는 감성이나 일상에 대해 계속 언급하시는데요. 이런 것은 이미 초기 저작에서도 나타나고, 또 최근에 나온 『마음의 생태학』에 들어 있는 「산에 대한 명상」에서도 보입니다. 이전의 글에서 인용하는 게 더 좋을 것 같아요. 「예술과 초월적 차원」은 30년쯤 전에 쓰신 글인데, 여기 보면 이렇게 되어 있어요.

옛날의 초상화는 우리에게 기묘한 우수를 느끼게 한다. …… 초상화의 모든 것은 그 영원성, 그 위엄, 또 아름다움에도 불구하고 그것이 덧없는 시간 속에 사람의 노력이 결정시킨 최선의 순간일 뿐이라는 것을 느끼게 하는 것이다. 사람의 힘과 위엄이 아무리 크다고 하더라도 하늘과 땅은 하나의 개인을 위하여 오랫동안 다소곳이 있을 수가 없다. 초상화의 주인공이 과시하고 있는 위엄은 수많은 일상적 순간의 속됨과 낭비와 무정형에 대한 한때의 승리를 나타내고 있음에 불과하다. 초상화 ── 잘된 초상화는 소모적인 삶의 표류 가운데 이룩되는 한순간, 한 초월의 순간을 포착한다. 또는 더 정확히 이 초월에의 노력을 포착한다. 왜냐하면 그러한 순간은 삶의 무너짐에 대한 끊임없는 투쟁으로서만 나타나기 때문이다.

저는 이런 글을 읽으면, 시적인 만큼 서정적이면서도 철학적으로 견고한 명상이 들어 있는 것 같아 오늘의 현존적 의미를 돌아보게 됩니다. 이성의 탐구가 인문성의 한 핵심이라고 한다면, 이때의 이성은 정언적 규정적인 것이 아니라 반성적이라는 것, 그러나 이 반성성도 어떤 강제 속에서 주어지는 것이 아니라 자기 스스로 돌아보는 점에 있는 것 같아요. 저자의 이런 자기반성성은 그래서 독자의 반성성으로 자연스럽게 이어지고요. 우리 인문학에서는 왜 이런 예가 드물까요?

김우창 그건 내가 말하기가 안됐지만, 문 선생이 우리 문학을 전부 안 읽어 봐서 그렇고, 나도 안 읽어 봐서 판단하기 어렵네요. 산다는 것과 글 쓰는 것을 하나로 여기는 데에서 그러한 결과가 나온 것 같아요.

문광훈 제가 이 부분을 인용한 것은 다음 질문을 드리기 위해서입니다. 위에서 인용한 글과 유사한 글이 여러 편 있습니다. 이런 글에서 저는 '몽테뉴적 에세이의 한국적 현대적 실현의 예'를 본다고 느낄 때가 있어요.

언젠가 불란서의 사상은 '몽테뉴와 파스칼 사이의 대화'라는 글을 본 적이 있습니다. 그게 어떤 의미인지 자세히 알 수는 없으나, 아마도 몽테뉴의 자기 탐구와 파스칼의 형이상학적 초월 사이에서 움직이는 것이 불란서 사상이라는 의미로 이해했습니다. 그런 점에서 본다면 선생님의 생각은, 한편으로 삶의 불분명을 지속적으로 밝힘으로써 그것을 줄여 나가려한다는 점에서 데카르트적으로 보이고, 다른 한편으로는 이런 해명의 심급으로 자리할 내면과 마음의 수련을 중시한다는 점에서 이황적으로 여겨집니다. 그리하여 선생님의 학문은 '데카르트와 이황 사이의 대화'가 아닌가 이렇게 여겨지기도 하는데요, 선생님 생각은 어떠신지요?

김우창 그걸 어떻게 얘기해야 될지 모르겠는데. 예전에도 얘기했지만, 지각 현상에서 우리가 이해하는 세계는 아주 기본적인 재료이지요. 그 안에서 어떤 개념적 추상적 형상을 파악하려는 것이 우리의 지적 노력이고. 그래서 사람은 늘 둘 사이를 헤매는 것이겠지요. 데카르트나 몽테뉴나 파스칼이나 차이를 두어서 생각할 수도 있지만, 모두 이성이나 마음을 중시했다는 점에서 하나로 볼 수도 있지요. 넓은 의미에서의 마음 그리고 평정은 유교적 전통에서 더 중요하지요. 서구인들에게는 세계를 이해하는 수단으로서 마음의 평정, 마음의 자제가 필요한데, 유교에서는 세계 이해의 수단으로서만이 아니라 그 자체로서의 마음의 평정을 추구한다고 할 수는 있습니다. 주어진 질서 속에서 자기의 길을 바로잡는 데 중요한 거지요. 그리고 이 질서의 한 부분 또는 가장 중요한 부분은 인간관계인데 그것이 조화로우려면 마음을 좀 가라앉혀야 하지 않는가 이런 생각도 있지 않나 합니다. 인식론과 실천론의 차이라고 할까요?

그런데 나의 입장은 조금 더 실존적인 것이 아닌가 합니다. 즉 주어진 상황 속에서 무엇이 중요하고 중요치 않은가를 늘 생각하게 되고, 이것이 문체에까지 나타나는 것이 아닌가 합니다. 그 뒤에는 무엇이 문제될 만큼 실재하는 것이냐 하는 관심도 있다고 할 수 있습니다. 그런 점에서는 추상적 관념의 가능성에 대한 내 관심은 인식론적이기도 하고 실천적이라고도 할까요? 인식이 주어진 실천적 요청의 문제 영역에서 일어난다는, 말하자면 제한된 합리주의가 거기에 있다고 할 수도 있습니다. 그러면서 실천 영역은 주어진 일상적 현실에서부터 시작하지요.

무상의 세계와 이데아

김우창 지각 현실과 추상적 이데아의 관계란 거창한 의미에서도 필요하지만 간단한 의미에서도 필요해요. 얼마 전 방송사에서 책 읽기에 대해 얘기했으면 좋겠다고 대담 요청이 있었습니다. 빤한 이야기하기 싫어서 사양했지요. 그 얘기를 들으면서 맨 먼저 생각한 게 '왜 책 읽기가 필요하냐'에 대해 한번 생각해 봤으면 좋겠다는 겁니다.

워즈워스의 시에 이런 게 있어요. 자기가 좋은 자연에 가서 그것을 보고 있으니까 다른 사람이 와서 당신은 책을 읽고 공부를 하지 않느냐고 핀잔을 하는데, 대답은 자연을 보는 것이 책 보는 것보다 더 중요하다는 것이지요. 다만 주석을 붙이면 자연을 제대로 보려면 책을 읽었어야 한다고 할 수 있지요.

내가 후회하는 것 중의 하나가 식물학을 좀 더 공부했어야 된다는 겁니다. 나이와 더불어 사람은 풀과 나무를 보지 않고는 살 수 없다는 것을 절실하게 느끼게 됩니다. 자연 풍경을 보지 않고는 너무 삭막해져 살 수 없다는 느낌이 들어요. 그러면서도 저 풀 저 나무의 이름도 모르지요. 이름을 알면 마음이 좀 개운해집니다. 식물학을 했으면 저 잎의 모양이 어떻게 생겼고 어떤 순서로 달려 있고 하는 것을 제대로 알게 되고, 그것을 알고 보면 자연의 아름다움과 경이로움에 대해 깊이 있는 느낌을 지닐 수 있거든요. 간단한 지각적인 작용도 지적 이해와의 상호 작용 속에서 이루어질 때 우리 삶은 풍부해진다는 생각이 들어요.

이름도 알고 형태도 알고, 자연의 형태 사이에 유사 관계와 인과 관계가 있다는 것을 알면 자연을 좋아하는 데 깊이가 생기지요. 파스칼을 얘기하든 데카르트를 얘기하든 헤겔을 얘기하든, 그들의 철학은 우리 삶이 이데아적인 것에 인접하여 있다는 것을 말해 줍니다. 감각적인 것과 이데아적인 것의 공존은 삶을 더 풍부하게 만들고 인간의 마음을 평정시키는 데 도움이 돼요. 어떤 시에 '오늘 당신이 살고 있는 삶은 죽은 사람이 제일 원하는 그러한 것이다.'라는 것이 있어요. 삶은 죽음의 관점에서 볼 때 그 의미를 시사하는 것 같습니다. 그 관점에서 오늘의 지나가는 순간이 귀중해집니다. 이념적 깨달음은 초연함을 통하여 삶의 흘러가는 순간을 포착해 주지요. 그것은 한편으로 삶의 무상에 대하여, 다른 한편으로 죽음에 대하여 섬세하고 지속적인, 그러면서도 늘 새로 발견되는 어떤 세계를 느끼게 합니다. 죽음과 이데아와 삶의 무상과 지각적 풍요 사이의 관계는 조금 더 잘 생각해 보아야 하겠지만, 직접적 체험으로서의 인생과 이념적인 것 사이에는 늘 이러한 연결이 있어요.

지각 작용뿐만 아니라 세계가 존재하고 인간이 존재한다는 것 자체가 커다란 이념적 틀 속에서 이해될 때 비로소 세계와 인간은 의미 있는 것이 되겠지요. 그리하여 더 깊이 있는 것이 되고, 더 너그럽고 더 인생을 고맙게 생각하며 사는 것이 되지요. 그러니까 데카르트나 몽테뉴는 자기 문제나 사물의 문제에 관심을 가졌고, 파스칼적인 것도 거기에 연결되어 있는 것 같아요. 파스칼이 생각한 공간의 깊이와 그 두려움은 바로 우리가 일상적으로 사는 옆에 있는 현상이지요. 그 공간은 이데아로 존재하는 것입니다. 그것은 죽음을 시사하고 그것을 넘어가는 것이면서 삶을 다시 되돌아보게 합니다.

예전에도 그걸 한번 얘기했지만 로티 교수와 얘기하면서 드는 생각은, 이게 함부로 할 얘기는 아니지만, 나에게 종교적인 것에 대한 외경감이 있다는 것이었습니다. 내가 무슨 종교를 가지고 있는 사람은 아닌데도.

문광훈 형이상학적인 것에 대한 아주 강한 정열을 사고의 배후에 가지고 계시지 않습니까?

김우창 그래서 파스칼 같은 사람도 이해할 수 있을 것 같아요.

실러, 자아 형성, 우아함에 대하여

김우창 고려대 가서 할 얘기의 원고를 쓰고 있는데, 실러의 『인간의 심미적 교육론』을 많이 참고하고 있지요.

문광훈 요즘 읽고 계신다고 그러셨지요?

김우창 바로 엊그저께 읽었어요. 십수 년 전에 읽은 건데, 그때도 중간은 지루했지만, 다 읽고 나니까 더 뚜렷해져요.

문광훈 뚜렷하지만, 그 뚜렷함은 복잡한 논리 위에 있습니다.

김우창 새삼스럽게 참 특별한 사람이라는 생각이 들어요.

문광훈 이전에도 한번 선생님께 말씀드렸던 적이 있는데요. 삶의 현실을 개선하는 것이 정치나 법률적 프로젝트로써는 불가능하고 인격의 개선과 변화를 통해서 가능하다는 생각들의 전통은 사실 오래된 것입니다. 인격과 성격(Persönlichkeit, Charakter)의 고양은 오로지 예술을 통해서 가능하다는 것은 실러 사상의 한 핵심인데요. 이러한 생각은 제가 보기에 깊이 있는 예술론을 가진 시인과 소설가, 철학자, 미학자는 거의 모두 공유하는 부분이 아닌가 여겨집니다. 사실 그 맨 앞에 있는 이가 실러라고 할 수 있고요. 그러는 한 거의 200년 묵은 실러적 프로젝트를 오늘의 시각에서 재구성하는 것은 현대 인문학의 핵심적인 과제로 보입니다.

김우창 그것은 지금도 의미가 있는 중요한 관찰이지요. 실러는 역시 뛰어난 천재적 능력을 가진 사람인 것 같아요.

문광훈 사회 정치적 현실이나 이 현실의 낙후성, 체제의 부패를 예술의 관점에서 비판하면서도 이 예술이 빠질 수 있는 감상성이나 유미주의의 위험성까지 문제시하는, 그리하여 예술의 반성적 계기를 유효한 현실적 에너지로 변형시키고자 하는 노력은 지금의 시각에서 봐서도 드문 것 같아요.

김우창　달리 보면 자기 시대는 상당히 비판적으로 보았지만, 너무 낙관적으로 본 것 같기도 해요. 예술로써 인간을 고칠 수 있다고 생각하는 건.

문광훈　낙관적이지요. 그리고 현실 비판도 좀 그렇고요. 크게 보면, 이상주의적 틀 안에서 움직이고 있는 것은 사실인 것 같아요. 그래서 긴장이 떨어지는 면도 있고요. 그런 점에서 아도르노 같은 사람은 문학과 사회, 예술과 현실의 길항 관계를 더 치밀하게 파악하는 것 같아요. 예술의 비판적 잠재력이라든가 예술을 정치 현실의 대항 모멘트(Gegenmoment)로서 파악한 것은 훨씬 정치하지요. 그럼에도 그는 이 목표를 자기 미학의 전면에 내세우지는 않습니다. 삶의 현실에 대한 심미적 저항의 방식이 훨씬 정교하고 치밀하며 복합적이라고나 할까요? 이것이 더 뛰어난 점으로 보이기도 하고요.

김우창　현실을 정시(正視)하는 것이 무엇보다 중요하지요. 아도르노는 마르크스주의지니까. 그러나 마르크스도 그러하고 아도르노도 그 현실주의를 움직이고 있는 것은 인간과 인간의 가능성에 대한 이상주의라고 할 수 있습니다. 조금 다른 이야기이지만, 실러의 글은 편지 형식으로 되어 있는데, 그 형식을 문 선생은 어떻게 보십니까.

문광훈　그에 대해서는 좀 더 생각해 보아야 할 것 같아요. 간단히 말씀드리자면, 편지란 내밀한 관계에서의 소통 형식인데, 인간의 가능성에 대한 이상적 탐구는 이렇게 내밀한 방식으로만 전달될 수 있는 것인지도 몰라요. 어쨌든 이 편지는 전부 자기를 3년 동안 뒷바라지해 준 슐레스비히-홀슈타인 지역의 크리스티안(Friedrich Christian) 공작에 대한 보답으로 쓴 것이거든요.

김우창　요즘은 정말 해당되지 않는 얘기일 것 같지만, 예의는 놀라운 것 같습니다. 그런데 실러는 우애(Anmut)에 대해서도 미적 관심이 컸던 것 같습니다.

문광훈 제가 작년, 재작년에 다시 제 나름으로 정리하고 싶어서 실러와 그에 관계되는 책을 쭉 읽었습니다. 거기에서 어떤 학자는 엘레강스를 '여성적 아름다움'이라고 얘기하고, 품위는 '남성적 아름다움'이라 얘기하던데요.

김우창 실러는 우아를 말하면서, 그것이 사람의 품위와 어떻게 맞아 들어갈 수 있느냐에 대하여 고민했습니다. 이 품위가 Würde가 되지요. 『우아와 품위』에서는 이것을 서로 맞서는 것으로 보지만 『인간의 심미적 교육론』에서는 우아가 우위에 있는 것으로 생각하는 것 같습니다.

문광훈 독일의 한 실러 전문가는 우아와 품위의 개념에서 실러를 현대적으로 재해석할 수 있는 가능성을 보았습니다. 선생님께서 조금 전에 말씀하신 우아나 품위에 오늘날 여성주의(feminism), 또 더 넓게는 인간주의의 새로운 가능성을 보려는 것 같아요. 그것이 어떠하건, 우리의 관점에서 또 동양과 타자를 포함하는 좀 더 넓은 차원에서 어떻게 실러적 고민을 오늘의 현실 안으로 소화해 낼 것인가가 관건이 될 겁니다.

순진성과 너그러움

김우창 험한 사회일수록 강한 힘이 아닌 약한 힘은 통하지 않는 것 같습니다. 우아는 약한 힘이니까. 그런데 이러한 구분 이전에 인간의 모든 것을 너그럽게 보는 것이 선행하여야 하는지도 모르지요. 힘이 있는 것 이외에, 또는 도덕적 판단으로 좋고 나쁜 것을 가려내기 전에. 힘은 물론 물리적으로 강한 것이고, 도덕은 정신적으로 강한 것이고, 또는 사회관계에서 우위를 갖는 것이지요. 그런데 모든 것을 너그럽게 본다는 점에서 실러는 괴테에 비하면 떨어진다고 할 수 있지요. 괴테는 사변이 적기 때문에 큰 인물인 것 같기도 합니다. 실러가 말한 대로 하면, 소박한(naiv) 사람이지요.

　문광훈　육체나 감각 그리고 감정에 훨씬 더 밀착해 있지요.

　김우창　다산학회에서 운영하는 다산포럼이란 것이 있는데, 거기서 누가 "왜 셰익스피어는 읽으면서 다산은 안 읽느냐."라고 물었습니다. 물론 묻는 것보다 민족 전통을 등한시하는 데에 대한 논평이지요. 간단한 답은, 셰익스피어는 모럴리스트가 아니라는 것입니다. 다산은 그의 현실적 관심에도 불구하고 근엄한 윤리학자이지요.

　실러는 좀 더 철학적으로 가려서 얘기하고, 괴테는 모든 것을 초연하게 또 너그럽게 본다고 할 수 있지요. 독일 정신의 밑바닥에 괴테가 더러 놓인다고 할 수 있습니다. 영국에서도 셰익스피어는 '이건 이래야 돼.' 하는 소리를 쉽게 안 하지요. 그렇다고 잘잘못을 전혀 문제 삼지 않는 것은 아닙니다.

　문광훈　괴테의 경우 사실의 진위에 대한 도덕적 판단을 하기보다는 사실 자체의 다채로움들을 형상화하는 능력이 더 뛰어난 것 같아요.

　김우창　판단할 건 판단하지만 밑바닥에 있는 모든 것을 있을 수 있는 것으로 상상하는 것이 있습니다. 우리에게는 아직도 모든 걸 수용하는 문학이 필요하다는 것을 이해 못하는 것 같아요.

　문광훈　그것은 어쩌면 우리의 사회 정치적 구조가 더 유연하게 된 후에, 그리하여 심성과 사고의 형태가 더 탄력적으로 된 후에야 가능할지도 모르겠습니다. 특별히 뛰어난 작가라면, 그것을 지금의 경직된 사회 구조 안에서도 예외적으로 창출할 수도 있을 거고요. 어찌 되었건 '모든 걸 수용하는 문학'은 문학의 궁극적 방향에 대한 매우 중요한 말씀인 것 같습니다. 괴테, 실러와 연관하여 말씀드리자면, 저는 이론적 호기심 때문인지 실러의 단단한 미학적 논저에 더 끌렸습니다. 그러니까 괴테는 작품(문학)이 좋고 실러는 철학(이론)이 더 좋지요.

김우창 나도 그 철학적인 면에 끌리지만, 대긍정은 철학을 넘어서 있는 것이 아닌가 하는 생각을 하지 않을 수 없습니다. 괴테가 독일에서 더 높이 평가되고, 그래서 독일을 대표하는 것으로 생각하는 것도 이러한 점에 관계되어 있는 것이 아닌가 합니다.

문광훈 미학이나 문예론, 예술 철학 등 이론적 탐구를 하는 학자들의 경우에는 실러를 좋아하는 사람들도 많은 것 같아요.

김우창 철학 좋아하는 사람은 그렇게 되겠지요. 또 정치에 관심이 많거나. 이것은 문 선생이 잘 아시는 것이고 내가 함부로 이야기할 것은 못 되지만, 실러의 작품도 정치적이지요. 「떼도둑(Räuber)」이나 「발렌슈타인(Wallenstein)」이나 「돈 카를로스(Don Carlos)」나 전부 혁명적인 얘기지요.

문광훈 그 때문에 경직된 부분이 없지 않습니다. 사회 경제적 관심사도 크고, 정치적 자유의 설파는 더 중요하고요. 워낙 불우한 삶을 살았기 때문에 말이지요. 괴테는 그에 비하면 아주 유복하였지요.

김우창 출신은 실러가 더 좋은 집안에서 나왔는데……

문광훈 그런가요?

김우창 괴테는 부잣집에서 나왔지만 부자라는 게 사회적 위치가 높지는 않지요. 그래서 실러 부인이 괴테를 집에 못 오게 했다는 것 아닙니까? 신분이 낮은 사람이라고. 그는 상인의 아들이니까. 돈도 중요하지만, 신분이 더 중요한 사회였겠지요.

역사의 아이러니

문광훈 실러가 대학교 갈 무렵 대학에서 어떤 교과목을 공부할 것인가 하는 문제도 그 지방의 영주들이 다 결정해 줬어요. 카를 오이겐(Carl

Eugen) 공이 '이거 이거 공부해.'라는 식으로 명령했지요. 지금 식으로 얘기하면, 경기도의 도지사가 제가 대학 가는 것을 정해 주는 것과 비슷하다고 할 수 있을지 모르겠네요. 또 공국(公國)의 경계를 넘어가려면 공작의 재가를 받아야 되는 식이었지요. 그런데 실러는 그 말 듣지 않고 넘어갔다는 것 아닌가요? 다니던 군사학교의 규율을 견디기 어려워서. 그렇게 넘어간 만하임이란 도시에서 첫 작품 「떼도둑」의 초연을 감행했지요. 그래서 오이겐 공이 괘씸하다고 불러들여 2주 동안 집에 감금시켜 버렸지요. 그 후 다시 실러는 도망가고. 그게 스무 살 조금 넘었을 때의 일이었어요. 200년 전 독일의 사회 정치적 현실은 그처럼 억압적이었고 또 크게 보면 인간의 삶은 최근까지 참으로 후진적이었고 피폐되어 있었지요.

김우창 유럽에서 우리가 배워야 될 게 너무 많지만, 도덕적 관점에서 보면, 뭐라고 얘기하기가 어렵지요. 영국에서 제일 큰 미술관이자 박물관이 브리티시 뮤지엄(British Museum) 아닙니까. 그런데 그걸 맨 처음 창립한 사람은 노예 장사해서 돈을 번 사람이지요.

문광훈 발터 벤야민의 잘 알려진 말이 있지요. 문화의 야만성을 얘기한 것 말이지요. "문화의 기록물(Dokument)이 야만의 기록물이지 않은 때가 없었"다는 것. 그래서 "문화적 전승물은 잔혹함 없이는 생각할 수 없다."고 말했지요. 그래서 그는 "역사를 거슬러 읽는 것"이 역사적 유물론자의 과제라고 말했지요. 그러나 일반적 차원에서 보아도, 문화의 성취 또는 화려함을 말하기 전에 그 부패함과 부당성 그리고 불공정성을 얘기할 수 있어야 될 것 같아요.

김우창 그런데 앞으로 없어야 되겠다는 노력의 관점에서 봐야지, 옛날 것을 그렇게 해 봐야 소용없는 것 같아요.

문광훈 좀 더 미래를 향해 문제의식을 가져야 된다는 거지요?

김우창 유럽이 나쁜 짓을 많이 해서 그렇게 된 건 사실이지만, 유럽이 지금 제일 인간적 사회인 것도 사실이거든요. 더 발전했다고 봐야지요. 못살게 되면 다시 그렇게 고약하게 될는지 어쩔는지 모르지만…….

자서전 쓰기

문광훈 데카르트의 『방법 서설』이 지닌 자전적 성격을 선생님께서 언급하시면서 그의 이성이 과학적, 논리적 이성이 아니라 삶의 실존적 체험에 깊이 닿아 있다고 쓰신 적이 있습니다. 좀 더 느슨한 종류의, 그러면서도 일상적이고 체험의 진실에 닿아 있는 자서전을 쓰실 계획이 없으신지요? 작가 이청준의 경우에는 『자서전들 쓰십시다』라는 작품도 있고, 귄터 그라스가 이번에 내어놓은 『양파 껍질을 벗기며』도 있습니다.

김우창 지난번에도 설명했지만 자서전이란 특별한 재능이 있어야지 보통 사람이 할 수 있는 건 아니에요. 귄터 그라스의 자서전으로 말이 많지만, 어떤 사람은 이 작품을 최대의 작품이라 했다는군요. 『양철북』을 포함하는 '단치히 3부작(Danziger Trilogie)' 이후 최대의 작품이라고. 문제는 귄터 그라스가 나치 무장친위대에 들어간 사실인데, 다른 문제는 왜 그것을 오랫동안 감추고 있었는가 하는 것이기도 합니다. '적절한 형식을 발견하지 못했다.'는 것이 그의 답의 하나입니다. 그러니까 형식 속에서 그 의미를 탐구해야 된다는 얘기이지요.

자서전은 프루스트처럼 자기 인생을 바치는 사람이 써야지요. 꼭 자서전인지 소설인지 모르지만 프루스트의 『잃어버린 시간을 찾아서』는 일생의 작품 아니에요? 데카르트의 저작이 자서전이라면, 서사적 형식을 가졌다는 점에서 그렇지요. 요즘 식은 아니지요. 어떤 주제를 놓고 쓴 거니까. 그러나 삶의 이야기에 무엇이 들어가야 하는가는 시대적으로 문화적으로 결정된다고 할 수는 있습니다.

문광훈 그러면서도 아주 개인적 체험에 많이 닿아 있던데요.

김우창 '무엇이 확실한 거냐.'는 주제를 추구하는 데 관계되는 자기 체험을 많이 얘기하고 있지요. 데카르트 연구자 중에도 그걸 소설처럼, 내러티브처럼 봐야 한다는 사람들도 있어요. 그래서 『방법 서설』은 철학적인 책이면서도 불문학하는 사람들이 불란서에서나 외국에서나 다 읽어야 될 책으로 되어 있어요. 순전히 철학적인 책이었다면 불란서 문학의 고전이 되지는 않았을 거예요.

문광훈 선생님은 그러시면서 제 질문은 피하시는 것 같은데요. 인문학이나 철학, 문학, 아니면 저처럼 독문학 등 외국 문학하는 사람을 위해 어떤 경로를 통해 젊은 시절부터 오늘날의 지점에 이르시게 되었나를 쓰시면, 저희들 같은 후학이나 이런 점에 관심 가진 사람들, 또 다음 세대들을 위해 학문적이든 생활성이든, 어떤 이정표로서 매우 요긴할 것 같습니다.

김우창 체험이 풍부해야 되는데 저는 학교에만 몸담고 살았으니 할 얘기가 별로 없어요. 잊어버린 것도 너무 많고 일기라도 썼어야 되지요.

문광훈 그럼, 일기는 안 쓰시나요?

김우창 초등학교 때 숙제로 한 건 더러 있었겠지만. 그것도 시대의 혼란과 관계있을 거예요. 옛날 사람들은 일기를 많이 썼지요? 우리 세대에 와서는 일기 쓴 사람이 많지 않은 거 아닌가 합니다. 일본 사람들은 일기 참 많이 쓰지요. 이것도 시대적이기도 하고 문화적이기도 한 것 같습니다.

내 동창생 손세일 씨가 『이승만과 김구』를 썼지만, 김구 선생은 나중에 『백범일지』를 자서전적으로 쓴 겁니다. 이승만 박사는 일기 등 기록이 엄청나게 많은 것 같습니다. 손세일 씨 연구에 보면, 그가 미국에 있을 때 교회 가서 연설하고 교회에서 기부금을 받았는데, 누가 얼마를 받았다 하는 것까지 다 적었다고 합니다.

문광훈 '이승만 전집' 같은 형태로 남아 있나요?

김우창 기록이 남아 있는 것 같아요. 그냥 '오늘 총액 얼마 받았다.' 이렇게 쓴 게 아니에요. '누가 얼마', 이렇게 쓴 거지요.

문광훈 상당히 구체적이네요.

김우창 '어디 갔는데 비가 어떻게 와서 우리가 길 가기가 어려웠는데, 어떻게 거기에 갔다.' 뭐 이런 것까지 꼼꼼하게 적은 것 같아요. 그 바쁜 와중에 참 비상한 일이데요. 일기를 쓰면 기록한다는 면도 있지만, 아무래도 그날 일을 다시 한 번 되살피게 되잖아요? 프루스트 같은 사람을 생각하면서도 그래요. '그런 사람이야말로 인생을 제대로 살았다.' 되돌려서 한번 새겨 보아야 무슨 인생을 자기가 살았는지 진짜 알게 될 테니까.

자유와 인생의 아름다움

이성과 그 모순

문광훈 이번 항목은 이성에 대한 논의인데요. 이성에 대한 논의는, 단순
화하면 바른 삶의 길에 대한 탐구로 보입니다. 이 탐구는 위태롭고 허망할
수도 있다는 점에서는 모순적이고, 그럼에도 포기할 수 없다는 점에서 역
설적으로 보입니다. 이성주의를 관통하고 문제시하는 이성의 탐구라고 할
까요? 그래서 인문학의 탐구는 반듯한 균형이나 모순 없는 조화가 아니라
이 모순 속에서 균열과 더불어 자기기만의 가능성을 꿰뚫고 나가는 것이
아닌가라는 생각이 듭니다. 이성 탐구의 자기모순성에 대해 혹은 이성의
균열에 대한 선생님의 생각을 좀 듣고 싶습니다.

김우창 합리성이란 이성적인 것이 표현되고 객관화된 것을 말하는 것
이지요. 여기에 대해 능동적 활동으로서의 이성은 합리성의 공식에 의해
포착될 수 없는 어떤 것이에요. 이런 얘기를 『마음의 생태학』에서 많이 했
거든요. 지금도 그건 맞다는 생각이 들어요. 이성적인 것이 우리 삶에 필요

하고 사물의 이해에 필요하고 사회적 제도로서 필요하지만, 그 이성을 만들어 내는 힘은 간단한 합리성으로는 이해할 수 없는 차원에 있다는 생각은 지금도 있어요.

『마음의 생태학』에도 인용을 했지만, 진덕수(眞德秀)의 『심경(心經)』에 보면, "마음이 마음을 돌아본다는 것은 마치 자기 입을 가지고 자기 입을 물자는 것과 마찬가지기 때문에 그것은 불가능한 얘기다." 이런 이야기가 있지요. 마음은 주체인데 그것이 객체로서 파악되느냐 하는 이야기지요. 이성을 이성적으로 파악하는 것도 어렵다는 얘기도 되지요. 전혀 파악할 수 없는 건 아니지만, 합리적 공식에 너무 집착하면 안 된다, 그것이 방법적으로 필요하면서 하나의 가설적 상태로 받아들여야 된다고 할 수 있습니다.

문광훈 그러니까 이성에 대한 논의에서 밝혀진 내용은 이성이라는 온전한 것에 비하면 참으로 부분에 불과하다는 것, 그 때문에 가설적 형태로 접근할 수밖에 없다, 그게 이성에 대한 올바른 태도라는 생각이시지요?

김우창 그렇습니다.

문광훈 이전에 선생님께서는 "인문 과학적 탐구의 마음이란 깊은 어둠 위를 가로지르는 교량에 불과하다."라고 말씀하신 적이 있습니다. 아마 이성의 길도 그런 것이겠지요?

김우창 그러면서 절대적으로 필요한 것 같아요. 우선 우리가 살아가는 지침으로 이성적인 길을 찾는 게 중요하고, 특히 사회적인 관계에서 빼어놓을 수 없는 것입니다. 높은 의미의 이성도 필요하지만, 낮은 의미에서의 합리적 행동도 필요하지요. 사람이 자유 의지를 가진 존재라는 것은, 어떻게 보면 전혀 믿을 수 없는 존재라는 말이기도 합니다. 물건이란 한 군데 놓아두면 그대로 앉아 있는데, 사람은 한 군데 놓아둬도 그 자리에 앉아 있지 않고 옮겨 가 버리는 존재이지요. 그러니 사회관계 속에서 쉽게 믿을 수 없는 존재가 되어 버리지요. 그걸 믿을 수 있는 존재로 바꾸는 것이 합리적 약속입니다. 약속은 너도 좋고 나도 좋다는 관점에서 이루어집니다. 이것은 '이렇게 하라'는 명령이 아니기 때문에 자유로운 사회관계의 기본이 되지만, 그것이 지켜지지 않은 사회는 괴로운 사회지요. 그 협약 관계에 기초해서 비로소 모든 사람이 자기 삶을 일정한 방식으로 계획해 나갈 수 있습니다.

문광훈 특히 공공선에 대한 우선적 고려나 공적 정당성에 대한 존중의 전통이 약한 우리 사회 같은 경우에는 기본적 의미의 합리성이 더 필요하겠지요?

김우창 가장 기본적인 의미에서 합리적 질서를 만드는 게 우리 사회의 아직도 중요한 과제이지요. 또 하나 덧붙여야 되는 것은, '이성적 균형' 이외에도 '지각적 균형'이라는 게 필요하다는 것입니다. 이성의 법칙을 현장에서 조정할 때 인간적 이해가 없으면 이성의 법칙, 합리적 법칙은 인간을 괴롭게 하는 것이 될 수도 있기 때문이지요. 합리성에는 마음속에 움직이는 이성의 능동적 측면이 늘 수반되어야 되지요.

지하철 움직이는 사람들이 데모하는 방식으로 '준법 투쟁'한다는 것에 대해 그때도 얘기를 한 것 같은데요. 법대로 움직여 버리면 지하철이 완전히 서 버리고 불편하기 짝이 없게 되지요. 지하철을 움직이는 데 일정한 규칙과 법이 있어야 하지만 그것을 지나치게 엄격히 하면 지하철이 시민에 봉사하는 기능을 잃게 되지요. 그래서 하나의 스트라이크가 되지요. 이것이 우리 노동자들이 가끔 쟁의하면서 사용하는 준법 투쟁의 방법이에요. 법을 그냥 끝까지 지켜 버려서 사람들을 꼼짝 못하게 만들어요. 우리가 법을 지키고 합리적인 것을 지키는 사회가 된다는 것은 절대로 중요하지만 거기에 약간이라도 수반되어야 하는 것은 총체적 관점에서 합리적으로 이해할 수 있는 해석, 해석을 능동적이고 적극적으로 사용할 수 있는 이성입니다.

많은 제도가 그래요. 외국의 대학교나 대학원은 규칙이 참 엄하지요. 우리가 유학 갔을 때는 가령 '오늘 몇 시까지 리포트를 제출해라.' 하면 그 시간에서 1분만 지나도 안 받아요. 그것으로 딱 끝나게 되어 있어요. 그러나 동시에 그런 규칙에 대해 '소청'이란 형식이 있어서 '이건 정말 이렇게 하는 것이 옳았기 때문에 나는 이럴 수밖에 없었다.'라는 진정서를 내면, 거기 있는 소청위원회가 심사하게 되어 있거든요. 그러니까 그게 두 가지를 살리는 방법이지요. 정말 합리적 규칙을 엄격하게 적용했기 때문에 불합리한 결과가 나올 수가 있다는 것을 인정하는 것입니다. 사면 제도라는 것도 그런 것이지요. 남용하면 안 되지요. 정말 규칙을 적용하니까 불합리한 결과가 나왔다는 걸 소청 제도로 보여 줘야 되는데, '이거 봐줍시다.' 하는 식으로 소청이 통하게 되면 합리성도 죽고 소청 제도도 죽어 버리지요. 결국은 합리적 제도를 만들어도 밑바닥에 들어 있는 건 '인간이 어떻게 도리에 맞게 행동하느냐.' 하는 것 없이는 안 된다는 생각이 들어요.

문광훈 합리성의 원리와 이 원리가 초래할 수 있는 완고한 결과에 대한 제어 장치가 '동시에' 있어야 된다는 것이지요?

김우창 다시 그걸 하나로 통일해서 말하면, 사람 사는 데 필요한 합리성은 결국 사람이 만들어 낸다는 것을 인식해야지요. 그러니까 사람이 제일 근본입니다. 인간 자체가 합리적으로 행동하는 것과, 합리적 규칙에 인간이 예속되는 것은 차이가 있어요. 인간이 이성적 존재라고 할 때, 그 이성은 훨씬 더 유연하고 인간적이고 총체적인 이성이지요.

문광훈 합리성의 원리를 상정하되 그것에 지배되는 것이 아니라 인간의 삶을 위해 부릴 수 있는 이성이어야 된다는 얘기지요?

김우창 그리고 그것이 단지 인간적 관점에서 합리성을 제쳐 놓거나 비틀거나 하는 얘기가 아니라 결국 합리성의 근본은 합리적 인간에서 나온다는 것이지요. 총체적 합리성은 합리성에 있는 게 아니라 합리적 인간에 있지요. 물론 이것은 또 인간을 초월한다고 할 수도 있습니다. 그러나 그것은 또 다른 문제이지요.

문광훈 그러니까 이상적으로는 사회를 구성하는 많은 사람들이 스스로 합리적 인간이 되도록 애를 쓰는 게 절실하네요.

자유와 반성적 이성

김우창 독일 낭만주의자들이 많이 생각한 게, 인간이 자기 본래 모습으로 돌아가면 이성이 뚜렷해진다는 것이에요. 이성에 따라서 행동한다는 건 바로 인간으로서 행동한다는 것을 말한다, 이것은 실러에도 있고 칸트에도 있지요. 칸트에 나오는 '자유는 필연이다.'라는 역설이 이거 아니겠습니까? 필연은 자기 본성이지요. 다만 낭만주의자들은 이것을 조금 더 광범위하게 해석한 것이지요.

문광훈 그래서 자연(Natur)이라는 말에 '본성'이란 뜻도 들어 있습니다. 이 본성, 즉 필연성이 자유와 일치하게 되는 것은 심미적 경험에서입니다. 예술의 경험과 이 경험에서 이루어지는 심미적 판단에서 자유와 필연, 주체와 객체는 하나가 되어 '놀게' 되지요. 이것이 칸트와 실러 미학의 핵심에 들어 있는 생각이고요.

김우창 자유롭게 한다는 것은 본성에 따라서 행동한다는 것을 의미하고, 이 본성의 핵심 속에는 이성이 들어 있다는 얘기지요. 사회의 합리성이 많아진다는 것은 보통의 기준에서는 그냥 규칙에 따라 산다는 것을 말하지만, 교육의 목표는 실러가 『인간의 심미적 교육론』에서 말한 것처럼, 인간이 자기 자신을 자유롭게 하는 것이지요.

문광훈 스스로 느끼고 스스로 자각하여 그에 따라 책임 있게 행동하고…….

김우창 자기 본연의 모습을 실현하는 것이 바로 합리적으로 행동하는 것이지요. 그렇게 하면 같은 얘기인 것 같으면서도, 합리성의 경직성은 본연의 마음으로서 작용하는 합리성의 하위 상태에서 일어나는 것이라 할 수 있습니다.

문광훈 실러가 말하는 것도 자기 자신으로부터 유래하는 하나의 원리로서의 합리성이거든요. 외적 규율이나 규범으로 주어진 합리성은 '자기로부터 나오는(aus sich selbst entstehend)' 원리의 하부 요소 또는 종속 변수로 작용하는 거지요.

김우창 독일의 관념론자들 얘기가 그거예요.

문광훈 셸링도 그렇고요.

김우창 가령 우리나라의 사단칠정론에서 얘기하는 것에 어려운 면이 많지만, 사람을 움직이는 근본이 뭐냐고 할 때 그 밑바닥에는 인성에 합리적 성격의 중요 원리가 있다는 것이겠지요. 그래서 '사단(四端)'이라고 얘기하는 거지요.

문광훈 그런데 '자유로부터 오는 진리'에는 미학적 고심도 많이 있는 것 같아요. 철학적 고심도 있고 문예론적인 고심도 있는데요. 칸트도 그러한데, 자기 연관성, 자기 회귀성(Selbstrückbezogeheit)이라는 것에 어쩌면 인문주의의 핵심이 있지 않은가 여겨집니다. 문예론이나 예술 이론, 교육학 또 인문학의 가장 깊은 곳에는 인간의 자기 회귀 ── 자기 자신으로부터 유래하는 자발적 원리에 따라 행동하고 또 이곳으로 돌아가고, 이렇게 돌아간 자신의 내면으로부터 스스로 비춰서 다시 사회적으로 행동하는 반성적 회로의 움직임이 있는 것 같아요. 자기 회귀적 반성에 대한 각성이야말로 인문학과 인문주의의 핵심이지 않은가 여겨지는데요?

김우창 꼭 그렇게 되는지는 모르겠지만, 그것을 하나의 요청(Postulat)으로 받아들이는 것이 사회를 위해서나 교육을 위해서나 인간을 위해서 필요하지요. 반성을 통한 공통 진리의 회복, 이 회로는 쉽게 상실되는 것 같습니다. 그래서 진리는 밖으로부터 분명하게 주어지는 것을 생각합니다.

공자도 '내 말을 듣고, 내 말대로 해.'가 아니라 '내 말 들어 보고 네가 알아서 해라.' 이렇게 말하는 것이 보통이라 할 수 있습니다. 교사는 이러한 반성적 회귀 또는 자유의 위험을 각오하지 않고는 진짜 교사가 될 수가 없지요. 그것 없이 '내 말대로만 해.'라고 하는 것은 사람의 자유로운 정신, 주체적 정신을 완전히 말살하는 거지요. 그런데 우리나라의 유교에는 이러한 독단적 요소가 상당히 있지요. 민족이라는 말도 위험한 말 중의 하나지요. 민족도 명령으로 주어지는 것이 아니라 반성 속에서 재구성되는 것이라야 하지요.

문광훈 그러니까 '자기 스스로 처리하라.'는 데는 관념론적 요소도 있으면서, 이른바 칸트의 'sapere aude'[1]에서 보듯, 자기 책임에 따라 스스로 사고하고 행동하는 계몽주의적 미덕도 들어 있는 것 같습니다.

김우창 자유를 다른 사람에게 돌려주면서 자유롭게 행동하라는 것이 모든 것 가운데 들어 있어요. 이 자유를 가지고 자유롭게 살려고 하면 결국 이성적인 것에 따를 수밖에 없지요. 아주 간단한 얘기이면서도 너무 많이 잊어요.

문광훈 이런 철학적 유산을 단순히 옛날의 관념으로 치부할 수는 없는 것 같아요. 낭만주의적이라고 말할 수도 없을 것 같고.

---

1 '현명해지도록 노력하다.'라는 호라티우스의 말로서 계몽주의자들은 이 말을 '너 자신의 이성을 사용하는 용기를 가져라.'라는 슬로건으로 삼았다.

자유와 아름다움

김우창 인간에게 왜 자유가 중요하냐고 했을 때, 자유란 간단히 얘기하면 내 마음대로, 성질대로 하는 거니까 좋다고 생각할 수 있지요. 그러나 그것의 의미는 보다 깊은 데 있습니다. 자유 없이는 삶의 보람이 없지요. 내가 우리 아들한테 생일이라고 뭘 해 줄 때도, 자유롭게 줬기 때문에 나도 너그러운 사람이 되고 아들도 아, 정말 고맙다고 생각하지요. '이거 받았으니까 나중에 효도해서 갚으라.' 이렇게 되면 그 선물의 아름다움은 다 없어지겠지요. 이해관계에 따라 주고받는 게 되니까. 의무 감각이 전혀 없을 수는 없지만, 의무만이라면 재미는 많이 줄게 되지요. '효도 관광' 같은 것은 막연한 의무의 느낌을 상업적으로 이용하는 거고. 아버지의 의미가 이러한 것들에 연결되면 아버지의 고마움은 줄어들 수밖에 없지요. 삶의 아름다움, 자연의 아름다움은 보상을 바라지 않는 것이기 때문에 오히려 아름다운 거지요. '꽃을 볼 때마다 무얼 갚으라.' 하면 인생에 고맙고 아름다울 게 없지요. 그래서 아름다움이나 자비로움, 은혜나 모든 행위의 제일 밑바닥에 들어 있는 것은 자유로움인 것 같아요.

문광훈 그때의 자유를 비의도성이라고 바꾸어 생각해도 될까요? 설령 의도가 있더라도 '의도 없음의 의도'와 같은 것이 있어야 아름답게 되는.

김우창 그렇지요. 서양 말에서 '고맙습니다.' 할 때, '아, 나한테 기쁜 일이다.'라고 대답하지요. 사회 관습이니까 큰 뜻을 둘 수는 없는 말이지만, 주는 것이 나에게는 기쁨이라는 것이지요.

문광훈 독일어에서도 상대가 '고맙다.'고 말하면, '기꺼이 일어난 일'(gern geschehen)이라고 대답하지요.

김우창 내가 미국에서 가르칠 때의 얘기인데, 그때도 식구는 많고 아주 어려웠지요. 귀국하려는데 여비가 충분하지 않았습니다. 사정을 한 것도 아닌데, 대학원생 하나가 나를 찾아와서 저금해 놓은 돈이 700불 있으니까 주겠다고 했습니다. 줄 아무런 이유가 없는 사람이에요. 감동했지요. 안 받았지만 나중에 그 대학원생은 학교 그만두고 미국 서부에 가서 스님이 되었다고 들었습니다.

문광훈 "선(善)이란 무상적 증여다."라는 선생님의 글을 언젠가 읽고는 한동안 되뇌며 지냈던 기억이 납니다. 이 생각과 유사한 것 같아요.

김우창 의무를 너무 강조하면 이해관계로 다 바뀌게 되지요. 아니면 고마움으로서의 삶이 줄게 되지요. 이광수의 초기 수필에 우리가 고마움을 잘 모른다는 것을 말한 것이 있습니다. 의무를 지나치게 강조하는 것이 그 이유의 하나라 했습니다. 작은아버지가 잘해 주면 작은아버지니까 물론 잘해 주어야 하고 그렇게 안 하면, 작은아버지가 왜 이런가 — 이렇게 생각한다는 겁니다. 작은아버지가 조카를 위해 잘해 주고 조카가 삼촌을 모시는 건 당연하지만, 그것을 지나치게 의무 관계로 묶어 놓으면 삶의 고마움과 보람이 많이 없어지지요. 부자간에도 그렇고, 부부간에도 그렇고, 나와 민족이나 국가 사이도 그렇습니다.

자유롭게 주고받고 자유롭게 행동하는 것은 자기 마음대로 사는 것이 아니지요. 삶을 아름답게 하는 것이 자유지요. 독일 철학의 '자유가 도덕적 의지의 근본'이라는 생각에 '인생의 아름다움의 근본은 자유'라는 말을 덧붙인다면 더욱 좋은 이야기가 될 것입니다.

자유와 도덕적 삶

문광훈 "모든 아름다움의 근본은 자유다." 이 대목은 실러에 나오는 것 같은데요. "아름다움이란 현상 속에서의 자유 이외에 아무것도 아니다."

라는.

김우창 그렇습니까? 되풀이하지만 자연이 나한테 아름다운 것은 우리에게 무엇을 강요하는 것이 아니지요. 그러면서 우리는 고마움을 느낍니다. 사실 아름다움이 진리나 선과 다른 것은 이 점에 있어요. 물론 자유가 아름다움을 만드는 것은 아니지요. 모든 사람이 자유롭게 독자적으로 존재한다는 것은 좋은 일이지만, 그들이 아름다운 존재일 때 그 자유가 의미를 갖지요. 그렇게 보면 아름다움도 의무가 되기는 합니다.

문광훈 선생님의 '자유' 해석은 단순히 사물의 아름다움에 대한 지각적 차원에서만이 아니라, 특이하게도 사람과 사람의 관계에서의 아름다움에도 적용되어 나타나는 것 같습니다. 자유와 미의 관계가 상호 주관적 차원까지 해석적으로 확장되는 듯합니다.

김우창 '자기가 지금 이렇게 살아 있게 된 것은 낯모르는 사람의 친절로 해서다.'라고 한 시인이 있습니다. 낯모르는 사람이 길을 가다가 자기를 도와줘서 살게 되는 경우가 있지요. 뭘 받자는 게 아니라 자유롭게 도와주면서 도덕을 완성한 것입니다.

문광훈 한 개인의 삶이나 행복도 그야말로 보이거나 보이지 않는 그물망 속에 있는 것이고, 그러니만큼 이런 망을 늘 생각하고 헤아릴 수 있어야 되겠네요?

김우창 늘 하면 우리가 성인이 되겠지만, 사람에겐 그런 순간들이 있어야지요. 그리고 사회 속에 그런 의식이 있어야지요. 자유롭게 의지를 가지고 도덕적·이성적으로 행동한다는 것이 모든 것의 근본 중의 하나인 것 같아요. 그러나 그것이 무상의 것일 때, 즉 완전히 자유로운 것일 때, 도덕은 아름다움으로 지향됩니다.

문광훈 그렇게 할 수 있도록 우리 사회가 제도적 여건을 구비하는 것은 아직 좀 더 기다려야 할 것 같아요. 우리 사회의 각 구성원들이 각성한 시민으로서 그 점을 향해 노력하는 것은 더 어려운 일인 것 같고요. 아주 절실한 것이지만.

시와 리듬과 자유

문광훈 요즘 선생님은 시를 잘 안 읽으시는 것 같은데요. 요즘 주목하는 시인이나 시집이 있으면 좀 말씀해 주십시오.

김우창 정말 요즘 시를 안 읽어서 모르겠어요. 또 우리 시를 더러 읽기는 하지만, 여기에서 얘기하면 서열화하는 일이 되기 때문에 얘기 안 해야되겠어요.

우리 시가 리듬을 잃어버린 건 중요한 문제인 것 같아요. 사회가 그렇게 된 것이겠지요. 리듬은 인간의 삶에 자유가 존재하는 방식이라고 할 수 있습니다. 장단은 소리의 규칙에 따라야 하지요. 그러나 신이 나면, 그것이 고양된 자유의 상태에서 저절로 일어나게 됩니다. 그러나 음악이 뭘 뜻하느냐는 것은 알기 어렵지요. 음악은 우리 삶에서 제일 신비스러운 것 중의 하나거든요. 이익이 생기는 것도 아니고 의미를 전달하는 것도 아니고 아무것도 아닌데, 음악이 우리 마음을 움직인다는 것은 참 놀라운 현상이에요. 모든 문화 현상 속에 음악의 정신이 들어 있습니다. 시가 이 음악을 잃어버린 것입니다.

한나 아렌트가 1959년에 함부르크에서 레싱 상(Lessing-preis)을 받은 얘기를 좀 해 보지요.

문광훈 그 시(市)에서 주는 레싱 상은 유명하지요.

김우창 그 상 받을 때 아렌트의 심정이 참 착잡했을 거예요. 그런데 거기서 상 받고 쓴 글이 참 좋거든요. 우리나라도 그런 것 좀 하면 좋을 것 같아요.

문광훈 수상 기념 연설(Laudatio)이 말이지요?

김우창 그런 항목에 들어가나요? 아렌트의 제목은 『어두운 시대의 사람들(*Von der Menschlichkeit in finsteren Zeiten*)』이지요.

문광훈 책으로도 묶여져 나왔지요.

김우창 아렌트가 그런 얘기를 했어요. 거기에 시대를 어둡게 한 요인으로 사람들이 가난한 사람의 문제에 지나치게 집착한 것이라는 지적이 있습니다. 사회 정의 문제를 부정하는 것은 아닙니다. 그러나 "사람이 사회를 이루고 사는 것은 밝은 것에 기초해야 한다. 그것은 사람이 창조하고 옹호하는 가치이다."라는 생각을 표현하고자 한 것입니다.

문광훈 삶에 대한 릴케적 찬미가 필요하다는 말씀이시지요?

김우창 예, 릴케는 삶이 비극적이라는 생각을 가지고 있었지만, 결국 시인이 하는 일은 삶을 찬미하는 일이라고 했지요.

문광훈 우리 시가 리듬을 잃어버렸다고 하시면서 자유의 필요성을 말씀하셨는데, '시의 리듬을 잃는다는 것은 결국 자유롭지 못'하다는 것 아닌가요?

김우창 그렇습니다. 리듬은 쉽게 어떻게 설명할 수 없지만.

문광훈 아니오. 좀 더 근원적이고 본래적인 어떤 울림에 대해 귀를 기울여야 된다는, 그러니까……

김우창 그것은 가난의 문제를 넘어서는 어떤 것에 관계됩니다. 좁은 관점에서 가난을 해결하자면 부자가 되어야겠지요. 그런데 릴케가 말한 것은 가난과 비참한 것 가운데에도 있는 삶을 말한 것이고, 거기에 찬미할 것이 있다는 것입니다. 그렇다고 그가 가난과 비참을 높은 도덕의 표현이라고 한 것은 아니지요. 모든 삶에 있는 것들을 찬미하자는 것이지요. 모든 삶의 근본에 있는 어떤 것을 말하는 것이라 할 수 있습니다.

삶의 근본에 닿아 있어야 리듬을 잡을 수 있지요. 우리 시가 리듬이 없어진 것은 이 근본이 보이지 않게 된 것에 관계되는 것일 겁니다. 그러나 리듬이 모든 시대에 같다고 할 수는 없습니다. 그것은 같은 것이면서 또 끊임없이 변주되는 것이지요. 시가 리듬을 잃었다고 한다면, 그것은 근원을 벗어났다는 말도 되고, 새로운 발견을 하지 못했다는 말도 됩니다. 또 너무 어두운 것, 삶의 표피의 어두움, 또는 그 어둠을 베껴 내는 것에 사로잡혀 있는 것이라고 할 수도 있습니다.

에드워드 홀이라는 사람이, 우리는 모두 같은 리듬 속에 살고 있고, 그 시대마다 시대를 지배하는 리듬이 있다는 말을 합니다. 사실은 그것을 따내 표현하는 음악가가 잘 팔리는 음악가라고. 대중음악을 놓고 하는 얘기지요. 그때그때 바뀌는 리듬이 있는데, 그것을 자기가 만드는 게 아니라 말하자면 공중에 있는 걸 따내어 표현한다는 것입니다. 그런데 그가 말하는 것보다 더 깊은 리듬도 있는 것이 아닌가 합니다.

루돌프 오토의 『성스러움의 의미(Der Begriff des Heiligen)』에 바그너를 비판하는 구절이 조금 나옵니다. 바그너가 연극과 시와 음악을 합쳐서 음악극을 만들겠다고 했는데 그게 틀린 이야기라는 것이지요. 음악은 언어로 설명할 수 없는 것이고, 음악이 어떤 가사에 또는 서사에 맞아 들어간다면, 그것은 음악이 참으로 거기에 맞아 들어오는 것이 아니라 우연적인 것이라고 합니다. 음악은 영감처럼 설명할 수 없는 데서 갑자기 내려오고, 그래서 마음대로 연극과 합쳐서, 언어와 맞추어 만들어 낼 수 있는 게 아니라는 말이지요.

음악의 요소 가운데에서도 가장 간단하면서 원초적이고 설명할 수 없는 것이 리듬이지요. 사람은 보이지 않는 리듬 속에 살고 있어요. 그 리듬에는 생체 리듬도 있고 계절의 리듬도 있고 우주의 리듬도 있고 또 시대적으로 변하는 리듬도 있어요. 언어에는 늘 리듬이 작용하지만, 그중에도 이 리듬에 많이 의존하고 있는 것이 시적 언어입니다. 현대에 올수록 그건 사라지는 것이 아닌가 합니다. 인간의 원초적 관계가 훼손된 것과 관계있을 것 같아요. 현대에 올수록 전형적 리듬이 없어지지요. 그럼에도 불구하고 역시 리듬을 발견하도록 노력해야지요.

리듬에 대하여

문광훈 리듬 이야기는 『시인의 보석』에 수록된 「어둠으로부터 시작하여: 시의 근원」이라는 글에도 나옵니다. 이 글에서, 시의 근원 공간 또는 율동적 공간이란 어둠으로부터 밝음, 욕망으로부터 상징, 카오스로부터 로고스에 이르는 교량 역할을 한다고 적으셨습니다. 이때의 논의는 시에만 제한되는 것이 아니라 더 넓은 맥락에서, 말하자면 우리의 전통 시와 현실 아래에서 이루어집니다. 시의 속성과 본질을 율동, 이미지, 충동이란 개념으로 이렇게 심도 있게 논한 것은 우리 인문학에서 매우 드문 일이 아닌가 생각이 드는데요. 시의 리듬, 움직임, 그 율동적 공간이란 무엇인가요?

김우창 그건, 지금 얘기한 것처럼 나도 잘 이해 못하는 신비스러운 것으로서 합리적으로 또는 언어를 통해 쉽게 이해할 수 없는 것이라는 생각이 점점 강해져요. 궁극적으로 가면, 우주의 시작이 무(無) 가운데 일어난 어떤 리듬의 요동이라는 우주론을 생각할 수 있고, 조금 더 가깝게는 언어의 의미의 근본이 리듬의 정형화에 시작된다는 워프(Benjamin Lee Whorf)의 의미에 대한 생각 등을 상기해 볼 수도 있을는지 모르겠습니다. 지금 문 선생이 인용하신 건 나도 잊어버린 글이지만, 어쩌면 T. S. 엘리엇이 고트프리트 벤을 인용하면서, 시가 시작되는 것은 마음에 이는 알 수 없는 리듬이라고 말한 것이 거기에 있지 않을까 합니다. 음악도 그러하겠지만, 시라는 것이 개념적인 또는 언어적인 수단을 통해 이해할 수 없는 것에 닿아 있는 것이라는 것은 사실이 아닌가 합니다.

문광훈 방금 말씀드린 것에서 시의 핵심적 에너지는 매개인 것 같은데요. 그러니까 카오스에서부터 로고스에 이르는 연결점이자 접점에 있지 않는가 합니다. 왜냐하면 여기에서 바로 사물의 탄생이 이루어지기 때문입니다. 시와 사물의 탄생과 같은 것 말이지요. 하이데거가 그랬나요? "세상의 무정형적 혼돈 속에 있던 것들이 내 언어를 통해서 이 빛 속으로 드러난다, 그래서 세상이 처음으로 깨어난다."라고. 시의 리듬이나 율동이 중요한 것은 시가 이런 근원적인 것의 포착을 통해 무정형의 사물을 현실 속으로 현실의 일정한 형태로 구현시킨다는 점에 있는 것 같아요.

김우창 그렇게 얘기할 수 있을는지 모르겠습니다. 다만 그 카오스에서 나오는 로고스 또는 코스모스는 형상이면서 현상을 넘어가는 현재성이라고 생각하여야 하는 것이 아닌가 합니다. 즉 그것은 형상의 현상이면서, 그 현상은 늘 다르게 마련입니다. 꼭 같은 것도 다르게 마련입니다. 말하자면, 아버지나 어머니와 똑같은 자식이 있어도 그 자식은 같은 사람이 아닙니다. 단적으로 부모가 죽고 난 다음에는 죽은 자와 산 자라는 엄청난 차이가 존재하게 됩니다. 현재(顯在)한다는 데는 이러한 신비가 있습니다.

음악은 슬프다, 기쁘다, 이런 식으로 대개 감정으로 느낍니다. 그러면서도 음악마다 이러한 한 가지 말로 표현할 수 없는 무엇을 가지고 있습니다. 모든 음악, 모든 연주는 다 독특한(unique) 성격을 가지는 것이지요. 양식도 묘하게 달라지지만, 양식이 현재 속에 실현하는 데에 달라짐이 있습니다. 민족 음악을 연구하는 인류학자이면서 자기도 음악을 좋아하고 음악도 잘하는 미국 친구가 있는데, 우리가 어떤 음악을 두고, 이것은 슬픈 음악이다, 이것은 기쁜 음악이다, 라고 하는 것은 착각이라는 말을 옛날에 하던 것을 기억하고 있습니다. 같은 멜로디를 기쁜 말에다 붙이면 기쁘게 들리고, 슬픈 말에다 붙이면 슬픈 얘기로 들린다는 것입니다.

속도를 느리게 한다든지 조를 조금 바꾼다든지 하면, 기쁜 게 슬퍼지고 슬픈 게 기뻐지고 하는 건 사실이지요. 약간의 차이로 같은 멜로디 패턴이 슬픈 말에 붙었다가 기쁜 말에 붙었다가 하는 것입니다. 음악이 표현하는 감정은 그렇게 우리가 생각하는 양식 속에 고착되어 있는 건 아니에요. 그러니 더 알기 어렵지요.

문광훈 양식이 훨씬 근원적이라는 거지요? 아니, 양식보다 리듬이 훨씬 더…….

김우창 예, 리듬은 양식보다 근원적이고 양식은 내용보다 근원적인 면이 있습니다. 이야기의 의미는 처음과 가운데와 끝이 있는 데 있지 않습니까? 시각적인 것에서도 형식에 완성감이 있으면, 이것이 무슨 뜻인가를 묻지 않게 되지요. 그러니까 지금 들리는 이 음악도 조용하고 약간 서글픈 것 같은데, 속도를 달리한다든지 악기를 달리한다든지 하면 금방 다른 것이 될 수 있지요. 악보에 나타나는 음들의 상관관계를 넘어서 다른 요소가 있다는 느낌이 들어요. 그래서 곡에 못지않게 연주가 중요하지요.

문광훈 좀 더 간단하게 말씀을 드리면, 예를 들어 널리 알려진 바흐의 「골드베르크 변주곡(Goldberg Variationen)」도 현악 사중주로도 연주하고 피아노로도 반주하고, 아니면 재즈나 오케스트라가 연주하는 것도 있습니다. 그 느낌은 많이 다르지 않습니까?

김우창 그러니까 음악은 악보에 표현된, 기호적으로 파악되는 어떤 상징적 형식 이상의 것이 아닌가 합니다. 하여튼 악보는 절대로 음악이 아니지요.

문광훈 그건 늘 변할 수 있다는 거지요.

김우창 변한다는 것은 연주한다는 것에 관계됩니다. 똑같더라도 약간의 다른 연주 방식을 통해서 기분이나 느낌이 제일 달라지는 걸 볼 때, 음악에는 그런 상징적, 기호적 관계로써 설명할 수 없는 차원이 존재한다는 것이지요. 음악은 시간의 예술이라고 하지 않습니까? 시간 ― 즉 현재의 시간 속에서만 존재합니다. 시간의 육화라고 할까.

문광훈 단순한 음들의 관계 양상을 넘어서는 훨씬 더 근원적인 어떤 것이 음악 속에 있다는 말씀이시지요.

말하기와 글쓰기

김우창 현재의 시간이라는 것이 신비 가운데 신비이지요. 모든 개념은 그것이 이야기되는 시간을 넘어서 존재합니다. 개념적으로 탄탄한 것은 그러하지요. 거기에는 시간의 신비스러운 현존성이 없습니다.

그런데 언어에도 그런 현재적 성격이 있어요. 정치가가 연설하는 것과 우리 같은 사람이 강의하는 것은 전혀 다르지요. 내가 쓴 것을 대중 앞에서 읽어 봐야 감동 안 하지요. 그러나 정치가들의 언어는 감동을 줄 수 있습니다. 나중에 그 원고 보면, '아무 소리도 아니었는데.' 하고 생각할 수도 있지만, 대중 연설에서 중요한 것은 언어의 여러 가지 리듬, 발음 방법들이 중요하지요. 논리나 의미가 아니라 무엇보다도 현장적 공연성이지요. 그것 때문에 사람이 움직이게 되고 데모도 하게 되지요. 의미의 세계란 언어와 기호를 넘어가는 심층적 차원을 가지고 있다는 생각이 들어요.

정치 연설을 원고로 쓰면 표 못 받아요. 작년에 독일 가서 독일 정치인들의 연설을 듣는 기회가 여러 번 있었습니다. 원고를 읽는 정치가가 없어요. 그 자리에서 해요. 물론 집에서 연습을 해 왔는지는 모르지만.

문광훈 자기 견해가 분명하니까요. 대개는 다 그렇지요.

김우창 참으로 바닥에 있는 것은 그러한 확신이겠지요. 그러나 공연으로서의 언어의 신비도 작용하는 것일 겁니다. 원고를 읽으면 힘이 없어지는 것 같아요. 프랑크푸르트 시장도 연설 잘하는 것 같고, 헤센 주 수상도 잘하는 것 같아요. 독일에서 정치가가 되려면 연설을 잘해야겠던데요.

문광훈 자기가 속해 있는 정당에 따라서 정치적 신념이 분명하지요. 이 신념에 따라 언어도 명료하게 표현되어 나올 것이고요.

김우창 나는, 되풀이하여, 견해도 있지만 즉흥 연설의 능력도 중요하다고 말하고 싶습니다. 견해 또는 확신의 중요성은 그것이 인격 전체에 연결되어 있다는 점 때문이지요. 그러니까 근본은 어떤 사람이 어떤 사람이 되게 하는 신비지요.

우리도 해방 후에는 강연 잘하는 사람들이 있었고, 강연 공부가 글쓰기 또는 논술 공부와는 다른 것으로 있었습니다. 로마 시대에 오라토리(oratory, 웅변술)가 정치인, 공인의 기술로 중요했습니다. 고대 아테네에서도 중요했고, 로마에서도 중요했어요. 가다머가 『진리와 방법(Wahrheit und Methode)』에서 과학적 진리에 대하여 삶의 지혜의 중요성을 말하면서, 그것을 수사학과 연결하여 말하는 것에 주의할 필요가 있습니다. 폴 드만(Paul de Man)과 같은 포스트모더니즘의 개척자가 중요시하는 것도 수사학이지요. 물론 이 경우는 언어가 진리를 표현할 수 없고 언어는 수사에 불과하다는 뜻이 있지만, 우리나라에서도 수사를 말하는 것은 거짓말과 관계되지요. 그러나 웅변의 수사는 그것대로의 중요한 언어의 존재 방식입니다. 요즘의 논술 공부가 상투적 공식이 되는 것을 보면 수사학 또는 웅변이 그리워집니다. 오라토리는 글이 가지고 있지 않는 언어의 힘을 나타낸 것이지요. 하여튼 여기에서 리듬이 중요하지요. 그것은 다시 한 번 사람 삶의 근본적인 것, 원초적인 것에 맞닿아 있는 것이지요.

문광훈 아까 선생님은 개인적 바이오리듬도 있을 수 있고 사회적인 또 동시대적인 리듬도 있을 수 있고, 자연적 우주의 리듬도 이야기할 수 있으며,

이런 것을 포착하는 것이 지금 시대에는 좀 필요하지 않은가, 또 시에서 리듬을 회복한다는 것은 바로 이 점이고, 입말에는 글말에 없는 현장적 즉흥성 — 고유한 리듬이나 원초적 에너지가 배어 있다는 말씀을 하셨습니다.

시와 시적인 것의 객관성

문광훈 다음 질문드리겠습니다. 이렇게 선생님이 쓰신 적이 있는데요.

시인이 언어를 매체로써 익힌다는 것은 언어가 재현하는 구체적인 세계, 인간의 창조적 능력, 공동체적 역사, 세계의 원리에 근접해 가는 과정이다. 그래서 시적 언어의 과정은 로고스에의 다양한 수련이다.

이것은 시를 주관성이나 감성만의 소산으로 보는 관점과는 아주 다른데요. 그러니까 시가 주관성과 객관성 주체와 타자 사이의 변증법적인 매개 활동이고, 이런 활동의 훈련이라는 뜻이지요?

김우창 그 로고스를 아주 좁게 논리적인 걸로 설명할 수도 있지만, 그냥 희랍어의 원뜻대로 그냥 '말'이라고 할 수도 있어요. 말 자체에 어떤 논리적인 것이 있는 건 사실이지요. 그런데 말에도 리듬이나 음악과 비슷한 요소가 있지요. 우리가 오늘 얘기를 많이 했는데, 그게 내가 준비한 얘기는 아니거든요. 이 자리에서 이 기회 때문에 촉발된 언어지요. 그러니까 우리가 강의하면서 학생들을 가르친다고 하지만, 학생들로부터 배우는 것도 있고, 무엇보다도 우리가 말하는 사이에 배우는 게 많아요. 기회가 촉발하는 언어 속에 내가 참여하는 거지, 내가 그 말을 하는 건 아닌 경우도 있어요.

시와 감정이 가까운 것은 사실입니다. 그러나 감정을 표현한다는 것은 참으로 어려운 일이지요. 감정은 무정형의 것이어서, 구체적인 사실이나 논리적 감별 없이는 제 형태를 갖출 수도 없고 표현될 수도 없는 것이지요. 사람이 죽었다 하면, 그것은 슬픈 일이지요. 그러니까 울고불고하는 것은 당연하지요. 그러나 상사(喪事)에 가서 울고불고하는 것은 옳은 일이기도 하고 틀린 일이기도 하지 않습니까? 아무 일도 없었던 것처럼 행동해도 안 되지만 무작정 울고불고하면 무엇인가 과장되고 거짓된 것이라는 느낌을 가지게 됩니다. 쟤가 그렇게 슬퍼할 일은 아닌데 하는 비판을 받을 수도 있고. 사람 죽었을 때 제일 슬픈 이는 미망인이라든가 부모 자식이라든가 가족들인데, 그 사람들의 슬픔에 나의 슬픔은 조금 양보하는 것이 마땅하지요. 나라를 위해서 죽은 사람도 그러하지요. 나라를 위해서 죽은 사람이면, 나라의 대표인 대통령이 가장 슬퍼하는 것이 마땅하다고 할 수 있지만, 그것보다는 원초적인 관계가 우선하지요. 슬픔에도 판단이 있어야 바른 슬픔이 됩니다.

감정은 어떤 사안에 인간적인 실제를 부여하는 일입니다. 기쁨이나 슬픔이 없다면, 인생이 무미건조할 뿐만 아니라 어떤 일에 전인격적으로 참여하는 일이 아닙니다. 그러나 그것은 사태에 대한 정확한 판단과 함께 가야지요.

그런데 상가에 가면, 상주가 울다가 정상 상태로 돌아갔다가 가까운 사람이 오면 다시 울게 되지요. 슬픔이 사람과의 만남에서 촉발되지요. 그런데 이때에 울어야 하니까 운다는 요소도 없잖아 있습니다. 감정도 사회적으로 결정되는 면이 있습니다. 시는 감정을 표현하되, 대체로 사회적으로 정당하다는 감정을 표현하지요. 이것은 상투적이기 쉽습니다. 상투성이 정당화되는 것은 일정한 감정이 일정한 도덕적, 윤리적 기준을 함축하는 것이기 때문입니다. 슬플 때 슬프고 기쁠 때 기쁜 것은 바른 도덕이 명하는 것이지요. 이러한 의미에서 시가 상투적 감정의 표현에 참여한다는 것입니다. 그러나 좋은 시는 이 상투적인 감정에 구체적인 내용을 부여하여 보다 의미 있는 것이 되게 하는 것이 아닌가 합니다. 상투를 변주로써 변화시키지요. 구체적인 상황에 따라 이 변주는 한이 없고 이 변주를 통하여 도덕적, 윤리적 탐구가 행해집니다.

감정은 액체인데, 그릇에 따라 다른 모양을 가지고 있지요. 그리고 다른 액체와는 달라서 그릇 모양에 따라 맛도 달라집니다. 그래서 그 그릇의 모양을 바꿀 것을 요청할 수 있습니다. 중요한 것은 그릇입니다. 그것이 사회제도이고 담론의 제도이지요. 그러나 감정이 거기에 들어가지 않으면, 그것은 현실을 담고 있지 않다는 증거입니다. 또는 그럴 정도의 그릇을 다져 내지 못했다는 증거입니다. 이것이 제대로 되면, 우리는 그릇을 생각할 필요도 없이, 감정을 통하여 보다 깊은 인간의 실존적 느낌과 제도에 가까이 가게 됩니다. 아까 로고스 말씀하셨는데, 이때 언어와 감정은 살아 있는 로고스를 드러내 줄 수 있습니다. 하여튼 시가 주관을 표현한다고 하여 나의 주관을 그대로 표현한다고는 할 수 없지요. 말 자체의 성질이 그렇지 못하지요.

문광훈 이렇게 보면 발화 과정이 이미 객관화 과정이네요?

김우창 나의 언어는 어떻게 보면 자기 주관의 표현이라기보다 자기 주관과 표현과 언어적 질서, 삼자가 합쳐서 일어나는 하나의 사건이라고 할 수 있지요. 거기에 충실한 것이 작가한테 필요한 것 같아요. 자기표현도 하지만 자기표현이 가지고 있는 잠재적인 언어 의식에 충실한 것도 필요해요.

시와 정치와 공적 광장

문광훈 그런 이유에서 다음 질문도 연관이 되지 않나 싶은데요. 시적 초월은 세계의 전체성 혹은 보편성으로의 확대 충동이라고 할 수 있을 것 같고, 그런 점에서 그것은 정치 지도자의 덕성, 사적 행복으로부터 공적 이익의 세계로 나아가는 지도자의 덕성을 키우는 일과 분리될 수 없습니다. 그래서 시적 초월은 깊은 의미의 정치적 윤리로도 볼 수 있을 것 같아요. 시의 정치성은 어디에 있다고 보시는지요?

김우창 시인이 정치가가 되면 안 되지요. 서로 능력이 다르기 때문에. 그러나 시적인 느낌은 정치가가 가지고 있는 게 필요할 것 같아요. 시는 조금 더 말하자면 미친 사람이 하는 거니까. 나쁘게 얘기하면 미친 사람이지만, 좋게 얘기하면 우리의 일상적 삶에서 제한하는 것을 넘어가는 가능성을 보는, 이 가능성까지 포함해서 생각하고 말하는 사람이 시인이지요. 일상적인 것을 넘어가는 것에 너무 의존하는 정치가는 히틀러같이 되어 버리니까 그건 안 되지요. 시적인 것을 알고 있다는 것은 인간의 근원적 필요에 대해 알고 있고, 그것을 인간적으로 체험할 수 있는 능력을 가지고 있다는 것이지만, 정치가가 시인이 되면 좀 곤란하다는 생각은 들어요.

시인이 언어를 구사한다는 것이 주어진 기회와 자기와 언어, 언어의 깊은 질서, 이 삼자 사이에 일어나는 미묘한 사건이라면, 정치가가 되어 가는 것도 그런 관계일 것 같아요. 인간 이성이 다 그런 것이지만, 정치가는 공적 광장에서 자기를 닦아 가는 사람이지요.

로셀리니의 이탈리아 영화에 「로베레 장군」이라는 것이 있지요. 한 사기꾼이 감옥에 가게 되는데 경찰이 이놈을 저항 세력의 지도자인 로베레 장군으로 행세를 하라고 지시하여 내밀한 정보를 캐낼 계획을 합니다. 이 좀도둑이 감옥에 들어가자 '로베레 장군이 감옥에 잡혀 있다.'는 소문이 퍼져 감옥의 빨치산들이 존경심을 많이 표하게 됩니다. 도둑은 완전히 로베레 장군 대접을 받지요. 그러는 사이에 이 사람은 완전히 로베레 장군이 되어 버려요.

정치가들도 공적 공간에서 행동하는 사이에 공적 존재로서 형성되어 가지요. 오랫동안 공적 광장에서 움직인 사람들은 보통 사람과는 다른 사람이 되지요. 그런 의미에서 시인도 기회와 언어와 자기라는 삼자 사이에 일어나는 사건 속에 있지요.

문광훈 어떤 유사한 관계망 속에 있네요.

김우창 다만 정치가는 더 공적인 성격을 가진 인간이 되지요. 하나하나의 움직임이 중요한 현실적 결과를 가져오니까. 물론 이것은 이상적 경우이고, 야심과 욕심과 그 실현을 위한 술수, 이런 것들이 정치를 병들게 하지요. 명분은 술수의 일부이고.

문광훈 그것과 연관해서 선생님께서 이전에도 말씀하신 적이 있고 『마음의 생태학』에서도 쓰신 적이 있는데요. 조선 시대 선비가 과거 볼 때 시문(詩文)을 테스트하듯이 적어도 높은 수준의 정치성은 시의 훈련, 또는 좀 더 넓게 말하여 예술적 감수성을 필요로 한다고 말이지요.

김우창 꼭 예술적 감성을 가진 정치가가 좋은 정치가냐, 이것은 문제일 것 같아요. 공적 사명감과 삶에 대한 더 높은 비전, 어떤 종류의 이데아에 대한 느낌을 가지고 있어야지요. 주어진 이해관계의 세계를 넘어가는 비전을 가지고 있어야 되지요. 그러나 정치가가 시적 감수성이나 심미적 감성을 가져야 된다는 것은 바로 실러적인 의미에서 필요할 것 같아요. 그러니까 이데아적 세계와 감각의 세계를 연결해서 그 안에서 운용되는 보통 사람의 삶에 대한 깊은 느낌을 가지고 있어야 돼요.

우리나라에서는 '애국자다', '이 사람은 독립운동했다' 이런 얘기를 자주 되풀이하다 보니, 인간적인 것에 대한 느낌이 없어져 버립니다. 아주 쉬운 일인 것처럼 생각하고 그것이 인간적 고민 속에서 이루어졌다는 것은 잊히지요. 그런 의미에서 심미적 관점에서 정치를 이해한다는 것은 필요해요. 감각이 있고 그것을 넘어가는 이데아가 있고. 높은 것을 생각하면서도 가장 작은 현실 속에서의 그 높은 것이 어떻게 작용하는가를 알아야지요.

인간은 시적으로 땅 위에 거주한다

문광훈 "시적 공간의 움직임은 사회의 모든 의미 작용의 근본이다." 이렇게 쓰신 것도 조금 전에 말씀하신 맥락에서 이해할 수 있을 것 같아요. 그러니까 시적 공간이 원초적인 것의 상기라는 점에서 불가결하다는 점이지요. 인문학을 한마디로 요약한다면, '시적인 것의 인문주의'라고 이해할 수 있을까요?

김우창 지난번에도 한번 말했지만 "사람은 땅 위에 시적으로 거주한다.(dichterisch wohnet der Mensch auf dieser Erde)"라는 횔덜린의 시구절을 해설하면서 인간이란 하늘을 보고 땅을 보고 그로부터 세계에 차원(Dimensionen)이 있음을 알고 사는 존재라는 말을 하이데거가 합니다. 이것에 전초가 되는 것이 시인이지요.

문광훈 여러 차원들.

김우창 차원이라는 말은 척도(Maßnahme)란 뜻 같아요. 시인은 우리를 신적인 것(das Göttliche)에 비추어 우리를 '재는(messen)' 자라고 말합니다. 그런 의미에서 시인은 바로 '척도를 갖는' 사람, 측정하는 사람이라고 말하지요. 넓은 의미에서 보면, 하늘과 땅 사이에 사람이 존재한다는 것을 잊지 않는 것이 시인이고 시적으로 사는 인간인데, 이것을 교리로 아는 것이 아니라 감각적으로, 직관으로 아는 것이지요. 시인은 이러한 것을 언어적으로 표현하여 사람의 삶에다 일정한 척도를 부여하는 사람이지요.

인문 과학도 이러한 세계에 대한 시적 인식에 매우 가까이 있는 학문이라고 할 수 있습니다. 다만 인문 과학은 시적 인식 가운데서 그 차원에 ── 이미 구획을 만들어 놓은 것을 논리적으로 정치하게 하는 것이라고 할 수 있습니다. 그러다 보면, 시적 근본에서 벗어나 가게도 되지요.

문광훈 선생님 글에서는 곳곳에 그런 생각이 포진해 있는데, 전면적으로 주제화하거나 확정적으로 진술하지는 않으신 것 같아요.

김우창 그것은, 내가 지금 하이데거 얘기를 잘 알지 못하는 때문이기도 하지만, 시적인 것이 인간사에서 중요한 핵심이면서도 우리에겐 그런 시적인 것보다 더 핵심적인 것이 로고스적인 것 같다고 느낀 때문인지 모르겠습니다.

문광훈 단계적으로 사고할 필요가 있다는 것이지요?

김우창 우리한데는 합리성도 필요하고 도덕률도 더 필요하고, 그것이 더 중요해요. 시적인 것이 기초이기는 하지만.

문광훈 그러면서 궁극적으로 지향해야 할 바로서 시 또는 시적인 것은 여전히 있지 않은가…… 저는 그렇게 선생님의 책을 읽었습니다.

김우창 밑바닥에 있기 때문에 그걸 우리가 가지고 있어야 하지만, 너무 그것을 강조하게 되면 말하자면 술 먹고 뗑깡 놓는 것이 삶의 핵심에 이르는 길이다. ── 이런 이야기로 오해될 수도 있습니다. 또는 쉬운 상투적인 의분과 감상이 그러한 것이라고 생각될 수도 있지요. 특히 우리나라에서는 척도가 없이 행동하는 것이 시적인 것으로 생각하는 경향이 있지 않습니까?

문광훈 문학 공부와 관련하여 우리나라에서 흔히 보는 큰 폐단의 하나가, 문학을 하면 고상해지거나, 술 먹고 고성방가 하는 것이 '멋있고 당연한 것'쯤으로 많이들 생각하지요. 문학 이해의 방식이 너무 감상적이거나 편협하거나 폐쇄적이지요. '세련되지 못했다'고 하나요?

김우창 우리 뿌리가 유목 민족이라서.

문광훈 그러니까 시를 이해하는 방식이 견고하면서도 유연하고 이런 유연함 속에서도 엄밀성을 잃지 않는 경우는 드문 것 같아요. 이런 태도나 관점으로 쓰지 않으면 글은 '살아남기' 어렵다고 보는데요. 우리 사회에는 그런 위험이 특히 많이 있는 것 같아요.

시와 과학

김우창 시를 지나치게 낭만적인 것으로 생각하는 데 대하여 나는 시가 과학으로부터 그렇게 멀리 있는 게 아니라고 생각합니다. 둘 다 세계의 신비에 대하여 생각하는 일이지요. 다만 시는 이 신비를 인생에 또 이 순간의 나, 나의 현존성에 밀착시켜서 생각하지요.

그러나 과학이 어려운 것처럼 시의 핵심에 이르는 것도 쉬운 일이 아닙니다. 시적인 것은 우리의 삶 속에 있지만, 누구한테나 간단하게 접근될 수 있는 건 아니지요. 따지고 보면 과학도 우리의 감각적 세계 속에 드러나 있는 현상을 얘기합니다. 그러나 그것에 대한 설명, 그 핵심적 원리에 대한 이해가 복잡하지요.

문광훈 그런 점에서 선생님의 글에서 시적인 것의 내적 역학에 대한 엄밀한 분석은 돋보입니다. 예를 들면 「어두움으로부터 시작하여: 시의 근원」 같은 글이 그렇지요. 우리는 시적이고 문학적인 것을 흔히 감상주의적으로나 주관주의적으로, 아니면 반대로 집단적 이데올로기의 명령에 복속시켜 이해하거든요. 사안을 엄밀하게 관찰하면서도 이렇게 관찰된 내용을 신선하게 느끼고, 이 느낌을 언어로 형식화하는 몇 가지 조건이 동시에 필요한 것 같아요.

김우창 논란이 되는 말이겠지만 민족적 기질이 도취를 좋아하고 영웅 호걸을 좋아하기 때문인지도 몰라요. 강준혁 씨라는 분을 만난 일이 있어요. 그분은 학교에서 '한국 민족 기질론'이란 과목을 강의한다는데, '한국은 유목 민족 기질이 많았다.'고 그래요. 김열규 교수나 다른 사람들도 하는 얘기지요. 과학적 근거가 없다고 생각했는데, 그 말 듣고 보니 그렇다는 생각이 들어요.

우리가 한반도에 정착해서 산 지가 2000년이 안 되고, 또 고려 초기까지 북쪽에서 유목민이 계속 내려왔고 진짜 농경적 사회를 이룩한 건 얼마 되지 않지 않은가 하는 생각도 하게 됩니다. 또 국민 전체의 관점에서 볼 때, 문화적 교양의 축적도 많지 않다고 할 수도 있습니다. 한문 가지고 다 했으니까. 편지도 한문으로 쓰고 일기도 한문으로 쓰고. 한문을 한 사람이 얼마나 되었겠어요? 말하자면 원초적인 유목민적인 기질이 그대로 살아 남아 있겠다는 생각이 들어요. 물론 답답한 때가 많아서 황당무계한 생각을 해 보는 것입니다.

문광훈 이번에는 좀 더 직접적으로 질문드리겠습니다. 세계의 무한성이나 깊고 넓은 삶의 가능성에 대한 암시는, 적어도 가장 강렬한 체험의 가능성에 대한 암시는 시적 예술적 직관에 의해서만 가능하리라고 생각하세요?

김우창 시를 좋게 얘기하면 그렇지요. 말하자면, 원형적인 시의 관점에서 그렇다는 것이지요. 그것은 과학에도 그대로 해당됩니다. 학생들한테 나는 농담으로 '오늘날 시는 다 천체 물리학에 가 있다.'라고 말하기도 하지요. 가령 블랙홀이라든지 시공간의 신비라든지, 또 양자 물리학에서 얘기하는 여러 가지 모순된 얘기라든지, 또는 다차원적 세계에 대한 것이나 평행 우주(Parallel universes)에 대한 것이나. 평행적 우주라는 것은 내가 지금 이렇게 하고 있으면 우주 어디엔가 똑같이 이런 걸 하는 존재가 또 있다는 것과 비슷한 이야기를 하는 천체 물리학의 생각이지요. 이런 많은 것들이 단순한 상상력보다 이론으로 얘기되는 것인데, 그러면서도 우주의 신비에 대한 느낌을 자극하는 것은 사실이지요.

문광훈 천체 물리학에서의 통찰이 그 자체로 시적인 게 되네요.

김우창 시가 물리학에 가 있는 것 같아요. 지난번에 얘기한 사진작가 김아타의 작품은 시간과 현상의 신비를 말하는 것으로서, 물리학과 시의 중간에 있다고 할 수 있지요. 이러한 작품들은 우리가 사는 세계가 사물이 존재하는 가능성 가운데 하나의 형태에 불과하다는 것을 생각하게 합니다.

관조적 균형의 회복

내면성과 공간

문광훈 내면성, 사회성, 도덕성의 의미와 그 각각의 관계는 선생님의 일련의 저작에서 지속적으로 주제화된, 선생님의 학문 세계를 구성하는 핵심 요소라고 할 수 있는데요. 현대 사회를 특징짓는 요소들이 여러 개가 있지만, 그중의 하나가 내면 공간의 축소라고 말씀하신 적이 있습니다. 『정치와 삶의 세계』에서도 그러셨고, 박재영의 설치 미술에 대한 글에서도 그러셨어요. 특히 사람과 사람의 관계에서, 신뢰나 관용, 용서, 관심의 차원에서 이런 내면 공간의 축소는 우리 사회에서 심각하게 일어나는데요. 내면성이 갖는 현재적 의미에 대해 좀 간단하게 말씀을 해 주십시오.

김우창 아까도 자기와의 관계, 자기에의 재귀…… 이런 얘기가 나왔는데, 좀 깨어 있는 삶을 산다는 것은 되돌아보면서 산다는 것을 말합니다. 되돌아본다는 것은 반드시 혼자 앉아서 반성하고 좌선한다는 것만을 의미하는 것이 아닙니다. 그것은 자연스러운 삶의 계기를 주제화하는 일일 뿐이지요.

길거리에서 사람을 만났을 때, 어떤 경우는 지나고 나서 '저 사람 내가 본 얼굴 같은데……' 하다가 조금 더 지나, '아, 그전에 만난 김 아무개구나.' 하는 생각이 들지요. '아 그때 내가 그거 몰랐는데 그렇구나.'라는 것은 일상생활에서 늘 일어나는 일입니다. 그것을 방법론적으로 확대하는 것이 말하자면 내공도 하고 참선도 하는 것이지요. 철학적 반성도 그렇고. 이 내면 공간으로의 회귀를 통해 우리는 많은 것을 새롭게 인식하고 날카롭게 인식하고 합리적으로 인식하고 너그럽게 인식하게 됩니다. 그런데 너무 도취적인 삶을 살다 보면, 또 너무 행동적인 것만 강조하다 보면, 그런 공간이 점점 축소되지요.

공간이라는 것은 하나의 비유지요. 그러나 공간은 절대적인 사실이기도 합니다. 내면 공간은 이것을 우리의 의식에 옮겨 놓은 것입니다. 또는 바깥 공간은 내면과 중첩되면서 의미 있는 것이 된다고 할 수도 있지요.

시간도 신비스러운 것이지만 공간은 정말 신비스럽거든요. 그런데 여기에서 주목하고자 하는 것은 외면의 공간에 이미 내면이 비추어 있다는 사실입니다. 안과 밖은 참으로 구분해 낼 수 없는 관계에 있습니다. 이 방에 우리가 넷이 앉아 있으려면 이 방의 반이 되어도 되고 4분의 1이 되어도 되지만 그럼 답답해서 못 앉아 있을 겁니다. 몸보다 큰 공간에 대한 요구는 인식론적인 것인지 모르겠어요. 여기에 있는 사람이나 물건들을 일정한 전체적인 관계에서 파악할 필요가 있지요. 건축적 공간도 여기에 관계된다고 할 수 있지요. 적절한 크기의 공간을 건축적으로 만들어 내는 것은 반드시 물리적 공간의 문제도 아니고 심리적 공간의 문제도 아니지요.

하여튼 내면 공간은 외적인 공간의 연장선상에 있습니다. 내면의 공간은 여러 개의 물건이나 사상(事象)을 하나로 놓기 위해서 필요한 공간입니다. 여러 개가 놓인다는 것은 비교한다는 것을 말하지요. A와 B와 C가 있다고 할 때, 마음속의 공간을 지님으로써 A, B, C를 한 번에 보게 됩니다. 우리가 의식적으로 그러는 것은 아니지만, 내면 공간을 가진다는 것은 사람이 합리적으로 생각하고 너그럽게 생각한다는 것을 말하지요. 도덕성이라는 것도 그래요. 다른 사람을 너그럽게 보기 위해서는 다른 사람과 나를 같은 공간에 놓고 생각할 수 있어야 되지요. 또 사물을 고마움으로 인식하는 데도 공간적 인식이 핵심적이라고 할 수 있지요. 마음의 공간은 목전의 사안으로부터 거리를 유지하는 데 필요하지요. 이 거리 속에서 이해관계를 넘어선, 세상의 너그러움에 대한 느낌이 일어날 수 있지요.

이것은 내면 공간의 이야기이지만, 내면과 외면이 이어져 있다는 뜻으로 한 가지를 더 보태면, 이 내면 공간의 작용은 외면 공간이 적절한 데서 더 잘 이루어지지요. 시끄러운 장바닥에서는 생각하기가 쉽지 않지 않습니까? 이것은 건축의 중요성에 이어지는 이야기가 됩니다.

문광훈 선생님의 내면성 개념에서 특징적인 것은, 자기 밀폐적이거나 폐쇄적인 것이 아니라 외부, 즉 공적 공간으로 늘 열려 있고, 열려 있으려 한다는 점에 있는 것 같습니다. 그래서 외부 세계와의 접촉을 배제하지 않지요. 또 하나는, 그 내면성 속에서 스스로 반성하고 되돌아보고 비교하고 성찰한다는 점에서 그것이 도덕적 의미를 지니고 있고, 이 도덕적 의미는 내면 공간에서 일어나는 양심의 소리에 귀 기울이는 데 있어요. 그러니까 내면 공간의 뒤얽힌 그물망들을 분명하게 추적하는 것이 아주 중요한데요. 이 안에는 자아-내면-반성-도덕-양심 등 여러 요소들이 매우 복잡하게 얽혀 있지 않습니까? 제가 이전에 『정치와 삶의 세계』를 서너 번 읽으면서 느낀 것은, 이게 사실은 윤리학이나 실천 철학에서 매우 중요한 문제일 텐데, 선생님의 글은 내면성, 도덕성, 양심, 사회성 등의 얽힌 구조를 정밀하게 좇아가면서 선명하게 해부하는 것이었습니다. 그런 점이 무엇보다 눈에 띄는 것이었어요.

김우창　되풀이가 되지만, 내면성은 인식론적으로, 도덕률의 실천에 있어서, 또 건축이나 도시 건설에서, 주로 중요한 계기이지요. 그것이 사라져 버리는 때도 있고 축소되는 때도 있어요.

문광훈　내면 공간은 선생님 글에서 인식의 출발점이자 귀결점으로 보입니다. 그래서 그 성찰이나 반성의 장소는 개체 혹은 개인의 마음속에 있고, 이 마음은 주관성의 영역이 됩니다. 그러면서 그것은, 앞서 언급한 것처럼 자아의 외부로, 정치 역사적 현실로 나아갑니다. 이것은 도덕성의 사회적 영역이 되지요. 그런 점에서 보면, 우리 사회에 나타나는 내면성의 축소는 자연히 '되돌아봄의 공간' ── 내 속에서 나를 보고 이 나를 넘어서는 타자를 보는 자기 확장적 기회를 봉쇄하는 이유가 되지요. 그것은 물리적 공간이나 이 공간의 무한성에 대한 자각 혹은 더 크게는 근원 체험의 기회가 줄어든다는 사실과 연관이 되겠지요?

김우창　인생이 삭막해지고 뜻 없어지고 고맙다는 느낌도 줄어들고 그렇지요. 이것과 관련해서 내가 얘기하고 싶은 게, 요즘은 점점 그런 생각이 드는데, 반성적으로 여과되지 않는 행동주의나 집단주의가 이런 계기를 다 망가뜨린다는 느낌입니다.

보편적 자아

김우창　내면적 자각이나 반성의 계기가 상실되면서 보편성도 사라지는 것 같아요. 보편성이란 굉장히 넓은 것이지요. 개인이 있고 집단이 있고 보편적인 게 있고. 이렇게 단계적으로 생각하는 것은 잘못인 것 같아요. 개인이 바로 보편성에 대한 매개체가 되고 집단에 대한 매개체가 되지요. 이것은 우리가 집안에 있거나 밖에 있거나 사실은 동시에 무한한 우주 공간에 있다는 것과 같지요. 내가 지금 손을 들면, 그것은 여기 이 방의 일이면서 우주 공간의 일이지요. 더 사회 경험적으로 말하여, '모든 인간은 다 이렇다.'고 할 때, 이것은 인간이라는 것을 사실 자기 자신을 통해서 판단하는 것이지 통계적으로 말하는 것이 아니지요. 특히 우리 민족의 의견을 조사하여 말하는 것은 아니지요. 모든 인식론적·도덕적·윤리적 판단의 기초는 개인적 보편성에로의 자각이지요.

문광훈 그때의 개인적 자각을 거친 개인은 '일반화된 자아(Generalized I)' 또는 '보편화된 자아'가 되겠군요?

김우창 그렇게 말할 수도 있지요. 그 개념은 미국의 조지 허버트 미드(George Herbert Mead)의 생각일 것 같은데, 거기에 들어 있는 사회학적이고 경험주의적인 차원을 넘어서 우리가 보편성을 자각하는 것은 조금 더 절대적인 것이 아닌가 합니다. 말하자면, 자기의 본성에 돌아가는 개인이랄까 꼭 확인 못한다고 해도, 그래서 하나의 요청(Postulat)으로 얘기하더라도, 본성으로 돌아가 되돌아보고, 거기에 비추어서 행동하는 개인이 곧 보편적 자아가 아닌가 하는 생각을 합니다.

문화의 주체성, 개인의 주체성

문광훈 이전에 선생님께서는 문화를 '내면적 삶의 시간적 퇴적'으로 정의하신 적이 있는데요. 이런 점에서 보면 내면성의 의미를 더 넓은 맥락에서 볼 수 있을 것 같습니다. 즉 '내면성의 훈련은 곧 문화의 자기 형성과 연관된다.'고 말이지요.

김우창 그러한 퇴적으로 문화에도 주체성이 생길 수 있지요. 그러나 그것이 작동하는 것은 개인적인 자아를 통해서입니다. 그러나 자기 형성은 문화를 통해 이루어진다고 할 수 있기 때문에 어느 쪽으로나 비슷한 이야기가 되겠지요. 정말로 가려서 이야기할 수 없는 일이라고 하겠습니다.

실러를 읽는다, 다산을 읽는다 하면 그것은 그 사람을 객관적으로 이해하려는 것이기도 하지만, 그러한 작가들을 우리 삶의 거울로 읽는 것이지요. 우리가 읽는 모든 문화적 유산은 내 삶을 위한 하나의 사례를 얘기합니다. 그 사례 자체가 직접적으로 나한테 적용되는 게 아니라 그 사례를 내 주체성 속에서 선택하고 재구성함으로써 내 삶의 일부가 되는 거지요. 이 구성이 그러한 사례를 바르게 이해하는 일이기도 하고. 사는 일은 불확실성을 많이 가지고 있기 때문에 많은 사람들의 사례를 참조할 필요가 있지요. 그 사례를 참조할 수 있게 해 주는 것이 문화적인 것이지요. 문화가 우리에게 전달해 주는 것은 어떻게 말하면 보편적 가능성이라고 할 수 있고, 다르게 말하면 인간 본연의 모습이라고도 할 수 있는 것 또는 보편적 요구에 맞춰서 사는 삶이 뭐였던가를 구체적으로 보여 주는 것들이지요. 그러한 흔적이 남아서 다음 세대에 전달되고 다른 사람한테도 전달된다는 생각이 들어요.

문광훈 내면성의 훈련에 문화적인 업적들 —— 계승된 전통들이 영향을 주고, 이렇게 하여 자기로 돌아간 인간의 반성성이 또다시 문화의 사회적 형성에 기여하게 되는 상호 의존적 관계가 생긴다는 것이지요?

김우창 꼭 옳은 얘기인지는 모르지만, 말하자면 모범적인 삶을 산다는 그 기준 —— 투명한 자기반성적 공간 속에서 이루어진 자기 삶, 더불어 다른 사람의 삶에 대한 반성들이 퇴적되어 문화가 되는 거지요. 그런 어떤 보편적 거울이 되지 않고 이루어지는 사례는 문화적 퇴적이 되지 않지요. 왜 그런지는 모르지만. 그러니까 은행을 털려고 하면 뭐 이렇게이렇게 하면 된다는 것은 은행털이범한테는 관심이 있겠지만, 보통 그것이 문화적인 차원이 되지는 않지요. 대부분의 경우 문화가 그렇고 개인이 그래요. 그런 반성적 노력을 통해 자기 삶을 조정해 보겠다고 하는 경우, 그것은 보편성의 거울 속에서 일어나는 것이지요.

문광훈 그런 경우는 문화의 중요한 요소가 될 수 있겠네요.

내면성, 생활로서의 문화

문광훈 되돌아봄의 공간은 바로 반성과 양심의 공간이기도 합니다. 이 반성적 공간의 옆에 관조 또는 정관(靜觀, contemplation)이 있습니다. 관조나 정관, 묵상, 명상의 태도는 사실 동양 사회에만 있는 것은 아니고, 신비주의 전통이나 경건주의에서 보듯, 서양 지성사의 하나의 중요한 줄기이기도 합니다. 이와 관련하여 선생님께서는 "그것이 종교의 어떤 자기 규율적인 혹은 교리 문답적인 양식이 아니라 생활 가운데서도 행해지는 자기 수련 혹은 수양의 방식으로 되는 것이 동양 사회다."라고 쓰신 적이 있어요.

되돌아봄의 공간이 반성의 공간이라면, 그것은 주체 — 개개인의 내부에서 일어나는 일이고요. 양심의 활동이란 곧 반성의 회로를 말하는데, 이것은 바람직하지만 사실 쓸쓸하고 무섭고, 또 때로는 엄청난 인내와 용기를 필요로 하는 일이기도 합니다. 그래서 어렵기도 하고요. 내면적 반성이지닌 생활적인 의미에 대해 말씀해 주셨으면 합니다.

김우창 서양에도 그게 없는 건 아니지요. 아우구스티누스를 비롯해서 참회록이 많은 것이 서양 전통 아닙니까? 다만 데카르트 이후 자기를 되돌아보는 일은 상당히 이론적인 데 치우치게 되었다고 할 수 있습니다.

그러나 양심의 문제가 중요해지지 않은 것은 아닙니다. 이것은 한편으로 자아의 위엄에 대한 생각에도 연결되어 있지만, 데카르트적인 순수한 자기반성에도 관계되어 있습니다. 순수하다는 것은 어떤 조목에 비추어 자신의 잘잘못을 생각하는 것이 아니라 그냥 되돌아가는 것이지요. 가령 공자가 하루 세 번씩 자기를 돌아보라고 할 때, 자성(自省)하라고 할 때, 그 것은 주어진 규범, 삼강오륜에 맞게 행동하였는가를 되돌아보라는 것입니 다. 순수한 것은 더 열려 있는 자기반성이지요. 그러나 동양의 전통에서 반 성은 이론적인 것이 아니라 실천적이라는 사실이지요.

그리고 재미있는 것은 그것이 일상 실천적이라는 점입니다. 모든 행동 거지를 반성적으로 행하는 것이지요. 아까도 실러가 심미적 사고, 특히 우아함을 강조하는 면이 있다고 얘기했는데, 우아란 생활 속에 실천하는 것이거든요. 그러니까 다른 사람에게 인사를 하는데 인사가 참 아름다운 모습으로 되었다든지 차를 마시는데 마시는 모습이 참 보기 좋았다든지, 이런 것들은 모두 '쾌적한 또는 편안한(angenehm)' 것에 관계되어 있지요. 이런 것들도 근본적으로는 다른 사람에 대한 배려에서 나온 것이니까 도덕 적·윤리적 의미를 가지고 있지요. 그러나 도덕이나 윤리의 날카로움이 없 이 그것이 실현되는 것이지요. 이것도 동서양의 차이의 하나라고 할까요.

동양에서 사람 대하는 대인(對人)이나 접객은 아주 중요하지요. 그 관점 에서만이 아니라 동양 사상은 예의에 중점을 많이 뒀어요. 예의란 심미적 행동을 통해서 인간관계를 원활하게 하고 거기에 좀 과장되게 얘기해, 우 주론적인 의미를 부여한 것이거든요. 그래서 동양에서는 어릴 때부터 몸 가짐에 대해 훈련을 많이 했지요. 거창한 얘기도 나오지만『소학』에는 '아 침에 일어나면 머리를 단정히 빗고 허리에다 향이 든 주머니를 차고 부모 님한테 가서 인사드리고⋯⋯.' 이런 얘기들이 많아요. 몸가짐을 통해 인간 관계를 부드럽게 하고 아름답게 하자는 것이지요. 지금도 우리한테 중요 한 것들인데 잊혀 가고 있지요. 정치에서도 그렇지요. 거친 말들을 하는 것 은 우아함이 사기고 거짓말이라는 또는 연약함의 표현이라는 느낌이 있어 서 그런 것이겠지요.

더 보태서 말하면, 우리의 예의는 종종 위계적인 윤리 질서에 너무 강하게 이어져 있어서 진짜 우아함이 되지 못하는 경우가 많지요. 우아가 있는 곳에 아까 문 선생이 말씀하신 일상생활의 문화가 있지요. 양심적이라는 것은 큰 이야기이기도 하지만, 신뢰가 있는 사회의 기본이고, 이것이 편안한 삶에서 아주 중요한 것이니까, 그것도 일상생활 문화의 중요한 부분이지요. 사실 사회적 공동체의 정신적 핵심이라고 해야 할 것입니다. 또 양심은 조금 전에 말한 것처럼 개인적 위엄의 느낌에도 관계되는 것인데 나를 높이 생각하는 데서 양심적인 행동이 나오는 면이 있으니까 사람이 존중되는 사회라야 양심이 일반화되고 일상생활의 일부가 될 것입니다.

물질 시대의 관조

문광훈 그런 사회는 삶에 대한 관조적 태도가 체질화되어 있기 때문에 가능해지는 것이 아닌가요?

김우창 미적인 관조가 일상생활에 많이 젖어 있으면, 사람 삶을 아름답게 하고 살 만한 것이 되게 한다고 말할 수 있어요. 일본 사람들은 참으로 심미적인 태도가 몸에 익은 사람들이라는 인상을 줍니다. 일본 사람들에게서 눈에 띄는 것은 작은 일들을 정성스럽게 하는 것입니다. 시골에 가서 물건 싸 줄 때, 우리 같으면 대강 하겠지만, 미안할 정도로 정성스럽게 예쁘게 싸서 건네주지요. 우리도 요즘은 그런 것이 좀 생겼지만, 너무 상업적이지요. 물론 이러한 것들은 보면 아주 답답한 생각이 들기도 해요. 서양에도 사실은 주제화해서 얘기 안 해서 그렇지, 많아요. 절은 어떻게 해야 되고, 이런 것들이 많지요. 개인 하나하나가 다 그렇게 하는 것은 아니지만, 이런 것들은 미적 관조를 통해 이룩된 생활의 양식이고 이 미적 관조를 통해 양식화된 생활이 우리 삶을 그래도 덜 허무하게 하고 더 아름답게 하는 데 중요한 역할을 해요.

문광훈 적어도 동양 사회에서는 전통적으로 있었지요.

김우창 동양만이 아니라 서양 사회에도 그래요. 모든 사회가 다 그러한 것을 가지고 있다고 할 수 있습니다. 차이는 많지요. 작은 차이 때문에 서로 '저 야만인들'이라고 얘기들 하지요. 보태서 얘기하면, 미적 양식화를 너무 중요시하다 보면 중요한 문제를 놓치는 수도 있어요. 공식이 되면 무엇이든지 생각이 없어지기 때문에 오히려 관조가 있는 게 아니라 없어지는 경향도 생기게 됩니다.

미적 양식의 기초에 들어 있는 것 중의 하나는 속도를 완만하게 하는 거지요. 그러니까 다도에서 차를 만드는 것에서 시작하여 마시는 것까지 천천히 하지요. 성질 급한 사람 같으면 그냥 마시면 되지 그럴 텐데, 속도를 느리게 하지요. 그런데 모든 의식 절차는 속도를 느리게 하는 겁니다. 결혼식이라는 것도 그렇지요. 둘이 같이 살면 그만이지 할 수도 있는데 결혼식이니 뭐니 해서 길게 하지요. 속도를 빨리하면, 결혼은 섹스가 되어 버리고 맙니다. 일상생활을 미적으로 양식화하는 데는 속도를 느리게 하는 게 중요한 거예요.

속도를 느리게 한다는 것은 하나하나의 순간을 관조적으로 알면서 넘어간다는 것, 의식 속에 기록하면서 넘어간다는 뜻이에요. 그 때문에 속도를 느리게 한다는 것 자체가 관조가 되지요. 삶의 모든 양식에 있어 관조적 느림이 필요해요. 심미적 행위의 의미의 하나가 여기에 있습니다.

관조의 철학적 의미

문광훈 서구에서도 관조에 대한 철학적 성찰이 근래 들어 좀 더 본격적으로 나타나는 것 같아요. 얼마 전에 아도르노를 공부하면서 그의 예술론과 철학을 '관조'의 관점에서 재해석한 책을 읽은 적이 있습니다. 이것을 보면서 관조나 수양, 심성론과 같은 동양적 가치를 오늘의 시각에서 비판적으로 재구성하는 것이 매우 중요하리라는 생각을 했어요.

김우창 아까도 말씀드렸지만 서양 지성사에도 나타나지만 동양의 특징은 관조 또는 정관의 덕성이 생활 내부에 체질화되어 있다는 것입니다. 다시 말해 하나의 생활 양식으로 굳어 있는 것입니다. 주자학은 불교의 영향을 많이 받았지요. 주자학의 자기 수련에서 반 이상은 정좌(靜坐)하는 것이 중요했습니다. 몸가짐 자체를 통제해서 그걸로 정신 상태를 만들어 내는 것이 동양에서 서양보다 많다고 해야지요. 서양에도 몸가짐에 대한 것이 옛날에는 많았어요. 그런데 그게 민주적인 제도, 민주주의가 생기면서 점점 사라졌어요. 이것이 보다 적극적인 의미에서의 철학적 관조의 쇠퇴에도 관련되는 것이 아닌가 합니다. 요즘 반성과 관조의 중요성도 사라지지만, 그것의 생활적인 표현으로 자세를 단속하면 문제가 되지요. 그것도 틀린 것은 아니지만, 행동의 양식화도 중요한 것이기는 하지요.

문광훈 서양의 궁정 사회에서도 그러질 않았나요?

김우창 궁정에서 행동의 절제를 말한 대표적인 저작이 이탈리아의 카스틸리오네(Baldassare Castiglione)의 『궁정인(Il Cortegiano)』이지요. 궁정의 예의 작법을 말한 책이에요. 그러나 몸가짐에 정신적 의미는 부여하지 않았어요. 그것은 인간관계의 상호 작용의 양식이고, 많은 경우 위계질서를 주입하는 방법입니다. 그러나 일단 성립한 후에 그것은 윗사람도 구속하게 됩니다. 그리하여 민주적이고 보편적이라고 할 수는 없지만, 사람들을 자의적인 자기주장으로부터 어떤 규범으로 올려놓게 되는 역할을 합니다. 궁중 예법도 낮은 사람이나 높은 사람이나 다 지켜지요. 최근 영국 신문에, 왕과 함께 식사할 때 초대받은 손님은 왕의 속도에 맞추어야 하고 왕이 식사를 끝내면 다른 사람도 먹기를 중단해야 하는데, 엘리자베스 여왕은 다른 손님 생각 안 하고 너무 빨리 포크와 나이프를 놓아 버린다는 기사가 있었습니다.

문광훈 지금도요?

김우창 예. 여왕을 다른 사람에 대한 배려나 감각이 없는 사람이라고 비난하는 기사지요. 그런 예의범절도 인간적인 의미를 가지고 있기는 하지만, 서양의 경우에는 거기에 정신적 의미를 부여한 것은 많지 않은 것 같아요. 동양 사회에서는 책을 볼 때도 몸을 단정히 하고 봐야 되거든요. 그것이 수양의 일부이니까요. 민주 사회에서 또는 공리적으로 생각할 때, 책을 어떻게 보면 어떻습니까? 내용만 취하면 됐지.

문광훈 관조나 정관의 가치도 민주주의나 합리성을 중시하는 근대의 역사를 지나면서 서구에서는 상대적으로 더 약화되었다는 말씀인가요?

김우창 어디에서나 공리주의가 강화되면 그렇지요. 관조를 요구하는 심미적 태도나 반성을 요구하는 철학도 쇠퇴하고.

속도의 사회

문광훈 조금 전에 '속도' 문제를 말씀하셨는데요. 관조와 정관은 오늘의 사회를 규정하는 속도나 효율성의 가치에 견주어 보면 그야말로 뒤떨어진, 시대에 부적절한 것으로 간주되곤 합니다. 특히 우리 사회의 경우 현대사의 여러 가지 사회 정치적 갈등으로 인해 이런 의미가 서구에서보다 훨씬 더 훼손된 것 같아요. 이런 것을 현실적으로 다시 활성시키려면 어떤 것들이 필요하다고 생각하시는지요?

김우창 모든 것이 빨리 돌아가고 시끄러운 것이 우리 사회예요. 돈 벌고 출세하고, 사회적 경쟁에서 이기고 앞으로 나아가고 국제적으로 등수에 드는 국가가 되어야 하고. 긴급하다고 하는 목표가 많으니 그 목표들에 대하여 생각할 겨를이 없어요. 우선 환경이 조금 조용해져야 하지 않을까 합니다. 거주하는 것 자체가 뿌리내리고 사는 삶이 되어야지요. 그러기 위해서는 집도 안정되고 고장도 안정되고 직업도 안정되고 사회도 안정되어야 해요. 그러나 공간적으로 안정되는 것이 기본이라는 생각이 듭니다. 아파트에서 살고, 이사 자주 하고, 여관방에 살면서 대지에 대하여 하늘에 대하여 생각할 수 없지요. 대지에 뿌리내리고 조용하게 앉아 있을 수 있는 장소가 필요합니다.

우리 삶에는 시간 여유도 없지요. 바삐 돌아가는 시간에 자기가 하는 일을 생각할 여유가 없지요. 아침에 일어나 세수하고 옷 입고 마당 쓸고 —— 옛사람은 이런 것까지도 생각했는데, 요즘은 가장 중요한 일도 충동적으로 하게 되어 있지요. 아니면 '취해서', '푹 빠져서', '열광해서' 하지요.

요즘 세상에 살아남기 위해서는 바쁜 세상에 맞춰 살 도리밖에 없겠지요. 그러나 그런 가운데의 삶이 행복하고 보람 있는 것이 될 수는 없을 겁니다. 할 수 있는 데까지는 그런 삶으로부터 거리를 유지하는 것이 필요합니다. 그러나 거꾸로 이 거리는 관조의 태도가 있어야 확보되지요. 어떻게 하는 것이 삶의 관조적 균형을 회복할 수 있는 것인지 알 수가 없네요.

신체 습관과 관련해서 하나 얘기하지요. 좋은 처방이라는 말이 아니고 아까부터 나온 말에 대한 설명입니다. 몸을 움직이면 그것에 따라서 심성이 달라진다는 생각이 있지요. 서양 심리학으로 말하면, 윌리엄 제임스 (William James)가 랑게(Karl Lange)라는 사람의 이론을 가지고 말한 것인데,

슬퍼서 우는 게 아니라 울기 때문에 슬퍼진다는 생각입니다.

문광훈 몸짓이나 행동이 그 사람의 심리나 정신까지 규정한다는 말인가요?

김우창 그게 제임스-랑게 이론이에요. 동양에서 명상과 관조를 중요시한 것은 사실인데, 그 특징이 신체를 조정하여 관조적 태도를 이룩하려고 한 것입니다. 사실은 서양의 수도원 전통에도 있는 생각이지만. 이것을 조금 더 확대하여 생활에 적용시켜 말하면, 오늘의 생각 없는 사회는 물질적 추구의 과열로 인한 것이라고 하겠지요.

예로부터 부귀는 모든 사람이 바라는 것이었지만, 이것이 오늘에는 과열 상태에 이르렀을 뿐만 아니라 다른 삶의 추구로부터 유리되어 외곬의 목적이 되었습니다. 부귀는 보통 사람이 쉽게 얻을 수 없는 것이어서 숭배할 수는 있겠지요. 그리하여 그 생각에 사로잡히지요. 또 보통 사람의 경우 큰 부는 얻을 수 없지만, 부자를 한없이 부러워하고 흉내 내고 부자처럼 물건 사는 일은 할 수 있습니다. 이러한 것으로부터 멀리 있는 것이 삶의 관조적 균형을 회복하는 방법의 하나가 아닐까 합니다. 그전에 '기쁨의 금욕주의'라는 말로 이것을 설명하려고 한 일이 있습니다. 할 수 있는 정도까지는 그렇게 하고, 그다음 보이티우스의 책 제목대로, '철학의 위안'을 찾을 수 있지요.

자연과의 조화

생태적 사회: 나무와 숲

김우창 오늘 아침에 누가 보내 준 그림책을 보니 옛날 조선조 때 풍경인데 큰 산이 있고 그 밑에다 오막살이를 지어 놓은 것이 보입니다. 이렇게 자연에 사는 것은 아주 부러워 보여요. 문 선생, 이 책 보셨는지 모르겠네요. 헤세의『나무들』.

문광훈 아직 못 봤습니다. 나무에 관한 것만 모은 책인가요?

김우창 시도 있고 산문도 있지요. 그런데 헤세는 일찌감치 스위스 시골에 정착해 일생을 그곳에서 산 것 같아요. 『정원에서 보낸 시간(*Stunden im Garten*)』이라는 시집도 있는데, 그것도 보면 정원 얘기지요. 세상이 이렇게 도시화되고 나도 나이 들고 하니까 참 헤세가 잘 살았다는 생각이 들어요. 그냥 나무만 보고 살았으니 말예요.

문광훈 저 역시 독일에서 공부할 때 변함없이 부러웠던 것은 숲이었습니다. 어딜 가나 울창한 숲이 많으니까요.

김우창 어디 가서 얘기하느라고 독일 헌법을 조사했는데, 그 헌법에, "후대를 위해서 자연환경을 보존하고 동물을 보존하는 걸 정부 책임으로 한다."라는 규정이 있더군요.

문광훈 인간적이네요. 삶의 세대적 연속성에 대한 책임이 느껴지고요.

김우창 정부 책임하에 법 제도나 행정 체제를 통해서 자연환경과 동물을 보호한다는 것이 특이하지요.

문광훈 그것은 사실 법률적 수호 그 이상으로 근본적인 것이 아닌가요?

김우창 우리도 그런 헌법 만들어야겠다는 생각이 들어요. 기본법(Grundgesetz)이라 해서 독일 헌법 제20조 제2항에 나와요. 제1항은 "독일은 민주사회연방공화국이다."라고 되어 있지요. Demokratische und Soziale Bundesrepublick이라는 걸, Sozialstaat로 줄여서 말하지요. 그걸 확인하다 보니, 바로 그다음 구절에 자연환경의 보존을 정부의 책임으로 규정하는 것이 나와 있었습니다.

사회 국가와 생태 국가

문광훈 'sozial, social'이라는 의미가 '사회 구성원 전체의 안위를 고려한'이라는 뜻이니까요.

김우창 헌법 안에는 그 구체적 내용이 잘 규정되어 있지 않아요. 그래서 인터넷에 나온 독일의 『정치학 사전』이란 걸 찾아보니까 "자본주의 체제에서 나오는 사회적 문제에 대해 정부가 책임지고 해결하는 국가 형태"를 사회 국가라고 규정하고 있어요. 자본주의 체제를 가지면서도 거기서 나오는 사회 문제를 방치하는 게 아니라 정부에서 해결한다고 말이지요. 그래서 우리나라에도 그렇게 규정하면 어떨까 하는 생각이 들었어요.

대통령제 없애고 내각제 하고, 이런 헌법 개정에 나도 별로 찬성 안 했어요. 뜯어고치면서도 아무것도 되는 건 없으니까. 내실을 기해야지 제도 고치는 건 소용없다고 했는데. 얼마 전 한 모임에서 우리도 국가 형태를 민주 사회 국가라고 규정하고, 거기다 자연에 대한 책임도 규정하면 좋을 것 같다는 말을 했습니다. 물론 그것은 법률 문제이지요. 법이나 제도만으로는 안 되고 의식 개조가 필요하지요.

며칠 전 신문에 노원구 구청장이 쓴 걸 보니, 노원구라는 게 서울에서 낙후된 지역 아닙니까? 그걸 발전시켜 다른 데하고 같아져야 되겠다고 하면서 이러한 주장을 내놓고 있었습니다. 고도 제한 없애고 용적률 줄여 제한 없이 개발할 수 있는 곳으로 만든다는 것입니다. 살 만한 데는 그런 곳이 아니지요. 이건 정치 문제가 아니라 의식 문제지요. 이 의식은 여러 중층적인 구조를 가지고 있다고 해야겠지만, 결국 가장 큰 바탕을 이루고 있는 것은 사람이 자연 속에 있고 그것과의 조화 속에 살아야 한다는 의식일 것입니다. 이것은 국가를 생각하는 데도 바탕이 되어야 하지만 헤세의『나무들』에 나오는 시나 산문에서 볼 수 있듯이, 나무 한 그루의 깊은 의미나 그것이 주는 느낌에도 들어 있는 것이지요. 의식의 차원에서 말하자면, 이러한 작은 것으로부터 퍼져 나가서 집단을 이루고 사는 사람들의 삶에까지 확장되어 가는 것이겠지요.

문광훈 여기 올 때 저희들 차는 언제나 고려대 뒤편으로 난 고갯길을 넘어오거든요. 산꼭대기에까지 숨 쉴 공간조차 허용치 않고 들어선 아파트와 빌딩들을 보면 현기증부터 납니다. 벗어나고 싶다는 생각밖에 안 듭니다.

김우창 나도 통근할 때 늘 그 길로 가거든요. 산을 그대로 두고 그 틈에다 집 지었으면 일급 주택지가 되었을 것 같아요. 북한산도 보이고 저쪽 산도 보여서 전망 좋고. 그래서 세계적으로 비싸고 좋은 곳이 되었을 터인데,

그냥 전부 고층 아파트로 덮어 버렸으니. 뭘 잘못 생각하는 거 같아요. 이 정부도 부동산 가격 통제한다면서 다 올려놓았잖아요. 사방에 프로젝트라는 명목으로 집들 뜯어내고 고치고 하니까 값이 다 올라갔어요. 자기들 하는 일이 뭘 의미하는지 잘 모르는 거지요.

문광훈 지방자치단체장들은 용적이나 고도 제한을 말하면서 모든 것을 수익 위주로 개발하는 게 일반화되어 있습니다.

김우창 그것이 자기 지역구를 위하는 일이 되었지요.

문광훈 그야말로 반사회적(asozial)이지요. 더 길게 보면 인간에 반하는 일이고요.

김우창 그게 돈 끌어오고 사업 벌이고 하는 건데, 꼭 틀린 얘기는 아니지만 의식을 고쳐야 합니다. 뭐라도 하고, 보여 주어야 하고, 점수 따야 하는 세상이 되어서 어떤 일을 하지 않는 것이 중요하다는 것은 잊어버렸지요. 모든 동양의 정신적 지혜는 아무것도 하지 않는 것을 훈련하라는 것 아닙니까. 가만히 자연 속으로 들어가야지, 꼭 그것을 뜯어고쳐야 한다고 생각하니. 교육으로 고쳐질는지.

헤세는 자기가 살고 지나간 데는 대개 그곳의 나무로 기억한다고 그래요. 무슨 나무가 많았느냐로 말이죠. 그런데 어떤 도시는 기억에 없다는 겁니다. 눈에 이미지로 떠오르는 게 없다, 오래 산 곳이라도 마치 정거장에서 산 것 같다고 합니다. 우리 사는 것은 전부 정거장살이가 아닌가 모르겠습니다. 세상을 마음에 지니는 일을 잊어버린 것이지요. 헤세의 글에는 나무에 대한 관찰이 참 많아요. 그것을 기억하고 또 정확하게 보고 쓴 것들이에요.

문광훈 도시의 삶은 근본적으로 기억이나 이미지가 있기 어렵다는 말씀이지요? 사람과 사람 사이의 관계가 서운해지는 것도 그 때문인 것 같고요.

김우창 다른 나라도 문제들이 있지만 우리나라의 경우 발전에 전부 다 빨려 들어가다 보니 삶에 참으로 귀중한 것을 보존하며 사는 걸 모르게 되었지요. 벼락부자가 되어 놓으니까.

기억, 자연, 자연의 신성함

김우창 헤세는 그림도 많이 그렸어요. 또 일도 많이 했고. 대학도 안 다녔으니까. 일하러 가서 여기저기를 보았지요. 『나무들』에 실린 글을 보면, 한 곳은 카스타니언(Kastanien, 참나뭇과 나무로 밤과 비슷한, 그러나 사람이 먹을 수 없는 열매가 난다. 독일 지역에 아주 많다.)이 많은 곳인데, 도시가 있고 묘지가 있고 묘지 한쪽에 들판과 숲이 있어요. 일 마치고 오면 자기 방에 앉아서 숲을 내다보는 게 큰 보람의 하나였다고 합니다. 젊었을 때인데도 그래요. 숲을 돌아다니고 거기서 꽃을 꺾어 가지고 오는데, 그 꽃을 줄 애인이 없어서 버렸다는 얘기도 있어요. 8일 밤낮을 거기 가서 일하고 그렇게 지냈는데, 숲이 좋아서 그게 몇 년 지낸 것 같았다는 겁니다. 기억에 남는 곳이 된 것이지요.

문광훈 자연 경험은 삶을 밀도 있게 만드는 데 아주 중요한 요소로 보입니다.

김우창 이 책 속에는 나무와 자연 풍경을 찍은 사진이 있는데, 헤세 시에 그려진 장소와 비슷한 곳을 사진작가가 찍은 거예요. 헤세는 어릴 때의 풍경을 다 기억하고 있는 거지요. 큰 나무가 있고 그 뒤에 집과 정원이 있고, 거기서 어머니가 자기를 요람에 태워 흔들어 주었고 이런 식으로 기억이 다 나는 거예요. 사진이 그러한 곳을 재생한 것입니다.

문광훈 (책을 살펴보며) 정원이나 고향이나 집, 나무들 가운데 이 모든 것들에 대한 꿈만이 이제는 남아 있다, 이렇게 되어 있네요. 아름다운 구절입니다. 헤세의 시는 평이하고 서정적이고, 그래서 오랫동안 지난날을 더듬게 만들어요.

김우창 정확한 관찰들이 많아요. 나무 하나하나가 정확히 어떤 상태로 있는가를 알고 있었다는 기술들이 있습니다. 아까도 말했지만, 나무가 있는 곳은 기억에 이미지로 남아 있지만 나무가 없는 데는 기억이 없다는 것은 나도 생각 못한 거였는데 흥미로운 관찰입니다. 얘길 듣고 보니 나도 나무가 기억되는 것 같아요.

우리 국민학교 다닐 때 학교 앞에 큰 포플러 나무들이 있었는데, 가지 꺾어 가지고 속을 빼어내면 소리 나는 피리가 되지요. 학교 건물보다도 그러한 것들이 다정한 추억이 됩니다. 또 학교 뒤에 들과 산이 있었는데, 지금은 집으로 아주 꽉 차 있지만 그때는 그냥 논밭이었고, 그걸 지나서 가면 조그만 산이 있는데 산머리에 우뚝 선 소나무가 있었지요. 거기까지 뛰어가서 돌고 오곤 했지요. 헤세의 말을 듣고 생각해 보니까 이런 게 기억나요. 그것은 중요한 과학적인 관찰인 것 같아요. 사람 심리가 어떻게 움직이는가…….

헤세는 어떤 장소를 보고 오면 시간이 지난 후 우발적인 것은 다 떨어져 나가고 그 장소의 에센스만 머릿속에 남는다, 이런 말도 했습니다. 이것은 무슨 말인지 모르겠어요. 그러니까 어떤 장소에 갔던 경험에서 뭐가 우연히 남은 게 있고 떨어져 나간 게 있는데, 남은 것이 에센스인지.

문광훈 우리나라 사람들도 옛날부터 나무를 신령스럽게 생각하지 않았습니까?

김우창 동네 입구에는 큰 나무들이 있었지요. 당산나무같이 지금도 보존하고 있는 것이 있고. 대개 성황당이 동구 앞에 있었지요. 우리 동네에도 저 아래쪽에 가면 큰 나무를 그대로 살려 둔 게 있어요. 길로 뻗어 나와 있어요. 옛날에 동네 입구에 있던 거 아닌가 생각이 들어요. 또 지금 반포대교에서 강남으로 가는 큰 도로변에 큰 소나무가 있었지요. 그것도 옛날에 동네 있었던 자리일 거예요.

그런데 우리는 나무 전체를 아낀 것 같지는 않아요. 큰 나무를 신령스럽게 생각하기는 했지만. 문 선생에게는 그런 기억이 없으실 것 같은데, 우리 어릴 때는 지나가다 큰 나무 있으면 돌을 던졌거든요. 그래서 나뭇가지가 벌어진 데는 돌이 수북이 쌓여 있어요. 나무에 대한 미신이 있었지요. 나무에 대한 특별한 생각들이 있긴 있었어요. 그래도 전체적으로 더 의식화해서 자연을 보존한 것 같진 않아요.

일본은 우리보다 숲이 좋고 나무들이 커요. 산에도 큰 나무가 많아요. 우리보다 비도 많고 땅도 더 비옥하고 화산토가 넓어서 그래요. 나무를 상당히 신성시하지요. 그래서 절 같은 데 가면 절에 딸려 있는 삼림이 있어 보통 사람은 못 들어가게 합니다. 문 닫아 놓고 1년에 몇 번씩만 사람들에게 개방해요. 그런 곳에는 우리의 광릉 숲의 나무보다 더 큰 나무들이 있어요. 성스러운 숲이지요.

성스러운 숲은 희랍에도 있었지요. 가령 소포클레스의 『콜로노스의 오이디푸스』를 보면, 오이디푸스는 성스러운 숲에 들어갈 권리를 가지고 있고, 그가 거기 앉아 있으면 쫓아내지도 못하지요. 그는 거기서 좋은 사람이 되고, 수호신 비슷하게 되지요. 숲이 성스럽다는 생각은 여러 곳에 있었던 것 같습니다. 일본에서는 불교의 힘도 크지만, 숲을 신성시하는 생각이 더 큰 힘이 된 것이 아닌가 합니다.

문광훈 절에는 숲이 거의 다 울창하겠네요?

김우창 먼 곳에 있는 것은 그렇습니다.

정원과 황무지

김우창 에덴동산이라는 게 실제로 어떻게 생겼는지 알 수 없지요. 우리 말로도 동산이지만, 영어 번역에 Garden of Eden이라 그러지요. 그러니까 에덴동산은 그냥 사는 곳이 아니고 정원입니다. 자연과 사람이 조화를 이루고 있는 장소지요. 자연은 사람한테 아주 중요한 것이면서 동시에 냉혹한 데가 있어요. 그래서 어떻게 사람한테 맞춰 자연도 살고 사람도 사느냐를 생각해서 만들어 놓은 게 정원인 것 같아요.

사람의 관점에서 보지 않은 자연을 생각하는 것도 중요합니다. 미국에서 자연 보호 운동한다고 할 때, 많은 경우는 야생 자연의 보호 운동이지요. 여기의 자연은 'wilderness'라고 그러지요. 우리 사전에 보면 '황무지'라고 번역해요. 황무지도 포함해서 보호하는 운동이 미국의 자연 보호 운동이에요. 사람이 전혀 손대지 않은 채로 그대로 두자는 겁니다. 이건 미국이 넓으니까 가능합니다. 그런 운동하는 사람들은 산불 나는 것도 내버려둬야 된다고 그래요. 산불이 산을 깨끗이 만들어서 하나의 리사이클 작용을 한다고 하지요. 산불이 나도 씨가 다 없어지지가 않으니까, 몇 년 후에 다시 가면 울창해집니다. 그런 게 필요하기 때문에 내버려둬야 된다고 그들은 말하지요.

하지만 wilderness 보호 운동은 유럽이나 한국 같은 데선 불가능해요. 우리는 산불 그대로 뒀다가는 큰일 나잖아요. 정원이라는 아이디어를 도입할 도리밖에 없어요. 그러나 자연을 인간과의 관계에서만 생각하는 것은 우리의 생각을 좁히는 결과를 가져옵니다. 인간의 실용적인 미적 관점과 관련이 없는 자연이 있다는 것을 아는 것은 중요하지요. 동물의 경우에도 그렇지요. 가령 뱀을 싫어하는 것은 거의 본능적인 것처럼 보이는데, 그러한 뱀도 자연과 생명의 일부로서 존중하는 태도를 가지는 것을 훈련해야지요. wilderness는 이러한 것을 가르쳐 줍니다. 그러나 우리에게는 별수 없이 자연을 말할 때, 자원이나 정원의 한계가 마음의 뒤에 어른거리게 돼요.

문광훈 일정한 인공적 제어가 필요하다는 것이지요?

김우창 그것이 불가피한 것이지 본래적인 것은 아니라는 것을 알 필요가 있습니다. 우리의 환경적 한계가 있기에 그렇다는 것이지요. 독일의 수풀이 좋은 것도 원래대로 둔 부분도 있지만 자꾸 심으라 그러거든요. 벌채하면 또 심고 또 심고 그러니까. 그런 종류의 관리는 인구 많고 땅 좁은 데서는 필요합니다. 우리는 정원의 아이디어가 필요합니다. 그러나 그것이 전부는 아닙니다.

자연 공간과 거주 공간의 삶의 양식

김우창 영국 사람들은 특히 정원을 좋아하는 사람들입니다. 여기 소파의 무늬 같은 것도 영국에서 온 거 아닌가 여겨져요. 영국 사람들의 가구는 모두 꽃무늬, 풀무늬거든요.

영국에서는 작은 집에도 대체로 정원이 있습니다. 이게 미국에도 계승됐지만, 정원이 있다는 것은 정서적인 의미에서 중요하지요. 헤세에게 나무가 중요하고 그것이 결국 자연스러운 삶의 형태로 이어지는 것처럼. 그러나 집에 정원이 있다는 것은, 적어도 영국의 경우에는 사회적 의미도 있습니다. 이웃들에게는 가벼운 친교의 장소가 되니까요. 영국의 서민들 집은 처음 들어가는 데 조그만 정원이 있어요. 그리고 본채가 있고, 뒷마당이 있으며, 그 뒷마당에 또 정원이 있어요. 그곳에 의자도 내놓고 앉아서 차도 마시고 앞마당은 그냥 꽃이나 잔디 같은 것을 심고, 이렇게 되어 있습니다. 지난번 글래스고에 갔는데, 택시 운전사가 말하기를 좋아했습니다. 길가에 빈틈없이 3, 4층짜리 연립 주택이 서 있지요. 그런데 시에서 그걸 다 헐고 다시 일반 가정 주택으로 바꾼다는 말을 했습니다. 우리는 주택을 없애고 아파트를 짓는데. 사회 공간을 넓히기보다 자연스러운 주거 형태로 복귀하는 것이지요.

문광훈 전에 있는 것을 그 형태 그대로 둔 채 수리해서 입주한다는 건가요?

김우창 물론 그런 경우도 많지만 글래스고의 경우는 옛날식 집을 다시 들여놓겠다는 것입니다. 영국의 주택 공간에 대해 쓴 글을 보면, 집의 구조는 사회생활에도 아주 중요한 영향을 끼칩니다. 아까 말한 대로 이웃과 가벼운 이야기를 주고받을 수 있는 곳이 집 앞에 있는 정원입니다. 지나가다가도 공간이 있으니 서로 얘기도 하고. 그런데 사람 만나기 위해서 집에 들어가야 한다면 조금 더 복잡한 관계가 있어야 합니다. 사람의 관계는 진한 것도 있고 엷은 것도 있지요. 우리는 그것을 너무 진하게만 파악합니다. 이웃과의 관계, 거기에서 발전해 나아가서 시민 상호간의 관계가 이뤄집니다. 영국 집 앞의 작은 정원이 그러한 일에 매체가 되는 것이지요. 그것을 우리가 모방해야 한다는 말은 아닙니다. 공간의 자연스러운 발전이 중요하다는 것이지요. 모든 것을 인위적인 칸막이로 설정해야 속이 시원한 것은 문제가 있어요.

이런 사정은 주거 공간에도 해당됩니다. 문을 열고 들어서면 응접실이 있지요. 이것도 영국의 내부 공간에 대해 쓴 글에 들어 있는 것입니다. 응접실은 손님의 자격으로 들어갈 수 있는 공간입니다. 영국에서 앞마당의 정원이 없어진 것도 중요한 사회 변화이지만, 응접실이 거실로 바뀐 것도 중요한 사건이에요. 거실은 뜻 그대로 집안 식구만이 들어올 수 있는 곳이니까요. 지금 우리나라도 대체로 미국식으로 되어 거실이 있지요. 아파트는 다 그렇게 되어 있습니다. 영국에서 그러했지만, 응접실이 따로 있는 것과 거실만 있는 것은 아무것도 아닌 것 같으면서도 중요한 차이를 만들어 내는 사회 변화입니다. 응접실과 거실이 하나로 된 다음에는 손님이 덜 들어오게 된다고 그래요. 요즘에는 전기세 받으러 오는 사람이 없어졌지만, 옛날에 영국식으로 얘기하면, 전기세 받으러 오는 사람도 응접실까지는 들어와요. 거실로 만들어 놓으면, 가족이 사는 데니까 우연히 지나가는 그런 사람들은 못 들어오게 되지요.

문광훈 재미있네요. 중요한 것 같고요.

김우창 별거 아닌 것 같으면서도 중요해요. 정원이 있으면 이웃과 얘기하게 되고, 집 안에 응접실이 있으면 친하지는 않지만 방문한 사람들이 들어올 수 있는 공간이 되지요. 중간 지대가 여러 개 있으면, 그때는 차등 지어 들어올 수 있는 공간이 생긴다는 겁니다.

문광훈 그러니까 집 안의 실내 공간이 갖는 각각의 위치와 성격이 사회적 소통의 어떤 단계를 보여 준다는 말이지요? 이전에 어디서 선생님께서 쓰신 것 같은데요.

동네에 대하여

김우창 그래요. 공간 문제를 얘기해 달라 해서 실내디자인학회인가 어디에서 말하고 쓰고 했지요. 자연스러운 공간의 문제는 더 확대하여 생각해 볼 수 있습니다. 안면도의 문화 강연에서는 '우리의 근본 문제는 동네의 문제다.'라고 얘기했지요. 불량한 사람이 많아지는 것이나 사기꾼이 많아지는 것은 동네가 없어지는 것과 관계가 있지요. 동네 사람끼리는 너무 불량하게 못하거든요. 동네가 있으면, 의식을 안 해도 저절로 적절한 정도의 윤리적·문화적 기준이 유지됩니다.

서울 사람처럼 이사를 자주 하게 되고 아파트처럼 일체의 중간 지역이 없는 객실에서 사니 동네가 있을 수 없지요. 이야기가 나온 김에 말하면, 연고주의 문제도 이러한 공간의 변화에 이어서 생각할 수 있습니다. 믿을 수 있는 사람이 없으니까 동창생이다 뭐다 찾아서 믿을 수 있는 사람, 연고를 찾게 됩니다. 안 그러면 불안해지니까. 동네를 안정시키는 것이 아주 중요하지요. 동네는 유기적으로 성장하는데, 그 유기성이란 사람과 자연, 사람의 자연스러운 다양한 연계망 등을 말합니다. 이것은 쉽게 보이지 않지만. 집을 허물어 버리고 헌 동네를 여관이 즐비한 곳처럼 만들고 하는데 잘 살겠다는 것이니 나쁘게 말할 수는 없지만.

　　모든 것이 자연스러워야 합니다. 헤세가 말하는 나무는 자연스러움의 한 부분이고 상징일 뿐이지요. 가령 이 동네를 말하면, 산이 둥그렇게 있기 때문에 다른 데와 구별되어 나의 지역적 단위라는 느낌을 주거든요. 지리가 한동네라는 느낌을 갖게 하는 데 도움을 주지요. 가운데다가 조그만 상가를 만들어 거기서 밥도 먹고 차도 마시고 하다 보면 인사도 하게 되고, 장사도 잘될 거고. 가운뎃부분을 상가로 만들고, 그렇게 계획했으면 이 동네가 정말 하나의 단위로서 좋은 곳이 될 겁니다. 또 이 상가가 잘되면 버스 타고 시내 나갈 필요도 없어 교통량도 줄고. '다핵 도시'라는 말이 있는데, 핵은 클 수도 있고 작을 수도 있지만, 핵이 여러 군데 있어서 사람들이 자꾸 돌아다닐 필요 없이 자기 동네에서 문제를 다 해결할 수가 있게 말이지요. 그러려면 엄청난 힘이 있어야 되지요. 또 땅 가진 사람들이 아우성치니 안 되지요. 하여튼 지금으로는 다 쓸데없는 이야기지요.

　　문광훈　『노자』던가요, 좋은 동네의 조건으로 규모의 문제를 언급한 대목 말이지요. 이웃 동네의 닭 울음소리가 들릴 만큼 가까이 있지만 저마다의 삶을 아낄 뿐 너무 많이 떠돌지는 않는 공간, 이런 인간다운 동네를 가지려면 근본적으로 작아야 된다는 얘기 말이에요. 『노자』의 마지막에 나오는. 그것과 통하는 것 같은데요.

김우창 이웃에서 닭 울음소리가 들려도 자기 동네 밖으로 안 가는 것, 그렇게 산다는 게 꼭 좋은 건 아니지만, 최소한도로 그런 단위는 좀 유지하면서 살아야지요.

물론 젊은 사람들은 자기 동네에 사는 걸 답답해하지요. 독일어에 '페른베(Fernweh)'라는 말이 있습니다. 자기 동네에서, 시골에서 살려니 답답해서 먼 지평선 너머로 가고 싶어 하는 젊은 사람들의 얘기는 문학 작품에 많지요. 그러나 추억의 거점으로서 고향도 있어야지요. 그 그리움을 독일어에서 '하임베(Heimweh)'라고 하지요. 양쪽이 다 있어야지요. 하나만 갖고는 안 됩니다. 자기 고장이나 가정에서 떠나고 싶은 마음도 인정하면서 또 안정된 단위를 어떻게 만드느냐, 이게 문제지요. 그게 의식적으로 개혁해서 되질 않지만, 그래도 우리나라처럼 도시를 많이 만드는 곳에서 그런 의식이 좀 있고, 무엇이 사람 사는 데 좋다는 의식이 있으면 하는 생각이 듭니다.

문광훈 어떤 부분은 변하더라도 어떤 부분은 변하지 않아야 된다고 할 때, 이 변하지 않는 것은 근본적인 것이라고 할 수 있고요. 이 근본적인 것에 대한 생각들, 철학이나 사상이 그 나름으로 구비되어야 하는데, 우리 사회에서는 이 부분이 특히 좀 모자라는 것 같아요.

김우창 갑자기 잘살게 되어서 더 그런 것 같아요. 그러나 자연 속에서 사는 게 좋다고 해서 옛날처럼 초가삼간에서 살아가는 건 억지스러운 것이겠지만.

문광훈 그것은 시대착오적입니다.

김우창 '더 좋은 집에 들어가서 살자.'는 것은 그야말로 억제할 수 없는 것이고, 또 당연하기도 해요. 그걸 유연하게 받아들이면서, 말하자면 더 넓고 큰 것과의 관계를 유지해야지요. 물건 자체에서보다도 자연과 집과 사람 사이의 관계의 기본틀을 유지해야 합니다.

서양은 집을 원래부터 잘 지었잖아요. 꼭 건전한지는 모르지만, 돌집을 지어 놓으니까. 또 큼직하게 지어서 이만하면 살겠다는 집을 역사적으로 축적해 왔다고 할 수 있습니다. 17세기에 지은 집도 아직 있고 19세기에 지은 집들은 특히 많고. 우리는 원래 작게 지었지요. 작게 지었다는 것은 마당에서 많이 살았다는 말도 됩니다. 지금은 마당까지 방 안에 들여놓으니 큰 아파트를 원하지요. 우리는 주로 나무로 지었는데, 때문에 돌집만큼은 오래 안 가지만 더 건강합니다. 서양의 돌집은 참 습하고 어둡고 춥지요. 작은 집이 난방은 아주 효과적입니다. 서양에서도 이런 얘기가 있습니다. "부자들은 집 훤하게 크게 지어 놓고 얼음 속에서 살고 농부들은 집 조그맣게 지어 놓고 훈훈하게 잘 산다."라고.

한 가지 사실만 가지고 얘기하기는 어려운 것 같아요. 여러 가지를 보고, 어떻게 해서 거기서 제일 좋은 해결책을 찾아내느냐를 궁리해야지요.

귀농에 대하여

문광훈 농토로 돌아가서 농사짓고 사는 것은 어떻게 생각하시는지요?

김우창 바람직한 일이라고 하더라도 시대의 흐름을 거슬러, 또 남하고 다르게 산다는 것은 너무나 힘듭니다. 사람들이 모여 있는 데는 잘되는데, 혼자 살면 힘들지요. 또 경제적으로 농사지어 제대로 살 수 있는가도 문제이고. 지금의 농촌을 볼 때 인심도 도시보다 낫다고 할 수 없고.

문광훈 환경도 그렇고요. 예를 들어 수질 오염의 경우 서울보다 농촌이 안 좋을 가능성이 더 크다고 합니다. 규제나 방지책 같은 게 잘 안 되어 있으니까.

김우창 시대가 바뀌면 시대와 더불어 움직일 수밖에 없지 않나 합니다. 모든 문제를 개인적으로 해결한다는 건 지사적(志士的)인 의지를 가진 사람만이 할 수 있는 일이겠지요. 농사를 지어도 그것을 하나의 지사적 실천으로 하는 경우라면 몰라도 보통 사람의 경우, 시장 경제와의 연결 속에서 농사를 짓게 되겠지요. 시장에 연결되어 산다는 건 언제나 괴로운 일이에요. 시장은 너무 변화하기 때문에. 옛날 시장은 안 그랬을는지 모르지만. 옛날 시장은 필수품을 생산하기 때문에, 쌀은 누구나 먹어야 되니까. 충분히 하면 자기 먹을 거 하고 팔면 되는데, 지금은 중국에서 쌀이 들어올지 미국에서 들어올지 알 수 없지요. 또 잘살다 보니 쌀도 상표가 생겨서 경기미다 여주 쌀이다, 해서 말하자면 브랜드 네임(brand name)을 만들어야 되니까 힘들어졌지요. 조용하게 농사만 지어 살 수는 없고 농사지으며 장사하는 사람이 되는 것이 아니겠어요? 그러니 옛날 농업의 안정성이란 건 다시 찾을 수 없을 것 같아요.

상업이란 게 굉장히 불안정한 요소지요. 옛날 조선조 때 계층은 사농공상(士農工商)으로 나뉘어 있었지 않습니까. '사(士, 선비)'가 저희들이 제일이라 하면서도 농사가 중요하다고 한 것은 자기도 먹고살아야 하니까 아부를 하느라고 사농공상 했을 테지요. 그렇지만, 유교 사회가 안정을 제일 중요시한 것과도 관계되는 일일 것입니다. '상'이라는 건 불안정하기 짝이 없으니까. '공'이라는 건, 장소를 빌려서 동네에다 두고 말 바퀴, 마차 바퀴만들어 농기구 수리해 주면 되니 그래도 나았지요.

그러나 사나 농이나 공에는 다른 의미도 있는 것 같습니다. 사람이 하는일은 다른 사람과의 관계가 없이는 되는 것이 없다고 하겠지만, 그래도 이러한 일은 독립적인 데가 있습니다. 자기 노력과 능력 계발이 중요하지요. 이러한 작업의 특징은 일을 해 나가는데, 자기 자신과의 관계 그리고 일의 대상, 즉 객관적 대상이나 사물과의 관계가 중요하다는 것입니다. 장인이 좋은 것이 이러한 요소가 강한 일에 종사하기 때문 아니겠습니까? 상에도 그것이 있기는 하지만, 그것은 너무 많이 외적인 조건의 변화에 의존하는 일이지요. 농사로 자족적인 삶을 찾는 것이 오늘날에도 불가능한 것은 아닐 것입니다. 그러나 그것은 하나의 자족적인 공동체를 발전시킨다는 것을 의미하지요. 혼자는 안 되지요.

미국에서 이런 곳을 구경한 일이 있습니다. 보스턴에서 그리 멀지 않은 덴데, 거기는 한동네를 완전히 자급자족하는 곳으로 만들어 놓았어요. 연구도 많이 하면서 사는 곳이었습니다. 생물학 박사 학위를 가진 사람이 네 명이나 있다고 했어요. 완전히 자급자족하고 전기만 밖에서 들어오는데, 전기도 자급자족하려는 계획을 가지고 있다고 했습니다.

내가 구경하러 간 날은 토요일인데, 오후에는 모여서 세미나도 해요. 그날 세미나에 초청받은 일본 사람이 똥을 가지고 어떻게 비료를 만드느냐를 설명하는 것이었습니다. 많은 땅의 일부에는 큰 울타리를 쳐 놓고 그 안에다 뽕나무 같은 것을 많이 심어 놓았어요. 뽕나무 밑에는 닭을 풀어놓고 기르는데 그 이유의 하나가 뽕열매 떨어지면 주워 먹으라는 것이었습니다. 풍차를 만들어 놓았는데, 바람이 한번 불 때마다 돌아가서 그 힘으로 지하수가 올라오는 겁니다. 지하수는 물탱크로 가요. 물탱크가 아주 큰데 여기서 물고기를 길러요. 그런 것들을 층층으로 만들어 놓았어요. 그래서 맨 위로 물이 들어가면 그것이 조금씩 아래로 흘러 내려가게 되어 있지요. 맨 위에 물고기, 아래 물고기 해서, 기르는 물고기가 다 달라요. 맨 위에는 풀만 있고, 풀이 흘러 내려가면 조그만 물고기들이 풀이나 플랑크톤을 먹고 자라고, 이것이 아래로 내려가면 그보다 좀 큰 고기가 있고 또 아래 연못에는 상당히 큰 고기가 있고. 이래서 그거 가지고 자기들이 잡아먹는 거예요. 온실도 해 놓았어요. 온실에도 여러 가지 것을 재배하는데 식물학 연구하는 사람들이 세상하고 인연 끊고 거기서 살고 있는 거예요.

문광훈 일정한 규모의 사람들이 외부의 도움을 받지 않고 자립할 수 있는 방식을 가지기 위해서는 많은 과학적 연구가 전제되어야 하네요?

김우창 지금의 사정에서는 그런 것 같습니다.

문광훈 그렇게 하지 않으면 그런 새로운 삶의 방식을 고안해 내기 어렵다는 것이겠지요.

김우창 그러한 고안을 사회 전체로 확대할 수 있느냐 하는 것은 더욱 큰 문제겠지요. 점진적 진화는 생각해 볼 수 있겠지만, 지금도 미국에는 그러한 실험을 하는 곳이 많은 것 같습니다. 미국은 땅덩어리가 크니까 땅값은 생각할 필요도 없고.

문광훈 시도할 마음만 있으면 여러 가지 삶의 가능성을 실험할 수 있는 지리적 조건이 되네요.

김우창 뉴욕 주만 해도 옛날에는 그런 실험을 많이 한 땅이지요. 푸리에 주의자 같은 사람들이 와서 자기들의 작은 공동체를 만든 것이 있고, 지금도 되어 가고 있는 데가 있어요. 중간에 폐쇄된 곳들이 많은 거 보면, 유지되기가 어려운 걸 거예요.

내가 구경한 또 한 군데를 말하면 아미시(Amish)라는 사람들이 사는 곳인데, 아미시는 원래 스위스에서 시작한 기독교의 한 종파지요. 18세기인가 19세기 초에 미국으로 넘어오기 시작한 것 같습니다. 미국과 캐나다에 퍼져 있는데 제일 유명한 것이 펜실베이니아의 랭커스터에 있는 사람들이지요. 10년 전쯤 내가 가 본 곳은 오하이오에 있는 집단 거주지였습니다. 거기에는 자동차가 없어요. 전부 마차를 타고 다녀요. 현대적인 기계를 일체 거부합니다. 현대 제도 중에서도 사회 보장이라든지 보험이라든지 모두 거부하고 물론 병역도 거부하지요. 전화도 없어요. 동네 입구에 전화가 한 대 있어요. 급할 때, 응급 환자가 생기거나 할 때 사용할 수 있게 말이지요. 할 말이 있으면 찾아가서 서로 얘기하고 그래야 될 텐데 각 집에 전화가 있으면 서로 볼 기회가 없어지고 이웃이 서로 소외된다는 설명이었습니다.

그 근처도 이제 도로가 났어요. 자동차가 많지는 않아요. 다른 사람들이 그 동네를 지나는 거지요. 자기들은 마차 타고 다니고. 학교도 고등학교까지만 다닐 거예요. 여기서는 밖으로 대학 안 가지요. 도망가는 아이들이 있지만, 많지는 않다고 합니다. 부모들한테서 벗어나 도시로도 가고 다른 데로도 가고. 그런데 많은 아이들이 나가서 대학 교육도 받고 바깥세상에서 살다가 돌아온다고 했습니다. 땅이 넓어서 밀 재배하고 농사지어 자급자족하고 사는데, 궁해 보이지는 않아요. 집들도 보통 미국의 표준 집이고. 가게에는 밖에서 구경 오는 사람을 위해 파는 물건들이 있는데 손으로 한 자수 같은 것들이 많아요. 이건 보충으로 하는 거고 주로 농사지어 먹고 살지요. 자동차고 뭐고 일체 현대 사회의 이기(利器)는 안 쓰고 밭 가는 것도 말로 쟁기질하고. 가 보면 왜 우리는 저렇게 살 수 없나 하는 생각이 듭니다.

문광훈 우리나라에서도 요즘 대안 교육이나 대안 학교 등 공식적 제도 체계와는 다른 교육적 가능성에 대한 실험들이 여러 곳에서 행해지고 있습니다. 그에 비해 이렇게 자급자족하는 사회 공동체를 시도하는 경우는 상대적으로 적은 것 같은데요.

김우창 우리는 땅값이 비싸고 국토가 워낙 좁아서. 내가 여기다 지금 3000평 밭을 하고, 1년에 그 밭을 갈아 먹고 살 만하다고 하더라도 누가 와서 30억 원을 줄 테니 내놓으시오, 하면 금방 팔 가능성이 크지요. 미국에 자급자족의 공동체를 만든 사람들에게는 그런 땅값 문제가 없지요. 또 자급자족의 전통이 강하기 때문에 자립해서 사는 걸 존중하기도 하고. 내가 인디언들 사는 데 간 것에 대해 어디 쓴 적이 있어요. 그 사람들의 특징도 자립하겠다는 것이지 정부나 큰 사회에 의존하여 잘살아 보겠다는 것은 아니지요. 우리 사는 게 하도 괴로우니까 옛날에 그런 구경도 하러 다녔지요.

문광훈 선생님께서 유학 초기 시절에 많이 하신 것 같은데요.

김우창 유학 초기도 그렇고 두 번째 갔을 때도 그랬어요. 이제는 구경에
도 지쳤지만. 인디언 사는 데 가면 사는 건 참 가난해요. 그곳도 뉴욕 주인
데 거기를 지나는 국도가 있어요. 추장 얘기가 미국 경찰은 국도에서 벗어
나 자기 동네에 들어오면 안 된대요. 규칙이 그렇게 되어 있대요. 그것이
중요했습니다. 아미시의 경우도 중요한 신조 중의 하나는 바깥세상과의
단절입니다.

공동체의 지리적·역사적 여건

김우창 이것은 조금 다른 이야기지만, 내가 중국 남쪽에 가서 보고 느낀
게 있어요. 우리가 중국하고 비교가 안 되는 게 근본적으로 이것이라는 생
각이 들어요. 중국 호남성 쪽 농촌에 가 보니 날씨도 우리보다 훨씬 덥고
땅도 비옥하고 광활하고 이모작 삼모작 해요. 이게 옛날 중국의 힘이었나
싶어요. 허름한 집들도 많지만, 집들이 우리 농촌보다 크던데요. 다녀 보면
우리나라의 산수가 그래도 상당히 좋다는 생각이 드는데, 중국의 그곳은
농사짓는 데는 힘든 땅이라는 느낌이 들어요. 국토의 조건이나 사회의 역
사적 조건을 생각하지 않을 수 없습니다.

문광훈 중국은 먹고사는 기본은 확실히 충족되는 지리적 여건을 가진
곳이라는 거지요?

김우창 지리적으로 확실히 따뜻하고 비옥하고 그런 것 같아요. 그것이
이제 중국이 대국으로 되는 데 모태가 되는 것 같아요.

문광훈 우리에겐 기아선상에 있었던 시절이, 역사적으로 보면, 너무 많
던데요. 연암 글의 많은 부분은 가뭄이나 수해 등 흉년에 대한 걱정이고요.

김우창 조선조 초기 때는 괜찮았을는지 몰라요. 인구가 얼마 안 되니까. 이중환의 『택리지』라는 게 있지요. 제목인 '택리(擇里)'가 '마을을 고른다'는 얘기인데, 요즘 같으면 마을을 어떻게 골라요? 땅값 때문에 못 고르지요. 그러니까 '좌청룡 우백호 하며 이런 땅에 내가 터 잡고 살아야겠다.' 해도 터 값이 비싸면 안 되지요. 『택리지』 쓸 때만 해도 비어 있는 터가 상당히 많았을 것 같아요. 인구 비례로 봐서 이조 후기에 오면서 힘들어지는 게 아닌가 하는 생각이 들어요.

문광훈 땅에 대한 선택의 여지가 그때만 해도 충분히 많았다는 얘기인데요.

김우창 그때는 그랬을 거예요. 제목만 봐도 얼른 그런 생각이 들거든요. 선택의 여지가 있는 거지요. 지금은 어떻게 그렇게 하겠어요?

문광훈 영·정조 때, 1800년을 전후하여 인구 증가가 심하게 되지요?

김우창 그것에 대한 통계를 내가 보질 못했는데, 연구가 있을 것 같기는 하네요. 18세기에 문제가 생긴 게 아닌가, 이런 생각이 들어요. 19세기 오면 민란이 굉장히 많거든요. 그게 살기 어려워졌다는 얘기일 겁니다. 그것에 대해서 연구가 있는지 없는지 모르겠는데, 인구 증가라는 게 상당히 역설적이지요. 무슨 얘기냐 하면, 음식이 많아지면 인구가 증가하고 인구가 증가하면서 음식이 줄고, 이렇게 연결되어 있거든요.

우리나라에서 18세기, 19세기에 오면서 문제가 생기는 건 인구가 증가했다는 거지요. 인구가 증가하면 식량이 더 필요했다는 얘기고. 그런데 식량에 대한 요구가 늘어나는 건 식량 생산 능력이 늘었다는 얘기고, 생산 기술이 발전되어 새로운 씨앗이 들어오고, 이런 얘기지요. 감자나 옥수수, 호박 같은 것들이 다 아메리카에서 온 것도 관계가 있을 터이고. 감자는 특히 아무 데서나 잘되거든요. 담배가 들어온 것도 17세기 말 18세기 초일 것 같아요. 원래 '남초(南草)'라 했거든요. 남쪽에서 오는 풀이라고.

인문 전통의 축적

비유적 전용

문광훈 이번에는 문학·예술·인문학·문화의 영역에서 질문드리고 싶습니다. 그전에 하나 여쭙고 싶은 것이 있습니다. 지난번 백산회 모임에서 선생님께서 '비유적 전용'에 대해 말씀하신 적이 있는데, 그와 관련된 겁니다. 선생님의 글쓰기 방식의 특징이라면 기존 문헌에 대한 변용 방식, 비판적 해석을 통한 자기화 과정, 개념 전용의 능력, 사유의 자기화 능력 등을 꼽을 수 있을 것 같습니다. 여기서 비유적 전용의 능력은 핵심적으로 보이는데요. 이 비유적 전용의 능력과, 선생님께서 이전에 메를로퐁티하고 관련해서 쓰신 적 있는 '범주적 사고'라는 개념은 어떻게 연결되는지요?

김우창 나도 어떤 뜻으로 그 말을 했는지 지금 기억이 분명치 않아요. 지난번에 말한 비유적 전용은 조금 비판적으로 한 얘기일 것 같은데요. 메를로퐁티가 현실의 변혁을 '비유적 전용'이란 말로 표현하면서 개혁이란 이미 있는 사실을 조금 다르게 하는 것이라는 뜻에서 쓴 것을 인용한 일이 있어요. 메를로퐁티는 진보주의자였지만, 진보 정치가 전적으로 새로운 사실을 만들어 낼 수 없다는 것을 강조했습니다. 있는 사실을 달리 사용하는 것이 가능할 뿐이라고 한 것이지요.

그것과 상관없이 내가 지난번에 말한 것은, 우리가 쓰는 많은 용어들이 한 카테고리에 해당되는 것을 다른 카테고리에다 옮겨, 마치 여기에도 해당되는 것처럼 착각하는 경우가 많은데, 그것을 경계해야 한다는 뜻에서 말한 것이 아닌가 합니다. 비유를 가지고 사고한다는 것은 모든 사고에서 아주 근본이지요. 우리의 언어 자체가 비유를 가지고 자꾸 옮겨 쓰는 것이지요. 추상적 개념도 거기서 나오고. 그래서 아주 중요하지만, 다른 한편으로 그것을 옮겨 쓸 때 크게 조심해야 된다는 뜻에서 얘기했던 것 같아요.

가령 간단하게 좀 우스운 얘기로 하면, '하늘에 해도 하나, 님도 하나, 조국도 하나'라고 쓸 때, 하나라는 걸 가지고 세 개를 연결한 거지요. 이럴 때 여기에는 사실적 근거가 거의 없어요. 왜 하늘에 해가 하나이니까 님도 하나여야 되는가에는 아무런 근거가 없지요. 비유를 통하지 않고 얘기하기 어렵고 또 비유라는 게 또 다른 중요한 기능을 가지고 있지만, 비유를 전용하는 데 조심해야 한다는 뜻이지요.

지난번에 나온 건 아마 '언론 권력'과 같은 말 때문이었을 거예요. 언론을 공격하기 위해서, 너무 강력하다는 뜻에서 언론 권력이라고 사용하지요. 그러나 이건 비유적 사용이기 때문에 오류를 많이 포함할 수 있다고 얘기했던 것 같아요. 정치학자들이 말하는 것처럼, 권력의 근본 바탕은 폭력의 독점에 있다고 하지요. 군사력이나 경찰력 등 힘을 가지고 사람들 끌어다가 집어넣기도 하고, 총살할 수 있고. 이런 것이 국가 권력의 밑바닥에 있지요. 그런데 사람들의 마음에 언론이 작용할 수 있기 때문에 힘이 되기도 하지만 더 근본적인 의미에서 언론이 권력화할 수 있는 것은 정치권력이 부패했기 때문이지요. 이런 관계가 없이 말의 힘만 가지고는 언론이 권력이 될 수 없지요. 말이 영향력을 가질 수는 있지만. 그런데 지금 언론 권력이란 말을 자꾸 쓰는 것은 사태를 정확히 파악하는 데 도움을 주지 않는다, 이렇게 얘기했지요. 잘못 되는 권력은 정치적으로 바로잡아야지요. 그러나 영향력을 정치로 바로잡을 수는 없습니다. 지금의 상태에서 그것을 어떻게 바로잡아야 하는지는 아무도 잘 안다고 할 수 없습니다. 권력이니까 권력으로 바로잡아야 한다는 것은 비유에 의지한 편법이지요.

범주적 사고란 메를로퐁티가 어린아이의 언어 습득과 관련해서 한 말에 언급한 것으로 생각되는데 어떤 맥락에서 인용했던 것인지 기억이 정확히 나지 않습니다. 일반적으로 말하면, 메를로퐁티에서 언어의 구체적인 발화(發話)는 이미 설정되어 있는 범주에 의하여 제한된다고 생각했습니다. 그러니까 일반적 발화의 무의식적 토대이지요. 그러나 범주적 사고는 다시 언어 이전의 침묵의 존재론적 일체성에서 벗어나는, 그러니까 진리를 지칭하는 것이 아닐 수가 있습니다. 그러한 의미에서 언어적 표현을 실재와 혼동하는 데에 대한 경고라고 할 수 있지요. 메를로퐁티에게 지각이 절대적으로 우선한 것은 그것은 언어나 개념 이전의 사건, 세계와 인간 사이에 일어나는 존재론적 사건을 들여다볼 수 있게 하기 때문이었습니다.

문광훈 선생님께선 지금 비유의 의미를 '언론 권력'과 관련해서 부정적으로, 비판적으로 사용하셨습니다. 즉 비유는 우리가 사실로부터 떠날 수 있는 이유가 될 수 있기 때문에 말이지요. 좀 더 일반적인 의미에서, 그러니까 개별적인 것을 일반화하는 능력으로서의 비유의 능력은 인문학에서 아주 중요한 것 아닌가요?

김우창 문 선생은 비유를 잘 쓰는 것이 중요하다는 뜻을 가지신 것으로 생각됩니다. 물론 그렇습니다. 비유 없이는 아무것도 말할 수 없고, 시의 핵심은 비유에 있지요. 사물에 대한 깨달음의 본질을 드러내는 것이 시라고 할 수 있는 만큼 비유의 중요성을 낮게 말할 수는 없습니다. 다만 그것이 사실에 밀접한 관계를 가져야 하고, 다른 한편으로 우리의 내면적 과정에 깊은 관계를 가져야 한다고는 말할 수 있습니다. 의미 있는 비유란 이 두 과정에 이어져 있는 비유지요. 그러면서 여전히 나는 그것을 조심스럽게 사용해야 되고, 제일차적으로 그 사실적 근거에 대해 생각을 많이 해야된다고 여겨요. 시에서도 너무 비유를 함부로 쓰면 효과가 상실돼요. 시도 과학적 사실적 근거를 가져야 해요.

내가 그런 예를 들었을 거예요. "코네티컷 강가에서 이태백을 만난다." 이런 시 표현 같은 것 말이에요. 이것이 독자한테 호감을 줄 수 없는 표현인 이유는, 사실을 너무 벗어나 있어서 그래요. 사실적인 것 가운데 진실을 발견해야지요. 내가 더러 문 선생에게도 얘기했을 것 같은데요. 시의 핵심은 어떻게 비시적(非詩的)인 것을 가지고 시를 만드느냐이지요. 너무 시적인 걸 사용하게 되면 그게 가짜로 들리고 과장되게 들려요. 비시 속에서 시를 찾는 것이 현대 시의 과제의 하나예요. 특히 사변적 논설에서는 비유를 피해야 합니다. 사실적 근거를 찾아 비유를 써야 합니다. 언어 자체가 비유적이기 때문에 그걸 피할 수는 없지만 아주 조심스러워야 되지요.

그 문제에 대해서 또 한 가지 몇 년 동안 내가 느끼는 게 있어요. 미국에 있어서 그렇고 유럽에서도 그렇고 우리나라에서도 많이 그러해요. '전복적' 언어다, '개입한다' 이런 말들을 요즘 많이 써요. 개입은 인터벤션(intervention)이란 말이지요. 전복하다, 개입하다라는 건 원래 정치적 용어지요. 정치 현상을 언어 작용에 전용해서 쓰는 것인데 폐단이 없지 않아요. 우리가 쉽게 이해할 수 있고, 또 감정적 호소력을 가질 수는 있지요. 그러나 두 가지 문제가 일어나요. 하나는 마치 언어로써 다른 사람의 말을 뒤집으면 그것이 현실을 뒤집어엎은 것처럼 착각하게 되지요. 그것은 현실 속에서의 행동적 커미트먼트(commitment)라는 것이 더 힘들다는 사실을 모른 채, 자기 글로 만사가 제대로 되는 것처럼 착각하게 하지요. 요즘 이론가에게 그런 경향이 참 많아요. 현실의 전복은 이런 전복이나 개입과는 전혀 다른 것입니다.

문광훈　제목도 그런 게 많지요? 『욕망의 전복(Subversion des Begehrens)』 같은 거 말이지요?

김우창　세계적으로도 그렇고 우리나라에서도 그래요. 그건 큰 착각을 불러일으키는 것 같아요. 글 쓰는 것 자체가 현실을 변형시키는 것 같지만, 현실이라는 건 그것과 다르거든요. 그러니까 현실의 책임을 기피하는 것을 정당화해 주는 게 되고, 또 동시에 자기기만이면서 우리 현실의 과제를 잘못 파악하게 만들어요. 나아가 언어의 타락을 가져오기도 해요. 언어가 험해지는 것도 여기에 관계되지요. 언어는 싸움의 수단이기 전에 진리의 수단이 되어 마땅한데, 잘못 생각하는 것이지요.

상투적인 언어도 비유를 비틀어 쓰는 데 관계된다고 할 수 있습니다. 어떤 말이 상투어가 되는 것은 우리의 정확한 사고 능력을 마비시킨다는 뜻도 되지만, 모든 사람이 이해할 수 있는 현상에 대해 말한다는 뜻도 돼요. 그래서 비유적으로 얘기하면 감정에 많이 호소하게 되지요. 가령 '모두 하나가 됩시다.' 하는 경우, 무슨 뜻인지 우리가 잘 모르지요. 고려대에서 학생들이 '하나가 되자.'고 하면 무슨 뜻인지 잘 모르지만, 흥분해서 데모도 잘하고 이렇게 되지요. 아까 얘기한 '해도 하나 님도 하나 조국도 하나'라는 말은 그래서 호소력을 가지게 되고.

비유는 동양 사상에서 상당한 힘을 갖고 있어요. 음양(陰陽)이라는 것도 그래요. 음양은 땅과 하늘을 가리키기도 하고, 어둡고 밝은 것을 가리키기도 하고, 남과 여를 가리키기도 하지요. 굉장히 많은 걸 가리키지요. 이 모든 게 음양 사상에 들어 있어요. 오행(五行)이라는 것도 그렇고. 아니면 사상 의학(四象醫學)이라는 것도 보면, 당신은 해에 가까운 사람이니까 태양형이라든지 태음형이라든지, 이런 식으로 구분하지요. 이것이 틀렸다는 말은 아닙니다. 사실 우리의 모든 지적 행위라는 것이 '같은 종류의 유형을 파악하는 행위'지요. 그러니까 영어로 얘기하면 패턴을 파악하는 행위지요. 이걸 법칙적으로 파악하면 물리학이 되고, 형상적으로 파악하면 이미지나 문학이 되지요. 요즘은 법칙과 형상적 패턴 사이의 간격이 상당히 좁혀져서 물리학에서 하는 것도 결국 패턴을 인지하는 것이라는 생각이 있지요. 패턴은 물리적 세계를 이해하는 데 중요하지만 특히 우리의 감정 생활을 이해하는 데 아주 중요합니다. 그게 정말 뭘 뜻하느냐에 대해서는 과학적 연구를 더 할 필요가 있지요. 패턴이 뭘 뜻하느냐는 것 말이에요. 그러니까 비유적 사고에 대해서 한마디로 뭐라고 말하기는 어렵고 상당히 조심스럽게 생각해야 될 문제라는 겁니다.

문광훈 비유적 표현은 암시적 측면을 가지기 전에 무엇보다 사실적 근거를 가져야 하는데 우리나라에서는 이런 사실적 근거에 대한 고려 없이 사용되는 폐단이 강하다고 얘기할 수 있겠네요.

김우창 엄밀한 사고를 안 한 채 사태를 호도하고 감정화하는 데 비유를 사용하고 있기 때문에 문제가 있다는 생각이 들어요. 되풀이해서 말하지만, 시에서 중요한 것은 어떻게 하면 과장 없이 정확하게 우리 감정을 표현하느냐입니다.

시인인 한 교수의 정년퇴직을 기념하는 책을 낸다고 해서 얼마 전 한 작품에 대한 논평을 쓰기 시작했어요. 커피 잔이 시의 소재입니다. 모든 음식을 입에 가져가려면 젓가락이나 숟가락 아니면 칼을 쓰는데, 입술로만 대는 것이 커피 잔이다. 이런 관찰을 담고 있습니다. 그러면서 말하기를, 우리는 심각한 것은 칼로 하고 젓가락으로 하지만, 심각한 것만으로 사람이 살 수는 없다, 입으로 대고, 입술로 하는 것, 그러니까 키스라든지 이런 부드러운 것들이 있어야 된다는 얘기가 나옵니다. 커피를 마시는, 어떻게 보면 꼭 필요한 일이 아니면서도 삶을 여유 있게 하는 일에 대한 아주 좋은 관찰을 담은 것입니다. 좋은 비유가 들어 있고. 여기에 비유가 좋은 것은 단순한 비유가 아니라 사실 세계의 구조를 얘기해 주기 때문이지요. 커피 잔이라는 게 다른 그릇하고 다르다는 걸, 특별한 그릇이라는 걸 내가 처음으로 안 것이지요. 비유가 들어 있는 시이면서도 이 시에 의해 우리 생활이 어떻게 해서 사실적으로 패턴화되어 있는가를 보여 주는 시지요.

릴케의 묘비명에 "장미, 순수한 모순"이라는 말이 있지요. 이 의미는 시의 다른 부분의 비유로 설정됩니다. "그 많은 눈꺼풀 아래 아무도 잠자고 있지 않는 기쁨"이라는 말입니다. 릴케의 다른 시에도 장미는 눈꺼풀같이 생겼다는 말이 나옵니다. 장미는 아름다워서 그 안에 뭔가 다른 뜻을 숨기고 있을 것 같지만 아무것도 없다는 것이지요. 세상의 많은 것이 사실은 깊은 의미가 있을 거라고 생각하는데, 깊은 의미가 없지 않아요? 그게 세상의 이치지요. 또 거꾸로 얘기하면, 모든 좋은 것은 이유가 없어요.

아름다움이란 건 이유가 없어요. 아름다움 그것이 존재 이유이지요. 착한 행동이라는 것도 아무 이유가 없어요. 보면 아름답고 우리 마음에 감동을 주지만, 아무 이유가 없지요. 누가 누구를 정말 자기희생하면서 도와줬다고 할 때 우리가 참 감탄하지만, 이 사람이 어떻게 그것으로 출세했다고 하면 값이 떨어져 버리잖아요. 아름다운 것이나 착한 것들은 다 이유가 없어요. 아주 묘한 패러독스지요. 이유와 깊이가 있어야 우리가 심각하게 받아들일 텐데 아름다움이라는 건 심각한 것이면서도 심각한 게 없는 거예요. 또는 아름답든 아름답지 않든 세계는 그 현상만으로 충분한 의미를 갖는다고 할 수도 있습니다.

이러한 뜻들이 장미 꽃잎을 사람의 눈에 비유하는 데서 일어나게 됩니다. 사실적으로 우리가 갖는 느낌을 전달하면서, 또 얼마나 많은 것을 느끼게 합니까? 좋은 시의 비유란 다 그렇지요. 커피 잔에 대한 시를 발견하고 그것에 대해 쓰면서도 마음이 크게 편해졌어요.

인문 과학의 의의

문광훈 시의 비유도 단순히 상상력에 의존하는 것이 아니라 사실에 밀착해야 한다는 것, 그런 밀착 속에 삶의 숨겨진 차원이 드러난다는 것, 그리하여 이런 차원을 발견할 때 기쁨이 찾아온다는 것, 이런 것들을 생각하게 됩니다.

다시 문학·예술·인문학·문화에 관한 오늘 질문으로 돌아가겠습니다. 점차로 넓어지는 이 스펙트럼 안에서 드리는 첫 번째 질문은, 인문학이 오늘의 관점에서 필요하다면, 그 핵심적 이유가 어디에 있다고 보시는지요?

김우창 여러 가지를 들 수 있는데요. 아무리 어떤 법칙을 정해 놓아도 우리 사는 데 선택하려면 다른 사람의 모범을 참고할 도리밖에 없는 것 같아요. 아무리 과학이 발달해도 우리가 점쟁이나 사주 보는 일을 피할 수 없는 것처럼 내가 어떤 구체적 선택을 하느냐 할 때 다른 사람이 어떻게 했느냐를 참조할 도리밖에 없지요. 정리된 참조물을 많이 가지고 있는 게 인문학이지요. 전통이라는 것도 바로 '이건 이렇게 하면 좋은 거다.'를 보여 주지요. 구경 간다는 것도 그렇습니다. 우리가 왜 금강산 구경을 갑니까? 금강산이 좋다는 말을 많이 들었기 때문이지, 우리가 직접 조사해서 아는 건 아니거든요.

인생에서 많은 선택도 이런 누적된 전통적 관찰과 지혜를 필요로 합니다. 인문학은 이때 필요하지요. 그런데 그것은 실용적인 면이고, 그 외에도 여러 가지 것이 있겠지요. 자기 정체성이나 공동체 정신도 전통이 가진 어떤 종류의 방법들에서 찾을 수 있습니다. 그러나 핵심적인 것은, 관조의 거리, 성찰의 거리지요. 이것 없이는 사람 사는 세계가 온전할 수 없는 것 같아요.

모범을 살펴보는 것은 그것을 넘어서 단련되는 마음을 만들어 내는 것입니다. 이것이 사실은 더 중요합니다. 그러나 이 단련은 반드시 정신적 훈련 자체를 말하는 것은 아닙니다. 아주 구체적인 지각, 그 지각이 일으키는 상상의 공간, 이러한 것들을 통해서 진행됩니다. 아까 헤세 얘기를 했는데, 바로 문 선생이 읽으신 그 시에서 헤세는 이렇게 적었지요. 나무가 있고 집이 있고 그 뒤에 정원이 있고, 요람이 있고, 그래서 어머니가 나를 요람에 태워 흔들어 주었다, 지금 이것이 있는지 없는지 나는 모르게 되었지만 그건 꿈으로 남아 있다, 이게 그 시의 내용인데, 꿈으로 남아 있을 때 비로소 어린 시절의 추억은 아름다움으로 바뀌는 것 같아요. 어릴 때는 그게 아름다운 건지 모르지요. 그걸 회고할 때 아름다운 걸로 바뀌게 돼요. 그것은 내 마음속에 새로 자리 잡는다는 얘기예요. 공간이 내 마음속에 새로 자리하게 될 때, 비로소 아름다움을 알게 되지요.

실러는 심미적인 것이 놀이의 결과라고 말한 일이 있는데, '슈필(Spiel, 놀이, 유희)'이란 형상을 가지고 논다는 거지요. 이 '논다'는 말에 대해 가다머도 『진리와 방법』에서 길게 얘기한 부분이 있어요. 독일어 Spiel이란 말은 우리말의 '논다'와 아주 비슷한 것 같아요. 나사못을 박을 때 나사가 흔들흔들하면 '이거 놀아서 안 된다.' 그러거든요. 놀아선 안 된다, 단단히 조여라, 이럴 때 쓰지요. 그러니까 여유가 있는 마음이 노는 것이지요. 논다는 건 여유가 생겨서 무엇을 보면서 또 다른 걸 볼 수 있지요. 그런데 놀려면 사물의 사물 됨에 너무 깊이 개입하면 안 된다는 면이 있습니다. 감각적 세계의 형상을 가지고 노는 것이 심미적인 것을 만들어 냅니다. 형상을 이해한다는 것은 감각으로부터 좀 거리를 가지고 감각적 내용을 형상으로 옮긴다는 건데, 인생의 많은 것이 이 형상화 작용(Gestaltung)을 통하지 않고는 정말 아름다운 것으로 되지 않는 것 같아요.

사실 개념화한다든지 생각하는 것도 형상화하는 것이지요. 이데아란 개념이기도 하고 형상이기도 합니다. 현실적인 이해관계가 있는 일에서도 타협에 이르는 것은 형상화 작용을 통해서라고 할 수 있습니다. 사람들이 만나 싸워서 서로 손해 보느니 타협하자고 하는 경우, 두 다른 입장을 놓고 같은 공간에서 볼 수 있어야 되거든요. 반성이 바로 이것이겠지요. 반성의 계기에서 우리의 마음이 좀 공평해져서 당신은 요만치 나는 요만치, 이렇게 나눌 수 있는 여유가 생기지요.

이러한 마음의 공간이 생기려면 전통적으로 전수된 많은 것, 그림이나 시, 이런 것을 놓고 마음속에서 다시 한 번 공간으로 되살리고 하나로 파악할 수 있는 힘을 기르는 것이 필요합니다. 인문 과학에서 핵심적인 것은 이 반성적(reflexiv) 계기를 만들어 내는 데 있지요. 이것은 이성적으로 된다는 것을 말하지만, 반드시 이성적인 것에 한정된 것은 아니지요. 이성을 초월해서 이성보다 더 원초적인 마음의 공간을 만들어 내는 힘이 있는 것 같습니다. 어느 쪽이든, 조금 더 거리를 가지고 생각하는 게 전혀 불가능한 사람들, 충동적인 사람들이 있지요. 요즘은 이쪽이 우선이라고 주장하는 사람도 많고. 그러나 역시 하나의 온전한 삶을 살고, 온전한 사회관계를 가지고 주어진 세계 속에서 이 세계의 아름다움을, 고마움을 인지하는 데 반성적 마음이 필요합니다. 이게 명상·관조가 되기도 하고, '심미적 거리'라는 말로도 표현되지요. 모든 이성적 행동, 온유한 행동, 관용적 행동의 밑바닥에는 마음의 반성적 계기가 작용해야지요. 물론 모든 문제가 이러한 것으로 풀려 나가는 것은 아니겠지요. 그러나 약간 멈추어 서서 공간이 넓어지는 순간은 있어야 될 것입니다. 인문 과학은 바로 이것의 훈련이지요.

심미적 훈련

문광훈 마음의 공간을 반성적으로 만드는 데 아무래도 예술이나 문화의 영역이 큰 역할을 하는 것 같은데요. 바로 그 점에서 인문주의의 핵심에는 심미적인 것(das Ästhetische)이 있지 않은가, 그리고 그보다 작은 범주는 시적인 것이 될 터이고 심미적인 것보다 더 큰 범주는 인문학이고, 이 인문학보다 더 큰 것은 문화가 될 것이고요.

김우창 미적인 것도 천박해질 수가 있지요. '미적인 것'이 뭐냐고 할 때, 감각적인 걸 형상의 너그러움 속에서 수용하는 것을 말한다고 하면 달라지겠지만, 형상이란 마음의 공간을 얘기하기도 하고 관용성을 얘기하기도 하고, 또 이성적인 것을 얘기하기도 합니다. 이성적인 것은 결국 인과 관계에 대한 사고를 얘기하는데, 인과 관계를 하나로 파악하기 위해서는 인과 과를 같은 마음의 공간에 놓고 비교할 수 있어야지요. 인이 있고 과가 있는데, 인이 먼저 일어났고 과가 나중에 일어났다, 그런데 인이 있으면 꼭 과가 있더라, 이래서 인과 관계를 추측하지요. 그러나 인과를 선적인 것으로만 보면, 미적인 것이 개입될 수 없다고 할 수도 있습니다. 그것을 공간 속에서 볼 때, 인과는 미적인 것으로 바뀐다고 할까. 수학이나 과학에서 어떤 정리(定理)를 우아하다(elegance)는 기준으로 말할 때가 있습니다. 이 경우 인과 관계는 전체적인 관조의 대상이 되는 것이지요.

문광훈 조금 전에 '형상', '미적인 것'과 관련하여 마음의 공간 속에서 조금 더 넓게 생각해야 된다고 말씀하셨는데요. 이것은 제가 얼마 전에 다른 책에서 언급한 심미적인 것의 의미와도 연결될 것 같아요. 우리나라에서는 심미적인 것을 주로 '미적인 것(das Schöne)'으로만, 즉 '아름답고 예쁘고 고상한 것'으로만 생각하는 습관이 있는데, 이것은 잘못된 것이라고 지적했지요. 심미적인 것의 다차원성을 고려하지 않는 것 같아요.

김우창 'das Ästhetische'라는 말은 aisthetes라는 희랍어에서 나온 것인데, 감각이라는 말이지요. 그러나 문 선생 말씀하시는 대로 형상적 인식을 수반하는 감각이라는 것이 대개의 미학에서 말하는 것이지요. 이 후자는 마음의 반성의 공간을 통하여 인식되는 것이지요. 반성적 계기는, 되풀이하건대 모든 일에 있어 삶을 온전하게 사는 데 필요하지요. 미적 체험이 그 중요한 훈련의 계기가 됩니다. 또는 모든 감각적 체험에 심미적 요소가 작용하고, 그것을 반성적으로 겪어 낸다면 그대로 반성적 삶에 결과한다고 할 수도 있고. 이러한 것은 이론으로 배우는 게 아니라 실천적으로 배워야지요. 아무리 야구 이론 얘기해 봐야 소용없고 실제로 야구를 자꾸 해 봐야 느는 것처럼, 미적 훈련은 실제 미적 체험을 통해서 이루어져야지 이론으로는 다 안 되지요. 많은 것을 고전 읽기 같은 미적 체험을 통해 길러 내는 게 중요해요.

인문 정책의 문제

문광훈 인문학의 의미 있는 과제들은 결국 자기 훈련, 자기 연마로 귀결된다는 점에서 더 어려운 것 같아요.

김우창 그러면서 그것이 사회의 중요한 한 기능을 맡고 있다는 것까지 얘기해야 할 것입니다. 그런데 큰 삶, 사회적 삶에 기여하기 위해 인문 과학이 존재한다고 말하기 시작하면, 그 자체로 있는 인문 과학은 죽어 버릴 수 있습니다. 이 점이 인문 과학이나 문화에 대한 국가 정책이 힘든 이유일 것입니다.

내가 더러 농담으로 얘기하지만, "선생님이 이렇게 좋은 걸 가르쳐 주시니까, 선생님도 먹고살아야 되니까 쌀 좀 갖다 드려야겠다." 이렇게 얘기하는 것하고, "선생님이 먹고살려면 날 가르쳐 줘야 된다, 그러면 내가 쌀을 갖다 주겠다." 이렇게 하는 것에서 행동은 똑같지만 사실의 존재 방식은 전혀 다르지요. "미적 교육을 해야 나라가 잘 된다." 이렇게 얘기하기 시작하면 미적 교육이 거기에 종속되기 때문에 이상해지지요. "미적 교육을 잘하다 보니까 나라도 잘된다."라고 이해할 수 있어야 돼요. 인문 과학은 그렇지요.

문광훈 인문학은 '무목적으로 필요 불가결한' 것이다, 이렇게 되나요?

김우창 세상에서 모든 좋은 건 그 자체로 좋은 거니까 해야 되지만, 결국은 세상을 좋게 하는 거다, 이렇게 해야 되겠지요. "세상을 좋게 하기 위해 좋은 일들을 해야 된다."라고 하면 좋은 일들이 다 죽어 버리지요. 그러니까 "좋은 일 하고 좋은 걸 존중하면 다 세상이 잘되는 것" 대신 "세상이 잘되기 위해서 이런 것 좋아하시오." 하면 억지스러워지고 보기 싫어져 버리지요.

문광훈 간접성과 우회성은 인문학의 본질적 성격이지만, 다른 한편으로 바로 이 때문에 인문학의 존립 자체가 어렵게 되기도 합니다. 다른 영역에 대한 인문학의 호소력이 약화되는 이유가 되기도 하고요.

김우창 그렇습니다. '어떻게 자유 영역으로 성장해 가면서 동시에 유용한 것이 되는가.'라는 문제지요. 유용한 것을 먼저 세우면 자유가 죽어 없어지지요. '유용하니까 하라.'면 자유가 없어서 안 됩니다. 그 자체가 좋은 건데 유용하다, 이렇게 나가야 되지요. 그러니 이걸 국가 정책에서 수용하기란 아주 어렵지요.

문광훈 인문학의 위기를 둘러싼 전략이라든가, 정책 수립에 대한 혹은 선언문 낭독 같은 행사 자체가 혹시 인문학의 존립 이유나 정체성과 정면으로 배치되는 것은 아닌가요?

김우창 문제입니다. 그렇다고 해서 그냥 가만히 있을 수는 없지요. 그러니 선언도 하는데. 그야말로 릴케식으로 영원한 모순이 있다는 것을 알아야 되겠지요. 남녀 간의 사랑이라는 것도 그런 것 아니겠어요? 뭐 내가 사는 데 도움된다 이렇게 계산하기 시작하면 사랑이 우스워지지요.

인문 지식의 복원: 동서양의 융합

문광훈 단도직입적으로 질문드리는 것이 좀 꺼려지는데, 선생님께서는 예술적인 것, 인문적인 것의 현대적 복원 가능성을 믿으시는지요?

김우창 선언 같은 것도 필요한 일인 것 같아요. 여러 신문에서 문제 삼는 걸 보면 좀 경각심을 가지게 되겠지요. 그것이 어떻게 현실적인 정책으로 옮겨지느냐는 많이 연구해야겠지요. 어떻게 해야 된다는 것에 대해 구체적 제안들을 해야 될 거예요. 우선 전문 교육이 대학원으로 옮기면 좋겠거든요. 우리가 미국의 영향을 많이 받고, 교육에도 경쟁 체제 같은 미국적 요소가 많아요. 그런데 미국 대학에서는 가령 경영학이나 의학, 법학은 전부 대학원에서 하거든요. 대학 교육은 전부 인문 과학, 기초 과학 쪽이지요. 수학이나 물리, 화학, 문학을 하거든요. 그렇게 하면 우선 학생들이 올 것 같고, 그러면 교수 충원도 잘 될 것 같고.

그러면서도 영어는 잘 되는데 독일어는 안 되잖아요? 그건 국가적으로 좀 보충해 줘야 합니다. 교수는 그대로 두고, 학생이 안 와도 유지를 해야지요. 독일어나 불어나 이것은 참 중요한 언어거든요. 독일의 문화유산이나 불란서의 문화유산도 배워야 되고, 또 EU가 경제적으로 봐도 영향력이 크니까 알아야지요. 영어만으로는 안 되지요. 그런 데는 정부에서 특히 지원해야 합니다.

문 선생 얘기로 돌아가면, 인문 과학의 복원은 바로 가다머가 『진리와 방법』에서 얘기한 것처럼, 현대의 문제 지평이 과거의 문제 지평과 만나는 것이기 때문에 중요한 것은 이 지평 융합을 통해 스스로를 재구성하는 것이라 할 수 있습니다. 위에서 전통의 중요성을 말했지만, 전통을 옛날대로 복원한다는 건 불가능하고 또 별 의미도 없는 일이지요. 사람은 살아 있는 창조적 에너지입니다. 고정된 게 아니라 계속 움직이고 있고, 그때그때 상황에 새로 적응하는 것이거든요. 인문 과학이 인간의 학문이라고 한다면, 거기에 포함되는 고전적 언어라는 것도 살아 있는 상황에 대한 언어였지요. 그것을 다시 살려서 에너지로 환원하고, 또 그것을 읽는 사람도 에너지를 얻어야지요. 인문 과학의 본분은 고전에 들어 있는 형상을 살아 있는 에너지로 전환하는 것이지요. 고전 교육의 의미가 바로 이렇게 죽은 것을 살려 내는 데 있다고 할 수 있지요.

문광훈 교육의 역할이 중요하겠네요.

김우창 교육도 중요하지만 자기 깨달음이 더욱 중요하지요. 학생들한테 깨달음의 기회를 주는 게 중요합니다. 인문 과학을 교수가 가르치지만, 교수는 창조적 작업의 예를 보여 주면서 학생들 스스로, 자신을 위해서, 자기 인격 속에서, 그것을 다시 되살릴 수 있도록 해 줘야 하지요. 그중에 하는 사람도 있고 못하는 사람도 있지요. 그걸 100퍼센트 보장해도 안 되고, 외적 강제로 해서도 안 됩니다. 이건 개인적 차원에서의 얘기고, 사회적 차원에서는 달리 이야기해야겠지요.

인문 과학이 열세가 되는 것은 사람들이 물질적 가치 또는 더 단적으로 돈의 가치에 너무 사로잡혀 있기 때문이 아니겠습니까? 그렇다고 그러한 것이 제어되면 인문 과학적 추구가 살아난다고 하는 것도 잘못입니다. 사회의 인문적 전통은 경제 체제나 정치 체제와 관계가 없는 것은 아니겠지만, 그 관계는 별도로 우회적이면서 복잡한 것이라고 할 수 있지요. 인문 과학은 독자적 영역으로 존재하고, 독자적 영역으로 살려 가도록 애써야 돼요. 인문 과학 자체를 정치적 결정에 의해 자유로운 영역으로 두고, 거기에서 필요한 걸 도와주고 모자란 것은 지원·보충해야 사회가 유지되지요. 이것은 사회적 차원에서 인문학을 복원하는 방법이 돼요.

또 하나 보태면, 인문 과학은 그야말로 전통 없이는 의미가 없어요. 인문 과학의 공부는 간단히 말해 내 생각에는, 모범에 대한 공부예요. 자연

과학의 공부는 법칙에 대한 공부지요. 과학사를 하는 사람이 아니면 뉴턴이 어떤 식으로 만유인력의 법칙을 설명했느냐를 알 필요가 없어요. 우주를 움직이는 힘에 대한 더 발달된 이론이 요즘 나왔으면, 그 공부하면 되지요. 법칙에 대한 얘기기 때문에. 그러나 뉴턴이 어떻게 해서 과학을 했느냐를, 뉴턴이 어떤 사람이고 어떤 경험을 통해서, 어떤 성품의 사람이었기에 자연 과학을 했는가 물으면 과학사, 문화사가 됩니다. 그것을 소설이나 시로 쓰면 문학이 되고. 그러니까 모범에 대한 학문이 인문 과학이에요.

모범이라는 것을 아무 데서나 배우는 건 아니지요. 말하자면 고양(高揚)된 차원에서 구현된 모범이 되어야 합니다. 고양이란 '형상적으로 완성된', '형상적으로 호소력을 가진' 모범이지요. 형상적이라는 것은 늘 이월 가치를 가지고 있어요. 그래서 하나의 형상을 보면 다른 형상도 이전의 것으로 파악할 수 있고 내가 내 삶을 형상적으로 구성해 가는 데도 도움이 되지요. 형상적으로 고양된 모범에 대한 공부가 인문 과학입니다. 모범은 당대적인 것도 있지만 누적된 전통에서 오는 것입니다. 모범은 매우 드물게 밖에 나타나지 않는 것이기 때문에.

그러나 과거를 복원해야 한다는 말은 아닙니다. 이걸 살리기 위해서는 현대적 관점에서 봐야 합니다. 아까도 얘기했지만 서양의 것들이 우리 것이 된 게 많지요. 가다머가 생각한 것보다 훨씬 더 복잡한 의미에서 지평들을 합쳐야지요. 무의식적으로 이루어진 것은 있지만 의식적으로 행해진 것이 없는 게 우리나라의 상황이거든요. 이걸 하기 위해선 우리의 현실에 들어 있는 서양 것을 철저하게 이해해야 돼요. 서양 것이라고 '외래적'이라 말하는 것은 나는 이해 안 돼요. 왜냐하면 정부 체제도 지금 서양 체제지, 국회 체제도 학교 체제도 서양 체제지, 우리가 지금 이렇게 앉아서 차 먹는 것도 서양 체제지, 옷 입는 것도 그렇지, 집도 도로도 다 서양 체제지요. 이게 다 지금 우리 현실에 있습니다. 그러니까 이 현실이 나온 역사적 배경을 이해하기 위해 서양 것을 철저하게 공부해야 됩니다. 그러면서 우리가 살았던 과거의 것을 다시 되돌아봐야 되기 때문에 인문 과학의 재건은 굉장히 어려운 작업입니다.

거기서 융합이라는 것은 단순한 의미에서 우리 것을 찾는다는 의미라거나, 동양에도 좋은 게 있고 서양에도 좋은 게 있으니 찾아야 된다란 의미만이 아니에요. 제대로 의식을 가지고 살기 위해 절실히 요구되는 작업이에요. 이것은 서양 사람보다도 우리에게 더 절실합니다. 서양 사람은 '동양 거 재미있으니까 우리 좀 해 보자.' 이럴 수 있지만, 우리는 '서양 거 재미있으니까 좀 해 보자.' 하는 것은 아니거든요. 동양 것도 절실하게 요구되고, 우리말 가운데도 생활 속에도 동양 것이 많으니까요.

너무 얘기가 길어졌는데, 가령 독일의 김나지움이나 '호흐슐레(Hochschule, 대학의 통칭)'에서 동양 문학이 핵심은 아닐 거예요. 독일 문학을 비롯한 서양 것이나 희랍 것들이 그 사람들한테 핵심이지요. 그래서 고등학교에서도 가르치고, 대학에서도 가르치고, 교양인이라면 해야 된다는 생각이 있지요. 그런데 우리나라는 지금 공자니 하는 중국 것이 우리 것의 일부가 되었으니까 이런 것이 핵심이 되어야 합니다. 그런데 전혀 그렇지 않아요. 그것은 피상적인 의미에서 그것을 하지 않기 때문이 아니지요. 그 고전들이 우리 현실에서 죽어 있기 때문이에요. 이것은 순환적인 얘기지만.

문광훈 독문학의 경우는 오늘에 살아 있는 전통적인 내용이 아주 많지요.

김우창 이렇게 일단 얘기한 다음에, 그럼 왜 이렇게 되었느냐, 영문학 같은 것이 왜 중요한 학문이 되었느냐에 대해 다시 한 번 반성해야 해요. 단순히 독일과 직접 비교하면 안 돼요. 그러니까 독일 사람한테 중국 고전이 아주 중요하다고 할 수 없는 정도로 우리한테는 서양 고전이 아주 중요해요. 그러니 서양 고전도 하면서 동시에 동양 것을 다시 제자리에다 갖다 놓아야지요. 그러나 현대적 상황 속에서 반성된 것을 갖다 놓아야지, 옛날 것 그대로 공자 말씀 배워 봐야 큰 도움이 되지 않아요. 그러니까 서양 것과 동양 것을 비슷한 비중으로 하면서 점차적으로 동양 것을 다시 반성해서 중심에다 가져다 놓고, 이것이 교양의 핵심 역할을 해야 돼요.

이건 아주 시간이 오래 걸리는 일이고, 또 인위적으로는 안 됩니다. 그 방향으로 우리가 생각하면서 말하자면 자연스러운 경과로서 이루어지도록 노력해야지요. 그런 노력이 없더라도 사실은 오래 걸리면 그렇게 되지요. 우리 것을 생각하면서 외국 것을 생각해야 되니까.

학문으로서의 인문학

문광훈 그와 관련해서 드리는 질문인데요. 어디선가 선생님께서는, 미국의 어느 대학은 영문학과나 한국문학과가 아니라 '문학과'로 되어 있다면서, 문학도 통합적 연구를 해야 한다, 국문학이 한글로 쓰인 문학 작품만을 논의 대상으로 해선 곤란하다, 이런 의미로 글을 쓰신 적이 있는데요. 문학의 통합성이나 전체성, 포괄성에 대해 말씀해 주십시오.

김우창 내가 그걸 얘기하면서, 사회학이면 사회학이지 한국사회학이 따로 있고 미국사회학 따로 있는 게 아닌 것처럼, 문학도 보편성을 지향하기 위해 '문학과'로 해야지, 독문학·영문학 따로 있는 것은 문제 있다고 했을 거예요. 이상적으로 그렇고, 현실적으로는 가령 지금 샌디에이고에 있는 캘리포니아 대학교에 문학과라는 게 있어요. 거기에 내가 잘 아는 교수가 있는데, 전혀 안 된다고 그래요. 이것도 저것도 아니고 해서. 그러니까 문학은 하나의 이론만 배워선 안 되고, 그야말로 계속적으로 고전적 모범을 읽어야 되는데 그게 너무 분량이 많고 언어 부담도 많아서 전혀 안 되는 것 같다고 해요. 이상적인 답변은 할 수 있지만 현실적 답변이 무엇인지는 알기 어렵지요. 그러나 힘이 들더라도 동양적인 것과 서양적인 것을 한번에 하는 것은 꼭 필요한 것 같아요.

오늘 아침 신문에도 인문 과학 문제를 다루면서 그랬던데요. 한쪽으로는 서양 것을 마구 가져다가 그게 마치 우리 현실에 맞는 것처럼 그냥 공부하니 문제가 있고 또 한쪽으로는 한국의 독자성을 강조해서 폐쇄적으로 되는 것도 문제가 있다, 이걸 어떻게 합치느냐, 또 합치는 게 좋다, 이렇게 얘기했어요. 지금까지 말한 것과는 달리 말하고 싶은 것은, 동양 것 하는데 현대적 서양적 관점이 절대적으로 필요하다는 것이에요.

한국 사람이 얘기하는 것 가운데 다른 사람이 이해 못하는 게 많아요. 내가 문 선생과도 여러 번 얘기했을 것 같은데, 가령 한(恨)이라는 것이 그렇지요. 한을 길러서 거기서 미적 생산을 한다는 것은 서양 사람들이나 다른 나라 사람들은 이해 못하지요. 한이 없는 사람이 정상적이지 한을 자꾸 기르는 사람이 정상적인 건 아니거든요. 그런데 그것을 자꾸 좋은 카테고리처럼 얘기하는 것은 도저히 통할 수 없지요. 보편적 관점을 수용할 수 있어야 해요.

많은 노력이 들어가는 인문 과학 공부를 우리나라에서는 너무 쉽게 하려는 것 같아요. 그게 잘못 중의 하나예요. 옛날 우리나라의 인문학은 그냥 한문으로 편지도 쓰고 일기도 쓰고, 많은 실력을 갖춰야 되잖아요? 외래어를 안 한 게 아니에요. 옛날부터 다언어 전통을 해 온 거예요. 주로 중국 말을 개인적으로 하면서 한국말도 할 수 있게끔 한 건데, 그걸 무시하고 한국 말만 가지고 할 수 있다고 생각하는 건 잘못이지요. 지금 영국에서 영문학하는 사람도 불문학 모르는 사람 없을 거예요. 하버드 대학교에서 가령 한국문학을 전공하려면 굉장히 힘들어요. 실제 그렇게 철저하게 되지는 않는데, 요즘 조건이 어떻게 바뀌었는지 모르지만, 한국문학을 공부하려면, 영어는 쓰는 말이니까 물론 해야 되고 유럽어 하나는 따로 해야 돼요. 거기다 중국 말(한문)이나 일본어도 해야 되고 한국말도 해야 돼요. 결국 다섯 개 국어를 해야 돼요. 완전히 다 잘하는 사람은 없지만 적어도 형식적으로라도 그걸 요구하거든요. 하버드대에서 가령 영문학을 하는 경우도 그렇지요. 영문학 하면 영어는 물론 잘해야 되고 유럽어 하나 해야 돼요. 라틴어도 해야 돼요. 우리는 너무 쉽게 하려고 해요. 어렵다는 걸, 적어도 대학원 과정에서는 알아야 되고 대학에서도 권장해야지요. 결국 여러 언어를 해야 된다는 얘기입니다. 또 여러 문화를 알아야 된다는 말이지요.

정전의 문제

문광훈 요즈음 유행하는 문화학이나 문화 연구도 이런 점에서 생각할 수 있을 것 같은데요. 이른바 '정전(canon)'의 불변성 개념은 문제시되어야 하지만, 다른 한편으로 정전으로 간주된 작품의 중요성도 인정해야 되는데, 요즘은 외국 문학의 경우 문화 연구의 이름으로 작품 해석과 같은 기본적 사항을 도외시하는 경향이 많습니다. 그러니까 작품 자체의 중요성과 이 작품을 둘러싼 사회 역사적 맥락을 동시에 얘기할 수 있어야 되는데, 우리의 경우 이쪽 아니면 저쪽으로의 편향이 심한 것 같아요.

또 문학 개념의 확장은 필요하지만 그것이 문학 자체의 폐기는 아니어야 하는데, '학제적 통합'이라는 이름 아래 문학 논의의 전통적 방법들이 아무런 쓸모없는 것으로 타기되는 게 현실입니다. 독어독문학과의 경우 적지 않은 대학이 '유럽학과'나 '유럽지역학과'로 이름을 바꾸어 커리큘럼을 새롭게 하고 있어요. 강의 내용과 방식은 변화된 현실에 따라 바뀔 수 있지만 중요한 것은 연구자 자신의 열린 관점과 이런 관점 아래 어떻게 변화하는 현실에 '분과횡단적으로(transdisziplinär)' 대응할 것인가일 것 같아요. 그렇다는 것은 사회 변화의 미세한 움직임에 대한 연구자 자신의 이해 역량이 요구된다는 것입니다. 선생님 생각은 어떠한지요?

김우창 그게 제도적인 문제이기도 하지만, 개인적 전략의 문제이기도 한 것 같아요. 책을 꼼꼼하게 읽는 것은 인문 교육에서 제일 중요한 부분이지요. 내가 대학 다닐 때, 또 대학 졸업하고 미국 가서 대학원 다닐 때, 제일 중요한 문학 비평 유파가 '신비평'이었지요. 신비평은 텍스트를 꼼꼼하게 읽는 걸 중시해요. 이것이 인문 교육에서 핵심적이지요. 그런데 그것에만 그쳐 버리니 욕을 많이 먹고, 지금은 쇠퇴해 버렸지요. 나는 신비평적인 것을 지지하는 글을 써 본 일이 없고, 사회적인 이야기를 많이 한 것이 사실입니다. 그렇기는 하지만 신비평의 핵심이 언어면 언어, 감각적 경험이면 감각적 경험, 이것을 면밀하게 보면서 분석해 내는 힘을 기르는 데 있거든요. 이것은 바로 지각적 체험과 형상적인 것을 연결하는 방법이기 때문에 핵심적입니다. 어떤 비평을 하든지 기초가 될 수밖에 없는 일이지요.

그것이 기초라는 것과 관련하여 한 가지 더 보태면, 신비평은 텍스트를 중요시하는 비평이지만, 바로 현실을 중요시하는 비평이라고 할 수도 있습니다. 신비평에서 중요한 것의 하나가 '모호성'의 개념이지요. 윌리엄 엠프슨(William Empson)의 『모호성의 일곱 가지 형태』라는 저서가 있지만, 모호성의 개념은 클리언스 브룩스(Cleanth Brooks) 같은 사람에게도 중요한 개념이지요. 언어적 표현을 섬세하게 들여다보면 다 모호함을 느끼지 않을 수 없다고 할 수 있습니다. 이 모호성은 뭘 잘 알 수 없다는 뜻이기도 하지만 말에 개념적으로 규정할 수 없는 뉘앙스가 있다는 것을 말하는 것이기도 합니다. 그 모호성과 뉘앙스를 즐기는 것이 신비평의 도락의 하나입니다.

그런데 뉘앙스라는 것이 말에 한정된 것이겠어요? 말의 뉘앙스는 표현하는 사안 자체가 뉘앙스를 가지고 있기 때문에 생겨난다고 할 수 있지요. 결국 말의 모호함은 개념에 포착될 수 없는 사물의 모호함으로 우리를 인도해 갑니다. 그리하여 깊은 반성적 사유가 시작되지요. 물론 모호함에 대한 강조는 사물 자체로 이끌어 가는 일이 되기도 하면서, 말의 무의미성을 드러내는 일로 나아가는 일이 될 수도 있습니다. 폴 드만과 같은 사람의 해체 비평은 이 후자의 길을 간 것이지요. 그러나 여기에서 강조하고 싶은 것은 글을 자세히 들여다보면, 적어도 좋은 글은 사물 자체에로 우리를 이끌어 가고, 그 사물의 모호성 그리고 그에 대한 섣부른 판단의 위험을 깨닫게 한다는 점입니다. 물론 이러한 것이 문학적 독서의 전부는 아니지요. 말과 사물의 직접적인 관계를 지나치게 신뢰할 수는 없습니다. 신비평의 큰 문제점의 하나는 언어를 한정하는 사회적·철학적·형이상학적 조건들에 대하여 둔감하다는 것입니다.

다시 문화의 통합 문제로 돌아가서 결국 모든 일에 있어 제일 중요한 것은 균형인 것 같아요. 균형을 잃어버리고 이쪽으로 가야 된다고 우르르 갔다가 저쪽으로 가는데, 다 필요하지요. 이것도 필요하고 저것도 필요하고. 민족적 전통도 필요하고 보편적이고 세계적인 것도 필요하고. 어느 한쪽이 아니라 이것을 어떻게 균형 잡느냐가 제일 핵심적인 문제예요. 문화 교육에서도 문화와 문학, 자기 전공과 문학 일반 양쪽이 다 필요해요. 긴장이 있는 상태에서 균형을 잡는 것이 중요하지요. 이게 힘들어요. 한쪽으로 그냥 몰아붙이는 것을 좋아하니까, 한쪽으로 몰아붙여 저쪽 소용없다고 이렇게 하는 것 같아요.

정전 문제도 마찬가지예요. 정전은 모두 이데올로기적 성격을 가지고 있고, 그래서 사람을 어떤 방식으로든 세뇌하려고 한다는 게 정전 비판하는 사람들의 해석 중의 하나지요. 그게 옳다고 해도 교육받는 사람으로서 정전에 해당되는 작품들을 전략적으로 읽어 놓는 게 도움되지요. 잡다한 것을 수준에 관계없이 읽는 것은 그 사람의 지적 성장에 큰 도움이 안 되지요. 그러니까 "이건 정말 보수 골통들이 만들어 놓은 정전이다."라고 해도 그걸 읽는 게 도움되지, 그 아닌 것, 잡다한 것을 읽는 것은 도움 안 돼요.

문화 연구도 좋고 통합적 연구도 좋지만 또 한쪽으로 텍스트를 면밀하게 하는 것, 또 자기 전공을 갖는 것은 중요해요. 독문학이면 독문학, 독문학의 낭만주의면 낭만주의라는 전공을 갖는 것 말이지요. 이것은 양립하기가 어려우면서도 양립이 필요해요. 그러면서 문학 일반에 대해서 이해하는 것, 그래서 하나의 좁은 전문 영역을 가지면서 또 동시에 넓은 이해를 갖는 것 이 두 쪽을 다 해야 합니다. 문화와 문학도 그렇고, 정전과 정전을 둘러싼 여러 가지 작은 작품들의 관계도 그렇고, 언어도 그렇습니다. 자기 역량에 맞게 균형을 잡아 나가야지요.

정전 문제에 대해 하나만 더 보태면, 문학 교육은, 아까 얘기를 이어서 하면, 모범되는 것들을 자기 머릿속에 쌓아 가는 일이에요. 그것은, 음악가에 비유하면, 레퍼토리를 만들어 놓는 겁니다. 피아니스트는 손가락 잘 놀리고 피아노 잘 치고 이해 잘하면 된다고 착각하는데, 피아니스트한테 아주 중요한 게 레퍼토리예요. 그러니까 어릴 때부터 베토벤이면 베토벤, 쇼팽이면 쇼팽의 곡을 머릿속으로 외우는 목록들을 쌓아 가야 돼요. 기량의 문제, 음악의 이해 능력이 어릴 때 더 발달하기 쉽지만, 동시에 어릴 때부터 레퍼토리를 쌓아야 돼요. 문학도 이론만은 아니고, 모범을 머릿속에 지니는 것이기 때문에 레퍼토리를 쌓아야 하는 문제가 있습니다. 무얼 가지고 쌓느냐? 그건 고전적 정전을 가지고 쌓아야지요. 문화 연구만으로는 안 돼요. 피교육자의 현실적이고 아주 실존적 전략에서 볼 때 실제 교육자가 정전을 뺄 수가 없을 거예요.

문광훈 문화 연구나 문화론을 많이 얘기하지만, 역설적이게도 문화에 대한 깊은 이해는 빠져 있는 것으로 여겨집니다. 문화의 핵심이 인문학이고, 이 인문학의 핵심이 예술과 철학이라면, 문학 예술이나 철학의 내적 역학에 대한 나름의 이해와 경험과 고심은 드물거든요.

　김우창　사람의 능력이 제한되어 있고 인생이 짧다는 걸 생각해야지요. 짧은 인생에 어떻게 많은 걸 그래도 하냐면, 고전적 문학을 해야지요.

예술 작품의 새로움

　문광훈　다음 질문을 드리겠습니다. 예술에서의 진실성은 신뢰하지만, 현실적 효과의 관점에서 보면 참으로 미미하지 않을 수 없는데요. 그래서 거꾸로 이런 도전적인 질문을 드릴 수도 있을 것 같아요. 즉 대상을 창조적 신선함 속에서 경험할 수 있다면, 그리하여 자기 스스로 되돌아봄의 공간을 마음속에 가질 수 있다면, 예술은 불필요하게 되지 않을까요?

　김우창　사람 사는 게 늘 새로 사는 것이기 때문에 아무리 아는 게 많아지고 예술적 환경이 되어도 새로 태어난 사람이 새로 자기 인생을 살고, 인생의 아름다움과 무게를 알려면 새로 해야지요. 사람은 자신의 관점에서 새로 창조적 삶을 살아야 되기 때문에 새로운 작품을 만들어 내어야지요. 새로 사는 삶이기 때문에 새로운 작품이 생겨나는 것이라면, 문 선생이 걱정하는 일은 안 일어난다고 할 수 있지요. 늘 새 작품이 나오니까.

　그런데 왜 새 작품이 필요합니까? 새롭게 살면 됐지. 사람이 자신의 삶을 정형적으로 파악할 필요가 있는 것이 아닐까요? 또 그래야 삶이 살 만한 것이 되고, 이미지가 되지 않은 과거는 기억에 남지 않는다는 헤세의 말을 앞에서 했지만, 일정한 미적 이미지에 의한 삶의 형상화는 좋은 삶의 일부라고 할 수 있습니다. 그런 점에서 새롭고 창조적인 삶을 살아도 그것에 대한 형상이 없으면 완전한 삶이 안 된다고 할 수 있습니다. 그것을 보완해 주는 것이 예술이지요. 물론 예술이 나의 삶을 정형화해 주는 것은 아니지만, 삶 일반의 아름다움을 인지할 수 있게는 해 주지요.

그런데 문제는 새 작품이 너무 많아지고 또 가벼워진다는 것입니다. 그렇다면 조금 무게를 가진 예술 작품이 필요하다는 이야기이고, 또 그러기 위해서는 무거움을 느끼게 하는 삶이 있어야 한다는 말이 되겠지요. 고전은 무게를 가진 삶을 정형화한 것, 고양된 정형화라고 할 수 있지요. 오늘의 삶도 거기에 비추어 볼 필요가 있고, 작품도 거기에 비추어 볼 필요가 있지요. 그러나 고전을 너무 경배하다 보면, 성향이 보수적으로 되어 새로운 삶과 새로운 작품에 대한 개방성도 없어지고 정치적 문제에서도 보수적이 될 수 있지요. 그러니 새로운 것과 고전적인 것들 사이에 어떻게 균형을 유지하느냐가 중요한 문제인 것 같아요.

문광훈 조금 전에 드린 질문을 이렇게 정식화할 수도 있겠네요. 작품을 읽고 보는 각자가 자기의 삶을 좀 더 풍요롭게 느끼고 또 의미 있게 살아갈 수 있다면, 그래서 심미적 경험이 풍요로운 삶의 영위에 기여할 수 있다면, 예술의 의미는 그 지점에서 자기 몫을 다하는 것이라고요.

김우창 그렇지요. 다만 높은 예술에서 배울 것이 있고 가벼운 예술에서 속풀이를 하는 차이는 두어야 하지 않을까 합니다. 아까 얘기한 것처럼, '고양된 정형'이라는 게 있기 때문에 고전적 기준은 어떤 사람이 자기 인생을 전략적으로 밑천 뽑으며 살려면 불가피하게 가져야 되는 것 같아요.

문광훈 모든 세대가 새롭게 시작하기 때문에 고전적 작품들은 언제나 새롭게 그때그때 다시 있어야 된다는 뜻인가요?

김우창 기이한 종합이 이루어져야 하는 것이 아닌가 합니다. 삼청동에 월전미술관이 있어요. 거기 정원에 소나무가 있지요. 이 소나무가 위가 꺾여서 기역자로 되어 있어요. 월전 장우성 선생 돌아가시기 전에 하신 말씀인데, 그 소나무를 찾기 위해 많이 돌아다녔다고 했습니다. 소나무는 다 같지요. 그러나 월전 선생이 원하는 소나무의 형상, 그것은 어렵게 찾아야만 찾아지거든요. 월전 선생께는 이 다른 소나무가 필요하셨던 것입니다. 그런데 그것은 다시 월전 선생의 동양 미술에 대한 오랜 온축에서 발견된 것이지요. 고전과 새로움이 한 사람의 삶에서나 예술에서나 기이한 종합을 이루는 것이라고 할 수 있지 않을까 합니다.

자기의 삶과 예술에 새로운 형상을 주고자 하는 것은 당연하지요. 그러면서 고전적 기준에서 암시를 받고 형상의 보편성에 대한 이해로 나가지요. 고전적 훈련을 받으면서, 새로운 작품을 만들면서 동시에 새로운 감수성을 가지고 자기 시대에 맞는 아름다움을 자기 스스로 만들어 내고 그 감정을 길러야지요.

즐김과 기쁨

문광훈 언젠가 선생님은 즐거움과 기쁨을 구분하신 적이 있으신데요. "즐거움이 대상과의 관계에서 오는 것이라면, 기쁨은 이보다 내밀한, 즉 나 스스로 있으면서 사물도 있게 하는, 그래서 참된 심미적 환희에 더 적절하다."라고 쓰신 적이 있습니다. 이게 『시인의 보석』 가운데 「시의 내면과 외면」에 나오는 글인데요. 지금도 이런 심미적 기쁨을 가끔 경험하시나요? 만약 그렇다면 그 원천은 어디에 있는지요?

김우창 늙은 사람들에게는 많은 게 죽어 없어지지요. 그러니 즐거움도 기쁨도 줄어들 수밖에 없어요. 그러나 지금 문 선생이 인용하여 주신 말은 맞는 이야기가 아닌가 합니다. 대상물을 적극적으로 활용해서 재미있는 것이 있고, 대상의 있음을 그대로 기쁘게 생각하는 것이 있지요. 후자는 조금 더 심미적 관조가 작용하는 경우가 아닌가 합니다. 그런데 이 관조는 기쁨을 주는 것이면서 동시에 기쁨이 있기에 관조가 생기는 것이 아닌가 합니다. 이 기쁨은 인생 일반에 대한 기쁨으로 준비된다고 널리 해석할 수도 있습니다.

내가 자주 하는 말에 이러한 것이 있습니다. 우리나라는 쾌락을 좋아해서 '낙(樂)'이라는 것이 없어진 세계다. 옛날 사람들은 '군자삼락(君子三樂)'이라 해서 부모가 구존하고, 천하게 부끄러울 것이 없고, 천하의 영재를 모아 기르고, 이런 것들을 낙이라고 했지요. 그건 쾌락이 아니고 낙이지요. 그러나 지금은 쾌락만 있는 사회가 되어 버렸어요. 그러니까 낮은 차원에서의, 삶 전체에 널리 스며 있는 좋은 것을 잃어버렸지요.

참 놀라운 게, 하늘이나 구름을 보면 마음이 편안해집니다. 구름이 이루는 형상은 간단한 것이고 어떻게 보면 재미없는 것이지요. 그러면서도 볼 때마다 다르고 볼 때마다 신비스러워요. 개념적으로 포착하기가 어려워요. 이게 어떻게 형상이 되어 기쁨을 주는지 포착하기가 어려워요. 그런 것이 많지요. 자연에 제일 많은 것 같고. 사람도 어떨 땐 아이들 보면 좋을 때가 있어요. 예기치 못한 선행 같은 걸 들어도 좋지요. 사람 사는 데 그런 낙으로서의 많은 기쁨이 있지요. 그런데 이 능력도, 말하자면 길러야 되는 것 같아요.

최근에 다시 본 건데 『성경』의 「욥기」를 가지고 20세기 미국 시인 아치볼드 매클리시(Archibald MacLeish)가 연극을 만든 게 있습니다. 떵떵거리며 하느님 고맙다며 잘살던 사람이 형편없이 몰락하게 되는데, 나락에 떨어진 고통의 상태에서도 하느님에 대한 믿음을 가질 수 있느냐는 문제를 제기하는 게 「욥기」 아닙니까? 이것을 현대화한 것이지요. 첫 부분에 보면 주인공은 돈 잘 벌고 잘사는 사업가입니다. 신앙이 깊어서 밥을 먹을 때 아이들에게 이 맛있는 거 하나하나가 하느님이 너를 위해 만드신 거니 고맙게 생각하라고 말합니다. '그냥 맛있다고 먹는 것'과, '맛있어서 고맙다고 생각하는 것'은 약간 간격이 있어요. 아까 얘기한 대로, 그야말로 반성적 계기(reflexive moment)가 있어야 맛있는 것이 있는 세계를 기쁘게 생각하는 느낌을 가지요. 물론 늘 이런 느낌으로 사는 것은 쉽지도 않고 억지스럽기도 하지요.

연극의 끝에 보면, 아이들도 다섯인가 되는데, 교통사고다 뭐다 해서 다 죽고 재산도 없어져요. 욥이 그런 것처럼 주인공이 피부병 등으로 고통을 당하고, 아내도 도망가 버리고. 그래도 하느님을 믿을 수 있느냐고 악마가 와서 물어보는 장면이 있어요. 그런데 마지막에 봄이 되고 도망갔던 아내가 개나리 한 송이를 들고 나타나지요. 잘못했다고 말하면서. 이것을 기뻐하는 장면으로 연극이 끝나요. 그런 처참한 지경에 개나리를 보고 즐거워한다는 것은 우리가 개나리를 보는 것과 다른 것이지요. 말하자면 인생의 바탕에 대한 반성에 기초해서, 그 바탕 위에서 개나리를 보는 것이라고 할 수 있습니다. 우리가 그냥 개나리를 보는 것에 비해, 연극이니까 그렇겠지만, 이 사람은 인생을 종합한, 되돌아본 바탕 위에서 개나리를 보고 '아, 내가 하느님을 그래도 믿을 수 있다.'라고 생각할 수 있는 것이겠지요. 이 말은 안 나오지만.

우리가 기쁨을 느끼고 즐겁게 산다는 것은, 하느님이 주었든지 자연이 주었든지 간에, 삶의 주어진 대상물들을 보이지 않는 반성적 마음의 움직임을 통해 다시 수용함으로써 가능하게 된다고 할 수 있을 것입니다. 물론 이것은 보통 훈련이 필요한 것이 아니지요. 인문 과학의 지혜의 일부가 여기에 관련이 될 것입니다.

문광훈 마음속에 있을지도 모르는 심미적 반성성을 좀 더 능동적으로 연마시키는 작업이 인문학의 역할이라고 이야기할 수 있겠네요.

김우창 릴케가 얘기한 것처럼, 모든 걸 결국 찬미하는 도리밖에 없다고 말할 수 있지요. 『두이노의 비가(*Duineser Elegien*)』에 죽음의 세계를 돌아보는 장면이 있지요. 그리고 대긍정의 말들이 나오지요. 여기에는 훈련이 필요한데 그건 정말 인생을 깊이 있게 산 사람이 아니면 안 되지요. 우리 같은 사람은 안 되는 얘기지요. 더 쉬운 차원에서는, 악과 고통의 문제를 떠나서 사람에게 주어진 혜택을 더 깊이 있게 누리기 위해 자기 계발이 필요한 것이지요. 지나다니면서 나무를 보는 것과, 이름을 알고 보는 것은 달라요. 나무를 알아보는 반가운 느낌이 다르다는 것입니다.

문광훈 기쁨의 밀도를 더 높이기 위해 지각과 감성의 훈련이 필요하다는 거지요?

김우창 현관 계단 내려가면서 보면 나무에 거미가 이렇게 거미줄을 치고 있어요. 그놈 들여다보면 참 기묘한 것들이 많거든요. 그래서 거미에 관한 책을 좀 사서 봐야지, 그런 생각이 드는데, 있는지 없는지 모르겠어요. 그러니까 보통 놓치는 것들에 대해 알면서 계발하면서 사는 게 짧은 인생에서 밑천 뽑으며 참으로 사는 것인데, 그게 잘 안 되어요.

문광훈 오늘 제가 드린 질문 가운데 선생님께 나타나는 심미적 기쁨의 향유 방식은 사실 오래전부터 알고 싶었던 내용이었습니다. 시인이신 김치규 선생님이 선생님을 '추상의 천재'라고 말씀하신 걸 들은 적이 있지만, 철학적 사변적 사유 능력은 선생님 사유의 중대한 측면으로 보입니다. 이런 논리적 사고와 과학적 분석력을 지탱하는 것은 예민한 감수성이고, 이 감수성은 정밀한 언어에 담겨 표현되고요. 이런 여러 가지 능력들이 '동시적으로' 동원되기 때문에 심미성에 대해서도 지금까지 드물게 질의되지 않았나 여겨집니다. 오늘 말씀하신 것은 예술 일반이나 미학을 공부하는 사람들에게 큰 도움이 될 것 같아요.

4부

예술과
진리 공동체

교육의 핵심

학문과 인간의 성숙

영국 대학의 전통과 합리성

김우창 인문 과학을 진흥하기 위해서는 그것을 뒷받침하는 제도를 정비해야 합니다. 더 일반적으로 사회를 보다 좋게 고쳐 나간다는 것은 대체로 제도를 바르게 한다는 것을 말하고, 또 제도를 바르게 한다는 것은 일정한 합리적 법칙에 따라 구부러진 부분을 펴고 제도 전체를 이치에 맞게 한다는 것을 말하겠지요. 어떻게 보면, 제도는 그릇과 같고 사람의 삶은 그 안에 담는 음식과 같다고 할 수 있습니다. 그릇이 제대로 되어 있어야 음식을 담고, 또 그릇이 고르게 되어 있어야 사람들이 공정한 잔치에 참여할 수 있습니다. 그렇기는 하나 더 중요한 것은 음식이 제대로 들어가는가, 어떤 음식이 들어가는가, 그것이 사람의 건강과 기쁨에 도움이 되는가 하는 일이지요.

그런데 제도의 개선은 종종 법을 고치거나 이름을 새로 지어 붙이는 일로 생각되지요. 바른 이름으로 잘못된 현실을 고칠 수 있다고 생각되기도 합니다. 이것은 명분론에 사로잡히고, 그것으로 사람 단속하기를 좋아하는 우리 사회에 특히 강한 경향인 것 같습니다. 이데올로기에 집착하는 것도 그렇지요. 자본주의이든 사회주의이든 사람 사는 일의 실질적 내용의 상당 부분은 제도나 이름에 상관없다는 사실을 인정하지 않는 것도 그렇습니다. 중요한 것은 삶의 실질적인 내용인데, 그것에 주의하는 일은, 훨씬 힘든 일이지만 중요한 일이지요.

명분주의에 대하여 섬세한 경험주의를 생각할 필요가 있습니다. 나는 영문학으로 밥을 먹고 산 사람이지만 대체적으로 대륙의 철학적인 영향을 더 많이 받은 것이 아닌가 스스로 생각합니다. 영국의 경험주의가 내 마음에 배어 있는 것도 사실이 아닌가 합니다. 영국의 경험주의는 철학이나 문학보다도 영국에 가서 보고 경험한 데서 더 많이 깨달은 것 같습니다. 15년 전쯤에 케임브리지 대학교에 가 있었지요. 케임브리지에 문 선생은 가 보았나요?

문광훈 못 가 봤습니다.

김우창 이 대학들은 정말 특권적인 대학이에요. 더 중요한 것은 오래되어 축적된 것이 많아 그것을 하나로 정리하기 어려운 곳이라는 점일지도 모르지요. 우리는 역사를 바로잡는다는 말을 많이 하지만, 바로잡기 어려운 사실적 퇴적이 역사이고, 또 그것이 인간 현실을 구성하는 것이지요. 한 사람의 삶을 하나의 기준으로 판단하거나, 출신 대학 하나로 보면 간단하지만 그 긴 삶의 역정으로 보면 뭐라고 말하기 어려운 것들이 많지요.

역사적 실체를 하나의 추상 속에 포괄하는 것은 참으로 어려운 일이에요. 옥스퍼드나 케임브리지라는 대학으로 전체 대학을 말하지만, 이 전체 대학에 못지않게 단과 대학의 독립성이 강해요. 재산과 등록금도 다르고. 이런 것 자체가 합리적 구도와 역사적으로 누적되는 세부의 경험적 사실 사이의 모순을 생각하게 합니다.

문광훈 실질적으로 힘이 있겠네요.

김우창 전체 대학에서 소속 대학들을 마음대로 못하지요. 학생의 등록금을 보면, 대학에 따라 차등이 있어요. 우리 같으면 왜 차등 있냐고 데모 나겠지요. 그런가 보다 하고 있어요. 전통이라고 하면 그만이지요. 길게 잡으면 케임브리지의 경우 900년 되었고, 짧게 잡으면 800년 되었지요. 어떤 대학은 기숙사에 들어올 때 이부자리나 담요를 가지고 오라고 되어 있어요. 어떤 대학에서는 그냥 주고요. 재산이 많으니까. 합리적인 나라 같으면 한국이나 불란서 정도만 해도 데모 납니다. 가령 케임브리지의 트리니티 칼리지 같으면, 부자 대학인데, 자기들의 독자적인 포도주도 있어요. 반면에 그런 것은 생각도 못하는 대학도 있지요.

문광훈 그만큼 경제력이 있으면 발언이나 사고에서의 독립성이 실질적으로 되는 게 아닌가요?

김우창 단과 대학이 합리적인 원칙에 의하여 우리처럼 문과 대학이다, 이과 대학이 하는 식으로 분업이 되어 있지 않지요. 대학마다 많은 학문을 중복적으로 가르치지요. 트리니티 칼리지면, 이 칼리지에서 영문학 하는 사람, 수학 하는 사람, 물리학 하는 사람이 다 있어요. 단과 대학 하나가 독립적인 대학이지요.

문광훈 그러니 학제 간의 공동 작업 같은 것은 자연스럽게 되겠네요.

김우창 저절로 되겠지요. 우리와는 대학 시스템이 전혀 달라요. 학점도 필요 없어요. 각 학생이 학점을 따야 된다는 요구가 없어요. 그러니까 강의 한 번도 안 나가고 졸업할 수 있어요. 대개는 강의에 나가지만. 교수가 강의하는 것은 순전히 자기가 연구한 것을 발표하는 거지, 그것으로 학생들 시험 보는 게 아니에요. 그러니까 교수가 강의하면 학생들은 공부하기 위해서 교수 강의를 들으러 가는 거지, 점수 따려고 가는 게 아니라고 할 수 있지요.

학생들의 의무는 개인 지도 받는 거예요. 그건 학생과 지도 교수 사이의 문제지요. 어떤 교수들은 열심히 하고 어떤 교수들은 게으르게 하고. 강의도 보면, 어떤 것은 학기 초면 무슨 강의인가 들으러 와서 강의실이 꽉꽉 차지요. 그러다가 시시하면 학기 말쯤 다 없어져 버려요. 이런 식이지요. 거기에 학장이 있지만 통일된 이름이 없어요. 어떤 데는 마스터(master), 어떤 데는 프린시펄(principal), 어떤 데는 프레지던트(president), 또 다른 데는 워든(warden)이에요. 자기들 전통에 따라 그냥 하는 것이지요. 내가 물어본다면서 못 물어본 게 영국 대학에서 학장 회의를 어떻게 하느냐예요. '학장'이란 이름이 없으니.

문광훈 딘(dean)이란 말은 안 씁니까?

김우창 '딘'은 있는데, 그건 대개 각 대학의 학생처장에 해당돼요. 사실 이름이 얼마나 중요합니까? 스티븐 호킹이라는 케임브리지 대학교에서 제일 유명한 물리학자 있지 않습니까. 그 사람 직함이 Lucasian Professor of Mathematics인데, 19세기부터 있던 직책명으로 물리학자와는 꼭 맞는 것이 아닌 직함이라고 할 수 있지요. 영국은 장관 이름도 복잡하지요. 흔히는 secretary of foreign affairs처럼 장관을 secretary라고 부르지요. 그러나 재무 장관은 the chancellor of the exchequer이고 또 다른 이름이 있지만, 상무 장관은 대개 the president of the board of trade라고 하지요.

문광훈 그냥 그대로 하지, 전부 미니스터(minister)라고 써야 된다며 통일시키지 않는다는 것이지요?

김우창 통일이 되지 않았다고 해서 속병이 나는 건 아닌 것 같습니다. 여러 해 전, 외무부에서 나한테 전화해서 영국의 장관을 뭐라고 하느냐 물어온 일이 있었지요. 전부는 미니스터라고 하지만, 하나하나는 따로 알아보아야 한다고 했지요. 역사적인 출발을 존중하면서 그것이 시대 사정에 따라 변화해 가는 것을 그대로 받아들인 결과, 이름과 기능 사이에 차이가 생기는 것이지만 중요한 것은 그렇게 하여 이름보다도 사실, 역사와 더불어 변화할 수밖에 없는 구체적인 사실을 존중한다는 것이라고 하겠지요.

문광훈　수긍할 만한 행동이 하나의 관습으로 되면서 보편적 가치로 자리 잡는 사회가 영국 사회라는 것이네요.

김우창　다시 대학으로 돌아가서 교수와 학생과의 관계도 분명한 것 같지 않았습니다. 대학원생으로만 구성된 대학도 있고, 학부와 대학원생을 다 같이 수용하는 대학도 있고. 김대중 전 대통령이 대통령 선거에 떨어지고 케임브리지 대학교에 가서 클레어홀이라는 대학 소속으로 체류한 일이 있는데, 그곳은 대학원생 대학이지요. 클레어홀에 갔다가 식당에서 어떤 교수를 만난 일이 있는데, 스칸디나비아 문학 교수라 했습니다. 스칸디나비아 문학 공부하는 학생이 하나도 없지만 대학에 그대로 있다고 하더군요. 물론 대학 식당에서 점심을 먹었습니다. 쓸쓸해하기는 했지만.

문광훈　학생이 없어도, 그 자리가 필요하다고 생각하면 대학에서 지원을 해 준다는 것이지요.

김우창　옥스퍼드에는 유명한 대학이 올소울즈 칼리지(All Souls College)라고 있는데, 교수는 있고 학생이 없는 대학이지요.

문광훈　그럼 연구 중심의 대학인가요?

김우창　연구도 뭐 하라는 요구가 없는 연구 중심의 대학인 것 같습니다.

문광훈　그래서 책 내고. 그러면 프린스턴 고등연구원과 비슷하겠네요.

김우창　비슷하지요. 단지 고등연구원은 연구하는 별도의 기구지만, 이건 대학의 일부에 있는 것이지요. 잡담이 길어졌지만, 대학의 이러한 면들은 영국적 사회의 존재 방식의 일부를 나타낸다고 할 수 있습니다. 그것이 특권의 유지에 도움이 되는 점이 있다는 것은 늘 인정해야 하지만. 영국 사람들이 하는 일에는 대체적으로 합리성이 있지만 모든 것의 아귀를 맞추려고는 안 해요. 그러니까 영어 스펠링이 엉망 아닙니까? knight(기사)의 경우 k나 gh는 아무 필요 없는데도 붙어 있어요. 고대 영어의 습관을 그대로 가진 것이지요.

문광훈 합리성의 세세한 부분에서 있기 마련인 불필요한 수고와 비용들을 전통으로써 메워 준다는 거네요?

김우창 수백 년 전통이 있으면 그 안에서 살 만한 궁리들이 생겨나게 마련이라고 할 수 있습니다. 서양의 관점에서 인권이나 자유를 말하지만, 한 고장에 사람이 몇백 년을 같은 일하며 살면 그런 말이 없어도 사람이 살 만하게 되는 것이 아닌가 하는 생각을 합니다. 물론 그렇다고 인권이나 자유가 중요하지 않다는 말은 아닙니다. 시대적인 요구로서 그것이 중요해진 것이지요. 그러나 그러한 개념이 존재하지 않은 곳에 그것이 없다고 하는 것은 옳지 않은 생각일 것입니다. 실질을 보아야지요. 어떤 경우는 분명한 개념과 이름이 없기 때문에 오히려 인간적인 내용을 풍부하게 가진 삶이 있고 그 안에서 분명한 개념으로 표현될 만한 가치가 저절로 작동하는 더 넓은 인간적 관련 속에서 작동하는 경우도 있을 것입니다.

공부도 그렇지요. 시험과 학점이 있다고 반드시 공부가 잘되는 것은 아니지요. 영국 대학에서 기본 원리는 학생이 대학에서 산다는 것입니다. 이것은 역사적으로 학생의 합숙이 대학의 시발이었던 때문이라고 할 수도 있지만, 대학에 살면 공부가 되게 마련이라는 생각을 하는 것입니다. 교수도 원래는 대학 안에서 살았지요. 학교의 강의가 끝난 다음에도 학생이 일정 기간 학교에 있어야 된다는 규정도 있지요. 중요한 것은 환경이고 환경에서 촉발되는 동기라는 것이 아닌가 여겨집니다.

문광훈 독자적 세계를 이루면서 스스로 자기 할 일을 하고, 또 사회에 대해서도 어떤 항제 작용을 그 나름으로 하니까 내버려둬도 되는 것 아닌가요?

김우창 그래도 영국에서나, 또 세계적으로 최고의 대학 아닙니까?

문광훈 그걸로 충분히 할 만큼은, 아니 누구보다도 더 잘하니까.

김우창 내버려둬도 그렇게 되는 것이지요. 영국의 많은 제도가 그런 것 같습니다. 아귀 맞추려고 하지 않고 하던 거 오래 하다 보면 사람 사는 일에 맞게 된다는 것이겠지요. 중요한 것은 실질이지요.

문광훈 그런 사실은 우리가 어떤 이성적 사회의 가능성을 생각하는 데도 좋은 참조 틀이 될 수 있겠네요.

영국인은 누구인가

김우창 에드먼드 버크(Edmund Burke)가 한 얘기가 그것이지요. 에드먼드 버크는 불란서 혁명에 관한 글에서 불란서 혁명에서 인권이다 뭐다 하는 것을 공박하면서 영국 사람은 추상적인 이론 때문이 아니라 원래부터 자유로우니까 자유로운 거다, 이렇게 말한 것이 있습니다. 최근에 옥스퍼드에 있는 티머시 가턴 애시(Timothy Garton Ash)가 쓴 것을 보니까, 영국에는 영국 사람이 뭘 못 하느냐에 대한 정확한 정의가 없다는 것을 말한 것이 있었습니다. 불란서에서는 시민이 뭐냐는 걸 말하려면 불란서의 민주 공화 정치의 이념에 입각한 시민으로서의 의식을 강조하는데, 영국에는 시민이란 개념이 없다는 것입니다. 그럼 영국 사람은 뭐냐? 영국 사람은 만나서 날씨 얘기하고, 여왕의 동정에 관심도 좀 보여 주고, 술집에 가서 술도 마시고, 이런 습관을 가진 사람이 영국 사람이라는 것입니다. 그런데 그의 주장은 이제, 이민들이 많이 들어오니까 영국인이 누구인가를 좀 생각해 봐야 된다는 것이었습니다.

문광훈 다른 나라에서는 이렇게 볼 수도 있겠네요. 불란서나 독일에는 그런 것이 전통으로서는 약했지만 개념적 술어나 제도적 디자인을 통해 사회적 체계화를 시도했다면 영국의 경우에는 전통이나 관습으로 이미 많은 것이 내재화되어 있었기 때문에 굳이 이념적 규정이 필요 없었다는 것으로 말이지요.

김우창 W. H. 오든이 영국을 찬양하여 쓴 시가 있습니다. 「석회암 찬미 (In Praise of Limestone)」라는 시지요. 오든은 신이나 법 체제 등에서 절대성을 추구하고 순교자와 지사를 숭배하는 사람들은 유럽 대륙에 가고, 대충대충 어울려 사는 사람들이 영국에 남아 있다고 하면서, 이것을 화강암이나 사막의 매서운 풍토가 아니라 물에 약하여 쉽게 변형되고 다양한 지형을 만들어 내는 석회암 지형에 비교합니다. 영국에 많은 것이 석회암이니까요. 하여튼 절대 가치를 추구하지 않는 까닭에 영국에서는 대륙의 경우에 비하여 피비린내 나는 싸움이 덜 일어났다고 할 수는 있습니다. 부당한 것도 많고 불편한 것도 많지만 사람이 그냥 오랫동안 살다 보면 인간적 질서가 어느 정도는 유지되는 것이겠지요. 만날 싸우고 살 수는 없으니까. 일본과 우리의 큰 차이 중의 하나가 그거일 거예요. 근대 이전의 일본은 자기들끼리 싸운 게 있지만, 크게 전체를 두들겨 부수는 싸움은 안 했거든요. 외침(外侵) 없이 그대로 사니까 전통적 관습이 많이 생기는 거예요. 시끄러운 나라일수록 합리적인 것이 많아지고 필요하게 되지요. 안 그러면 큰 문제들이 생기니까.

문광훈 예를 들어 신라나 백제, 고구려 사이의 전쟁과 같은 갈등들이 일본 역사에서는 없었나요?

김우창 잘은 모르지만, 그렇다고 말할 수 있지 않나 생각합니다. 일본의 봉건주의적 갈등은 국가 간의 갈등보다도 봉건 영주들 간의 갈등이었던 것 같습니다. 빼앗아 가는 것은 있었지만, 보통 사람들은 그 사람들하고는 그냥 밥 먹고 사는 거지요. 힘 있는 사람들이 기본적인 질서를 잡고. 중국의 경우도 국가적 투쟁 또는 권력자들의 투쟁과는 조금 거리를 두며 산 것이 아닌가 합니다. 청나라 같은 나라의 지배 체제에서도 그렇고. 오든은 중국이 일본과 전쟁할 때 중국 남쪽을 여행했는데, 거기 사람들의 반응에서 북쪽 사람들이 전쟁을 하는 것이니까 자기들과는 큰 상관이 없다는 태도를 표현하는 것을 보고 놀란 일이 있다고 합니다.

문광훈 국가 의식이나 민족의식은 흔히 근대의 산물로 얘기하지 않습니까? 이런 것과는 별개로 중국이나 일본의 경우 개인이 집단 전체와 일치시키는 일은 우리보다 습성적으로 좀 약했다는 건지요?

김우창 연구를 해 봐야 할 과제이지요. 우리의 민족의식이 아주 강해진 것은 19세기 말부터일 가능성이 많아요. 일본 사람들이 오고 그러니까. 그전에는 꼭 그랬는지 어땠는지 모르잖아요. 서양에서는 특히 그렇지요. 임금이라도 자기들끼리 왔다 갔다 하는 거지 보통 사람은 아무 관계가 없다는 느낌이 있었던 것 같아요. 영국은 민족 형성 이전에, 우리 식으로 생각하면, 특히 외침이 상당히 많았습니다. 그래서 그런지 그런 집단을 의식화하기보다는 그냥 관습으로 사는 것처럼 보입니다. 대학의 관습적 존재 양식도 그러한 국민 의식의 한 표현인지 모르지요.

문광훈 우리나라에서도 그런 정신적·지적 전통을, 적어도 그것이 보편적이라면, 하나의 문화적 관습으로 자리 잡게 하는 게 지금으로서는 필요한 것 같아요.

김우창 이러한 문제들은 역사학자들이 밝혀야 하는 것이지만, 그냥 추정적으로 몇 가지를 이야기할 수 있습니다. 서양 철학에, 특히 중세 철학에 유명론(nominalism)과 실재론(realism)의 논쟁이 있지 않습니까? 추상적으로 표현되는 개념에 해당되는 실재가 있느냐 없느냐 하는 논쟁이지요. 지적으로 이해하는 개념은 이름에 불과하다는 주장이 있고, 그것에 해당하는 실재가 있다는 주장이 있고. 가령 소크라테스라는 구체적인 개체를 넘어서, 소크라테스라는 개체를 포함하는 인간성이라는 것이 실재하느냐 하는 것과 같은 문제이지요. 그런데 그러한 논쟁의 귀추를 떠나서 우리나라의 사상적 풍토는 모든 이름에 대하여 그에 해당하는 실체가 존재한다고 생각하는 경향을 가지고 있는 것 같습니다. 특히 정치 영역에서 그러하지요. 아마 우리의 정치적 경험이 민족이라는 범주의 실재성, 그것의 일체성을 요청하는 것이었기 때문이라 할 수 있겠지요. 물론 우리처럼 윤리를 중시하는 사회에서 윤리도 경험적인 것이 아니라 어떤 초월적 토대를 굳건하게 가진 것이라고 믿을 필요가 있었겠지만, 이런 점에서 한국인은 대체로 실재론자이지요. 민족이면 민족이 사람을 규정하는 절대적인 범주이지요. 고려대학교에 있으면 절대적으로 고대인이라야 하지요. 그것은 직장 이상의 규범성, 나아가 실재성을 가진 것으로 생각합니다.

하여튼 우리는 모든 것을 너무 하나로 묶어서 생각하는 습관이 있습니다. 많은 개념적 분류는 경험적 현실에서 일시적인 타당성을 갖는 것이라고 생각하기를 싫어합니다. 풍부한 문화와 역사적 전통이 있다는 것은, 많은 현상이 하나의 개념이나 범주나 규범으로 재단하기 어렵다는 것을 느끼게 하는 역할을 하지요.

공산주의 체제하에서 북한의 문학 이론은 사회주의 리얼리즘의 기치하에 명명백백하고, 중국은 그래도 조금 더 복잡하다는 것을 읽은 일이 있습니다. 하나로 재기에는 중국의 문학 유산이 너무 다양한 것이지요. 하나의 이론이 옳다고 한다면, 그 많은 유산이 다 틀린 것이 될 수가 있는데, 결국 사람들은 그 많은 사례가 틀린 것이 아니라 이론이 틀린 것이지 않나 하는 의심을 갖게 되지요. 그러니 개념적으로 명백한 이론보다 사례의 다양성을 더 중시하지 않을 수 없지요. 중국만큼 풍부하지 않더라도 전통이 살아 있다면 단순화가 어려울 터인데, 그것도 다 깨져 버렸지요. 그러니 실재론이 모든 것을 지배하지요. 전통을 다시 회복하는 것은 세월이 오래 걸리는 일이고. 이제 시대적으로 새로운 출발, 새로운 전체적 구도 등이 필요할 수밖에 없다고 할 수도 있습니다. 그러나 그것이 전부라고 생각하는 것은 문제이지요. 사람 사는 일에서 '신은 세부에 계시다.'라는 말은 참으로 맞는 일이니까요. 실질을 보고, 실질에 관련해서 별 중요성이 없는 것은 대충만 보는 이런 태도가 필요하지요. 그러나 역설적으로 이것은 보다 오랜 삶의 퇴적에서 생기는, 문 선생이 말씀하신 대로, 내재성, 내재적으로 형성된 어떤 것, 일체성이 있어야 가능하지요.

문광훈 하루아침에 되는 것도 아닌 것 같습니다. 어쩌면 가장 큰 손실은 수긍할 만한 관습이 풍부하게 착근하지 않은 데서 나오지 않는가, 그런 전통적 문화의 현대적 단절로부터 말이지요.

인문학에 대하여

문광훈 인문학 위기와 관련하여 지지난 주에 고려대에서 선언[1]도 했고 이번에는 '인문 주간'이라고 해서 행사도 많이 하고 있습니다. 선생님 생각이 어떠신지요?

김우창 요전에도 그 얘기를 했는데. 다른 쓸 것도 없고 해서 《경향신문》에도 오늘 그걸 써 보냈어요. 자꾸 들어서 지겨울 텐데.

문광훈 그런데 새겨서 잘 안 듣는 것 같아요. 우리 사회의 지식인들이 좀 새겨들었다면, 성찰도 여러 번 하고 고쳐도 여러 번 고쳤을 것 같다는 느낌이 들었어요.

김우창 제도적인 답을 하나 다시 하지요. 간단해요. 지금 우리나라 대학제도가 독일식, 일본식, 미국식이 뒤섞여 있는데 미국식으로 많이 옮겨 가

---

1 2006년 9월 15일 고려대학교 인문학부 교수 121명 일동이 인문학 위기 타개를 촉구한 선언.

고 있어요. 미국식으로 가려면 완전히 미국식으로 기는 게 좋겠다고 생각해요. 대학에 따라서 다른데, 가령 동부의 이름 있는 대학들은 학부 과정에서 기초 과학 공부밖에 안 해요. 직업 교육은 대학원에서 하지요. 법과 대학이나 우리나라에서 많이 가는 경영 대학, 의과 대학은 다 대학원이지요. 학생들이 학교 들어가며 지망할 때 '나는 뭘 하고 싶다.'는 장래 소망은 얘기하지만 전공 선택은 안 합니다. 2학년, 3학년 되면서 해요. 끝까지 전공 없이 나가는 학생도 있어요. 우리도 이런 식으로 하면 어떨까 합니다.

　　문광훈　그러면 무슨 과로 졸업했다 이렇게는……

　　김우창　그게 안 되지요.

　　문광훈　그냥 '하버드 졸업했다.' 이런 식으로.

　　김우창　학생들이 자기 안전을 위해 전공을 선택하지요. 그러나 규칙상으로는 안 해도 되게 되어 있어요. 2학년이나 3학년 때에 이것저것 해 보는 학생도 많지요. 전공이라는 것도 기초 과학 안에서의 얘기이지요. 나중에 의과 대학 가기 위해서는 생물학 공부 같은 것을 해 두는 것이 좋아요. 또 하나는 사원 모집할 때 전공에 따라 지원 자격을 제한하지 않도록 정부에서 권장하면 될 거라고 생각하지요. 그러면 기초 과학 공부할 것이고, 그러다 보면 인문 과학 공부도 할 것이고.

　　문광훈　그러니까 4년 교양 공부하고 나서 한 1, 2년 동안에 직업적으로 필요한 것을 대학원에서 배우거나, 아니면 직장 들어가서 직업 교육으로 배운다는 것이지요?

　　김우창　그것의 상당 부분은 회사에서 하고. 일본 외무성 같은 데서 직원 뽑으면 외무 대학에 가서 전문가가 되도록 새로 공부하는 것을 본 일도 있습니다.

　　문광훈　정부에서 다 뒷받침한다는 것이지요?

　　김우창　정부에서도 그렇게 여유 있게 하지요. 그래야 장래성 있게 뭐든

하겠지요.

문광훈 긴 호흡을 가지고 할 수 있다는 것이네요.

자유 학문으로서의 인문 과학

김우창 다시 인문 과학이나 기초 과학의 문제를 길게 이야기하는 것이 되겠는데, 방금 제도적 답변을 한다고 했지만, 제도를 말하는 것은 일종의 강제적인 테두리를 부과하자는 이야기지요. 그런데 인문 과학도 그렇고 학문이라는 것은 그 자체로 할 만한 것으로 느껴져야지 다른 외적인 동기가 너무 작용하면 안 되지요. 말이 길어지지만, 이 문제를 조금 이야기해 보지요.

인문 과학의 후퇴와 더불어 이 학문 자체에 대한 동기와 존중이 약해지는 것은 우리의 전체적인 정신문화를 위하여 참으로 걱정스러운 일입니다. 옛날에는 실용적인 학문을 조금 낮추어 보았습니다. 학문이 순수한 학문적 동기에서 나와야 된다는 생각이 있었기 때문이었지요. 요즘은 개인적으로나 사회적으로나 모든 학문이 실용성에, 돈벌이에 얼마나 도움이 되느냐에 의하여 평가됩니다. 인문 과학이 중시되어야 한다거나, 또는 하버드 대학 등의 경우처럼, 전공으로보다도 일반적인 것으로 또 일체적인 것으로 취급되어야 한다는 것은 단순히 제도나 기술의 문제가 아닙니다. 그것은 인간의 모습에 대한 사회적인 이해에 깊이 관계되어 있는 일이지요.

전에는 영어로 인문 과학 대학을 College of Liberal Arts라고 했습니다. Liberal Arts란 '자유 기예'라는 말인데, 원래 liberal은 liberi란 말에 연관되어 있지요. 그것은 로마에서 노예가 아닌 자유인을 말합니다. 자유인이란 돈푼깨나 있는 사람이기 때문에, 실용적인 공부를 할 필요가 없었지요. 그러니까 이러한 의미에서 인문 과학의 순수한 학문적 동기를 강조하는 것은 계급적 편견을 나타내는 것이라고 할 수 있습니다. 공산주의 국가에서 인문 과학을 의도적으로 나쁘게 보려고 한 것도 이러한 사실과 관련이 있습니다.

그러나 학문에 순수한 동기가 중요한 것도 사실입니다. 지적 호기심, 정신적 추구가 인간 정신의 드높은 측면의 표현인 것을 부정할 수 없습니다. 그것이 있는 곳에 정신적 존재로서의 인간에 대한 긍정도 존재하게 되지요. 인문 과학의 쇠퇴는 바로 이러한 것들이 쇠퇴한다는 것을 말하지요. 물론 인문 과학뿐만 아니라 모든 기초 과학이 정신적인 존재로서의 인간의 중요한 표현이라는 면을 가지고 있지요. 대학에서 인문 과학이나 기초 과학이 중요한 것은, 사람의 이런 면을 존중하는 인간의 자기실현에 중요하기 때문이라고 할 수 있습니다.

오늘날 학문의 많은 문제도 이러한 근본 문제와 관계하여 생각해 볼 수 있습니다. 실용적 학문은 물론 중요합니다. 그러나 그것은 인간의 비실용적 추구를 안 보이게 하는 것이어서는 안 됩니다. 지나치게 전문성을 강조하는 것도 그렇습니다. 인간의 정신적 추구는 하나입니다. 한동안 찰스 퍼시 스노(Charles Percy Snow)의 자연 과학과 인문 사회 과학이 서로 담을 쌓아 버린 오늘의 학문의 상태가 옳지 않은 것이라는 『두 문화(The Two Cultures)』가 유명했던 것은 정신의 추구는 하나여야 한다는 생각이 있었기 때문이지요. 전문화는 능력과 시간의 제한으로 불가피한 것이지만, 인간 정신의 참모습이란 관점에서는 불행한 일이지요. 옛날에 내가 서울대학교에 있을 때 서울대학교의 기초 과학부는 문리과 대학이었지요. 지금은 문과 대학, 인문 대학 아니에요? 미국에서 20세기의 중요한 비평가이고 시인인 존 크로 랜섬(John Crowe Ransom)은 대학에서 수학과 고전학을 했지요.

영국의 대학이나 미국의 하버드 같은 데 전공별 단과 대학이 없는 것도 학문의 단일성에 대한 믿음이 조금은 남아 있기 때문이라고 할 수 있지요. 그러니까 하버드 들어가면 학생들은 전부 하버드 칼리지라는 데 들어가지요. 하버드 칼리지를 운영하는 교수단을 인문자연과학교수부(Faculty of Arts and Sciences)라고 하고 그 사람들이 대학원도 운영하게 되어 있습니다.

대학의 많은 제도가 학문의 순수성에 대한 이해에 관계되어 있다고 할 수 있습니다. 대학 규모를 작게 한다든지, 기숙사 생활을 요구한다든지, 개인 지도를 중시한다든지 하는 것이 전부 학문과 인간의 일체적 발달이 대학 교육의 핵심이라고 생각하는 것과 관계가 있습니다. 하버드의 학부인 칼리지 같은 것이 우리처럼 대학 규모가 크지 않은 것도 그런 관계이지요. 하버드는 지금 만 5000명 정도 될까 그래요. 학부만 하면 만 명 안 될 것 같아요.

문광훈 대학 한 학년의 규모가 서울의 종합 대학 한 학년의 반 정도가 안 되네요?

김우창 프린스턴 같은 데는 전부 합쳐서 만 명이 안 될 거예요. 이 학생들은 원칙적으로 기숙사 생활을 합니다. 영국에서 '칼리지'라고 하면, '가서 사는 기숙사'를 말한다고 할 수 있지요. 또 아까 말한 대로 개인 지도가 중요한 것도 같은 분위기에서 이해할 수 있습니다. 우리와 시스템이 아주 다르지요. 학문을 전체적인 삶의 일부로 간주하고 그에 맞는 환경을 제공하려 하는 것은 사실 미국에서보다도 영국, 그중에도 옥스퍼드나 케임브리지에서 철저하지요.

문광훈 그러면 케임브리지, 옥스퍼드에서는 학생들이 다 기숙사 생활을 하는 것이 되나요? 그렇다면 대학 생활 때 그야말로 잡념 없이 집중할 수 있겠네요?

김우창 존 러스킨(John Ruskin)이라는 사람 있지요? 미술에 대해 많이 쓴. 러스킨은 몸이 약하고 집에서 귀염둥이로 자란 사람이어서 옥스퍼드에 들어갔을 때 부모가 대학에다 특별 소청을 내서 허가를 받아 시내에 따로 살 수 있었지요. 전에도 말했지만, 강의가 4월 말에 끝났다 해도 학생들은 6월 말까지 학교에 있어야 된다는 규정 같은 것도 학문을 삶의 일체성에서 본 결과라고 할 수 있지요.

문광훈 단순히 학교 커리큘럼에 따라가는 것으로 만족하는 것이 아니라 자기 계획에 따라 공부하고 싶은 사람, 공부하려는 사람이 결국 대학에 오게 되어 있네요.

김우창 우리는 '공부를 시킨다.'고 생각하지만 그 사람들은 '스스로 하는 거'라고 생각하는 것이겠지요. 그렇게 하게끔 여건을 만들어 주고, 그러면서 일정 기간 학교에 있어야 한다고 하는 것이지요.

문광훈 어떤 부분에서는 자율성을 최대한 보장하고 또 어떤 것은 엄격한 규정 아래 두고.

김우창 자율성을 보장하기 위한 테두리는 학교에서 엄격하게 하는 것이지요. 이것은 개인 인권의 문제에도 해당돼요. 그것은 자율성을 보장하는 일이면서 그 테두리를 엄하게 하는 일이지요.

문광훈 그게 바로 전통의 힘인 것 같은데요.

정전과 연구의 체계

김우창 전통이 없어지는 것이 오늘의 상태이지요. 이제는 이러한 일체성으로서의 인간 성장, 인간 정신의 계발과 같은 것이 어려워진 것입니다. 자기 계발에 일정한 전통이 중요한데. 이것은 우리만이 아니라 세계적인 일이지요. 전에도 이야기했지만, 정전의 문제 같은 것도 여기에 연결되어 있지요. '그래도 플라톤의 『공화국』을 읽어야지', 독일 사람 같으면, '그래도 『파우스트』는 읽어야지' 이렇게 되겠지요. 우리는 전통이 다 깨졌기 때문에 더욱 무엇을 읽어야 될지 『논어』를 얼마나 읽어야 될지 잘 모르거든요. 연구의 경우에도 무엇을 연구해야 할지 모르게 됐지요. 일반적인 정신적 추구에 대한 이해가 사라졌으니까 판단을 할 수가 없지요. 가령 영문학에서 셰익스피어의 텍스트에 대한 문제가 많은데, 그것이 우리 학문의 전체적인 판도에서 무엇을 뜻하는 것인지 잘 모르지요.

문광훈 원전이 어떤 것인가에 대한 논란 말인가요?

김우창 물론 셰익스피어 연구는 영국에는 중요하지만, 셰익스피어가 중요한 고전이 되어 있지 않은 우리나라의 경우 그것을 어떻게 판단해야 하는지는 불분명하지요.

문광훈 그 말씀은 중요한 문제 제기인 것 같은데요.

김우창 이게 우리한테 무슨 의미가 있느냐……. 가령 『파우스트』를 이해하는 데 우어파우스트(Urfaust, 파우스트 원본)를 따지는 건 좋지만 『파우스트』를 잘 모르는데 그것을 떠나서 우어파우스트만 얘기하는 게 무슨 의미가 있느냐를 따져 봐야 돼요. 그것은 하나의 훈련으로는 필요하지만 우리의 인문적 전통을 수립하는 데 중심적인 건 아니거든요. 그런 문제들이 많이 있어요. 전체적 분위기가 '무엇이 중요하냐.'는 것이 좀 확립되면 중심적 연구가 있고 주변적 연구가 있고 그렇게 되겠지요.

문광훈 학문 체계 전체에서 고전의 문제를 거시적으로 짚어 주는 일을 선생님께서 좀 하시지요. 선생님이 앞에 계셔서 드리는 말씀이 아니라, 그건 단순히 여러 분야의 여러 학자들이 모인다고 해서, 또 이들의 공동 작업으로 해서 되는 건 아닌 것 같거든요. 물론 장점도 있겠지만. 개별 세목에 대해 장단점을 고루 짚어 낼 수 있어야 하는데, 그건 쉽게 할 수 있는 작업이 아니기 때문입니다. 오히려 지금까지 우리 학문적 저술이 보여 준 큰 문제점의 하나는 많은 사람들이 파편적으로 자기 작업에 골몰해 왔거나 아니면 이런 개별 연구자들이 모여 공동 작업이란 이름하에 자기 분야의 목소리를 대변하는, 좀 심하게 표현하면, 학문 연구에서조차 엄정한 객관성이 도출되기보다는 기득권 유지가 반복되는 차원을 넘지 못하는 경우가 많았거든요.

김우창 고전은 우선 정신이 하나로 존재하고 그것이 역사적 체험에 의하여 일정한 방향으로 형성된다는 것을 전제하지요. 지금 이러한 점들이 불분명해진 것인데 이런 것을 어떤 사람이 혼자 가려낼 수는 없겠지요. 그런 문제의식을 가지고 여러 사람들이 '우리한테 필요한 게 뭐냐.'에 대해 계속적인 논의를 해야지요. 지금의 인문 과학 논의에서 두 가지 중요한 것이 빠져 있는 것 같아요. 하나는, 인문 과학의 본질이 뭐냐에 대한 논의가 있어야 돼요. 인문 과학이 중요하다고만 말할 게 아니라 그 본질이 무엇이냐에 대해 논의해야지요. 또 하나는 제도적으로 무엇이 필요하냐에 대해 논의해야 합니다. 인문과학위원회나 인문과학연구소 같은 기관을 정부가 만들어서 계속적으로 고전 연구를 하면서 '학자들의 의제가 뭐가 되겠는가.'에 대해 생각하고, 또 고등학생이면 고등학생들이 뭘 읽어야 되는가도 생각하고, 이런 것들을 계속적으로 논의하면 어떨까 하는 생각이 드네요.

문광훈 저도 얼마 전에 인문학에 대해 칼럼을 썼지만, 인문학에 대해 정말 납득할 수 있는 이야기나, 거시적 시각에서 현재의 문제 지형을 공정하게 짚어 주는 글을 볼 수는 없었던 것 같아요. 그보다는 여태껏 현실을 등한시했다거나 실용성을 고려하지 않았다거나, 그래서 문화 콘텐츠를 개발해야 된다는 식의 글들이 주조를 이루었어요. 물론 맞는 말이지요. 그러나 핵심은 인문학을 이루는 문화 전통이나 그 의미, 또 깊이 연마한 데서 오는 자연스러운 성숙성을 그 자체로 체현한 저작을 보여 주는 것 아닌가 싶은데요. 말하자면 한 사회의 '정신적 하부 구조로서의 인문학'은 잘 얘기 안

하는 것 같아요.

김우창 나는 '인문학'보다 '인문 과학'이란 말을 늘 강조해요. 왜 그러냐면 우리 하는 일에 너무 과학적인 걸 무시하는 게 많아서예요. 그래서 학문은 과학적으로 해야 된다는 생각이 들어요.

문광훈 얼마 전에 신문 대담에서의 에피소드가 생각나네요. 어떤 한 선생님이 인문 과학에서 '과' 자를 빼야 된다고 계속 얘기하시는 거예요. 뺄수도 있지만 그러나 우리의 지적 전통에서는 논리적 엄밀성이 너무 약하기 때문에 그것은 의식하는 게 낫다, 그리고 '과' 자 빼고 안 빼고는 부차적인 문제이지 않는가, 제가 그렇게 말했다가 대담이 좀 어지럽게 된 적이 있었습니다. 이 부분도 결국 삭제되었지만. 시론이나 칼럼에서의 인문학 위기 논의도 전부 다 달라요. 그런 점에서 인문학의 어떤 속성, 그것을 실체화할 수는 없겠지만, 대략적 윤곽과 궁극적 지향점에 대한 사회적 동의는 매우 중요한 것 같아요.

김우창 되풀이하는 이야기지만 인문학이나 인문 과학이란 말을 사용하는데, 그것의 본질이 무엇이고 그 범위가 뭐냐에 대해 자기 정의를 하려는 노력이 있어야 해요. 그러면 정전의 문제가 제일 핵심적이거든요. 유럽도 그랬지만 미국 같은 데서도 정전이 보수적 입장에서 나오기가 쉬워요. 이것은 가르쳐야 된다고 해서. 여러 해 전 시카고 대학교에서 나온 책 중에 앨런 블룸(Alan Bloom)이란 사람이 쓴 『미국 정신의 종말(*The Closing of the American Mind*)』이라는 게 있어요. 이 책이 상당히 센세이션을 일으켰어요. 플라톤, 아리스토텔레스에서부터 시작해서 서양의 고전을 다시 가르쳐야 된다고 강하게 주장한 것이지요. 그걸 깨려는 것이 진보적 노력이었는데, 보수적 입장의 이런 언급이 무슨 소리냐 해서 공격을 많이 받았지요. 보수나 진보에 관계없이 정전 없이는 안 될 터인데.

문광훈 중요한 것 같아요. 포스트모더니스트들이 비판하듯, 한편으로는 정전이 가지고 있는 고답적이고 폐쇄적인 면에 대한 비판과, 다른 한편으로는 그것이 이룩한 성취에 대한 존중이 동시에 필요한 것 같아요.

김우창 특히 우리나라에서는 그래요. 미국이나 유럽에서 정전 비판이 나온 것은 정전이 있기 때문이지요. 그러니까 정전에 대한, 말하자면 여당에 대한 야당으로서 존재하는 것이지요. 여당도 없는데 야당만 자꾸 아우성치면 무정부가 되어 버립니다. 다시 연구의 문제로 돌아가서, 정전이 흔들리면서, 지금 영문학 계통도 보면, 적어도 그 의의에 있어서 연구는 황당무계한 것들이 되지요.

문광훈 우리나라의 외국 문학은, 독문학도 포함해서, 영문학·불문학 등이 일종의 집단적 방향 상실에 빠져 있지 않나 생각하는데요.

텍스트와 시대

김우창 인문 과학의 여러 과목이 살아가는 데는 교수법 같은 것도 문제이지요. 가령『파우스트』가지고 한 학기 내내 번역하다 마는 식이라면 안 되지요.

문광훈 대개는, 특히 저희들 배울 때인 1980년대에는 많이 그랬지요.

김우창 해석뿐만 아니라『파우스트』가 독문학에서 갖는 의미를 얘기해야 되고, 또『파우스트』같은 것을 좋아하는 유럽 사람들의 문제가 뭔지 얘기해야 돼요.

문광훈 하나의 문학 작품과 이 작품이 보여 주는 삶, 이 삶을 둘러싼 사회 정치적·역사적 배경, 나아가 문화적 맥락을 작품 분석으로부터 시작하여 자연스럽게 번져 나가면서 짚을 수 있어야 된다는 것이지요. 그런데 이것 자체가 여러 가지의 능력, 언어적·사고적·문화적 능력을 요구하는 것 같아요. 관점이나 시각, 이해와 표현에 있어…….

김우창 그 여러 가지도 자체 의제의 개발, 자기 정의를 통해 이뤄져야 되지요. 루카치의 책에 『괴테와 그 시대(Goethe und seine Zeit)』라는 게 있잖아요? 그리고 "괴테와 그 시대를 우리 시대에서 어떻게 보느냐." 이 세 가지가 있어야지요. 괴테와 그 시대, 괴테와 우리 시대, 이렇게 세 가지를 해야돼요. 그러려면 교수들의 연구 방향이 상당히 달라야 되고, 교수가 여러 가지 것을 넓게 알고 있어야겠지요. 좁은 것만 가지고는 안 되지요.

문광훈 그런 관점을 가지고 있었더라면 요즘처럼 '문화 연구', '문화학'해서 모든 사람이 발표하는 글마다 문화라는 글자를 억지로 집어넣는, 집어넣으려고 애쓰는 쏠림 현상은 없을 것 같아요.

김우창 잡담을 하나 하지요. 1987년인가 '전두환 물러나라.'는 데모가한창이었고, 민주화가 되려고 할 때 에릭 홉스봄이 한국에 왔었어요. 그래서 홉스봄을 몇 번 만났어요. 그가 "내가 당신들을 위해서 해 줄 수 있는 게 뭐냐?" 그래요. 그 사람은 원래 공산당원이었거든요. 전통적 의미의 공산당원은 아니지만 진보적인 사람이니까. 그래서 "여기에서 일어나고 있는일을 성실하게 전달해 주면 그것이 당신이 할 수 있는 일이다."라고 했지요. 그래 또 한번 만나자, 이렇게 얘기가 됐지요. 홉스봄 교수가 그때 플라자 호텔에 머물고 있었는데, 플라자 호텔 앞에서도 데모가 벌어졌지요. 내가 그때 무슨 다른 약속 있어서 대신 이상신 교수를 가게 하겠다고 했지요. 두 분이 무슨 얘기를 했는지는 듣지 못했네요. 그런데 그때 홉스봄이 한 말가운데, 우리 얘기도 하면서 영국 걱정들이 있었어요. 영국은 대학 교육이너무 엘리트 중심으로 되어 있다고 하면서 한국의 대학 수를 듣고, 그때 한국의 대학 수가 백 몇 십 개였는데, "아, 한국 잘하고 있다."라고 했지요.

영국은 사실 옥스퍼드나 케임브리지가 중심이고 다른 대학들은 별로빛을 못 보았거든요. 그러다가 60, 70년대를 통해서 영국 정부에서 민주화를 해야겠다는 생각을 많이 하게 되어 지방 대학을 만들고 권장했어요. 옥스퍼드, 케임브리지 문호도 개방해서 가난한 사람들, 그 출신들이 많이 들어올 수 있게 장학금도 주고 했어요. 그때 옥스퍼드, 케임브리지를 나온 사람들이 지방의 신설 대학에 많이 갔지요. 그 사람들이 옥스퍼드, 케임브리지에서 하는 고전 교육이 엘리트 중심의 교육이라는 비판을 하면서 문화 연구라는 것을 많이 발전시키게 되었지요. 문화 연구의 발달에는 이러한 사정들이 있지요. 하여튼 간단하게 이야기할 수 있는 일은 아닌 것 같습니다. 우리나라에서 학문의 문제를 생각할 때에도 대학 사회학의 관점도 필요할 것입니다. 정전이 엘리트주의와 많이 관계되는 것은 사실이고, 또 그러한 비판이 나오는 사정은 간단치 않고.

　문광훈　그건 부인할 수 없을 것 같아요.

우주에 가득한 음악

음악과 조형 예술

문광훈 이번에는 조각, 미술, 음악, 무용, 건축 등에 대해 이야기 나누었으면 합니다. 선생님 글을 보면 이런 장르에 대해 다방면으로 쓰신 게 드러납니다. 문학 이외에 선생님께서 특별히 관심을 갖거나 좋아하시는 장르가 있으신지요?

김우창 글쎄요. 내가 제일 이해를 못하면서도 제일 마음이 끌리는 건 음악이지요. 음악은 언어적으로 설명하기가 어려운 것 같아요. 내가 그쪽에 무지하고 감각이 없어서도 그렇겠지만, 음악이라는 게 언어를 초월하는 원초적인 것으로부터 나오는 것이기 때문에 그런 것 같아요.

내가 인용도 자주 한 사람인데, 언어학자에 벤저민 리 워프(Benjamin Lee Whorf)가 있습니다. 의미가 어떻게 해서 발생하느냐는 걸 얘기하면서, 소리의 정형화(patternment of sounds)에서 언어의 의미가 시작된다고 한 것이 있습니다. 그러니까 소리에 있는 무늬가 의미의 단초라는 말입니다. 그

무늬라는 게 뭐냐 할 때, 영어로는 패턴먼트라고 되어 있어요. '문학'의 문 (文)이란 말도 원래 '무늬'란 뜻이거든요. 문양이라는 말과 같은 뜻이에요. 무늬로부터 의미를 만들어 낸 것이 언어가 되었다, 이건 맞는 얘기 같아요.

무늬는 두 가지로 얘기할 수 있어요. 하나는 소리의 무늬고, 다른 하나는 시각 무늬지요. 같은 무늬를 우리가 눈으로 보니까. 그런데 시각 이전의 소리의 무늬가 더 원초적인 것 같아요. 이 소리는 사람의 소리이면서 그에 앞선 더 일반적인 소리입니다. 사람의 소리 그리고 그 이전의 소리의 가능성으로서 예술 작품을 형성하는 게 음악이라는 생각이 들어요. 그래서 언어로 개념적으로 파악하기가 아주 어려운 것이 되지 않나 합니다. 음악의 기본에 리듬이 있지 않습니까? 리듬은 우리 생체의 리듬이지요. 그러면서 그것은 우주에 가득한 리듬에 대한 대응을 이룬다고 우리는 느낍니다. 음악은 사람과 우주 사이에 존재하는 리듬의 근본 바탕에 일정한 무늬를 인정하고 또 그것을 만들어 낸다고 할 수 있습니다. 달리 보면 생체의 리듬으로 우주의 리듬을 비유적으로 지시하는 것이라고 할 수도 있지요.

눈으로 보는 무늬는 이러한 관계를 조금 더 알기 쉽게 보여 준다고 할 수 있습니다. 우리가 보는 것은 모두 단순화해서 보는 것이지요. 실제 그림이 '참 좋은 그림이다.'라는 느낌을 주는 것은 두 가지의 모순된 요소가 결부되어 그런 것 같아요. 하나는 우리가 보는 지각 현상을 단순화해서 의미 있게 파악해 내는 것이지요. 단순화해야 의미가 있다고 우리가 생각하니까. 그러면서 단순한 것이 아니라 복잡한 것을 단순하게 표현한 것이라는 느낌을 동시에 주어야 되지요. 그러니까 복잡한 것과 단순한 것을 연결하는 그림이나 조각들이 우리한테 호소력을 갖습니다.

이 단순성에 대하여 조금 더 말하면, 그것은 사람의 동물적 삶의 필요에서 나오는 것으로 생각될 수도 있고, 객관적 세계에 내재해 있는 어떤 원형적인 것, 플라톤적인 이데아를 시사하는 것이라고 볼 수도 있습니다. 하여튼 음악이나 조형이나 모든 표현 행위는 한편으로 감각의 복합성을 지향하면서 다른 한편으로는 기하학적 단순성을 지향하지요. 이것이 기묘하게 조화된 것이 좋은 작품이라는 느낌을 줍니다. 그러면서 하나 더 보태어 말해야 할 것은, 이 추상적인 것이 반드시 정태적인 것이 아니라 역동적이라는 점입니다. 그것은 움직이는 추상성·모양·무늬·패턴먼트입니다. 그 점에서 모든 것의 기초는 리듬이라고 할 수 있지요. 피타고라스가 들은 천체의 음악이란 것도 이에 비슷한 것인지 모르지요. 리듬이나 음악이 우주에 편만해 있다는 것은 일단 생각해 볼 수 있는 일입니다. 그리고 이것은 다시 수학적으로 읽힐 수도 있는 것이지요.

언어도 여기에서 나온다고 할 수 있지만, 언어는 우리가 너무 많이 사용하고 수만 년 동안 발달하다 보니까 지나치게 추상적인 성격, 고정된 추상성을 많이 가진 것 같아요. 언어가 추상적 성격을 가졌다는 것은, 우리가 실제 체험한 것을 지나치게 단순화하는 경향이 있다는 얘기지요. 그렇게 단순화하는 것을 다시 조금 복잡하게 해 주는 게 시각 예술이고 청각 예술이지요. 보다 더 원초적인 우리 경험, 세계에 대한 경험을 표출하는 데 한 역할을 맡은 게 음악이고 시각 예술이라는 생각이 들어요.

언어와 존재

김우창 내가 얼마 전에 로티 교수와 의견 교환하면서 언어와 현실의 관계에 대한 화제를 꺼낸 일이 있지요. 20세기에 들어와 영국이나 특히 미국의 분석 철학이, 이건 세계적으로 그렇지만, 언어를 아주 중시해요. 언어 이외에는 없다는 생각이 있지요. 언어 이외에는 현상이나 세계란 없다는 것입니다. 그리고 그것이 문학 비평에 들어와, 텍스트가 전부고 그 이외에는 아무것도 없다는 해체 비평들이 나와요. 로티 교수도 "언어 표현을 떠나 세계가 따로 존재하지 않는다."라는 입장이 강해요. 나는 로티 교수에게 우리가 하이데거를 읽으면서 그의 여러 말 가운데 유명한 "언어는 존재의 집이다."라는 것을 많이 듣고, 이 말이 시적이기 때문에 많은 사람들이 받아들이는데, 그것은 하이데거를 일방적으로 이해한 것이라고 생각한다, 하이데거가 시각 예술이나 건축에 대해 얘기한 것들도 많다고 했지요. 존재에 대해 어떤 의식을 갖는 데 중요한 것이 기분이라는 얘기도 여러 군데 나오지요. 그런데, 로티 교수는 존재와 언어의 일치에 대한 하이데거의 말만을 생각하는 것 같습니다.

내 느낌으로는 "언어가 존재의 집"이라는 하이데거 말이 시적 표현이기 때문에 사람들이 자주 인용하고 좋아하는데, 실제 그의 생각의 밑에 들어 있는 것은 기분이나 Befindlichkeit(있음·상태), Gefühl(감정), Stimmung(분위기), 기분, 정서, 이런 것들이 존재 인식에서 중요하다는 관찰이지요. 하이데거를 전체적으로 언어주의자로 모는 것은 옳지 않다, 이것은 분석 철학이나 영국의 일상 언어 철학(ordinary language philosophy)에서 생각하는 것과 다른 것이다, 비트겐슈타인이 "말할 수 없는 것에 대해서는 말 안 하는 것이 좋다."라고 할 때도, 그것은 말할 수 없는 것 저쪽에 아무것도 없다는 얘기는 아닐 것이다, 이런 식으로 내가 얘기했지요. 로티도 언어를 중시하기 때문에 뭐라 할는지 모르겠는데, 아직까지는 답이 없습니다. 의미를 이해하는 데 언어가 중요한 수단이 되는 것은 사실이지만, 언어 표현이 바로 우리 체험과 일치하는 것도 아니고, 언어나 우리 체험이 반드시 주어진 현상 또는 더 나아가 실재에 일치하는 것도 아니지요. 그 사이에는 늘 간격이 있지요.

음(音)과 성(聲)과 악(樂)

김우창 주어진 체험에 더 가까이 다가가는 게 시각이고, 시각보다 더 가까이 가는 게 소리의 체험이라는 생각도 할 수 있습니다. 『예기』에 보면, '음(音)'과 '성(聲)'과 '악(樂)', 이 세 가지를 구분했어요. 우리는 '음'도 소리라고 하지요? 출판사 이름인 민음사의 '민음(民音)'은 '백성의 소리'라고 할 수 있지만, 그것이 백성이 가진 생각의 표현이란 뜻이라면, 옛날《민성(民聲)》이란 잡지가 있었는데, 그것이 더 맞지요. 사람의 소리는 '성'입니다. 성악에서처럼. 성은 동물도 하고 모든 보통 살아 있는 존재들이 다 하는 것이지요. 거기에 대해 일정한 규칙적 성격을 가지고 있는 게 '음'이지요. 음악이라고 할 때 성이 아니고 음이라고 한 것은 성보다는 패턴이 있는, 무늬가 있는 소리를 얘기한 것이지요. 물론 음은 일반적으로 물건들의 소리, 가령 '잡음'이라고 할 때처럼, 물건이나 물질의 소리를 의미할 수 있지요. 그러면서도 강조되는 것은 그것이 무늬가 있는 것으로 바뀔 수 있는 가능성인 것 같습니다. 그것을 전체적으로 하나의 오케스트라처럼 만드는 게 '악'이지요. 음을 가지고 더 규칙성이 있는 어떤 구조물로 만들어 내는 것이 악이지요.

'성'에서 '음'으로, '음'에서 '악'으로. 그러나 좀 더 높은 차원의 추상적인 것으로 발전하는 게 언어지요. 언어는 훨씬 더 복잡한 것을 추상적, 논리적으로 표현할 수 있지만 원초적 체험의 현실로부터는 음악보다 조금 더 거리를 가지고 있을 거란 생각이 들어요.

문광훈 예술의 표현 가능성을 각각의 매체, 말하자면 문학의 경우에는 언어이고, 회화의 경우에는 색채이며 음악의 경우에는 소리인데 ─ 이들이 지닌 매체적 조건을 통해 보여 주는 것을 '매체 미학(Medienästhetik)'이라고 하는데요. 선생님께서는 이런 매체적 조건인 소리의 추상화 또는 복잡화의 정도를 통해 성과 음과 악의 관계를 『예기』를 빌려 설명해 주셨습니다. 여기에 언어가 어떻게 관계하는가도 말씀해 주셨어요.

김우창 음악 체험과 시각 체험은 우리의 체험의 원초적인 것에 접근하는 데 중요하다고 여겨져요. 물론 시각 예술이나 음악 예술은 이미 원초적 상태를 떠나서 어떤 형식화된 표현 양식이지요. 이 형식화가 지나치게 상투화되어 원초적 체험의 직접성을 벗어나는 것이 되기도 하지요. 그래서 결국 체험의 진실을 표현하지 못하는 것이 되지요. 언어도 마찬가지입니다. 그런데 모든 언어 가운데서 시적 언어는 상투적인 것에 가까이 가면서 동시에 그것을 넘어가는 언어라고 할 수 있지 않나 합니다.

문광훈 그래서 선생님께서 시에 매달리신다고 할까, 성찰의 바탕으로서의 시를 결코 떠나지 않으시는 이유인 것 같기도 합니다.

예술의 물질성과 추상성

김우창 개인적 관심이니까 그랬겠지만, 음악이나 시각 예술은 언어 예술까지도 포함해서 추상적 논설보다도 좀 더 직접적 체험에 가깝다는 것이에요. 그러나 직접적 체험을 그냥 표현해서 하나의 지적 작용으로 우리가 이해하는 건 불가능하지요.

음악은, 무슨 소리인지 모르는 경우에도 그 임팩트가 금방 오지요. 언어가 머리를 좀 써야 들어오는 데 반해 음악은 금방 와 닿지요. 그러나 음악에는 이성적 구조가 있지요. 악보를 안 보고 머리로 분석 안 해도, 들으면 그것이 매우 정연한 양식을 가지고 있다는 걸 알 수 있거든요. 그런 양식을 통하지 않고는 소리의 신비를 얘기할 수 없는 것 같아요. 동양 음악도 그런 일정한 양식을 가지고 있지만, 이성적 구조는 서양 음악의 경우 더욱 분명한 것 같습니다. 물론 그것을 제약으로 생각할 수도 있지만. 가령 주제와 변주라는 형식, 대위법, 소나타의 aba 형식만 보아도 거의 기계적인 추상 형식이 있다는 것을 말한다 할 수 있지요.

구조에서도 그렇지만 소리의 질 자체에서도 그런 것 같아요. 이건 롤랑 바르트가 피셔디스카우(Fischer-Dieskau)의 노래를 얘기하면서 말한 거지만, 가령 목소리가 좋다는 것은 사람 소리 같지 않아야 되거든요. 목에서 나오는 것 같지 않은 추상적인 소리가 되어야지요. 그러나 피셔디스카우의 목소리는 그런 추상성을 가지고 있으면서도 사람 목소리를 느낄 수 있게 하는 그 중간에 있기 때문에 호소력을 가지고 있다, 이렇게 얘기하지요. 악기도 가령 바이올린의 소리는 줄을 긁어서 내는 소리라는 걸 우리가 느낄 수 없잖아요? 그런데 우리나라의 해금은 줄을 긁어서 내는 소리라는 걸 느끼거든요. 그렇기 때문에 바이올린의 추상성에 진력나면 해금 소리가 더 좋게 들립니다. 바이올린 소리나 피아노 소리 같은 건 물질에서 나온 소리를 넘어선 정말 추상화된, 공중에서 들리는 소리 같지만, 동시에 물질적 성격이 조금 들어 있을 때 호소력이 있지요.

그러니까 소리 자체가 자연에서 일어나는 직접성과 추상성의 중간에 있을 수 있는 것 같습니다. 음악은 그 사이에서 움직이는데, 서양 음악을 들으면 그 악기들은 동양 음악이나 다른 세계 음악의 경우보다도 소리의 질 자체가 아주 추상적이에요. 거문고는 줄을 뜯어서 내는 소리라는 걸 우리가 금방 느낄 수 있지요. 피아노는 해머로 치고 묘하게 세련시켜 어디서 나오는 소리인지 알 수 없게 만들어 놓았습니다.

서양이 전체적으로 이성적인 문화인데, 음악 같은 데도 이성적 요소가 많은 것은 참 묘한 것 같습니다. 물론 이것이 음악의 가능성 전부를 대표하는 것은 아니지요. 사람의 소리나 악기의 소리로서 추상적 세련도 좋지만, 그 반대의 경우는 그것대로 호소력을 가지고 있다는 것은 방금 말한 바와 같습니다. 전통적 서양 음악의 구조적 경직성을 넘어서 보려는 것 중 한 시도가 12음계, 무조(無調) 음악 같은 것이겠지요. 그러나 쇤베르크, 베르크, 베베른 등의 음악이 큰 호소력을 갖지 못하는 것도 이상한 일입니다. 역시 음악도 이성적 구조 속에서 일어나는 직접적 체험에 대한 암시, 이 정도에서 그 가능성을 찾아야 하는 것이 아닌지 모릅니다.

서양 음악이 추상적이라면, 우리나라의 음악은 대체로 물질적 직접성을 강조하는 것으로 보입니다. 판소리는, 서양 음악의 벨칸토와는 전혀 반대로, 목소리가 탁해야 되지요. 사람의 절규하는 소리를 내서 물질적 성격을 강하게 하는 것이지요. 그러나 그것도 일정한 질서 속에 있는 것임은 틀림이 없습니다.

문광훈 음악에서 일어나는 것은 '물질의 이념화 또는 이성화'가 되겠네요?

김우창 그러니까 목소리 내는 데서부터 형식화가 일어나지요. 판소리의 경우는 소리의 물질화가 일어나는 경우라고 하겠지만, 방금 말한 대로 물질화하는 방향 자체가 벌써 추상화의 성격을 가지고 있다고 해야겠지요. 직접적 소리와는 다른 것이니까요. 사람의 귀가 듣는 것 자체, 우리 뇌 작용 자체가 벌써 추상적입니다. 지각 자체가 그렇지요. 그것도 사람의 입장에서의 변용의 결과이지요. 우리는 색깔 있는 세계를 보지만, 이 색깔은 물리학적으로 보면 광선의 파장의 차이에 불과한 것이 아닙니까? 지각 작용자체가 해석을 담고 있고, 이것을 추상화로 적극화하는 것이 심미 감각이라고 할 수 있지요. 소리의 경우도 마찬가지지요.

문광훈 지금 예술의 근본 성격 '경험의 추상화 형식화 과정'에 대해 아주 중요한 말씀을 하신 것 같아요. 참 흥미로운 말씀입니다. 음악의 감동은 소리와 정신, 물질과 형식 사이에서 이루어지는 매우 높은 수준의 종합 작용(Synthese)에서 나온다는 것이지요.

김우창 모든 일에서 그런 것 같습니다. 추상적인 철학적 논설이 보통 사람한테 호소력도 없고 이해도 안 되는 것은 우리의 직접적 체험으로부터 벗어나 있기 때문입니다. 정치가가 연설할 때는 목소리, 몸짓, 말하는 스타일이 정서적, 감정적 호소력을 가져야지요. 칸트의 『순수 이성 비판』을 연설로 하면 전혀 의미 없는 것이 되겠지요.

예술과 사실성과 해석

문광훈 선생님 글에는 서양 고전파나 인상주의 회화, 아니면 동양화에 대한 여러 가지 논평이 곳곳에 들어 있는데요. 낭만주의 화가나 클레, 세잔, 고흐 이런 화가들뿐만 아니라 현대 미술에 대해서도 글을 많이 쓰셨습니다. 몇 년 전에 박재영의 설치 미술에 대해 쓰신 글도 있고요. 건축이나 환경 그리고 공간, 심지어 실내 디자인에 대한 글도 있습니다. 그림이나 조각 등 예술 작품을 보실 때 어떤 관점에서, 어떤 관심으로 주로 보시는지요?

김우창 나도 충분히 반성을 안 해서 모르겠지만, 보통 우리나라에서 미술을 말할 때 나오곤 하는 '절묘한 조화'와 같은 표현은 내가 제일 안 좋아하는 말이지요. 내 입장이라는 것은 직접적 체험, 감각적이고 지각적인 체험 또는 경험적 사실을 중시하면서도 그걸 합리적으로 이해하려는 것이 아닌가 합니다.

문광훈 예를 들면 '진경산수화' 같은 말들에 대한 반감은 그래서 나오는 것이겠지요?

김우창 그렇습니다. 진경산수도 '왜 진경이냐.'는 건 물어보지 않아요. 한국의 산수를 그렸으니까 진경산수화라고 하는데, 나는 그런 걸 싫어해요. 그것을 감각으로 말하고 합리성으로 얘기할 수 있어야 한다는 게 내가 가진 입장이 아닌가 합니다.

예술과 인문학에서의 주체

문광훈 선생님의 미술론은 제 생각에 미술에 대한 기존의 미술사학자나 미술평론가들이 흔히 쓰는 방향과는 많이 다른 것 같아요. 논리가 엄밀하고요, 분석이 체계적이고 사고가 과학적이라는 느낌을 갖게 됩니다. 그러면서 더 중요한 차이는 심미적·철학적 관심과 사회적 문제의식이 혼융된 관점 아래서 구성되는 것이 아닌가요? 그 하나로 「보이는 것과 보는 눈: 아르키펭코의 한 조각에 대한 명상」(1982)이란 오래전의 글이 있습니다. 이 글에서 선생님은 보이는 사물과 보는 일 사이의 관계에 대해 이렇게 적으셨습니다.

> 우리가 주체적으로 되려면, 우리는, 무반성적으로 주체적인 작용이라고 생각하는 것이 사회나 문화에 의해서 또는 역사적 전통에 의해서 규정되어 있는 어떤 것이라는 것을 깨달아야 한다. 우리의 주체적 눈은 우리의 눈이 아니다. 밖의 것이 안으로 들어와서 우리의 눈을 형성한다. 우리는 우리의 눈의 관점을 바꾸어 봄으로써 본다는 것의 창조성을 회복할 수 있다.

보는 일의 주체적, 창조적 성격을 이 글에서 강조하시지 않았나 싶은데요. 이런 지각적 갱신을 위한 주체적 참여가 지닌 인문학적 의미에 대해 좀 말씀해 주십시오.

김우창 주체는 철학적인 문제이고 인생을 살아가는 데서의 문제지만,

예술 작품에서도 거기에 대한 반성이 없을 수 없다고 생각합니다. 예술과 철학적 관심을 분리하는 것은 그것과 과학을 분리하는 것만큼 피상적인 견해이지요. 아르키펭코에 대한 글을 쓸 때 내가 재미있게 생각한 것은 그것이 불교적인 관점에서 해석될 수도 있다는 것이었습니다.

불교적으로나 다른 철학적 명상에서나 주체가 무엇인가를 규정하는 것은 매우 어려운 것이지요. 대체로 우리는 사회에서 부과하는 어떤 주체적 원리를 우리의 주체로 착각하는 것 같습니다. "보통의 사회에서 주체가 되는 것은 큰 주체의 부름을 받아서다."라는 알튀세르의 말은 정말 맞는 것 같아요. 국가나 민족을 우리 마음에 세우고 "나는 한국 사람이다."라는 의식을 가지면서 내가 주체적 자각을 했다고 생각하는 것이 보통입니다. 그러나 그것은 주체의 한 가지 방식이고, 그 주체는 아주 많은 층을 가지고 있는 것 같아요. "나는 김씨 가문의 후손이다.", "나는 한국 사람이다.", "나는 대학교수다."라는 사회의 큰 기능들이 우리를 불러서, "내가 그런 사람입니다." 하고 답할 때 일어나지요. 자기 주체를 넘어선 아주 깊이 있는 주체를 얘기하는 것은 너무 어려워서 "나라는 건 없다."라는 결론에도 이르게 되는 것 같아요. 내가 아르키펭코 조각에서 '얼굴이 비어 있는 것은 사실은 근본적으로 우리 주체가 비어 있다는 것을 얘기하는 것'이라는 식으로 쓴 걸 거예요.

이것은 불교적인 이야기지만 주체의 근본에 가까이 가려고 하는 것은 인문 과학에서도 중요한 과제라고 할 수 있습니다. 그런데 여기에서도 근원적 의미에서의 주체는 흔히 생각하는 집단적 범주나 세속적 범주를 넘어가는 유동적인 것이기 때문에 불안을 가져오기 쉽지요. 그전에 말한 매클리시의 연극에서 음식을 먹으면서 고맙게 생각한다는 것도 주체를 확인하는 행위인데 그러한 느낌이 지속적인 것이 되면 그것도 주체의 일부가 되지요. 어쩌면 삶의 지속의 원리로서 더 중요한 주체가 된다고 할 수 있지요. 그러나 그것을 정형화하기는 어려운 일입니다.

문광훈 그런 것을 추구한다는 점에서 선생님은 근본적 의미에서의 존재론자이고 형이상학자라는 생각이 듭니다. 다른 한편으로 대상을 사실적·과학적으로 해명하고자 진력하신다는 점에서는 구체적 경험론자이시기도 하고요. 사실적·일상적 구체 경험 위에 초월적 형이상학적 관심이 놓여 있다고나 할까요. 이게 선생님을 이해하는 데 늘 어려운 점이 되기도 해요.

김우창 지금 우리가 이렇게 앉아서 얘기하고 있는데, 내가 얘기할 때 '내가 얘기하고 있다.'는 걸 의식함이 없이 그냥 얘기가, 말이 쑥쑥 나오잖아요? 그런데 이때 이야기하고 있는 것이 참으로 나인지 의심을 가져 볼 수 있습니다. 가령 내가 하고 있는 말은 내가 궁리해 두었다가 하는 것이라기보다 이 만남의 계기로 생겨나는 사건의 일부이지요. 사실 여기의 주인공은 이 계기이지요. 그러나 그 밑바닥에 '내가 얘기하고 있다.'는 의식이 조금은 들어 있을 것입니다. 이 경우 나는 이 상호 주관성의 사건 속에 하나의 극(極)일 것입니다. 주체라는 것을 포착한다는 것이 이렇게 일상적 계기에서도 쉽지는 않지요.

프랑크푸르트 조직위원회에서 일하던 한 여학생이 있었는데, 함부르크에서 태어나 김나지움도 나오고 대학도 나왔지요. 독일 말도 물론 잘하지만 한국말도 잘해요. 한국에 오니까 무엇이 좋냐고 물어보니까 대답이 "얼굴이 같은 사람들 사이에 있으니까 마음 편하다."라는 것이었습니다. 그 얘기는 우리가 우리 얼굴을 아르키펭코의 조각에 나온 것처럼, 의식을 못하면서도 사실은 의식하고 있다는 얘기지요. 그러니까 우리가 하는 모든 일의 밑바닥에는 보이지 않는, 의식화되지 않는 자의식이 들어 있는 것 같아요. 주체는 끊임없이 우리가 하는 일의 밑바닥에 하나의 바탕으로 존재하는 것 같아요.

문광훈 그 바탕 ─ 주체의 바탕, 삶의 바탕, 보이지 않는 근원에 대한 탐구가 인문학의 아주 큰 과제인 것 같아요.

김우창 그런데 그걸 아주 낮은 단계에서 얘기하면, 단순한 자기주장이지요. 그러면서 생존권이고 개인의 위엄에 대한 주장이 될 수도 있지요. "너는 한국 민족의 일원으로서 민족적 사명을 다해야 한다."라고 하면, 그걸 크게 깨닫고 "아, 난 오늘부터 나라를 위해서 일해야겠다." 또는 "너는 하느님의 아들로서 하느님의 말씀을 전파하는 데 전력을 다하라."라고 하면 지금까지 함부로 살던 것 다 버리고 오늘부터 하느님 말씀 따라 살겠다고 결심하고 새사람이 되는 경우가 있지요. 조금 더 높은 차원에서 자기를 확립하는 것이지요. 그리하여 자기 목숨도 버릴 수 있게 되지요. 그런데 그걸로 하여 남의 목숨도 빼앗을 권리를 갖게 된다고 느끼게 되는 것은 어떻습니까? 앞에서 말한 단순한 자기주장은 반성을 거치면 보편적 개인의 의식에 이르고 개인의 존엄성에 대한 생각이 나오는 데 대해서 말입니다. 그것이 참으로 좋은 일인지도 알 수 없다는 생각을 할 수 있지요. 적어도 이 점에서만도 철저한 반성이 필요한 것이 아니겠습니까?

문광훈 이 반성에서 자기가 하는 것에 대한 거리감도 나오겠지요?

김우창 그렇지요. 또 사르트르식으로 얘기하면, 조금 전에 내가 말한 것 가운데 앞의 것은 오히려 자아를 대자적(對自的) 존재, '에트르 푸르 수아(etre pour soi)'가 되게 하고 자유에 이르는 통로를 여는 일인데, 후자는 자기를 '타자를 위한 자아(etre pour autrui)'로 만들고 또는 즉자적(卽自的) 존재(etre en soi), 대상적인 존재로 떨어지게 하는 일이 된다고 할 수 있지요.

문광훈 대자란 반성하는 자아가 된다는 것이지요?

김우창 그것도 반드시 좋은 것인지는 알기 어려운 점이 있습니다. 사실 어떻게 보면, 자기의 반성의 대상이 되지도 아니하고 요즘 말로 타자의 인정을 갈구하는 것도 아닌 즉자적 존재가 자기 자체로 있는 진짜 자아라고 할 수도 있지요. 그것은 또 다른 문제이니까 제쳐 두고, 사르트르는 대자적이 되어야 비로소 주체로서 존재한다고 생각하거든요. 이러한 주체는 모든 객관적 구속과 노예로부터 벗어나고자 하는 욕망의 근원으로 존재하는 주체라고 할 수 있지요. 하여튼 주체의 문제는 간단히 말하기가 아주 어려운 것으로 보입니다.

사족을 붙여 말하면, 사르트르가 노벨상을 거절하면서 '내가 노벨상이나 받고 앉아 있을 사람인 줄 아느냐.' 한 것은, 그의 자아가 위치해 있는 곳이 노벨상보다 더 높은 곳이라는 것으로 해석할 수도 있을 것 같습니다. 이것은 오만일 수도 있지만, 다른 순수한 동기를 넣어 볼 수도 있습니다. 가령 기독교적으로 얘기하면, 노벨상 받았다고 해서 그 사람이 천국에 가는 건 아니지요. 천국에 가는 영혼의 본질은 노벨상과는 관계없을 터이니까. 이것은 그것이 누가 되었든지, 사람이 가지고 있는 영혼의 높이는 노벨상으로 올려 줄 수 있는 게 아니라는 보편적 인식에 관계된다고 할 수도 있지요.

유교에서 좋아하는 얘기가 있지요. 어떤 사람이 재상이 되었는데, 수레 타고 가다가 길에서 옛날 선생님이 오시니까 내려서 그 앞에 가서 절을 했다, 이런 행위를 칭찬하는 것이 옛날 얘기에 나오지요. 그건 선생이 높다는 얘기도 되지만 재상과 인간의 가치가 일대일의 관계가 아니라는 교훈을 전한다고도 할 수 있습니다. 또는 예의가 존재하는 차원이라는 것은 재상이냐 아니냐의 차원이 아니라는 것을 말한다고 할 수도 있습니다. 그것이 초월적 차원 속에 있음을 보여 줬기 때문에 '그 사람은 인간으로서 됐다.'는 판단이 나올 수 있습니다. 외적·사회적으로 규정되는 것 외에 본질적인 자아가 있다는 인식이 그런 데도 들어 있지요.

인간의 보편적 개체로서의 위엄이 모든 외적·사회적 규정을 넘어 존재한다는 것은 중요한 역사적 진전이라고 할 수 있습니다. 객관화할 수 없는 주체가 있다는 것을 얘기하는 것은 탐구의 깊이를 더해 가는 데도 필요하지만, 실용적인 측면에서도 필요해요.

문광훈 자기 존재감이나 이 존재감에서 나오는 예의는 일상적인 의미에서 사람이 겸손해지기 위해 필요하고, 또 더 큰 의미에서의 해방이나 존엄성을 위해서도 필요하다는 것이지요?

김우창 그렇습니다. 너무 장황하게 얘기했습니다.

음악에 대하여: 쇼팽

문광훈 이번에는 좀 간단한 질문 두 가지를 드리겠습니다. 선생님께서 음악 이야기를 많이 하셨는데, 누구를 즐겨 들으시는지, 또 교향곡이나 실내악, 협주곡 등 어떤 장르 어떤 악기의 곡을 즐겨 들으시는지요? 베토벤이나 모차르트도 좋아하시는 것 같은데.

김우창 우리 집식구가 음악을 특히 좋아하지요. 나는 음악을 자주 듣는 편은 아니에요. 베토벤도 모차르트도 좋지만, 나는 더 낭만적인 걸 좋아하는 쪽입니다. 우리 둘 다 동의하는 것은 쇼팽이에요.

문광훈 쇼팽은 어떤 점 때문에 들으시는지요? 또 쇼팽의 피아노곡에도 장르가 무척 다양한데 그 가운데 어떤 것을 좋아하시는지 알고 싶습니다.

김우창 '녹턴'을 많이 들어요. 쉽고, 또 밤에 자기 전에 들으면 마음이 편안한 것 같아요. 우리 집에 있는 바렌보임(Daniel Barenboim)의 '녹턴'을 들어 보면, 원래 정해진 순서가 있는지는 알아보지 않았지만, 처음에 아주 센티멘털하게 시작해서 끝에 가면 상당히 평화로운 것으로 변하는 것 같습니다. 깊은 슬픔이 스며 있다고 할 수도 있고, 슬픔도 기쁨도 초월한 어떤 상태, 달관의 상태를 얘기하는 것 같기도 하고. 감정에 치우치면 속되기 쉽고 또 천박하기 쉽지요. 그러나 이런 경지의 쇼팽은 그런 것을 넘어선다고 할 수 있습니다.

쇼팽의 깊은 감정의 세계에 비하여 감정이 약한 음악가를 든다면, 바흐를 들 수 있겠지요. 거기에는 다른 감정이 있습니다. 바흐에는 기계적 반복—변주가 있기는 하지만—반복되는 형식이 많다는 느낌을 줍니다. 기계적 반복이라고 하지만 거기에는 그것대로의 뜻이 있는 것 같거든요. 많은 의식(儀式, ritual)에서 엑스터시를 불러내는 데 사용하는 게 반복이지요. 되풀이하면 정신이 멍멍해져서 현실에서 좀 떠나게 됩니다. 바흐의 경우 반복이 엑스터시를 불러오는 것은 아니지만 어느 정도의 초속적 세계가 드러나는 것 같습니다. 집중된 반복을 통해 현실적인 세계로부터 넘어간 다른 세계를 암시하는 거지요. 무교에서, 그러니까 무당들이 반복을 통해 현실을 일탈하는 것과 비슷하지 않나 이런 생각이 들어요.

문광훈 동양적 제의에서 나오는 지상을 초월하는 무엇에 대한 갈망과도 연관이 되지 않나요?

김우창 농악에 고개를 흔드는 것은 말하자면 현실을 이탈하는 의식 속으로 들어가려는 동작이라 할 수 있거든요. 우리의 종묘 제례악에서는 반복이 보다 신중하고 장중하게 사용되어 엑스터시는 아니고 조용하면서 심각한 마음을 만들어 냅니다. 조금 더 활발하지만 이와 비슷하게 바흐는, 초월적 세계로 들어가는 엑스터시를 불러일으키는 건 아니더라도, 현실로부터의 거리와 경건한 마음을 암시합니다. 반복은 잘못하면 지루한 것이 되기 쉽지요. 모든 예술의 테크닉은 잘못 사용하면 아주 재미없는 것이 되지요.

쇼팽의 경우로 다시 돌아가면, 베토벤의 경우도 왜 저렇게 반복적으로 하느냐 생각되는 부분도 있어요. 그런 데서 마음이 잘 통할 때는 그런가 보다 하지만, 기분이 안 좋을 때 들으면, 뭣 때문에 저렇게 기계적 반복을 하는가 하는 느낌이 들지요. 쇼팽도 바흐를 많이 공부했다고 하는데, 쇼팽에는 기계적인 반복이 거의 없어요. 모든 멜로디가 다 감정적 의미를 가지고 있는 것 같아요. 소리 하나하나가 전부 감정의 은밀한 뉘앙스를 가지고 있지요. 그 대신 감정에 너무 충실함으로써 감정을 초월하는 세계에 대한 시사가 약하다고 말할 수도 있지요.

아까 말한 바렌보임의 야상곡 끝부분은 감정을 표현하면서도 그것을 초월하는 세계를 보여 주는 느낌이 있어요. 엘리자베스 퀴블러로스라는 스위스 의사가 죽음의 다섯 단계를 말한 일이 있지요. 조금 과장해서 말하면 쇼팽의 어떤 부분은 죽음에 이르기까지 환자가 겪는 여러 단계에서 마지막 단계 감정이 격하였다가 감정이 소진된 듯, 넓은 호수처럼 넘치는 듯하는 체념과 수락의 단계를 연상케 합니다. 사람이 어떤 궁극적 경지에 이르는 데는 여러 길이 있는 것 같습니다. 간단한 감정을 초월해야 하지만, 감정을 멀리함으로써 그렇게 될 수도 있고 그것을 통과하고 그것을 넓혀서 그렇게 갈 수도 있고.

문광훈 쇼팽의 '녹턴'은 죽음과 같은 극단적 경험을 자연스럽게 받아들이고 순응하게 되기까지의 여러 단계를 보여 준다는 거지요?

김우창 가장 높은 순간의 감정은 형이상학적 의미를 가지고 있다는 걸 느끼게 합니다. 이것은 단순히 감정의 카타르시스로 인하여 가능해지는 것은 아닙니다. 쇼팽의 음악이 단순히 감정의 발산이 아니라 음악이라는 것을 잊지 말아야지요. 음악의 형식적 요건, 그 감정이 논리를 통하여 전개된 것이고 그만큼 절제된 것이라는 것이지요. 한(恨)이 그대로 더 높은 것으로 전환되는 것은 아니지요. 형이상학적인 세계에 대한 긍정, 세계가 좋아서가 아니라 형이상학적 정화를 통해서 세계 긍정을 느끼게 하는 것이 있다고 할 때, 그것이 여러 통로로 도달되는 것이 아닌가 합니다. 비교적 단순하게 취하여진 이성적 원칙을 통해서 또는 감정을 통해서 들어가지만, 그것은 어떤 통합적인 이성에 이르게 되고 그것을 따라 보다 높은 삶의 비전에 이른다. ── 이러한 느낌입니다. 어쨌든 사람이 가진 모든 것에 이러한 정화의 과정과 깨달음도 있지 않나 합니다.

문광훈 '세계에 대한 믿음(confiance au monde)'을 언젠가 선생님께서 장 폴랑(Jean Paulhan)과 연관하여 말씀하신 적이 있는데요.

김우창 '세계에 대한 믿음'이라는 말을 더러 끌어왔지요. 모든 긍정 가운데에서 포기할 수 없는 것이라는 게 좀 있지요. 바로 모든 것을 가능하게 하는 그런 어떤 정점에 그것이 있지요. 쇼팽은 불란서에서 망명 생활하면서 또 폐결핵을 앓으면서 그런 긍정에 이른 것이 아닌가 하는 생각이 듭니다. 키에슬로프스키라는 감독 있지요?

문광훈 폴란드 영화감독 말이지요?

김우창 이 사람이 쇼팽을 그린 영화인데, 안드레이 줄라프스키(Andrze Zulawski)의 영화 같기도 하고 「푸른 노트(Le Note bleue)」라는 영화지요. 이 영화는 주로 조르주 상드와의 관계를 주제로 한 것이지만, 흥미로운 것은 쇼팽과 다른 여러 사람들의 관계입니다. 쇼팽을 불란서에서는 두 가지 관점에서 알아주려고 하지요. 망명한 정치적 영웅 그리고 피아니스트. 내가 영화를 보며 느낀 것은 쇼팽이 이러한 인식에 대해 별 관심이 없다는 것입니다. 그는 음악과 자기에 충실하고 싶어 하지요. 사람들은 영웅을 만들려고 하는데, 그는 이러한 자기 충실에 자폐되어 있지요. 이것이 쇼팽의 음악적 감정 표현의 정확성 그리고 그것을 통한 보다 높은 긍정, 비극적 긍정에 이르게 하는 것이 아닌가 하는 생각을 했습니다. 말하자면 자폐가 넓은 세계, 가장 넓은 세계로 통하는 것입니다. 오늘의 실존에 대한 충실이 바로 우리의 삶과 세계와의 접합점이 되어 절실하고 넓은 바탕을 드러내 줄 수도 있다는 것을 생각하지요.

문광훈 여기에는 세계의 깊은 긍정으로서의 실존적 자기 충실이 있다는 것이지요. 쇼팽은 발라드나 스케르초, 폴로네즈, 즉흥곡, 왈츠, 소나타

등 거의 모든 장르를 피아노라는 악기 하나로 다 표현했다고 흔히들 말하지 않습니까? 그러니까 여러 가지 음악 장르가 오로지 한 악기에 실려 감정의 전모, 세계의 전모를 드러내 보인다는 것인데요. 바로 이 점이 뛰어난 것 같아요.

김우창 내가 근년에 와서 많이 들은 것은 리하르트 슈트라우스(Richard Strauss)지요. 슈트라우스는 바그너를 계승하면서 모차르트나 하이든에서 나오는 고전적 요소도 다 가지고 있어요. 그의 오페라가 뛰어난 것은 여러 편에서 호프만스탈이 리브레토(libretto, 대본)를 써서 둘이 합작한 것과도 관계가 있는 것일 겁니다.

문광훈 장르를 전부 다 좋아하시는 건가요?

김우창 슈트라우스는 현악기 작품은 별로 많지 않은데, 오케스트레이션에 능하지요. 그래서 「차라투스트라는 이렇게 말했다(Also sprach Zarathustra)」, 「영웅의 생애(Heldenleben)」 등의 '톤 포엠스(tone poems)'라고 부르는 서사 교향곡들이 특이하지요. 그러나 「장미의 기사(Rosenkavalier)」를 비롯한 오페라가 대표적인 것이 아닌가 합니다.

오페라 중 「낙소스 섬의 아리아드네(Ariadne auf Naxos)」라는 것이 있지요. 거기에는 이탈리아 오페라나 모차르트에 나오는 것 같은 장면 그리고 음악들이 있는데, 그것을 풍자적 컨텍스트에 집어넣어 놓았지요. 로맨틱한 음악을 만들어 내면서도 로맨틱한 것이 거짓말이라는 것을 다시 한 번 비춰 주는 것이지요.

「카프리치오(Capriccio)」는 다른 오페라만큼은 인기가 없을 성싶은데, 18세기의 고전주의 연극의 요소를 많이 가지고 있습니다. 그러한 요소들을 그대로 좋다고 한 게 아니라, 그것을 즐기면서 다시 그 후의 음악적, 문학사적 발전에 비춰서 아이러니컬한 눈으로 볼 수 있게 만들어 놓았지요. '지적 세련성(sophistication)'이 많은 게 슈트라우스 작품인 것 같아요. 물론 호프만스탈의 협조가 중요했다고 할 수 있지요. 슈트라우스가 나치에 협조했다는 얘기도 있기 때문에 조심스럽기는 하지만.

문광훈 클래식 음악이라고 하면 사람들은 대개 바흐나 모차르트, 베토벤, 브람스 등을 얘기하곤 하는데, 선생님께서는 슈트라우스를 언급하셨어요. 여기엔 취향적, 기호적 관심보다는 학구적인 관심이 우선되는 것 같다는 느낌을 받았습니다. '고전적 양식의 현대적 변용'이라고 할까요?

방금 sophistication(세련, 정교)이란 단어를 말씀하셨는데요. 그러니까 슈트라우스가 기존 음악을 더 정밀화하고 더 세련되게 만들었다고 평하셨는데, 이것은 그대로 선생님의 학문 세계에 적용될 수 있지 않은가 하는 생각이 들었습니다. 말하자면, 전통적인 사상과 철학에 대한 이론적 관심과 문학적 해석도 선생님의 경우 자신의 관심과 호기심 그리고 문제의식 속에서 재구성되는 면이 아주 강한데, 이것은 슈트라우스의 음악적 성격을 말씀하는 부분에서도 드러난다는 것이지요. 그래서 슈트라우스의 음악적 성향은 그 자체로 선생님 학문의 성격을 그대로 보여 주는 것 같아요. 어떻게 생각하시는지요?

김우창 그렇게 문 선생이 연결해 주시니까 그런데, 음악 같은 건 특히 공부해야 되는 게 아니니까 성향 나름으로 가기가 쉽지요. 그런데 슈트라우스는 세련되면서 로맨틱하고, 고전적이면서 현대적이며, 지적이면서 감정적이지요. 이런 모든 게 잘 조화되어 있는 사람 같아요.

문광훈 그게 선생님의 학문 세계를, 직접 말씀은 안 하시지만, 제가 보기에는 그대로 드러내지 않는가 합니다.

김우창 슈트라우스가 문학 애호가에게 매력을 갖는 것은 호프만스탈의 대본을 가지고 오페라를 만든 덕분일 수도 있지요.

문광훈 슈트라우스를 이렇게 깊게 음미하면서 고루 짚어 내는 경우는 클래식 애호가 사이에서도 그리 흔치 않을 것 같습니다. 그런데 선생님은 그렇게 여러 면모를 말씀하십니다.

김우창 좀 구식이라…….

문광훈 선생님 세대에는 음악 듣기가 상당히 힘드셨을 것 같은데요. 이전에 쓰신 칼럼에 보면 청계천에 LP판 구하러 다니시고 하는 게 나와 있었는데.

김우창 힘들었어요. LP가 아니라 SP지요. LP는 나중에 나왔어요. 우리 때는 축음기 가진 사람도 없고 판 가진 사람도 없었지요. 우리 집에도 6·25 전에는 축음기가 있었는데, 6·25가 일어나면서 다 없어져 버렸습니다. 음악은 중학교, 고등학교 다닐 때부터 상당히 좋아하기 시작했어요.

문광훈 고전 음악이지요?

김우창 우리 집이 광주에서 극장 가까운 데 있었는데, 그 극장에서 낮이면 큰 확성기를 내놓고 고전 음악을 막 틀었어요. 선전으로.

문광훈 고전 음악을 극장 확성기로 들으셨다니, 정말 로맨틱한 시대였네요.

김우창 고등학교 교장 선생님이 상당히 교양주의자였어요. 그분의 영향 때문인지, 아침에 학교 스피커로 고전 음악을 틀어 줬어요. 제일 많이 들은 게 슈베르트의 「미완성 교향곡」이었던 것 같아요. 학교 갈 때는 늘 기분이 좋았지요. 라디오는 있으니까 라디오에 고전 음악 시간 있으면 들어 보고.

문광훈 오디오는 언제부터 가지게 되셨나요?

김우창 제대로 가진 건 미국 가서 대학원 나오고 미국 대학에 취직했을 때 처음으로 싼 거 하나 샀지요. 그 전에도 작은 축음기 같은 걸 가진 적이 있었지만 제대로 된 건 없었어요. 고등학교 다닐 때 억지로 바이올린 하나 샀었어요. 좀 배우다가 음악적 소질도 없고 참을성도 없어서 그만뒀지요.

문광훈 그게 몇 학년 때였나요?

김우창 고등학교 2학년 때인가 3학년 때. 대학 1학년 때까지 좀 하고 그

다음은 안 했지요. 한 일이 년 한 셈인데 형편없었지요.

문광훈 요즘 학생들의 처지로 보면 한참 바쁠 시기인데 오래 하셨네요.

김우창 대학 다닐 때 서울 명륜동에 살았는데, 우리 집에 조그만 라디오가 하나 있었어요. 그런데 12시부터 1시까지인가 미군 방송(AFKN)에서 한 시간쯤 고전 음악을 해 줬어요. 놓치지 않고 들으려고 했지요.

문광훈 몇 년도쯤인가요?

김우창 아마 1954년, 1955년 그렇게 되지요.

문광훈 연주회장 가서 들은 경험도 있으신지요?

김우창 별로 안 가게 되는 것 같아요. 너무 번거로운 것 같아서. 특히 나이가 들면서부터 너무 복잡해져서…….

문광훈 1954년, 1955년 그때 우리나라에 FM이 있었는지요? 그렇다고 해도 클래식 방송은 드물었지 싶은데요?

김우창 잘은 모르겠는데, 하여튼 내가 꼭 들으려고 했던 건 미군 방송에서 한 시간 했던 거고…….

문광훈 그때가 열일곱 살쯤?

김우창 아니요, 대학 다닐 때예요. 그러니까 스무 살쯤. 우리나라에 고전 음악이 별로 없기 때문에 그랬겠지만, 내 기억에, 내가 축음기 하나 사 가지고 남들 판 빌려다가 베토벤을 듣고 있으니까 고등학교 친구 녀석 하나가 도대체 무슨 의미가 있어서 그걸 듣고 있냐고 물어보았습니다.

문광훈 예전에 음악 얘기하시다가 베토벤 작품의 모든 장르에서 드러나는 어떤 스타일이 베토벤 삶의 전체를 관통한다고 쓰신 적이 있는데요. 그러면 선생님의 스타일은 어떻게 얘기할 수 있을까요?

김우창 그건 모르겠어요.

문광훈 그래도 말씀 좀 해 주십시오.

김우창 복잡하게 얘기하려고 하는 것이 그 하나 아닐까요? 이것은 우리가 얘기할 때 여러 가능성을 생각하면서 말해야 된다는 것도 있지만, 또 복잡하게 얘기하는 데서 생각하는 사람의 흔적이 생기는 것 같아요.

예술가한테는 다 스타일이 있지요. 하나는 시대와 예술가의 주체 사이에 존재하는 상호 작용 속에서 저절로 형성된 것이고, 또 다른 하나는 의도적으로 만들어 내는 것이지요. 미술의 경우 도장 찍듯이 하는 것은 지금 우리의 폐풍 중의 하나인 것 같아요. 그림 그리는 사람들이 누구 작품이라고 쉽게 알아볼 수 있게 의식적으로 만들려고 하면 안 되지요. 창조적으로 하는 데서 스타일이 나와야지, 의식적으로 스타일을 만들어서 부과하면 부자연스럽고 표현 가능성을 제약하게 됩니다. 스타일은 개성과 시대와 표현, 삼자 사이에서 생겨나지요. 그것이 일정한 양식적 통일을 이룰 때 생기는 것이지요.

문광훈 비의도적으로.

물음의 정열

김우창 그런 것 같아요. 그런데 내 스타일이 뭔지는 모르지만, 글이 어렵고 까다롭다고, 무슨 소리인지 모르겠다고, 또 내 글이 악문이라고도 해요. 나도 사실 악문이라고 느낄 때가 많아요. 그러면서도 내 느낌에 '이거다.' 하는 것을 찾다 보니 그렇게 쓰게 되는 것이 아닌가 해요. '아, 이건 맞는 소리다.' 하는 느낌 없이 쓰는 건 재미없어서 쓸 수가 없어요.

일반화해서 얘기하면, 아무리 객관적 스타일로 쓰는 글도 그 안에 그 사람이, 필자가 묻고 느끼는 것이 스며 있어야 살아 있는 게 되는 것 같아요. 가령 마르크스 같은 데는 그냥 함부로 하는 얘기가 많지요. 마르크스는 객관적인 분석을 하면서도 상당히 정열을 가지고 얘기한다는 느낌을 늘 느

끼게 합니다. 막스 베버도 그래요. 사회 과학적인 글도 사회 과학적인 것을
얘기하면서도 그 얘기를 하고 있는 사람의 물음의 정열이 들어 있어야 하
지 않나 합니다.

최근에 국사 저작도 이것저것 들여다본 게 있지만, 일관성 있는 물음 없
이 그냥 나열하는 것이 우리의 많은 국사 저술을 재미없게 만드는 게 아닌
가라는 생각이 들어요. 재미있게 한다고 해서 무슨 얘기로 만들어 상상력
을 집어넣는다는 것이 아니라, 묻는 사람의 물음의 정열이 들어가야 된다
는 것이지요. 이 물음의 정열이 글에 일관성을 부여하고 생생한 느낌을 주
는 것일 겁니다. 대학원에서 경제사를 부전공했는데, 미국 경제사 책들을
억지로 많이 봤지요. 그런 거 보면서도 어떤 사람은 강한 물음을 가지고 있
다고 느꼈는데, 또 어떤 사람은 그냥 시험지 답안 쓰듯 쓰고 그러한 것을
느꼈습니다.

문광훈 그런 글이 '오래 사는' 것 같은데요.

김우창 어떤 마르크스주의자들의 글의 호소력도, 많은 경우 거기에서
나오지요. 실제 자기 삶에 대한 회의에서 마르크스주의자가 된 사람들이
많거든요. 어떤 마르크스주의자들은 마르크스주의 공식이나 구호를 나열
하거나 큰 소리로 외치는 데 그치지요. 더 근본적인 사람들은 자기의 삶과
사회에 대한 물음으로부터 시작하는데, 이것은 객관적·사회 과학적인 논
문에서도 느껴집니다. 참으로 답을 구하려는 것이기 때문에 철저하게 객
관적이려고 하는데도 그렇지요.

문광훈 우리 글의 많은 병폐를 여러 가지로 거론할 수 있겠지만, 제 생
각에 큰 하나는 '자기 물음의 부재'인 것 같아요. 자기 자신과 그 삶 그리고
현실에 대한 물음에서 출발하여 이 물음을 주제적으로 확장해 가는, 이런
문제의식의 맥락적 흐름이 부족하다는 데 있는 것 같습니다.

김우창 우리나라에서 역사 소설 같은 것은 황당무계한 무엇을 생각해

서 쓰는 것이라고 여기는 경향이 많아요. 그게 아니라 역사에 대해 강하게 물어보면 이 물음이 이야기를 만들고 일관성을 만들어 내지요. 이것이 서사적 능력이라고 생각돼요. 물음을 표현하는 능력이 서사적 능력이지요. 그 서사적 능력이 사변적으로 나오면 논문이 되고, 구체적 사건을 통해 재현하려 하면 소설이 되지요.

음악과 몸의 느낌

문광훈 즐겨 듣거나 좋아하는 연주자 또는 연주 단체가 있으면 말씀해 주십시오.

김우창 귀가 그만큼 좋지 않기 때문에 연주자에 관계없이 그냥 들어서 슈베르트 노래 많이 듣긴 해요. 우리 집식구는 피셔디스카우를 좋아하고 잘 듣는데, 나는 그렇게 많이 듣지는 않지요. 피셔디스카우는 노래도 많이 하고 관심도 있고 글도 쓰고 똑똑한 사람이지요. 슈베르트든 괴테든, 가령 괴테 가사면 거기에 강한 얘기가 나오면 강하게 노래하는데, 포르테 (forte, 강하게)나 피아노(piano, 약하게)를 너무 기계적으로 한다는 느낌이 나한테는 들거든요. 우리 집식구는 베토벤 좋아해서 많이 듣는데, 피아니스트는 빌헬름 켐프(Wilhelm Kempff) 같은 사람을 좋아합니다. 나도 좋은 것 같아요. 그런데 좀 이상하게 치는 사람도 있어요. 글렌 굴드(Glenn Gould)니 이런 사람은 개성적이라고 그러는데, 이상하게 치는 사람은 안 좋은 것 같아요.

문광훈 선생님께서는 누구 좋아하세요?

김우창 켐프 같은 사람이 괜찮은 것 같아요. 쇼팽은 바렌보임의 연주를 많이 듣지요.

문광훈 음악가나 연주자들 가운데는 알프레드 브렌델(Alfred Brendel)처럼 지적·학문적인 작업을 한 인물도 있지요. 인물에 대한 관심도 생기시는지요?

김우창 찰스 로젠(Charles Rosen)도 책을 많이 냈지요. 낭만주의에 대해서도 책 내고. 로젠이 자기 경험에 대해, 음악에 대해 얘기한 건 느끼게 하는 바가 많은 것 같아요. 가령 얼마 전 잡지에서 본 건데, 로젠이 피아노를 얘기하면서 음악과 소리만 좋아해서는 피아니스트 못하고, 연주에 관계되는 신체의 움직임, 몸 움직이는 걸 좋아해야 된다고 했는데 그건 상당히 재미있는 관찰이었습니다.

음악의 고저에서 '음이 높고 낮다'고 하지 않습니까? 사실은 소리에 높고 낮은 게 있을 수가 없거든요. 고음이다 저음이다 하는 것은 비유지 실제 소리를 얘기한 게 아니에요. 말하자면 음파가 짧고 길고 하는 것을 착각해서 '높은 소리', '낮은 소리' 이렇게 말하지요. 그건 뭘 의미하냐면, 운동적 감각이 실제로 거기에 들어가 있다는 얘기입니다. 높은 소리 하면 뭐가 높이 올라가는 것 같은 거지요. 목도 뽑고 그렇게 느껴지거든요. 낮은 소리 하면 낮게 하고. 가령 베이스로 노래하려면 조금 더 목을 낮추고, 그러니까 높고 낮은 감각이 우리 몸속에 배어 있고 우리 정신에 배어 있는 것을 가지고 소리를 해석하는 것이지요. 이것은 몸이나 발성 또 몸의 움직임 또는 우리가 시각적으로 보는 높고 낮은 것들에 대한 느낌이 음의 지각 속에 들어가 있다는 걸 말하지요.

문광훈 몸의 움직임이란 팔다리와 같은 지절(肢節, 마디)의 문제가 아니라 삶을 채우는 리듬의 전체성에 대한 감각이 관계하고, 이런 감각이 우리의 지각 속에 있다는 것이지요?

김우창 그것의 기초가 되는 게 우리의 몸 감각이지요. 우리가 '우렁찬 소리다.' 하는 것도 큰 통 속에서 나오는 느낌 같은, 말하자면 비유지 소리는 아니거든요. 소리의 본질은 하나의 파장에 불과하지요. 그런 비유를 가지고 전부 소리를 설명하는 것은 우리 몸의 감각이 음악 지각 속에 들어 있다는 얘기거든요. 과학적으로 말하면, 신경 과학적 해명이 필요하겠지요. 그러나 우선은 현상학적으로 이러한 것들을 주목할 수 있을 것입니다. 로젠이 '피아노 잘 치려면 몸 움직이는 걸 좋아해야 된다.'라고 하는 것은 피아니스트의 자기 성찰적인 얘기 같아요. 그 외에도 로젠이 쓴 것들은 재미있어요. 음악 비평과 피아니스트로서의 체험에 대해 얘기한 것 말이지요.

브렌델이나 로젠이나 그런 지적인 음악 연주가들이 있지요. 피셔디스카우도 독일 시 앤솔러지 편집한 것도 있고, 자서전도 있고, 상당히 지적인 사람인 것 같아요. 예술적인 능력은 총체적 능력이라는 얘기지요. 소설가나 시인도 그래요. 가령 토마스 만이 프로이트나 쇼펜하우어에 대해서 쓴 것들에는 학자를 넘어가는 통찰들이 들어 있지요. D. H. 로런스의 『미국 문학론』은 학자들도 참조하는 책이지요. 우리 시인이나 소설가들도 그렇게 되어야지요. 그러면서 노벨상을 기대할 수 있게 되지요.

문광훈 뛰어난 학자가 작가 이상의 상상력과 표현의 생생함을 가지고 있다면, 뛰어난 예술가는 학자 이상의 엄밀한 논리와 분석력을 가지고 있는 것 같아요. 우리나라에서는 소설을 '사건이나 이야기의 엮어 내기'쯤으로 생각하는 경우도 많아 보입니다.

현대 음악

김우창 음악가도 상당히 지적인 사람들이 많지요. 쇤베르크(Arnold Schönberg) 같은 사람은 지적 분석을 통해 음악하려고 했지요. 음악에 대해 글로 쓴 것도 많습니다. 그것이 너무 강한 게 아닌가 하는 생각도 들지만.

지적인 요소가 너무 강하면 음악이 좀 죽을 수 있으니까.

쇤베르크의 「밤의 정화(Verklärung der Nacht)」 같은 건 즐길 수 있는 음악인데, 나중에 실험적으로 쓴 작품은 '그거 괜찮다, 그럴싸하다' 하면서도 다시 듣게 되지는 않거든요. 나는 농담으로 음악을 크게 '즐기는 음악'과 '공부하는 음악'으로 나누어요. 쇤베르크는 지적이고 음악 이론에 대해서도 썼지만 그쪽이 너무 강해서 음악이 좋지는 않다고 생각이 들어요.

문광훈 현대에 와서는 음악뿐만 아니라 회화도 마찬가지고, 모든 예술 장르가 전반적으로 추상화·사변화되어서 좀처럼 접근하기가 쉽지 않은 것 같아요. 그래서 예술 감상이 편안하고 쾌적한 울림을 주는 경우는 점차 드물어지는 것 아닌가 여겨집니다. 불협화음도 점점 많아지고요.

김우창 우리 감성이 제한돼서 그러니까 다른 고전적인 걸로 굳어져 버려서 그런 건지, 아니면 정말 제한이 있는 건지는 모르겠어요.

문광훈 현대 음악의 수용 상황이나 조건이 잘못되었다고 지적한 걸 본 적이 있습니다. 가령 2005년에 작곡한 것도 외국 같으면 모차르트나 베토벤 연주할 때 한두 개씩 레퍼토리에 넣어서 자연스럽게 향수할 기회를 갖는데, 우리나라에서는 연주 단체나 관객으로부터 푸대접 받고 있다고 말이지요. 그러니 청중과 만날 수 있는 기회가 아예 봉쇄되어 있다는 것이지요. 그런 점에서 보면, 우리의 예술 향수 방식도 아직 탄력적이지 못한 것 같고 감수성도 많이 굳어 있는 것 같아요.

김우창 음악 전공하는 미국 친구가 있어요. 민족 음악학자(ethno-musicologist)인데, 미국 진보주의자 사이에서 한창 모택동 숭배가 강할 때 중국에 갔었지요. 그곳에서 베토벤을 연주하고 좋아하는 것을 보고 실망 많이 했다고 해요. 그 사람은 현대 음악을 좋아하거든요. 실험적인 음악을 해야 되는데 그런 보수적인 음악을 하는 건 이해가 안 된다고.

문광훈 선생님께서는 글을 쓰면서 음악을 켜 놓고 계시나요?

김우창 글 쓸 때 필요한 것 같지는 않아요. 담배를 피운다든지 음식을 먹는다든지, 그러나 듣기는 하지요. 가만히 앉아서 음악만을 듣게 되지 않는 것 같아요. 그것만 들으려면 마음이 불안해져서 일을 하면서 듣게 돼요.

아름다운 것과 선한 것과 좋은 것

문광훈 선생님은 언젠가 문학 예술은 "삶의 공통적 근거에 대한 복귀를 호소하는 행위다."라고 쓰신 적이 있는데요. 이와 관련하여 심미적 경험의 의미에 대해 말씀해 주십시오. 예술을 체험한다는 것의 의미에 대해서.

김우창 지금까지 얘기한 것에도 다 나와 있을 것 같아요. 우리의 직접적 체험으로 돌아가는 것, 그리고 그걸 잊지 않는 것, 그러면서 동시에 그것을 더 일반화해서 이해할 수 있는 것이 중요해요. 오늘 내가 《경향신문》에 보낸 글에서 인문 과학의 의의를 간단히 설명해서, 경험적 현실로부터 보편적 원리를 추출해 내는 연습을 계속 상상적으로 하는 것이 인문 과학이라고 했지요. 물리학으로 간다든지, 칸트나 언어 철학으로 가면 추상적인 게 되지요. 그림이나 음악, 문학을 통해, 우리에게 주어진 직접적 경험의 서술이나 재현을 통해, 여기에 스며 있는 일반적 원칙, 형식적 원리를 알게 하는 것이 인문 교육의 핵심이에요. 그러니까 심미적 체험은 구체적인 것으로 돌아가면서 또 동시에 구체적인 것으로부터 벗어나 더 넓은 것을 이해하게 하는 기제가 되는 것이지요.

지난번에 고려대에서도 그와 비슷한 얘기를 했고 이 자리에서도 했는데, 미적인 것이 실러식으로 얘기해서 놀이와 관계있다는 것도 중요한 것 같습니다. 놀이란 주어진 대상으로부터 거리를 유지할 수 있어야 되거든요. 그 거리를 유지하는 과정에서 아름다움이라는 것을 알게 되지요. 알프스 산이 아름답다고 얘기하기 시작한 것은 낭만주의자들 때문이라는 얘기가 있잖아요? 18세기 말부터 낭만주의자들이 나와서 아름답다고 하니까 아름다운 줄 알았지, 거기 사는 사람은 산속에 사니까 괴롭기만 했어요.

그것은 한편으로는 사람 사는 것과 미적인 것 사이의 간격을 얘기한다고 볼 수 있지요. 그래서 아름다움은 퇴폐주의자, 한가하고 먹고살 만한 놈들이 하는 얘기지 진짜 심각하게 사는 데서는 있을 수 없다, 이렇게 연결될 수가 있지요. 먹는 것이 해결되고 놀 수 있는 여유가 생겨야 아름다움을 볼 수 있기는 하겠지요. 그러나 놀이 욕구를 안 가진 사람은 없을 거예요.

문광훈 그래서 하위징아가 '놀이하는 존재로서의 인간', 호모 루덴스(homo ludens)라고 말했는지도 모르겠네요.

김우창 의식의 면에서 벌써 사람은 다른 동물도 그럴지 모르지만, 자기 사는 세계에 밀착되어 있으면서도 그것에 대해 거리를 늘 가지고 있다고 할 수 있지요. 놀이가 의식 안에 있는 것이지요. 그것을 확대해서 더 의식적으로 생각해 보려는 게 미적 체험이고 미적 이성이라고 생각돼요.

문광훈 오래전에 희랍의 인간성 이상과 관련해서 '칼로카가티아(kalokagathias) 이념'에 대해 쓰신 적이 있습니다. 칼로카가티아란 간단히 말해 선에 대한 이성적 추구와 미에 대한 감각 사이의 일치를 말하는데요. 이런 칼로카가티아적 이상을 우리가 지향하는 이성적 사회의 가치라고 할 수 있다면 예술은 이런 가치를 얻을 수 있는 하나의 길이 될 수 있겠네요.

김우창 이상적으로 말하여 아름다움과 선이 하나로 있으면 좋겠지요. 그러면 선이 독선이 될 필요도 없고 강압적인 의무가 될 필요도 없지요. 아름다움은 그 자체로 좋은 것이니까 칼로카가티아의 이상이 표현하는 것이 이것이지요. 그러나 현실에서는 반드시 이 두 가지가 일치하기는 어렵겠지요. 그런데 나는 이것을 너그럽게 해석해서 모든 좋은 것은 쓸모가 있어서 좋은 것이 아니라 그 자체로 좋은 것이라는 이념으로 생각하면 어떨까 합니다. 진짜 좋다는 것은 다 아름다움의 이상에 일치하는 것 같아요. 그 얘기는 뭐냐면, 아름답다는 것은 그 자체 이외에 아무 의미가 없는 것이거든요. 그러니까 기생이 얼굴에 분칠해서 남자를 유혹하겠다고 하는 것은 다른 의미가 있는, 또는 다른 의도가 있는 아름다움을 만드는 것이지요. 그래서 그걸 대개 천박한 행위라고 생각하지요.

요즘 문화판의 문제 중의 하나도 그거 아니겠어요? 아름다움을 상업적으로 이용하려고 하니까. 상업적 동기로 하여 우리 삶이 아름다워지는 것이 현실이라는 것을 완전히 부정하면 안 되지만, 그쪽으로 너무 경사되는 것, 또 그것으로 하여 다른 가치가 상실되는 것은 안 되는 일이지요.

선행을 '아름다운 행동'이라고 표현하잖아요? 선이나 진리도 반드시 다른 데 유용해서 좋은 거라고 생각하면 그 자체가 손상되지요. 학생들에게도 더러 하는 얘기인데, 벤저민 프랭클린의 격언에 "정직은 최선의 정책이다.(Honesty is best policy.)"라는 말이 있지요? 정직성이 최선의 정책이라고 할 때, 그 정직성은 정책적 유용성으로 인해 정당화되는 거니까 진짜 정직성은 아니라는 말이지요. 중요한 문학 작품에서 주제는 '정직성이 최선의 정책이 아닌데 정직해야 되는 경우 어떻게 해야 되느냐.' 하는 것이라 할 수 있습니다. 이게 모든 비극적 작품의 핵심이거든요. 정직하게 얘기하면 죽을 수도 있고 큰 문제가 일어날 수 있는데, 정직하게 얘기할 수밖에 없다고 할 때 그게 정직성이지요. 최선의 정책이기 때문에 정직하다고 할 때는 정직성 자체의 의미는 사라지고 정책의 일부로서의 정직성이 존재하게 되지요.

그러나 정직성만 가지고 얘기할 수 없는 경우도 있기는 하지요. 지난번 어느 강연에서 그런 얘길 했는데 전혀 통하질 않았어요. 이그나치오 실로네(Ignazio Silone)의 소설 「빵과 포도주」에 나오는 장면인데, 정치적 상황이 나쁜데 정의를 위해 노력하는 사람이 들어와서 어느 학생의 침대 밑에 숨

게 되었어요. 그런데 형사가 쫓아와서 "여기 어느 놈이 와서 숨지 않았느냐고 물어볼 때, 어떻게 대답해야 되느냐."라고 한 학생이 물어보니까, 여기가 교회 학교인데, 교사가 "그럴 때도 정직해야 된다." 이렇게 대답하지요. 그걸 듣고 그때부터 주인공은 교회로부터 멀어지기 시작하고 혁명가의 길로 나서게 되지요. 그럴 때의 정직성이 뭐냐는 건 더 복잡한 문제지요. 인간의 덕성을 그 자체로서 옳다고 하는 것은 일단 수긍되지만, 인간의 상황이란 더 복잡한 전체성 속에서 존재하지요. 그 때문에 그것만 가지고 얘기하기는 어렵다는 것을 붙여 얘기해야지요.

정의에 대하여

김우창 요즘 나는 정의에 대해 반대하는 얘기를 많이 했지요. "최대의 정의란 최대의 손상이다."라는 헤겔의 말을 인용하기도 하고, 인의예지(仁義禮智) 할 때 '인'이 위고 '의'가 그다음 두 번째다, 이런 것도 지적하지요. 인이 더 위에 있는 것이지요. 기독교에서도 정의를 중요시하지만 더 중요한 게 사랑이고, 불교에서도 진리를 존중하지만 제일 중요한 것은 자비지요. 인간의 많은 문제는 부분적 덕성으로 설명할 수 없기 때문이지요. 또 정의나 정직성, 진리는 그 자체로 존중되어야지 다른 것에 도움되기 때문에 존중되면 안 되지요. 그것은 그러한 덕성을 손상하는 일이 됩니다. 세상에 있든 없든 간에 우리가 마음으로 원하는 것은 그 자체로 존재하는 것들입니다. 마치 아름다움처럼. 진리는 그 자체로서 존중해야 돼요.
이렇게 양면으로 수상쩍은 덕성을 비판하다 보니, 마르크스주의도 비판하게 됩니다. 마르크스주의는 모든 아름다움, 모든 진리, 모든 정직성, 모든 자긍심이 다 사회 정의에 복속되어야 한다고 말하지요. 사회 정의도 중요하지만 그 자체로 아름다운 덕성을 살리는 것이 중요합니다. 러시아의 무정부주의와 테러리스트의 원조가 되는 네차예프(Sergey Nechaev)는 그의 『교리 문답』에서 너그러운 마음을 억제하고 무자비해야 한다는 것을 강조합니다. 그러나 사회 정의를 위해서 이놈 꼭 죽여야 한다고 하다가도 차마 못하는 것이 인간 마음의 자연스러운 움직임이지요. 그리고 궁극적으로 건전한 인간 사회를 만드는 통로일 것입니다.

문광훈 선생님의 정의에 대한 이해는 요지부동의 정의론이나 반(反)정의론이라기보다는 훨씬 더 확대된 포괄적 의미의 정의론이라고 할 수 있을 것 같아요.

김우창 다른 데서 말한 것을 되풀이하면, 가다머는 플라톤의 『파르메니데스』 그리고 헤겔을 말하면서 개념은 여러 개념과의 변증법적 상관 관계 속에서만 진리를 전달할 수 있다고 말합니다. 정의 하나만 가지고는 참된 정의가 실현되지 못하지요. 정의와 더불어 사랑도 있고 인간애도 있고, 여러 가지 연결 속에서만 인간의 진리는 유지될 수 있지요. 이것은, 독일에서 열린 한국과 독일의 통일에 대한 세미나에서 통일은 그것만을 말하는 것이 아니라 인권, 자유, 민주주의, 평화, 인간의 고통 등 여러 가지 것과의 관련 속에서 논의되어야 한다는 것과 관계해서 한 말이었습니다. 이것을 헤겔이나 가다머에 관련시켜 말한 것은, 독일에서 열린 세미나였기 때문에 우리가 독일에 빚지고 있는 것들이 있다는 것도 말할 겸 해서 한 것이지요.

하나의 진실, 다면성과 아름다움

문광훈 미가 진선미의 하나로 있으면서도, 이 모든 각각의 것들이 자기 목적성을 가질 때 넓은 의미의 미로 통합될 수 있다, 이렇게 생각하시는 것이지요?

김우창 따로 있으면서, 하나의 진실을 여러 면에서 드러내는 것이지요.

문광훈 이런 것도 미에 대한 독특한 이해, 기존과는 다른 이해로 보입니다.

김우창 칼로카가티아에 들어 있는 생각도 그런 것이 아닌가 합니다. 아름다움에 대해 한마디로 요약해서 얘기하면, 모든 존재하는 것들에 동의하는 가장 전형적 방법이 아름다움을 아는 것이라 할 수 있습니다. 그런데 우리의 눈은 이해관계로 너무나 뒤틀려 있기 때문에 많은 것의 아름다움을 모르는 것이겠지요. 우리가 뱀을 징그럽게 생각하는 것은 우리의 관점, 사람의 관점에서 보기 때문입니다. 뱀 보고 아름답다는 사람도 없지는 않지요. 존재하는 것들의 아름다움을 아는 것은, 그 아름다움을 배워 가는 과정을 필요로 하지요. 있는 세계에 동의하는 것이지요. 기독교를 믿는 사람이나 종교를 믿는 사람이면, 그것은 하느님의 세계를 받아들이는 것이 되겠지요. 그러나 추함이 있고 악이 있는 세계에서 그것이 너무나 힘든 일인 것은 사실입니다. 그리하여 그것은 절망의 형태로 표현되기도 하지요. 왜 절망하겠습니까? 너무나 큰 희망을 가진 때문이지요. 그러나 대체로는 우리의 관점이 너무 좁기 때문에 있는 대로의 세상에 동의하지 못하지요. 또 우리에 맞는 아름다움이 있기 때문에 우리가 만들어 내기도 하고. 이 두 가지를 어떻게 조화시키느냐가 문제겠지만 어쩌면 이 두 개를 하나의 공간에 놓고 볼 때, 충분히 깊이 있는 소거점을 발견하는 것이 문제일 것입니다.

문광훈 제가 생각하기에 아름다움에 대한 우리 사회의 이해는 어느 정도 규격화되어 있거나 아니면 너무 감상적이고 소박한 것 같습니다. 그 점에서 미에 대한 좀 더 넓고 깊은 이해는 매우 중요한 것 같아요. 조금 전에 선생님께서 말씀하신 아름다움에 대한 정의는 그 자체로 어떤 화해적 태도, 그러니까 기존의 모든 것을 단순히 허용하기보다는 반성적으로 수긍하면서도 이 반성적 거리감 속에서 더 넓게 파악하고 이해하고자 하는 긍정적 자세와 연결되는 것 같아요. 아름다움에 대한 단순화된 관점 또는 경직된 이해를 넘어서는 더 조심스러운 접근이 우리에겐 필요하지 않나 여겨집니다.

자존의 공리와 진리 공동체

김우창 지금 시점에서 그런지 옛날부터 그런지 모르지만, 우리 사회에서 많이 퍼져 있는 게, 사실은 그렇게 얘기 안 하지만, 공리주의지요. 세속적 의미에서 플러스되는 게 아니면 안 하는 것 같아요.

문광훈 거의 모든 것이 그렇게 되고 있지 않나 여겨집니다.

김우창 세속적인 부귀영화에 연결돼야지요. 국가도 국력이라든지 부국강병이라든지 이 관점에서만 봅니다. 그것을 좀 간단하게 쓰기 위해서《경향신문》에서는 오늘 '진리 공동체'라는 말을 써 보았지요. 어느 사회나 진리 공동체로서도 존재해야 된다는 말입니다. 그런데 그렇게 하는 것보다는 힘이나 물질의 관점에서 생각하지요. 가령 국제 경쟁력을 말하는 때도 그렇습니다.

문광훈 이런 공리주의화된 사회에서 아름다움에 대한 이해가 깊기는 당연히 어렵지요.

김우창 그러면서도 서양의 자본주의 때문이라고만 하지요. 우리 사회의 공리주의적인 흐름은 생각하지 않고.

문광훈 근대 이후 한국의 사회 발전 과정이란 전체적으로 합리화 과정이고 세속화 과정임은 틀림없어 보입니다. 그런 점에서 공리적 관점은 필요하기도 하지만 우리 사회에서 그것은 사익 추구를 위한 일종의 시대적 지배 이념이 되어 버리지 않았나 여겨져요.

김우창 공리는 공리로 알아야 하지요. 그것으로 공동체의 실체를 정의하면 안 되지요. 사람이 가지고 있는 자기 보존 본능 같은 것이 공리의 본능 아니겠어요? 이것은 생존의 기본이고 도덕의 기저지요. 그러나 도덕이 그것의 무조건적인 확장은 아닙니다. 많은 것을 서양 탓으로 돌리기보다 우리가 노력해서 어떻게 할 것인가를 생각해야지요.

문광훈 우리 사회가 앓고 있는 서양의 지적 유산에 대한 소화 불량이랄까, 그런 게 있는 것 같아요.

김우창 모든 문화를 흡수할 때 자기한테 필요한 것만 취하든지 아니면 위가 튼튼하든지요. 물론 후자의 경우라면 어떤 경우나 문제가 없겠지요.

마음속의 공간 의식

세계와 마음

문광훈 오랜 탐구를 통해 선생님께서 안착한 곳의 하나는 제가 보기에 '마음의 변증법'으로 여겨집니다. 이런 변증법을 통한 자신과 그 주변으로의 확장은 그러나 자신의 실존성 위에 늘 놓여 있는데요. 그런 점에서 선생님을 '시적 심성의 철학자', '마음의 인문학자'라고 정의를 내린다면 어떠한지요?

김우창 나 자신을 내가 어떻게 파악해야 되느냐에 대해선 그야말로 객관적으로 봐야 되는데 자신에게 그러한 판단은 어려운 일이지요. 나한테 중요한 것은 사물을 있는 그대로 본다는 것이 아닌가 합니다. 그래서 과학적인 것이 중요하다고 여겨져요. 아마 이러한 주장은 우리 풍토에는 좀 안 맞는지 모릅니다. 그러면서 다른 한쪽으로는 사람의 마음이 중요하다는 걸 느끼는 것은 사실입니다.

고등학교 때도 과학에 대해 관심을 많이 가지고 있었어요. 또 한쪽으로 관념주의 철학들이 나한테 영향을 미쳤다고 할 수 있습니다. 그러면서 항상 느끼는 것은 관념적이고 낭만주의적인 사고의 자의성을 경계해야 된다는 것이었지요. 그러나 관념 철학의 사변성은 논리성이라고 할 수도 있으니까, 두 가지가 전혀 다른 것이라고 할 수는 없습니다. 하여튼 객관적으로 엄격하게 봐야 된다는 생각이 있었는데, 이제 나이가 들면서 실제 많은 게 마음에 달려 있다는 생각이 다시 듭니다. 그러니까 유물주의에 대해 유심론적인 느낌이 많이 들어가는 것 같아요. 그래서 문 선생이 얘기하신 대로 마음을 중시하게 되었다고 할 수 있습니다.

문광훈 최근의 글에서 많이 나오고 탐구도 더 집중적으로 하시는 것 같은데요.

김우창 마음에 관해서 쓰면 뭔가 자기 마음대로 하는 것을 옹호하는 것 같은 느낌이 들어서 안 했을 텐데, 근년에 와서는 마음이 중요하고, 마음을 수양하는 게 중요하게 생각됩니다. 그리고 그런 부분이 사회 속에 있어야 된다고 생각돼요. 뿐만 아니라 우리 마음을 깨끗하게 하고 마음에 비추어 뭘 생각하는 것은 일상생활 속에도 들어 있는 것 같습니다. 객관성도 주관성에 대응해서, 주관의 존재 방식에 대응해서만 나타나는 것이라고 할 수 있습니다. 이는 마음이 모든 것에 유연하여 열려 있으면서 또 동시에 흔들리지 않고 있는 상태에서 얻어지는 것이지요. 우주는 전체로 끊임없이 변화하고 바뀌면서도 하나 속에, 한 덩어리 속에 있는 것이지요. 마음이 그것에 대응하는 것이라면, 그 이상 바랄 것이 없을 것입니다. "주일무적 수작만변(主一無適酬酢萬變, 하나로 으뜸을 삼으며 멈추지 않고 만 가지 바뀌는 것에 대한다.)"이란 말이 이런 것을 잘 나타내고 있는 것이라 할 수 있습니다. 공간적으로도 그러하고 시간적으로도 그러합니다.

조금 다른 이야기이지만, 잡담을 하면, 고려대 문과 대학이 60주년 되었는데, 서울대학교도 60주년이 되었다고 대학신문사에서 축하하는 말 한

마디를 써 보내라고 해서 생각하게 된 것입니다. 서울대학교 60주년 하는 건 사실 일제 때를 빼 버리고 하는 거지만.

세계적으로 유명한 대학은 다 오래된 대학들이지요. 그러니까 사회를 고쳐서 좋은 사회를 만들겠다고 할 때 너무 성급하게 생각할 것이 아니라는 것이 이러한 데도 보이는 것 같습니다. 옥스퍼드, 케임브리지는 1000년 가깝고 하이델베르크 대학교도 600년은 되었을 거고, 파리 대학교는 오래된 대학이지요. 카이로 대학교는 1000년이 넘었지요. 지금 별 볼 일 없는 상태에 있지만 그건 이슬람 문화권이 전체적으로 낮은 상태에 있기 때문이지요. 시간이 걸리면서 유지를 위한 노력이 있어야 된다는 말일 것 같기도 하지만. 미국은 새 나라인데, 이 새 나라에서도 유명한 대학은 다 오래된 대학들이지요. 하버드는 지금 400년, 예일이 300년 가까이 되고 프린스턴도 그렇게 돼요. 유명한 미국의 대학 중 스탠퍼드는 150년 되었을까, 코넬 대학도 150년쯤 된 것 같고. 시카고 대학교 같은 곳은 비교적 새 대학이라고 할 수 있지만, 그것도 100년은 넘었지요. 새 기술, 새 지식도 많고 돈도 많은데, 왜 유명한 대학은 오래된 대학이냐를 생각해 볼 수 있습니다. 미국을 보면, 적어도 150년은 되어야 하는 것 같습니다. 우리나라에서는 성균관과 같은 것이 있었지만, 중단 없이 지속된 제도로서는 서울대학교가 60년, 고대가 100년, 이렇습니다. 이것은 사람이 만드는 제도는 하루아침에 되는 것이 아니고 오랜 지속 속에서 생각을 다져 가는 데서 이루어진다는 것을 의미한다고 할 수 있습니다.

(거실에 놓인) 이런 홍차 주전자 같은 것을 보아도 그래요. 손잡이의 두께라든지 주전자 꼭지가 하루아침에 된 것이 아닐 것입니다. 보고 만들고 하는 사이에 사람들 지혜가 집적되어 만들어진 것이겠지요. 우리 차 주전자는 이런 손잡이가 없는데, 이것이 없으면 뜨거운 것을 들 수 없지요. 그런데 커피는 뜨겁게 마셔야 되지만, 우리 차는 너무 뜨거우면 안 되지요. 차

가 나오는 입을 보면, 끝이 짧게 약간 처져 있습니다. 이 부분이 있어야 차가 주전자 꼭지로 흐르지 않고 찻잔으로 들어갑니다. 작은 실험들이 퇴적된 결과이겠지요. 집을 하나 짓는 것도 마찬가지예요. 우리 집도 문제가 많지만, 전통 가옥이 아니고 이런 집을 지은 역사가 짧은 것, 지혜를 제대로 전수받고 보존하지 못한 것, 이런 요인이 있는 것이겠지요.

대학들이 현대에 적응하고 사회에 일어나는 그때그때의 문제에 대응하는 여러 가지 연구를 하려면 계속 열려 있어야 되고 변화해야지요. 그러나 동시에 좋은 전통을 쌓아 가는 것이 필요합니다. 사회 제도도 그 틀을 세워 안정되게 하고 그 안의 작은 것들을 계속적으로 개선해 나가는 것이 필요하다는 생각이 듭니다.

그러니까 서울대학교 60주년 행사에서 왜 오래되어야 하냐를 생각하게 돼요. 지금 와서는 인터넷 대학도 있고, 수백 년 만에 대학 제도가 정말 바뀔 가능성이 있다는 생각도 들지만, 사람의 관계가 만나서 얼굴 보고 얘기하는 구체적 테두리 속에서 이루어진다는 데에는 변함이 없습니다. 추상화된 매체를 통해 이루어지는 건, 정보 전달이지 진정한 교육은 아니지요. 역시 대학은 물리적으로 같은 자리에 존재하고 그 틀이 유지되어야 하고 그러면서 열려 있어야 할 것입니다. 전체적인 틀과 지속성은 한쪽에 있고 다른 한쪽으로는 계속적인 열려 있음, 또 섬세한 것에 대한 민감한 적응, 만가지 변화에 대해 적응하는 것, 이 두 개가 연결되어야지요. 그 바탕에 마음이 있지요. 이 마음을 만들어 내는 것이 교육이라고 할 수 있습니다.

그런데 불교에서 '안정(安定)'이라는 것, '정(定)'이라는 건 중요하거든요. '정'이란 그 핵심을 만들어 내는 걸 얘기하지요. 핵심을 만들어 내면서 자기 속에 들어간다는 게 아니라 그것을 세계에 연다는, 우주 전체의 원리에 연다는 것을 얘기하거든요. 마음 안으로 들어가며 마음에 집중하면서 바로 집중 자체가 밖으로 열리는 것이지요. 자기 고집을 다 없애는 그것이 바로 '주일무적 수작만변'이지요. 그건 주자에서 나온 말이지만, 불교에도 통하는 것이라고 할 수 있습니다. 주자의 이해란 원래는 불교에서 온 것이지요.

그러나 모든 사람이 이러한 것을 위한 수양을 할 필요가 있는 건 아니고, 그런 수양을 핵심적으로 생각하는 부분이 사회 속에 있어야 된다고 얘기할 수 있을 것 같아요. 그리고 좋은 사회에서는 그렇게 수양 안 해도 이러한 상태가 저절로 존재하는 것이지요. 수양이 있어야만 좋은 일이 일어나는 사회란 뭐가 잘못되어 가는 사회지요.

그전에도 한번 얘기한 것 같은데, 영국에서 주유소에서 자동차에다 휘발유를 넣고 가다 보니까 내가 잔돈을 적게 받았어요. 그래서 한참 가다가 다시 돌아가서 아까 내가 돈을 얼마를 냈는데 좀 적게 받은 것 같다, 그러니까, '그러냐'면서 장부도 안 보고 대조도 안 하고 딱 세어서 돈을 주는 거예요. 그런 거 보고 '이런 상태가 정말 좋은 상태다.' 하는 느낌이 들었어요. 또 일본에서 버스 타고 어느 절에 가려고 하는데, 옆에 앉은 젊은 여자한테 내가 이 절에 가려고 하는데 어디서 내리냐, 그러니까 당신 너무 왔다고, 저 건너편에 가서 다시 버스를 타고 반대로 가서 세 정거장 후에 내리라고 그래요. 그래서 내려서 건너편 가서 버스를 기다리는데 그 젊은 여성이 길을 건너 뛰어와요. 그러고는 두 정거장이면 되는데 세 정거장이라고 잘못 얘기했다고 말하는 것입니다. 자기 버스는 그사이에 가 버렸어요. 단지 그 얘기를 하러 버스를 내려 건너온 것이지요. 다시 길을 건너가 버스 오는 걸 기다렸습니다. 이런 일들이 일어나는 것은 무슨 수양을 해서가 아니라 저절로 사람의 마음이 그렇게 움직이는 것이지요.

동네의 삶

문광훈 그런 마음의 상태를 사회 구성원 모두에게 원하는 것은 이상주의적이지 않습니까? 적어도 구성원의 몇 퍼센트 정도는 그런 마음을 가지고 실천하는, 말없이 행하는 게 되어야 된다는 것이지요? 더 좋은 것은 이런 것을 의식하지 않고도 생활의 하부 구조에서 실행되는 상태일 것이고요.

김우창 수양이 있는 사람의 마음은 어디에서 오는 것이겠습니까? 그것은 모든 사람이 가지고 있는 마음이고, 정상적인 상태에서는 그것이 구태여 수양하지 않아도 수양한 것처럼 움직이는 것이 아닐까요? 이건 좀 다른 이야기지만, 우리 사회의 근본 문제 중의 하나는 동네가 없어졌다는 사실 같아요. 작은 동네에 살면 나쁜 일이 없지요. 만날 보는 사람한테 싸움 걸 수도 없고, 가짜로 장사할 수도 없고, 거짓말할 수도 없고, 일이 있을 때 도와주지 않을 수도 없지요. 그런 구조는 보다 큰 범위로 확장될 수도 있을 겁니다. 우리 사회의 문제는 지난 150년 동안에 그게 너무 흔들렸다는 것이지요. 또 문제 중의 하나는, 자연스러운 자기 존재감과 공동체적 전체 속에서 살아간다는 걸 잊고 엄격한 규범과 명령으로 이것을 대체하려 한 것이지요. 그러니까 자연스러운 마음이 사라진 것이지요.

문광훈 유동성이 워낙 심한 사회이니까 붙박이 동네 같은 것이 없지요. 늘 이동하는, 이동 중에 있는 동네에서 살다 보니 생각이나 감각 그리고 경험이 다 뒤흔들리고 또 여기에서 나오는 글이나 이 모든 것들이 전부 뿌리 없이 허황된 것 같아요. 마음이 지향하는 중요한 점의 하나가 선생님 글에서는 어떤 근원적 공간으로 보이는데요. 그러니까 현대적 사회의 부박함이 일어난 큰 이유의 하나는 이런 근원 공간의 일상적 체험 기회가 사라져 버렸다는 것이 될 것 같아요.

김우창 계속 붙잡으려 해도 '도망가는' 사회 속에 사니까. 이것은 사르트르가 현대의 도시를 설명하면서 말한 것입니다. 주민으로도 나쁜 짓 하고 도망갈 수 있는 거나 똑같지요. 동네가 커지면서도 일정한 구조를 가진 공간을 만들어야지요. 난개발이란 바로 이러한 가시적 구조를 읽어 낼 수 없는 도시를 표현하는 말입니다. 물론 동네의 공동체적 느낌은 보다 추상적인 행동 방식으로 확대되어야지요. 18세기의 스코틀랜드 도덕 철학자들이 말한 '선의(benevolence)'와 같은 것이 필요하고, 공공 기구에서 사회 신뢰도를 훼손하는 일을 방지하는 조처를 취하여야 하고.

문광훈 마음의 파장을 통해서 공간을 늘 의식하고 또 이렇게 굳이 의식하지 않더라도 모든 활동의 자연스러운 배경이 되어 있는 삶, 이런 삶에서 있게 되는 공간과의 유대 의식은 인문학의 매우 중요한 주제인 것 같은데요. 인문학에 있어서의 공간과 이 공간에 대한 사유가 가진 의미에 대해 좀 말씀해 주십시오.

김우창 공간 의식은 동네 의식과 마찬가지로 사람 사는 데 참 중요해요. 조금 전에 말한 것처럼 도시 공간의 설계, 국토의 설계가 극히 중요합니다. 그러나 그것과 함께 사회 구조가 또 알아볼 수 있는, 어두운 구석이 없는 것이 되어야 하지요. 이러한 것들에 움직이고 있는 것이 인문 과학이 수호해야 하는 인간의 마음이겠지요. 인문학을 너무 추상적인 개념에 의지하는 것으로 파악할 때, 그 인문학은 인간 존재의 근본을 상실하게 되는 것 같아요. 그래서 그림의 경험도 중요하고, 또 자연의 경험도 중요하고 도시 공간의 경험도 중요하지요. 공간은 밖에 존재하는 것이기도 하지만 사람 마음속에도 존재하는 것이지요. 마음속에 공간 의식을 기르고 살려야지, 그것을 추상적인 틀에 넣어 버리면 자연스러움을 잃어버리지요. 좋은 경치만 지주 보아도 마음이 너그러워지지요. 마음에 공간이 생기는 것입니다.

마음의 공간

문광훈 '마음속에 공간 의식을 살린다.'는 건 어떤 의미인가요?

김우창 좋은 산수만 보아도 마음에 공간이 생긴다는 것은 한국 사람들이 잘 알던 일이지요. 도시 공간도 그러한 작용을 할 수 있고, 의식 절차에서의 사람과 물건들의 일정한 배치도 그러한 작용을 할 수 있습니다. 이러한 것들이 마음에 작용하고 마음을 형성하지요. 그리고 우리의 사고와 느낌에 영향을 미칩니다.

그런데 추상적인 언어 체계가 현실을 대체할 수 있다고 생각하면 안 돼요. 언어 저쪽에 현실이 존재하고 현실 속에 어떤 종류의 현상적 질서가 있다는 것을 잊지 말아야 돼요. 언어 자체가 전부인 것처럼 생각해 버리면, 그 언어는 죽어요. 시험 답안지에 쓰는 글이 그런 것이지요. 그러니까 언어는 의미를 가지면서 또 동시에 의미 저쪽에 있는 사물에 대한 느낌을 포함해야 되는데 그 느낌 없이 의미만 가지고, 사전적 의미만 가지고 언어를 다루기 시작하면 추상화되어 사람의 공감이 사라지게 됩니다.

느낌이 뭐냐는 참 정의하기 어렵지만, 가장 초보적 의미에서 '공간 의식의 발현'이라고 할 수 있을 것 같아요. 우리가 '분위기'라고 그러지요. 분위기도 공간 의식이에요. 아, 이 집에 오니까 느낌이 좋다, 여기 오니까 느낌이 좋다고 하는 것은 물건의 직접적인 것을 얘기하는 것이 아니고, 물건에서 나오는 어떤 종류의 공간적 감각을 얘기하는 것이거든요.

문광훈 벤야민의 '아우라' 개념도 바로 그런 거 아닌가요?

김우창 그런 것이지요. 아우라는 더 종교적으로 거창하게 얘기한 거지만. 어떤 것에나 '참 느낌이 좋다.' 하는 것은 물건 자체의 속성보다는 물건이 우리에게 연상시키는 어떤 공간 의식, 거기서 뭔가 떠도는 것이 있는 것 같은 느낌을 얘기하는 것이지요. 사물에 대한 언어적 진술이 있으면, 그 언어적 진술의 의미를 알고 그 의미의 느낌을 가질 수 있어야 되는데, 너무 사지선다형의 답변만 하다 보면 느낌은 다 없어집니다. 그래서 언어를 자동적으로 사용하게 되어 그런 감각이 없어져 버리지요.

아까 말한 것처럼 자연 풍경도 중요하지만, 그것을 그린 것도 중요하고 그 경험에 대한 추억도 중요하지요. 『풍경과 마음』에서도 얘기했지만, 글도 써야 되지만 그림도 그릴 줄 아는 게 옛날 선비였어요. 거기서 가장 어려운 게 풍경화예요. 풍경화가 무슨 의미를 갖느냐에 대하여 중국 사람들 인용해서 설명한 것이 있습니다. "바쁘게 사느라고 가 볼 수가 없기 때문에 그 대신 그림을 가끔 펼쳐 보는 것이 자기한테 필요하다. 그래서 풍경화가 필요하다."라는 얘기지요. 넓은 지형에 대한 느낌을 사람이 갖는 것이 중요한데 그걸 잘할 수가 없으니 그림을 봐야 된다는 겁니다. 그런 의미에서 그림을 본다는 것은 그 그림 속에 들어간다는 것을 의미하지요. 상상으로 아 저기 가면 어떻겠다, 이렇게 가면 한참 걸리겠다, 여기는 상당히 멀다 또는 높다…… 결국 동양화에서 그림을 본다는 것은 시각적 기호를 보는 게 아니라 시각적 기호가 얘기하는 어떤 공간적 질서 속으로 자기를 감정 이입한다는 얘기지요. 산 밑에 사람이 하나 그려져 있으면, 그 사람을 따라서 마음으로 움직여 가 보라는 얘기예요.

그러니까 공간의 느낌은 느낌에서도 필요하고, 사물을 보는 데도 필요하고 모든 데서 필요합니다. 칸트는 시간과 공간을 감수성의 기본 형식이라고 했습니다. 이것은 숨어 있는 형식을 말하지만, 조금 더 의식화하여 마음의 재산이 될 수 있습니다. 우리의 모든 지각 인식 활동 속에 들어 있는 것이지만, 그것을 체험적으로 새롭게 하는 게 필요해요.

문광훈 그림과 같은 심미적 체험은, 선생님이 지금 말씀하신 맥락에서 얘기하자면, 공간 의식의 공유를 가능하게 한다, 이런 공유를 통해 삶과 그 주변의 테두리에 대한 유대감을 불러일으킨다, 그런 점에서 필요하다는 것이지요?

김우창 자연 자체, 크게 하이데거식으로 얘기하면 '존재의 열림'에 접하게 되는 것이지요. 그런데 이것은 그림에서뿐만 아니라 시나 소설에서도 그래요. 늘 하는 얘기지만 동회에 가서 내가 주민 등록 등본을 떼면, 그 서류는 '내가 누구인가.'를 제일 간단히 얘기합니다. 그런데 그 동회 사람에게 "사실 요즘 내 고민거리가 하나 있는데, 감기가 들어 낫질 않고……." 이런 얘기하면 안 되지요. 그런데 소설이나 이야기는 그런 얘기를 다 담은 거 아니에요? 어떤 사람이 가지고 있는 내적 공간, 서사 공간을 열어 주는 게 시나 소설입니다. 그러나 관료적 입장에서 볼 때 사람은 공간이 없는 존재예요. '인부 다섯 명' 하면 인부 다섯 명으로 끝나지만, 소설에서 보면 인부 다섯 명이 다 다른 삶의 공간을 가지고 있는 것이거든요.

문학적 체험이나 예술적 체험은 사람이 가진 공간적 차원에 대한 열림을 우리에게 다시 일깨워 주는 거라고 할 수 있지요. 공무원들이 듣기 싫어하는 게 그것이지요. 구청에 가서 잡담하다가는 "바쁜데 무슨 소리냐……." 그러지요. 공무원들이 원하는 건 요점이에요. 그런데 요점이 우리 인생은 아니거든요. 그것은 주제로서의 내적 공간을 소거한 단자(單子)로 인생을 환원하는 것이지요. 집단생활에 그것이 불가피한 점이 있지만, 그것을 전부로 보면 곤란하지요.

문광훈 우리 사회의 팍팍함이나 문화적 자기 이해가 약한 것도 이런 관점에서, 그러니까 공간 의식의 결핍이나 마음의 내면 공간에 대한 이해 부족이라는 관점에서도 충분히 얘기할 수 있겠네요?

김우창 벼슬을 좋아하는 것도 그렇습니다. 자기 존재는 독자적 영역 속에서 존재한다고 생각 안 하고, 외부에서 부여하는 지위에 의해 존재한다고 생각하거든요. 이력서 보면 어느 대학 나오고 이런 것들이 있지요. 그게 내 인생이라면 너무 쓸쓸한 이야기지요. 우리 인생은 그것보다는 훨씬 더 풍부한 내적 공간이나 시간의 연속성 속에 존재하는데. 세상에서 중요시하는 건 본적이 어디고 어느 대학 나왔는지 하는 것이지요. 그것 외에 세상의 관점에서 내 인생은 완전히 공백이에요. 그러나 나한테는 중요한 세월이거든요. 그런데도 그런 의식이 우리한테 적다는 건 사회가 험하니까, 바쁜 사람은 남의 얘기 못 들으니까, 간단히 어느 대학 나왔다고만 알아야겠다고 하지요.

또 하나는, 모든 사람이 개인적인 내적 공간과 삶의 공간, 시간의 연속성을 가지고 있다는 걸 인정하는 데는 어떻게 보면 기독교적 관점이 필요하다고 할지 모르지요. 밖에서부터 재단할 수 없는 영혼이 모든 사람에게 있다는 것을 인정하는 것과 관계있다고 할 수 있으니까. "모든 사람을 자기 스스로의 목적으로서 인정해야 된다.", "모든 사람이 자기의 독자적 위엄성을 가지고 있음을 인정해야 한다."라는 것은 칸트의 규범적 사고에서 나왔지만, 그 배경에 들어 있는 건 기독교적인 발상이라고 할 수도 있지요. 하나하나의 영혼이 다 중요하지, 어떤 관료적 편제 속에서 일괄적으로 취급될 수 있는 건 아니지요. 영혼은 밖에서 보이지 않는 우리의 내적 공간입니다. 그러니까 사람의 존엄성을 이해하는 데도 공간이 중요해요. 조르주 풀레(Georges Poulet)의 책에 '내적 시간'을 다룬 것이 있습니다. 바슐라르가 다룬 것은 공간이라고 할 수 있고. 이러한 것들을 환기시켜 주는 게 예술적 경험이고, 자기반성적 사고의 한 기능이지요.

원근법에 대하여

문광훈 공간적 사유는 미술사에서 보면 르네상스 때의 원근법이 발생하던 시기와 깊은 연관이 있는데요. 이런 원근법의 발생 시기는 개인이 자기 자신을 세계에 투사시켜 이 세계를 그 나름으로 해석하고 체계적으로 이해하려는 노력, 그러니까 주체성의 탄생 시기와 일치한다고 할 수 있습니다. 그렇다면 이렇게 질문할 수 있겠습니다. '우리 사회에서 공간적 사유, 공간 의식이 필요하다.'라는 테제는 '이런 공간 의식을 가능하게 하는 건강한 개인주의, 성숙된 주체성이 필요하다.'라고 고쳐 말할 수 있을 것 같은데요?

김우창 커다란 발견의 하나가 원근법입니다. 그것은 미술에도 중요하지만, 건축이나 도시 설계에도 중요하지요. 이 발견은 또 과학에 의하여 뒷받침됩니다. 그런데 무엇이든지 너무 정형화되면 다시 문제를 일으키게 됩니다. 원근법의 발견의 중요성에도 불구하고, 특히 20세기의 서양 미술에 있어 원근법을 파괴하려는 노력이 계속되었다는 사실을 생각해 볼 필요가 있습니다. '기발한 걸 추구해서 사람들의 관심을 끌어야 된다.'라는 생각도 있겠지만, 기하학적으로 또는 기계적으로 설정한 원근법이 우리의 내적인 체험의 전부를 얘기하지는 않는다, 우리가 실제 체험하는 현상학적인 공간, 내적 공간은 그것과 좀 다르다는 것, 말하자면 원근법에 의해 상투화된 공간 이해를 우리에게 새롭게 체험시켜 주려는 게 서양의 20세기 실험 예술들이다, 이렇게 얘기할 수 있지요.

동양에서는 원근법으로가 아니라 자연에서의 인간의 위치를 상기시킴으로써 인간 존재의 공간성을 불러일으키려고 했지요. 이것도 상투화되면 내용 없는 것이 되지만요. 서양의 원근법은 동양에서의 풍경화보다 방법적 정확성을 가졌기 때문에 많은 사람들이 쉽게 이해할 수 있지요. 방법적인 것이 없으면 한번 놓쳐 버린 직관은 다시 회복하기 어렵습니다. 수학의 장점은 한 사람의 직관이 아니라 그 직관이 방법론적으로 정확히 일어났기 때문에 다른 사람도 금방 받아서 계승할 수 있다는 것이지요. 기하학적으로 정형화한 원근법은 우리가 그냥 직관적으로 느끼는 공간 의식보다는 방법적으로 용이합니다. 그래서 모든 사람이 공유하기가 쉬워집니다. 동양화의 문제는 방법이 아니라 공식이 되었다는 점입니다. 방법은 그 나름으로 한계를 가지고 있지만, 그래도 새로운 탐구의 보조가 되고 그것을 완전히 막아 버리지 않는데, 공식과 상투형은 그것으로 끝이 나지요. 서양의 합리주의의 장점도 일반적으로 이렇게 말할 수 있지요. 이것은 원근법에도, 그 나름의 한계와 상투성을 가진 것이면서도, 해당시킬 수 있습니다.

방법론은 객관적이면서 모든 사람에게 객관성을 자기 것이 되게 하는 통로지요. 그런 의미에서 원근법은 객관적이면서 모든 사람에게 자기 공간을 가질 수 있게 하는 방법이에요. 주체와 객관성의 종합은 원근법 자체에도 들어 있습니다. 그것은 객관적이면서 객관성을 구성하는 관점을 보여 주기 때문입니다. 원근법이 과학적 사고의 발달에 병행해서 발달해 왔다는 사실을 연구한 책들도 있어요. 한 가지 첨부한다면, 방법론적으로 구성된 객관성이란 언제나 진정한 객관성은 아니기 때문에 그것은 다시 비판되어야지요. 과학 연구에는 연구 대상과 연구자 사이의 관계가 언제나 전제되어 있습니다.

문광훈 원근법의 한 방식 또는 관점을 동양화에서처럼 다원화하는 원근법, 다원근법적(multiperspective) 사고의 구성법이 현실의 다면적 이해에 필요하지 않은가, 이런 견해를 『풍경과 마음』에서도 적으신 것 같은데요?

김우창 동양은 서양이 가지지 못한 직관을 드러내 보여 줍니다. 그러나 방금 말한 바와 같이 방법적인 면이 약한 것이 문제이지요. 다원근법이라고 말씀하신 것도 서양식 방법론으로 접근하면 쉬워지지요. 책에서 예로 든 키리코의 그림은 여러 관점에서 본 원근법을 종합해서 구성한 것입니다. 서구의 원근법은 일단 방법으로서 접근을 용이하게 하는 면이 있기 때문에 그것을 깨뜨리기도 더 용이하지요. 깨뜨려서 더 다른 차원을 보게 하지요. 방법이 있으면, 그 방법을 넘어서서 새로운 방법으로 보는 것도 용이해지는 것 같아요. 방법이 전혀 없는 것보다는. 그러나 그러한 실험이 동양학에서 보는 독자적인 느낌, 가령 유현(幽玄)의 느낌을 그려 낼 수는 없지요.

문광훈 그래서 다원근법 관점을 무엇보다도 생활의 내부로 수렴시키는 노력들이 동양 사회에서는 있었고, 이런 것을 재구성하는 게 앞으로의 우리 과제 아닌가 하는 얘기를 하셨는데요.

김우창 이제 그것은 거의 불가능해진 것 같아요. 우리의 물리적 환경이 삶의 중요한 부분인데 요즘 와서 그것은 우리의 삶으로부터 완전히 차단되었다고 할 수 있습니다. 자연은 우리한테서 참 멀어졌지요. 자연으로부터, 또 인간 존재의 근원적 공간성으로부터 멀리 갈 수밖에 없게 되어 있는 게 현대 사회이지만 우리가 좀 심하지요. 그걸 어떻게 회복하고 지속하느냐 하는 게 중요한 과제인데, 국토를 주무르는 정치가들에게 그러한 문제의식은 거의 없는 것 같습니다.

자유의 폭과 삶의 길

인간에 대하여

문광훈 인문학을 '인간과 현실, 그 가능성에 대한 탐구'라고 정의할 때, 그 중심에 있는 것은 인간입니다. 그런데 사람은 갱신의 의지와 욕구를 지닌 존재이면서도 다른 한편으로는 참으로 알 수 없고 어리석고 변덕스럽고 심지어 기만적인 존재이기도 합니다. 이것은 좀 크고 거친 질문입니다만 인간에 대해 선생님은 어떻게 생각하시는지요?

김우창 나이가 들어 갈수록 사람들은 페시미스트(pessimist)가 되는 것같아요. 그러면서 좀 너그러워지지요. 웬만치 나쁜 것 있어도 다 그런 거지 하고. 마크 트웨인에게 "당신은 왜 흑인을 차별적인 눈으로 보느냐?" 하고 물었습니다. 마크 트웨인은 "나는 흑인이나 백인이나 동등하게 본다, 다 같은 인간이다."라고 대답했습니다. 그리고 첨가해 "인간보다 더 나쁠 수가 없다."라고 했습니다. 원래 유머로 한 말이지만, 마크 트웨인은 만년에 비관주의자가 되었어요.

고양이를 보면 정말 자기가 꼭 필요한 것 이외는 하지 않지요. 몸을 움직이는 것까지도 쓸데없는 동작은 하나도 없습니다. 그게 말하자면 디오게네스 같은 사람이 원하는 거 아니에요? 생명을 유지하는 데 필요한 것 외에는 아무 관심 없고 그것이 관계가 되어 있는 일이 아닌 한 몸도 움직이지 않지요. 쓸데없는 동작이 많은 것을 보면 개는 머리가 더 나쁘지 않나 합니다. 필요와 사물과 생각과 행동의 완전한 정합성, 이 정밀성이 지능의 표지가 아니겠어요? 사람은 자기가 필요한 것이 뭔지도 모르고, 자기가 필요한 것을 위해 해야 될 일이 뭔지도 모르고, 무엇을 생각해야 하는지도 모르고. 머리가 좋기도 하고 나쁘기도 하기 때문이랄까. 본능의 깊이와 넓이가 약해서 너무 많은 것을 머리로 고안해야 한다고 할 수도 있지만.

나무 같은 것을 보아도 사람의 어려운 상황을 느낄 수 있습니다. 나무 꼭대기에 물 올라가는 것만 봐도 놀랍기 그지없지요. 사람이 그걸 하려면 얼마나 연구를 하고 복잡한 기계를 발명해야 합니까? 사람의 머리에 든 정보를 나무는 몸통 속에 다 가지고 있어요. 사람은 너무 많은 게 몸통 밖에 있는 것 같아요. 머리로 사니까 쓸데없는 생각들도 많고 오해도 많고 궁리도 많고 전략도 많고. 그래서 자기 생각을 현실에 관철하기 위한 의지가 중요해지고, 의지는 타자나 환경과 충돌을 예상하는 것이기 때문에 선보다 악한 것이 되기 쉽지요. 단테의 지옥이 어디에서 왔겠어요? 그 지옥은 지옥이 아니라 이 세상 모습이 아니겠어요? 그야말로 종교적 설명이라도 있어야지 알 수 없는 얘기지요.

나쁜 많은 것을 가져오는 생각이란 무엇인가, 왜 사람은 머리가 이렇게 복잡해야 되나, 많은 걸 생각해야 하고 몸에 배어 있는 걸로 하지 않고 궁리해서 해야 하는가 알 수 없는 일이지요. 진화의 잘못된 부산물일 수도 있고, 아니면 우주에 대해 생각하고 신에 대해서도 생각하는 도구로서 존재한다 생각해 볼 수도 있고. 그게 꼭 좋은 건지는 모르지요. 사람의 존재, 사람이 가진 의식은 미스터리 중의 하나예요.

문광훈 일본 작가 나쓰메 소세키의 작품에 "어떤 개별적 인간을 믿기 어려운 것이 아니라 인간 전체에 대한 신뢰를 하기 어렵다."라는 언급이 있어요. 조금 전에 질문드린 것과 연관시켜 좀 더 급진적으로 표현하면, 인간은 인간에게 과연 믿음을 줄 수 있는지요? 믿음을 걸어도 좋을 만큼 인간이란 종적 존재는 신뢰할 만한 존재인지요?

김우창 신뢰를 하도록 만들어 가야 된다고 대답해야 하지 않을까요? 그리고 신뢰가 가능한 상태를 만들어야 하는 것이 인문 과학의 할 일이고, 또 사회의 과제이지요. 신뢰할 수 있는 사회가 되도록 정치가들도 노력하고. 한 가지 더 보태서 얘기하면, 신뢰가 유지될 수 있는 물리적인 조건을 만들어야 하고.

문광훈 물리적 토대 말씀입니까?

김우창 먹고사는 게 충분히 되어야지요. '충분'이라는 게 뭐냐는 정의하기가 어렵습니다. 그런데 이것을 너무 크게 생각하면, 환경적으로나 사회적으로 그리고 개인의 관점에서도 문제가 생기지요. 가장 간단하게 얘기하면, 기본적인 것을 금욕적으로 정의해서 충족시키는 것이 중요하겠지요. 필요도 작게 정의하여야 하지만, 사람 사는 물리적 단위가 작아야 되지요. 단위가 커지면 관리에 문제가 생기지요. 복합적인 원인들이 얽혀서 생겨나는 확대 효과를 관리할 수 없게 되고, 그걸 관리하려면 커다란 관리 체제를 만들어야 하고, 그러면 사람이 관리의 객체가 됩니다. 동네가 작으면 서로 속이고 죽이고 하는 게 적어질 거라는 이야기는 전에도 했지요. 이제 모든 것이 커진 것이 현실이니까, 큰 것 속에서 어떻게 작은 것을 유지하느냐가 중요한 과제라고 해야겠지요.

문광훈 권력의 중앙화, 도시의 집중화가 과도하게 되어 있는 현 단계에서 그런 식의 바람이 충족되기까지는 조금 더 많은 시간이 요구될 것 같아요.

　김우창　우리가 이런 종류의 삶을 살아 본 지가 얼마 안 되니까 연구가 별로 안 되었다고도 할 수도 있고 커지는 것의 환상에 사로잡혀서 그런 생각을 하는 것 자체가 어려워졌지요. 또 한국 사람은 세계에서 이사를 제일 많이 하지 않습니까? 정착해서 사는 게 없고 뜨내기로 살게 되면, 자연스러운 공동체적 관계가 생길 수가 없겠지요. 그런 것들이 우리 사회를 아주 불안한 사회, 비인간적인 사회로 만드는 중요한 한 틀이 되지요.

　대학 문제도 그런 것 같아요. 좋은 대학과 나쁜 대학의 차이를 많이 얘기하는데, 이런 차이가 중요해지는 것도 사회가 내파(內破)된 것에 관계되는 것 아닌가 합니다. 동네에서 존경받는다는 것에 만족할 수 있는 사람도 많을 터인데, 그러면서 그 범위를 넘어가는 사람이 더러 생기고. 아일랜드의 존 밀링턴 싱(John Milligton Synge)의 연극에 「서부 세계의 건달」이라는 것이 있지요. 아버지를 죽였다는 사람이 외부 세상에서 들어와 동네의 명사가 되는데 그런 나쁜 짓이라도 해서 이름을 낸 사람에게 사람들이 끌리는 것은 먼 곳, 특이한 것에 대하여 가지고 있는 사람들의 동경을 말한 것이라고 할 수도 있고, 근거를 알 수 없는 명성이란 아버지 죽였다는 소문에 비슷하다는 풍자라고 할 수도 있고 그러지요.

　정부에서 고등학교 수능 성적을 일률적으로 하지 않고 지역별로 하겠다는 것은 괜찮다고 난 생각해요. 그러니까 대학 지망자를 쭉 한 줄로 세우지 말고, 어느 동네에서 공부 잘했다면 그것을 일단 받아들이는 것이지요. 전국적으로 잘하고 못하는 걸 가리는 것이 꼭 좋은 게 아니에요.

　문광훈　마을과 지방 단위의 경쟁과 시험에 자족할 수 있는 제도적 장치가 시행되어야 한다는 것이지요.

　김우창　의사도 한국에서 제일이 되면 괴로워집니다. 자연스러운 일이면서도 의사가 나빠지게 되지요. 몰려드는 많은 환자를 인간적으로 대할 수 없게 되니까요. 노벨상 받는 사람들이 있다는 것이 나쁜 건 아니거든요. 그런데 모든 사람들이 노벨상 받아야겠다고 하고 그것 없으면 사람 취급을 받지 못하게 되면 괴로워지지요. 그러니까 자기 영역 안에서 일정한 인간관계를 유지하고 살 수 있는 체제가 많으면 좋을 것 같아요.

옅은 이성, 깊은 인간성

문광훈 행복하거나 좀 더 나은 인간적인 사회의 모델을 작은 단위, 작은 동네에서 선생님은 찾으시는 것 같아요. 언젠가 선생님께서는 이렇게 쓰신 적이 있습니다.

오늘날 인문 과학의 핵심적인 문제의 하나는 정합성이 표현하는 옅음의 세계와 인간의 정신적 모험이 이룩한 깊음의 세계를 어떻게 연결하느냐 하는 것이다.

「오늘의 인문 과학과 코기토」에 나오는 말인데요. 이런 정합적 사실 세계와 깊은 정신세계의 연결 가능성, 달리 말해 경험과 그 초월성, 지각 현실과 형이상학 사이의 균형에 인문 과학의 과제가 있다고 선생님은 보시는 것 같은데요.

김우창 내가 정확히 어떤 뜻으로 했는지 몰라도, 지날수록 이성의 존재는 이성을 가진 사람과 병행해야 된다는 생각이 들어요. 이성을 행사하는 사람과 이성적 질서는 같은 것이면서 다르다는 것, 그리고 이성적 질서를 제대로 움직이기 위해서는 이 질서를 이해하는 사람이 있어야 된다는 거예요. 그런데 그 사람은 바로 이성적 질서를 만들어 내는 사람이지요. 그러면서 그 질서를 만들어 낸 업적으로 가지고 있지요. 또 이 업적을 통해서 이성의 실상을 안다고 할 수도 있고. 그러면서 그 사람은 그것을 초월하는 사람이에요. 이성적인 것도 사람을 통해서 나올 때 이성의 본질적 창조성이 살아 있다는 생각이 들어요.

문광훈 움직이는 이성이라든가 이성의 이성적 구조, 마음의 이성적 구조와도 그것은 연관될 것 같은데요.

김우창 그게 아주 중요한 건데 자칫하면 놓쳐요. 되풀이하여 이성이 있고, 이성이 구체적 상황에서 만들어 낸 업적이 있고, 그것을 넘어가는 움직임으로서의 이성이 있는 것이 아닌가 합니다. 옅을 수도 있는 이성이 깊이를 갖는 것은 구체적인 업적을 잘 아는 데서, 또 그것을 가지고 오늘의 주어진 상황을 구체적으로 보는 움직임에서 생겨납니다. 기계적인 이성적 법칙으로서 모든 것을 해결할 수 있다고 생각하지만, 인간사는 그렇게 안 되는 것 같아요. 이성적 법칙을 초월해서 이성을 만들어 내면서 또 새로운 상황에서 그것을 적용해 나갈 수 있는 능력이란 인간의 정신 속에 있는 것 같아요. 그 정신은 이성적인 것을 초월한 더 넓은 세계에 연결되어 있고요.

문광훈 그런 것을 탐구하는 것이 인문 과학의 매우 중요한 과제라는 말씀이지요?

김우창 사람이 중요하다는 건 그 점에서입니다. 구체적인 상황에서의 이성의 능동적인 대행자로서 사람이 중요하지요. 컴퓨터를 아무리 정교하게 만들어 놓아도 그때그때 상황에 따라 움직이는 인간의 지성을 못 따라가지 않아요? 컴퓨터는 주문받은 어떤 부분은 잘하지요. 인간의 정신은 컴퓨터를 넘어가는 어떤 능동적 원리를 가지고 있지요.

문광훈 추구되어야 할 이성의 모델은 언제나 '방법적 원리로서의 이성'이어야 될 것 같아요. 사람의 사유처럼 이성 자체도 스스로의 자기 동력학을 가져야 될 것 같습니다.

김우창 방법적이란 말이 잠정적이란 뜻이라면, 그렇습니다. 하여튼 움직이는 원리로서의 이성에 대한 생각을 잊지 말아야지요.

문광훈 우리나라에서 자연 과학이건 인문학이건 아니면 사회 과학이건, 이론과 관련해서 공부하는 사람들의 이성 이해는 쉽게 기계화되어 있거나 어떤 일정한 편향성을 보여 주는 것 같아요. 그래서 이들의 사유가 포괄적이거나 탄력적으로 되는 경우는 드물어 보입니다.

김우창 그거야말로 교육만으로는 불가능하고 스스로 깨달아야지요. 지나치게 입시 중심의 교육을 강조하다 보니 모든 사고가 경직되는 것이겠지요.

문광훈 좋은 글이라면 필자 스스로 자유롭고, 그 글을 읽는 독자가 자유를 느끼게 하여야 할 터인데, 그래서 감각과 사고가 확장되는 듯한 경험을 주어야 되는데, 이런 글을 만나기가 의외로 적지 않나 싶어요. 모든 글이 물론 그럴 수는 없지만요.

김우창 삶 자체가 자유의 폭 안에서 길을 만드는 것이라야 하지요. 민주주의가 참다운 민주주의로 되려면 끊임없이 스스로를 제한하는, 자기 자신을 제한하고 또 비판적으로 해체하는 종류의 민주주의가 필요하지요. 이성이 살아 있는 것으로 존재하기 위해선 끊임없이 자기비판적인 해체가 필요하지요.

존재에 대한 외경심

문광훈 예, 그런 것 같아요. 가령 데리다를 읽을 때마다 제가 느끼는 것은 그런 종류의 생각입니다. 그의 글을 읽어 보면, 어떤 글에나 사고의 자유로움, 선생님의 말씀으로 옮기면, '끊임없이 자기비판적인 해체'를 느끼게 됩니다. 그것은 사유의 부단한 자기 갱신인데요. 상투적인 것을 반복하는 것이 아니라 언제나 움직이는 사고의 결과물로 글이 나오는 거지요. 그래서 신선하고 활력 있는 것으로 여기게 됩니다. 사람들은 그를 그냥 '해체주의자' 아니면 '해체 철학의 실천자'라는 식으로 정의하지만, 이런 기계적 규정에 만족하는 태도에 저는 동의하기가 어렵더군요. 물론 해석과 사고의 해체적 실천성이 없지 않지만, 그보다 중요한 것은 반성적인 사고의 강제 없는 움직임 같거든요. 이성과 비이성에 대한 비판을 가장 창의적인 방식으로 수행했다는 점에서 그의 글은 그 자체로 경외할 만한 비판의 전통을 이루지 않는가 여겨집니다.

김우창 그러면서, 데리다에게는 언어를 초월하는 근본에 대한 느낌이 있습니다. 작년에 이런 얘기를 하면서 '데리다와 부정신학'이란 글을 인용했는데, 데리다는 부정신학적인 측면을 가지고 있다고 할 수 있습니다. "하느님의 이름을 말하지 말라."라는 게 유대교나 기독교의 가르침이지요. 그럼 하느님을 어떻게 접근하느냐? 그건 부정을 통해서 접근할 도리밖에 없지요. 진리란 말로 표현하면 단순화되기 때문에 말을 하면서 하지 않는 것처럼 해야 한다는 생각이 데리다에게 있습니다.

문광훈 그런 부정신학의 사유 전통은 벤야민과 아도르노 쪽으로 계속 이어지지요. 또 더 일반적으로 이것은 '진리는 부정적이고 소극적이며 파편적인 형태로만 잠시 포착된다.'라고 말할 수도 있을 것 같아요.

김우창 아도르노 책 『부정변증법(*Negative Dialektik*)』이 있으니까. 변증법은 마르크스주의에서 중요한 개념인데, 유물론을 지나치게 강조하는 경직된 마르크스주의에 대하여 그것을 살아 움직이는 것으로 일신하고자 한 서방 마르크스주의에서 되찾으려고 하였지요. 부정과 긍정의 교차를 다시 확인하려고 한 것이지요. 아도르노의 제목은 이러한 사정들을 생각하게 합니다. 그러나 부정을 강조한다고 하더라도, 마르크스주의의 문제 중의 하나는 그러한 과정의 너머에 있다고 할 수 있는 존재 전체에 대한 외경심이 좀 부족한 것 같아요. 무엇을 부정해서 더 큰 것에 이르고자 할 때, 그 큰 것은 결국 인간을 넘어가는 것이고 사람은 그 앞에서 머리를 숙여야 되지요. 그런데 마르크스주의는 머리 숙이는 걸 싫어해요.

문광훈 결정적인 점이 바로 그런 점인 것 같은데요. 자연에 대한 외포감이나 공경의 마음은 결정적으로 누락되어 있지 않나 싶어요. 부분적으로 그것이 보인다 하더라도 이리저리 파편적으로 나타날 뿐이지, 동양의 지적 전통 안에서처럼 지속적으로 나타나 생활 속의 체질로 되어 있는 것 같지는 않습니다.

김우창 결국은 이성적이면서도 개인주의적인 요소도 강해서 그런 것 같아요. 바르게 생각하는 데는 자기 부정이 근본이지요. 물론 자기를 위해, 자기가 더 넓게 사는 데도 그렇고. 일종의 패러독스지요. 마르크스주의는 자칫하면 모든 것을 사회에 돌리는 핑계가 됩니다. 도덕주의도 탓을 밖으로 돌림으로써 그 과정에서 공격적 자기 정당성을 확보하려는 것이 되기 쉽습니다. 겸손이 필요하지요. 세상에 대해 좀 더 외포감을 가지는 것도 필요하고.

문광훈 자기 부정의 필요성에 대한 관심은 벤야민이나 아도르노에 이르면서 점점 더 강해지는 것 같습니다. 그러나 그것도, 전체적으로 보면, 비판적 합리주의의 전통 안에서 이루어지지, 동양에서처럼 생활의 내성적(內省的) 원리로 일상에 뿌리박은 형태는 아니지 않나 여겨집니다. 조금 전에 선생님이 말씀하신 것처럼 존재 전체에 대한 외경심, 세계에의 외포감은 어디를 보더라도, 가령 아도르노의 경우에도 그의 글은 누구보다도 정밀하고 세련된 형태로 축조되어 있음에도, 누락되어 있지 않나 여겨집니다.

서양과 동양, 구체와 전체

문광훈 다음 질문드리겠습니다. 제3세계, 아시아, 동양에 속해 있는 우리에게 지금의 인문학적 과제는 서구에서보다는 좀 더 복잡할 것 같은데요. 한편으로는 서구의 논리적 개념과 합리적 사고가 지닌 장점의 학습이 있고, 다른 한편으로는 이들의 담론적 패권주의로부터 비판적 거리를 둘 수 있어야 될 것 같아요. 그러니까 우리 현실에 밀착하되 이런 밀착이 다시 한 번 보편사적 지평 속에서 납득할 수 있는 논리를 가져야 될 것입니다. 그러려면 서구만의 보편성, 서구의 지방주의나 유럽 중심주의가 아니라 서양과 동양 그리고 제3세계를 포함하는 정신적 가치와 윤리를 지향해야 될 것 같아요. 나아가 이 모든 것에 숨겨져 있을 수 있는 언어적 왜곡의 가능성도 의식해야 하고요. 그러기 위해서는 개별 분과 안에서의 문헌학적 성실만으로는 부족할 것 같아요. 비판적 관점이나 포괄적 의식, 언어적 정식화의 능력, 재능과 열정 등 여러 가지 덕목이 요구되는 것 같은데요. 선생님께서는 인문적인 소양으로 무엇을 들고 싶으신지요?

김우창 우리가 서양 것을 비판적으로 봐야 된다고 그래도 서양의 합리성, 서양의 방법론적 합리성을 배워야지요. 요전에도 그런 얘기를 했지만, 보통 사람이 부정적 진실에 이를 수 있는 가장 간단한 방법론은 말하자면 데카르트적인 회의거든요. 그 이치가 뭐냐, 왜 그래 하고 물어보는 거지요. 민족이 중요하다고 하면 '왜 민족이 중요해?'라고 금방 물어볼 수 있어야지요. 큰 것을 말하여 그것에 대한 물음을 미리 봉쇄하는 것은 우리의 전통적 어법이고 지금도 답습되는 어법입니다.

그러나 나이가 들어 갈수록 인간의 진실이란 어떤 담론적 일관성을 초월한 데 있다는 생각이 들어요. 그러니까 언어 속에 모든 게 흡수되면 안 돼요. 그런 의미에서 노자나 장자 말이 더 맞지요. 진리는 말로 표현할 수 없다는 거지요.

　문광훈　조금 전의 그 말씀은 '정확성이 표현하는 요청의 세계를 초월해야 된다.'는 뜻인가요? 그러니까 정확성도 중요하지만, 그 이상의 훨씬 광범위한 세계가 있음을 인정해야 한다는 겁니까?

　김우창　담론의 세계를 넘어가는 세계를 생각해야 되고, 또 그것은 어떻게 보면 우리의 단순한 체험에 충실해야 된다는 얘기도 되는 것 같아요. 우리의 체험도 영원 속의 한순간이지요.

　문광훈　그 점은 선생님 사유의 특징적인 요소로 보이는데요.

　김우창　작고 큰 것이 다 하나의 표현이라고 할 수 있는 것 같습니다. 자연을 대할 때, 그의 구체성도 대해야 되지만 전체를 대할 수 있어야 된다고. 자연 전체를 대할 때 우리는 인간 존재의 유한성과 왜소성을 생각하게 되지요. 자연 전체의 거대함 속에서 인간 존재의 왜소성이나 유한성을 느낀다는 것은 동시에 역설적으로 우리가 접하는 자연의 구체적 현실에 대해 민감해진다는 것을 말하지요. 그것을 더 고맙게 생각하고, 그것을 더 잘 기르는 것을 말하는 것 같거든요.

　그러니까 모든 것이 우리 체험 속에 사실은 다 들어 있어요. 물론 그런 체험을 갖기 위해서는 다른 체험이 또 필요하지요. 인간의 유한성에 대한 자각이 있어서 비로소 모든 일상적인 것의 의미에 대해 많이 생각하게 되지 않을까 합니다.

　문광훈　선생님의 그 말씀을 좇으려면 부정적이고 역설적인 사고 모험들이 필요하지 않은가 하는 생각이 듭니다. 자기 속에서 자기를 부정하고, 경험 속에서 경험을 넘고, 체험을 중시하면서 체험의 형이상학도 헤아리는, 어떤 '차원 전이(Dimensionsverschiebung)의 운동'이라고 할까요? 이런 사고 훈련이 필요하지 않은가 여겨져요. 이런 것이, 조금 전의 얘기와 관련시키면, 인문학 활동의 기본 자세라고도 할 수 있을 것 같고요.

김우창 요전에도 내가 보여 드렸지만, 어젯밤에도 심심풀이로 헤세의 『나무들』이란 책을 보았어요. 어제 본 것은 뻐꾸기에 대한 얘기예요. 자기 어렸을 때를 쭉 얘기하면서 봄이면 푸른 골짜기에 뻐꾸기 소리가 울리면 모든 사람이 기뻐하는데, 뻐꾸기를 본 사람은 상당히 드물대요. 헤세도 뻐꾸기 소리를 좋아하는데 뻐꾸기를 본 건, 그때까지 한 열두 번쯤이라고 합니다. 그렇게 보기 어려운 것을 본 것을 고맙게 생각하는 겁니다. 그러면서 "뻐꾸기 소리는 영원하다."라고 그래요. 자기 아버지도 들었고 자기도 들었는데 이제 자기는 얼마 안 있으면 못 듣게 되지만, 자기 아들들이 듣고 자기 자손들이 듣게 될 거라는 거지요. 이러한 관점에서 보면 뻐꾸기 소리가 훨씬 더 깊어지지요.

자연과 집단의 역사와 개인의 역사

문광훈 자연의 대상을 통해서, 살아 있는 자연과의 교섭을 통해서 세대 간의 어떤 연속성이 만들어지는 것이네요?

김우창 그렇지요. 또 거꾸로 세대의 연속을 통해서 자연을 더 깊이 생각하게 되지요. 자연의 구체적인 지각적 체험을 계기로 더 큰 자연을 느끼고, 그에 비하여 자신의 작고 짧은 존재를 알지요. 이 작고 짧음이란 역설적으로 아름다움의 체험이 있기에 느끼는 것이지요. 나쁜 것을 보았다면, 적어도 자기의 삶이 짧다는 느낌은 절실한 것이 되지 않겠지요. 그러나 다시 세대의 연면을 생각함으로써 시공의 큰 테두리 속의 자기를 느끼면, 삶의 무상감은 조금 다른 것이 되지요. 앞의 세대나 다음 세대를 합치면 그래도 사람의 삶을 너무 짧게만 생각할 수 없다는 생각도 있겠지만 거대한 자연 속에서 사라지는 아름다움을 체험하는 것이 인간의 주어진 존재 방식이라는, 말하자면 지속하지 않는 삶 속에 지속하는 삶의 원리가 느껴지는 것입니다. 삶의 무상이 항상하는 원리로 확인되는 것이지요. 역사적 유적에서 우리가 느끼는 것도 비슷하지요. 어떤 풍경에서 우리 선조도 여기에서 같은 경치를 보고 그것을 기념하였다는 것을 알면, 갑자기 그 경치가 더 의미심장해지잖아요? 시간이나 공간의 연속성 속에서 이해할 때, 체험의 현실은 더 깊이 있는 의미의 일부가 되지요.

개인적인 것도 그래요. 역사 유적을 보존한다고 문화재 지정하고 그러는데, 나의 역사는 어떻게 아는 거냐고 물을 수 있지요. 지금처럼 자꾸 뜯어고쳐서는 모든 개인은 역사 없는 사람이 되지요. 모든 사람이 "아, 이건 역사적이다." 하는 부분도 있지만, 나한테만 의미 있는 것, 나에게만 역사가 된 것도 있지요. 요전에 귄터 그라스의 나치 친위대 과거가 문제되었을 때, 《프랑크푸르터 알게마이네 차이퉁》에 그라스가 어릴 때 고향인 그단스크의 자기 집 또는 그의 부모의 집 앞에서 찍은 사진이 나왔어요. 그라스의 집안은 아주 가난했지요. 그가 군대에 일찍 가기를 바라고 그러다가 친위대에 가게 된 것은 너무 가난한 집안에서 자랐기 때문이었지요. 집도, 우리 기준으로는 괜찮은 것 같았지만, 결코 좋은 집이 아니지요.

그런데 우리나라에 그렇게 60, 70년 후에 다시 돌아가 그 앞에서 사진 찍을 수 있는 집이 얼마나 될까요? 그라스의 경우, 집 앞에서 사진 찍은 것을 보면, 개인의 역사가 사회의 역사가 된 경우지요. 그런데 그런 일은 많은 걸 아끼고 보존하는 사회에서나 더러 가능하지요. 우리는 역사 보존한다고 아우성인데, 개인의 역사는 어떻게 되느냐에 대해 아무 생각이 없어요. 우리의 담론들도 그러하지만, 사회만 있고 개인은 없고 그 균형이 없는 것이 물질 환경에 표현되는 것이지요. 시간의 연속성과 공간의 광대함 속에서 개인적 체험과 지각적 체험을 살려 나가는 방법이 별로 없지요. 우리의 체험 하나하나가 넓은 시공 속에 있는 것인데.

문광훈 체험 속에서 체험을 넘어가는 것들이 있다는 것에 대한 개념적 규정은 있지만, 선생님처럼 그것에 대해 경험적 일상적 '근거를 대는 (begründen)', 그러면서 그 배후로서의 형이상학을 얘기하는 경우는 우리 사회에서 드문 것 같아요.

반성적 내면성

문광훈 다음 질문입니다. 찰스 테일러(Charles Taylor) 같은 현대 철학자가 반성적 내면성이 서양의 산물이라고 언급한 점에 대해 선생님께서 비판적으로 지적하신 적이 있는데요. 많은 점에서 오늘날의 인문학자는 세계를 자기 현실 속에서, 그러면서도 일반적 시각에서 즉물적으로 바라보고 비판적으로 사고하는 노력을 해야 될 것 같습니다. 이질적으로 보이는 이 두 축 사이의 매개는 여러 방식으로 가능하겠지만, 이 매개를 '비강제적으로' 하는 것은 아무래도 시나 예술이라고 말해야 할 것 같아요. 그런 점에서 인문학에서의 예술의 위치는 독특할 수밖에 없는데요. 예술의 인문학적 위치와 역할에 대해 말씀해 주십시오.

김우창 다시 한 번 예술의 중요성이란 지각의 중요성, 지각적 체험의 중요성에 연결되어 있다고 해야겠지요. 그걸 뺀 인문학은 공허해지지요. 지각은 지각이면서 그 안에 어떤 일관성의 원리를 가지고 있습니다. 이것은 지각의 원리기도 하고 일관된 내면성의 외적 표현이기도 하지요. 그러나 동시에 이것은 철학이나 종교의 반성적 의식 속에 그 자체로 확인되는 원리라고 할 수 있습니다. 테일러는 반성 속에서 드러나는 내면성의 원리를 아우구스티누스에서 데카르트를 거쳐 현대에까지 계속되는 서양적 사유, 서양적 자아의 고유한 업적으로 말한 것이지요. 모든 것의 바탕으로서의 내면성은 불교의 명상이나 유교의 심학(心學)적 천착에서도 확인하려는 원리지요. 다만 이것은 반성에서 드러나는 사유의 원리로서의 이성보다는 쉽게 설명하기 어려운 것이지요.

그러나 데카르트나 부처님 말씀을 몰라도, 방금 말한 것처럼, 지각적 체험 속에서도 그것은 확인되지요. 그것을 확실히 하는 데 철학이나 종교에서는 끈질긴 정진과 내공이 필요하다고 한다면, 예술적 체험에서는 많은 범례에 대한 체험이 퇴적됨으로써 그 바탕이 준비된다고 할 수 있지요. 삶을 포괄적으로 수용한다는 점에서는 이 후자의 의의가 더 크다고 할 수 있고 그러니만큼 문학이나 예술의 역할이 크다고 할 수 있지요. 이러한 것들을 종합하는 것이 인문 과학의 훈련이라고 할 수 있습니다. 그러나 훈련만으로는 될 수가 없고 스스로 깨달아야지요.

문광훈 예술이란 매체는 그런 지각적 체험이 확장되는 체험을 준다는 거지요?

김우창 미술도 그럴 수 있지만 시적 체험은 우리의 기억에 깊이 관계있습니다. 시에 묘사된 것을 우리가 어떻게 인지합니까? 그것을 자신의 기억과의 관계에서 연상할 수 있어야지요. 이것이 내적 연속성의 체험을 만들어 낸다고 할 수 있습니다. 시는 우리의 마음에 시적 훈련을 주고 그림은 회화적 훈련을 주는데, 이는 내면성을 다져 내는 훈련이지요.

그런데 내면성이란 정진의 저쪽에 나타나는 것이기도 하지만, 여유 있는 마음을 말한다고 할 수도 있습니다. 자연에서 유유자적하는 것이 그런 마음을 기르는 일이지요. 보통 사람은 유유자적하지 못하지요. 그러나 그러한 마음을 잃지 않으면 그것은 원래 있는 것이라고 할 수도 있습니다. 헤세의 뻐꾸기 얘기를 했지만, 헤세만큼 자연스럽게 산 사람이 없는 것 같아요. 그렇게 로맨틱하게 그린 게 아니라 그냥 사실적으로 간단히 그렸어요. 그러면서도 그것이 시적 의미를 갖는 것은 거기에 내면적 공간의 정서와 깊이와 넓이가 있기 때문이지요. 물론 헤세는 내면적 반성의 대가라고 해야겠지만, 자연스러운 상태도 내면의 공간을 절로 보인다고 할 수 있지 않나 합니다.

문광훈 헤세를 읽으면서 제가 느낀 것은, 물론 헤세도 후기 대작에서는 매우 철학적이고 사상적인 규모를 갖지만, 전체적으로 보면 그 인성 자체가 매우 가녀리고 섬세하지 않나 하는 것이었어요. 외양도 그렇지만 감각이나 사고 문체가 일관되게 그런 것 같아요. 그의 삶이 깊은 자연 감정을 구현하게 된 것도 그런 사실에서 오지 않나 여겨지고요.

김우창 고생도 많이 한 사람인데, 문장이 과장되거나 감정을 과장하는 것이 아니라 아주 정확하게 사실적으로 쓰지요.

문광훈 정갈하고 군더더기가 없지요.

김우창 헤세가 대학도 못 나오고 고등학교 다니다 그만두고 고생했지만, 참 환경은 좋은 것 같아요. 『수레바퀴 아래서』에도 학교에서 나와서 강에 가 헤엄치고 낚시하고 산보하고 풀밭에 누워 자기도 하지요. 『페터 카멘친트(Peter Camenzind)』에도 그 비슷한 게 나오고, 어제 읽은 『나무들』에 발췌된 부분에도 그 얘기가 나와요. 우리나라에서는 어렵지요. 자연 공간이 다른 것도 있겠지만, 우리의 지배적인 삶의 유형이 그렇게 되어 있지 않지요.

문광훈 헤세의 성향도 있겠지만 그만큼 중요한 것은 그런 성향이 사회적으로 통용되던 시절에 그가 살았던 것도 있는 것 같아요.

김우창 지금은 독일에서도 안 될까요?

문광훈 그렇다고 불가능하다고 얘기하기는 어려울 것 같은데요. 왜냐하면 독일의 경우 각 지방마다 분권화가 워낙 잘 되어 있고, 이것은 역사적 차원이지요. 부모들이 자식에 대해 우리처럼 강제하는 경우는 거의 없거든요. 이것은 개인 심정적 차원이 되겠지요. 효율이나 경쟁의 압박은 그 사회에서도 점점 많아지고 있지만 어린 학생들은 자기가 원하는 방식과, 부모와 선생이 바라는 방식 사이에서 결국 자기 스스로 결정을 내리는 구조 속에 아직은 있다고 말할 수 있을 것 같아요. 예를 들어 우리 사회에서처럼 초등학교, 아니 유치원 다닐 때부터 학원 서너 군데 혹은 대여섯 군데 다니고, '선행(先行) 학습'이라고 해서 초등학교 다니면서 중학교에서 배울 수학이나 영어 미리 배우고, 중학교 다니면서 고등학교 과목 배우는 이런 끔찍한 경우는 없거든요. 이것은 그야말로 한국적 병리 현상이지요.

김우창 숲이 가까이에 있으니. 우리도 아이들이 그렇게 좀 자라야 될 텐데…….

문광훈 독일에 있을 때 한 부부의 큰아이가 제 큰아이와 학년이 같아서 유치원도 같이 다니고 좀 친하게 지냈어요. 그 아이가 김나지움 5학년인데, 우리 식으로 하면 중학교 3학년이지요. 요즘 이메일 오가는 거 보면, 오후 2시쯤 학교에서 돌아와서 별로 하는 일이 없어요. 공부는 어떤 과목은 흥미 있어 하고 다른 것은 안 하고. 수학은 잘하는데 영어나 독일어는 못하나 봐요. 점수(Note)는 1점이 가장 좋고, 이런 식으로 5점까지 받는데, 영어는 5점을 받았다나요? 독일어도 그와 비슷하고. 그래서 그 엄마가 어떻게 해야 될지 모르겠다고 그래요. 그러면서 바이올린은 재미있어 해서 켜러 다닌대요. 바이올린은 수년째 하고 있는데, 몇 달 전에 어디 작은 곳에서 솔로 데뷔를 했다나요?

학과목 점수 안 좋으면 우리나라에서는 음악 다 끊고 학원 등록시키고 야단일 텐데, 그 아이는 좌충우돌하면서 하여간 재미있게 생활하는 것 같아요. 부모들 걱정이 없지는 않겠지만, 하소연을 들어 보면 염려보다는 흐뭇함이 더 있어요. 아이들의 견해에 대한 존중이 늘 바탕에 깔려 있거든요. 그러니까 부모가 아이를 일방적으로 끌고 간다는 인상보다는 아이가 스스로 자기 삶을 헤쳐 가는 데 그 옆에서 보조해 준다는 느낌을 주지요. 건강하게 느껴져요.

　김우창　우리 손자 하나가 이제 미국에 있는 초등학교에 들어갔어요. 그 애가 학교 갔다와서 피아노 레슨을 받으러 다녀요. 최근에 연주회를 했어요. 그런데 선생이 러시아 사람인데, 그 선생한테 레슨 받는 아이들은 전부 연주회에 나왔어요. 손자 애는 우리 식으로 얘기하면 '학교 종이 땡땡 친다' 정도를 하지만 그중에 큰아이는 베토벤을 연주하는데 썩 잘하는 아이예요. 그런 애들이 전부 그냥 나와서 하는 거예요. 우리 같으면 급수가 다른 아이들이 그렇게 다 박수 받지 못할 터인데, 그들의 삶의 속도가 느긋하다는 느낌을 받았습니다.

　문광훈　배우는 수준이 달라도 한 콘서트에 다 같이 나와서 연주한다는 거지요?

　김우창　하나씩 다 나와서 학교 종이 땡땡 하는 것부터 베토벤까지 쭉 연주를 하는 것이지요. 전에 내가 한번 얘기했는데, 미국의 농촌에 가서 어떤 아는 사람 집에 혼자 지내고 있던 때, 그 아랫집에 놀러 갔지요. 한번은 국민학교 한 3, 4학년 되었을 그 집 아이가 내 앞에서, 산수 A를 받았는데 친구 누구는 그런 점수를 받지 못했다고 자랑 섞어 말하니까, 그 아이 엄마가 "너는 산수를 좋아하니까 산수를 잘했고, 걔는 야구를 좋아하니까 야구를 잘하지 않니?"라고 하는 것이었어요. 경쟁의 기준은 전혀 없고 아이들의 취향에 비추어 판단하면서 극히 공평하고 태연스럽게 말하는 것이었습니다.

　문광훈　일상생활에서 하는 단순한 말들이 사리에 어긋나지 않는다고나 하나요? 참 어려운 일이지요. 그야말로 체질화되거나 오랜 수련과 반성을 해야 되니까요. 그럴 수 있을 때, 자기 분야에서도 제대로 하는 일이 자연스럽게 나올 수 있고 나아가 그것을 굳이 보여 주거나 자랑하지도 않을 것 같아요.

김우창 그게 어디서 생겨나는지 몰라요. 도덕이라고 부를 것도 없는 도덕적 행위가 자연스럽게 가능한 사회가 좋은 사회지요. 자기 아들을 칭찬하면서도 "걔는 그거 잘하고 너는 이거 잘하는 거지."라고 하는 것은 보통의 삶에서도 삶을 공평한 공간 속에 저울질할 수 있는 마음이 있다는 것이지요. 그러려면 사는 것이 여유가 있고, 우리의 삶을 에워싸고 있는 환경이 안정되고 마음에도 여유와 공간이 있어야지요.

5부

동서양의
교차와
새로운 보편성

조화로운 사회 공간의 추구

사회적 갈등과 폭력적 변화

문광훈 지난번 말씀하신 일제 시대 언론인 설의식이란 분의 문집은 어디서 구해 볼 수 있나요?

김우창 선집이 나남출판사에서 나와요. 그 해설을 오늘 아침에 보냈어요.

문광훈 그럼 조만간 출판되겠네요.

김우창 설의식 선생의 동생이 시인 설정식 선생인데, 월북해서 남로당 숙청할 때 사형되었지요. 기록에 보면 1930년대 미국 유학했다는 죄밖에 다른 죄가 없는 것 같은데. 소오(小悟) 설의식 선생은 중도파 언론인으로 알려져 있지만 그 집에도 사상 갈등의 비극이 있지요. 아들 둘이 사상이 조금 달랐는데, 하나는 월북하고 하나는 의용군으로 끌려가고 남쪽에는 딸 하나가 남아 있습니다. 돌아가신 이를 기리며 나남출판사에서 전집을 내기로 교섭했다가 선집으로 바꾼 것이지요.

문광훈 우리가 흔히 '역사의 희생자'라고 말하지만, 그런 희생이 추상적으로 있는 게 아니라 바로 우리의 이웃에, 친척 중에 실제로 있다는 것이 느껴지네요.

김우창 도처에 있지요.

문광훈 그냥 잊고 묻어 두는 것이 아니라 그것을 추적해서 발굴하고…….

김우창 발굴한다면, 다시 묻기 위한 발굴이 되어야겠지요. 옛 상처나 비극으로 다시 갈등을 재현하는 것은 옳지 않지요. 소오 선생은 중도파고 그 전부터 독립이나 사회주의에 대한 관심이 많았지만, 갈등의 해소와 화해를 원했다고 할 수 있습니다.

문광훈 그 당시에 웬만한 지식인들은 그런 사회주의적 관심을 갖지 않았습니까?

김우창 투쟁이라든지 혁명에 대해서도 관심이 많았지만, 투쟁을 위한 투쟁, 무자비한 투쟁은 싫어했지요. 사회주의나 사회주의 혁명에 이해를 가지면서도 "대자대비의 투쟁이라야 된다."라고 말했지요. 6·25 후는 격렬한 반공적인 발언을 쓴 게 있어요.

문광훈 실제 경험 때문에 그런가요?

김우창 폭력은 안 된다는 입장은 계속 가지고 있었지만, 그래도 역사에 그런 게 있다는 건 이해하고 있었지요. 6·25는 폭력의 문제를 가장 현실적으로 표현한 것이라 할 수 있겠지요. 개인적으로도 아들 둘을 잃었고, 동생을 잃었고, 자신의 집이 폭격으로 불타 없어졌고 했으니까. 우리 주변에도 좌든 우든 사상 투쟁과 6·25로 인한 비극은 부지기수이지요. 우리 일가 중에 내가 친하게 지내고, 중학교도 같이 다닌 아저씨뻘 되는 이가 있었는데 6·25에 아버지, 작은아버지가 납북되고, 동생이 폭탄을 가지고 놀다고 폭사하고, 어렵사리 대학 졸업하고 취직했다가 집안이 그렇게 난장판이 되어서 그런지 술 많이 먹고 해서 직장을 지키지 못한 경우도 있지요.

문광훈 그런 아픔 같은 게 누적되어서…….

김우창 지하실 방에 사는 신세가 되었는데, 부인이 일해서 살다가 돌아 갔지요.

문광훈 한 집안이 이삼 대에 걸쳐 그렇게 고통당하고 완전히 몰락하는 경우도 많았던 것 같아요.

김우창 그 집안은 남북으로 박살이 난 집이지요. 국군과 경찰로 그런 집 안도 있고, 또 인민군 때문에 그런 집도 있고. 또 설정식처럼 월북했다가 죽은 경우도 있고. 지금 우리 사회에서 아직도 폭력적 혁명을 믿는 사람들 이 있지요, 적어도 이론적으로. 이론은 현실에 의하여 교정되어야지요. 현 실을 이론으로 교정하겠다는 것은 지나치게 단순해지는 것이지요.

문광훈 좌파든 우파든 평화롭게 공존할 수 있는 보편적 원리 아래서 삶 의 현재를 고찰하는 태도가 부족하다는 거지요?

김우창 이념보다는 생명이 중요하다는 철저한 인식이 필요해요. 우리 나라에서는 너무 이념을 좋아해요. 생명이 중요하고 생명의 현장은 일상 적인 삶이지요. 사회 현실이 혹독하기 때문에 뒤집어엎어야겠다는 생각이 이는 것은 이해할 수 있는 일이지만, 여기에는 영웅적 인생관도 작용한다 고 할 수 있습니다. 벼슬길에서 출세해야 사람이라는 생각의 다른 쪽이라 고 할까. 『소오문선』 해설을 쓰면서도 그런 생각을 했어요. 정치 투쟁은 하 되 폭력은 안 된다는 것이 그의 생각에 핵심인 듯합니다.

문광훈 우리 지성사에서 그런, 좋은 의미의 중도적 입장을 가지고 있었 던 사람들의 궤적들, 지성사적 전통이 약한 것 같은데요?

김우창 심정적으로는 그런 생각에 동조하는 사람들이 많았을 겁니다. 이것도 아니고 저것도 아니고 하는 입장은 지적으로 단순 명료하기 어렵 고, 비겁하다는 인상을 주고, 스스로도 그러한 자책감을 가지게 되고. 지금 도 그렇지요.

문광훈 또 이런저런 식으로 양쪽에서 다 비판받을 수 있고, 오해되기도 쉽고요. 현실의 권력 관계에서 배제되거나 그 입지가 약할 가능성은 사실 더 많지요.

김우창 마르크스주의를 알고 나니 모든 것이 환해졌다는 것은 미국의 어느 마르크스주의자가 한 말이지만, 많은 나라에서 마르크스주의를 알게 된 사람들이 갖는 느낌입니다. 신앙 또는 광신의 유혹이 이러한 데 있지요. 하나만을 믿으면 모든 것이 환해지지요. 논리적인 단순성의 매력도 그렇지요. 미국과 강대국들이 원자탄을 가지고 있다면, 다른 작은 나라가 그것을 못 가질 이유가 없다는 것은 논리적이지요. 우리 주변에도 이렇게 해서 북핵을 정당화하는 사람들이 있지요. 당신이 나를 죽일 수 있다면, 나도 당신을 죽일 권리가 있다, 사기와 거짓말과 도둑놈 세상이라면 나라고 도둑질하고 거짓말하지 말란 법이 없다, 모두 논리적 균형을 갖춘 말이라고 할 수 있지요. 문 선생 댁은 원래 부산이지요? 부산은 그런 피해는 별로 안 받은 것 같아요.

문광훈 그렇습니다.

김우창 부산은 전쟁을 안 한 데니까. 전쟁이 무섭다는 걸 모를 수도 있지요.

문광훈 생명 존중은 단순히 사고의 차원이 아니라 생활의 차원에서 절실하게 체득되어야 될 것 같아요. 첫 번째는 개인적 생활의 차원에서 가져야 하고, 두 번째는 사회를 구성하는 대다수의 사람들이 상호 관계적으로 실행해야 하고, 세 번째는 이렇게 생각하거나 의식하는 것으로 그치는 것이 아니라 사회 정치적 차원에서 제도적으로 구비되어야 할 것 같아요. 이 세 가지를 갖추는 데는 아직 시일이 걸릴 것 같습니다.

김우창 전에도 말했지만 한나 아렌트가 함부르크에서 레싱 상 받으면서 레싱을 칭찬하는 얘기가 있거든요. 레싱은 아이디어(Idee, 이념)보다는 후마니테트(Humanität, 인간성)를 존중한 사람이라고. 인간의 삶의 현실을 존중한 것을 칭찬한 것이 있지요.

문광훈 레싱은 제가 생각하기에 계몽주의 시대에 보편적 인간상의 가능성을 보여 준 뛰어난 전범(典範)이지요. 그는 잡지 발간에다 강연도 하고, 비평 활동도 하고, 연극 작품도 무대에 올리면서 시민 교육 운동을 했습니다. 도서관 사서로도 생활을 하였고요. 240여 년 전인 그 시대에서는 매우 드물었던 전천후 계몽 지식인이었습니다.

김우창 아렌트가 얘기한 건, 계몽주의의 사상가들에 대하여, 특히 불란서 사람들이 그렇지만, 이념적이고 이데올로기적인 것보다도 인간성을 존중해야 된다는 것이지요.

문광훈 종교적·이념적 슬로건보다 살아가는 삶의 인간적 현실이 절실하다는 거지요. 이런 전언은 『현자 나탄(*Nathan der Weise*)』에 잘 표현되어 있습니다. 지금의 다문화적 관용성을 선취했다고 말할 정도로 레싱은 다른 종교, 다른 사상과 문화에 열려 있었거든요. 그런 것 때문에 오해나 비난도 많이 받고 했지만.

김우창 우리나라 전통에도 그런 게 있을 터인데. 살기가 너무 각박해졌기 때문에, 20세기의 사정이 혹독한 것이었기 때문에 투쟁 일변도가 된 것 같기도 하고, 그것이 지금에도 문화적 관습이 되고 있지요.

문광훈 이제야말로 50, 60년대의 경제적 열악함이나, 70, 80년대의 정치적 미숙함과는 다른 어떤 사회 복지적 토대 그리고 문화적 다채로움을 고민할 시기가 되지 않았나 합니다.

사회 국가

김우창 극단적인 투쟁을 자극하는 사회적 조건을 개선하는 노력도 필요하지요. 투쟁을 인생과 사회의 결정적 동력으로 받아들이는 일을 줄이려면, 사회 조건이 조화를 가능하게 하여야 하니까 여러 다른 것들, 다양성, 다채성을 수용하는 너그러움을 배워야지요. 그리하여 모든 사람이 그 나름의 삶을 추구할 수 있어야지요. 그것을 인정하고요. 그러나 무조건적인 단순한 자유주의도 문제가 있어요. 개인의 자유는 모든 것의 기초이지요. 그것 없이는 도덕이나 윤리적 가치를 포함하여 그 자체로 존중하여야 할 아무런 가치도 존재할 수 없습니다.

그러나 사람들이 자주 잊어버리는 것은 자유가 개인의 삶의 온전함, 그것의 사회적 완성이라는 차원을 가지고 있다는 사실입니다. 더구나 자유가 이러한 것들과 양립할 수 없는 물질적 추구를 의미할 수는 없는데 말입니다. 민주주의는 자유를 보장하는 제도이면서 사회적 조화의 제도이어야 합니다. 최근에 나는 더러 독일식 개념으로 사회 국가(Sozialstaat)라는 것을 이야기하곤 했습니다. 유교에서도 정치는 사회적 관심을 떠나서 생각할 수 없지요. 정치의 핵심이 민생 안정이라는 것이 그것 아닙니까. 사회 국가의 이념은 바로 우리 전통에도 그대로 이어지는 것이지요.

문광훈 사회 복지적인 공공 부문에 대해서 정책적으로 좀 더 신경을 써 나가야 한다는 이야기겠지요.

김우창 그렇습니다. 복지 정책을 철저히 하는 것이 필요하지요. 그러나 복지 이상의 전체적 사회 발전을 깊이 생각하는 정치가 있어야 합니다. 가장 중요한 것은 모든 사람이 안정된 집에 살면서 안정된 자리에서 밥벌이를 하면서 아이들 기르며 살아가는 일이 아니겠습니까? 복지는 문제에 대처하는 방안이지요. 이것은 복지 국가로만은 해결이 되지 않지요. 시장에 대한 적응도 필요해요. 다만 생각이 있는 적응이라야지요. 참으로 인생을 보람 있게 하는 것이 아닌 가치를 위해 무한 경쟁을 원리로 하는 체제가 궁극적인 의미에서 좋은 체제이겠습니까? 다만 이것도 이렇게 원리적으로만 생각할 수 있는 면이 있다는 것은 알아야지요.

사회를 깊이 생각하는 정치를 생각한다면, 소극적으로는 허황한 데 돈을 많이 쓰지 않는 것도 복지 못지않게 중요해요. 광화문 복원이 그렇게 좋은 일이겠어요? 청계천 해 놓으니까 좋다고 하니 나도 좋은가 보다 하지만, 신중하게 검토해야 할 문제이지요. 돈은 우선 사람 사는 데 써야지, 쇼하는 데 쓰려면 정말로 생각을 많이 하고 결정해야지요.

문광훈 전시 행정과 키치 문화의 허황된 결합으로 제겐 보입니다.

김우창 보통 사람 사는 데 도움을 주는 제도를 만들어야지요. 지금의 우리 시점에서는 정치가 거대 프로젝트가 아니라 사회 정책의 연구와 시행 수단이 되어야 해요. 삶의 작은 문제들을 풀어 주는 제도를 연구해 내어야지요. 가령 중소 기업, 조그맣게 기업하는 사람들을 도와준다거나 보통 사람 사는 고장을 만들어 주는 건 안 하고, 큰 것을 좋아해서 '행담도 프로젝트' 같은 것을 하지요. 삶의 작은 문제에 관심을 가져야 한다는 것은 반드시 땜질만 하라는 말이 아닙니다. 땜질도 필요합니다. 그러나 작은 문제를 편하게 풀리게 하는 큰 테두리의 조정이 있습니다. 정책적인 것을 토건 사업과 혼동하는 것이 되어서는 안 되겠지요.

재귀적 성찰, 마음의 공간

문광훈 선생님께서는 이전에 「인간에 대한 물음: 인문학의 과제에 대한 성찰」에서 이렇게 적으신 적이 있습니다.

모든 학문의 근본은 마음의 각성에 있다. 학문의 출발은 주어진 사실의 사실성에 대하여 의문을 발하는 데 있다. 그러면서 이 물음은 물음에 대한 물음으로 나아간다. 이 재귀적인 물음이 인문학적 질문의 본질에 자리한다.

사고와 반성의 자기 귀환성, 자기 연관성은 인문학의 핵심 중의 핵심으로 보이는데, 이 글은 바로 이 점을 지적하신 것 같아요. 인문학의 자기 연관성, 사고의 자기 회귀성에 대해 말씀해 주십시오.

김우창 로티 교수와 얘기하다가 마음에 걸리는 문제가 있어 어제저녁에도 그의 저서를 조금 보았지요. 로티 교수가 절대로 부정하는 것이 '마음이 있다'는 거예요. 마음은 영어로 '마인드(mind)'일 수도 있고 '의식(consciousness)'일 수도 있어서 우리가 쓰는 '마음'이란 말과 딱 맞아 들어가는 건 아닙니다. 그렇지만 대체적으로 심리적인 어떤 주체성이 있다는 것은 가설에 불과하다, 또는 이러한 주체적 의식을 주체적으로 포착하는 것이 불가능하다, 그렇기 때문에 그것을 객관적으로 말하는 것이 불가능하다고 할 수도 있지요. 인식론적 기준이 문제라고 하겠지만, 사람이 심리적 주체임을 부정한다는 건 말이 안 되는 얘기인 것 같아요. 스스로 실용주의를 표방하면서 그렇게 주장하는 것은 도그마지요.

우리가 우선 사물에 대해 반성적으로 생각한다는 건 부정할 수 없고, 또 마음이 거울처럼 있다는 건 부정하기가 어려운 것 같아요. 거울이란 이때는 이것을 비추고 저 때는 저것을 비춘다는 의미에서 그렇지요. 그러면서 그것은 거울처럼 가만히 있는 것은 아니지요. 과거를 회상하고 미래를 생각한다는 점으로만 보아도 마음은 모든 것을 비추면서 재구성 작용을 하는 공간적·지속적 움직임이지요. 이 움직임의 공간과 지속에 거점이 되는 것이 인간의 주체이지요.

일단 이렇게 정의하여 모든 것을 비추고 재구성한다고 할 때, 그 대상으로서 자기 마음도 해당되느냐 하는 것이 문제가 되겠지요. 그러니까 밖에 있는 다른 것을 비추고 재구성한다는 걸 받아들인다고 하더라도, 또 동시에 자기 마음에 일어나는 것을 다시 비추고 재구성하는 것, 더 나아가 구성하는 원리, 그 주인으로서의 마음을 비추고 재구성하는 것이 가능한가 하는 거지요. 이러한 것들을 객관적으로 파악하기가 어려운 것은 사실이에요. 우리 전통에서도 이 점에 대한 논의가 있는데, 그 불가능을 말하는 표현에, 입은 여러 가지 것을 묻는 것이 가능하지만 제 스스로에 대해서는 반성적으로 물음을 가지기가 쉽지 않다는 것이지요. 입이 입을 물을 수는 없다는 겁니다. 그러나 이러한 자기반성이 없이는 종교나 철학이 있을 수 없습니다.

일반적 삶에서도 그건 끊임없이 존재한다고 생각할 수 있을 것 같아요. 소설을 쓰고 읽고 한다는 것은 어떤 일어난 일에 대해 되돌아본다는 걸 얘기하지요. 줄거리가 문제되고 사건의 줄거리가 없으면 심리적 일관성이 문제가 되지요. 아니면 여러 일들의 종합이 가져오는 의미의 일관성이 문제되지요. 소설은 모든 사람이 다 보고 좋아하고, 또 드라마도 그렇지요.

서사는 대체로 삶에서 일어나는 일들을 이해하는 기본 틀이지요. 이러한 장르에서 서사는 이 일상적인 인식의 틀을 확장한 것이지요. 서사는 추상적 훈련이 없는 심성에서 더욱 중요한 이해의 틀입니다. 이걸로 보아도, 되돌아보는 작용이 마음속에 늘 있는 것은 틀림없지요. 이것을 그대로 지니고 있는 경우도 있고, 논리적 일관성으로 전환한 경우도 있지만, 이것을 의식화하면서도 이 되돌아봄의 전 스펙트럼을 지속시키려고 하는 것이 인문과학의 근본 동기라고 나는 생각합니다. 그러니까 철학적이고 종교적인 의미에서만이 아니라 일상생활에도 있는 반성적 계기를 좀 더 의식화하려는 게 인문 과학에 들어 있지요.

로티 교수는 마음이 있어서 어떤 외부 사항들을 재구성한다고 하는 게 맞는 얘기가 아니라고 생각하는 것 같습니다. 마음에는 외적 표현만이 있지요. 기술(記述)과 행동이 그것입니다. 그러니까 그러한 것으로부터 독립된 내적인 공간은 없다는 것이지요. 실재가 그렇다는 것일 수도 있고, 인식론적으로 그렇게 생각할 수밖에 없다는 것일 수도 있지만, 외계에 보이는 공간은 없다고 해야겠지요. 그러나 공간에 상당한 것이 마음속에 있다는 것은 사실일 것입니다. 공간을 감성의 직관 형식이라고 할 때, 그것은 모든 지각과 인식의 선험적 조건을 말하는 것이지요.

이렇게 말할 때, 공간은 내면에 있는지 외면에 있는지 구별해 생각할 수 없지요. 그런데 선험적이라는 것은 그 이상 토의할 수 없는 절대적 조건이라는 말이지만, 거기에 대하여 보다 경험적인 생각을 추가해 볼 수도 있을 것입니다. 생물로서의 인간의 진화를 생각할 때, 삶의 터로서의 공간은 다른 많은 동물에게도 마찬가지로 생존의 절대적인 조건이었을 것입니다. 지금도 그렇고요.

절대적인 삶의 조건으로서의 공간은 외부 조건이면서도 인간의 의식 내부에 거의 비슷한 형태로 각인되었을 것으로 생각할 수 있습니다. 우리의 사고 작용이라는 것 자체가 상당히 공간적인 행위이지요. 여러 가지를 비교한다는 것은 A와 B를 같은 공간에 놓고 살펴본다는 것이지요. 마음속에서 하는 일이지만 실제 눈으로 보면 또는 종이 위에 그린다거나 기호로 옮기면, 그것이 더욱 쉬워지지요. 계산을 왜 종이에다 합니까? 연산은 시간 속의 작업이지만, 조금만 길어지거나 복잡해지면 공간적 뒷받침을 필요로 하지요.

그래서 마음을 말하는 데, 공간의 비유 이상의 다른 비유가 없는 것 같아요. 사물 하나만을 보는 것보다는 사물을 여러 개 동시에 볼 수 있는 공간의 넓이가 사고의 폭을 넓혀 주지요. 그러나 공간을 아무리 넓게 생각하여도 그 공간은 사람과의 관계, 육체를 가진 인간과의 관계 속에서만 생각할 수 있는 공간입니다. 더구나 개인의 사고의 공간은 매우 좁을 수밖에 없지요. 시각적 공간도 그렇고. 이것을 깨달은 사람들로 하여금, 가령 뉴턴이나 라이프니츠 같은 사람들이 절대 공간이라는 개념을 버리지 못하게 한 하나의 동기일 것입니다.

마음의 공간을, 하나의 비유로든 사실로든, 받아들이고 나면 그 공간을 넓히는 게 아주 중요하다는 생각이 듭니다. 이렇게 하는 데는 추상적 사고도 도움이 되고 종교적 명상도 도움이 되지요. 그러나 소설을 읽는다거나 시를 읽는다거나 하는 것이 어쩌면 더욱 의미 있는 것인지도 모르지요. 문학은 일어나고 있는 일을 적는 일, 즉 서사지요. 그러면서 그것을 하나의 통일성 속에서 보여 주는 것이지요. 문학적 사고가 중요하다는 것은 사람에게 의미 있는 단순히 허공과 같은 공간이 아니고 무수히 많은 사람의 일이 포함된, 그것이 끊임없이 일어나고 있는 공간이니까요.

'색시공(色是空)'이란 말은 삶을 전체적으로 포괄하는 말이지만, 오늘의 삶의 절실한 문제를 풀어 줄 수 있는 말이 아니지요. 이 공에 대한 깨달음을 한번 가졌다고 하여 우리의 마음의 태도가 영 바뀌는 것은 아니지요. 마음의 습관도 몸의 습관이나 마찬가지로 커다란 관성을 가지고 있지요. 또 그러한 관성이 없으면, 마음으로서의 의미도 없고. 오랜 시간에 걸친 사실적이면서 상상적인 훈련 또는 단련에서 마음이 바뀐다는 것은 마음이 그러한 것을 초월하여 있는 것이라는 말도 됩니다. 그것은 사실을 초월해 있는 관성이고 습관이지요. 그리고 그 모든 것을 넘어가는 움직임이지요. 바뀌면서도 같은 것으로 남아 있는. 종교나 철학 이외에 문학 작품이 할 수 있는 것이 이러한 부분에도 있지 않나 합니다.

그러나 소설을 두고 말하면, 그걸 의식적으로 읽어야 되지요. 그러려면 교사의 비평적 눈이 조금은 필요합니다. 보통 사람도 소설을 읽지만, 앞에 일어난 것과 뒤에 일어난 것을 마음속에서 비교하려면 비평적 관점이 필요하지요. 그런 의미에서 마음의 공간을 넓히는 데 인문 과학이 관계된다고 말할 수 있을 것 같아요.

또 한 가지, 마음 자체에 대하여 묻는다고 할 때, 그 시작의 하나는 의문을 제기하는 겁니다. '뭐냐, 왜냐' 하는. 그 의문을 풀려면, 여러 가지의 이미지나 생각을 그 연관 관계 속에서 검토하여야 하지요. 가장 간단한 방법은 그것을 논리나 인과 관계 속에서 재구성하는 것입니다. 그러면서도 논리나 인과 관계가 마음의 공간에 일어나는 모든 것을 다 포착하는 건 아니지요. 그것은 마음에 일어나는 것을 되돌아보는 것이면서도 어떤 관점에서 되돌아보는 겁니다. 그러니까 그것이 전부라고 하는 것은 속단이라는 생각이 들어요.

데카르트적인 방법에 대해 사람들이 의문을 제기하고 잘못된 게 많다고 비판하는 것은, 그것이 지나치게 이성적 방법론을 강조해서 마음에 일어나는 이미지와 개념을 어떤 관점에서만 재구성할 것을 요구한다는 의미에서지요. 그러나 전에도 얘기했지만, 의문을 제기하고 그것에 대한 합리적 답변을 요구하는 것은 보통 사람이 가장 쉽게 마음의 공간으로 들어가는 방법이지요. 현실의 많은 것이 인과 관계 속에 있기 때문에 현실을 이해하고 조작하는 데 중요한 절차라고 할 수가 있습니다. 합리주의의 문제는 그 오용에 있다고 할 수 있습니다. 그것이 너무나 현실 효과적이기 때문에, 흔히 이야기하듯이, 그것을 쉽게 도구적인 것으로 전용하고, 전체적인 균형 ── 마음의 전체성에 대응하는 사물의 전체성을 생각함이 없이 이기적인 목적의 추구에 사용하는 것이지요.

문광훈 마음의 공간을 이해하는 것은 결코 평이할 수가 없는데, 그에 대한 선생님의 설명은 참 자연스럽고 폭이 넓은 것 같습니다. 데카르트식 이해나 로티의 어떤 관점보다 더 넓고 풍요로운 것 같아요. 그래서 이성에 대한 관점도 다원근법적으로(multiperspective) 다층화되어 있지 않나 생각됩니다. 로티 교수가 그렇게 한 것은 아마도 그가 프래그매틱 아이러니스트 (pragmatic ironist)로서, 실체화된 것들은 무엇이든 인정하지 않으려는 데 기인하지 않는가 여겨지는데요.

김우창 실용주의적인 것을 너무 중시하다 보니까 그런 것 같아요. 사람의 마음이 아니라 세상에 실질적인 차이를 가져오는 것만을 중시하는 것이지요. 그의 관심은 사회의 실질적인 변화에 있어요. 그런 점에서 행동주의자이지요. 공산주의자 부모 슬하에서 성장했다는 것을 그는 자랑스럽게 생각합니다. 그가 과학적인 사고, 즉 합리적 사고를 기피하는 것은 아닙니다. 그러나 실질적인 일의 근본을 보지 않고 일이라는 결과만을 보는 것은 원인 중에도 가장 중요한 원인을 놓치는 것이지요. 다시 요약하건대 인과 관계에 대한 이성적 질문을 발하면서 그 너머의 마음의 공간에 주의하는 것이 인문 과학이다, 이렇게 말할 수 있을 것 같아요.

시의 공간, 사회 공간

문광훈 바로 그 점에서, 어떤 원초적 공간 혹은 근원적 공간이 탄생하는 자리로서 시는 중요한 것이 되지 않나요? 시의 이미지나 율동, 그리고 리듬이라든가…….

김우창 그러한 것들을 반드시 마음에 대한 각성에 연결할 수 있는 것인지는 모르지만, 이미지나 리듬이 우리를 어떤 근원에 이어 주는 것은 사실이라고 할 수 있을 것입니다. 그것들은 간단한 공식으로 현실을 재단하는 일들에 대하여 의심을 가지게 합니다. 물론 이미지나 리듬도 상투화에 봉사하게 할 수 있지만, 적어도 그것이 우리 마음을 움직인다는 것을 반성해 보면, 모든 것이 언어의 정식화로 고정될 수는 없다는 것을 알게 되지요.

거창하게 얘기하면, 시는 사물과 마음이 부딪혀서 열리는 원초적 공간 안에서의 사건이라고 할 수 있지요.

이것은 하이데거식 이야기이고, 간단한 차원에서도, 학생들한테 시를 가르칠 때 중요한 것은 시의 앞뒤를 맞추어서 하나의 공간으로 상상할 수 있게 만드는 것이지요. 시를 평가할 때도 그래요. 여러 가지 것들이 시 한 편 속에 들어 있는데, 그게 하나의 통일된 공간 속에 존재해야만 의미가 전달되지 그 공간이 시사되지 않고 잡다한 것을 모아 놓은 인상을 주는 시는 실패한 시지요. 여러 가지 것을 모아 놓은 것 같으면서도 하나의 통일된 공간 속에 존재한다는 것을 상상할 수 있어야 돼요. 통일성의 공간이란 논리적으로 일관된 공간이라는 얘기도 되지만, 그보다는 물리적으로 상상할 수 있는 공간일 경우가 많지요. 또는 사건적 공간이라고 해도 좋고. 논리가 강한 시보다는 이러한 현실 공간의 느낌을 주는 시가 좋지요.

문광훈 이념적 추상적으로가 아니라 물리적 현실적으로 존재하고, 현실의 표면에 머무는 것이 아니라 경험 속에서 상상화된 공간으로서 존재할 때, 시가 중요하다는 것이군요.

김우창 얘기의 방향을 좀 바꾸면, 원초적 공간보다는 사회적 공간이 더 중요한 것 같기도 합니다. 현실적으로 시의 상상된 공간은 우리가 사는 사회 공간이 재현되는 것이 아닌가 합니다. 심사 때문에 작년에 발표된 시를 몰아서 읽을 기회가 있었어요. 이 시들을 보면, 정돈된 공간을 느끼게 하는 시들이 참 적어요. 그게 세상이 어지러워서 그런 것 같아요. 경제나 정치를 넘어서 우리가 가진 사회에 대한 느낌이 어지러운 것이지요.

조정권 씨가 쓴 시에, 스위스에서 결혼하는 얘기가 나와요. 자신의 딸 이야기 같기도 하고. 결혼 장면을 얘기하는데, 산이 있고 나무가 있는 풍경, 그러한 곳을 거쳐 신부가 교회로 걸어가는 장면이 그려져 있지요. 스위스 같은 데는 안정되어 있으니까 사는 공간도 역시 안정이 되어 있구나 싶어요. 골짜기가 있고 교회가 있고 풀이 있는데, 이것이 결혼의 배경이 되는 것이지요. 결혼식에는 결혼 당사자나 일가친척이 참여하지요. 그러나 일정한 범위의 공간도 참여하는 것이라는 것을 생각하게 됩니다. 시간도 그렇고. 동네에서 열리는 결혼식도 동네 전체가 참여하지요. 이것을 도시의 예식장에서 30분 만에 뚝딱 마쳐 버리고, 사람들의 마음도 건성으로 그 가장자리에 멈추고 하는 결혼식에 비교해 보세요. 그런데 조정권 씨가 이러한 것을 생각해서 스위스의 풍경화를 그렸겠어요? 그쪽의 결혼식이 좋아 보이니까 적은 것이겠지요. 의식은 다 일정한 범위의 시간과 공간 그리고 마음의 공간을 가져야 의미 있는 것이 되지요. 우리나라에서 그게 잘 안 되는 것은 사회가 어지러워서 그런 것 같아요. 그것이 시에도 나타날 도리밖에. 다른 시들에는 그러한 공간이 없어요.

문광훈 참 재미있네요. 삶의 공간이 어지럽기 때문에 상상의 공간 ─ 시의 마음 공간도 불안정하다는 거지요?

김우창 제대로 되질 않는 것 같아요. 학생들에게 시를 주어 보아도 그렇지요. 전체적으로 공간적인 걸 상상할 수 있는 시라야 좋지, 논리적인 시는 좀 재미가 없지요. 시적 체험은 사물과 마음의 공간이 열리는 원초적인 계기로 되돌아가는 거라는 건 거창하게 어려운 얘기인 것 같지만, 실제 시를 읽는 데 구체적으로도 작용하는 것이지요.

세계화 시대의 문화와 인문 과학

문광훈 오늘날 인문학 또는 인문주의 운동이 필요하다면, 그 역사적 사건, 이를테면 르네상스 시기의 운동이나 근대 낭만주의의 교양 이념 시대와 같을 수는 없습니다. 지금의 지구 현실에서는 세계화나 신자유주의의 이데올로기에 의해 각 나라의 정신적·문화적 전통이 전체적으로 보아 하향 평준화되고 있다고 말할 수 있는데요. 시장 자본주의에 대한 인문학적 문화적 저항의 가능성에 대해 어떻게 생각하시는지요?

김우창 오늘날 일어나고 있는 세계적 변화에 대해 우리가 할 수 있는 일이 어떤 것일까. 지금까지 말한 것을 간단히 연결하여 말하면, '정돈된 인간적 공간의 회복이 핵심이다', 이렇게 말할 수도 있을 것 같아요. 그런데 이 공간이 좁을 수밖에 없는 것이라고 한다면, 회복이 불가능하다고 결론내릴 수밖에 없을 것입니다. 이 공간을 새로 정의해야지요. 보다 넓게, 추상적으로 그것이 보통 힘든 일이겠어요?

하나는 우리의 느낌의 공간을 넓히는 일이지요. 인간, 인간애, 인류 공동체, 이러한 말들이 거기에 관계되는 것이지요. 이것이 단순히 이성적인 개념에 남아 있을 수는 없습니다. 18세기 유럽의 철학자들이 생각했던 '선의'의 정서를 넓히는 것이 필요하지요. 그것은 우리 이웃 간의 정을 보다 이성적으로 세련시킴으로써 가능할 것입니다. 자칫하면 놓치기 쉬운 것이 '정서나 정열도 이성적으로 변주되어 승화될 수 있다.'는 사실입니다. 우리나라에서도 옛날에 접객(接客)을 바르게 한다는 것이 윤리 도덕의 한 부분이었지요. 데리다의 저서에 손님을 후대하는 문제, 호스피털리티(hospitality)에 대한 것이 있습니다. 세계화의 도전으로 그런 생각을 한 것이지요. 손님을 대하는 예의를 학교에서 가르칠 필요도 있을 것입니다. 예의는 맹목적인 것이 아닌, 이성적 내용을 가진 것이어야 하지요.

다른 한편으로 사람이란 구체적인 땅과 사람들의 집단을 떠나기 쉽지 않다는 것도 사실입니다. 그것은 진화론적 열매의 조건이라고 할 수 있지요. 그러니까 공동체의 테두리를 인간 전체, 또는 생태계 전체로 넓히면서 동시에 구체적인 지역적 뿌리를 어떻게 유지하느냐 하는 것이 앞으로의 역설적인 과제라고 할 수 있습니다. 필요한 것은 공간적 존재로서의 인간의 체험을 다시 기억하고 되살리는 것입니다. 물론 그것에 머물러서는 협의의 민족주의나 지역주의에 빠지게 되지요. 그것을 살리면서 지구 그리고 인간의 일체성에 대한 느낌을 길러 나가야지요. 사회 전체가 정돈되어야 좁은 지역 안에서도 안정된 공간 의식이 생긴다고 한다면, 지구 전체가 인간적인 질서를 가지고 있게 될 때 비로소 공간감이 안정되겠지요. 이것은 우선 쉬운 대로 추상적 차원에서의 지구 전체의 인간적 질서, 빈곤·인권·환경 등의 문제에서의 기본적 질서가 확장되는 데 관심 가질 것을 요구한다고 할 수 있습니다. 그러나 이러한 기본 질서의 확립이란 지금 시점에서는 먼 미래의 일일 뿐입니다. 참으로 깊이 있는 공간 의식이 된다는 것은 더욱 먼 미래의 이야기이지요. 이것은 단순히 너무 이상적인 것이기 때문만은 아닙니다.

앞에 말한 인간 공동체나 지구 전체의 평정화는 역사적으로 이루어진 업적이지요. 그렇다는 것은 세계사적인 것이면서도 지역 문화의 소산이라는 말이지요. 심정적으로 모든 사람이 평화롭게 같이 살아야 한다는 것은 일단 모든 사람이 근본적으로 가지고 있는 마음의 일부라고 할 수 있습니다. 그러나 보편적 선의의 개념은 이성에 의한 지양을 거쳐서 형성될 수 있는 것이지요. 사람의 마음에서 발현되는 정서는 얼마나 약하고 변덕스럽고 무의식으로 가라앉아 버리기 쉽습니까? 이것을 일반적 행동 원칙이 되게 하는 데는 이성의 뒷받침이 필요하지요.

그리하여 보편적 공동체의 이념은 거의 이성의 업적이라고 보게 되지요. 이런 이성은 서양 문명의 업적 특히 계몽주의의 이후의 업적이라고 할 수 있습니다. 이렇게 말하는 것은 서양 문명을 높이 치는 것이기도 하고, 그 이성적 개념의 한계를 말하는 것이기도 하지요. 그것은 특수한 역사의 산물인데, 어찌 쉽게 참다운 인간의 보편성을 대표하겠어요? 이성적 보편성은 서구의 현실 속에서 태어났다고 할 수 있는데, 그것은 그 현실의 요청에 대응하는 것이라는 말이 될 것입니다. 과학사가 조지프 니덤(Joseph Needham)은 서구 과학의 발달을 종족과 국가가 다원적으로 존재하였던 유럽의 지정학적 사정에 연결시켜 말한 바 있습니다. 서구에서의 이성적 이론적 사고의 출발을 희랍에서 찾지만, 이 관점에서 보면, 희랍 자체가 지중해 문명의 일원으로서 민족과 문화의 다원성 속에 존재하였다고 할 수 있습니다. 화이트헤드(Alfred Whitehead) 같은 철학자도 희랍 철학의 발전이 상업과 무역 국가로서의 희랍 도시 국가들의 성격에 관계되어 있다는 것을 말한 일이 있지요.

이성은 다원적인 것 가운데서의 통일 원리입니다. 현대에 와서 계몽주의 시대 이후의 이성의 중요성은 산업 기술 문명의 발달, 시장의 확장 그리고 제국주의 등과 연결되어 있다고 할 수 있습니다. 원시적인 대지에 고립하여 살면서 그것에 만족하고 있는 사람들을 생각해 보면, 그들에게 인간 공동체나 거기에 따르게 되는 가치나 원리가 필요할 리가 없지요. 얘기가 많이 벗어났지만, 안주의 공간을 생각할 때, 그들은 그들의 풍습과 문화와 환경에 안주할 수 있었겠지요. 그러나 거기에 다른 바깥세상이 있다는 소식이 들어간다면, 그 세상이 안정된 곳이라는 사실을 확인할 때까지 안주는 불가능하게 된다고 할 수 있지요. 그러니 지금의 세상에서 보편적 인간 공동체는 중요한 개념이고 그 원리로서 이성이 중요하지요. 한편으로 통일의 원리이면서, 다른 한편으로는 다원성을 그대로 인정하고, 또 개인을 포함하여 다원적 구성 분자들의 자율성을 인정하는 원리가 중요하지 않을 수 없습니다.

이성이 과학의 근본 원리이고 사회 제도의 합리화를 위한 중요한 원리인 것은 틀림이 없지요. 그러나 그것이 일정한 틀에 의한 삶의 틀의 단순화를 요구하는 것은 사실이지요. 그리고 그것이 하나의 진보를 나타낸다고 하더라도 서구의 필요에서 나온 것이 어떻게 현실 조건 속에 있는 다른 사회에 그대로 맞아 들어가겠어요? 이성은 서구에서도 그 도구화에 대한 비판이 많지 않습니까? 특히 화폐 경제의 패권하에서 그것은 완전히 경제 합리성에 일치하는 것이 되었습니다. 그러니까 이성은 매우 중요한 원리이고 전 인류적인 성취임에 틀림없지만, 끊임없는 반성을 통하여서만 살아 움직이는 원리로 살아남아 있을 수 있어요. 그것은 특정한 형태로 응고되기 쉽지요. 어떤 경우에나 사람의 진리는 특정 환경 속에서 잠간 접근되는 것일 뿐이지요. 그렇다고 진리가 없다고 하는 것은 아니지만.

그런 데다가 사람이 구체적인 삶의 현장에서 필요로 하는 것은 일정한 형태로 고착된 이성이 아니지요. 그것이 일반적 법칙적 성격을 가진 것일수록 그렇지요. 참다운 보편성은 움직임 속에만 존재합니다. 그것은 한 번에 포착될 수 없지요. 그것은 작은 구체성 속에서 늘 새로운 형태로 태어납니다. 그 탄생지도 구체적인 상황의 땅이겠지요. 그러면서 거기에서 특정한 형태의 여러 모습, 규범이라든가 관례라든가를 업적으로 만들어 내겠지요. 이것을 보전하는 것이 문화이고 전통이지요. 그러니까 문화와 전통은 보편적 이성이 나타나는 곳, 엔텔레키아(entelechia, 본질·실체)의 현장이면서, 반드시 그것에 대하여 호의적이라고 할 수 없습니다. 삶의 현실은 늘 특수하고, 필요한 것은 그 안에서의 문제의 해결입니다. 그것에 대한 기억들이 업적으로 존재하는 역사입니다. 어떤 기술적인 일을 하나 해내는 데도 얼마나 작은 지식과 정보 그리고 작은 기술적 훈련의 집적이 필요합니까? 이것은 다른 일에서도 마찬가지지요.

여기에서 이성은 이러한 일들을 관통하고 있는 일과성의 원리이지요. 원리라는 것은 단순히 그 구성 단위의 집계가 아니고 그것을 넘어서고 또 스스로 달라질 수 있는 창조적 힘이라는 말입니다. 그러나 그것도 보다 넓은 통합과 창조의 가능성에 그대로 열려 있는 것은 아니지요. 그것에 대해 적대적일 수도 있습니다. 보편적인 이성의 입장에서 이러한 세부 과정, 그 원리, 원리의 움직임을 어떻게 보든지 간에, 그것이 삶의 필요에 대응하는 것들인 것은 사실입니다. 그러나 그것이 삶의 조금 더 넓은 가능성에 대응하고 창조적인 것이 되기 위해서는 자신의 더 큰 바탕을 받아들여야지요. 사실 구체적인 문제를 섬세하게 상황에 맞게 풀어 나가는 데는 벌써 문화적 유산으로서의 관행이나 법을 넘어서 이성의 본래적 유연성에 맞닿아 있어야지요.

나는 학생들에게 이성적 판단의 유연성을 말하기 위해서, 교통 규칙의 예를 잘 들지요. 교통 신호가 파란색이 되면 자동차가 가도 된다는 신호인데, 그때 횡단보도에 사람이 있으면, 운전자는 차를 움직이지 말아야지요. 이러한 경우는 어떻습니까? 빨간불이 켜져서 차를 세워야겠는데, 세우면 뒤차가 추돌할 가능성이 있을 때, 신호를 위반할 수밖에 없겠지요. 이것을 보고 교통경찰이 와서 신호 위반으로 딱지를 뗀다면, 잘한 일이라고 할 수 없지요. 상황적 판단은 피할 수 없습니다. 이러한 작은 일에도 경찰의 신중한 고려에는 이성적 사고의 습관이 스며 있어야 합니다.

이성의 요구에 부딪쳐 우리가 해야 할 일은, 문화의 관행(habitus)을 존중하면서 그것의 바탕으로서의 이성의 원리를 살리도록 노력하는 것입니다. 다문화를 생각할 때, 여러 문화는 하나로 일시에 합치기가 어려운 것이면서도, 고유한 문화의 밑에 들어 있는 이성적인 것을 통하여 점진적으로 상호 이해와 궁극적 융합이 이루어진다고 할 수 있지요. 다른 문화의 관행과 업적은 그 문화 안에서 내재적으로 파악하는 것이 마땅하지만, 그러한 것과는 별도로 다른 문화의 관행에는, 역시 사람이 하는 일인 만큼, 우리 자신의 문화를 보다 풍부하게 하는 데 도움이 될 만한 것이 있게 마련이지요. 문제는 이것이 일단 한 문화의 자생적 변증법 속에 통합될 수 있어야한다는 것이지요. 다른 측면에서 보면, 여러 문화가 합치면 갈등의 상황이 벌어지지요. 그것은 걱정스러운 일이면서도 저절로 상호 비판이 일게 하여, 사는 방법으로서의 문화의 인간적 가능성을 높이는 결과를 가져올 수도 있지요.

이야기가 조금 엉뚱한 데로 흘러갔지만 문 선생이 당초 걱정하신 세계화 시대의 문제는 이러한 문화의 충돌과 융합이 너무 급속하게 무비판적으로 일어난다는 점이지요. 더구나 그것을 움직이는 것이 순전히 경제와 시장의 힘에 있기 때문에 인간의 삶의 넓은 가능성이 완전히 무시되면서 이러한 일이 일어나고 있지요. 이 일방성의 문제는 그것에 의해 인간이 희생된다는 것입니다. 인간 희생이란 간단한 생물학적 의미에서 인간이 희생된다는 말이기도 하고, 인간의 보다 풍부한 가능성이 완전히 보이지 않는 것이 된다는 말이기도 합니다.

여기에 대해 문화나 인문 과학이 할 만한 일이 있다면, 이러한 사실을 비판적으로 상기하게 하는 일이지요. 사람 사는 일의 관행의 집적으로서의 문화, 그리고 그에 대한 반성적·비판적 이해로서의 인문 과학의 전통은 많은 자원을 가지고 있다고 할 수 있습니다. 이것을 살려 내야지요. 한편으로는 사람 사는 일의 섬세한 계기들을 전통적 지혜를 통해 생각하게 하고, 다른 한편으로는 보편적 이성으로써, 이것도 앞에 말한 것처럼 시대적이고 지역적인 제한 속에 있는 것이지만, 보다 넓은 인간적 가능성에 대한 안목을 일깨우는 일이 필요하다고 할 수 있습니다.

그러나 지금 문화는 문화 산업이 되고 경제의 테두리 안에서 상품이 되고 상품의 보조 수단이 되고 있습니다. 문화 과학의 진흥이라는 것도 그러한 관점에서 발상된 것이지요. 진정한 문화적 노력이 참으로 힘을 가진 것이 될 수 있을는지 대안적 사회의 비전을 제시할 수 있을는지, 또는 정 안 되면 어떤 피난처를 만들어 낼 수 있을는지는 알 수 없습니다.

사람이 안거(安居)하는 물질적 공간

문광훈 대안적인 물질 공간을 조직해 내는 데 문화가 어떤 역할을 할 수 있을까요?

김우창 지금의 세계화 속에서는 구체적으로 느낄 수 있는 시공간이 다 큰 덩어리 ── 추상화된 큰 제도 속에 흡수되어 버리기 때문에 사람들이 안정감을 가지고 인생을 깊이 있게 살 수 있게 하는 공간을 발견하기 어렵지요. 문화가 어떻고 하는 말을 했지만, 결국은 '사람이 사람답게 사는 공간이 어떻게 구성될 수 있느냐' 하는 것으로 문제를 다시 환원해 볼 수 있습니다. 세계화는 이것을 매우 어렵게 하지요. 그러나 그보다도 우리의 국토에 대한 막무가내의 태도가 더 큰 책임을 져야 한다고 하겠습니다. 우리처럼 모든 것이 정치나 투기 계획의 대상이 된 나라도 많지는 않을 테니까. 삶의 구체적인 물질적 뒷받침 없이는 동네 같은 것이 안 된다는 것은 앞에서도 얘기했지요.

대체로 사람들은 물질적 공간 그 자체에 대해선 주의하지 않습니다. 그것은 다른 바쁜 일들의 과정에서 스쳐 지나가는 배경에 불과하지요. 초가 삼간에서나 고층 아파트에서나 같은 책을 읽을 수 있지 않습니까? 책을 읽는 장소가 어디냐는 별 중요성이 없지요. 입시 준비는 학교나 집이나 학원에서나 다 같이 할 수 있고, 또 그것이 어디에 있든지 다 같다고 생각할 수 있지요. 캠퍼스가 있는 대학이나 그것이 없는 사이버 대학이나 공부의 내용에는 차이가 없지요. 물질적 공간 그 자체의 의미는 사람의 삶의 조건에 대한 철학적 반성에서도 쉽게 빠져나가는 부분이지요. 그 이유의 하나는 우리가 땅에 발을 딛고 하늘을 보고 주위 공간을 살펴면서 산다는 것은 너무 당연한 것이기 때문입니다. 또 하나의 이유는 삶의 모든 것이 너무 공리적인 관점에서 조직된다는 점이지요. 경제·정치·사회가 그렇고, 그 합리적 조직이 그렇고, 심지어 지적인 인식 작용까지 그렇지요.

그런데 물리적 세계는 대체로 그 이전에 우리의 지각, 인식 그리고 행동의 잠재적 가능성으로 우리에게 직접적으로 주어지는 것입니다. 현상학적 환원에서 접근하려고 하는 것이 이러한 직접적인 사물 자체(Sache Selbst)의 세계이지요. 사물 자체는 하나의 작은 세계를 이루며 존재합니다. 단순한 관조를 통해 드러나는 것도 이것이라고 할 수 있습니다. 물론 이 세계도 곧 실용적 의도에 의하여 바뀌어지기 직전에 있다고 할 수 있기 때문에 그것은 매우 포착하기 어려운 것이라고 할 것입니다. 그러나 이것이 우리의 공간 의식의 바탕에 있지요. 이런 것이야 어떻든지 간에, 사람이 늘 물리적 공간에 놓여 있는 것은 틀림없지요.

우리는 언제나 어디에 있지요. 내가 어떤 일을 위해서 어디를 간다고 하더라도 나는 거기에 가기 전에 거쳐야 할 공간이 있습니다. 요즘은 빠른 교통수단으로 이 공간이 추상화되고 소거되기는 하지만. 이 공간은 우리가 세계에 직접적으로 현존하는 공간인데, 그것은 물질적으로 존재하면서 인식론적, 실천적 의도와 그 조직의 그늘이 드리워져 있는 곳이지요. 그러나 거꾸로 이 공간이 이러한 의도와 조직에 영향을 주고 그 바탕이 되는 것도 사실이지요. 사람에게 의도하는 일이 중요하다고 하여도 어떤 자연환경, 어떤 도시 공간에서 그 일을 하느냐 하는 것이 중요하지 않을 수 없지요. 더구나 지속적으로 머무는 공간의 영향을 무시하는 것은 현실의 전체를 보는 것이 아니지요.

풍수지리는 이러한 바탕을 의식화하려는 노력이었다고 할 수 있습니다. 예술 작품에 그리는 풍경도 그러한 노력이지요. 이러한 의미에서 심미적 감각은 다른 이론적·실천적 지향이 놓치는 어떤 근본에 맞닿아 있다고 할 수 있습니다. 문 선생께서 미적인 것에 큰 집착을 가지신 것은 이해할 만한 일이지요. 사람이 그때그때 거기에 현존하고 익숙하게 거주하는 공간은 배경이고 실용적 의미를 가진 공간이지만, 그보다도 더 깊은 의미를 갖는 인간 존재의 근원적 공간이기도 하지요. 우리의 큰 계획들이 어떻게 이 물리적 공간 또는 근원적 공간에 의하여 흔들리고 형성되는가는 시적으로 설명하는 것이 좋을지 모르겠습니다.

사람이 어떤 땅 위에 산다는 것은 그때그때의 기획을 넘어서 시공간의 한 덩어리에, 생물학적·물질적·정신적인 관계를, 또 기억을 통한 관계를 맺는 것이라는 생각이 들어요. 결혼하여 두 남녀가 같이 산다는 것 자체가 우연과 필연이 합쳐 뿌리를 가지게 되는 일이지요. 그냥 독신으로 다니다가 가정을 이루고 생물학적인 관계가 생기고 긴 종(種)의 역사에 끼어지는 것이지요. 그것은 부유(浮遊)하는 자유로부터 삶의 필연적 연관의 속박으로 들어간다는 것이지요. 저항을 하면서도 사람들은 그것을 받아들이고 거기에서 안정을 얻지요. 사람들은 '뿌리내린다'는 말을 좋아하지 않습니까? 이런 땅과 시간에 대한 구체적인 관계가 추상화되는 게 요즘 현상이라 할 수 있습니다. 우리가 그 속에 있는 시공간은 어디로 가고 우리의 욕망과 의도와 계획이 삶의 추동력이 되는 것이지요. 앞으로만 가겠다는 것인데, 어디로 가겠다는 것인지. 황막한 산지의 오래된 우물, 이것이 가진 어떤 자연스러운 연상, 이런 것들이 문화적 유산의 의미라고 할 수 있지 않나 하는 생각이 듭니다.

릴케의 시에 가난을 예찬한 것이 있습니다. 『기도서(*Das Stundenbuch*)』의 「가난과 죽음의 책(*Das Buch von der Armut und vom Tode*)」 부분에 들어 있는 것인데 "가난이 좋은 것은 그것이 자연에 접해 있기 때문"이라고 하지요. 가난하다는 것은 자연에 무방비로 노출되어 있다는 것을 의미합니다. 그러나 그 대신 '가난의 풍요(Armutsüberfluss)'가 있지요. 릴케는 땅 위의 굽이진 길을 밟고 가는, 우리 식으로 말하여 구곡양장(九曲羊腸)의 길을 가는 사람들의 발은 돌과 눈과 풀들을 기억한다고 말합니다. 또 그들 자신이 어떤 우주의 제의(祭儀)에 바쳐지는 빵과 같다고도 합니다. 밤의 어둠과 아침의 밝음과 과일을 성장하게 하는 비가 가난한 사람들을 필요로 한다는 식으로. 가난은 초라한 헛간 같지만 저녁이 되면 그 위로 별이 뜨는 곳이라는 이미지는 릴케가 말하고자 하는 것을 잘 요약하는 이미지입니다. 주목할 것은 자연과 혼융을 나타내는 이미지입니다. 릴케가 가난을 예찬한다고 그 고통을 외면하는 것도 아니고, 그렇다고 귀족적인 문화를 싫어하는 것은 아니지요. 그러나 자연을 보이지 않게 하고 온 누리를 사람의 욕심과 사악함과 소란으로 가득 채우는 도시를 그가 싫어한 것은 분명하지요.

다시 문화와 인문학을 말하면 사람의 운명의 근원과 가장 큰 테두리로서의 자연, 기쁨을 주면서 어둠을 포함하는 허허한 우주의 크기를 잊지 않게 하는 것이 그 기능의 하나이지요. 이것은 적절한 물리적 공간에서는 그러한 매개가 없이 삶의 일부가 되겠지요. 다만 변화와 외적 충격이 많은 세상에서는 그것이 의식화되지 않고는 금방 다른 것들 가운데 상실되고 맙니다. 그러나 우리의 직접적인 삶의 체험이 그것에 열려 있는 것이 아니고야 그것을 어떻게 알겠습니까? 사람의 삶은 이 자리에 있고, 그것을 넘어가는 역사적 전통의 섬세한 짜임 속에 있고, 또 그것을 넘어서 형이상학적이고 초월적인 것 속에 있고, 다시 이 자리의 사회와 물리적 현실을 통하여 이 큰 것들을 알게 되는 것이라 할 수 있지 않나 합니다. 이러한 것을 생각하는 것이 인문 과학적인 사유겠지요.

더 실제적으로 얘기하면, 전통을 되돌아보면서 그걸 오늘날 살아 있게 하고, 또 오늘의 삶은 세계적 지평 속에서 사는 것이니까 그 지평이 어떻게 여기에서 지역화되느냐에 대해 전통과 연결해서 생각해야 돼요. 이 전통이란 물론 동양 전통과 서양 전통을 합쳐서 말하는 것입니다. 이러한 동서양을 합쳐 공부하는 학과를 하나 만들어 보면 재미있지 않겠느냐 하는 생각을 하지요.

문광훈 지금은 정말 그런 식으로 기존의 커리큘럼을 심각하게 고민하여 근본적으로 재조정해야 할 시기가 아닌가 생각되어요. 긴급하고 절실한 것 같기도 하고요. 시공간, 땅과 하늘, 집, 그리고 사람과 사람 사이의 관계에 대한, 이 관계가 가지고 있는 근원적 의미에 대한 현대적 재구성이 지금 인문학의 매우 중요한 과제의 하나라는 말씀인 것 같아요.

국제적 인문 연대

문광훈 다음 질문은 인문학의 미래와 관련해서 드리겠습니다. 지금의 시류에 저항하는 인문학의 지식인 조합 또는 인문주의를 위한 국제적 수준의 연대가 가능하다고 보시는지요? 얼마 전에 오에 겐자부로와의 대담에서 시민적 수준의 운동이 이제는 좀 있어야 되지 않은가라고 말씀하셨는데요.

김우창 우리가 넓은 세계 속에서 살게 되고, 또 그것이 기여한 바가 적지 않기 때문에 연계를 도모하고 그 넓은 세계의 구성을 바르게 하는 데 도움을 줄 수 있는 일이 있을 것입니다. 지구나 수목(樹木) 또는 물질에 대한 우리의 지식이 서양과의 접촉을 통해서 얼마나 넓어지고 섬세해졌습니까? 우리가 사는 세계에 대한 지식과 체험의 넓이와 깊이가 더하게 된 것은 사실이지요. 물론 해독이나 피해도 많았지만. 추상적 차원의 연계도 필요하지만 이왕에 이렇게 되었으니, 구체적 인간들이 서로 만나 소통하는 것도 필요하다고 봅니다.

여러 문제에 대하여 한국과 일본의 입장이 서로 다른 것은 사실이지요. 그러면서도 이것을 민족주의적 자기주장만 고집하지 않게 된 것은 큰 다행입니다. 독도 문제와 관련해서도 신문 보도가 일방적으로 반일적인 것만은 아니고, 여러 가지 관점을 보도하게 된 것을 반갑게 생각한다고 신문에 쓴 일이 있지요. 여러 다층적 교섭이 일어나기 때문에 그것이 이념적으로만 해결할 수는 없는 문제라는 인식을 가지게 되는 것 아닌가 합니다.

인적 교류에는 돈 문제가 있지요. 그것 자체가 큰 문제라기보다도 사회가 필요로 하는 다른 지출에 비하여 그것이 정당화될 수 있는가 하는 문제가 있지요. 요즘 벌어지는 문화 행사에 이런 생각은 안 하는 것 같습니다. 또 여기서 일본 가고 일본 사람이 여기 오고, 여기서 유럽 가고 유럽 사람이 여기 오면 비행기 타야 되는데, 자동차 타는 것보다 대기 오염에 더 큰 원인이 되는 일이지요. 유럽에는 비행기 운행이나 탑승에 대기 오염세를 내게 해야 한다는 주장도 나오고 있어요. 물론 비행기 삯도 올라가지요. 국제 교류에도 대가가 있지요.

문광훈 혜택에 따르는 불가피한 비용 또는 반대급부 같은 것들도 고려해야 할 것입니다.

내면적 인간과 외면적 사회

김우창 인문 과학에 대해 하나만 더 얘기하면, 여러 복잡한 문제들이 있지만, 가장 간단한 관점에서 필요한 것은 학교에서 인문학을 더 가르치는 일이지요. 전에도 말한 것으로 생각하지만, 전공 과목을 미리 부과하지 말고, 직업 교육은 전부 대학원에다 미루든지 직장에다 미루고, 학부에서는 적어도 4년에서 3년 동안 인문 과학과 기초 과학을 가르치고, 1년은 자기 전공 연습해 보고 취미에 따라서 대학원으로 가고, 또 직장에 가서 배우고 하면 좋을 것 같은데. 직장에서 직장 훈련하면 되니까.

그런데 얼마 전 보도에 보면 독일 학생들의 88퍼센트가 자기 흥미에 따라서 전공을 선택한다고 그랬어요. 반면 우리나라는 대부분의 학생이 장래의 직업과 보수의 가능성에 따라서 전공을 선택한다는 것입니다.

문광훈 바로 그 점에서도 우리 사회의 병폐 하나가 적나라하게 드러나는 것 같네요.

김우창 우리는 독일보다는 훨씬 못사니까 못사는 사람일수록 돈에 애착이 많잖아요? 그래서 그런지는 모르겠지만.

문광훈 그런 것도 있겠지만 다른 이유도 있는 것 같아요. 예를 들어 유행에 쉽게 휩쓸리는 성향이나, 개인적 정체성의 희박, 취향의 획일화 등등 말이지요. 지금은 평균적으로 그렇게 못사는 것 같지는 않으니까요.

다른 한편에서 보면, 학생들이 근본적으로 생각하는 게, 좀 많이 다른 것 같습니다. 서구인들에게 흥미나 관심은 거의 모든 활동의 가장 중요한 계기가 되거든요. 가령 독일어로 '그것이 내 흥미를 끈다(Das interessiert mich)', '나는 관심 없다(Ich habe kein Interesse)', '나는 그 일을 하고 싶다(Ich habe Lust, das zu tun)'란 말들은 어떤 일을 시작할 때도 그 이유로 맨 처음에 나오거든요. 자기 자신의 관심과 호기심, 즐거움이 모든 활동의 정서적 가치론적 동기가 되어 있다는 말이지요.

다른 식으로 말하면, '하고 싶은 일을 한다.'라는 것이고요. 공부도 외적으로 부과된 동기나 어떤 미화된 이유에서 하는 것이 아니라, 스스로 선택해서 그 관심과 책임으로 즐겁게 한다는 생각이 강하지요. 어쩔 수 없이 어떤 전공을 할 때도 있겠지만, 그런 때에도 우리처럼 죽기 아니면 살기식으로 하는 경우는 드물어요. 그러니 정직하고요. 속일 필요도 속일 이유도 없으니.

김우창 미국에서도 돈과 직업이 공부의 동기로서 제일 중요한 것은 아닌데.

문광훈 우리 사회는 유독 강한 것 같습니다.

김우창 독문학 같은 데 학생들 없다고 그러는데, 재미있다는 것을 알게 해 주면 젊은 사람들은 하지 않을까요? 젊은 시절에는 독문학 해서 굶어 죽는다고 하더라도 꼭 하고 싶은 사람들은 하고 마니까. 그런 의미에서도 인문 과학 교육을 대학 교육의 중심이 되게 하면 문제가 해결된다, 이런 생각을 합니다. 한결같이 밥벌이와 출세만 좇으니.

문광훈 그런 데서 많은 것들이 허황되고 들뜨게 되는 것 같아요. 조그마한 걸 하더라도 있는 그대로 보이는 것보다는 어떻게라도 잘 보여 주려 하고, 더 보여 주려 하고, 꼭 드러내려 하니까요.

김우창 그렇지요. 자기 혼자 만족하는 삶의 형태가 별로 없어서 그런지도 몰라요. 내면세계가 없어서 그럴 수도 있고. 자기가 좋으면 좋을 터인데. 또 사람은 스스로 좋아하는 일이 뜻있는 일이기를 바라게 마련이라고 할 수 있지요. 이것을 삶의 보람에 대한 자아 탐구, 내면 탐구로 확인하여야 할 터인데, 세속적 인정에서만 찾으려 하고, 사회에서 박수를 받아야 된다는 생각이 강한 것이지요. 근본적으로 권력이 우리 사회의 숨은 동력선이 되어 거기에 줄을 대려고 하는 것이라고 할 수도 있지요.

문광훈 굳이 대학 교육을 받지 않더라도 사실은 사회 공간 내에서 평등하게 살 수 있는 제도적 조건과 사람들의 평균 의식이 갖추어져야 될 텐데요. 우리는 사람에 대한 평가나 인식부터 좀 다른 것 같습니다.

김우창 간판이 아니라 성실한 삶이 평가되어야 하는데, 또는 사회에서 평가되지 않더라도 자신이 그 점에 긍지를 가져야 되는데, 그것이 잘 안 되게 되어 있지요. 내면적 존재로서의 사람에 대한 인식이 약한 것이 우리 사회입니다. 사람을 오래 두고 알게 되는 동네와 같은 것이 있으면, 내면성의 전통이 없어도 사람의 내실에 대한 평가가 있겠지만 그것도 없지요. 대학 안 나오고 안정된 삶을 살기도 어렵고. 그러니 대학에 가야만 되는데 대학도 너무 많다 보니 일류 대학에 가야 되고. 그런 것이라 할 수 있지요.

문광훈 우리나라의 경우 전체 인구당 대학에 들어가는 비율이 지나치게 높잖아요?

김우창 세계에서 거의 일등일 거예요. 대학 규모도 엄청나지요. 며칠 전에 신문에 난 통계를 보니 서울대학교 학생이 3만 5000명인가 그래요.

문광훈 대학의 규모도 너무 크고 대학 숫자도 많아요. 그러니 온갖 기형적 현상들이 곳곳에 너무 많이 있게 됩니다.

김우창 경쟁이 심화된다는 해석도 가능하지요.

문광훈 그 경쟁이라는 것도 일종의 거품 경쟁이 아닌가요? 좋은 의미의 생산적인 경쟁도 있을 수 있으니까요. 우리는 제도적 미비와 인적 의식의 미숙함 그리고 전통적 토대의 허약성으로 인해 불필요한 데 너무 많은 에너지를 쓰는 것 같아요.

김우창 앞에서도 말했지만 사는 공동체의 단위가 분명하게 인지할 수 있는 성격을 가져야 되지요. 큰 테두리에서 산다고 하더라도 안정된 무엇이 있어야지요. 대학과 같은 간판이 중요한 것과, 우리 도시에 간판이 요란한 것과는 관계가 없지 않아요. 간판은 모르는 사람들의 눈을 끌기 위해 필요하지요. 기업이나 소매상이 한자리에 오래 안정되어 있으면, 큰 간판이 필요 없지요. 저 집에 가면 쌀이 있고, 이 집에 가면 채소가 있고, 저기에는 책이 있고, 여기에는 의류가 있고 다 알 테니.

인간 이해와 고전 읽기

글쓰기의 갈래

문광훈 제가 오래전부터 개인적으로 여쭙고 싶었던 질문입니다. 학문하는 방식과 태도 그리고 글쓰기에도, 제 생각엔, 여러 단계가 있는 것으로 보입니다.

어떤 대상을 소개하고 안내하는 글이 있는가 하면, 그것을 정독해서 분석하고 진단하는 글이 있습니다. 이런 분석에 그치지 않고 대상과의 비판적 대결을 통해서 장단점을 균형 있게 지적하는 글이 있습니다. 또 이때의 지적이 평자가 처해 있는 현실과 관련하여 그 의미를 거시적 시각에서 완숙되게 재평가하는 글이 있을 수 있고요. 이보다 뛰어난 것은 이런 평가가 대상의 성취를 넘어서 평자 자신의 독특한 세계 이해 속에서 납득할 만한 관점이 될 때이지 않나 싶습니다. 이것은 물론 편의상 도식화한 것에 불과하지만, 어떻든 선생님께서 생각하시는 글쓰기의 단계에 대해 듣고 싶습니다.

김우창 문 선생이 말씀하시는 것은 여러 단계인데, 그보다는 종류가 있지 않나 생각됩니다. 물론 사람에 따라서는 그것을 단계화하여 점진적으로 옮겨 가는 경우도 있겠지요. 말씀하신 것 가운데, 소개나 안내하는 글은 비교적 외적인 동기에 의하여 촉발된 글쓰기가 아닌가 하는 생각이 드네요. 자기가 알게 된 것을 남을 위해 설명하는 것이지요. 자기를 위해서 하는 경우도 아는 것을 새로 정리하는 것이고, 대체로는 주어진 틀을 그대로 받아들이고 하는 것이겠지요. 조금 단순하게 말하면, 강의 준비도 되고 시험 준비도 되고 하는 것과 같은 글쓰기이지요.

정독의 경우는 다른 사람의 글, 권위자로 알려진 사람의 글을 꼼꼼히 읽는 것일 터인데, 그것도 시험 준비로 하는 것이기도 하고 자기의 생각을 정리하는 데 도움을 받기 위한 것, 즉 자기가 씨름하고 있는 문제에 대한 해답을 찾아 그렇게 하는 경우이지요. 동기는 외적일 수도 있고 내적일 수도 있고. 비판적 대결과 균형을 찾기 위한 글쓰기는 이 후자 경우의 연장선상에서 자기가 생각하는 문제의 범위 안에서 벌이는 글쓰기이겠지요.

그런데 근년에 많은 종류의 글이 다른 글을 해설하고, 끝에 가서 "모모의 글은 이러한 한계를 가지고 있다." 식으로 끝납니다. 아주 공식이 되어 있지요. 이런 글에서 필자는 한계를 꿰뚫어 보았으니, 비판을 받는 필자보다 더 명석하고 투철한 사람임에 틀림이 없게 되지요. 그러나 이러한 글들은 대체로 편 가르기의 글입니다. 자기편의 우위를 보여 주려는 것, '보아라' 하는 동기가 강한 것이지요. 그래서 앞에 글들과는 달리, 이런 글쓰기의 상투적 형식 자체가 다시 한 번 우리 사회가 얼마나 외면적인 사회인가를 보여 주는 것 같습니다.

읽은 글이나 문제에 대하여 현재의 상황과의 관계에서 글을 쓰는 것은 내면적이면서 외면적인 글이지요. 상황이 정의해 주는 문제를 글의 대상으로 삼는 것이지만 필자로서도 절실하게 느끼는 것이 있어서 쓰는 경우가 아니겠습니까? 『상황(Situations)』이라는 제목으로 모아 놓은 사르트르의 글이 그러한 예라고 할 수 있지요. 그런데 사르트르의 글은 『상황』의 짧은 글이 아니라도 이러한 면이 많지요. 물론 이런 글 가운데는 신문 사설처럼 '해야 되니까 한다'는 동기도 작용하지만. 다시 자기만의 독자적인 세계를 개척하는 것은 이러한 글의 확대가 될 것입니다. 이렇게 하나의 세계를 가진 글은 학문의 체계에 대한 믿음을 가졌다는 점에서 외적인 동기를 받아들인 것이라고 하겠지요. 그러나 적어도 문학이나 철학의 분야에서, 순전히 독자적인 상표를 만들어 내고 업적을 세워야겠다는 동기만으로는 참으로 중요한 독자적인 세계를 만들어 내지는 못할 것입니다.

이렇게 말하면, 외적 동기에 지배되는 글은 좋은 글일 수 없다는 말처럼 들리지만, 문제는 그 동기의 출발점이기보다 글의 기율의 안으로 들어가느냐 아니냐 하는 것입니다. 원래 동기가 어디에 있든지, 진실을 밝힌다는 것이 글 자체가 가지고 있는 내적 동기지요. 그것이 없으면 가짜가 끼어들어요. 글을 써서 자리를 얻고 돈을 벌고 명성을 얻을 수 있고 자기의 입장을 선전할 수 있지요. 그러나 글 자체는 그것이 요구하는 기율, 진리의 기율에 따르는 것이라야 한다고 할 수 있습니다. 그러니까 여기에서도 내면과 외면의 관계가 작용합니다. 다만 개인적인 동기의 내외가 아니라 글쓰기 과정에서 진리의 부름에 순응하느냐 하는 것이 문제가 되는 것이지요. 내면성이란 단순히 개인의 특이한 내면이 아니라 그 내면이 세계의 과정에 일치할 때 일어나는 것이지요.

나는 이것도 아니고 저것도 아니고 범벅이 된 관심을 가지고 글을 써 온 셈인데, 거기에 대해 죄의식 같은 것도 느낍니다. 가령 일생을 바쳐 냇물과 강을 찾아다니면서 어류도감을 완성한 사람, 또 온갖 식물을 찾아 기록하고 한국식물도감 같은 것을 완성한 사람들이 있지 않습니까? 다른 것 다 집어치우고 수십 년간 방방곡곡의 개천이고 바다고 물 있는 데는 다 쫓아

다니며 고기를 조사해서 기록한 것 같은 것을 보면, 고개를 숙이지 않을 수 없지요. 우리가 할 수 있는 일이란 조그만 한 분야에서 약간의 기여를 하는 것일 터인데, 그걸 하지 못한 것이 마음에 걸리지 않을 수 없습니다.

이것저것 범벅을 하여 공부하고 글 쓴다는 것은 널리 일반적인 공부를 한다는 말이 될 수도 있지요. 그 동기는 개인적인 기호라고 할 수도 있고 그냥 지적 호기심이라고 할 수도 있습니다. 그러나 돌아보면, 사실은 상황에 대한 의식이 중요했던 것이 아닌가 합니다. 우리 시대가 그렇고 세대가 그러해서 그런지 늘 문제적인 상황에 부딪치고 있다는 느낌에 쫓겨 온 것 같습니다. 더러 철학적으로 당신은 어떤 주의자냐 하는 물음에 답해야 하는 경우가 있는데, 그럴 때 나는 실존주의가 내 출발점이라고 답하곤 했지요. 우리는 어떤 상황에 있는가, 무엇이 우리를 괴롭히는가를 생각한다는 것은 매우 특정한 어떤 것에 초점을 맞추어 생각하는 것이면서 동시에 상황 전체에 비추어 이해하고자 하는 것을 말하지 않나 합니다. 그러니까 구체와 전체가 맞물려 돌아갈 수 밖에 없지요.

이렇게 하여 독자적인 세계로 나아가려고 하면, 상황적 이해에서 나오는 결과들을 체계화하여야 하는데 나의 글쓰기는 전혀 거기로 나아가지 못한 것으로 생각됩니다. 그것은 체계성이 부족한 때문이기도 하고, 너무나 급한 마음으로 글을 쓴 때문이기도 한 까닭이겠지요.

상황과 인문적 글쓰기

김우창 인문 과학은 상황 한정적인 것에서 출발하더라도 결국 체계성을 얻은 사고들의 집적이라고 할 수 있지요. 안정된 시점에서는 전체는 당연한 것이 되어 있고 국지적인 것만이 문제가 되지요. 그러나 반대로 안정된 체계 안에서도 어떤 것이 살아 있는 것으로 느껴지려면, 체계가 상황적인 것에 의하여 해체될 필요가 있습니다. 이 상황적인 것은 시간을 초월해 사는 것이 아니라 특정한 시점, 특정한 공간에 일시적으로 삶을 누리는, 글 쓰는 사람의 물음의 정열과 개성을 의미할 수도 있지요.

체계에 새로운 통합적 계기를 제공하는 것은 체계에 대하여 일정한 관계를 갖는 어떤 사람의 개성이라고 할 수가 있습니다. 개성에 의해서, 인격적 관심에 의해서 많은 게 다시 통합되는 거지요. 개성이라고 하니까 어떤 사람의 특별한 면이라는 말처럼 들리는데, 그것보다도 사람의 주체적이고 능동적인 활력이란 뜻이지요. 능동적인 움직임 속에 있는 주체로서의 자아 속에서 전체가 조감되어야지요. 인문 과학의 관심 중에 핵심을 이루는 것이 어떤 사람이 특별하다는 것보다도 능동적인 움직임의 주체로서의 개성입니다. 종합의 가장 큰 원리가 사람의 주체적 마음이거든요. 마음 자체가 종합할 수 있는 능동적 에너지를 가지고 있어야지요. 그런 의미에서라도 인문 과학이 어류 도감 만드는 것처럼 자세한 것을 공부해야 되면서, 그 배경으로는 종합적이고 인격적인 어떤 것을 다른 학문에서보다도 더 가지고 있어야 된다, 또 이것을 배경 속에 살리고 있어야 한다, 이렇게 말해야 될 것 같아요.

문광훈 삶의 전체성에 대한 인식은 인문학뿐만 아니라 자연 과학에서도, 그러니까 학문 일반의 행위에서 절실한 것 같아요.

김우창 개인적인 얘기를 하면, 우리 아이들이 넷 중에서 셋이 자연 과학을 하는데, 내가 걔들한테 농담 비슷하게 너희 분야 외에도 대중적으로 쓴 과학 해설서 같은 걸 좀 봐야 된다고 더러 얘기하지요. 가령《뉴욕 타임스》기자 글릭(James Gleick)이 쓴 『카오스(Chaos)』라는 책이 있지요. 기자가 쓴 것인데도 불구하고 상당히 감이 있게 새로운 수학적 사고, 물리학, 우주론 등을 잘 종합하고 있는 책입니다. 이러한 책들이 각자가 하는 분야를 전체적인 구도 속에서 저울질하는 데 필요하지요. 과학적 탐구는 결국 하나의 우주론을 지향하는 것이 아니겠습니까. 인문 과학의 가장 큰 테두리는 우주 안에 위치하고 있는 사람의 실존적 상황을 밝히는 일이라고 할 수 있지요. 이 점에서 과학은 인문 과학에도 중요하지요.

문광훈 하나의 분야에서 다른 분야로의 열림, 이것은 바로 자기가 공부하는 분야의 가치를 자기 삶 속에서 내면화하는 일과 관련되는 것 같아요. 선생님 얘기에서는요.

김우창 전에 이런 것 저런 것에 대한 산만한 관심을 지적받고는 이런 대답을 한 일이 있습니다. 문제 중심으로 보면 그렇게 된다, 즉 문제적인 상황을 이해하려 하면 그렇게 된다고. 어떤 문제를 접근하는 데 공학적 접근이 있고 상황적 접근이 있을 수 있습니다. 가령 다리를 놓는 일과 관련하여, 그것을 어떻게 잘 만들 것인가만을 생각할 수도 있고, 그것이 어떤 상황에서 어떤 의의를 가지고 있는가를 생각할 수도 있습니다. 후자의 경우 사회학·경제학·정치학·환경학·미학 등의 관점에서의 고찰이 필요하고, 공학의 문제는 상황적 이해 속에 놓임으로써 의미 있는 것이 되겠지요.

문광훈 그렇게 말씀하시니 바로 이해가 됩니다.

김우창 내가 이 분야에서 제일인자가 되겠다, 세상에서 좀 알려지겠다 하는 식으로 계속 공부한다는 방법도 있지만, 그런 것에 관계없이 '여기서 절실하게 해결해야 되는 문제이기 때문에 내가 연구해야겠다.' 그러면 그 문제에 관계된 인간학·사회학·미학·과학적 차원에 대해 관심을 안 가질 수 없겠지요. 그런 두 가지의 동기들이 다 있는 것 같아요.

외국 문학과 보편성

문광훈 선생님께서 한 대담에서 이렇게 말씀하신 적이 있습니다. 영문학은 한국의 전통과 관련이 없고, 우리 삶의 급박성과도 관련이 없고, 또 어떻게 보면 제국주의적 질서 안에서의 힘의 불균형 상태에서 생겨난 학문이라고 할 수 있는데 "왜 영문학을 하는가?" 하는 질문이 다른 많은 것을 생각하고 읽고 쓰는 데 중요한 동기가 되었다고 말이지요. 『행동과 사유』에 나오는 얘기인데요. 그러니까 다른 분들과 이런 점에서도 큰 차이가 나는 것 같아요. 처음에 영문학을 시작하실 때부터 '영문학이 전체 학문의 위상 체계 속에서 어떤 지점에 있는가'에 대한, 말하자면 객관적 좌표 설정에 대한 분명한 자의식을 지니셨던 것으로 보여요.

김우창 처음부터 분명하게 생각은 안 했지만, '내가 영문학을 해서 영문학의 대가가 되겠다.' 이런 식으로 생각은 안 하고, 내 문제, 우리의 문제를 생각하는 데 영문학이 도움 되겠다고 생각한 건 사실이지요. 처음부터 분명하게 좌표를 잡은 건 아니지만.

내가 거기서 얘기했는지는 모르지만 다른 데서 얘기를 했지요. 우리나라에서 영문학이나 외국 문학이란, 영국이나 미국에서 한국 문학하는 것과 다른 의미를 가지고 있다고요. 서양 문학을 공부하는 것은, 마치 르네상스 때 유럽 사람들이 희랍 문학이나 로마 고전을 공부하는 것과 같은 의미를 가지고 있다고. 이탈리아 사람들이 새삼스럽게 희랍 고전을 읽은 것은 희랍 고전의 전문가가 되겠다는 것보다도 그들이 처해 있는 어떤 문제와 관련해서 일어난 일이지요. 그렇게 의식하지 않은 경우에도 그런 맥락이 있었기 때문에 그것이 르네상스에 도움을 준 거지요. 그러한 것이 우리의 외국 문학 공부에도 있었다고 생각돼요.

지금은 그런 문예 부흥적인 의미는 상당히 줄어들고, 정보적인 의미가 중요해지고 있다고 할 수 있습니다. 르네상스적인, 문예 부흥적인 의미를 갖는다는 것은, 외국 고전을 공부하기는 하지만 그 안에서 나의 생존과 우리 사회의 생존에 대해 어떤 계시를 받으려는 것이지요. 그런데 그건 약해지고, 말하자면 독일 사람들이 뭔 생각을 하는가 알아봐야 우리가 잘사는 데 도움되겠다 하는 정보적 요소들이 강해졌다는 말입니다. 그러나 아직까지는 그것이 전부일 수는 없습니다.

로티 교수와 얘기하는 것에서도 우리 둘의 차이가 나타나는 것 같아요. 역설적으로 입장이 뒤바뀐 것으로 보일 수 있지요. 로티 교수는 마음속으로는 서양 문명의 우위를 인정하면서도, 적어도 표현으로는 모든 문화가 다 동등하게 부딪혀서 새 문화가 생긴다, 이렇게 말합니다. 그러면서 서양은 서양이 이룩한 것에 의지하여 살면 된다는 생각이 있지요. 이것은 로티 교수만 아니라 다른 서양 지식인에게서도 볼 수 있는 태도인데, 종전에 제국주의의 구실이 되었던 보편적 이념을 버리고 지역 문화로서의 자신을 방위하겠다는 것과 비슷한 입장이지요.

모든 문화에는 보편적 차원에 이른 부분이 있고 그렇지 않은 부분이 있습니다. 이 보편의 차원에서는 정보만 아니라 자신의 계발을 위해 필요한 것이 나올 수 있습니다. 우리도 세계에 기여할 수 있는 게 있고, 중국에도 세계에 기여할 수 있는 게 있고, 서양에도 있지요. 그러나 지금의 시점에서 서양의 기여란 막대하지요. 과학의 경우는 분명하지요. 서양 음악의 경우도 그렇다고 생각합니다. 비이성적일 수밖에 없는 음악의 세계를, 바로크 시대 이후의 서양 음악만큼 이성의 질서 속에 끌어들인 경우를 달리 찾을 수 없다고 생각합니다.

이것은 많은 문제를 낳으면서도 서양 문명의 종합적인 진전으로 가능해진 것이겠지요. 서양 음악은 서양 음악이기 때문에, 또는 세계 문화의 일부이기 때문에 배워야 하는 게 아니라 보편적 차원에서 인간을 폭넓게 이해하고 자기 삶을 더 깊이 있게 하려는 데 필수적이지 않나 합니다. 바흐에서부터 슈트라우스나 조금 더 실험적인 12음계의 쇤베르크, 이런 사람들까지 200년 동안의 음악은 세계 문화와 문명에 대한 아주 독특한 기여인 것 같아요. 계속적으로 일게 될지 어떨지는 몰라요.

우리가 외국 문학을 공부하는 데도 그런 면이 있지요. 정보만 섭취하려는 게 아니라, 가령 독문학에서만 이룩한 어떤 종류의 업적에 우리 자신의 계발을 위해 배울 게 있다고 생각하기 때문에 공부할 필요가 있는 거지요. 독문학 전공하는 사람은 몰라도 보통은 독문학에 관심을 갖는 경우, 레싱까지는 공부하지만 클롭슈토크(Friedrich G. Klopstock)나 중세의 미네젱거(Minnesänger, 중세의 연애 가요를 부르는 사람)니 하는 것은 별로 관심을 갖지 않지요. 이것은 자연스럽습니다. 거기에서도 배울 게 있기는 하지만, 세계 문학의 보편적 안목으로 볼 때 전문가 외에는 그렇게 공부할 게 없다고 생각하니까 그런 거 아니겠어요? 거기에 가치 판단이 없을 수가 없거든요. 그러니까 그냥 정보를 좀 배우자, 이것만은 아닌 것 같아요. 보다 보편적 차원이 큰 것 같은 희랍 문명과 희랍 고전에 대해 문예 부흥기 사람들이 큰 관심을 가졌던 것에 비슷한 것들이 우리 외국 문학 하는 사람들에게도 작용했다고 말할 수 있을 것 같아요.

문광훈 그래서인지 선생님께서는 다른 글에서, "우리 문화와 학문이 이제는 자기 변용의 수준에 이르렀기 때문에 외국 문학의 의미가 이렇게 내려간 것이 한편으로 아쉽기는 하지만 다른 한편으로는 자연스럽다."라고 쓰신 게 있습니다. 그런 점과 관련해서 외국 문학, 또 국문학에 종사하는 사람들은 앞으로의 어떤 점에 더 신경을 써야 한다고 보시는지요?

김우창 세계 문학의 고전을 우리가 버릴 수가 없을 것 같아요. 지금 독일에서도 그렇고 미국에서도 그렇고 우리나라에서도 그게 퍼져 있는데, 정전이란 다 이데올로기적인 범주에서 나온 거지 고전적인 정전이라는 게 있느냐, 이런 논의들이 많이 나옵니다. 그 말도 틀린 건 아니지만, 우선 경제적 관점, 시간의 경제와 에너지의 경제라는 점에서도 중요한 작품과 중요치 않은 걸 고르지 않을 수가 없지요. 그런데 '인간의 보편적 가능성을 이해하는 데 있어 세계의 고전적 작품을 보는 게 좋겠다.'는 건 지금도 변함이 없을 것 같아요. '세계 문학'이란 개념이 하나일 수는 없지만 세계 문학 개념을 포기할 수는 없는 것 같아요. 그런 점에서도 공부를 해야지요. 외국 것도 그렇고 우리 것도 그렇고. 단지 우리 것의 경우 서양의 것과 너무나 성격이 다르기 때문에 그것을 어떻게 보편적 관점에서 확립하느냐에 대해 깊은 연구가 되어야겠지요.

문명과 그 대가

　김우창　서양에서 문학을 얘기할 때 시, 소설, 연극 등 이런 장르 구분이 중요하지 않습니까? 그 관점에서 보면 우리나라의 것은 참 골라내기가 어렵습니다. 우리나라도 그렇고 확대해서 보면 중국에서도 수필적인 것이 상당히 중요하다는 걸 인정해야 된다고 생각해요. 수필적인 것이 왜 중요하냐에 대해 새로 해석해서 현대인에게 설명해 줘야지요. 지금 '현대'란 서양에 의해 영향을 많이 받은 시대를 말하는데, 서양 것을 포함한 현대적 관점에서 수필이면 왜 수필이 중요한지, 왜 우리가 위대한 서사 문학을 가지고 있지 않은지를 설명할 수 있어야 되지요. 그 설명은 전문가들에게 설득력을 갖게끔 얘기해 줄 수도 있을 뿐만 아니라 우리 자신을 이해하는 데도 필요합니다. 그런 재산이 없다고 해서 우리가 특히 나쁘게 생각할 것은 없지요.

　미국의 인류학자인 마셜 살린스(Marshall Sahlins)나 최근에는 재러드 다

이아몬드(Jared Diamond)도 비슷한 이야기를 합니다만, 인간 불행의 많은 것이 수렵 시대와 수렵 채취의 경제를 벗어난 데서부터 시작한 것이라는 말을 합니다. 수렵 채취 시대 사람들이 위대한 문학을 안 만들어 냈는데, 그러면 그 사람들이 열등하다고 해야 할까요? 어떻게 보면 그들이야말로 더 위대한 사람들인 것 같거든요. 그것에 대해 우리가 연구해야 되는 것처럼, 우리가 위대한 서사 문학을 안 가지고 있으면 우리가 모자란다고 생각할 게 아니라 그걸 안 하는 대신에 뭘 얻었는가에 대해서 연구를 해야지요.

문광훈 주류화된 공식 장르 이외의 주변 장르, 비공식 장르를 새로운 시각으로 해석하려는 노력들이 필요하다는 것입니까?

김우창 문학이 없으면 없는 데 대한 연구를 해야 돼요. 문학이 없다는 것을 마이너스라고 생각할 게 아니라 그 대신 얻은 게 뭐냐를 밝혀야지요. 아메리카 인디언을 좋아하는 사람들이 많지요. 그 사람들은 종이에다 글씨 쓰는 문화를 가지고 있지 않지만, 어떻게 보면 백인들보다 더 조화로운 삶을 산 것 같아 보이기도 합니다. 세계 문학의 지평 속에서 가지고 있지 않은 것이 있다면 가지고 있지 않음으로써 우리가 얻은 것이 뭐냐에 대해서도 생각을 해야지요. 문명이나 문명 이전이나 대가는 다 있게 마련입니다. 문학이나 장르의 문제도 이러한 테두리에서 넓게 보아야지요.

문광훈 납득할 만한 논거를 만들어 내야 된다는 거지요?

김우창 연구를 많이 하면 드러나겠지요.

공부와 보통 인간

문광훈 선생님께서는 또 이런 말씀을 하신 적이 있습니다. 우리 사회에서 일상성과 학문이 괴리되는 원인은 고차적 담론이 당위적 성격을 갖는 것과 관계있지 않는가, 이것은 유교의 도덕주의적 전통, 당위가 강했던 근대사의 고난, 외래 모델 추구의 필요 등이 겹쳐서 생겨난 습관이다, 이런 습관이 사유 활동이나 담론 행위를 자기 이해보다는 당위적 규범의 강조에 두게 하였다고 말이지요. 그래서 베버의 방법론, 다시 말하여 사실을 존중하고 이성적으로 이해하는 태도나, 헤겔이 말하는 객관성으로의 고양, 이런 것을 강조하셨습니다. 학문하는 태도의 엄밀성이 지닌 윤리적 성격이 여기서 이미 드러나는데요. 이것은 우리의 학문 공동체에 크게 부족한 면이 아닌가 생각합니다.

　김우창　맞는 말씀입니다. 그 외에도 여러 가지를 생각할 수 있을 것 같아요. 하나는 우리가 일상생활에서 일어나는 여러 가지 뉘앙스에 대해 주의할 필요가 없을 만큼 단순한 삶을 살았다는 얘기도 됩니다. 일상생활이 중요해지는 것은 도시 생활이 있어야 되거든요. 시골 생활이라는 건 비교적 단조롭기 때문에 그걸 되풀이해서 얘기할 필요가 별로 없지요. '이야기'가 뭐냐에 대해 벤야민이 쓴 것에도, 시골 사람이 성안에 갔다 와서 뭘 보고 왔느냐를 얘기하는 것이 중요한 효시였다, 이런 얘기가 있지요. 그러니까 단순한 시골 삶에서는 일상생활에 주의할 필요가 없었다는 거지요. 일상생활보다는 날씨 돌아가는 것이 더 중요하기 때문에 일상적인 것은 「월령가(月令歌)」 같은 데 나옵니다. 물론 이것은 조금 다른 관점을 말한 것이고, 아까 문 선생이 다 얘기하셨지만, 당위적인 것이 강한 것은 권력의 구조가 비민주적인 것과도 관계되어 있지요. 늘 당위적 얘기를 하는 사람은 권력의 핵심에서 얘기를 하니까요.

　그런데 '인간성의 연마'라는 말을 많이 했지만, 아까 얘기한 대로 세상에 공짜는 하나도 없는 것 같아요. 며칠 전에 어떤 분이 율곡에 대해 얘기하면서 "인간이 이 세상에 태어나서 학문을 하지 않는 것은 비인간인 것과 똑같다."라는 말을 인용하고 있어요. 좋은 말이에요. 그러나 동시에 나는 그 공부에 자기반성적이고 자기비판적인 게 있어야 된다고 하나 덧붙이고 싶어요. 율곡의 그 말은 우리의 관점에서는 옳다고 생각합니다. 공부는 단지 당위적인 의미에서가 아니라 사람 사는 것을 재미있고 풍부하게 하는 데 모든 사람한테 필요한 것 같아요. 정말 공부 없이 사는 건 재미가 없어서 못 살지요.

그런데 지금 그 말을 들으면서 내가 달리 생각하는 것에는 이런 것도 있습니다. 『현대 중국의 인간 이해(The Concept of Man in Early China)』란 책이 있지요. 도널드 먼로(Donald J. Munro)의 책입니다. 중국의 유교적 전통에서 인간성과 그 계발을 존중하고 인간주의가 발달한 것을 상당히 면밀하게 분석했어요. 그 결과의 하나로 인도주의가 나오지요. 그러면서 또 하나 나오는 것은 '공부가 없는 놈은 비인간이다.'라는 생각입니다. 이것은 신분 사회를 정당화하고 신분이 낮은 사람을 금수로 취급해도 된다는 면장이 됩니다. 그러니까 "이 세상에 태어나서 공부 안 하는 사람은 인간이 아닌 것과 같다."라는 율곡의 말은 좋은 말이지만, 자칫 '공부 안 한 놈은 인간이 아니다.'라는 결론으로 나아갈 수도 있지요.

문광훈 그건 위험한 생각 같습니다.

김우창 우리 사학자들이 별로 인정하지 않지만, 미국에 한국사 공부하는, 반계 유형원에 대해 큰 책을 쓴 사람이 있지요. 제임스 팔레(James B. Palais) 교수인데 얼마 전(2006년 8월)에 세상을 떠났어요. 팔레 교수가 놓지 않은 주제 중의 하나가 '한국은 노예제 사회다.'라는 겁니다. 종(노비)이 굉장히 많았는데 종은 성도 없고 유산처럼 물려주기도 하고 팔아넘기기도 했지요. 그러니까 미국의 노예 제도와 비슷한 점이 상당히 많았던 거예요. 미국의 대규모 노예 제도와 집안에서의 시종 관계는 좀 다르기 때문에 그렇게 보는 건 잘못이지만, 한국 사회에서 노예제가 있었다든지 반상 구별이 굉장히 엄격했다는 것은, '인간은 공부를 해야 된다.'는 것과 관계가 없는 게 아니지요. 그러니까 인간 계발은 좋은 얘기지만 거기에 대한 자기비판이 있어야 되고, 자기비판을 통해 인간 전체의 사는 모습에 대해 더 보편적인 이해가 있어야 돼요. 또 일상적인 인간을 존중해야 되고, 인간에 대한 사실적 연구를 해야 된다고 말할 수 있지요.

　　문광훈　그런 점에서 보면, 전통적인 문헌에 나오는 이른바 '큰 학자들'의 언급도 조금 거리를 두고 고찰해야 되겠어요.

　　김우창　그렇지요. 더 비판적으로 보아야지요. 지금도 그래요. 우리 사회에서 모든 것을 집단의 이름으로 얘기하면서 그것을 정의의 근거로 삼을 때, 개인의 희생은 무시되기 쉽거든요. 우리가 밥 먹고사는 건 선도 아니고 악도 아니지요. 그런 것들이 사람 사는 데 핵심으로 들어 있는데 그런 걸 무시하면, "밥이나 축내는 놈, 밥이나 수발하는 놈, 죽어도 좋아.'라는 생각들이 나옵니다. 사실인지는 몰라도 어저께 《프랑크푸르터 알게마이네 차이퉁》을 보니 앞으로 김정일 체제가 어떻게 되겠느냐는 문제에 대해, 아마 정권 유지를 위해서라면 수십만 명 죽는 건 중요시 안 할테니까 그대로 밀고 나갈 가능성이 많다는 보도가 나와 있었지요.

　　문광훈　설득력이 있네요.

　　김우창　체제나 집단의 이름 아래서 개인들은 희생되지요. 이것은 김정일의 사상이고, 사회주의와 공산주의에 또 스탈린주의에 들어 있는 생각이지요. 동시에 유교에도 들어 있는 생각이고, 오늘날 우리나라에서 유통되는 도덕적 담론, 민족적 담론에도 다 들어 있는 것이거든요. 그러니까 보다 더 넓게 인간 삶의 모습을 얘기하고 사실적으로 본다는 건 지금 시점에서 중요한 것 같아요. 집단의 이름으로 얘기되는 정의에 대해 한번 의심해야 될 것 같아요. 윤리적 행동의 실체는 개인이라는 것을 강조할 필요가 있는 것 같아요. 개인의 윤리적 결단이 사회의 윤리성에 핵심이지요.

　　문광훈　선생님 말씀이나 사고를 보면 그 특징 중의 특징이 '사실에 즉하여 말하고 쓰는 것' 또는 즉물성(Sachlichkeit)이지 않나 거듭 느끼게 됩니다. 즉물성에 대한 변함없는 강조가 곳곳에서 드러나거든요. 그것은 우리 사회가, 또 개별 연구자들이 많은 경우 체화하기 어려운, 체득하지 못하고 있는 부분 같기도 하고요. 특히 인문 과학에서는 더 그렇다고 여겨집니다.

김우창 '인문학'보다는 '인문 과학'이라고 쓰고 싶은 것이지요. 과학적·학문적이어야(wissenschaftlich) 된다는 것은, 나도 못하고 있지만, 여러 담론의 혼란 속에서 그 담론의 억압적 성격에 저항하여 의지할 수 있는 것은 사실에 충실하는 것, 즉물적(sachlich)이고 과학적인 태도를 견지하는 것이지요.

문광훈 우리나라에서 말하는 언어나 논리의 많은 것이 감상적이거나 얼렁뚱땅 넘어가서 긴밀성이 떨어지거나, 또는 근거 없이 신비화되는 이유가 그런 즉물적 정확성의 부족 때문이지 않은가 여겨져요.

김우창 그걸 구원할 수 있는 건 결국 두 가지이지요. 즉물성과 학문성·과학성(Wissenschaflichkeit)이에요.

삶의 수련으로서의 교양

문광훈 다음 질문드리겠습니다. 『풍경과 마음』에서 선생님은 시각이나 인식의 체계, 땅과 공간의 이해, 문화적 관습 등을 비판적으로 검토하시면서, 동서양 인식 틀에 대한 이해의 밑그림을 그려 보이고 있습니다. 이 책이 강조하는 결론 중의 하나는, 제가 보기에는, 정신 수양이나, 아니면 삶의 맥락 속에 내면화된 계기로서 자리하는 학문과 예술 활동이 동양적 전통의 근간이 되었다는 것인데요. 이 점에서 봤을 때, 삶과 학문, 지성과 생활이 괴리되지 않는 교양 추구의 전통이 우리 사회에도 이제는 본격적으로 있어야 되지 않을까요?

김우창 서양, 특히 독일에서는 '빌둥(Bildung, 교양 또는 만듦 또는 형성)'이라는 게 중요합니다. 독일에서 그 전통이 강한 것은, 어떤 사람들 설명으로는, 세상일에 실망스러운 게 너무 많으니까 내면으로 들어갔다는 얘기가 있어요. 한편으로는 너무 교양을 강조하다 보면 세속적 삶을 경시하게 되어 정신주의를 추구하고, 그러다 보면 히틀러주의도 나올 수 있다는 얘기도 있지요.

영국 같은 데는 빌둥 개념이 더 적지요. 영어에는 교양에 해당하는 말이 없어요. 불란서도 물론 그렇고. 우리나라의 경우 수양(修養)이나 수신(修身)의 강한 전통이 있어요. 그게 좋은 점이기도 하고 나쁜 점이기도 해요. 우리의 수양이란 너무 도덕적인 성격이 강해서 잘못하면 자기 억압적인 데로 나가고 다른 사람에 대한 억압적인 것으로도 나갈 가능성이 있어요. 이것을 좀 더 풍부한 뉘앙스가 있는 것으로 고칠 필요가 있다는 생각이 듭니다. 그런데 여기에는 도덕적 성격이 강하기 때문에 다른 한쪽으로 근원적인 것을 포함하고 있어요. 그래서 잘하면 좋은 것일 수도 있어요. 수양한다는 건 자기를 넓히는 것일 수도 있지만 한정하고 좁히는 것이기도 하거든요.

자기를 형성한다고 하면, 형성은 본래 그러한 뜻을 포함한다고 하여야 할 것입니다. 독일어에서 빌둥이란 말은 자기를 형성한다는 말에 연결되어 있는데, 'Bildende Kunst(조형 예술)'란 말에도 나오듯이, 형성이란 물건을 만들어 내는 것이지요. 물건을 만들려면 거기에다 재료를 넣기도 하지만 그 재료에다 윤곽을 넣어야 되지요. 이는 물건과 그 물건을 둘러싸고 있는 환경 사이에 한계를 지어 준다는 것을 말합니다. 그러니까 형성은 충실하게 한다는 뜻이 있으면서 또 동시에 그 충실에 한계를 부여한다는 뜻이 있다고 생각해요. 그러니까 금욕적 절제가 없는 형성은 있을 수 없지요. 서양 사람들은 그걸 분명히 인정 안 하는 것 같아요. 빌둥이나 교양이나 자기 수련이 무한히 펼쳐질 수 있는 걸로 생각하는데, 난 형성이란 개념 자체에 한계의 개념이 들어 있다고 생각해요. 특히 오늘날같이 욕망이 자유분방하게 해방된 상황에서는 그 한계를 짓는 게 다른 어느 때보다도 중요하게 되었지요.

우리나라의 수신이나 수양에 들어 있는 절제의 의미는 인간 형성 개념의 본질적인 한 면을 나타낸 것이라고 생각합니다. 선택은 뭘 하는 대신 뭘 안 하는 것도 포함하지요. 서양에서, 또 독일에서 교양은 중요한 문화적 개념이면서 사회에서 일반적으로 받아들여지는 건 아니라고 할 수도 있지요. 우리의 동양 전통, 한국 전통에서는 모든 사람이 다 수양하려고 노력해야 된다는 생각이 있지 않나 합니다. 그래서 그것이 더 정형화된 것 같아요. 너무 정형화되어 있기 때문에 답답한 느낌도 주지요. 또 하나 보태고 싶은 것은 수신된 삶이 큰 삶보다는 작은 삶, 많은 것이 필요 없는 삶으로 생각된다는 점입니다. 동양에서 산 밑에다 조그만 집 짓고 난초도 기르고 글씨도 쓰고 하는 건 우리가 통상적으로 생각할 수 있는 삶의 형태들이지요. 그런데 그게 너무 제한적이기 때문에 문제가 있기는 하면서도 일반화된 하나의 전범으로서 독일이나 다른 사회보다도 교양적 삶이 훨씬 더 보편화되기 쉽지 않았나 합니다.

문광훈 교양 개념에 대한 선생님의 이해는 서구의 그것보다 더 면밀한 면모를 보이는 것 같습니다. 조금 전에 교양 개념, '형성하는(bildend) 것'을 '한계로서 제한한다'로 해석하는 것도 독특한 것 같습니다. 교양 개념과 관련된 이런 식의 해석은 드문 것 같거든요.

김우창 사람들은 무한한 확장이라는 걸 많이 생각해요. 사람 사는 게 결국 모순을 어떻게 조화시키느냐에 있는 것 같아요. 형성은 확장과 더불어 제한을 포함하지요. 우리가 범하는 잘못 중의 하나가 모순을 제거하고 하나로만 밀고 나갈 수 있다고 생각하는 것입니다. 사고는 늘 일방적이니까요. 그러나 사람이 선택하는 데는 결국 모순이 없을 수 없습니다. 문 선생이 요전 날 얘기하면서 내가 아포리아로부터 많은 문제를 제기한다고 그랬는데, 삶의 문제는 아포리아지요. 살면서 생각한다는 것 자체가 아포리아에 부딪힌다는 거지요. 그 아포리아를 하나로 해결하는 것보다도 조화로써, 조화 안 되는 것을 조화로써 해결하는 도리밖에 없는 것 같아요.

문광훈 그 때문에 저는 다른 사고방식에서보다 훨씬 더 생생하고 절실한 문제 대응의 방식이라는 느낌을 선생님의 견해에서 받게 됩니다. 높은 수준의 납득력(Plausibilität)을 준다는 것이지요.

김우창 좋게 얘기하셔서 그렇지요. 사실 내가 살면서 점점 생각하는 게, 인생이 모순으로 꽉 차 있는데 그것을 하나로 해결한다는 것은 더 많은 모순을 만들어 내는 것이고, 그래서 조화와 균형을 추구하도록 해야 된다는 생각이 들어요. 그러니까 교양(빌둥)의 경우도 자기 능력을 최대한도로 확장해 발전시키면서 또 동시에 거기에다 한계를 부여하는 것, 이 두 개가 모순된 것이면서도 균형이 되도록 할 필요가 있습니다. 자기 기호에 따라서, 자기의 주어진 조건과 실존적 결단에 따라서 그 모순의 어디에서 접합점을 발견하느냐를 결정하게 되겠지요.

집단의 정의와 의심

정치 행동과 실존적 결단

문광훈 선생님께서는 여러 글에서 우리나라의 큰 문제 중의 하나로 '사회성의 절대화' 또는 '과도한 사회성'을 지적하신 적이 있는데요. 정치의 윤리와 관련해서도 정치가 내면의 관점에서 파악되어야 함을 「정치 지도자」라는 글에서 강조하셨습니다. 정치의 내면성이란 무엇인지 간단히 말씀해 주십시오.

김우창 집단의 이름으로 정의나 윤리적인 것을 얘기할 때는 한번 의심하고 봐야 된다는 생각이 들어요. 윤리적 결정의 주체는 개인에 있다는 것을, 모든 사회에서 그렇지만, 특히 우리 사회에서 인정할 필요가 있다고 생각돼요. 그런데 정치 현장에서는 그게 굉장히 어렵습니다. 내가 그 예를 어디서 한번 들었는데, 인도 하이데라바드에서 노동자들이 쟁의를 일으켰는데 그때 지도자 중의 하나가 간디였고 또 다른 정치 지도자가 있었지요. 그런데 그 정치 지도자는 "어느 시점에서 이 쟁의를 무조건 일으켜야 된다."

라고 했고, 간디는 "모든 노동자들이 이 쟁의가 필요함을 자기 스스로 깨달을 때까지 기다려야 된다."라고 했어요. 그런 경우에 참 어려운 결정입니다. 간디처럼 모든 사람의 깨달음을 기다려야 된다고 하면 아마 쟁의가 안 될 거예요. 여기에도 모순이 있다고 하여야겠지요. 추상적인 명제로서 어느 쪽을 선택하기는 어렵지요. 어느 쪽을 선택 안 하더라도, 거기에 문제가 있다는 것을 인정하고 그러는 도리밖에 없을 것 같습니다.

요전에 어떤 학생 둘을 만났는데, 한 학생이 내가 학생들에게 데모를 못하게 설득했다고 그래요. 그런데 나는 박정희나 전두환 때 데모를 말린 일은 없었지요. 학생들이 내 강의실에 와서 강제 동원하려는 걸 못하게는 했어요. 스스로 결정하게 하라고 했지요. "지금 이 시점에서 데모를 하는 건 불가피할는지 모르지만, 스스로 나가게 해야지 억지로 막 몰고 가지는 말라."고 말했어요. 그건 나의 한 입장이지만, 그것이 꼭 실현 가능한 건 아니겠지요? 그런데 우리나라에서는 이러한 문제가 있다는 것을 인정 안 하지요. 이것이 아포리아라는 것을 인정하는 것이 우리 사회의 윤리적 성격을 높이는 데, 또 정치에 윤리를 부여하는 데 중요하다는 생각에는 변함없어요. 그러나 거기에 쉬운 답변이 있다고는 생각을 안 하지요.

문광훈 메를로퐁티도 정치적 행동과 결정 과정에서 생겨나는 오류나 혼돈, 일탈과 모순을 '애매성'이라 부르면서, 이 애매성을 고려할 수 있을 때 좀 더 나은 사회가 되고 정치 체제가 건전하게 된다고 말한 적이 있습니다. 한 사회가 제대로 된다는 것은 갈등이 부재한 것이 아니라 '있는 갈등을 어떻게 제도의 합리적 틀 안에서 절차적으로 소화할 수 있는가?' 하는 능력의 문제 아닌가요?

김우창 제도화하기도 해야 되고, 또 한쪽으로는 실존적 결단의 중요성을 인정해야지요. 실존적 결단이란 모든 사람이 꼭 그래야 되기 때문에 일어나는 것은 아닙니다. 자기가 불확실한 것 속에서 어느 한쪽을 선택할 수밖에 없는 것이 실존적 결단입니다. 메를로퐁티도 그것을 강조하지요. 실존적 결단이란 잘못된 것이 될 수도 있기 때문에 매우 위험할 수도 있어요. 그러면서도 정치적 행동이나 사회적 행동 속에 모호한 순간들이 있다는 것, 확실성이 없다는 것, 많은 선택이 비극적 선택이라는 것을 인정하는 것은 한 사회의 정치적 행동이 지닌 윤리적 성격에 대한 반성을 심화하는 데 필요한 일일 거예요.

메를로퐁티가 마르크스주의에 공감한 사람이었음에도 불구하고, 그가 전통적 마르크스주의자와 다른 것이 그 점입니다. 마르크스주의자는 주어진 과업이 늘 정당하다고 믿고자 하지요. 그런데 메를로퐁티는 "그것이 정당한 경우도 있지만 그 정당성이란 나 스스로의 결단에 의해 받아들일 수밖에 없다."라고 약간 다르게 얘기하고 있어요. 그것은 다른 사람은 다르게 결정할 수 있다는 것을 받아들이고, 사람 사는 세계가 결정론적인 것이 아니라 무한한 애매성 속에 들어 있는 무서운 세계라는 걸 인정하는 거지요. 그런 의미에서 실존적 성격이 강한 것 같아요.

문광훈 실존적 개인의 외로운 결단이 일어나는 어떤 순간들은, 사실 말로 번역되기가 어렵지 않습니까? 설명하기도 어렵고 이해받기는 더 어렵습니다. 그런 점에서 그것을 정치 현실의 동의 구도 안으로 받아들인다는 것은 참 힘겨운 일인 것 같아요.

김우창 참 어렵지요. 그러나 실존적 결단이 개인의 망상이나 자의에서 나오는 것은 아닙니다. 그것은 상황에 대한 충분한 숙고의 결과에서 나와야지요. 그러기 때문에 다른 사람의 동의가 불가능한 것은 아니지요. 그러한 숙고에도 불구하고 행동적 결정은 여러 가능성 속에서의 결정이고 늘 미래에 스스로를 던지는 일이지요. 그러나 그 사회에 도덕적 성찰에 대한 전통이 살아 있다면, 이 결정의 위험에 대한 이해, 그에 따르는 책임과 용서의 변증법이 있게 마련이지요. 이러한 이해가 있다면, 숙고에 기초한 실존적 결단의 결과가 잘못되는 경우, 그 책임의 결단은 한 사람에게 있으니까, 행동자는 거기에 책임을 지고, 다른 사람으로서는 한쪽으로는 엄격하게 판단하면서, 다른 한쪽으로는 거기에 대해 너그러운 마음을 갖게 됩니다. 애매한 것, 불확실한 것 가운데서 확실한 것을 만들어 내려는 노력을 했기 때문에 그걸 이해하고 용서해야지요. 그러니까 엄격한 심판과 용서 사이에도 하나로 결정하려고 하는 것이 문제인 것 같아요. 엄격한 판단과 용서라는 모순이 다 존재한다는 것에 대해서도 생각해야 되지요. 적어도 상황의 애매성을 인정한다는 점에서는 너그러움이라는 게 더 중요하지요. 너무 도덕주의적이라 그러는지 이런 성찰은 우리 사회에서 참 부족한 것 같아요.

문광훈 특히 정치 지도자가 그런 윤리적 덕목을 지니는 경우는 매우 드문 것 같습니다.

김우창 정치를 철학적으로 이해하는 사람도 그런 걸 안 해요. 말하자면 용서의 전통 같은 게 약합니다. 용서하면 뭐 잘못한 것을 다 그냥 놓아주는 것처럼 생각해요. 심판과 용서는 모순된 양극으로 사람의 행동이란 모호한 공간 속에 일어나는 건데, 이걸 잘 모르는 것 같아요.

사람 사는 공간은 늘 모호한 선택의 공간이지요. 이것은 요전에도 실존주의와 관련해서 얘기했는데 그걸 인정하는 건 중요한 것 같아요. 가령 요즘 '햇볕 정책'의 문제가 많이 일어나잖아요? 김대중 전 대통령은 "햇볕 정책이 뭐 잘못되었느냐?" 이렇게 얘기한다고 하는데, 또 어떤 사람들은 "햇볕 정책 때문에 북에서 핵실험 같은 게 일어났다, 그 사람들한테 물자도 갖다 주고 돈도 갖다 주고 해서 핵도 만들고 그랬다." 이런다는데, 어느 쪽으로나 일방적으로 얘기하는 건 잘못인 것 같아요.

우리가 좋은 선택을 했어도 나쁜 결과가 일어날 수가 있고, 그러면 그 결과에 대해서는 억울하지만 책임을 져야 돼요. 그러니까 정치의 세계는 무서운 겁니다. 또 어떤 사람이 정치적 결단을 했을 때, 그것은 미래에 일어날 것에 대한 결단이기 때문에 확실한 보장이란 전혀 없지요. 그걸 평가할 때 결과가 잘못되었더라도 원래 선택은 충분히 잘 생각하고 한 것이라면 평가를 해 줘야지요.

햇볕 정책은 그때의 선택으로는 잘된 것이지만, 민족의 화해를 가져오고 긴장을 완화하고 화해 속에서 다시 통일을 지향하는 것들은 잘된 결정이지만, 그것이 나쁜 결과를 가져온다면 미안하게 생각해야지요. 반면에 그때 잘한 결정이었는데 지금 와서 나쁘게 되었다고 해서 '나쁜 사람들'이라고 말할 수는 없어요. 나쁜 결과를 가져온 것에 대해서는 그냥 받아들여야지요. 이렇게 양쪽으로 다 생각할 수 있는데, 그걸 한쪽으로만 밀어붙이는 것은 정치적 행동 공간의 애매성에 대해 충분한 인식이 없기 때문입니다. 정치 행동이란 결단을 많이 포함하면서 또 무서운 책임을 져야 되는 세계입니다. 그러니까 보통 사람은 근접하기가 어려운 거지요.

또 하나 햇볕 정책에 대해서 얘기할 수 있는 건, 햇볕 정책의 결과가 지금 결정된 건 아니지요? 중간에는 아픔이 있지만 앞으로 어떻게 될지 더 두고 봐야지요. 아무도 예측할 수 없습니다. 그러나 거기에 대해 '앞으로 잘될 거니까 그냥 내버려두자고 얘기할 수는 없어요. 그때그때 또 결단을 내려야지요. 계속적 결단이 필요한 것이 정치 행동이지요. 한번 잘한 결정이니까 내버려두고 밀고 나아가는 것도 안 되고, 또 한번 잘못했으니까 전부 안 된다고 하는 것도 안 돼요. 끊임없이 거기에 대처해야지요.

문광훈 대립되는 양쪽 항이 제각각으로 가질 수 있는 진실성과 허위성에 대해 조목조목 지적하면서 이 두 개를 다 포용하는 제3, 제4의 가능성까지 다 헤아릴 수 있어야 되는데, 그렇지 못하다는 거지요? 그건 결국 넓은 현실에 대한 이해이고 너그러운 인간 이해이며 삶의 공간에 대한 깊은 이해인데, 이런 것들에 대해 우리의 사회 철학이나 정치 철학이 단순하게 대응하는 것은 아닌가 싶습니다.

　김우창　그 책임을 우리가 물으면, 아까 얘기하던 것처럼, 우리 유교도 그렇고 우리 역사도 그렇고, 만사를 지나치게 단순화된 도덕주의적인 관점에서 보려고 하니까 그것이 갈등을 심화시키는 결과를 가져오게 되는 것 같아요.

정치가의 정직성

　문광훈　다음 질문드리겠습니다. 정치 지도자들의 윤리적 덕목과 관련해서 선생님께서는 바른 정치성이란 공평무사나 공정성, 사사로운 이해관계의 초월이라고 얘기하신 적이 있는데요. 일반적으로 말하면, '자기 삶이 스스로 거짓되지 않는다는 느낌'이 될 겁니다. 이것은 정치 지도자들에게 특히 필요한 덕목이지만 좀 더 이성적인 사회를 위해서 모든 시민에게 절실한 덕목이 되겠지요?

　김우창　시민들의 경우는 공정하게 사는 것을 지키기가 더 쉽겠지요. 정치 지도자의 경우 정치의 공간은 훨씬 더 어려운 도덕적 결심을 요구하는 차원이지요. 시민들은 '정직이란 최선의 정책이다.'라고 하는 것처럼, 정직하게 사는 게 무사하게 사는 일입니다. 정직한 삶은 작게 무사하게 사는 방법 중의 하나이기 때문에 자기 이해관계와 일치되는 면이 있지요.

　정치 지도자의 경우는 무사 공평하게 산다는 게 개인적인 것의 많은 희생을 요구하는 것인데, "무슨 동기에서 그 사람에게 자기를 희생하라고 하느냐.' 하면 참 할 말이 없지요. 다 자기 편하게 조그만 자기 세계 속에서 행복하게 살려고 노력하는데 "어째서 그걸 다 버리고 모든 사람을 위해, 사회 전체를 위해 모든 걸 희생하고 살라고 하느냐.' 하면 할 말이 없어요. 그러니 별생각 없이 야심 때문에 정치에 입문하는 사람은 자기희생을 하면서 동시에 거기서 밑천을 뽑고자 하는 것이 당연하지요. 그러니까 정치가의 경우 무사 공평은 삶의 보람이면서 또 지킬 수 없는 규칙이지요. 모순에 찬 것이 정치인이라고 할 수 있습니다. 정치인은 사회에 필요한 인물이지만 액면 그대로 믿어선 안 되는 사람이지요.

또 하나, 실제 정치가 상대하는 사회적 공간이란 반드시 정직하고 바른 사람들만 있는 공간은 아니기 때문에 그 전체를 움직이려면 공평성이나 정의의 원칙만으로 할 수 없는 경우도 있거든요. 그런 경우에 어떻게 해야 되느냐는 문제가 있어요. 도덕적인 정치가에게도 이 선택은 커다란 부담을 제공하는 일이 되지요. 여러 가지 문제점이 있는데도 불구하고 사사로움을 초월한 공정하고 정의로운 인간을 어떻게 지도자로 모시느냐는 참 어려운 문제입니다. 그러한 헌신에 자기를 바칠 수 있는 인간이란 매우 특별한 인간인데, 실제 정치 공간 안에서 그것은 어렵지요. 말하자면 보통 사람처럼 욕심이 많은데 그 사람을 통해 어떻게 우연한 결과처럼 사회 전체에 정의를 만들어 낼 수 있느냐가 현실의 숙제라고 할 수도 있지요.

엊그제도 영국의 작가 뮤리얼 스파크(Muriel Spark)에 관해서 이야기한 일이 있었는데, 스파크는 "모든 정치가는 전부 도둑놈들이다."라는 생각을 가지고 있었고, 그래서 투표 같은 데는 관심이 없다고 했다는 것입니다. 또 요전에 서울대학교의 홍원탁 교수와 말을 주고받는 사이에, 미국의 어떤 학자가 "정치 지도자라는 건 다 도둑놈들인데, 오래 도둑질하는 놈하고 급하고 짧게 도둑질하는 놈하고 두 놈이 있다."라는 학설을 내놓은 일이 있다는 말을 전해 주었습니다. 그런데 도둑질을 오래 하려면, 다 빼앗아 가면 다시 훔쳐 갈 게 없으니까 도둑질을 조금씩 조심스럽게 하고, 급하게 도둑질하는 놈은 나중에야 어떻게 되든지 다 훔쳐 가게 된다는 것입니다. 그러니까 이 정치 학설로는, 급하게 훔치는 자가 아니라 오래오래 훔치는 자를 정치가로 모시는 것이 중요하다는 결론이 나오지요. 도둑질당하는 사람의 형편을 좀 생각해 주면서, 나중에 또 뜯어 갈 생각을 하면서. 재러드 다이아몬드는 인간 역사를 적어도 1만 5000년 정도의 장기 안목에서 보아야 한다고 말하면서, 수렵 경제 사회 이후는 일체 도둑 정치 시대로 분류합니다. 심한 이야기 같지만, 어느 정도는 사실이라고 할 수 있지요. 더 기막힌 것은, 어떤 사람이 되었든지 간에 사회가 정치가를 절대로 필요로 한다는 사실입니다. 그러면서 공평성과 정의를 만들어 내는 일입니다. 정치는 어쨌든 문제 구역이지요.

조선조 시대의 정치가들은 정치적으로 볼 때 상당히 청렴했다고 할 수 있지요. 청렴한 것을 너무 엄격하게 유지하려다 보니 모든 사람이 다 가난해져 버렸다고 할 수도 있습니다. 그러니까 정치의 문제는 영원한 수수께끼, 풀 수 없는 문제 중의 하나인 것 같아요. 지금 서양 선진국 정도의 공평성, 사회 정의만 확보해도 잘했다고 해야지요. 오늘 아침에 보니까 스웨덴의 새로 선출된 라인펠트 수상의 부패 문제가 보도되었던데요. 우리나라에서 이상 국가로 생각하는, 그래서 우리의 모델로 많이 생각하는 게 스웨덴 아닙니까? 거기에서조차 부패를 피하기가 어려운 것 같습니다. 그런데 어떻게 해서 정치하겠다는 사람이 그렇게 많은지 모르겠어요, 그 어려운 데 가서.

문광훈 정치하겠다는 사람이 적으면 적을수록 그 사회의 정치 체제는 올바른 것으로 변한다는 말씀으로도 해석할 수 있을까요?

김우창 다 자기 살기에 행복 추구하기에 바쁜데, 어떻게 정치 지도자가 될 사람을 양성하느냐, 정치 지도자가 되도록 권유하느냐, 이게 난문제라고 플라톤이 얘기했어요. 『공화국』에 나오는 얘기지요. 그건 좋은 사회의 얘기예요. 우리나라의 경우 정치 지도자가 되겠다는 사람이 너무 많아서 골치지요.

사회 원리로서의 보편성: 지방색의 문제

문광훈　우리나라가 앞으로 지향해야 할 민주적이고 평등한 시민 사회와 관련해서 한 가지 척도로 삼을 만한 선생님의 언급이 있습니다. 호남 차별과 관련해서 『행동과 사유』에서 하신 말씀인데요.

> 사회 정의를 위한 투쟁에서 노동자 계급이 중요한 것처럼 전라도란 범주를 생각할 수는 없다. 전라도의 소외는 모든 사람에 대한 사회적 공정성, 혹은 국가나 사회의 고른 발전이라는 점에서 문제가 되지, 어떤 사람이 차별받고 말고의 문제가 아니다. '전라도 사람'이란 것은 중요한 사회적 구조적 범주가 아니다.(46, 51쪽)

그러니까 이런 문제는 '이성적 사회 질서의 확보'라는 일반적 틀 내에서 해결될 수 있다는 것이지요. 저는 지역 차별과 관련하여 모범적 삶을 사는 전라도 사람들은 적잖게 봤지만 이렇게 선명한 논지로 그 근거를 대는 경우는 처음 보았거든요. 현실의 부당함과 지적 정당성 그리고 보편성의 관계에 대해 말씀해 주십시오.

김우창　똑같은 얘기를 되풀이할 도리밖에 없을 것 같아요. 가령 전라도 사람이 다른 데서 차별받는 것은 그 사람의 잘못이 있는지도 모르지만, 패거리를 만들려면 사람을 끌어들여야 하기도 하지만 빼놓는 사람이 있어야 되겠지요. 패거리를 만든다는 건 이익의 분배가 흔히 패거리 속에서 행해지기 때문에 그런 것이겠지요. 그러니까 제도 자체가 부패 없고 공정성이 있다면 전라도 사람이고 강원도 사람이고 특별히 문제가 될 수 없습니다. 제도 자체의 공정과 편견 없음, 반부패적인 시정을 통해서 지역 차별 문제는 다 해결될 수 있을 것입니다.

노동자의 문제를 얘기하면 가령 미국의 제도에 부패가 있기는 하지만, 많다고 하기가 어려워요. 미국이 그만큼 움직이고 있는 것은 부패가 별로 크다고는 할 수 없기 때문이지요. 안 받아야 될 돈 받고 감춰 놓고 하는 경우가 많은 건 아니라는 말입니다. 그러나 보통의 의미에서의 부패는 아니지만 미국에서 일반 노동자가 받는 봉급의 수백 배를 받는 게 위의 간부들이지요. 이러한 격차의 문제는 부패 해결만으로 될 수 없는, 사회 구조 자체의 변화를 요구하는 문제이지요. 그러니까 지방색의 문제는 부패의 방지 제도 자체의 공정성을 통해서 해결할 수 있는 문제고, 노동자의 문제는 제도의 구조적 변화를 통해서만 해결할 수 있는 문제라는 것, 여기에 큰 차이가 있지요.

문광훈 지방색을 극복하기 위한 사회 개혁의 초점이 선생님에게는 차별의 경험과 같은 하위 범주보다는 상위 범주, 즉 투명한 제도의 공정성에 가 있는 것 같아요. 노동자의 문제는 이 지방색의 문제보다 더 근본적인 구조 변화를 요구한다는 거고요.

김우창 사회 제도의 형평성의 문제는 훨씬 더 복잡한 문제지요. 그것은 정책과 정치의 문제이니까. 옛날 같으면 혁명을 요구하는 사회 문제라고 하겠지만, 지금은 정책을 통한 변화를 기할 수밖에 없지요. 그런데 부패의 문제는 어떤 정권이나 어떤 정치 체제에서도 척결해야 하는 문제 아닙니까? 지방색의 문제도 그렇지요. 전라도 사람들의 이익을 위한 무슨 단체들에 가입하라는 종용을 받은 일이 있지만, 나는 참여에 동의한 일은 없습니다.

문광훈 이 땅의 사람들이 대개 그렇듯, 저 역시 고향을 떠나 생활하기 시작한 대학교 때부터 경상도 출신, 전라도 사람, 강원도 뭐 등 이와 관련된 여러 가지 체험을 겪었습니다. 이른바 지방주의의 문제점을 지적하는 사람들에게서도 동의하기 힘든 선입견 혹은 사고의 경색증을 많이 확인하곤 했는데 물론 저 역시 그 하나일 수 있지만, 하여간 선생님의 의견은 하나의 현명한 대응법으로 생각됩니다.

김우창 이게 전부 우리의 부패 문제에 이어져 있는 것이라 할 수 있습니다. 일본에도 지방색이 강하지요. 그러나 그게 부패로 작용하는 경우는 없는 것 같아요. 지방에 대한 애착은 너무나 자연스럽지요. 우리 고향에 대한 애착, "고향에서 뭘 한다 그러면 내가 좀 도와줘야지." 하는 생각을 가지고 있는 것은 자연스럽습니다. 그것이 부패에 연결될 때 문제가 생기겠지요.

문광훈 패거리주의나 집단이기주의 같은 것도 지방 또는 출신지에 대한 사랑이 오용되는 예지요. 고향에 대한 모든 의식, 애정과 관심이 나쁜 건 아닐 터인데, 우리나라 사람들은 왜 그렇게 맹목적인지, 또는 언급하더라도 그 논지가 투명하여 납득할 만하게 여겨지는 경우가 드물지 않나 여겨집니다. 그래서 결국 '또 다른 형식의 지방주의적 독단'으로 전락하는 것 같아요.

김우창 보편적 관점이 부족한 것과 관계있지 않나 하는 생각이 들어요. 전체적으로, 되풀이해서 말한 것처럼 보편적이고 과학적인 관점에서 생각하기보다는 이해관계의 싸움 속에서 늘 문제를 생각하지요. A가 많이 가져갔으니까 뺏어서 B한테 줘야겠다, B가 좀 더 차지해야겠다, 이렇게만 생각하지, A와 B를 통합한 C의 질서를 만들어야겠다고는 생각 안 하지요. 이런 것이 우리의 습관인 것 같아요.

우리한테는 더 철저하게 보편적 규범이 사실적 차원에서나 윤리적 차원에서나 더 철저한 보편적 규범을 습득하는 절차가 있어야겠다는 느낌이 듭니다. 이른바 진보적이라는 사람들이 "북한에서 만든 원자탄은 미국을 상대로 한 것이지 우리를 상대로 한 게 아니다."라고 얘기하는 건 도덕적 파탄을 얘기하는 것이지요. 미국 사람 죽는 거나 우리나라 사람 죽는 거나 공평하게 봐야지요. 그래야 미국에 대해서 비판할 수도 있습니다. 왜 너희만 그렇게 잘살려고 하느냐, 우리도 공평하게 잘살아야겠다고 얘기할 수 있지요. 그렇지 않으면 "우리가 힘 가지고 너희들 함부로 하면 어때?" 이렇게 답할 수 있는 여지를 주는 것이거든요. 전라도 문제도 사회 전체에 보편적 문화가 있다면 큰 문제가 될 수 없지요.

또 전라도 문제에 대해 내가 구체적으로 느끼는 것들은, 가령 육군사관학교에서 어떤 통계를 보면, 숫자는 지금 인용 못 하겠는데, 전라도 사람이나 경상도 사람이나 똑같이 사관학교를 갔는데 그중에서 장성된 사람을 보면 전라도 사람은 손으로 헤아릴 정도밖에 안 되고 나머지는 전부 경상도 사람입니다. 박정희, 전두환 때 그렇게 만든 거예요. 자기 패거리를 만들기 위해서, 충성심을 확보하기 위해서 한 것이겠지요. 정부에서도 그래요. 이전에 이한빈 전 부총리도 그런 글을 한번 쓴 일이 있어요. 대한민국이 수립된 직후 고등고시 합격해서 정부의 직책을 맡은 사람들의 출신은 대체로 고르게 되어 있었는데, 박정희 시대에 와서 경상도 위주로 되었다는 글이었습니다. 그런데 이 문제에서 핵심은 얼마나 많은 사람이 높은 자리에 갔느냐 그것이 아니지요. 다른 지방 사람들이 지방색에 입각해서 높은 자리에 감으로써 전라도 사람에 대한 복지 혜택 같은 것이 적게 가는 것이 문제이지, 전라도 사람은 적게 출세하고 경상도 사람이 많이 하는 건 문제가 아니라고 생각해야 된다, 이런 얘기예요. 오히려 플라톤식으로 얘기하면 경상도 사람이 궂은 일 다하는 거라고 볼 수도 있지요. 경상도 사람이 궂은 일 다 해 주고 전라도 사람은 편하게 살면 좋지요.

그런데 전두환 때 얘기지만 진주에서 하동을 거쳐 여수로 넘어가다 보면 알 수 있는 건데, 자동차 도로가 전라도 경계를 넘어가면서 갑자기 폭이 줄어들고 나빠져요. 전라도에 투자 안 한 거지요. 내가 목포시 계획안 만드는 데 참여한 일이 있는데, 그때 국토개발원 사람들 만나서 이쪽 투자하게 설득해 달라는 목포 사람들의 요청이 있었습니다. 노태우 대통령 때, 전라도 개발을 해야 된다는 얘기가 나오면서였지요. 그런데 우리가 만난 국토 개발원 사람들은 간부는 물론 계장, 주사급까지 전부 경상도 사람이었지요. 그 사람들이 도로를 만들어야겠다 할 때 마음이 저절로 '경상도 쪽에 우선' 이렇게 되었을 것 같아요. 그런데 이것은, 아까 얘기한 것처럼, 행정 자체의 공정성, 정부 기강의 확립을 통해 잘 될 수 있는 거지요. 그러나 나눠 먹자는 생각을 가지면 공정성을 지킬 수가 없지요. 노무현 대통령도 충성심을 확보하기 위해 자기 아는 사람들을 자꾸 집어넣는 게 문제지요. 대통령은 누구의 적이 되어도 안 되지만 누구의 친구가 되어도 안 됩니다.

문광훈 우리나라 사람들은 이런 편협성, 사고와 인간 교류의 지방주의 (provinciality)에 목을 매는 경우가 왜 이다지도 많은 건가요? 왜 그렇다고 생각하시나요?

김우창 사회의 불공정에서 온 것이지요. 지금 진보냐 아니냐 하는 것은 이 시점에서 별 의미가 없는 것 같고 노무현 정부가 할 수 있었던 것은 모든 걸 투명하게 하는 것이었던 것 같습니다. 투명성이 제일인 것 같아요. 잘 모르는 일이지만 지금 한국에서 사업하는 데 관(官)과 친하지 않고 독자적으로 하는 사람은 하나도 없을 것 같아요. 할 수 없을 것 같아요. 투명성과 공정성이 있다면, 패거리도 필요 없고 연줄도 필요 없고 지방색도 필요 없게 되지요. 구조 자체가 정말 공평하게 모든 사람한테 혜택이 돌아갈 수 있게 하느냐는 그다음 문제입니다.

문광훈 우리 정치 현실의 문제는, 건전한 시민 사회의 차원에서 보면 그 해결이 까마득한 것 같습니다.

김우창 지금은 아는 사람 없이는 아마 아무것도 못하지요. 사업도 순전히 기업적인 동기만 가지고는 할 수 없을 거예요.

겸손에 대하여

문광훈 이전에 김종철 선생과의 대담에서 선생님께서는 "강성(强性) 정치 이데올로기에 대응하는 연성(軟性)의 정치 수사학을 권장하는 것이 녹색 이념이다."라고 말씀하신 적이 있습니다. 그러면서 사람을 공경하고 자연을 존중하는 태도가 《녹색평론》의 방향뿐만 아니라 민주적 시민 생활의 원리로도 중요하지 않은가, 그러셨어요. 여기에는 자유나 자율성 그리고 인권과 같은 서구 가치 이외에도 동양의 전통적 덕목이 스며 있다고 생각되는데요.

김우창 보다 조화된 삶을 위한 덕목들이 어느 쪽에나 있지요. 구태여 하나를 들면, 서양에서보다도 동양에서 강조되는 게 전통적으로 '자신을 낮추라', '겸손해야 된다'는 것이지요. 서양에서도 중요한 덕목이지만 일상적으로 편만해 있었다는 점에서는 우리한테 특히 강했던 것 같아요. 이것은 우리 사회에서 특히 예절이 중요한 것으로도 알 수 있습니다. 예절은 사회 평화를 위해서도 절차로서도 필요하지요. 그것이 높은 사람한테 잘하라는 것으로 생각하면, 거기에서 오는 사회 평화는 잠정적인 것밖에 안 되지요. 예절은 두 사람 또는 여러 사람 사이의 행동 규범이면서, 구체적인 인간을 초월하는 코리오그래피(choreography, 무용술·동작법)의 성질을 가지고 있습니다. 그 본질은 미적 세계에 있고, 그 미적 세계는 세계에 대한 일정한 이해에 연결되어 있는 것이지요.

겸손이란 단순한 사회적 절차만을 의미하지 않습니다. 겸손하다는 것은 겸손한 것처럼 보여서 이득을 취하자는 게 아니에요. 냉정하게 보면, 아무리 똑똑한 사람도 별것 아니지요. 우주 전체의 거대한 관점에서 볼 때, 사람이 아무리 위대하다고 해도 별거 아니라는 것을 인식하지 않을 수 없지요. 그런데 이것은 과장이 아니라 사실인데, 잊어버리는 것이지요. 거대한 우주 가운데서 자기가 아무것도 아니라는 걸 알 때, 우주에 대한 존경심도 생기고 자연에 대한 존경심도 생기지요. 유교는 공경이라는 이러한 우주적인 이해를 내포한 것이 아닌가 합니다. 보다 큰 질서 속에서의 자기의 위치를 의식 속에 담음으로써 진정한 덕이 되는 그러한 덕목이 아닌가 합니다.

겸손은 자기 비하만을 말하는 것은 아닙니다. 인간도 형이상학적 신비의 하나 아니겠어요? 인간의 신비에 대해 생각하면 다른 사람을 공경하는 태도가 생기게 되지요. 여기에서 그것은 사회 평화의 수단이라는 차원을 넘어 인간 이해의 일부가 됩니다. 수행하는 사람한테 그것은 깨달음으로써 마음속에 일어날 수밖에 없는 사회적 태도고 이해지요.

또 하나, 형이상학적으로 인간이 신비한 존재라는 것과 관련해서 인간이 내면성적 존재라는 것을 인정하는 것은 다른 사람을 공경하는 데 중요한 계기의 하나입니다. 밖으로 보면 다른 사람은 아무것도 아닐 수 있지만, 마음속에 있는 공간이 있고 그 공간은 내가 침범할 수 없는 많은 미스터리를 가지고 있다는 걸 우리가 아는 것은 중요한 일이지요. 이건 정말 인문과학에서 가르쳐 줘야 되는 일이라고 할 수 있습니다. 그런데 우리의 겸손의 덕에는 형이상학적 인간 이해가 결여되어 있다는 느낌도 듭니다. 우주에 대한 겸손은 가지고 있으면서 인간의 내면적 신비에 대해서는 별로 그러한 느낌을 가지고 있지 않은 것 같습니다. 열 길 물속을 알아도 한 길 사람 속은 모른다는 것은 전략적 관점에서의 불가해성을 말한 것으로 보입니다. 그러니까 그것은 상당히 외면적인 것이 되지요. 사람은 느끼고 생각하는 것이 다 다르기도 하지만, 그보다 더 깊이 알 수 없는 존재라는 느낌도 가질 수 있는 것인데, 말하자면 나도 그러한 존재인 것처럼, 우리는 사람 하나하나의 신비에 대해선 별로 느낌이 없습니다. 그것을 인정하는 것은 기독교의 영향인지, 서양에 더 강하지요.

"다른 모든 사람을 목적으로 생각하고, 내가 하는 일은 다른 사람한테도 적용할 수 있는 일반적인 기준이 되어야 된다고 생각할 수 있어야 한다."라는 게 칸트의 정언 명령(Kategorischer Imperativ)이지요. 이 개념 밑에는 사람 하나하나가 간단히 물질적으로 취급할 수 없는 깊이와 넓이를 가지고 있다는 인식이 들어 있지요. 물론 공자 말씀에도 "내가 원하지 않는 것을 다른 사람에게 하지 말라."는 말이 있지만, 이 칸트의 명제는 그것을 윤리의 차원에서 형이상학적 차원으로 올려놓은 것이라고 할 수 있습니다. 그러니까 인간이 그 자체의 목적이라는 것이지요. 하여튼 사람이 눈에 보이는 것과는 다른 깊이가 있다는 것을 아는 것, 우리가 이해 못하는 부분이 있다는 것은 공경과도 관계있고 자기를 겸손하게 갖는 데도 관계있지요. 이런 것은 복잡한 얘기지만, 아주 단순하게 말하면, 이미 말한 바와 같이 겸손과 공경은 사회적 갈등을 최소화하는 데 필요한 덕목이지요. 그런데 이것이 거짓 전략으로는 여기저기 조금 남아 있지만 사회 관습으로 또 당위적인 덕목으로는 사라진 것이 오늘의 사회입니다. 일상생활에서도 그러하지만, 공적 공간에서도 목소리 크고 힘을 휘두르고 하는 것이 기준이 되고, 생각도 강성(强性)이라야 옳은 것이 되고 그러지요.

일상의 사회 예절

문광훈 겸손이나 공경의 덕목과 그 현실적 효과 사이의 피드백 과정이 길게 느껴져서, 마치 이 둘이 무관한 것처럼 보이지만, 사실은 직접적으로 연결되어 있는 것 같아요.

김우창 다른 것 다 제쳐 두고, 보다 살 만한 사회를 가장 쉽게 만들 수 있는 수단이 겸손이고 양보지요. 자동차 운전하고 갈 때 누가 앞에서 확 들어

오면 마음속에서 화가 벌컥 나지요? 나의 질서 의식, 정의 의식이 발동된다고 할 수도 있지요. 사실 이런 데서보다도 정의 의식이라는 것은 수상한 면을 가지고 있는 덕목이지요. 지금 우리 사회에 가장 많은 것이 자기 나름의 정의 의식이라고 할 수 있습니다. 앞에 다른 차가 끼어들면 '저 나쁜 놈' 이런 생각이 금방 드는데, 한쪽으로 내가 반성하는 건 '저 사람 지금 급한 사정이 있겠지', '누가 아프든지 급히 가야 할 약속에 늦었든지……' 하는 것입니다. 이렇게 생각할 수 있는 여유가 있어야 되는데, 그게 잘 안 되고 화부터 나지요. 그럴 때 언제나 다른 사람한테 양보하고 다른 사람의 입장을 생각하게 몸가짐을 초등학교 때부터 가르치면 좋겠다는 생각을 하는 때가 많지요. 자기 아들과 옆집 아들이 싸운다고 아버지가 나와서 옆집 아이 두들겨 패는 것보다 자기 아이를 나무라고 그래선 안 된다고 가르치는 것이 있어야지요. 그런데 우리나라에서는 '기죽으면 안 된다'는 생각들이 너무 많아요. 사회 현장을 만인 전장의 공간으로 이해하는 게 너무 많아서 기죽으면 안 돼, 하는 게 보편화되었어요.

자기주장이 관계되는 것이라도 정의감은 그래도 좋다고 하겠지만, 자잘한 자기주장, 자기 욕심의 주장도 많지요. 우리 동네의 큰길 옆에도 은행나무가 있는데, 엊그제도 보니까 사람들이 은행나무를 쳐서 따내고 있어요. 일하는 사람이 따내서 식량 보충하려는 거니까 관대하게 봐야 되지만, 제대로 된 사회 같으면 그것도 공적 재산이니까 썩더라도, 손해 나더라도 손 안 대지요. 영국 케임브리지 대학교에 있을 때, 내가 있던 대학 정원에 사과나무가 많아서 사과가 뚝뚝 떨어져도 아무도 안 주워 가요. '에이, 저까짓 사과.' 이런 게 아닐 거예요. 공공 재산을 내 주머니에 넣어 가면 안 된다는 게 양식으로 되어 있기 때문에 그런 거지요. 그러니까 겸손과 공경, 예의는 깊은 형이상학적 인간 이해와 우주 이해에 근거해 있지만, 사회적 차원에서 자기의 의지와 주장 그리고 욕망을 죽이고 낮추는 것은 인간과 인간관계를 조절하는 간단한 예의 규범으로써 추구해야 하는 거지요. 매우 간단히 보편화할 수 있는 사회적 행동 방식입니다. 국민 교육으로 해결될 수 있는 것이지요. 마음이 있어 행동이 나오기도 하지만 행동에서 마음이 생겨나는 것이기도 하니까, 결국은 사회 전체의 톤을 바꾸어 놓을 수도 있지 않을까 합니다.

문광훈 그런 점에서 겸손과 공경 그리고 예의는 사회적 정치 질서를 연성화(軟性化)하는 데 큰 기여를 할 수 있다는 거지요?

김우창 아주 중요합니다. 남한테 먼저 문 열어 주고 먼저 가시라고 하는 게 썩 기분 좋게 하는 겁니다. 사람의 마음을 부드럽게 하는 거예요.

문광훈 이런 것은 제도적 장치에 의해서 구현되기보다는 각자가 스스로 체질화해야 하는, 그 때문에 더 많은 시간을 요하는 그런 거겠지요?

김우창 초등학교에서 간단히 가르칠 수 있는 건데 안 하지요. 사회가 험악해져 가지고, 교육자들도 인식을 못하고, 또 우리 교육부에서 그걸 인식 못하는 것 같아요.

문광훈 문화적 소양의 어떤 질과 바로 연관이 되겠지요?

김우창 문화에서 제대로 나와야 되는데 제대로 안 나오면 간단히 규범으로라도 가르쳐야지요. 그래도 많이 발전했어요. 지금 세계적인 좌파 사상가 중의 하나로 페리 앤더슨(Perry Anderson)이라고 있지요. 페리 앤더슨이 우리나라 왔다 가서 이렇게 평가했어요. 지하철에 보면 차를 타는데 세 줄로 서는 것이 있지요? 나오는 사람은 가운데로 나오고 들어가는 사람은 가쪽으로 들어가고, 이런 걸 높이 평가했어요. 노약자석도 그렇지요. 요즘 지하철 타면 나 같은 사람은 참 미안해요. 젊은 사람들이 내 머리만 보면 그냥 일어서니까. 이건 우리 전통에서 나오는 것도 있지만 근년에 생긴 것일 거예요. 설의식 선생 글에 보면 전차 타는데 밀치고 부비고 또 혼자 자리를 차지하기 위해 반쯤 누워 가는 사람들이 있다, 이런 게 나오거든요.

지금은 내가 먼저 차지했다고 해서 막 늪는 사람은 없잖아요? 1920년대에는 그런 게 있었던 것 같아요.

문광훈 70, 80년대, 그리고 90년대 지나면서 점점 많이 좋아진 것 같습니다.

김우창 미국이 전투적인 개인주의가 발달했다고 하지만 어떤 때 보면 미국에서 감동해요. 옛날 경험이지만, 구경하기 위해 허허벌판에 차를 세우고 있으면 지나가던 사람이 으레 서지요. "무슨 일 있느냐, 내가 도와줄 수 있냐." 그래요. 사막 같은 데, 산속 같은 데 서지요. "어디다 통지해 줘야 하겠느냐." 그러고.

몇 년 전에 내가 미국에서 아주 감동한 게 있어요. "이 나쁜 미국 놈들." 이런 생각들은 우리 다 조금 있잖아요? 그런데 어바인의 한 교차로에서 교통 신호가 고장났어요. 아침 출근 시간인데, 엉키는 일이 없이 아무 일 없이 다 풀려 나가더군요.

문광훈 통제하는 경찰 없이도요?

김우창 아무도 없어요. 미국 교통 규칙에, 사실 우리나라에도 있는데, 네 길목이면 오른쪽 사람이 우선권을 갖는다, 그리고 순차적으로 나가야 된다고 되어 있어요. 그러니까 내 오른쪽에 있는 차가 먼저 한 대 가고, 그다음 길에 있는 차가 하나 가고, 또 그다음 길에서 한 대 가고 이렇게 순서대로 하니까 금방 풀려 버려요. 그 모습을 보고, 아 이게 문명국이다, 속으로 감탄하고 미국을 다시 생각했지요. 우리 길에서는 적절한 속도로 가기도 힘들어요. 금방 뒤에서 성질 급한 사람이 빵빵 하고 불을 번쩍번쩍 켜고 하지요.

문광훈 저는 독일에서 7년 가까이 있었지만, 자동차 경적 소리를 들은 기억이 별로 없어요. 손꼽을 정도예요. 그 사람들은 빵빵거리는 소리를, 아주 위급한 상황이 아니면 아예 안 내거든요.

김우창 난 독일의 아우토반을 무서운 곳으로 생각했지요. 속도 제한이 없기 때문에. 그런데 이제는 안 무서워해요. 자동차 사이를 누비면서 달리는 차가 없고, 버스고 트럭이고 큰 차는 꼭 한 길로만 가지요. 그래서 위험하지 않은, 안심할 수 있는 길이라고 알게 되었습니다.

지금 말한 문제는 형이상학적 근본적 테두리에서부터 일반적 생활 규범까지 아우르는 것인데, 다시 말하면, 형이상학적 차원에서의 이해는 우리 전통에 있었지만 그것이 일상 현실로 전개되지는 못한 것 같습니다. 물론 현대 생활에 적용될 규칙이 옛날에 생길 수도 없는 일이지만. 또한 계급 질서가 너무 강했기 때문에, 예절이란 윗사람 모시는 것으로만 정착하고 일반 규범으로는 안 됐다고도 할 수 있습니다. 양반끼리는 규범이 있었지만 그것도 지나치게 위계 확인의 수단으로 작용하고 그나마 현대에 와서는 완전히 없어진 것이지요.

문광훈 명료하게 정리해 주시네요. 행동 규범에 형이상학적 차원과 현실적 차원이 있다고 한다면, 전통 사회에서는 형이상학적 규범이 강했던 반면 현대에 와서는 이마저도 사라져 버렸다는 것, 그래서 규범의 형이상학적 차원만이 아니라 일상적 차원도 다 소실되었다는 거지요. 그래서 오늘날 새롭게 복구할 필요가 있고요.

정치적 선택: 자유주의, 사회주의, 환경주의

문광훈 다음은 정치 질서에 대한 질문인데요. 개인성에 대한 선생님의 강조는, 정치사상적 측면에서 보면, 자유주의적 전통 위에 서 있고, 사회적 공익에 대한 관심이나 참여의 강조는 공화주의적 요소를 지니고 있는데, 선생님의 생각을 스스로 자리매김한다면 어떻게 될까요?

김우창 '남의 코를 다치기 전까지는 내 마음대로 한다.'라는 그런 뜻에서 내가 자유주의자라고 하기는 어렵지 않나 합니다. 자유가 내 마음대로 하는 것이 아니라면 궤변이 되겠지만, 자유의 핵심은 그것이 윤리적 삶의 조건이라는 데 있습니다. 이것은 개인적 삶에 관한 이야기이지만 사회적으로도 옮겨 볼 수 있는 것일 텐데, 무한한 이윤의 추구가 인간을 인간답게 하는 자유의 대표적 표현이라고 할 수는 없을 것입니다. 그렇다고 윤리나 도덕 또는 정의의 이름 아래 개인을 억압하는 것은 인간됨을 말살하는 일이 될 수 있지요. 그래서 어떤 타협이 필요한데, 그것을 정치적으로 표현하면 사회 민주주의가 우리가 선택할 수 있는 길이 아닌가 합니다.

여러 번 인용도 했지만, 독일에서 사회 국가(Sozialstaat)를 정의할 때, 기본적 시장 질서를 존중하면서 시장에서 일어나는 사회적 문제에 대해 국가가 책임을 지는 일쯤으로 하는 것 같습니다. 우리도 그럴 수밖에 없을 것 같아요. 우리의 조건이 그렇고 전통이 그래요. 옛날 원님이 시골에 가면, 실제로 현실적으로는 나쁜 일을 많이 했지만, 이론적으로는 민생을 다 돌봐주고 장가 못간 사람 있으면 장가까지 보내 줘야 했지요. 사회 민주주의밖에 없다고 하겠지만, 우리 상황에 맞는 독자적인 사회 민주주의 체제를 만들어야 되겠지요.

문광훈 정치 철학적 차원에서 선생님을 '사회 민주주의자'라고 이해하면 되나요?

김우창 지금 같아서는 그런 것 같아요. 그러나 장기적으로 볼 때는 사회 민주주의도 경제 성장을 성립의 토대로 하지요. 그것이 큰 문제이지요. 결국 오늘날의 모든 정치 체제가 부딪치게 되는 궁극적 한계가 있는 것 같아요. 환경 문제가 그중에도 큰 것이지요. 환경을 어떻게 정치 체제 속에 수용해서 그야말로 좋은 환경 속에 사람이 오래오래 살아가느냐 하는 것은 그다음에 나와야 할 가장 중요한 문제인데, 그것을 사회 민주주의만으로 해결할 수는 없지요. 경제 성장이 국가나 사회가 지닌 공적 기능의 절대 조건이 될 수는 없습니다.

문광훈 우리나라에서는 도덕적 당위에 바탕한 집단적 범주나 개념이 횡행한다는 점에서 진정한 의미의 개인성·개인주의의 역사가 취약하지 않았나 생각하는데요. 이런 '개인성의 자유로운 훈련'은 어떤 방법을 통해서 하는 게 좋은지 알고 싶습니다.

김우창 너무나 어려운 문제인 것 같아요. 어떻게 해야 개인의 위엄, 개인의 존귀함을 받아들일 수 있게 하느냐 하는 건 참 어려운 것 같아요. 한쪽으로는 인문 과학이나 사회적 담론에서 당위성을 너무 강조하는 걸 줄여야 되기도 하겠지만 그러면 그런 큰소리치는 사람 없이 어떻게 사회가 바르게 서겠느냐 하는 문제가 있을 텐데, 그것의 사실적 기반을 만들어 내야지요. 사람이 좀 더 잘 먹고 편하게 살게 되면 좀 부드러워지니까, 당분간은 경제 성장을 더 도모할 수밖에 없을 거예요. 그리고 그 결과가 형평을 갖춘 체제로서 확산되게 하는 도리밖에 없을 것 같아요. 그러면서 또 하나는 여러 가지 차원에서의 개인적 권력 추구, 이것을 지상 가치로 생각하는 이데올로기를 좀 약화시켜야 될 것 같아요.

모든 면에서 우리는 권력 추구를 좋아하거든요. 대통령이 되고 싶다든지 국회 의원이 되고 싶다는 뜻에서만이 아니라 집안에서도 권력 추구를 하고, 친구 간에도 권력 추구를 하고, 동네에서도 권력 추구를 해요. 직업의 귀천 의식에서도 그렇지요. 생활의 필요에서가 아니라 그것 이상의 것을 추구하는 경제 활동에서도 사실은 그렇지요. 내로라하는 사람은 차도 좋은 것 타고 사람도 부리고 해야 하니까. 직업의 귀천이 없어지려면 모든 직장이 보람을 느끼는 직장으로 바뀌어야지요. 그것이 안 되는 곳에 대해서는 꼭 사회적 보상이 있어야 합니다.

도덕과 자기 인식

문광훈 우리 사회의 도덕주의적이고 명분주의적 경향과 관련해서 선생님께서는 도덕의 이상보다는 합리적 법질서나 정치 제도의 중요성이 우선 필요하다고 하셨습니다. 이것과 연관되는 글인데, 상당히 흥미로워서 인용해 볼까 합니다. 국문학자 이숭녕 선생의 작고와 관련해서 쓰신 것인데, 이렇게 되어 있어요.

> 그가 제자의 글에 자기 이름을 붙이지 아니한 분이라는 지적이 있었다. 이것은 그를 칭찬하는 것인가 욕하는 것인가. 어떤 사람을 높이면서 그가 도둑질도 아니 하고 살인하지도 아니 하였다고 말하는 것은 그를 높이는 것인가 낮추는 것인가. 그러한 것이 칭찬의 대상이 된다면, 그것은 인간의 도덕적 기능성에 대한 필자, 사회, 또는 작고한 사람들의 지성이 극히 낮은 것이었다는 것을 말하는 것이 될 것이다.

「한국 문학의 보편성」이라는 글에 들어 있는 구절입니다. 이런 유의 도덕성 찬양은 사실 오늘날에도 여느 회갑 논집이나 정년 논총에서 쉽게 확인할 수 있는 판에 박힌 글인데요. 바로 그 때문에 '문제적으로' 의식하지 못하거나 아니면 의식하지 않으려는지도 모르겠어요. 그것을 직접 지적하는 경우는 잘 없었던 것 같은데요.

김우창 표절 문제 같은 데 우리 사회의 도덕 수준이 나와 있다고 할 수 있습니다. '표절이 관행인데' 하는 말이 나온다는 것은 문명이 없는 사회라는 얘기지요. 그것에 대해 논하는 여러 글들을 봤어요. "표절을 철저하게 따지기 시작하면 우리나라에서 살아남을 수 있는 학자가 얼마 안 된다……." 뭐 이런 글도 있던데요. 놀라운 일이에요.

문광훈 어떻게 이해해야 될지요? 어떤 사건이나 인간관계, 혹은 삶에서 일어날 수 있는 미묘한 주름이나 균열들을 하나하나 헤아리면서 대상을 좀 더 이해하려는 노력 자체가 인문주의이고 인간성의 태도일 텐데요. 어느 사회나 또 모든 사람이 다 그럴 수는 없겠지만, 우리 사회에서 그런 노력의 실례는 너무 적다는 겁니다.

김우창 많은 것이 자기 삶을 살려는 생각이 적다는 데 관계가 있는 것이 아닌가 합니다. 인간의 모든 선택에 좋은 것과 나쁜 것이 다 포함되어 있는데, 나쁜 면도 있지만, 가령 명예를 지킨다는 것이 사람 사는 데 필요하지요. 명예가 뭐냐에 대해 내가 군에 있는 사람과 토의한 일이 있어요. 우리는 명예가 밖에서만 온다고 생각하는데, 영어에서 honor라고 하면 honorable하게 행동한다는 건 자기 규범에 따라 행동한다는 걸 말하지요. 시험 볼 때 서로 부정행위를 안 하는 것, 감독이 없어도 부정행위 안 하는 것을 'honor system'이라고 하거든요. 그건 자기를 높이 생각해서 자기 규범에 따라서 행동하기 때문에 시험 성적 떨어지는 것보다는 자기의 가치를 높이 생각하는 거지요.

부정(不正)을 안 한다는 것은 두 가지 차원이 있어요. 하나는 도덕적으로 그게 잘못돼서 안 한다는 것도 있고, 또 하나는 '내가 그까짓 것 할 사람이냐', '내가 더 높은 사람인데', '점수 나쁘면 그게 뭐라고, 나는 그보다 더 높은 사람인데' 이런 오만감도 들어 있어요. 프라이드가 들어 있는 것이지요. 그건 귀족 전통에서 나온 겁니다. 그러나 누구나 그러한 프라이드가 있지요. 또 더 단순하게 말하여, 정직하다는 것이 무엇인가요? 도덕적인 의미도 있지만 단순히 자기 일관성이라고 할 수도 있습니다. 여기에서 이렇게 말하고 저기에서 저렇게 말하고, 여기에서 이렇게 행동하고 저기에서 저렇게 행동한다면, 자기는 어디에 있지요? 자기가 자기 아닌 것이 되어버려 기분이 안 좋을 수밖에 없지요. 자기 규범에 따라서 산다는 생각, 자기는 자기라는 생각이 부족하기 때문에 말도 정략적으로 거짓말이든 진짜든 그냥 하는 걸로 생각하고, 글이나 논문도 '학교에서 안 쓰면 안 된다고 하니까 썼는데, 글도 빌려 오고 이름도 빌려 세상 눈에 맞추면 되지.' 이렇게 되는 거지요.

정확한 사고와 자기 인식이 있다면 정직성이 높아지지요. 그것은 도덕적인 문제만은 아닙니다. 일례로 우스운 관행인데, 연구비 신청할 때 컴퓨터값, 책값 이렇게 막 쓰는 사람들이 있지요. "거짓말 왜 쓰는가?" 하면, "연구비는 타야겠고, 서식상 채워 넣을 것이 필요하다."라고 하지요. 그것은 연구비가 필요 없다는 얘기와 마찬가지지요. 그런데 이런 이야기를 잘 이해하지 못해요. 연구비가 5000만 원이라면 5000만 원에 맞추는 것이 연구비 형식이라고 생각하는 것이지요. 연구라는 말, 연구비라는 말, 자기의 필요를 정확히 이해하지 않는 것이지요. 결국은 자기를 자기가 모르고 있는 것입니다. 세상에서 하는 대로 따라 하기만 하고.

자기를 높이 생각해야지요. '내가 돈 몇 천만 원에 흔들릴 사람이냐.' 이런 생각이 좀 있어야지요. 나쁜 일이기는 하지만, 자기를 오만하게 생각하는 것이 우리 전통에 없는 것 같아요. 오만하다면, 사회가 부여하는 높은 자리로 해서 오만해지지요. 또는 스스로 도덕적인 인간이라고 자부해서. 도덕을 사회적으로만 말하는 것도 개인의 부도덕의 한 원인이 되지요. 아무 사회적 지원이 없이 자기를 생각하고 자기의 규범을 생각할 수 있어야지요.

문광훈 자기 규범에 따라서 행동한다는 것은, 지난번 '인문성의 의미'를 설명하실 때 언급하신 것 같아요. 인문 정신의 핵심은 자존심에 따른 자율적 행동의 실천에 있는 것 같습니다.

김우창 자기 규범에 따라서 사는 거지요.

문광훈 예. 자기 가치에 따라서 스스로 결정하고 판단하고 사는 거지요.

김우창 아까 말한 대로, 영어에서 honor는 그런 뜻을 가지고 있거든요. 자기 규범에 따라 행동한다는 얘기지요. 우리는 명예라는 게 전부 대통령 표창장 같은 것을 받아야 된다고 생각해요.

문광훈 그와 관련지어 선생님은 "슬픔이라든가 원한, 분노, 정의, 이런 것들이 많은 경우 명분으로 주장되지만, 사실은 냉소적 인간관과 일방적 자기 의지의 표현일 때가 많다."라고도 말씀하셨어요. 이것도 명예의 부재, 자기의 기준을 지나치게 낮은 곳에 두기 때문에 나오지 않나 싶습니다. 허황된 언어나 공치사로 하는 진술이 너무 강하게 되는 거지요.

김우창 '나는 억울하다.'고 하는 것은 억울함 속에서 자기를 설정하려고 한 것일 수 있지요. 특히 '나는 억울한 사람이니까 잘해 주라.' 이렇게 연결되면 자기를 높이 갖지 않는 것입니다.

이상과 열망의 빈자리

문광훈 조금 비관적인 질문을 두 개 드리고 싶습니다. 위의 사례들은 삶의 인문적 공동체나 인간다움의 실현이 그 자체로 매우 어렵다는 것을 보여 주는데요. 다른 한편에서 보면, 그것은 정치 현실적으로 구현하기 힘든 '열망의 빈자리'라는 생각도 들어요. 다시 말해 정의나 평등의 이념은 하나의 가능성이고 현재의 결핍이며, 따라서 '형성 중인 이념'으로서만 늘 자리하는 건 아닌가 여겨집니다. 거기에 대해, 우리가 희망을 꺾지 않고 살아갈 수 있는 방법은 정녕 있는 것인가요?

김우창 인간다운 인간이 되는 것은 어떤 경우에나 어려운 일이겠지요. 커다란 실존적 노력을 통해서만 조금은 바르게 사는 사람이 되는 것일 것입니다. 삶은 "영혼을 빚기 위한 단련의 골짜기"라고 키츠(John Keats)는 말했어요. 그러나 어떤 사정하에서는 큰 노력 없이 인간적으로 될 수도 있지요. 결국 사람이 원하는 것은 행복인데, 행복한 경지에서는 인간적이려고 노력할 필요도 없지요. 많은 것이 불행에서 오지요. 그런데 불행하지 않은 사람이 있나요? 그러니 고통을 통한 인간적 수련을 생각하지 않을 수 없지요.

평등과 정의의 문제를 '열망의 빈자리'라고 하는 것은 틀린 말이 아닙니다. 많은 이상이라는 것은 그렇지요. 그런데 평등과 정의의 문제에서 몇 가지 변주를 생각할 수 있습니다. 최소한의 삶도 없고 인간다운 처지도 되지 못할 때, 평등한 물질적 조건과 사회적 인정은 가장 절실할 수밖에 없지요. 그 경우에 평등과 정의는 절대적으로 쟁취되어야요. 그런데 먹고살 만하고 큰 사회적 모멸이 없을 때, 평등과 정의는 그렇게까지 중요한 것은 아니지요. 사람이 자기 나름으로 산다면 평등이란 있을 수 없는 것이지요. 다만 절대적인 빈곤과 억압과 모멸의 지경에서야 자기 나름으로 사는 것이 가능하지 않지요. 그러나 다른 경우에도 인간은 사회적인 동물이기 때문에 자기 나름으로 살고 자기 나름으로 느끼고 생각하는 것은 사회적 투쟁이 아니라 자기의 내면의 투쟁을 통하여 얻어야 하는 어떤 경지라고 할 수 있습니다. 모두가 산속에 사는 도사가 될 수는 없지만, 거기에 하나의 전형은 있지요. 하여튼 정의와 평등은 여러 면에서 생각될 수 있습니다. 그런데 하나 더 보탤 것은 보다 적극적인 가치는 평등보다 우애이고, 정의보다 사랑이지요. 화목한 가정에서는 평등과 정의보다는 우애와 사랑이 중요하지 않습니까?

그러나 정의와 평등이 있는 사회를 위하여 노력을 해야지요. 또 지금 우리 사정은 많이 나아졌습니다. 우리나라 사람들이 경제적으로 사회적으로 정치적으로 지난 100여 년 동안에 혹독한 시련을 많이 겪었어요. 그럼에도 불구하고 이만치 성장하고, 이만한 도덕적 기준도 유지되고 좋아진 거지요. 말은 많이 하면서 현실이 잘 안 되기 때문에 문제지만, 그래도 그 말 속에 실행되어 가는 것들이 있는 건 사실이거든요.

　문광훈　가령 국가인권위원회의 활동이라든가…….

　김우창　그렇게 보면 우리처럼 정의를 많이 얘기하고, 또 많은 걸 이룩한 데도 드물다고 할 수 있어요. 그래서 괜찮은 길로 나아가고 있다고 할 수 있을 것 같아요. 그러나 다른 한편으로 보면, 정의나 공정성을 많이 얘기한다는 것은 그게 부족하니까 그렇지요. 그것이 있는 사회는 그 얘기를 많이 할 필요가 없지요. 궁극적으로는 노자의 말이 맞는 것 같아요. 이건 『도덕경』에 나오는 얘기는 아니지만, 노자에 관한 이야기입니다. 물고기가 물속에서 빠져나오면 물이 없어 괴롭기 때문에 "물, 물." 얘기하고, 도와준다고 입으로 물을 뿜어 서로 끼얹어 주는 것이지요. 물속에 사는 놈들은 물 얘기할 필요도 없고 물을 의식할 필요도 없다는 것입니다.

　그런 의미에서 "정의, 정의." 하는 건 정의가 없다는 얘기지만, 정의가 없으면서 정의 얘기 안 하는 것보다는 나은 거지요. 사회의 순서와 단계, 그 순위를 정하면, 너무나 정의로운 사회이기 때문에 정의가 얘기 안 되는 사회가 제일 좋은 사회지요. 그다음은 정의를 얘기하는 사회고요. 정의라는 것은 살벌한 것이어서 다른 것도 있어야지 정의만 가진 사회는 살벌해서 살 수가 없지요.

　문광훈　그래서인지 선생님은 최근 들어 인(仁)이나 경(敬)을 더 강조하시는 것 같아요.

　김우창　우선은 정의가 좀 부족하기 때문에 정의를 얘기해야지요.

제국주의와 보편적 이념

문광훈 두 번째 비관적 질문은 이렇습니다. 권력에 대한 의지를 버린 경우에도 여전히 권력에 대해 미묘한 관계를 가질 수가 있는데요. 예를 들면 유엔 같은 큰 조직이나 유럽 연합도 외견상의 정치적 명분과는 달리 다국적 기업과 자본의 숨은 이익이 관철되는 기구로 작동하는 면이 없지 않습니다. 이런 현실의 실제적 성격에 견주어 보면, 반성이나 성찰 같은 전통적 인문 가치는 참으로 허약하지 않나, 라고 반박할 수 있거든요.

김우창 현실 세계 속에서 여러 가지 도덕적이고 인문적인 가치와 덕성이 어떻게 기능하는가 하는 건 참 어려운 문제지요. 그게 좀 더 무력해지는 게 현실이라는 생각도 들어요. 그러나 다른 한편으로, 그것이 인간의 마음 속에 남아 있는 것은 인간이 생존하는 데 핵심적인 요소였기 때문이라고 진화론적 관점에서 말하는 사람도 있습니다. 유엔도 그렇고 미국도 그렇고 유럽도 그렇고, 옛날에는 제국주의, 지금은 패권주의라고 하지만, 이런 것들은 으레 좋은 이념이나 이상과 연결되어 있지요.

놀라운 것은 힘을 쓰려는 나라들이 마구 힘만 쓰는 것이 아니라 자기를 정당화하는 무엇인가를 내건다는 사실이지요. 개인적인 권력의 추구에서도, 로마의 칼리굴라 황제 같은 사람이 없는 것은 아니지만, 대개는 명분을 내세우지요. 놀랍다면 놀라운 일이지요. 그런데 이러한 명분은 제국주의 국가이든 권력에 미친 개인이든, 명분에만 그치는 것이 아니고 그래도 명분에 실천되는 부분이 있지요. 좋은 것과 나쁜 것이 섞여 있는 이런 혼합물에서 좋은 것만을 따내는 것은 여간 영리한 전략이 아니지요. 그런데 거꾸로 보편적 명분이 있으면, 거기에 또 힘이 붙게 되어 있는 게 세상의 현실입니다. 우리처럼 큰 힘이 없는 나라도 언제나 정의롭게 행동한다면, 정의와 보편적 인류의 이상을 말하고 실천하려고 한다면, 아마 국가의 위상이 올라가고 힘이 생길 것입니다. 개인으로도 인류의 교사들, 예수나 부처님이나 공자가 힘이 있었습니까? 그들의 높은 인격이 힘을 불러왔지요.

물론 보통 사람을 생각할 때, 현실적으로 보면 여러 가지 덕성을 무조건 강조할 게 아니라 어떤 현실 속에서 그런 덕성이 자연스러운 인간의 품성으로서 발휘될 수 있느냐에 대해 많이 생각해야지요. 영웅적 인간이 피해를 가져올 때가 많은데 또 동시에 영웅적 행동을 통해서 자기희생도 하면서 더 높은 차원으로 가는 사람들도 있거든요. 그럼 어떻게 그 영웅심이 사회 전체에 보다 더 기여하고, 인간성의 보다 높은 차원의 품성을 표현하는 것으로 만들 수 있느냐에 대해 현실과의 관계 속에서 많이 생각해야 될 겁니다. 이건 제도적인 것과 연결해서 많이 생각해야 되겠지요.

서양과 동양 그리고 새로운 미래

문광훈 다른 질문 하나는 이렇습니다. 자유나 자율 같은 전통적 서구 가치 이외에도 최근에 들어 우리 사회에서는 민주주의나 인권, 페미니즘, 시민 사회, 참여 등과 같은 가치들이 많이 언급되는데, 이것 이외의 다른 가치, 다른 인식론적 틀이 필요하지 않은가 여겨지거든요. 오늘도 선생님은 겸손이나 공경, 예의를 말씀하셨지만.

김우창 그런 게 현실의 동역학 속에서 가능하다면, 우리가 더 독특한 문화와 사회를 만들 수 있을 것 같아요. 그러면서 동시에 자연 속에서 사는 조화는 동양 사람들이 더 많이 가진 것 같아요. 물론 서양 사람들이 그걸 몰랐다는 건 말이 안 되지요. 그전에 무슨 회의에서 서양 시인이 강연할 때 어떤 사람이 질문했어요. "서양 사람은 자연을 정복하려고만 하고 동양 사람은 자연에 순응하려고 했다."라고 했는데, 그건 말이 안 되는 얘기지요.

결과적으로 볼 때 실제 자연을 잘 보전한 건 서양입니다. 독일의 자연이 한국의 자연보다 더 잘 보존되고 있습니다. 그러나 생활 속에서 자연과 자기 수양, 그러니까 자연과 합치하는 정신적 정열로서의 자기 수양을 강조하는 전통은 동양에 더 많은 것 같아요. 꽃을 기른다든지 자연에 가서 폭포를 즐긴다든지 산책한다든지 하는 건 우리 그림에도 많이 나와 있어요.

일본 사람들의 경우, 우리보다 꽃 가꾸기를 많이 하고 방에 들여놓고 하지요. 그 사람들은 끊임없이 자연의 심미적 요소를 자기의 생활 속에 도입하는 사람들입니다. 큰 것만 보게 되면 일본에는 아무것도 볼 게 없는 것 같지요. 작은 데서 삶의 보람을 찾는 것은 일본에서 많이 발달한 것 같습니다. 그런 것은 우리도 어느 정도는 있었던 것이고, 그래서 서양보다는 우리 속에 더 많이 살아남아 있는 것 같아요.

문광훈 앞으로의 한국의 인문학은 이런 것에 더 많은 관심을 집중해야 될 것 같네요.

김우창 오늘의 관점에서 해석을 새로 하면서.

국제 담론 공동체의 가능성

문광훈 최근(2006년 5월)에 이란 대통령인 아흐마디네자드(Mahmoud Ahmadinejad)가 핵 개발과 관련된 미국의 일방주의 정책을 비판하면서 세계 평화를 강조하는 공개서한을 보냈는데, 이것이 크게 보도된 적이 있습니다. 결점이 없지는 않지만 공감도 적잖게 하게 되는데요. 이것은 오에 겐자부로와 선생님의 대담에서 얘기된 주제와도 연결될 것 같아요. 그래서 드리는 질문인데, 계몽된 시민 공동체를 국제적으로 만들 수 있는 가능성이 있다고 보시는지요?

김우창 많은 사람들이 의견 교환을 하고 그 의견 교환에 우리도 참여하는 건 점점 더 많아지는 것 같아요. 그게 좋은 건지 나쁜 건지는 모르겠어요. 우리가 국제 공동 사회에 들어가서 얘기할 수 있게 된 것은 한국의 경제 성장과 관계가 있거든요. 아프리카의 시에라리온의 지식인이 세계적 공동체의 지적 교환에 참여한다는 것은 불가능해요. 그러니까 그것도 꼭 일률적으로 이해하기는 어려운 것 같아요. 그러나 서로 얘기하는 것은 가능할 거예요.

아흐마디네자드의 경우는 지적 문제와는 좀 다른데, 원칙적으로 그가 주장하는 것도 옳지요. 그러나 두 가지로 문제가 되는 것 같아요. 하나는, 아흐마디네자드가 국내적으로 상당히 억압적 통치자라는 설이 많거든요. 그가 얘기하는 국제 질서의 정의가 원리주의적 요소를 가지면 좀 문제가 될 것 같아요. 또 핵 문제에 있어, 우리나라에서도 그런 것 같은데, "미국은 핵 가지고 있으면서 왜 북한은 못 가지게 하느냐?" 이렇게 얘기해요. 아흐마디네자드의 얘기 밑에도 이런 생각이 들어 있지요. 그것은 문제를 너무 추상적으로 접근함으로써 오히려 문제의 구체적 절실성을 감소시키는 거라고 생각해요.

그래서 내가 지난번에 북한 핵에 대해《경향신문》에 쓰면서, 그걸 다 일일이 논할 수 없기 때문에 역사적 경로를 좀 얘기했거든요. 역사적 현실을 받아들이면서 그 안에서 우리가 오늘날 할 수 있는 일이 무엇인가를 궁리하는 게 필요하지요. 그러면서 궁극적으로는 모든 핵들을 다 버리는 거지요. 그것보다 더 중요한 건, 모든 국가가 영구 평화의 질서를 만들어 내는 거지요. 그러나 그 이름 아래서 '그때까지 우리는 마음대로 해야 되겠다.' 하는 건 옳지 않아요. 그걸 향해 나아가면서도, 역사적 사실이 이룩해 놓은 오늘의 현실을 받아들이면서 그 현실 안에서 우리가 오늘의 시점에서 할 수 있는 일이 뭐냐를 생각해야 돼요. 그런 관점에서는 핵을 무조건 안 하는 게 좋지요. 아흐마디네자드가 핵 문제를 얘기할 때도 그렇게 생각해야 될 것 같아요.

문광훈　그런 양식 있는 생각을 정치 지도자들이, 실행력을 가진 정책 담당자들이 스스로 훈련하여 행사하기는 참 어려운 것 같습니다.

김우창　무력하기는 하지만 지적인 담론이 세계적으로 퍼지는 것도 중요한 것 같아요. 작년 봄이었던 것 같은데, 이란 테헤란 대학교에서 칸트에 대한 회의가 있었어요. 독일 철학자 벨머(A. Wellmer)도 거기 갔습니다. 《슈피겔》에 나온 보도를 내가 우연히 봤었어요. 칸트의 『영구평화론』 같은 얘기도 나와서 이란 사람들도 자연스럽게 얘기하고 그랬대요. 지금 기억되는데, 벨머가 이란 사람들의 견해에 대해 상당한 양보를 했대요. 가령, 평화를 위해 모든 사람이 행동하려면 세속적인 것도 받아들여야 되지만 어떤 윤리적 기준을 받아들여야 된다, 우리의 윤리적 기준의 핵심 중의 하나는 그것인데, 신앙심이 평화를 만드는 데 중요한 역할을 한다는 것도 인정해야 된다는 그들의 말을 벨머가 인정했던 것 같아요.

서양 사람들이 이슬람 근본주의에 대해 많이 공격하는데, 전에 읽은 나이폴(V. S. Naipaul)의 책에 『믿음을 넘어서(*Among the Believers: An Islamic Journey*)』라는 이슬람 여행기를 적은 게 있어요. 미국 여행하고 오면서 비행기에서 거의 다 보았는데, 동경에서 비행기를 갈아탈 때 휴게실에서 보다가 그만 놓아두고 비행기를 탔어요. 그래서 나머지 부분을 못 보았지만.

나이폴은 이란을 비롯해 인도, 파키스탄 등 이슬람 지역을 여행하면서 신앙에 관한 얘기를 많이 했어요. 그게 상당히 원리주의적이고, 말하자면 독단론적이고 폭력적인 것도 있지만, 나이폴은 비판적으로 얘기했어요. 그거 보면서, '이런 게 있기 때문에 그래도 이 가난 속에서도 이슬람 사람들이 인간으로서 최소한도의 규범을 지키면서 살아가고 있는 거 아니냐.'는 느낌이 들었지요. 도둑질 같은 것이 별로 없는 것도 그렇지요. 도둑질하면 손목을 잘라 버린다는 혹독한 벌 때문이기도 하겠지만, 도둑질이라는 게 사실 재산의 문제만은 아니거든요. 인간이 가지고 있는 다른 사람의 영역에 대한 존중이지요. 나이폴의 여행기를 보면서, 그래도 가난 속에서도 정직하게 살고 노동하는 것이 이슬람 신앙과 관계가 있지 않느냐는 느낌을 가졌어요.

문광훈 이슬람이 종교로서뿐만 아니라 생활의 도덕규범으로 사회를 지탱하는 긍정적 역할을 한다는 거지요?

김우창 난장판 사회가 될 수 있는데 그게 있어서 그나마 인간다운 사회가 된다는 느낌이었지요. 테헤란 대학교의 칸트 회의에서 벨머가 말한 것도 그 비슷한 얘기가 아닌가 합니다. 이란 사람들은 물론 "신앙심이 도덕규범의 핵심인데 우리가 그것 없이 어떻게 생활을 얘기할 수 있느냐."라고 하지요.

문광훈 그런 점에서 이슬람교에 대한 좀 더 넓은 이해의 태도가 필요하겠습니다.

김우창 여러 지적 전통이 합쳐서 서로 토의하는 게 필요하다는 얘기지요. 그렇게 모인 건 잘한 일인 것 같아요.

문학과 과학의 동일성

우주 공간 속의 인간

김우창 찬물밖에 없는데 홍차 좀 끓여 드릴게요. 우리 집식구가 잠깐 여행을 떠났어요. 스코틀랜드에 있는 딸이 중국에 회의하러 온다고 하니까, 가서 만나 보고 오겠다고. 옛날부터 중국에 가고 싶어 했는데 이번에 구실이 생겼지요.

문광훈 막내따님 말이지요?

김우창 예. 우리 집식구의 원래 고향이, 여러 대 여기 살았지만, 함경도인 데다가 아버지가 중국 왔다 갔다 했고, 또 어머니는 하얼빈에서 성장해서 그런지 중국에 대해 호기심이 많은 것 같아요. 전에 김준엽 선생님께 중국사 공부한 인연을 물은 일이 있지요. 신의주 출신이어서 압록강만 건너면 중국이기 때문에 중국에 호기심을 가지고 있었다고 했어요. 기연(奇緣)이 삶을 결정하는 경우가 많은 것 같습니다.

문광훈 그럼 선생님께선 며칠 혼자서 지내시겠네요.

김우창 조용하지요. 우리 딸 일하는 데는 출장을 많이 내보내요. 회의 있으면 가서 발표하고 오라고.

문광훈 수학 공부한다고 하였지요?

김우창 수학하다가 지금은 컴퓨터와 연결해서 해요. 취직 안 되니까 컴퓨터 학위를 또 했지요. 수학 가지고 이리저리 연구소에 돌아다니다가 컴퓨터 석사 논문을 다시 했어요. 지금 글래스고 대학교에서 그와 관계된 연구소의 연구원이지요.

문광훈 큰아드님도 수학을 하지요?

김우창 둘째 아들은 그래도 취직이 쉽게 되었는데.

문광훈 아, 둘째 아드님, 아주 명망 높은 수학자이지요? 파리고등연구원에 가서도 활동하고…….

김우창 파리 어느 연구소에도 있었고 지금은 교토 대학교 수리연구소에 한 학기 동안 와 있어요. 자주 그렇게 돌아다녀요.

문광훈 여기저기서 초청을 하니까.

김우창 집을 떠난 후로는 방랑벽(Wanderlust)에 사로잡힌 것도 있겠지요. 수학은 어떤 분야로 들어가면 아주 좁아져서 얘기할 수 있는 사람이 세계적으로 몇 안 된다고 합니다. 그래서 같은 문제를 추구하고 있는 사람을 금방 알게 되는 것 같아요.

문광훈 그 분야의 전문가가 정해져 있다는 거지요?

김우창 같은 문제를 하고 있다면 그 사람들끼리 그렇게 모이는 거예요. 독일의 막스플랑크연구소에 가 있을 때도, 그 연구소 소장 폴팅스라는 사람도 우리 아들과 같은 문제를 하고 있더군요. 그래서 오라고 해서 같이 지내고, 파리에도 그래서 가 있었어요. 교토에도 그런 사람들이 모여요.

문광훈 그 분야의 최상위 그룹을 형성하는 사람들이 모여 같이 연구하게 되겠군요?

김우창 그렇게 세계적으로 그룹을 형성하는 것 같아요.

지금 교토에서 둘째 아들이 상대하는 일본 교수 한 사람은 상호우주위상학(topology of interuniverse)을 연구한다고 합니다. 우주가 처음에 이른바 빅뱅으로 터져 나와 아무것도 없는 데서 점점 커져 이렇게 되었다는 설이 있지요. 그것이 다시 위축되거나 없어지고 다시 확장된다고 하는 경우에 상호 계승되는 우주들의 전체 모양에 대해 궁리해 보는 것이지요.

문광훈 천체 물리학하고도 깊은 관계가 있나요?

김우창 물리학하고 관계있지요. 천체 물리학에서 가령, 은하계 같은 것도 은하로 보이는 것은 그 근처에 은하의 별들이 모여 있기 때문인데, 왜 고르게 배분되지 않고 모여 있느냐에 대해 이론을 만들지요. 또 천체 우주의 모양이 어떻게 생겼느냐에 대해, 우주가 한 개냐 두 개냐 이런 것도 다루고. 이것을 수학의 가능성으로 생각하는 것일 겁니다.

우리가 아는 세계의 끝까지 광선을 타고 가면 지금 학설은 150억 년 정도 된다고 하지요. 그 이외에도 이것에 병행하는 우주가 또 있다는 사람들이 있는데, 그걸 '평행 우주(parallel universe)'라고 해요. 우주나 별들의 모양, 별의 밀도 배분에 대한 것들을 천체 물리학(astrophysics)이나 우주론(cosmology)에서 하지만, 지금 교토의 그 모치즈키라는 수학자는 우주 천체의 모양이 어떻게 서로 바뀌느냐를 연구한다고 합니다.

문광훈 보통 학자에게 그런 생각은 관념이고 형이상학으로 여겨질 수도 있는 문제인데, 그쪽에서 보면 과학적으로 접근되는 사실로서의 탐구 대상이 되네요.

김우창 수학으로 정확하게 증명을 해야 되니까.

문광훈 훨씬 높은 정도의 논증력이 있겠네요.

김우창 말만 가지고 하는 게 아니니까. 수필가 피천득 선생의 따님 피서영 교수가 코스몰로지를 했지요.

문광훈 문학이나 철학 등 인문학 공부하는 사람도 그런 강의를 들으면 상당한 자극이 될 것 같습니다.

김우창 기초부터 쌓아 가야지 중간에 끼어 가지고는 어렵겠지요. 보통 사람도 좀 알 수 있게 설명한 책들이 있지만. 가령, 폴 데이비스(Paul Davies)의 『최후의 3분(*Last Three Minutes*)』 같은 책은 무엇이 이야기되는가 대강은 짐작할 수 있게 되어 있지요. 우리나라에도 더러 우주론에 대한 그런 번역서들이 나올 것 같아요. 공상 소설 같은 것들도 많이 있지요.

공상을 자극하는 것들이 많이 있습니다. 평행 우주, 지금 얘기한 130억 년에서 150억 년 된 우주가 그대로 비슷하게 존재한다는 설도 있고, 상호 삼투하면서 중복돼 있다는 설도 있고 하지요. 뉴트리노(neutrino)라는 입자는 수십 억 개가 지금도 우리 몸을 통과하고 있는데, 우리는 전혀 모르지요. 뉴트리노의 입장에서는 우리 몸도 공(空)이지요. 폴 데이비스는 그런 문제에 대한 대중적 해설서를 가장 많이 쓰는 사람들 중의 하나입니다.

이런 데서 나오는 의견 중의 하나는 우주가 우발적으로 이렇게 된 건 아니고, 하느님이 역시 다 그렇게 고안을 해 놓았다는 생각입니다. '지적 디자인(intelligent design)'이 있다는 것이지요. 데이비스도 그런 생각을 하고 있어요. 최근에 많이 문제된 책 중의 하나는 리처드 도킨스(Richard Dawkins)의 『만들어진 신(*The God Delusion*)』이라는 책인데, 우주에 지적 디자인이 있다는 것을 철저하게 반박한 책이라고 합니다. 도킨스는 극단적으로 '하느님 있다는 사람들은 미친놈들'이라고 한다지요.

한동안 새 이론으로 회자된 '끈 이론(string theory)' 같은 것도 환상적이지요. "터무니없는 소리다." 하다가 요즘 조금 살아나는 것 같아요. 끈 이론의 밑바닥에 들어 있는 것 중의 하나는 우주가 다차원적인 공간이라는 이야기입니다. 우리는 3차원 속에서 살고 있고, 시간까지 포함하면 4차원이 되지만 우주는 일곱 개인가 아홉 개인가의 다차원 속에 있다, 그 차원이 어디에 있느냐 하면, 미세 공간 속에 실제 물리적으로 숨어 있다고 해요. 그러니까 우리가 모르는 공간이 여기 있다는 것이지요. 글래스고에 있는 우리 딸은 '코호몰로지(cohomology)'라는 것에 대하여 논문을 썼는데, 다 차원, 무한 차원에 대한 수학이라고 합니다.

문광훈 그런 세계를 보면, 이전에 제가 인용한 적이 있는 선생님 말씀이 떠오르네요. 인문 과학의 세계란 "옅은 정합성의 세계와 깊고 무한한 세계를 연결하는 것"이라는. 인간, 특히 학자가 사는 정합성의 세계, 논쟁 가능한 세계는 참으로 좁다는 것을 반성하게 됩니다.

김우창 사실 좁은 세계지요. 그걸 넘어가는 다른 세계를 상상할 수 있는데, 그 상상된 세계를 수학적으로 정확히 얘기하려는 것들이 어려운 수학하는 사람들이고, 천체 물리학이나 코스몰로지하는 사람들이지요.

문광훈 정합적이고 논리적이고 경험 가능한 세계 속에서 이를 뛰어넘는 더 광활한 세계에 대한 시선을 닫지 않는 것이 인문 과학의 한 임무라는 점에서, 자연 과학의 공부와 인문학의 공부가 분리된 것은 아닌 거지요?

김우창 우주의 큰 차원에도 우리가 보통 상식적으로 얘기하는, 법칙적인 것을 떠난 법칙이 있지요. 그러니까 합리성은 들어 있는데, 우리가 보통 생각하는 합리성은 아니지요. 어려운 합리성입니다. 이성적인 수단으로 그 문제를 풀어 보려고 하는 게 고등 수학이고 천체 물리학이지요. 그러니 우주가 완전히 미스터리라고 보는 건 아니지요. 종교적인 사람은 미스터리라고 고개 숙일는지 모르지만, 이러한 과학들은 그걸 좀 더 정밀하게 수학적으로 보려 하고 규명하려는 것이지요. 인문 과학에서도 정밀성을 위한 노력이 필요한 것 같아요. 지금 우리가 받아들이는 법칙적 세계를 받아들이지 않는 사람도 많지만, 다른 한편으로 우리의 세계를 간단한 합리성으로 분석해 낼 수 있다고 하는 사람도 많지요. 합법칙적 세계는 우리가 생각하는 것보다 훨씬 더 복잡하고 깊이 있는 것이지요. 나는 때로는 인문 과학은 새로운 수학을 기다리고 있는 학문이라는 생각을 합니다. 그것을 정확하게 수학으로 풀어 나갈 수도 있지 않을까 하는 생각을 하는 것입니다.

재미있는 것은 우주론에서나 볼 수 있는 현상이 우리의 지각 세계에도 맞닿아 있을 수 있다는 사실입니다. 또 극히 알쏭달쏭한 것으로, 과학적으로 설명할 수 없는 것으로 생각하기 쉬운 지각이나 느낌의 세계도 합리적으로 해명될 수 있는 면이 많다는 사실입니다. 미술 같은 데서도 그래요. 다차원의 세계에 대해 책을 쓰는 사람 중에 일본계 미국 물리학자 미치오 카쿠(Michio Kaku)가 있지요. 『초공간(Hyper Space: A Scientific Odyssey Through Parallel Universes, Time Warps and the 10th Dimension)』이란 책에 보면, 미술에 대한 재미있는 언급이 있지요. 가령 살바도르 달리의 그림에 그리스도가 십자가에 매달려 있는데, 그 십자가가 보통 것보다 상당히 두껍고 입체적으로 깨끗하게 그려져 있는 것이 있습니다. 미치오 카쿠의 해석은, 그리스도가 여기에서는 죽지만 다른 세계, 다른 차원에 살아 있다는 것을 시사하려는 것이라고 합니다.

사실 그리스도의 신비라는 게 그거 아닙니까? 죽었는데 다시 태어나고, 하느님의 아들인데도 죽는 역설로 그 생애가 이루어졌지요. 달리는 그 역설을 공간적으로 해석한 것입니다. 특이한 두께의 십자가가 다차원적 존재에 대한 증표가 된다는 것입니다. 황당무계한 듯하지만, 달리는 직관적으로 그렇게 알았다는 거예요. 카쿠의 책에는 달리의 다른 그림에 대한 언급도 있는데 그것도 달리가 다차원의 문제를 생각하고 있었다는 증거로 제시하고 있습니다. 그리스도가 여기서 죽으면서 다른 차원에서는 살고 있다는 느낌은 사람이 가질 수 있는 느낌이면서, 기독교의 신앙을 말하는 것이지요. 여기서는 죽었지만 다른 차원에서는 살고 있다는 것, 귀신이 되고 혼령이 돼서 죽어도 살아 있다는 건 모든 미신에 있지요. 그것을 물리학적으로 말하면, 다차원이 되고 평행 우주가 되는 것이 아니겠어요?

문광훈 삶의 다차원성을 종교나 신비에 의하지 않고, 그러니까 예술 작품에 나타난 직관과 표현에 대한 과학적 설명을 보여 준 사례라는 거지요?

김우창 그런 걸 보다 보면 삶에 대해서, 존재 일반에 대해서 신비감을 안 가질 수가 없습니다. 무한한 세계에서 사람은 형편없이 작은 존재 아닙니까? 그러면서도 기적적인 점이 있지요. 어떤 우주론자들이 이야기하는 인간 형성적 원리(anthropomorphic principle)가 생길 만한 면이 있습니다. 인간이 우주의 긴 과정에서 태어날 가능성은 확률적으로 수백억 분의 일에 불과하다고 합니다.

가령, 우주가 처음에 창조될 때 온도가 몇 도만 더 높았어도 생물체에 필요한 원소들이 생겨나지 않았을 것이고, 별들의 배치가 조금만 달랐어도 안 되고, 이런 식으로 쭉 계산해 나가면, 인간이 꼭 태어나게끔 미세한 균형이 우주 생성 과정에 들어 있었다는 것이지요. 이것이 맞는 이야기이든 아니든, 인간 존재의 신비감을 표현하는 생각인 것은 틀림없지요. 우주의 합법칙성 자체도 신비스러운 것이지요. 여기에서 사과가 떨어지는 법칙이나, 우주 공간에서 태양이 움직이는 법칙이나 같다는 것은 신비스러운 거지요. 전부 공통된 합법칙성이 있어요.

문광훈 신적 초월자에 의지하지 않고, 그러면서도 삶의 신비감을 존중하면서 세계의 어떤 합법칙성을 궁구해 나가는 노력은 참으로 놀라운 일인 것 같습니다.

김우창 2000년에 런던에서 문학 축제가 있었어요. 전체 프로그램의 제목은 '말(Word)'인데, 런던 시내 전역에서 여러 가지 행사가 있었습니다. 대산재단의 국제문학포럼과 관련하여 그것을 참관하러 갔었지요. 행사가 우리처럼 사람들 한군데 모아 놓고 돈을 많이 들이는 큰 잔치로 보이지 않았습니다. 노벨상을 받은 데릭 월컷(Derek Walcott), 월레 소잉카(Wole Soyïnka) 등이 나오는 곳은 어느 다방의 지하실이었는데, 한 스무 명 왔을까 하는 소규모의 모임이었지요. 소잉카는 그때 거기서 만난 후에 한국으로 초대를 했지요. 그다음에 노벨상 받은 존 쿠체(John Coetzee) 낭독회도 갔는데 런던 교외에 있는 아이슬링턴이란 조그만 도시의 서점이었어요. 조그만 책방의 한쪽 끝에 서가를 밀어 놓고 낭독회를 했습니다. 그때 자기가 쓰고 있던 『불명예(Disgrace)』라는 작품을 읽었지요. 후에 노벨상 받는 데 기초가 된 작품입니다. 이 말 축제에 앞서 얘기한 리처드 도킨스도 나왔지요. 현재 옥스퍼드 대학교의 '과학의 공적 이해 교수(Professor of the Public Understanding of Science)'라는 특이한 직함을 가지고 있지요. 도킨스 강의는 국회의사당 근처에 있는 대강당에서 열렸는데, 입추의 여지가 없이 꽉 찼어요. 입장료를 내고 들어오는데도. 문학보다도 인기가 있는 거예요. 과학이 밝히는 우주의 신비에 보통 사람들이 관심을 많이 가지고 있다는 이야기지요.

축제와 일상적 삶

문광훈 그런 것을 보면 들뢰즈와 가타리가 얘기한 것처럼 문학은 궁극적으로 소수자를 위한 것이 될 수밖에 없는 것 같습니다.

김우창 점점 그렇게 되는 것 같아요. 문학이 그 우주적인 관련을 잃게 된 것과도 관계가 있는 일일 겁니다. 문학은 오락이 되어 가고 있지요. 나도 도킨스 강의에 그렇게 사람 많이 오는 거 보고 놀랐어요. 문학하는 사람은 그래도 열띠게 얘기도 하고 그러잖아요? 이 사람은 원고 써 와서 딱딱한 얘기 읽고 나가는데 수백 명이 대강당을 꽉 채워요. 그러니까 그 축제의 개최지들도 예상을 잘 해서, 다른 사람들은 그렇게 조그만 데서 했는데, 대강당에 하도록 한 것이지요.

문광훈 우리 대회와의 차이점은 영국에서는 여러 군데서 소규모로 많이 개최된다는 점이네요?

김우창 예, 소규모로. 런던 시내에서도 하고 런던 교외 조그만 도시, 우리 식으로 하면 일산이나 이런 데일 텐데, 여기서도 해요. 이에 비하여 우리가 여는 행사들을 보면, 우리는 큰 것에 대한 갈망이 있는 것 같습니다.

문광훈 문학의 본래 속성, 개별적 다수의 작고 고유한 사연에 골몰하는 그 모습 그대로 했다는 점에서 좀 더 좋아 보이는데요.

김우창 우리는 무엇이든지 대중적 호응이 있어야 된다고 생각하는 것 같아요. 자기의 삶에 안정성이 없다는 이야기도 될 것이고. 자기의 삶을 둘러싸고 있는 사회적 테두리를 늘 몸으로 확인하지 않고는 조금 불안해하지 않나 하는 생각을 하게 됩니다.

그런데 펜클럽에서 하는 모임은 조금 컸지요. 피카딜리 서클이라는 번화가의 한 집회소에서 열렸는데, 500, 600명 들어갈 장소에 한 300명은 온 것 같았어요. 펜클럽 상을 주는 행사였어요. 안토니아 프레이저라는 역사 소설가가 받았지요. 영국 상은 돈이 큰 상은 아닌데, 이것도 마찬가지로 상금은 별로 없는 상이었을 겁니다. 아마 전혀 없는 것인지도 몰라요. 문학상으로 영국에서는 부커 상(Booker Prize)이 유명한데, 우리 돈으로 몇백만 원밖에 안 준다고 해요. 물론 그 상을 받으면, 세계적으로 많이 팔리기는 하지요. 안토니아 프레이저가 받은 상에는 듀퐁 사에서 만든 금 만년필이 있었어요. 프레이저가 그거 받고는, 농담하느라고 "요즘 잉크로 글 쓰는 사람이 별로 없는데 만년필을 주다니, 잉크를 못 구해서 쓰기가 어려울 거다." 하니까, 듀퐁에서 온 사람이 "다음 해부터는 잉크를 같이 주겠다."라고 했어요. 다시 프레이저가 "여기 나온 사람들 가운데 펜으로 글 쓰는 사람 손들어 보시오." 하고 청중에게 물었지요. 그러니까 3분의 2가 손을 든 것 같아요.

문광훈 그렇게 많나요?

김우창 자기도 놀랐다 그래요. 컴퓨터가 아니라 펜으로 쓰고 있다는 것에. 영국 사람들은 보수적이랄 수도 있지만, 무턱대고 새것, 큰 것이어야 하는 삶에 비하여 자신의 고유한 속도에 따라 사는 그들의 삶이 부럽다는 생각도 들었습니다. 내가 90년대 초에 케임브리지 대학교에 가서 한 학기 있었는데, 그때 영문과 교수가 독일식으로 '강연식 강의(Vorlesung)'를 해요. 자기 원고 가지고 와서 읽고 나가는 거예요. 나 아는 교수를 보면 전부 이 원고지를 타자도 안 하고 펜으로 썼어요. 그걸 읽고 나가요. 난 그때 컴퓨터를 쓰고 있었지요.

문광훈 거기 모인 청중들은 아무래도 이른바 영국의 교양 계층이겠지요? 그런 사람들이 쓰는 것, 사용하는 도구를 바꾸는 데 좀 느리다는 건데, 제가 보기에는 독일도 그런 것 같아요. 컴퓨터에 그렇게 관심 있는 것도 아니고, 쓰더라도 유행에 그리 민감하질 않고요. 소음이 큰 24핀 인쇄기로 출력하는 경우가 제가 귀국할 무렵, 그러니까 1999년에도 가까운 이들 중에는 있었으니까요.

김우창 삶의 안정을 말하여 주는 것이겠지요. 선진국들이니까 그럴 수도 있지만. 이것은 물리적 문제만이 아니고 심리적 문제이고 일상적 삶의 틀의 문제이지요. 우리는 새로 출발하니까 그렇다고 관대하게 봐야겠지만, 경제가 발달해도 일상적 삶의 환경은 변화가 없는 것 같아요. 자기의 작은 삶을 보람 있게 살고 그것을 사랑하는 것이 사람이 결국 되돌아가는 고향일 터인데, 그것에는 별 관심이 없지요.

문학이나 과학도 이런 관점에서 생각할 수 있지요. 문학은 사람을 흥분하게도 하고 가라앉히는 일도 하는 것일 텐데, 가라앉히는 것이 문학이라는 생각은 사라져 버렸지요. 과학도 그래요. 과학은 발명이나 발견하고도 관계되는 일이지만, 사람이 사는 환경에 대한 합리적 이해를 주는 일인데,

그걸 알고 조금 안심하라는 메시지도 들어 있는 인간 역사(役事)지요. 문학이나 과학이나 잔재미를 주는 면이 있고 그것이 없으면 할 만한 흥미가 안 생기는 것이겠지만, 다른 한쪽으로는 삶의 커다란 바탕을 확인해 주는 일을 하지요. 이러한 점에서 문학과 과학이 다른 것이 아니지요. 과학에 대한 관심도 조금 보편화되면 좋을 텐데 하는 생각을 합니다. 그것은 적절한 조건하에서는 문학에 도움이 되지요. 나는 우리 시나 소설에 조금 더 철저한 과학적 사고가 들어가야 한다고 느낄 때가 많습니다. 과학 강연에도 사람이 많이 모이는 사회가 문학에도 좋은 사회지요.

문광훈 요즘 우리나라에서도 인문학과 관련된 얘기가 많지요. 오늘 뉴스 보니까 '연합뉴스'던가, 서울대에서도 인문학 강좌 열린마당을 해서 공대나 의대, 약대에서 나노 기술이나 로봇 연구자들을 초청하여 인문대에서 강의 듣는 행사를 한 달에 한 번씩 하려 한다고 그래요. 요즘은 사회가 점차 그런 데 관심을 가지는 것 같아요. 개별 분과적으로 밀폐된 학문 활동이 아니라 조금 터놓고 행해지는 상호 분과적 공동 작업이 보이기 시작하는 것 같아요.

김우창 그 반대의 경우도 있어야지요. 과학하는 사람이 인문 과학에 관심을 갖듯이 문학하는 사람도 과학에 관심을 가져야지요. 과학과 과학사에 대해서 인문학하는 사람들이 관심 가져야 될 것 같아요. 그게 결국 '우리가 어디에 있느냐' 하는 것을 생각하는 데 필요한 일이니까.

현실과 이념: 남북 관계

문광훈 현실에도 사실은 여러 차원들이 존재하지요. 그것은 여러 다른 현실들(realities) — 보이는 보이지 않는 현실, 물리적·우주적·형이상학적 현실도 있지요. 과학에서 말하는 우주적 현실뿐만 아니라 그 너머에 초월적 현실을 동시에 성찰하는 것은 우리 현실의 바른 이해를 위해서 매우 중요할 것 같아요. 자연 과학이든 인문 과학이든 결국에는 우리 현실의 균형 잡힌 이해에 기여해야 할 테니까요. 그러면 며칠 전에 있었던 정치적인 현실에 눈을 돌려 질문을 하나 드리겠습니다.

며칠 전이던 지난 20일에 열린 한미 안보협의회의 인터뷰장에서 있었던 일입니다. 윤광웅 국방부 장관과 럼스펠드 미 국방부 장관이 만나 '핵우산 구체화 방안'을 했다 안 했다, 여기에서 언급된 '확대된 억지력'이란 말을 어떻게 해석하느냐 등을 둘러싸고 여러 가지 해석들이 언론 매체에서 오갔습니다. 우리는 미국의 어떤 확실한 언질을 받기 위해 마치 하소연하듯 얘기하고 그래서 '확대된 억지력'이란 말이 두 사람 사이에 오갔다고 윤 장관이 인터뷰장에서 말하자, 럼스펠드 장관은 "그런 일이 없었다."라고 대답했어요. 그러자 윤 장관이 당혹해하는 몇 장면들이 TV로 또 신문에 어제오늘 계속 나왔거든요. 그걸 보면서 '굴욕'이나 '수치' 같은 것을 느낄 수도 있겠지만, 어쨌든 한반도가 4대 강대국 사이에 끼여 있는 한 이런 식의, 유쾌하다고 말할 수는 없는 일들이 앞으로도 반복될 것이라는 것, 그리하여 이 국제 관계적 갈등은 '운명 같은 일'이라는 생각도 들었습니다. 다른 어떤 정책 담당자가 그 자리에 있어도 그 상황은 크게 달라지지 않을 것이라는 느낌도 들었고요.

선생님 생각에, 그런 것은 어떻게 우리가 대응해야 하나요? 전체적으로 보면, 9월 총선을 앞둔 미국인들에게 이라크전이 워낙 큰 이슈이기 때문에 한반도의 문제란 부차적일 수밖에 없다고 말할 수도 있겠지만, 사실 그것이 아니더라도 이 땅의 문제는 원래부터 그들에게 그리 중요한 것은 아니라고 해야 할 겁니다. 비감(悲感)이 드는데, 다른 한편으로 적나라한 현실이니 감수해야 할 것 같기도 해요.

김우창 사실 이러한 문제에 대해서는 대답할 자격이 없다는 것을 고백하는 것이 좋을 것 같습니다. 전문가들에게 맡겨야 하겠지요. 내가 말할 수 있는 것은 극히 초보적인 수준의 것입니다.

국제 관계를 지나치게 개인 관계에 겹쳐서 생각하는 것은 옳지 않은 것 같습니다. 구걸해서 나라에 또는 국민에 도움이 된다면, 구걸하지 못할 것이 없다고 할 수 있지 않을까요? 독립 운동가들이 중국이나 미국 또는 연합국에 지원을 요청한 것 같은 것은 필요한 일이었다고 하겠지요. 또는 조금 다른 경우를 생각해 볼 수도 있습니다. 제2차 대전 중 일본 사람들은 전세가 불리해질 때, 계속하여 최후의 일인까지 항쟁하여야 한다는 것을 강조했지요. 나는 그때 초등학생이었지만, 정말 그런가 보다 했지요. 다른 많은 사람들도 그런가 보다 했을 겁니다. 일본은 미국의 오키나와 침공이 임박했을 때 오키나와 전 주민들에게 자결할 것을 강요하기도 했습니다. 그 지경에 이르기 전에 항복한 것은, 일본 국민의 관점에서도 얼마나 잘한 일입니까. 독일에서도 히틀러는 독일 국민이 다 죽어 없어지더라도 전쟁을 계속해야 한다고 생각했지요. 개인은 어떤 굴욕을 참고 수모 속에서 사느니 차라리 자결한다는 생각을 할 수 있지요. 그러나 집단에게 그것을 요구하는 것은 옳은 일이 될 수 없어요.

더 중요한 것은 이러한 정서적 카테고리의 문제보다 현실 문제이지요. 살고 죽는 것도 현실 문제이지만. 국제 관계는 결국 이익을 주고받고 힘의 균형을 생각하는 것이 근본이라고 할 것입니다. 그렇다고 보편적 이상이 전혀 관계없는 것도 아니지요. 전쟁하면서도 반드시 전쟁을 정당화하는 높은 이념 같은 것을 내걸지 않습니까? 이익과 힘과 보편적 이념, 이 삼자가 적절하게 섞여서 관계가 이루어지는 것이라고 하는 것이 맞을 겁니다. 지나치게 현실적으로만 생각해도 안 되고 지나치게 이상주의에 의존해도 안 되지요. 우리 국방 장관이 눈물로 호소한다고 해도 이해관계가 다르다면 미국 국방 장관이 그 호소를 듣겠어요? 그렇게 호소할 때 호소를 듣는 쪽이 무엇을 얻을 수 있는가를 생각해서 답하겠지요. 모두 현실적 관계 위에서의 게임이지요. 그런데 지금의 형편에 한국의 국방 문제에 미국이 완전히 무관심할 수 있겠어요? 남한이 핵우산의 보호를 요청한다면, 그것은 지금 형편으로는 북한의 핵 위험으로 인한 것일 터인데, 미국이나 일본의 이해관계가 여기에 없을 수가 없지요. 중국도 그러할 것이고. 남한이 참으로 적대적인 관점에서 북한의 핵 위험을 생각한다면, 이쪽도 핵을 갖겠다고 할 수 있고, 일본도 핵을 갖겠다고 할 수 있고, 국제 정세 전부가 한 단계 더 높은 긴장을 품는 것이 되겠지요. 세계 평화를 생각하는 사람들이 마음을 쓰게 될 문제지요.

미국과 한국의 관계를 제국주의나 패권주의의 틀에서 생각하는 것은 맞는 일일 것입니다. 그러나 모든 것을 제국주의나 패권주의 탓으로 몰아붙인다고 사태가 달라지지는 않을 것입니다. 무슨 일에서나 중요한 것은 무엇을 해야 하느냐, 할 수 있느냐 하는 것이지요. 미국의 제국주의 또는 패권주의를 어떻게 다루어야 하느냐가 문제지, 그 탓은 다음 문제이지요. 그것이 당장에 무력 침공의 형태를 취한다면, 타도 미제를 외치며 저항해야 하겠지만. 미국은 초강대국이고 자신의 이익을 위해서 힘을 쓸 용의가 있는 나라이면서도, 우리를 무작정 침공해 올 나라는 아니지 않습니까? 또 미국은 동시에 이념에 의하여 움직이는 이데올로기 국가입니다. 이념의 싸움도 있고, 이념상의 설득도 있지요. 힘만이 문제인 것은 아니지요.

그런데 나는 모든 것을 미국이나 또는 다른 외부 세력의 탓으로 하는 것에 대하여 늘 약간의 유보를 갖습니다. 무슨 일이 일어나는 것이 미국 잘못이라고만 하는 것 말이지요. 어떤 사람들이 주장하는 것처럼, 지금의 한반도의 긴장을 북미 관계로 인한 것이라고만 할 수는 없지요. 북미 관계보다 더 중요한 것이 남북 관계지요. 남북이 갑자기 화해한다면 다른 나라에서 끼어들 여지가 있을까요? 남북이 쉽게 접근할 수 없기 때문에, 우리 스스로도 미국의 힘도 필요하고 중국의 힘도 필요하고 일본의 힘도 필요한 것 아니겠어요? 우리가 합치지 못하기 때문에 다자 관계가 생겨나고 또 필요한 것이 되는 것이지요.

조금 전에《경향신문》에다 칼럼을 보냈는데, 지난번에도 핵 문제를 썼지만, 이번에도 썼어요. 이번에 쓴 것의 주요 요점의 하나는 교환 관계를 늘려 나가야 하는데 신문이나 텔레비전의 자유 교환을 제안해 보면 어떤가 하는 것이었지요. 우리나 저쪽이나 우리의 자유로운 프로그램이 압도적인 우위에 있다고 생각하니까 안 되는 이야기일 텐데, 꼭 그런지는 두고 봐야지요. 이러나저러나 비현실적인 이야기지요. 그러나 내 마음에 있었던 것은 동서독 관계 정도의 교환, 주로 비정치적인 교환이라도 있었으면 얼마나 좋겠느냐 하는 것이었지요. 거창한 교환보다 일상적 교환이 중요한 것일 수도 있으니까요. 한일 긴장의 완화에 보통 사람들 사이에 오가는 일이 많아진 것도 한 요인일 겁니다.

내가 참고한 책에 한스헤르만 헤어틀레(Hans-Hermann Hertle)의 『당시의 동독(Damals in der DDR)』이라는 게 있어요. 거기 보면 아주 경직된 냉전 상태에서도 동서독 관계가 여기서 생각하는 것처럼 경직된 게 아니었다는 것을 알게 됩니다. 가령 라이프치히의 청소년연구소(Jugendforschungsinstitut)의 조사를 보면, 동독 사람들 50퍼센트 이상이 서독 방송과 동독 방송을 듣고 있었고, 공산당원의 47퍼센트가 서독 방송도 듣고 동독 방송도 들어서 정치적 판단을 한다는 것입니다. 공적 공간에서 서독 방송을 듣는 것은 금지 사항이었어요. 그러니까 카페나 사무실 같은 데서는 금지하고 있었지만, 사적으로 듣는 것에 대해서는 아무 말도 안 했어요. 동독 사람들이 서독 방송을 잘 듣기 위해 위성 안테나를 만들었지만 거기에 대해서도 아무런 제재가 없었지요.

동서독 하면 우리의 남북처럼 꽉 막힌 것처럼 알지만, 놀랍게 공산당원까지도 47퍼센트가 서독 방송 동독 방송 다 같이 듣고 보고, 그것을 밝혀도 아무 일이 없었던 거지요. 지금 인용한 것은 1979년 조사입니다. 거기서도 우리 사회에서처럼 일반적으로 여론 조사를 한 겁니다. 아까 이야기한 라이프치히 연구소는 동독의 연구소이고요. 언론 통제는 마르크스주의에 있는 것이 아니지요. 어떤 현실 사회주의 체제에서 그런 것을 한 것이지요. 동서독이 여러 가지 점에서 비슷했다는 이야기입니다. 그러니까 빌리 브란트의 '동방 정책(Ostpolitik)'만으로 큰 변화가 온 것은 아니라고 할 수 있지요. 서로 선물도 교환하고 사람도 왔다 갔다 했어요. 우리 경우도, 민족 공존이니 하는 것도 좋지만, 엄숙한 차원에서가 아니라 자연스럽게 서로 교환하는 길도 있어야 하지 않나 합니다. 이런 엄숙한 표어만 내세우면, 그것도 관계의 경직화를 오히려 보태는 일이 될 수도 있지요.

문광훈 독일의 경우 우편이나 도로, 통신 등 지속적인 교류를 해 왔지요. 서신 교환은 1950년대부터 계속했고요. TV 시청이나 학술 교류, 의료품 제공은 1973년 이후로 아주 확대되거든요. 그 말은 동서독이 통일되기 이전에 거의 20년 이상 실질적 교류가 계속되었다는 것이지요.

김우창 가족끼리 브란덴부르크 문에서 초콜릿을 선물로 건네주기도 하고, 이런 것들이 많았어요. 서독의 노래하는 그룹이 동독에 가서 공연하기도 하고. 정부 방침이나 통일 운동하는 사람들은 매우 이념적이지요. 실질적 차원에서의 삶의 교환 관계보다 '민족', '민족 주체', '가상의 적에 대해 우리 주체성의 방어' 등 주로 이데올로기적 확인을 하는 데 주력하지요. 여러 가지 작은 것들에서, 차이는 있으면서도 완전히 막히지 않은 관계를 만들어 내고, 거기에 기초해서 큰 것을 쌓아 올라가는 방법이 좋을 텐데.

다른 나라와의 국제 관계도 너무 이념화하고 추상화하지 말고, 현실적 차원에서 유지하는 노력도 해야 되는 것이 아닌가 합니다. 미국 사람들이 우리말에 귀 기울이고 일본 사람들이 우리말 들을 수 있게 해야 되지 않나 해요. 이 국제 관계는 남북 관계에서도 우리의 현실적 지렛대의 하나지요. 그걸 다 떼어 버리고 우리 힘으로 한다는 건 힘을 포기한다는 걸 말하지요.

문광훈 현실 정치의 마당에서 여러 문제의 구체적 해결책을 찾기란 당연히 쉽지 않은데요. 그러나 한 나라의 국방 장관이란 사람이 구걸하듯 애원하듯, 각국 기자들이 있는 인터뷰장에서 한 말 한마디, 단어 표현 하나에 목매는 듯한 광경이, 저만의 느낌일 수도 있지만, 비애감을 불러일으켰습니다. 아무리 작은 나라라도 그 나름의 자존감을 잃음 없이 떳떳하게 살 수 있는 방법이 없지는 않을 터인데 말입니다. 럼스펠드가 이라크에 준 관심이 100이라면 한국에 대해서는 1 정도밖에 안 된다는 보도가 아마 사실일 겁니다.

김우창 아까 말한 바와 같이 궁극적인 요인은 힘의 균형의 문제지 기분의 문제는 아니지요. 정서적인 문제를 떠나서, 일반 원칙과 현실, 두 가지가 행동 지침이 된다고 생각합니다. 친미냐 용미냐 반미냐 이러한 이야기들을 하는데, 기본 입장은 늘 친미라는 것을 밝히면서도, "이러한 점은 우리가 달리 생각할 도리밖에 없다." 이렇게 이야기해야 하지 않을까 하는 생각이 듭니다. 우리나라에서 친일파라는 말 때문에 '친'이라는 말이 나쁜 의미를 가지게 되었는데, 어느 나라하고나 친하게 지내야 한다는 것은 원칙의 천명이지요. 영어로 말하면 "friendly relations with all nations, friendly relation with the United States." 이렇게 될 테니까, 친일자의 '친'과는 다른 원칙적인 이야기이지요. 지난 세기의 혹독한 경험으로 우정을 가진 관계 자체가 나쁜 것이 되고, 늘 우리의 주체성을 내세워야만 체면이 서는 것이 된 것 같습니다.

그런데 전략적 바둑 두기는 밖에 있는 사람이 무어라고 훈수할 수 있는 것이 아니고, 정부에서 장기를 두고 있는 사람이 전체적인 상황과 그때그때의 정세를 판단해야 하겠지요. 문 선생이 언짢아하시는 것은 이해할 수 있지만, 내 생각에 확실한 것은 말의 잘잘못이 문제가 아니라 실질적인 국민 이익과 실질적인 정의를 생각하면서 행동해야 하는 것이 아닌가 합니다.

문광훈 주제를 바꾸어, 동서독 문제에서 제가 놀라는 것은, 양국 간에 실질적 상호 교류가 수십 년 동안 이어졌다는 것이고, 또 다른 하나는 서독이 막강한 경제력과 민주 체제를 바탕으로 동독을 언제나 '내독(innerdeutsch) 관계의 파트너'로 생각하고 적극적으로 도와주었다는 사실입니다. 1970년대부터 동독에서 일어난 사건은 언제나 국내 기사처럼 친근하게 썼지요. 또 동독에서 생산된 물건에는 관세를 붙이지 않고 수입했지요. 이렇게 실질적으로 교류했으니 장래에 있을 이른바 통일 비용을 거의 20년 전부터 차근차근 치렀던 거지요.

김우창 그것은 동독 자체가 개방성을 가지고 있었기 때문에 가능한 것이었습니다. 그 사람들이 꽉 닫고 있었다면 안 되지요. 『당시의 동독』에 보면 재미있는 관찰이 있습니다. 동서독 교류에서 동독 정권도 손해 안 났다고 생각했다는 것입니다. 동독 사람들이 원하는 것이 그냥 자유로운 느낌을 갖는 것이었는데 방송 수신 자유롭게 하고 물건도 교환하고 사람도 더러 왕래하고 하니 동독인의 자유에 대한 욕구가 훨씬 줄어들게 되었다는 겁니다. 그러니까 정치 상황이 훨씬 덜 긴장된 것이 되었지요.

서독을 선전용으로 뽑아서 각색해 놓으면 부러운 곳이겠지만, 총체적으로 보면 서독이 꼭 좋은 사회라는 인상을 주었다고 할 수도 없지요. 「굿바이 레닌」이라는 영화 보셨지요? 거기 봐도 서독으로 편입된 다음에 그 어머니는 세상이 바뀐지도 모르고 있습니다. 아들은 통일이 된 다음에 뭘 하겠어요? 접시 닦고, 말하자면 천한 일이랄까, 사람이 먹고살기 위해서 어디에서도 피할 수 없는 그런 일을 하지요. 어느 정도의 생활의 여유가 있는 다음에야 사람 사는 일의 기본은 다 같다고 할 수 있지요. 남한을 보아도 '저렇게 돈 벌려고 아우성하며 사는 것이 옳으냐.'는 느낌이 들지 않을 수 없을 겁니다. 『당시의 동독』에 보면 「굿바이 레닌」 얘기도 나와요. 통독 후에 동독에 남아 있는 사람이 그걸 보고 '저기 가서 살아야겠다.'고 생각하지는 않는다고. 처음에 초콜릿 보면 맛있고 좋지요. 그러나 한참 먹다 보면 '초콜릿, 그거 없어도 살지.' 이렇게 되는 것 아니겠어요? '다른 것이 더 중요하지.' 이렇게 되지요. 「굿바이 레닌」에서 어머니가 세상 바뀐지 모른다는 것은 단순히 캄캄한 사람이 되어서 모른다는 것만은 아닐 겁니다. 그 사람에게는 실제 바뀐 것이 없었던 거지요.

누구도 좋은 방안을 지금 가질 수는 없지만, 정부는 민족이라는 이념과 함께 현실적인 것과 더 큰 도덕적인 비전, 이 두 개를 가져야 될 것 같아요. 그런데 최근의 핵 문제에는 반대 입장을 밝혀야지요. 그것이 미국을 상대로든 한국을 상대로든, 현실적으로 안 된다고 해야지요.

문광훈 사실 큰 딜레마에 빠지긴 빠진 것 같아요.

김우창 어떤 것을 보류하고 또 유보를 가지고 있다면, 여기에 대한 일관된 이론이 있고, 그것으로 설득할 수 있는 여지가 있어야지요. 논쟁이 가능해야 한다고 할 수도 있습니다. 논쟁하려면 보편적 원칙에 대한 믿음이 있어야지요. 또 상대방도 그것을 생각하고 행동한다는 상호 신뢰가 있어야지요. 우리 측에도 민족 정서 이외에는 일관된 이론이 없지만, 저쪽이야말로 다양한 논의를 통하여 보편적 원칙에 이른다는 열린 토의의 공공 공간이 없지 않나 하는 생각이 듭니다.

내가 오늘 신문에 쓴 구절에 그런 것도 있었어요. 사회주의나 공산주의에도 언론 자유를 없애야 된다는 원칙은 하나도 없다는 말이지요. 잘 모르겠지만, 마르크스가 그런 이야기를 했나요? 민주주의 체제에서 언론 자유 통제하는 건 위법이고, 사회주의에서도 실질적으로 그렇다 하더라도 원칙에 있는 건 아니겠지요. 사회주의 원칙하에서도 자유 토론을 통해서 저쪽을 이해시킬 수 있다는 자신이 있어야 할 터인데.

대체로 남이나 북이나 우리 문제 중의 하나가 보편적 원칙에 대한 자신이 없는 거예요. 민족주의로만 얘기하려고 그러니까. 사회주의란 원래 인간을 더 자유롭게 하고 인간적으로 만들겠다고 하는 건데, 사회주의는 민족주의가 아니라 인간 보편주의지요. 보편적 원칙에 대해 확신을 가지고 얘기할 수 있다면 서로 성질나는 일이 있겠지만 장기적으로 볼 때는 서로 이해가 될 터인데, 그런 생각이 들어요. 나 역시 생각이 오락가락하고 그 누구도 해결책 생각하기가 어려운 것 같아요.

문광훈 한반도, 남북한이 지금 마주한 현실적 시련은 보통 시련이 아닌 것 같고, 더 큰 문제는 이 같은 시련이 역사 속에서 이전처럼 앞으로도 반복적으로 등장할 거라는 예감이 든다는 사실입니다. 그래서 우울하고요.

김우창 북한은 너무 자신이 없는 것 같습니다. 많은 것을 보편 관점에서 얘기할 만한 틀이 안 돼 있는 것이 문제인 듯해요. 또 현실적인 문제들이 있는 것으로 보여요. 《뉴욕 타임스》에 나온 거 보니까 3000불이면 북한에서 탈출할 수 있다고 그래요. 부패가 있다는 말이지요. 그렇다면 현실적으로 자신이 없는 나라일 수밖에 없어요.

문광훈 탈북하는 데 돈이 얼마 정도 필요하다는 것이 보도될 정도라면, 그것은 이미 사람들 사이에 상당히 퍼져 있다는 거 아니에요?

김우창 아는 사람이 배를 타고 북한 쪽을 넘겨다 보고 오는 관광을 한 모양이에요. 여러 가지 것이 어렵다는 것을 보여 주는 광경 이야기를 했습니다. 생각하는 것처럼 꽉 막힌 것은 아닌 거 같아요.

문광훈 얼마 전에 보았는데 지금 탈북하는 아이들 가운데는 아홉 살 때 누나와 압록강 쪽으로 탈북하여 밖에서 잠자고 구걸로 연명하면서 중국 내륙을 횡단하여 베트남이나 태국까지 가는 경우도 있더군요. 무려 4, 5년 혹은 6, 7년이나 걸쳐 중국 공안의 눈을 피해, 그것도 걸어서 말이지요. 그거 보니까 보통 문제가 아니던데요.

김우창　안네 슈네펜(Anne Schneppen)이라는 특파원이 《프랑크푸르터 알게마이네 차이퉁》에 쓴 기사 보셨어요? 북한 국가 예산의 우선순위를 얘기했는데, 제일 중요한 부분이 김정일의 사생활 유지, 두 번째가 측근의 사생활 유지, 세 번째가 군인들 중 높은 사람들한테 나누어 주는 거, 그리고 그다음이 국민이라고 했어요. 그게 거꾸로 되어야지. 그 사람이 알고 하는 소리인지 아닌지는 모르지만.

문광훈　그런 것을 보면, 지금 북한의 국경 변두리가 세계에서 인권적으로 가장 열악한 지역 중의 한 곳이라고 할 수 있을 것 같아요.

김우창　안 가 봤으니까 알 수는 없지만, 좀 자유롭게 서로 알 수 있었으면 좋겠어요. 북한이 정말 어떤 나라인가 우리가 알기는 어려워요. 옛날 얘기를 하나만 할게요. 이것은 60년대, 70년대에 쓰인 얘기일 텐데, 내가 그전에 북한 문학에 대해 쓴 글에도 언급했지요.

《조선문학》에 나온 단편인데, 우리 식으로 말하여 초등학교 다니는 어떤 아이가 학교에서 근로 봉사로 산에 가서 일하는데 꾀를 피우고 일을 잘안 하는 거예요. 아버지한테 담임 선생이 통지를 했지요. 선생님도 그렇지만, 아버지도 야단치는 게 아니라 자기 직장에서 허가를 받고 아이를 데리고 가서 하루 같이 일을 해요. 일하는 게 좋은 거라고 아이한테 가르치는데, 아버지가 직접 몸으로 일하며 아이가 스스로 알게 하는 거지요. 이것은 학교의 양해하에서 하는 것입니다. 또 산의 그 일터까지 가는 차편이 없어서 손을 들어 지나가는 트럭을 세우지요. 설명을 듣고 운전수가 우회해서 데려다 주지요. 그 트럭은 공무로 어디를 가는 중이었지요. 나중에 늦어진 데 대하여 설명을 했어야 할 터인데, 운전수는 자신의 설명이 통한다는 것을 자연스럽게 전제하고 있는 것입니다. 얼마나 이해가 있고 인간적인 사회입니까? 이 단편의 이야기가 사실이고 지금도 그렇다고 한다면, 북한 사람들이 여기 와서 완전히 홀려 정신 나간다고 생각하는 건 잘못이지요.

또 내가 옛날에 본 것에 유네스코 통계 같은 것도 있습니다. 의사와 국민의 비율, 또 학교 학생 수와 교사의 비율을 보면 북한은 1960년대와 1970년대에 완전히 선진국 수준이에요. 초등학교 학생 수와 교사의 비율이 열 몇 명 대 하나, 그랬던 것 같아요. 그때 우리 남한은 60명, 80명이었지요.

문광훈 1970년대에 제가 다녔던 초등학교는 한 학급당 일흔 명 정도되었습니다.

김우창 정말 사람이 어떻게 행복하게 사느냐를 생각한다면, 굶는 것은 곤란하지만, 무엇이 좋은 삶이냐를 선택하는 것은 그렇게 쉬운 게 아니지요. 번쩍번쩍한 것이 일시적으로 좋을는지 모르지만, 장기적으로 볼 때는 그렇게 중요한 것은 아니지요.

미국에 처음 갔을 때 강한 인상을 준 것이 그런 것들이지요. 내가 있던 곳이 촌이었는데, 자동차 열쇠는 안 잠그고 그냥 나가고, 길에서 손들면 으레 차 세워 주고, '나 어디 간다.' 그러면 같이 가는 데까지는 데려다주고 그랬지요. 그렇게 해서 많이 돌아다녔지요. 미국에서도 그게 1970년대부터는 점점 어려워졌어요. 길에서 학생들이 그렇게 여행 많이 했지요. 그것이 히치하이킹이라는 거지요. 손들면 다 태워다 주고. 그전에도 얘기했지만, 방학 때 콜로라도에 일하러 갔는데, 그때 동부로 돌아오는 버스값과 헌 차 값을 비교해 보니까 헌 차가 더 싸요. 그래서 헌 차를 사 가지고 학교 쪽으로 오는데, 휘발유 넣으려고 차를 어디 세우기만 하면, 나와서 타이어를 보고 "이거 갈아야지 안 그러면 펑크 나서 큰일난다."고, "이 차 안되겠다."고 걱정해 주고.

문광훈 그때가 언제였나요?

김우창 스물일고여덟 살 때예요. 이렇게 가다가 차를 세우면, 미국 사람들이 차 멈추고 와서 무슨 사고 났냐, 도와줄 거 있냐고 묻는데 감동했지요. 번쩍번쩍한 거 보고 그렇게 감동한 건 아닐 거예요.

문광훈 유종호 선생 글에 그 미국 횡단 여행에 대해 쓰신 것을 본 기억이 납니다. 콜로라도에서 뉴욕까지 며칠쯤 걸렸나요?

김우창 한 열흘 걸렸던 것 같아요. 한 번은 텐트 가지고 어디 공지에 텐트 치고 자고 가면서.

두 번째 갈 때는 우리 식구들하고 같이했어요. 캠프지 같은 데서 텐트 치고 이런 식으로 했어요. 그런 데 다니다 보면, 미국 사람들 친절하다는 걸 알게 되지요. 이데올로기보다 그것이 중요한 삶의 일부이지요. 이북이 정말 비인간적인 사회냐 하는 것은 잘 들여다봐야지요.

문광훈 중요한 말씀인 것 같네요. 그러니까 정치적 프로파간다나 이데올로기에 의해 왜곡된 북한 삶의 모습이 전부가 아닐 수 있다는 것이지요? 좀 더 낮은 생활의 차원에서 경험되는 북한의 현실은 우리가 생각하는 이상으로 그 나름 인간적일 수 있고, 그리고 그런 토대 위에서라면 서로 충분히 교류 가능한 것이라는 거지요?

김우창 그런 것이 있지요. 단지 아까 안네 슈네펜이 쓴 것에 국민 사는 것이 제일 밑바닥이라는 기사도 있지만.

문광훈 국제인권위원회이던가 어디 통계를 본 적이 있는데, 북한에는 아직도 20만 명 이상의 정치범이 수용소에 갇혀 있다고 하니까 참으로 끔찍한 일이지요.

김우창 지금 북한 관련 뉴스는 참 나쁜 것 같아요. 그런데 1970년대에는 그것도 뭐 괜찮은 사회인가 보다라는 인상을 받았어요.

문광훈 선생님이 읽으신 단편 소설에 그런 북한 사회에 대한 좋은 인상의 근거가 묻어 있었다는 말씀이지요?

김우창 생활 현실이 어떻든지 간에 공식적인 태도에 문제가 있는 것은 틀림이 없지요. 가령 '핵 포기 선언' 같은 것을 이전에 한 거 아니에요? 그러니까 이 사람들은 그것에 대해 "우리는 이렇게 할 수밖에 없다."라는 통지를 했어야지요.

문광훈 책임 있는 지위에 있는 사람들은 그에 걸맞은 사고와 행동을 보여 줘야 될 것 같아요. 정치가들은 그런 일을 직업으로 하는 사람들인데, 그런 경우가 의외로 드문 것 같아요. 직업적 성실은 윤리 중의 윤리니까요. 믿음을 주는 행동을 해야 국민들이 안심하고 생업에 종사하며 살 수 있지요. 그러지 않고 무원칙적으로 한다면 모두가 불안해지지요.

김우창 그 '불바다' 소리를 여러 번 했잖아요? 그런 소리 안 했으면 좋겠는데. 그런데 그 가능성을 전혀 배제할 수 없거든요.

문광훈 특히 북한 군부에는 그런 강경파 인물들이 많은 것 같은데요. 앞뒤가 정말 막혀서 전혀 요지부동인 사람들 말이지요. 이 좁은 땅에서 왜 그렇게들 서로 위협하고 싸우고 불신하며 살아가는지, 이 어리석은 일이 언제까지 계속될지 난감합니다.

동서양 지성의 비교

대담과 국제 교류

문광훈 오늘 제가 드리고 싶은 질문들의 제목은 '대담에 대한 대담'입니다. 동서양 지성의 비교, 이렇게 제목을 조금 거창하게 잡아서 마음에 좀 안 들기는 하는데요. 그래도 저는 중요하게 생각하는 대목입니다. '동서양 지성의 교차'나 나아가 '김우창학'의 가능성에 대해 질문드리고 싶습니다.

첫 번째 질문은, 선생님께서는 여태까지 여러 학자들, 작가와 예술가, 시민 단체 지도자, 정치가, 언론인, 환경 운동가 등 많은 사람들과 만나고 교류하시면서 세미나 강연, 대담 등 여러 종류의 의견 개진을 40여 년 동안 해 오셨는데요. 그중에서 가장 컸던 행사의 하나는, 서울국제문학포럼이 될 것이고, 또 작년(2005년)에 열렸던 프랑크푸르트 국제도서전의 한국 조직위원회 위원장을 맡아 활동하신 일이 아닌가 싶어요. 이런 것은 언론에 상대적으로 많이 알려진 것이지만, 그 밖에 알려지지 않거나 덜 알려진 일도 사실 많은 것 같아요. 제가 알기로 국제비교문학회 부회장으로 지금

계시지요? 작년 베네치아에서 열린 학회에도 참석하신 것으로 알고 있는데요. 참석하고 활동하시는 동안 특히 기억에 남는 행사나 학회가 있다면 말씀해 주십시오.

김우창 행사들보다도 아까 얘기한 것처럼 작은 일들 가운데 인상적인 게 있지요. 미국 사람들이 길에서 잘 도와준다든지, 우리와 행동 방식이 다르다든지.

미국 어느 시골에 갔을 때 차가 도랑에 빠진 일 하나 얘기하지요. 나지막해서 어렵지 않을 것 같더니 아무리 발동을 걸어도 나오질 않아요. 그런데 청년 둘이 걸어오고 있어서 좀 밀어 달라고 했지요. 그러니까 차를 이렇게 들여다보더니, 안 된다면서 그냥 가 버려요. 그래서 속으로 '사람이 이렇게 박정할 수가 있는가.' 했어요. 내가 또 혼자 노력하고 있는데, 한 떼의 청년들이 걸어오고 있어요. 멀리서 와서 하는 얘기가 "이제 한번 해 보자."고 해요. 동네에 가서 사람들을 동원해서 온 거예요.

문광훈 안 된다는 게 '우리만으로는 안 된다.'라는 뜻이었네요?

김우창 합리적으로 도와주려고 했던 거예요. 보통 같으면 체면상 한번 밀어 보고 안 된다며 그냥 가 버렸을 텐데, 딱 들여다보고 판단하여 한 떼를 데리고 왔어요. 그런데 결국 안 되어서 다른 집에 가서 전화해 견인차로 끌어냈습니다. 농사꾼 집인데 얘기하니 차도 대접하고 그래요. 하여튼 그 젊은이가 합리적 판단을 통해 사람을 도와주는 행동 방식이 인상적이었지요.

작년에 베니스에 가서 본 것도 그래요. 베니스는 전에도 들른 일이 있는데, 대개 관광 코스로 가기 때문에 화려한 것들만 보게 되지요. 그런데 작년에 국제비교문학회 이사회 때문에 갔을 때는 경비 절약을 위해 싼 숙박업소에 묵었는데, 뒷골목의 어느 수녀원이었습니다. 수녀원 유지를 위해서 한정된 수의 손님을 받고 있는 겁니다. 서울 뒷골목 못지않게 베니스 뒷골목이 초라하데요. 그런데도 사람들이 편하게 살고 있어요. 이렇게 유명한 관광지도 이런데 편한 마음으로 살면 됐지 꼭 외적인 화려함이 그렇게 필요한 것인가 하는 느낌이 들었습니다. 베니스 대학교에 있는 사람 집에도 갔는데, 그 집도 외관으로는 벽도 다 헐렸고 초라해요. 그런데 안에 들어가면 넓지는 않지만 적절하게 살 만하게 다 해 났어요. 자기 사는 공간은 자기 필요에 적절하면 되는 거지요.

발표 듣고는 배운 것은 그렇게 많지 않은 것 같아요. 책으로, 글로 보는 게 더 낫지요. 그런데 베니스에 관계된 음악 연주회를 열어 주었는데 좋았습니다. 음악이 얼마나 위대하냐는 생각이 들어요. 하프하는 사람, 첼로하는 사람, 또 성악가 이렇게 세 사람이 와서 주로 베니스에 관한 음악들을 연주했지요.

일반화해서 얘기할 수 있는 것은 돈이 들더라도 많은 사람들의 교류가 국제 관계에 필요한 일이라는 겁니다. 이해관계와 국익의 차원에서 국제 관계가 움직인다고 해도 결국은 인간의 교류란 개인적 차원에서 이루어지게 되지요. 미국과 영국의 특별한 관계는 언어도 그렇고 문화 전통도 그렇고 공유하는 것이 많기 때문이지요. 영국 사람들이 미국 가면 금방 친구가 돼요. 영국 대사나 이런 사람들이 친구와 얘기하기 때문에 많은 게 제대로 풀리지요.

내 친구가 은행 일로 독일에 오래 가 있었는데, 갔다 와서 하는 첫 얘기가 "비즈니스를 하려면 독일어만 가지곤 안 되고 문화적인 여러 가지 것을 알아야 된다, 사람들과 사귀려면 잡담도 해야 되고 문화도 얘기해야 되는데 비즈니스만 가지고는 도저히 안 된다."라고 얘기한 일이 있습니다. 옛날 얘기지만. 국제 관계에서도 인간관계, 문화 관계가 아주 중요하지요. 우리나라의 외국어, 특히 영어 바람에서 생각해야 할 문제점입니다. 지금 세상에 다른 나라들을 피상적으로만 알아서는 안 되지요. 이것은 근대사에서 중심부에 있던 나라들도 느끼는 것인데, 우리는 어떻게 보면 더 유리한 입장에 있다고 할 수 있지만, 외부 세계에 대한 우리 지식을 너무 피상적인 데 한정하면 곤란합니다.

국제비교문학회는 별로 큰 의미가 있는 학회라고 할 수는 없습니다. 그러나 배우는 것들은 있지요. 지금 회장은 브라질 사람인데 한 달 전쯤에 작고했고, 그전에는 파리 대학교 교수가 회장이었는데, 그 사람이 퇴임 강연할 때 동양과 동아시아를 아는 게 얼마나 중요한가가 주제였습니다.

지금 회장 대행이 미국인인데 비교적 나이가 젊은 여성이지요. 지금 조금 시끄러운 일이 생겼어요. 브라질에서 내기로 한 학회 잡지 하나가 잘 나오지 않는다고 하여 마치 부정이 있는 것 같은 암시를 하는 편지를 돌려 많은 사람들을 분개하게 했지요. 이건 럼스펠드나 부시하고 똑같은 거지요. 성질 급하게 움직이니. 자기 나름으로 정의감이 있겠지만, 이해를 가지고 좀 참을성 있게 처리하는 것을 모른 거지요. 또 자기도 모르게 선진국의 후진국에 대한 선입견이 작용한 것일 테고. 이 미국인 회장의 언동을 보면 진보주의자인데도 그렇지요. 국외 국내를 막론하고 진보주의가 자기 정당화의 구실을 하는 경우가 많지만. 유럽 사람들 만나 보면 성질은 그보다 덜 급하지만 상당히 자기중심적입니다. 그 사람들에게는 유럽이 세계지요. 아시아 공부해야 된다는 이야기를 한 파리 대학교의 교수에게 "유럽이 온 세계인 줄 아는 당신들이 촌놈이지 우리가 촌놈이 아니다."라는 말을 농담으로 한 일이 있지요. 우리는 유럽을 알고 자기들은 우리를 전혀 모르니까. 유럽 사람은 자기들이 보편적 입장에 있다고 생각하지만 유럽의 보편성이란 바로 촌놈 근성에서 나오는 것이다, 이런 농담이었지요.

문광훈 그렇게 말할 수 있는 서양의 학자도 드물지만, 더 드문 것은 동양의 학자 같습니다.

두 번째 질문은 이렇습니다. 지금까지 여러 사람들과 교류하시면서 갖게 된 발표문이나 인터뷰 내용 대담집 등이 일부 남아 있는데요. 선생님께 아주 인상적이었던 학자나 그 생각, 태도 등 에피소드 몇 가지를 좀 전해 주십시오.

김우창 깊이 아는 사람이 없기 때문에 뭐라고 하기가 어려운 것 같아요. 대개 형식적으로 대담하고 그러기 때문에 주워듣는 건 있지만. 내가 비교문학회에서 활동하게 된 것은 일본 사람들 때문에 그렇게 된 거예요. 나는 모임에 끼는 것을 싫어하는데, 우연한 계기로 일본에 두 번 가 있게 됐지요. 도쿄 대학교에 갔고 교토에도 가고 그랬어요. 그걸 통해 일본에 대해 참 많은 것을 배웠어요. 거기에서 일본 교수들도, 깊은 의미에서 아는 것은 아니지만 아는 사람들이 여럿 생겼지요. 그런데 그 사람들이 나를 비교문학 이사회, 또 부회장에다 집어넣은 거예요. 그래서 한국에서도 비교문학회 활동을 조금 하게 된 거지요. 동양에서는 일본 사람들만 오고 중국 사람은 지금은 많이 끼였지만, 동양을 더 끼워 넣기 위해 날 넣었지요.

국제비교문학회를 통해서 프린스턴에 있는 얼 마이너 교수, 콜카타에 있는 자다푸르 대학교의 아미야 데브 교수를 알게 되고, 그 사람들이 내는 책에도 기고하게 되었지요. 마이너 교수는 영문학 특히 18세기 전문가로 알려져 있지만, 일본 문학에 대해서 밝고 저서도 남겼지요. 일본에 대한 관심은 2차 대전에 참전한 덕택인데 적국에 대한 깊은 관심, 우리 식으로 표현하여, 애정 어린 관심을 가질 수 있다는 것이 서양인의 장점인 것 같습니다. 영미 시 가운데 1차·2차 대전을 말한 것들이 많은데, 그것들이 주는 감동의 상당 부분은 이러한 모순의 결합과 그 고뇌를 표현한 것에서 옵니다. 데브 교수는 참 우수한 사람인데, 인도의 어려운 환경에서 지식인 노릇을 하는 것이 얼마나 힘든 것인가를 실감케 해 주는 바가 많았습니다. 그 지적 수준은 세계적이지만, 나라의 형편과 개인적인 경제 사정이 그것을 편하게 행사할 수 있게 해 주지 못하지요.

문광훈　국제비교문학회 일을 일본 사람들의 권유에 의해 하시면서 시각을 조금 변화시키는 계기가 되었습니까?

김우창　우리 세대에게 일본은 어느 정도 아는 나라라고 할 수 있습니다. 일본의 문학이나 사상에 관한 책들을 읽은 일이 있으니까. 그러나 실제 가 보고 일본이 얼마나 문화적인 기율이 깊은 나라인가를 느끼게 되었지요. 그것은 책으로 보는 것과는 상당히 다른 것이었습니다. 학문의 질서, 공중 질서, 생활화된 문화적 세련, 우리에게 잘못한 것이 많지만, 부러운 것이 많았습니다. 중국도 가 보았고, 중국 문화는 훨씬 더 깊이 있고 큰 문화지만 과거란 현재의 힘을 입고서야 비로소 빛이 난다는 걸 중국에 가서 느꼈지요. 과거만 가지고 빛나는 건 없다는 생각이 들어요. 일본과 대조해서 하는 이야기입니다. 중국은 아직도 편안한 나라라는 인상을 주지 못하지요. 옛 전통이 관광 자산은 되지만, 오늘의 삶 속에 살아 있는 것 같지 않고.

문광훈　중국 다녀온 사람들은 그런 말들을 많이 하더군요. 현재적 삶의 질이 문화적 전통의 질에 비해 너무 떨어진다고 저도 여러 번 들었습니다.

김우창　정부의 고위층은 모르지만 내가 본 것으로도 일상적 차원의 부패도 상당한 것 같고.

문광훈　우리나라 한 50, 60년대처럼 말이지요?

얼마 전에 선생님께서는 로티 교수와의 대담도 마치셨는데요. 그 이전에 계간지나 신문에 난 것만 하더라도 가라타니 고진이나 피에르 부르디외 등 많이 소개되었습니다. 제가 궁금한 것은, 외국 학자와의 대담에서 단순히 언어적 소통의 어려움과 같은 것이 아니라 주제에 대한 문제의식이나 관심 분야의 차이, 아니면 좀 더 근원적으로 문화적 정향이나 인식 틀의 차이, 이런 것 때문에 깊이 있는 의견 개진이 어려울 수 있는데요. 그래서 어떤 문제를 제기한다 하더라도 이런 장애로 상대방이 전혀 다르게 얘기할 수도 있고요. 또 거꾸로 될 수도 있고요. 이런 문제가 있었다면, 선생님께서는 논의의 어떤 수위에서 조절하고 그 수준을 설정하시는지 궁금합니다.

　김우창 지금까지 만난 사람들과는 별문제는 없었던 것 같아요. 신문도 많이 보고 하다 보니 오늘날 세계의 문제가 뭐라는 걸 조금은 인식하고 있고, 또 지금까지 문 선생이 얘기하신 사람들은 그 책을 내가 보고 있고, 이 사람들이 뭘 관심 가지고 있는가 알고 있으니까 소통에 큰 문제는 없었어요.

　피에르 부르디외 교수 얘기를 하면 지금 얘기한 사람들 가운데서 제일 유명한 사람이지요. 명성에 비해서 사람이 참 겸손하고 순박한 인상을 주는 사람이었습니다. 부르디외를 국제문화포럼과 관계해서 처음 초청할 때 안 온다고 그랬어요. 건강 때문에 올 수 없다는 것이었습니다. 그래서 속으로 생각하기를 한국 같은 시시한 데 뭐하러 가느냐 그런 생각을 하는가 보다 했지요. 직접 찾아가 교섭하는 사람에게, 보편적이고 세계적인 관심을 가진 부르디외 교수 같은 분이 선진국만 다니고 후진국에 안 간다면 잘못된 것이 아니냐 하는 시사를 해 보라고 했지요. 그 때문인지는 모르지만 그러고 나서 부르디외가 왔어요. 그런데 정말 건강이 나빴습니다. 귀국한 다음 몇 달 후에 돌아가셨어요. 미안한 생각이 상당히 들어요. 사람의 판단은 대체로 선입견을 확인하는 것이 되기가 쉽지요. 직접 만나 보고 닥치면 다른 것인데. 경주도 같이 가고, 김포에서 비행기 타는 걸 보기도 했어요. 불국사 앞까지 간 버스에 혼자 남아서 불국사 구경을 하지 않았습니다. 김포에서 자기 짐을 잘 들지 못하는 것을 도와주면서, 부르디외 교수가 참으로 심각한 심장병을 앓고 있다는 것을 직감했습니다.

　청와대도 같이 갔는데, 자기는 권력자한테 가서 인사드리는 법이 없다, 안 가겠다고 하면서 청와대 방문 일정을 피하려고 했지요. 그래서 우리나라의 정치적 발전을 위해서 김대중 대통령을 만나는 게 좋겠다고 설득하려 했지요. 가기 전날 저녁에 그런 얘기를 했는데 아침까지 생각해 보겠다고 했습니다. 넥타이도 안 매고 다니던 분이 넥타이 매고 아침에 나왔어요. 그래서 외국 작가들과 청와대에 같이 갔지요. 가서 김대중 대통령께 문화, 경제 발전, 민주화 투쟁 등 개인적 경험 또는 국가적인 문제에 관한 것들에 대해서 많은 질문을 했어요. 정해진 시간을 넘어서까지 대화가 계속됐습니다. 사회하는 사람이 "이걸로 끝내겠습니다." 했는데도.

소잉카도 얘기를 했어요. 소잉카는 "박해받는 지식인을 위한 센터, 망명처 같은 걸 여기다 만들면 어떠냐." 그랬어요. 그러니까 김 대통령이 안(案)을 보내라고 했어요. 부르디외 교수는 나오면서 나한테 좋은 대통령이라고 칭찬했지요. 김대중 대통령이 논리적으로 납득할 만하게 설명을 잘했지요. 나중에 김 대통령이 노벨 평화상을 수상했을 때, 축전을 보냈다는 이야기를 나에게 이메일로 알려 왔습니다.

《한국일보》를 위해서 나와 대담을 했습니다. 부르디외가 최근에 신문에 쓴 것들을 보았기 때문에 "세계 시장 접근이 가능하여 한국이 경제 성장을 이룩하고, 중국도 그렇지 않은가, 유럽에서 세계화 반대 운동하는 것은 유럽의 기득권을 지키자는 얘기가 아니냐."고 얘기하니까 이 말을 순순히 인정하고 새로운 국제주의 — 유럽주의나 민족주의가 아니라 새로운 국제주의가 있어야 하겠다고 했습니다. 자기 젊을 때 얘기도 하고. 자기의 좌파적 입장이 자신이 가스코뉴 출신이라는 것과 관계있을 것이라는 이야기도 하였지요.

요즘의 사상가들

문광훈 요즘은 슬라보예 지젝이나 레비나스, 마사 너스바움이나 찰스 테일러, 프레드릭 제임슨, 이런 사람들이 현대 사상가들 가운데 좀 더 자주 회자된다고나 할까요. 선생님은 그 가운데 찰스 테일러를 많이 인용하고 계시는데요. 특히 주목하는 학자가 있으면 어떤 사람인지 좀 알려 주십시오.

김우창 그중에 사실 많이 읽어 본 건 제임슨 같은 사람이에요. 지젝은 많이 읽어 보지 못했고 가라타니 씨는 좀 읽어 본 일이 있어요. 제임슨은 우리 집에 온 일도 있지요. 날카로운 사람이고 중요한 분석들을 했고, 지금 마르크스주의 이론에서 중요한 사람이지만 현실성이 없는 것 같아요. 사람은 가령 '정치적 무의식'이 있어서 그것이 어떤 소설을 쓰게 한다고 하는데, 흥미로운 관찰이지만 중요한 관찰은 아니지요. 제임슨이 얘기한 그 외의 것들도 봤지만, 그렇게 기억에 크게 남는 것들이 없어요. 아마 보드리야르가 한 말 같은데, 미국의 마르크스주의가 지극히 정치한 것은 현실로부터 유리되어 있기 때문이라는 말은 맞는 것 같습니다. 현실성이 없다는 말입니다.

문광훈 이른바 현실 정합성 말이지요?

김우창 예. 가라타니 고진 씨는 내가 서울에서도 보고 미국에서도 보았지요. 가라타니 씨는 유명한 마르크스주의자이지만, 최근에는 칸트에 대한 관심을 가지고 윤리가 중요하다는 얘기를 많이 하는 것 같습니다. 마르크스주의는 윤리를 별로 중시 안 하지요. 사회관계나 사회 구조가 모든 것을 결정하기 때문에 윤리는 그 종속 변수이지요. 윤리는 부르주아들의, 말하자면 위장 전술에 불과하다는 생각이 마르크스에 들어 있어요. 가라타니 씨는 이제 윤리의 중요성을 말하고, 칸트 얘기를 하는 것입니다. 사회 구조, 생산 수단, 노동자, 계급…… 이런 것들만으로 인간 문제를 해결할 수 없다는 것, 윤리적인 것의 힘이 약한 것 같으면서도 사는 데 있어 중요하다는 것은 가라타니 씨도 얘기하지만 레비나스도 얘기하지요. 많은 사람들이 얼마 전부터 그에게 관심을 가지게 되었지요. 모든 것을 사회적으로 해결하는 것은 불가능하다는 것을 깨닫기 시작한 것이지요.

테일러에게 내가 관심을 갖는 것도 그가 사회 철학자이면서도 윤리나 '실존적 진정성(Eigentlichkeit)'을 문제 삼기 때문이라고 할 수 있습니다. 그에게 이 윤리적 행동의 밑에는 깊은 내면적 체험이 들어 있습니다. 여기에서 자아도 나오고 윤리와 도덕도 나옵니다. 외면적으로 받아들이는 도덕적 규범은 나를 말소하게 됩니다. 이에 대하여 역설적으로 자아와 사회적 의무가 하나가 될 수 있는 것은 내면의 과정을 통해서이지요. 사회 구조에다 모든 것을 돌리는 것은 인간을 인간이 되게 하는 근본을 공소하게 하고 비윤리적인 행동을 사회적 목적으로 정당화하는 길을 터놓는 것이 됩니다. 나도 마르크스주의에 관심을 오래 가졌지만, 윤리적 선택을 빼고 지나치게 정치나 사회 구조의 관점에서 인간사를 보는 것에는 호감이 잘 안 가는 것 같아요. 제임슨의 경우도 윤리적 성격, 인간관계의 윤리적 성격에 대해선 관심이 별로 없어요.

문광훈 여기에 언급한 사상가들 외에 최근에 들어 읽고 계시는 학자나 사상가가 있으면 한두 분 더 말씀해 주십시오.

쉬지 않는 판단과 행동

김우창 요즘은 숙제가 많아서, 숙제하느라 책을 못 보고 있어요. 내가 아까 얘기한 폴 데이비스라든지 물리학을 설명한 것들을 좀 보고. 옛날 것을 다시 봐야 된다는 생각이 많이 들어요. 플라톤이라든지 아리스토텔레스라든지. 내가 작년에 강연에서도 여러 번 언급했지만, 너스바움은 최근에 많이 봤지요.

문광훈 그 사람 저작은 문헌적으로 따라가며 계속 읽으시던데요.

김우창 비교적 많이 봤습니다. 그런데 그 사람이 모든 문제에 답해 주는 건 아닌 것 같아요. 그러나 내가 특히 관심 갖는 부분인데, 구조적으로만 문제를 해결할 수 없다는 걸 거기서도 발견해요. 그때그때 생각을 해서 바르게 행동해야 된다는 인간 행동의 기본 원칙에 대한 관찰은 너스바움의 핵심적 주장의 하나이지요.

문광훈 큰 의미에서의 아리스토텔리안이라고 할 수 있지요.

김우창 아리스토텔리안이지요. 원래 아리스토텔레스 전문가이기도 하지만, 현세적인 의미에서의 행복, 행복에 필요한 개인적 품성의 도야, 그리고 그 사회적 조건들을 문제 삼는다는 점에서도 그러하지요. 플라톤적인 이념 또는 추상적 이념에 의하여 현실을 설명하고 행동 규범을 추출해 낼 수 있다고 생각하지 않지요. 물론 규범이나 법이나 정치 체제의 중요성을 부정하는 것은 아니지요. 그것을 보다 경험적 차원에서의 이성적 합의에 위치하게 하고, 또 추가하여 그때그때의 구체적 상황에서 발휘될 수 있는 지성과 배려의 움직임을 중시하는 것이지요.

우리나라에 지금 진보적 사상의 문제점의 하나도 그것 같아요. 우리가 구체적으로 지금 할 수 있는 게 뭐냐, 또 내가 해야 되는 게 뭐냐 이렇게 묻지 않고, 사회 전체에 무엇이 잘못되었느냐라고만 물으니까. 물론 그것도 필요하지요. 그러나 그것만 가지면 비인간적 요소가 오히려 많아지는 사회가 될 수도 있습니다.

내가 마르크스주의에 처음 관심을 가졌던 이유 하나는 그것이 우리의 윤리적 판단에 여유를 준다는 점이었다고 할 수 있습니다. 우리가 어떤 사람을 보고 이 사람 잘못하고 있다고 느낄 때, 그것이 그 사람 책임이 아니라고 하는 것은 사람과 사회를 보는 데 중요한 관용의 공간을 만들어 주는 일입니다. 마르크스가 말하는 것은 물론 그러한 잘못을 만들어 내는 사회 구조에 대한 투쟁이지요. 그러나 투쟁의 구호 아래에는 더 너그럽게 보는 관점이 들어 있습니다. 그런데 이 점에는 사람들이 별로 주의를 안 하는 것 같아요.

　문광훈　마르크시즘에 대한 선생님의 독해 시각도 참 특이합니다. 간명하면서도 납득하게 하고요. 세상을 좀 더 넓게, 인간의 삶을 더 너그럽게 이해하게 하는 계기로서 마르크시즘이 지닌 윤리적 의미에 대한 지적이 말이지요.

　김우창　소련의 마르크스주의 실험이 실패한 것은 이 차원을 잃어버리고, 또 구조를 넘어 그때그때의 윤리적 행동이 중요하다는 생각을 없애 버렸기 때문이지요. 모택동의 실험에도 같은 이야기를 할 수 있습니다. 그 전기를 별로 보지는 못했지만, 최근에 영어로 된 전기들에는 '모택동은 나쁜 놈'이라는 얘기가 많이 나오는 것 같습니다.

　문광훈　모택동에 대한 평가는 전체적으로 부정적인 것 같아요.

동서 학문의 비판적 수용

　문광훈　인간이 역시 중요한 것 같아요. 그 사람이 혁명적으로 사회를 어떻게 변화시켰느냐도 중요하지만 마음속에 들어 있는 인간이 중요한 것 같아요. 그에 비해서는 가령 주은래 같은 사람은 높이 평가되더군요.

　지금 제가 드리려는 질문들의 전체 제목은 '서구 지성의 성취와 한계'입니다. 서구에서 이른바 큰 학자로 간주되는 사람들에 대해 우리 나름의 독립적이면서도 열려 있는 시각에서 평가하고 이해하는 작업들이 중요한데요. 또 한국 학문의 현 단계로 봐서도, 이젠 해방 후 60년 이상이 지났으니, 이 땅의 삶의 문제를 그야말로 보편적 관점에서 본격적으로 주제화해야 할 시점에 와 있지 않은가 하는 생각이 듭니다.

　김우창　역설적인 것은, 그러기 위해서는 우리가 서양 것도 많이 흡수해야 된다는 것입니다. 훈고학적으로만이 아니라 일반적 이해의 방식으로의 서양 것도 많이 알아야 되고, 또 동시에 우리 동양 것에 대해서 많은 걸 알아야 될 것 같아요.

학술적으로 정말 일관성 있는 논제가 되었느냐고 하기는 어렵지만, 내가 최근에 재미있게 생각한 책은 박석무 씨가 쓴 『풀어 쓰는 다산 이야기』입니다. 『유배지에서 보낸 편지』를 재미있게 생각했는데, 박석무 씨의 저서를 보면 다산의 사상뿐만 아니라 일반적 인간적 상황을 많이 알 수 있게 해요. 편지나 일기도 중요하고, 친구하고 어디서 뭘 했느냐는 것도 중요해요. 그런 것들을 다 보면 사상 얘기도 나오지요. 더 일관된 해설의 작업으로 나아갔으면 좋겠지만. 그걸 보면서 느끼는 게, 우리 한국의 사상도 더 인간적인 환경 속에서 이해할 수 있게 되어야 된다는 거예요. 그러기 위해서는 더 많은 연구가 있어야 되고 편지나 문집도 봐야 되고, 전체적·역사적 맥락 속에서 봐야 되고 사상도 봐야 돼요. 그러니까 인간적·경험적 환경과 사상적 맥락을 다 합쳐서 보는 작업이 앞으로 많이 필요하다고 생각해요.

우리 전통 연구에 대해서는 국문학 쪽에서도 그렇고 한학 쪽에서도 그렇고, 잘 모르는 사람이 얘기해서 안됐지만 너무 도덕적이에요. '이게 옳은 일이다'를 떠나서 우선 경험적으로, 거리를 가지고, 있는 그대로를 보여 주는 작업들이 많이 필요해요. 그런데 '있는 그대로의 작업으로서의 학문'이란 서양 전통이지요. 랑케가 얘기한 것처럼 '있었던 그대로의 것'을 밝히려는 것이 역사의 목적이라는 생각은 서양 학문에 더 많이 있습니다. 물론 랑케의 생각을 비롯해서 그런 객관적 인식이 가능하다는 것은 독단적인 생각이라는 얘기가 많아요. 그러나 그것 역시 객관적이고 사실적인 것에 대한 생각이 있기 때문에 나오는 것이지요. 교조적 판단 이전에 사실을 존중하는 것은 서양 전통에 강합니다.

성리학을 설명할 때 나오는 슬로건의 하나가 '지행합일(知行合一)'이지요. 그런데 지행합일에 이어서 뭘 얘기하냐면, 칸트식으로 얘기해서 '행동의 막심(Maxim)을 어떻게 유도해 내느냐'이지요. '어떻게 해야 된다'는 걸 얘기하기 전에 '어떻게 있었는가'를 밝혀야지요. '지(知)'를 더 단단히 한 다음에 '행(行)'이 일어나지, 지하고 곧바로 행하면 엉터리 '지'가 얼마나 많은데 그 '행'이 얼마나 미친놈 같겠어요. 궁극적으로는 윤리적 관심이 중요하지만, 지와 행 사이의 간격도 필요하지요. 그런데 우리의 동양학 연구 경향을 보면, 특히 옳고 그른 것이 어디에서 오느냐를 따져 보지 않고, 그냥 결론 내어 젊은 사람한테 가르치려고 하는 것 같습니다.

문광훈 학문 작업이 현실 규명적이고 자기 해명적인 시도로서 행해지기보다는 기존의 관습이나 규범 혹은 주의(主義)의 맹목적 추수(追隨)로서 이루어진다는 거지요?

김우창 규범을 늘 끌어들이려고 그러지요.

문광훈 그래서 사실로부터 점점 멀어지고 더 공허한 담론이 되어 버리는 것 같아요.

김우창 그 사이에 간격이 있다는 것을 인정하고 간격을 둬야지요.

문광훈 이전의 전통적 작업을 검토하시면서도, 선생님의 저작을 보면, 서구의 최근 이론들, 사회 철학이나 정치 철학, 공동체 이론, 기호학, 정신 분석학 등등에 나타난 여러 가지 논의를 계속 언급하십니다. 데리다나 보드리야르라든가 크리스테바, 폴 드만, 카를 슈미트, 이런 사람들이 그냥 한두 구절로 인용되는 것이 아니라 그 주요 저서에 나타난 핵심 사상에 대한 비판적 논평 속에서 언급되거든요. 가령 데리다의 글 「인간 과학 중심의 담론에서의 구조와 기호와 놀이」나 폴 드만의 「기호학과 수사학」은 1994년에 직접 번역하셨고요. 또 자연 과학에 속하는 몇몇 분야의 최근 이론에 대해서도 그렇고.

제가 놀라게 되었던 것은, 여기에서 보이는 비판적 이해와 검토의 과정이 단순 소개나 인용에 그치는 것이 아니라 선생님 자신의 이론을 체계화하기 위한 사유의 의미 있는 자극물로 전용(轉用)되고, 그럼으로써 창조적으로 변형되지 않나 하는 점입니다. 우리 학문사에는 단순화시켜 말하자면, 우리 현실에 적용할 우리 자신의 이론 틀도 부족해 보이고, 이 같은 틀로 우리 현실을 분석하려는 노력은 더 드문 것 같아요. '외래 텍스트의 비판적 검토와 그 현실적 적용을 위한 이해의 자기화'라는 시각에서 어떤 사상적 전위(avantgarde)의 역할을 하고 계시는 건 아닌가 싶은데요. 이런 점과 관련하여 후학들이 주의해야 할 사항에 대해 의견을 듣고 싶습니다.

김우창 잘 모르기 때문에 나 자신의 생각의 정리를 위하여 이들 저자를 전용하는 것이 아닐까요? 내 얘기를 하는데 다른 필자들과 공감되는 부분이 있어서 내가 인용하는 것인데, 사실은 인용이 없이도 내 생각을 그냥 전개했으면 되는데, 내 생각이 그것에 맞아 들어가는 것이 있으니까 이상한 일이지요. 그걸 깊이 있게 이해했는가에 대해서는 좀 미안한 느낌이 있어요. 하고 싶은 얘기가 중요한데, 그 사람들의 보조를 받는 거지 내가 그 사람들을 정작 연구하는 게 아닌 면이 있지요.

후학들을 위해서 얘기한다면, 각자의 성향과 필요를 따라야 할 터이니까 별로 이야기할 것이 없다고 할 수 있습니다. 데리다면 데리다를 깊이 있게 연구하는 데 취미가 있으면 그것을 해야 되겠지요. 내 문제를 생각하는데 데리다에 비슷한 게 있을 때 거기에 관심 갖는 것이 내 경우지요. 내가 생각하는 문제를 해결하는 데 데리다가 도와줄게 있는가 하고 접근하는 것이니까 본격적인 연구라고 하기 어렵습니다. 데리다면 데리다 자체에 대한 연구가 있고, 나의 프로블레마틱(problematic) 안에서 데리다 읽기, 어느 쪽이든지 연구의 대상에 대한 정열이 좀 있는 게 좋다고 할 수 있지요. 그렇게 보면, 결국은 자신의 프로블레마틱이나 자신의 정열 속에서 다른 사상가를 접근하는 것이라고 할 수 있습니다.

그전에 이런 얘기를 다른 데서도 했지만, 아까 마르크스 얘기를 했는데, 외국에서 박사 학위 과정에서 부전공으로 미국 경제사를 할 때 읽어야 하는 여러 책 가운데는 『은행의 역사』, 『교통수단의 혁명』과 같은 책들이 있지요. 흥미 있었던 것이 마르크스주의 관점에서 쓴 미국 경제사들이었지요. 폴 스위지(Paul Sweezy)라든가 폴 바란(Paul Baran)이 쓴 미국 경제사나 『독점자본론(*Monopoly Capital*)』 같은 것들. 또는 진보적 자유주의자 갤브레이스(John Kenneth Galbraith)의 책 같은 것이 잘 읽혔지요. 마르크스도 그렇고. 그런 책들이 흥미로운 것은 그 이론적 강점 못지않게 사회 과학서인데도 불구하고 문제 탐구의 정열이 거기에 스며 있기 때문이었다고 할 수 있습니다. 그런 것이 어떤 종류의 저술을 살아 있게 하는 데 중요한 요소임을 경제사 공부하면서 깨달았지요. 문학 작품은 그냥 다 인간적인 관심이 있게 글을 쓰게끔 되어 있다고 할 수 있지만, 사회 과학서에서도 인간적 관심과 필자의 정열이 숨어 있으면서도 느낄 수 있는 것, 이것이 중요하다는 생각을 가지게 되었어요.

그러니까 좋은 책을 쓰려면, 물론 객관적 연구와 문제 탐구에 대한 정열 둘을 합하여야지요. 아무리 객관적으로 써도 거기 정열이 묻어나게 마련이니까. 물론이 정열은 사실 속에 있어야지요. 그것이 감정의 과장이나 도덕주의에서 오는 것은 아닙니다. 이런 요소들이 합쳐서 비로소 보람을 느끼면서 글 쓰고 연구할 수 있고, 또 읽는 사람도 그것을 느낄 수 있게 된다, 이렇게 말할 수 있습니다.

문광훈 제가 놀란 것은, 독서 대상이 어떤 것이든 간에, 그게 전통적인 것이든 최신의 것이든, 해체론이든 기호론이든, 포스트구조주의나 포스트모더니즘, 아니면 마르크시즘이건 간에, 이들 사상 내용은 선생님의 지적 용광로 안에서 스스로 설정하신 문제 제기 속에 거의 다 녹아 버린다는 거지요. 그런 식으로 타자의 사상적 성취물을 재구성하여 자기 이론의, 독일어로 말하자면, 이른바 '수로(水路)를 놓는(kanalisieren)', 그래서 '나무를 심는' 식목화(植木化, verpflanzung)의 능력이 아주 뛰어나신 것 같은데요.

김우창 그게 좋은 점도 있고 나쁜 점도 있다는 얘깁니다. 심각하게 다른 필자를 연구 대상으로 하지 않는다는 얘기도 되니까.

문광훈 그만큼 문제되는 대상이 선생님의 이론적 틀 안에서 거의 모두 용해될 수 있는 것이기 때문에 그 일은 가능한 것이고, 그런 이유에서 선생님의 이론은 또 그만큼 탄력적이고 유연하게 되는 것 같습니다. 그것은 지난한 작업이거든요.

김우창 문 선생이 좋게 보시니까 그런 거고.

문광훈 화제를 조금 바꾸어 보겠습니다. 지난번에 제가 관조와 정관(靜觀)에 대해 좀 여쭈었는데요. 관조나 정관의 상호 주관성이나 사회성은 다음에 질문을 좀 더 드리고 싶습니다. 제가 관심 있는 아도르노에 대해 벨머라든가…….

김우창 벨머가 이번에 상을 받았던데요.

문광훈 어디에서요?

김우창 프랑크푸르트 대학교인가 어디에서 받았어요.

문광훈 그는 하버마스 이후 엄격하게 철학적 사유를 하는 대표적인 학자지요. 그보다는 나이가 좀 어리지만 50대에 있는 뛰어난 미학자 가운데 대표적인 사람이 마틴 젤(Martin Seel)입니다. 이 사람이 최근에 『관조의 철학(Philosophie der Kontemplation)』이라는 책에서 아도르노 철학의 재해석을 시도했지요. 두께는 얇은데 관조 또는 정관이 어떻게 아도르노 사유에서 나타나는가라는 문제의식을 가지고 썼더라고요. 관조의 사상적 의미는 동양학의 보편성 또는 동양적 가치의 현대적 재구성이라는 점에서 앞으로 상당히 중요할 것 같아요.

김우창 핵심적인 주제인 것 같아요. 관조라든지 성찰의 계기가 어떻게 일어나느냐 하는 것은 모든 철학적 과제나 현실 문제의 해결에 있어 핵심적 주제이겠지요.

문광훈 아도르노에게서는 그런 생각들이 있기는 하지만 대부분의 경우 비체계적으로 분산되어 있거든요. 이 사람이 아도르노를 재구성한 건 면밀하게 진행되는 것으로 보여요.

김우창 젤이 쓴 건가요? 읽어 보고 싶네요.

내가 뭘 종합하는 건 많이 하는 것 같아요. 여러 가지 것들을 그냥 합쳐서 내 생각 속에서 얘기하는 거.

문광훈 보통 다른 학자들은 어렵다거나 난삽하다는 얘기를 자주 하지만, 제 생각엔, 그렇게 한두 마디로 해소될 수 있는 문제는 아닌 것 같고요. 자기 이론의 지형에 개념의 수로를 놓고 그때그때 적절한 술어 아래 체계화된 논리를 전개하는 일, '이론의 수로화와 식목화 작업'은 두드러지는 성취인 것 같습니다. 인문학적 탐구에서 할 수 있는 가장 고귀한 작업의 하나가 아닌가 여겨집니다. 그런 의미에서 한국 인문학의 전체 좌표 체계에서 선생님의 저작은 기존과는 분명한 변별성을 가진 것으로 보입니다. 또 그런 이유에서 한국의 인문학이나 더 넓게는 인문학을 그 일부로 하는 우리 문화의 자기 정체성을 오늘의 시점에서 다시 전개해야 되는 시점에 이제 이르지 않았나 하는 생각도 듭니다.

전통과 현대의 창조적 융합

문광훈 다른 얘기를 하나 해도 될는지 모르겠습니다. 지난 일요일에 남산 드라마센터에 가서 이윤택의 「아름다운 남자」라는 연극을 봤거든요.

이윤택 감독의 경우, 이전부터 느꼈지만, 그 언어나 사고가 늘 생생하게 살아 있어요. 이번에는 이 감독이 창작극을 만들고 남미정이란 사람이 연출해서 무대에 올렸어요. 작품의 시간적 배경은 고려 무신의 시대인데, 세 명의 인물들이 나와요. 한 명(만전)은 권력을 택하고, 한 명(길상)은 혁명을 택하고 한 명(통수기)은 승려가 돼요. 통수기의 경우 어지러운 세상에서 팔만대장경을 만드는 작업을 합니다. 현실에서 패배하지만 아난이란 여자를 만나 사랑을 통해 현실에 대응해 가는 과정을 그린 작품이에요. 작품을 보면서 그것을 이루는 많은 것들, 노래·춤·대사 등 배우들의 연기와, 이를 지탱하는 가면·의상·무대 장치·음향 등 여러 요소들이 전통에 닿아 있으면서도 현대적으로 잘 변형된 것 아닌가 싶었어요. 더 구체적으로 말씀드리면 「동동」, 「처용가」, 「만전춘」, 「화전놀이」 등 우리의 전통 노래(고려 가요)와 연희 양식을 오늘의 형태로 재구성해서 표현해 놓았는데 이것이 삶의 현실 속에서 희망을 꿈꾸고 이 희망이 패배해 가는 보편적 경로를 드러내는 데 잘 어울린다는 느낌이 들었습니다. 전통적이면서도 현대적이고, 비감에 차 있으면서도 신명나고, 그래서 감동적인 작품이었어요. 그러니까우리 것, 이른바 한국 문화의 정체성을 현대적으로 탐구하는 작업에 있어, 적어도 연극 분야에서 가장 앞선 성취가 아닌가 하는 생각이 들었습니다.

김우창 좋은 연극이었나 보네요.

문광훈 그런 공연 예술에서의 작업들이 문학 예술이나 철학에도 영향을 미치고, 또 이것이 사회 각 분야로 번지고 있는 예들을 요즘 여기저기서 감지하게 됩니다. 창작 뮤지컬에 대한 요구도 이 같은 연장선상에서 이해할 수 있을 것 같아요. 영화에서 이창동이나 박찬욱, 김기덕 감독 같은 사람들의 작품이 최근 몇 년 세계적 차원에서 인정받게 된 것도 이 같은 맥락일 것이고요. '한국 문화의 르네상스'라고 말하면 거창하지만, 하여간 이런 것들을 위해 현 단계 문학과 철학, 예술과 미학, 인문학 그리고 문화 쪽에서 주의할 일은 무엇인지에 대해 말씀을 듣고 싶습니다. 19세기 말과는 '다른 의미의 개화'를 좀 해야 하지 않는가, 그럼으로써 20세기의 정치 역사적 수난에 의해 단절된 전통을 더 깊이 있고 합리적인 사유 속에서 재해석하는 작업들이 필요하지 않은가 합니다.

김우창 사실 지금 우리의 경제 수준이 세계적으로 10등인가 12등이라고 하는데, 거기에 걸맞은 문화적인 생산이 없지요. 그러니까 이제 그런 게 나올 시기가 됐다고 얘기할 수 있을 것 같아요. 이윤택 씨는 프랑크푸르트에서 좀 떨어진 만하임에서도 실러의 「떼강도(Räuber)」에 한국적 요소를 넣어서 공연한 일이 있지요.

문광훈 그 작품으로 독일에서 공연한다는 소식은 작년에 들었습니다.

김우창 나도 거기 가서 봤어요. 그러니까 한국 것을 하면서도 서양 것도 하는 게 필요한 것 같아요. 고려대에 와 있던, 지금은 캘리포니아 대학교에 있는 로브 윌슨 교수가 박찬욱 감독에 대해 쓴 글에 보면, 박찬욱 감독도 영화의 여러 국제적 기교를 다 마스터하고 그것으로 한국적인 것을 표현한다는 평을 한 것이 있지요.

아마 공연 예술은 언어 예술, 그러니까 문학 작품보다도 현재적 에너지를 흡수하기가 더 쉬운 것일 거예요. 그 에너지가 언어 속에 완전히 소화되고 정화되어 들어오는 것은 참 어려운 일인 것 같습니다. 혼자 숨어서 좋은 걸 쓰겠다는 건 매우 어려운 일이지요. 공연 예술은 말로 못하는 것을 몸으로도 보여 주기도 하는 종합 예술이고, 또 고상한 척하는 경우도 대중적 환영을 받아야 하니까 상황에 열려 있고, 또 상황에 적응도 하게 마련이지요. 그래서 공연 예술에서는 관객, 국제적 기교와 기술, 한국적 유산, 이러한 것들이 쉽게 하나가 될 수 있는 것 같습니다. 또 시각적인 것은 어떻게 보면 기술의 문제여서 특정한 문화에 한정된 게 아니지요. 카메라를 들이대면 다 찍히는 것이라는 점도 있지요. 물론 공연 예술의 개화, 그 밑바닥에 들어 있는 건 우리의 근대화, 우리의 경제, 우리의 민주화가 되겠지요.

문광훈 이전에 한국독어독문학회에서 이윤택 선생을 초청하여 카프카 강연을 들은 적이 있습니다. 그가 젊었을 때 한참 카프카에 빠져 있었으니까요. 카프카 하면 당연히 카프카에 대한 해석의 수용사가 있지만, 엄격하게 말하면, 예술의 수용사가 대체로 그렇듯, 그중에서도 뛰어난 몇 사람이 그 역사를 각인 짓는다고 봐야지요. 크게 보아 네댓 명에서 많게 잡으면 열 사람 정도 되나요? 카프카 전공이 아니라서 제가 말하기가 주저되지만, 좋아해서 읽곤 했는데, 이윤택 선생이 자기 나름대로 고민하고 해석한 것들을 들으니 웬만한 발표자보다 더 신선한 느낌을 주었어요. 그러니까 그의 소화 능력, 자기 식으로 가공하여 오늘의 현실 속에서 작가의 문제의식을 전용하는 능력이 일반 전공자들보다 훨씬 좋다는 생각이 들었습니다.

김우창 다시 한 번 개인적 능력이나 정열이 중요하다는 이야기가 아니겠어요? 셰익스피어의 작품에 아테네, 로마, 덴마크, 이탈리아를 소재로 한 것도 있지요. 셰익스피어는 희랍어도 잘 못하고, 라틴어는 조금 알았다고 하지만 공부가 많은 사람이 아닌데, 그 해석이 학자들의 그것보다 일반적 호소력이 더 강하지요. 로런스가 미국 문학에 대하여 쓴 에세이들은 학자들도 참조하는 통찰들을 담고 있지요. 공부도 물론 중요하지만, 그런 것들이 토대가 되어 얼마나 그걸 직관으로 옮길 수 있느냐 하는 것도 중요하지요.

문광훈 두어 달 전에 게릴라 극장에서 본 「억척어멈과 그 자식들」도 그랬습니다. 브레히트의 원래 작품의 시대적 배경은 1600년대의 30년 전쟁이었는데, 이것을 6·25 전쟁으로 변형시켜 올렸어요.

김우창 그것도 이윤택 씨 작품이에요?

문광훈 그분이 연출을 했어요. 종교 갈등은 남북의 이데올로기 갈등으로 바꾸고, 남원 사투리와 판소리도 동원해서 만들었어요. 이런 것들은 브레히트가 원했던 이른바 작품의 역사화거든요. 자기 작품 안의 특수한 지방적 색채는 이 작품을 공연하는 나라의 현실에 맞게 '변증법적으로 변형시켜라.'는 것이 브레히트의 중요한 연출적 메시지이지요. 사실 이윤택 선생은 독문학을 전공한 것도 아닌데, 그런 작가적 의도에 대한 통찰이 웬만한 독문학자나 전문가보다도 월등한 것 같아요.

김우창 그것을 설명하는 능력 자체가…….

문광훈 해석적 안목이나 자기화 능력 말이지요. 바로 그런 점에서, 한국 문화의 고유한 정체성이 있다면, 그것이 단순히 '있다'고 주장하는 데 자족하는 것이 아니라 오늘의 관점에서 다시 풀어내는 일이 중요할 것 같아요. 또 그렇게 호소력 있게 전달될 수 있을 때, 우리 문화도 어떤 보편적 가치로 고양되는 단계로 접어들게 되지 않을까 싶어요.

김우창 문 선생은 독문학 배경이 강한 분인데, 독문학 배경의 눈으로 이윤택 감독의 작품을 보면 국제적으로 받아들일 수 있다는 얘기인가요?

문광훈 물론 이것 역시 그의 작품을 체계적으로 논구한 다음에 말해야 할 문제겠지만, 각색이나 구성, 재해석 등 거의 모든 것에서 독특한 분위기와 에너지가 느껴져요. 그리고 전체적으로 노래와 춤, 몸짓이나 무대 장치 그리고 음악 등이 잘 어울리면서 아름다움을 줘요. 그러면서도 공허한 오락이나 엔터테인먼트로서가 아니라 분명한 현실적 토대, '왜 지금 여기 한국에서 이 작품이 필요한가.'라는 메시지를 갖고 있거든요. 문학 예술에서 또 철학이나 문화론에서 배워야 되는 것도 그런 점이 아닌가 하는 생각을 공연을 보고 난 후 한 적이 있습니다.

김우창 언어로 그런 걸 하는 것은 더 어렵지요. 언어에 모든 것을 담아야 되니까. 눈으로 보고 몸으로 느끼는 걸 마음속에 결정화(結晶化)하고 언어로 고착하는 일 말이지요.

문광훈 언어의 운용은 공연 예술보다 훨씬 추상적인 작업, 고도의 정치함과 엄밀성이 요구되는 작업이기 때문일 것 같아요. 그래서 책은 번역되는 데도 더 시간이 걸리고, 이해하고 전용하기에는 훨씬 오랜 시일이 걸리고요.

김우창 문학 작품이나 예술 작품, 특히 문학 작품의 경우에 호소력의 핵심은 아주 간단하다고 할 수 있어요. 물건을 하나 봤는데 그 물건에 여러 가지 것이 비춰 있는 것, 이것을 느끼게 하는 것이 문학적 표현의 핵심이라고 할 수도 있습니다. 한 개 속에 여러 가지 그림자가 서려 있는 것을 보여 주는 거지요. 그것이 가능하려면, 하나를 얘기했는데 많은 게 비치는 언어가 되어야지요. 오랜 문학 전통이 있는 언어가 그러한 언어입니다. 언어란 재미없는 중성적 매체인데, 거기다 많은 것을 비춰 넣게 하려면 긴 글 속에 새로운 것들이 흡수되어 들어오고, 어긋남이 없는 일체성을 이루어야 될 것입니다.

물건이 하나 있는데 거기에 많은 걸 비치게 하는 제일 간단한 방법이 사물을 이데올로기적으로 해석하는 것이지요. '이것은 부르주아 생활에서 나온 찻잔이지.' 이런 식으로. 그것은 사물의 느낌을 주는 데는 크게 작용하지 못하지요. 지금까지 이데올로기적 해석에 너무 의존해 왔기 때문에, 그것이 우리의 상상력을 제한하는 경우도 많다고 할 수 있습니다. 그것으로부터 풀려나야 좋은 작품이 나오지 않을까 합니다.

문광훈 그러니까 기존의 여러 가지 해석적 굴레, 보이거나 보이지 않는 관념적 장애로부터 더 자유롭게 사고하고 그 테두리를 넓힐 수 있어야 될 거 같아요.

김우창 너무 정치적 문제에 우리가 얽매이다 보면 그걸로 모든 것을 해석하려 해요. 그래서 탁 트인 작품이 되질 않아요. 그것도 중요하긴 하겠지만, 그건 삶의 한 부분이지요.

동서양의 비판적 대조와 일치

문광훈 이전에『풍경과 마음』을 읽으면서 느낀 것인데, 여러 가지를 말씀드려야 될 것 같아요. 이 책에서 선생님은 전통 산수화에서 보이는 시각적·인식적 체계를 과학적으로 검토하면서도 그에 못지않게 서구의 인식론, 구체적으로 말하여 근대 회화의 원근법에 나타난 재현의 의미를 비교하시거든요. 동서양의 지각론에 대한 거시적 조감 속에서 마음과 그 평정이 오늘날 왜 필요한지, 또 예술은 어떻게 그것을 형상화하는지를 진술하시는 것으로 보입니다.

여기에서 동서양을 정신과 물질, 자연 조화와 자연 정복과 같은 상투적이분법으로 파악하는 방식에서 벗어나야 한다고 지적하면서, 조화는 동양에 있는 것처럼 서양에도 있다는 것, 또 서양 이상으로 과학적인 것이 동양에도 있다는 사실도 언급됩니다. 그걸 보며 제가 느낀 것은, 어느 사회에나 갈등이 있다면, 이런 갈등에 대한 대응 방식에 나타나는 차이의 탐구가 중요한 것이 아닌가라는 물음이었습니다. 또 이 같은 탐구는 오늘의 삶을 개선하는 데 이어져야 할 것이고요. 이 점에서 동양화 전통에서 보이는 다원근법은『마음의 생태학』에서 언급된 '마음의 다차원성'과 연결될 것이고 평정의 추구는 관조나 내면성의 역학과 연관될 것 같습니다. 이런 식으로 동서양 지성을 비교할 때, 접점이 될 만한 중요한 항목들 몇 가지를 말씀해주십시오.

김우창 뭐라고 단순화해서 얘기하기는 어려운 것 같아요. 우선 필요한 것은 선입견이나 상투적 공식이나 수사를 버리는 것이지요. '동양은 자연, 서양은 물질' 이런 식으로 하는 것이 틀린 말은 아니면서 또 동시에 틀린 말이지요.『풍경과 마음』에서 문제 삼은 것의 하나는 진경산수(眞景山水)의 개념인데, 이것은 이상향이나 이상화된 중국 산수에 대하여 한국의 산수를 그린 그림이라는 말일 텐데, 산수의 이름이 금강산이나 인왕산이라고 해서 마치 사실성(寫實性)이 보장되는 것처럼 취해지지요. 그래서 어떻게 보아야 그것이 사실적인 것은 아니라도 의미 있는 것이 되겠는지를 생각해 보려 한 것이지요.

그런데 더 어려운 것은 지금 우리를 사로잡고 있는 서양적인 고정 관점이지요. 조선조의 자체적인 시장 경제 발달을 말하는 테제는 다분히 서양의 발전 사관이 영향을 끼친 것이고, 역사를 순전히 투쟁적인 관점에서 보는 여러 관점도 서양의 마르크스주의나 사회 다위니즘(Social Darwinism)의 영향에서 생겼다고 할 수 있지요. 물론 여기에는 정치를 용호상박(龍虎相搏)의 영웅들의 대결로 보는 것과, 또 정사(正邪)를 가리는 필터처럼 작용하는 것이 역사라는 한국인의 역사관이 섞여 있다고 할 수 있기는 하지만. 어떻게 추상적 공식이 없이 사실 자체로 돌아가면서 다시 일정한 일반화가 가능하느냐 하는 것은 늘 문제일 수밖에 없지만, 이것을 문제 삼는 방법론적 반성은 필수입니다.

서양의 압도적인 영향으로 비서양의 현실을 잘못 보는 것들은 많이 있습니다. 자유, 평등, 민주주의, 인권, 이러한 이념들은 근대 서양의 위대한 발명이고 세계사적 기여이지요. 그러나 이러한 개념으로 포착되는 것들이 다른 사회에 전적으로 결여되어 있다고 하는 것은 성급한 판단이지요. 그런 것들이 다른 사회에서 다른 전체 구조 속에서 다른 형태로 존재할 가능성을 배제하면 안 됩니다. 서양에서 이러한 것들을 들고 나올 때마다 내가 느끼는 것은 아마 그것은 오늘의 혼란한 상황에서 절실한 것이지만 다른 상황에서는 다른 인간적 실현 속에 스며 있지 않을까 하는 가능성입니다.

몇 년 전에 인디애나 대학교에서 패턴 강좌(Patten Lecture)를 해 달라는 초청을 받은 일이 있었습니다. 국제 평화를 유지하는 데 예의범절과 같은 것이 어떤 역할을 할 수 있는가 하는 것이 주제의 하나였습니다. 마침 이라크 전쟁이 시작된 때여서 그러한 주제를 잡은 것이지요. 텍스트로 삼은 것은 다산의 일본론이었습니다. '일본이 앞으로 조선에 어떤 위협을 가할 존재가 되겠는가.'라는 물음에 다산이 답한 것입니다.

한국 사람들에게 임진왜란은 아주 결정적 트라우마(Trauma)가 되어 수백 년 동안 늘 그 생각을 한 것 같습니다. 신유한(申維翰)의『해유록(海遊錄)』에 보면, 조선을 잘 아는 일본의 학자 아마모리(雨森)라는 사람이 왜 일본인을 왜놈이라고 하는가를 말하는 것이 있지요. 신유한의 답변은 임진왜란으로 인한 것이라고 합니다. 이것이 임란 이후 100년이 조금 지난 18세기 초지요. 그것이 18세기 말이나 19세기 초일 텐데, 다산에게 일본의 위협 문제가 제기된 것입니다. 그의 답은 큰 위협이 없을 것 같다는 것이었습니다. 왜냐하면 일본 유학자들의 책을 읽어 보니까 수준이 상당히 높다, 유학이 발달하면 전쟁 같은 것은 포기하게 되고, 개화되고 문화가 발전해서 무력 사용은 안 할 거다, 이러한 답변입니다. 그러면서 덧붙여 하는 다산의 얘기는, 옛날에 우리와 중국의 관계도 나빴지만 유학을 공부하고 문명이 진화하면서 관계가 아주 좋아졌다, 문물이 발달하면 외적이 오더라도 그것을 예의와 예물로 해결할 수 있다는 것입니다.

물론 다산은 유학으로 인해 문물이 발달하면, 무력 침공이 아니라 교역과 같은 것이 참으로 나라의 이익이 되는 것이라는 것을 알게 된다는 말도 하고 있습니다. 칸트도『영구평화론』에서 같은 말을 하고 있지요. 그런데 예의를 통해 국제 분쟁이 해결된다는 것은 급진적이고 급격한 생각이지요. 물론 서양에서도 외교 관계에서 예절이 중요하지요. 서로 싸우더라도 적국과 적국 사이에 외교 사절이 가고, 이 외교 사절은 전쟁하는 중에도 무사통과하지요. 요즘 부시 정권하에서 그게 무시되었지만, 포로에 함부로 고통을 가하면 안 된다고, 십자가를 붙인 자동차나 수레를 폭격하면 안 된다는 제네바 협정 같은 것도 있지요.

조금 옆길로 드는 이야기지만, 칸트의 『영구평화론』에는 우리 쪽에서 일어나면 안 될 것을 다른 나라에 강요하면 안 된다는 도의의 주장도 있습니다. 이것이 또 서양식으로 이해관계에 연결되어 있지요. 가령 칸트가 말하고 있는 것은 적이 우리 군대 안의 어떤 분자를 종용해서 배반하게 하는 것은 우리가 받아들일 수 없는 일인데, 이것을 적국의 군대에서 일어나도록 종용하는 것은 안 된다는 이야기지요.

문광훈 정언 명령의 개인적 차원을 사회적 차원, 나아가 국가 관계적 차원으로 옮긴 요구네요.

김우창 그렇지요.

문광훈 신사적이네요.

김우창 그렇지요. 국제 관계와 관련해서, 이방인에 대한 손님으로서의 예우 같은 것이 보편적인 인간 공동체의 기본 규범이라는 말도 하고 있지요. 이것은 난민 처리와 같은 데 관계되는 일이 아니겠어요? 국제 관계에도 예의와 격식이 없는 것이 아닙니다.

문광훈 그런 정도의 생각을 조금만 더 발전시키면 전쟁은 아예 안 할 것 같은데요?

김우창 서양에도 있는 이런 것들을 더 극단적으로 이야기한 것이 다산의 생각이에요. 물론 힘의 문제를 너무 경시한 것은 잘못이지요. 그러나 인간의 기본적인 윤리 감각 그리고 거기에서 나오는 예절과 격식을 포기하면 안 되지요. 다산의 생각은 비현실적인 것이지만, 두 가지를 다 마음속에 지니고 있어야지요. 그 적절한 균형이 중요합니다. 이러한 것이 인디애나 강의의 한 내용이었지요.

그런데 우리는 서양 사상의 주조가 되는 힘의 논리를 더 극단적으로 발전시켜 그것을 국내나 국제 문제에 적용하고 있습니다. 적국이면 다 죽여도 되고, 원자탄은 미국 상대니까 괜찮다는 얘기가 나오는 것이 그것이지요. 우리한테 일어나면 안 되는 일은 저쪽에 일어나서도 안 되지요.

문광훈 이라크 파병도 선생님께서는 그런 관점에서 생각하시는 거지요? 그래서 반대하시고요?

김우창 현실적으로 잘 안 되는 것이지만, 그런 관점을 살려 나가는 것이 필요합니다. 절차, 규범, 예의가 유학에 중요하지요. 조선 시대에 전쟁이 적었고 내전도 없었고, '홍경래의 난'이나 '이괄의 난' 같은 사건들은 있었지만. 전쟁을 국가 정책의 주된 수단으로 생각해 본 일이 없는 것은 단지 힘이 없어서만은 아니고, 다산이 말한 것처럼, 성리학적인 생각 — 무력 충돌을 국가의 주된 정책 수단으로 삼아서는 안 된다는 생각도 작용한 것이지 않나 합니다.

내가 수십 년 전에 영어로 번역한 김시습의 에세이가 있는데, 몇 년 전에도 미국에서 한국 문학 가르치는 사람이 이 에세이를 읽힌다고 들었습니다. 고기를 잡으려면 그물을 큰 걸 사용해야 된다는 얘기가 있는 에세이지요. 그물이 커야 새끼 고기는 빠져나가고 큰 놈만 잡힌다는 것이지요. 자비심에 비추어서, 생태학적으로 또 경제적으로 좋은 얘기입니다. D. H. 로런스의 미국 문학 연구서에 미국의 소설가 제임스 페니모어 쿠퍼의 소설 『개척자』를 논한 것이 있습니다. 가을이면 기러기 떼가 하늘을 가리면서 뉴욕 주의 개척자 마을에 날아들지요. 동네 사람들이 재미로 이 기러기 떼를 마구잡이로 잡아 대는데, 그곳의 가장 유명한 포수는 한 두어 마리를 잡고 그것으로 저녁 식사는 충분하다고 총질을 그치고 돌아가는 장면이 있지요. 이것을 로런스는 크게 칭찬하고 있습니다. 생존을 위한 불가피한 살생과 자비심의 갈등을 어떻게 해결하느냐 하는 데 대한 비슷한 이야기지요.

문광훈 김시습의 에세이가 있는 책은 지금도 나오고 있나요?

김우창 옛날에 《코리아 저널》이라는 잡지에 나왔고, 미국의 어느 잡지에도 나왔어요. 지금부터 한 30, 40년 정도 된 것 같네요. 또 이규보의 글

같은 것도 들어 있고 아마 복사해서 교재로 쓰는 것 같습니다.

동서양의 비교를 말하면 한이 없지만, 하나를 더 말하면『풍경과 마음』에서 서양과 동양에서 그림 보는 방법이 다른 것에 대해 얘기했습니다. 서양 사람은 그림을 보고 그림의 현실을 보는 데 대하여 동양 사람들은 그 안에 들어가서 상상을 움직이며 체험한다는 것이었습니다. 중국 사람들을 인용한 것이지만, 시간이 없어서 산에 못 가니까 그림을 펼쳐서 산을 본다는 것은 중요한 이야기입니다. 마음속에 자연에 갔던 체험을 되살리는 것이 그림의 의미이지 보고 장식하는 것이 그림의 의미가 아니라는 말입니다. 금강산도를 보는 것은 금강산 갔던 것을 가끔 회고하려는 것이지요. 이러한 관점은 그림 자체를 다르게 할 것입니다. 문학 작품의 경우에도 그것이 생활에서 갖는 기능을 생각하면서 그 의미와 형태를 정의하여야지요. 이러한 것들은 비교 문화적으로 엄청난 연구 과제가 된 것들입니다.

내세울 건 없지만 회복할 것은 오늘날 굉장히 많지요. 일본에 가서 많이 느끼게 돼요. '서양을 보고 일본에 가 보니 볼 게 하나도 없다.', '쾰른 성당 같은 큰 것도 없고, 미켈란젤로의 조각 같은 것도 없다.'라고 생각하는 사람들도 있어요. 일본에는 1년 살았는데, 생활 예술이 대단히 발달한 사회라는 것이 내 인상입니다. 그게 세계적으로 일본 문화의 특징 중의 하나이지요. 다도, 생화, 꽃 장식 등이 그것이지요. 보기 좋게 물건을 싸거나 작은 집에도 정원을 잘 만드는 것 그리고 그것을 보통 사람이 일상적으로 향유할 수 있게 하는 것이지요. 우리에게는 별로 없지요. 요즘은 우리나라도 그런 거 하지만, 너무 화려하게 해요. 생활의 예술은 서양의 거대 예술의 관점에서는 놓치기 쉬운 것들입니다. 보통 사람들이 이러한 것들을 하는 것입니다.

문광훈 보통 가정에 다 있다는 거지요?

김우창 가정에 있어요. 물건을 잘 싼다든지 글씨를 어떻게 쓴다든지, 또

차를 마실 때 어떻게 마셔야 된다든지, 밥상을 차릴 때 어떻게 해야 된다든지. 내가 일본 사람과 한국의 일본 음식점에 가서 밥을 먹으면서 "이게 일본 집 같으냐?" 물어봤거든요. "그래, 비슷하다. 그런데 다른 것도 있다."라면서 한 가지 지적을 하는 게, "생선을 이렇게 네모나게 딱딱 잘랐는데 그것을 둥그런 접시에 놓다니, 우리 같으면 그것은 네모난 접시에 놓았을 것이다."라는 것이었습니다.

문광훈 그런 것까지 신경을 쓰는군요.

김우창 뉴질랜드 사람이 "일본 사람들을 보고 밥상 차릴 때 접시를 어디에 놓는가가 미적 관점에서 중요하다는 것을 알게 되었다."라고 얘기하는 걸 들었어요. 쾰른 성당이나 미켈란젤로가 없어도 생활에 미적인 것이 있는 것이지요.

하이쿠와 같은 문학 형식도 여기에 관련시켜 볼 수 있습니다. 간결한 아름다움을 가진 이 시 형식은 대가만이 완전하게 표현할 수 있는 요소를 가진 것이면서 동시에 많은 사람들이 시험해 볼 수 있는 시 형식이지요. 지금 하이쿠는 서양 사람도 즐기는 시 형식이 되었습니다.

문광훈 하이쿠도 있고, 일본의 그림 있지 않나요? 전통 판화인 우키요에 같은 것 말이지요? 이것이 19세기에 유럽으로 건너가 모네나 드가, 고흐 등 인상주의 화가들에게 많은 영향을 끼쳤고, 그래서 일본풍 문화가 유럽에 유행하게 되었다는 것은 널리 알려져 있지요.

김우창 퍼스펙티브(Perspective, 관점·원근법)는 서양 그림에서 중요합니다. 그러나 어떤 경우에는 퍼스펙티브가 없는 게 좋지요. 일본은 일찍이 서양에서 퍼스텍티브를 받아들였지요. 그러면서 동시에 그것을 2차원적인 것과 합쳐 감각적 기쁨을 형상화하였습니다. 우키요에에 그것이 나옵니다. 서양화에 영향을 준 그림에는 복잡한 교환 관계가 있습니다.

여러 가지가 얘기됐는데, 우리 전통에서도 찾을 게 많습니다. 중국에도 있고 일본에도 있지만. 모든 인간관계에서 예의의 중요성 같은 것은 다시 깊이 생각해 볼 주제입니다. 정치에서나 국제 관계에까지 확대해서 폭력을 피하는 수단이 될 수 있으면 하는 생각이 듭니다.

동양적 관조와 서양적 성찰

문광훈 간단하게 말씀드리겠습니다. 유교의 관조적·명상적 계기와 서양의 성찰성 또는 자기비판성 사이에 서로 통하는 점이 있다고 생각하시는지요?

김우창 내면으로 들어간다는 점에서 통하고 그러면서 다르지요. 곽희(郭熙)라는 중국 사람의 글을 인용해서 아까 얘기했는데, 금강산에 갔다 와서 금강산 그림을 그려 놓고 그것을 보고 금강산 체험을 다시 살리는 것, 이것은 내면화의 과정이지요. 이러한 내면화에는 두 가지 소득이 있습니다. 산을 보면 산에서 나오는 영기가 보는 사람을 정신의 높은 차원으로 이끌어 가지요. 그리하여 마음의 평안을 얻습니다. 그런데 영기에 관계없이, 단지 넓은 공간을 다시 살펴본다는 것 자체가 마음을 일상적 설렘으로부터 해방하는 기능을 하기도 합니다. 넓은 광경을 제대로 보려면 멈추어 서야 합니다. 몸이 멈추어야 하지만, 마음도 조금은 멈추어야지요. 그런데 추억을 통하여 이것을 내면에 다시 구성하고 바라보려면, 더 적극적인 멈춤이 있어야지요. 관조가 의식적 노력의 대상이 되고 길어집니다.

그런 데 대해 서양적 내면화는 더 합리적인 거지요. 관조하되 관조의 대상을 검토합니다. 그러니까 절로 검토하는 마음, 다른 관심으로부터 절단된 관조의 마음이 중요해집니다. 관조하면서, '이게 무엇을 뜻하는가, 본래부터 정말 이런 것인가.'를 생각하지요. 서양적인 것은 주어진 것을 관조로 분석하는 방법이 되는 것이지요. 그 내면적 과정이 결국 자연 이해나 현상의 넓은 범위를 이해하는 것으로 발전하지요. 그리고 담론이 시작됩니다. 그러나 마음의 평정이라는 관점에서는 동양적 관점에 머물러야지요. 이러한 대조는 심미적인 것과 이성적 탐구의 대조라고 할 수 있습니다. 동양의 관조에서 그 대상이 숭고한 자연인 것이 보통인 데 대하여 서양의 코기토에서 그 대상은 반드시 미적인 것일 필요는 없습니다.

문광훈 이제 많은 개별적 학문이 스스로 갱신을 하면서 타 영역과 소통하는 가운데 새롭게 재편성되어야 할 시점에 와 있지 않는가 합니다. 이와 관련하여 선생님은 『행동과 사유』에서 이른바 '개념의 제국주의'를 넘어서서 오늘의 삶을 보편적 시각에서 탐구하는 일이 중요하다고 하신 적이 있습니다. 우리 인문학 문화의 현대적 과제에 대해 말씀해 주셨으면 합니다.

김우창 그건 두 가지로 얘기가 되지요. 작년에 독일 가서 그런 얘기를 한 일이 있습니다. 계보가 복잡하지요. 플라톤이 파르메니데스와 관련해서 말한 것을 인용하여 헤겔이 말한 것을 가다머가 논한 것을 다시 말한 것이지요. 개념이란 하나로는 진리를 담을 수 없고 여러 개념의 상관관계 속에서만 진리를 담을 수 있다고 한 말입니다. 한국 통일과 독일 통일을 비교 논의하는 심포지엄이었기 때문에, 이것을 통일에 적용하여 우리는 '통일, 통일'만 하는데, 통일이 중요한 것은 사실이지만, 그것은 자유·자주·민주주의·풍요한 삶 등 여러 가지 개념과의 연쇄 속에서 얘기해야 한다는 말을 한 거지요. 통일 하나만 가지고 모든 걸 말한다고 하면 그건 우리 생활을 풍부하게 하는 말이 될 수 없습니다. 어떤 경우에도 하나의 개념에 너무 매달리면 안 되지요. 개념들의 관계가 갖는 변증법이 중요합니다. 그리고 그 변증법은 개념과 개념의 연쇄를 넘어가는 현실을, 현실의 움직임을 지시하는 것이라야 합니다.

다시 말하여, 개념은 여러 개념 속에서, 콘텍스트 안에서 살고 죽고, 다른 것과 연결되어 살고 죽고 합니다. 이것은 매우 초보적인 일에도 해당되는 일이지요. 박사 논문 지도할 때도 그런 말 더러 했지요. 개념적인 걸 얘기할 때는, 그 뜻이 정해져 있고 자명한 것이라고 생각하지 말고, 그것을 무슨 뜻으로 쓰는가를 문장 안에서 정의하면서 써라. 또는 무슨 뜻으로 개념을 쓴다는 걸 문장 안에서 드러나게끔 쓰라는 말을 하는 거지요. 개념은 문장 안에서 정의되어 내가 얘기하려는 것을 표현합니다. 현실에 대한 우리의 발언도 그때그때의 구체적인 현실 상황 속에서 새로 생각되어 말하여져야 합니다. 그런데 어떤 개념을 금과옥조로 생각하여 이념화하고 신념화하면, 그것은 죽은 개념이 되고 현실을 왜곡하고 살아 있는 인간을 마음대로 재단하는 일이 될 수 있습니다. 그런 의미에서 개념의 전횡, 그 전체주의, 독재 그리고 제국주의에 우리 몸을 맡기지 않는 것이 중요합니다. 주입식 교육이라는 것이 그러한 것인데, 우리의 사고 습관에는 이러한 것이 많습니다. 이것이 극복되어야지요.

또 다른 하나는, 서양에서 생긴 개념을 우리가 들여다가 마치 여기에 그대로 해당되는 것처럼 쓰는 거야말로 개념의 제국주의가 되지요. 마르크스주의의 경우도, 마르크스가 분석한 것들에서 배울 것이 많은 것은 사실이지만, 그것들이 그대로 적용된다고 생각하면 안 되겠지요. 여기의 사정 속에서 새로 정의되어야지요. 포스트모더니즘의 얘기도 그래요. 그전에 어떤 모임 자리에서 데카르트적 합리성의 극복 이야기가 나왔습니다. 그래서 우리가 극복하여야 할 데카르트, 우리가 극복하여야 할 합리주의가 어디 있느냐고 반문했지요. 그건 온통 서양 얘기지요. 시험한 일이 별로 없는데 우리가 안 된다고 하는 것은 해당이 되지 않는 일이지요. 모든 것은 그것을 에워싼 역사적 상황 속에서 이해해야 되고, 다시 그 이해를 보조 수단으로 해서 우리를 이해하는 데 사용해야 되지요. 그러니까 재해석되어서 들어와야지요. 안 그러면 정말 개념의 제국주의 속에 우리 경험의 실체를 다 잃어버리는 게 됩니다.

문광훈 그런 이성적 과제를 선생님 세대에서는 그렇게 하셨습니다. 저를 포함한, 뒤의 세대 학자들이 얼마나 그것을 오늘의 학문적 과제로 절실하게 받아들이고 또 개별적 탐색 안에서 자기 자신의 언어로 녹여내느냐가 앞으로 남은 문제가 될 것 같아요.

김우창 시험을 너무 많이 보고 정답을 많이 요구하는 제도에서 창조적으로 생각하기는 어렵기 때문에 문제가 많지요. 현실이 제일이지요. 그것을 개념화할 수 없다는 것은 불안을 받아들인다는 것인데, 어려운 일이지요. 그러면서 그것은 사람으로 하여금 삶을 찬미할 수 있게 하는 것이지요.

6부

소박한 삶과
존재의 근원성

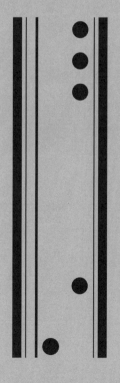

종교적인 마음

죽음의 절차와 타인 존중

(리하르트 슈트라우스의 「네 개의 마지막 노래」를 잠시 감상한 후에)

김우창 슈트라우스는 죽음을 잘 받아들이고 죽은 것 같습니다. 「죽음과 승화」는 젊어서 작곡한 것인데 거기에서 벌써 죽음을 보다 높은 세계로 향한 정화의 과정으로 보았지요. 그보다 50년 후에 쓴 「네 개의 마지막 노래」, 특히 그 마지막 노래를 들으면, 마치 거대한 물결이 일다가 잠잠해지는 듯 날던 새가 멈추어 나래를 접는 듯한 고요와 완성을 느끼게 합니다. 아이헨도르프의 마지막 가사대로, 두 마리의 새가 날다가 저녁 무렵 방황의 피로를 느끼고 안식을 찾게 되는 것이 죽음이라고 생각한 것, 거대한 평화와 고요의 마감이라고 생각한 것으로 들립니다. "이제 떠도는 것이 피곤한데, 이것이 죽음일까?" 하는 구절은 실감이 나는 듯합니다. 거기에 따른 구절도 참으로 고요합니다.

미국의 시인 에밀리 디킨슨의 시에서 얻은 생각이지만, 삶이 있고 죽음이 있고, 그다음 이것도 저것도 없는 근원적 세계가 있다는 느낌이 들 때가 있습니다. 이 근원적 세계란 신비로운 세계가 아니고 우주 전체가 그것으로 이루어진 듯한 원소들의 세계이지요. 느낌으로는 돌멩이나 모래와 같은 것들이 나타내고 있는 세계가 거기에 가깝습니다. 죽은 지 얼마 되지 않은 해골은 가까이할 수 없는 어떤 두려움을 시사합니다. 이 해골이 수백 년 수천 년이 되면, 그것은 아무런 징그러운 또는 무서운 느낌을 주지 않게 되지요. 그러니까 죽음은 삶에서 원소들의 세계로 이행하는 데 걸리는 수십 년 또는 이삼백 년을 말하는 것이 아닌가 하는 생각이 들어요.

죽음은 삶에 대해서만 생각할 수 있는 말인데, 삶이 없다면 또는 흐릿한 것이 된다면 죽음도 없지요. 그런데 살아 있는 동안에도 이러한 무기 물질의 세계가 마음에 스며 들어오는 느낌이 있습니다. 나이가 들어 감에 따라 많은 것이 의미에서 무의미로 가는 것을 느끼게 되지요. 이 무의미의 세계는 삶도 넘어서 있지만 죽음도 넘어서 있지요. 슈트라우스가 「죽음과 승화」를 쓴 것은 심한 병이 들었다가 나은 다음이라고 하는데, 그때 불멸의 영혼에 대한 생각을 했다는 해설을 보았습니다. 그 전에 달리의 십자가상 이야기를 했는데, 불멸의 영혼이 가시적 세계와는 다른 차원의 우주에 살아남는다는 것을 생각할 수도 있기는 하지요. 다차원의 세계, 평행 우주에 대한 물리학적인 상상들을 완전히 부정할 수는 없으니까.

내 생각에 죽음이 그렇게 무섭지 않은 것은 아니리라는 느낌도 들지만, 죽음에 관계해서 제일 골치 아프게 생각되는 건 죽음의 수속이지요. 외국 갈 때 여권 수속처럼 복잡한 절차가 너무 많아요. 옛날에는 그것이 엄청났지요. 지금은 많이 간편해졌지만, 죽음의 수속이 조금 더 간편해졌으면 합니다. 그냥 자기 집에 앉아 죽으면 좋은데, 병원 가야 되고 주사 맞아야 되고 장지를 물색해야 하고 어쩌고저쩌고, 그 부분이 상당히 크지요. 그게 자식들이나 유족한테도 큰 부담이 되지요. 본인도 그 수속을 상당히 겪어야 되고. 죽음에 고통스럽고 슬픈 게 있겠지만, 사람 사는 데 슬픔 없고 고통 없는 게 어디 있겠어요? 그런데 죽은 사람이 겪지 않으면 안 되는 고통의 수속도 문제지만, 그것은 별수가 없는 것이고, 그 외의 수속이 복잡한 것이 문제지요.

특히 우리나라의 수속이 그렇지요. 그 근본은 사람 태어나고 죽는 데 대한 존경심이 없다는 데 있지요. 동네에서 경운기로 상여 가는 길 막고, 이 동네 지나가려면 돈 줘야 된다고 한 사건이 보도된 일이 있습니다. 미국에서도 꼭 죽음을 존중한다고 할 수는 없지만, 장례 행렬이 가면 차가 서야 된다는 교통 법규가 있지요. 장례 행렬이 가면 무조건 서야 되고, 또 아이들 태운 스쿨버스가 서 있으면 무조건 서야 되고, 실제 그렇게 하지요. 아이들 태어나는 거, 성장하는 거, 결혼식까지 전부 존중해야지요. 우리도 옛날에는 관혼상제라 해서 다 존중했지요. 그러나 여러 해 전 얘기지만 우리 친구 어머니가 돌아가셨는데, 맨 처음에 찾아오는 사람이 돈 달라는 동네 깡패였지요.

문광훈 장례식장에 자주 보이는 일입니다.

김우창 누가 되었든지 간에 죽음에 대해 존중을 해 줘야 되는데.

문광훈 죽음의 절차도 자연화하는 자연처럼 단순하게 만드는 것이 필요하겠군요.

김우창 죽음의 자연을 존중해야지요. 누구의 죽음이 되었든지 간에, 또 누가 되었든지 간에 "거 잘 죽었지, 죽어서 잘됐어." 하는 마음을 억제할 수 있을 정도의 문화적 소양이 사회 전체에 있어야지요.

일반화해서 타인 그리고 그 타인의 독자성에 대한 존중이 들어 있는 문화를 만들어야 됩니다. 미국의 장례식을 보니까, 이름 있는 사람이 조사(弔辭)를 하는데, 이 사람이 죽어서 얼마나 원통하냐는 얘기가 아니고 가족을 위로하는 조사를 해요. 그것을 보고 느낌이 컸습니다. 자기 감정을 과장하지 않고 나보다 슬픈 사람이 있다는 것을 인정하는 거니까요. 우리의 어떤 장례식에서 스님이 와서 조사를 하는데 첫 마디가 "원통하도다!" 하고 소리지르는 거예요. 자기보다 원통한 건 가족들인데.

이러한 것은 단순히 개인적인 취미의 문제가 아닙니다. 그전에 마산에서 노동자가 죽었을 때도 열사를 만들어 광주에 묻어야 된다고 야단이 났었는데, 부모는 자기 선영에 데리고 가서 묻겠다고 해서 분쟁 생긴 일이 있었지요. 그 죽음에서 가슴이 제일 아픈 것은 부모예요. 죽으면 열사고 뭐고 아무것도 없지요. 죽음에 대한 위로의 하나는 저승에는 정치도 정의도 없다는 것이지요. 그때 어디에 글로도 썼을 거예요. 이런 짓 하면 안 된다, 부모한테 맡겨야 된다고.

죽음의 절대적 성격에 대한 인정은 인생 철학의 문제이면서, 사회 행동의 관습 문제이지요. 이 자연의 대원리를 존중하는 것이 문 선생이 말하는 죽음의 자연화의 근본 아니겠어요? 일본에서 본 것인데, 무사들이 서로 죽이고 하는 싸움이 끝난 다음에 자기의 적을 위한 비를 세운 것이 있습니다. 죽음은 모든 것을 끝나게 하지요. 싸움도 미움도, 정의의 싸움도, 불의의 적에 대한 미움도. 그래서 죽음은 산 사람들의 화해의 바탕이기도 하지요. 그러니 음악에서 죽음과 평화가 이어지는 것이 아니겠어요?

문광훈 언어나 사고 그리고 감정의 표현이나 전달에 있어서 과장의 습관이 우리 문화 속 깊이 뿌리박힌 것 같아요.

김우창 슬픔의 과장은 자기를 다른 사람의 슬픔에 일치시키려는 그리고 그것을 표현하려는 가상한 태도의 표현이라고 할 수도 있지만, 자기를 내세우는 일이기도 하지요. 자기 슬픔의 표현이 과장처럼 보이는 수도 있지요. 그러나 자기가 느끼지 않는 슬픔이 다른 사람에게 있다고 아는 것은 더 높은 슬픔의 표현이지요. 그것은 자신의 슬픔에 대한 지적인 절제를 전제합니다. 감정 생활에서도 지적인 절제는 우리를 더 높은 차원으로 이끌어 갑니다. 미국의 교통 법규에서 장례 행렬이 지나면 서야 된다고 하지만, 나와 그 죽음은 아무 관계가 없고 아무 느낌이 없지요. 그렇지만 저 사람의 죽음과 그 가족의 슬픔을 존중해 줄 의무가 생기는 겁니다. 그것은 감정과 지적 판단의 연결이 사회적 관습으로 확립된 결과입니다.

우리나라에는 파토스로 모든 걸 해결하려고 하는 경향이 있습니다. 파토스를 느끼지 않는 데서는 아무렇게나 해도 좋다고 생각하면 안 되지요. 자기가 느끼지 않는데도 다른 사람은 느끼기 때문에 그걸 존중해야 되는 것은 공동의 삶의 필요이고 인간으로서의 의무입니다. 낯모르는 사람이 결혼하는데 내가 좋을 것도 나쁠 것도 아무것도 없지요. 그러나 거기에 기뻐하는 사람이 있을 테니까 그것을 존중해야지요. 이는 감정의 문제가 아니라, 인간의 감정을 존중해야 한다는 이성적 판단의 문제예요. 그러니까 파토스는 이성에 의하여 한 단계 높은 것으로 지향되어야 합니다. 이것이 문화의 기본이지요.

문광훈 지금 말씀하신 파토스는 여러 단계에서 '반성된 파토스'고, 그러니까 선생님은 늘 이성적 파토스를 강조하시는 것 같아요.

김우창 우리 문화에는, 지금은 더 없어졌지만 옛날에도, 그게 강하지는 않았던 것 같습니다. 자기 감정이 작용하지 않는데도 남의 감정을 존중해야 된다는 이성적 판단이 문화 속에 스며들어 있어야 돼요. 남이 슬퍼하면 나도 슬퍼해야 한다, 이렇게 생각하기 쉬운데, 어떤 경우는 남의 슬픔을 존중해서 거리를 갖고 자신의 슬픔을 자제하거나, 적어도 거리를 유지하는 예의를 지켜야지요. 우리는 그걸 내 슬픔으로 바꿔서 표현하는 것밖에 몰라요. 그러니까 과장해서 울고불고해야 하는 거라고 생각하지요. 감정 생활에도 로고스가 있어야, 그것이 섬세하고 아름다운 생활이 되겠지요. 우리의 시가 격이 떨어지는 경우가 많은 것도 이러한 것에 관계되어 있습니다.

문광훈 그야말로 문화의 문제이지요. 시간적 경과의 문제고, 무엇보다 오랜 개인적, 집단적 수련의 문제로 보입니다. 쉽게 도달될 것 같지 않는 성숙성의 과정적 문제라는 생각이 들어요.

김우창 이것은 문화 발전의 핵심적 문제이고, 민주주의 발전을 위한 밑거름을 만드는 일입니다. 다른 사람의 슬픔을 존중한다는 것은 사람 안에 있는 내면적 공간, 내가 이해할 수 없는 공간을 존중한다는 말이지요. 사람에 대한 존중, 사람의 자유와 평등에 대한 존중은 타인의 미지의 내면 공간에 대한 존중을 말하지요.

남의 아이에 대해서도, 나한테는 그 아이가 귀엽지 않아도, 그 어머니한테는 귀엽다는 걸 인정해 주는 것이 필요하지요. 그런가 하면 나에게 아무리 귀여운 아이라도, 그 아이의 마음에는 내가 미치지 못하는 것이 있다는 것을 늘 생각하여야 아이와 나와의 관계가 참으로 인간적인 깊이를 갖는 것이 될 수 있습니다. 내가 아이를 귀여워하는 것만으로 모든 것이 다 해결되는 것이 아니지요. 아이의 독자적 인격을 존중해야지요. 이것은 섭섭한 일일 수도 있습니다. 그러나 이 섭섭함을 받아들여야지요. 사랑하는 아이에게도 사랑으로 다 감쌀 수 없는 독자적인 인권이 있습니다. 민주주의의 인권의 개념 밑에는 이러한 깊은 인간적 이해가 있다고 할 수 있습니다.

집과 고향에 대하여

김우창 《경향신문》에 주택 문제에 대해 써 볼까 해요. 또 신도시 짓는다고 그러니까. 이게 집만 지어서 되는 게 아닙니다. 자연과 조화되는 것을 해야 되는데, 그러려면 점차적으로 발전하게 해야지 갑자기 다 뭉개고 거기다 아파트만 지어선 안 되지요. 내가 문 선생한테도 오늘 좀 물어보려고 하는데, 독일 사람한테 특히 '하이마트(Heimat, 고향)'라는 느낌이 강한데 문 선생 생각에 어떻습니까? 고향이라는 느낌. 우리도 그게 강한데 산소 있고 옛집 있고 이렇게만 생각하거든요.

아무리 좋다 해도 강남, 압구정동 아파트가 내 고향이란 생각은 잘 안 들지요. 오리가 있고 갈매기가 있고 정자가 있으면 몰라도. 산이 있고 물이 있고 숲이 있고 옛집이 있고 그래야 사람 마음이 안정되는데. 이번에 건설부 장관 발표한 거 보고 사람들 비판 나오는데 보면, 일본 도쿄 근처에 '다마'라는 신도시는 40년 걸려서 지었다고 합니다. 계획하는 데 10년, 완성하는 데 40년. 이렇게 해야 역사도 들어가고 자연도 그대로 포함되고 그러지요. 그냥 벼락치기로, 부동산업자들의 발상으로 움직이면 어떻게 될까요.

독일은 정말 하이마트라는 말을 많이 하고, 그걸 나쁘게 해석하는 경우도 많지만, 다른 유럽 국가보다 자연이 많이 보전되어 있어요. 숲이 많고, 또 남쪽으로 가면 산이 많고. 슈트라우스는 일찌감치 가르미슈파르텐키르헨이라는 아름답기 그지없는 산과 호수가 있는 작은 도시에 자리 잡고 살았지요. 숲을 잘 보전한 데가 또 영국이지요. 산이 있고 물이 있고 숲이 있어서 그런지, 독일 시만치 '하이마트'라든지 '하임케어(Heimkehr, 귀향)'가 자주 언급되는 경우가 드문 것 같아요.

문광훈 그런데 국토에 대한 존중이, 조금 전에 선생님이 잠시 언급하신 것처럼, 정치적으로 오용되는 경우도 있었습니다. 독일의 경우 '땅과 피(Boden und Blut)'라고 해서 이런 것들에 대한 배타적 강조가 제3제국 시대의 정치적 비극, 히틀러의 국수주의로 나타났다는 지적이 흔히 있습니다. 그래서인지 독일 전후 문학에서는 거기에 대한 의식적 경계심이 강하게 또 지속적으로 나타납니다. 그것은 1970년대 이후에 공적 영역에서 주도권을 쥐게 된 좌파 지식인 계층에 의해 제도적으로 심화되고요. 이런 사람들은 자연·땅·국토의 강조가 갖는 정치적 위험성을 지나치다고 할 정도로 경계하지 않나 여겨집니다. 분명히 좋은 점도 있을 터인데 말이지요.

　김우창　고향을 존중한다든지 자연을 존중한다든지 숲속을 거닌다든지 이런 게 국토와 민족, 배타적 민족주의에 연결될 수 있기 때문에 경계를 많이 하겠지요. 그런데 그게 깊은 의미를 갖는 건 사실인 것 같아요.

　문광훈　그렇습니다. 이런 과민증에도 불구하고 자연에 대한 감정과 이념의 전통들이 독일에서는, 특히 낭만주의 이후부터 쭉 있어 왔어요. 삶의 물리적 토대, 땅과 집, 자연, 숲과 같은 바탕은, 우리 사회에서처럼 그렇게 급격하게 변할 수가 없는 것 같아요. 역사적으로 보면, 근대 이전부터 각 지방의 분권화가 잘 이루어져 왔고, 그래서 지방마다 조그마한 소도시들이 나름의 정체성을 갖고 뿌리내리고 있어요. 그래서 우리처럼 갑자기 어느 날 산을 허물고 대단위 아파트를 만든다든가, 신도시를 설계한다든가 하는 어처구니없는 일은 있을 수가 없지요.

　그런 이유로 자연에 대한 표상이나 이야기도 문화적 이해의 근본 방식으로 남아 있는 것 같습니다. 아주 간단한 예로, 아무리 대도시에 살더라도 한 10, 20분 차를 타고 가면 대체로 조용하고 한적한 숲을 거닐 수가 있거든요. 주말에는 그런 데 산보하며 지내는 사람들이 많아요. 그런 문화가 되어야 사람의 심성적·생활 세계적 안정성도 자연스럽게 확보되지 않는가 싶습니다.

　김우창　미국의 어떤 동물 생태학자가 만들어 낸 말인데, '영토적 필연성(territorial imperative)'이라는 게 있다고 합니다. 일정하게 친숙한 땅을 떠나서는 사람이 살 수가 없다는 것이지요.

　문광훈　예. 선생님께서 쓰신 글을 어디서 읽은 기억이 나네요.

　김우창　모든 동물이 자기 영토를 꼭 확보해야 안심하지요. 보스턴의 개들을 조사하여 쓴 책이 있는데, 개가 집에서 나와 돌아다닐 때, 아무 데나 가는 게 아니라 가는 데만 간다는 것을 적은 것입니다. 친구도 어울리는 친구가 있고, 암수컷의 관계에서도 좋아하는 상대가 있어요. 선택적으로 자기 가는 길이 있지요. 테리토리(territory)가 있거든요. 눈에 보이지는 않지만 사람한테도 그게 있을 것 같아요. 그래야 마음이 평정하지요. 지금 신도시를 막 만드는 것은 인간의 정주의식(定住意識)이라 그럴까, 이것을 비틀어 놓는 거지요. 그러니까 사회가 어지러워지지요.

문광훈 그런 점에서 보면 우리 사회는 영토적 필연성이 박탈된 사회네요.

김우창 동물의 가장 기초적인 본능이 무시되고 있는 사회입니다. 가령, 요즘 좀 덜해졌지만, 추석이나 정월에 부모님 뵈러 고향에 가지 않아요? 그게 부모님 뵈러 가고 산소에 간다고만 생각하는데, 사실은 깊이 잠겨 있는 자기 고향에 대한 느낌, 영토에 대한 원초적 느낌이 작용한다고 얘기할 수 있습니다. 고향에 가서 옛 산도 보고 옛 물도 보고 옛 집도 보고 옛 사람도 보지요. 또 신도시 짓는 것도 주택을 세우는 게 필요하지만 그건 정말 조심스럽게 지어야지요. 그냥 부동산 개발하는 식으로 하니까 사람이 마음의 안정을 가지고 고향이라고 부르며 살 터전을 못 만들어 내는 것 같아요.

문광훈 지금 우리나라의 주택 보급률이 106퍼센트이던가 107퍼센트인가 되는데, 700만 명은 아직 무주택자로 살아가고 있다지요? 집을 많이 짓는다고 해서 무주택자가 줄어드는 건 아닌 것 같아요. 대부분의 신도시는 그저 투기 대상에 지나지 않는가 여겨집니다.

김우창 건교부 장관 머릿속엔 무슨 계산이 있는지 몰라요. 사람들이 문제를 너무 추상적으로 생각하는 것은 사실입니다.

문광훈 독일에서, 논문이든 문예란이든 필자들이 글을 쓰면, 가령 악셀 호네트(Axel Honneth)라고 하면, '악셀 호네트(프랑크푸르트)', 이렇게 글 처음이나 끝에 적혀 나옵니다. 재직하고 있는 대학이나 연구소 이름보다 더 자주 나오는 것이 필자가 살고 있는 장소명입니다. 지역에 대한 사람의 연관성은 직업이나 지위 이상으로 중요하지 않나 싶어요. 그래서 존중해야 되고요.

김우창 우리나라의 지역감정이라는 것도 지역에 대한 사랑이 아니라 추상화된 거지요. 그러니까 자기 고장의 산, 물, 터전에 대한 사랑이 아니라 전라도, 경상도로 추상화되지요.

문광훈 좋은 의미의 애향심은 아닌 것 같습니다.

김우창 싸움하기 위한 수단이 되는 감이 있지요.

문광훈 참된 의미의 애향심은 없는 거지요. 대개는 그것을 통해 무엇인가 도모하려는 사익적 관심이나 전략적 의도가 개입되거든요.

김우창 충청도에 서울을 옮긴다고 하니까 땅값이 올라가는 거 보고 좋아하지요? 우리가 옛날부터 살던 터전을 이렇게 뒤집어 놓으려고 그러냐 하는 것도 있어야 할 텐데. 심리가 이상해진 거지요.

문광훈 우리 사회에서는 아직도 많은 것이, 칸트식으로 이야기하면, 사고와 의식의 비계몽적 몽매주의에 포박되어 있는 것 같아요. 계몽 이전의 미성숙 상태라고 할까요.

김우창 지난 150년 동안의 경험이 너무 고통스러워서 그랬는지 모르겠습니다.

시대와 글쓰기

문광훈 개인적·사회적 의식도 전체적으로 보면 그렇게 성숙되지 않고, 감각도 둔탁하고 사고는 얕다고 생각됩니다.

이번 질문은 제 개인적 삽화 한 가지가 되는데요. 저는 독일에서 공부 마치고 1999년 가을에 한국으로 돌아왔습니다. 독일에 있으면서 일이 잘 안 풀리거나 머리가 아프거나 할 때 저는 선생님 글을 보곤 했었는데……

김우창 더 머리 아프지요?

문광훈 예, 그럴 때도 있었습니다.(웃음) 하여간 그러다가 돌아와서 그동안 읽지 못한 글들을 도서관이나 책방에서, 또 서지에서 찾아 읽고 정리해서 모은 적이 있습니다. 그때 자료 파일에 복사하거나 스크랩해서 모아 보니 40~50여 편이 되었어요. 그 가운데 가장 오래된 것은 1967년《창작과 비평》에 발표한「시에 있어서의 지성」이라든가 1968년《사상계》에 실은「시와 정치 현실」과 같은 글이었어요. 선생님의 첫 저서인『궁핍한 시대의 시인』은 1976년에 나왔고요. 이걸 보면서 '학문에서 서두를 거라면 학문할 자격이 없다.'라고 제 자신에게 말하곤 했습니다. 출판사가 강권하기 전에 자기가 나서서 뭘 서두르지는 않는다는 어떤 학문적 자존심의 실천인데요. 여기에 대해 좀 말씀해 주십시오.

김우창 사람이 체계적으로 뭘 써야 되는지 어쩐지, 그것이 왜 그래야 되는지는 분명히 알 수 없는 것 같아요. 그러나 너무 흐트러진 것은 무질서한 느낌을 주기 때문에, 우리의 심미적 감각에 조금 위배되지요. 이런저런 글을, 결국 그냥 써 달라는 것만 써 온 셈이 되었는데, 원래는 더 체계적인 걸 갖춰 볼까 생각했지요. 써 달라는 것과는 별도로 좀 써야겠다, 그런 것을 책으로 내야겠다, 이렇게 생각했었어요. 그런데『궁핍한 시대의 시인』이 나올 때 안 내겠다고 했다가 박맹호 사장이 우리 집까지 와서 권하고 해서 내고 말았지요. 결국 살고 보니까 그걸로, 그때그때 주문 생산한 걸로 끝난 것 같아요.

옛날에 서울대학 있을 때, 내 은사인 송욱 교수가 옆방에 계셨어요. 그때만 해도 문사들 생활도 그렇고 교수 생활이라는 것도 참 빈곤했지요. 송선생이 한탄 비슷한 얘기를 더러 하셨는데, 소설가 김광주 선생 말이, 김훈씨의 아버지라고 알고 있는데, 써 온 작품들을 생각해 보니까 동네에서 양복 만들어 주는 사람과 똑같다고, "사람이 와서 양복 주문하면 그 몸에 맞쳐 하나씩 재어서 해 주는 것밖에 못했다."라고 얘기하더라고 그러셨지요. 나도 지나고 보니까 그렇게 된 것 같아요.

문광훈 선생님께서 그렇게 말씀하시니 저 같은 사람은 드릴 말씀이 더이상 없네요.

김우창 다른 한편으로는 그렇기 때문에 글을 쓸 수 있었던 것 같기도 해요. 안 그러면 사실 글을 써야 할 필연적 사유가 없지요. 송 선생은 시도 쓰셨으니까 그러셨겠지만, 쓰지 않고는 못 배긴다는 느낌이 있어야 글을 쓰는 거지, 그냥 글 쓰면 안 된다는 얘기를 하셨지요. 나는 쓰지 않고는 못 배긴다는 느낌을 안 가졌기 때문에 누가 쓰라고 안 그랬으면 안 썼을 것 같아요.

문광훈 그건 아닌 것 같은데요. 그냥 말씀하신 것 같은데요?

김우창 시대적으로 글 쓰는 방식이 규정되는 것이어서, 어떻게 쓸 것인지를 자기가 선택하기는 쉽지 않다는 생각도 합니다.

문광훈 외적 자극을 선생님 자신의 문제 지평 안에서 녹여 새롭게 재구성해 내는, 지난번에 말씀드린 표현을 다시 쓰면, '수로를 트는 사유 작업'을 계속해 오신 것으로 여겨집니다. 외부로부터 주어지는 문제가 어떤 것이든, 그것을 그대로 좇거나 반복하는 것이 아니라 자기 식으로 변용, 재설정시키는 해석적 전환의 중간 단계가 늘 있었다는 거지요.

김우창 써 달라고 하면 써 온 게 내 글 쓰는 방식이었는데, 그러면서 그 시점에서, 우리 시대에 있어서, 또는 내가 사는 데 있어서 궁금한 걸 해명하는 그런 글을 대개 쓴 것 같아요. 주문 생산은 하면서도, 문 선생 말씀하신 대로, 내 생각에다 수로를 트는 작업이 된 것 같은 생각이 들어요. 주례사 같은 걸 쓴 건 아니라고 생각합니다만. 내가 요전에도 얘기했지만 설의식이라는 분은 내 처숙이 되지요. 그 문집을 낸다고 글 하나 써 달라 해서 쓰고 보니까 그것도 100장 넘었어요. 집안에서도 의례적인 거 몇 장 써 달라는 건데 그렇게 썼냐 하는 느낌들이 있었지요. 그런데 의례적인 말은 하기가 싫거든요. 그래서 생각하는 걸 쓰려다 보니까 그렇게 됐지요. 주례사 쓸 때도 좀 새로운 말을 해야지 하지요. 그런 것이 도움 되어, 지금 문 선생이 얘기하신 대로, 약간은 생각에다 길을 트는 작업이 된 거 아닌가 합니다.

글과 글에 대한 오해

문광훈 언제이던가 《외국문학》 20주년 기념호든가 특별호에 선생님 글이 하나 실린 걸 읽은 적이 있습니다. 거기에 「전(前) 전성기의 문화: 외국문화의 기여」(《외국문학》, 1994, 가을, 통권 40호)라는 제목을 가진, 서너 쪽 되는 짧은 글이었어요. 물론 다른 글들도 잘 쓰여진 것이겠지만, 제가 보기엔 선생님 글이 그렇게 짧은데도 논조는 가장 단단한, 그래서 인용하고 싶은 메시지도 들어 있던 글이지 않았나 생각했어요. '짧은 글도 아무렇게나 쓰시는 법이 없구나.' 하는 생각을 했었습니다.

선생님의 학문적 규모를 보여 주는 좀 더 단적인 증거가 있는데요. 가령 『사유의 공간』(2004)의 맨 뒤에 보면, 1964년부터 2004년에 이르기까지 쓰신 글의 목록들이 쭉 나옵니다. 저서나 논문을 포함해서 단평, 인터뷰, 편저, 번역…… 이런 제목만 적은 것이 37쪽에 이르는데요. 빠진 글도 꽤 있을 것이고, 그사이에 또 쓰신 것이 적지 않은데요. 어리석은 질문을 하나 드리자면, 어떻게 이것이 가능한지요?

김우창 지금 얘기한 대로 주문 생산한 것이 그렇게 된 것 같아요. 그래서 남작(濫作)을 한 것 같기도 하고. 좀 더 체계적으로, 길게 보는 글을 썼어야 될 텐데 하는 후회도 생기고 그렇습니다. 그러니까 우리 시대가 요구했다고 할 수 있는데, 그 시대의 요청은 두 가지로 얘기해야겠지요. 하나는,

정말 이런 문제가 있으니까 좀 깊이 생각해서 해결해 달라는 것도 있고, 또 하나는 출판 사업이라는 건 한 번 만들어 놓으면 뭘로든 빈 공간을 채워야 되니까 그냥 좀 채워 달라는 추상적 의미의 요구도 있어요. 거기에 응해 쓰다 보니까 그렇게 많이 된 것 같아요.

문광훈 알려져 있듯이, 선생님 글은 이해하기가 쉽지 않습니다. 제대로 이해하려면 짧지 않은 그리고 여러 방면의 수련을 요구하지요. 그 때문에 다른 한편으로는 갖가지 오해나 왜곡의 가능성도 큽니다. 그로 인한 괴로움 또한 많이 동반되었을 것 같은데요.

김우창 별로 괴로운 건 없었던 것 같아요. 내가 글 쓸 때, 어떻게 보면 자폐증이라고 할는지 모르지만, 문제로 삼거나 나한테 의문으로 생각되는 것을 답하는 식으로 썼어요. 그 때문에 다른 사람이 그것을 이해했느냐는 건 중요한 일이 아니었던 것 같아요.

내가 당연한 것으로 받아들이고 있는 전제 하나는 사람 말은 반드시 오해되기 마련이라는 사실이지요. 신문기자와 잠깐 얘기해도 보도된 것을 보면 내가 얘기한 것과 전혀 다르게 나오거든요. 지난번 안면도에 가서 얘기한 것도 《중앙일보》에 나온 걸 누가 보여 줬는데, "앞으로의 문화는 환상이 주가 된다." 이 말을 타이틀로 뽑고 크게 얘기했어요. 그런데 내가 얘기한 건 그런 것이 오늘의 현상이지만 우려되는 바라는 것이었지요. 우려되는 바가 있다는 게 다 빠지고 전혀 반대로 얘기가 돼요. 옛날 얘기지만 《동아일보》에서 내 말을 인용했는데, 내 생각과는 반대로 나왔어요. 그때만 해도 더 젊었기 때문에 전화해서 내가 얘기한 것과 반대로 보도됐다고 항의했더니 미안하게 되었다고 하면서 저녁이나 한번 먹자고 해서 저녁 얻어먹은 일이 한번 있었지요.

문광훈 저는 선생님 글이 흔히 그렇듯 주장하거나 설명하는 방식이 아니라는 사실에 대해 독특하다고 느껴 왔는데요. 단정하거나 확언하는 언어가 아니라 근본적으로 묻고 질의하고 회의하는 언어지요. 밝혀지지 않은 어떤 사실들을 드러내려는 또한 드러내는 현실 해명적이고 세계 개시적인 성격을 지닙니다.

그런데 기본적으로 철학적이고 인문적이면서도 어떤 것은, 제가 느끼기에 매우 아름답습니다. 이 아름다움은, 그것이 이론적·논리적·철학적 바탕에 의해 지탱되기 때문에 무른 것이 아니라 견고하지요. 결국 '철학적으로 무장된 서정만이 견고한 아름다움을 빚어낸다.'고 생각하게 됩니다. 이런 것에 대해 어떻게 생각하시는지요? 잘 지적되지 않는 점 같아서요.

해명과 명령

김우창 그런데 뒷부분은 문 선생이 좋게 해석하는 부분이고, 앞의 부분 — 뭘 해야 된다는 것보다도 그냥 질문하고 답하는 글이라는 것은 맞는 얘기일 거예요. 아까 얘기한 것처럼, 내가 글 쓴다는 것은 내게 일어나는 질문에 대해, 영원한 질문이라기보다 이 시대의 이 시점에 내가 갖는 의문에 대해 스스로 질문하고 답하려는 것이 글 쓰는 근본 방향이기 때문에 그래요. 또 내가 의도적으로 '뭘 해야 된다.'는 건 안 쓰려고 오래전부터 늘 마음속에 작정하고 있습니다. 될 수 있으면 문장에서도 '이래야 된다.' 하는 당위적인 것은 안 쓰려고 하는데 너무 쉽게 그게 나와요.

문광훈 당위적 문장은 선생님의 글에 아주 드물지요. 쓰신다고 해도 다시 유보적으로 물러나고요.

김우창 사람 사는 데, 도덕적 명령의 비인간성과 부도덕성을 느끼는 것과 관계가 있지요. 아무리 좋은 얘기도 이래야 된다는 것은 공격적 본능, 지배 욕구의 표현이라는 생각이 들거든요. 그래서 그냥 설명해서 이해할 수 있게 하는 것, '이것이 이렇다, 내가 보기에 이러니까 당신도 이렇게 느낄 거다.' 이렇게 얘기하는 것이 글 쓰는 데 중요한 윤리적 오리엔테이션의 하나다, 내 느낌은 그래요.

문광훈 어떤 기존 규범의 제시나 도덕적 공언(公言)을 통해서가 아니라 논리의 설득력을 통해 합리적 해명 절차 속에서 동의의 지평을 넓혀 가고자 하시는 거지요.

김우창 스스로 알게 하는 것이 제일 중요하다는 것, 이것이 인간관계의 기본이라는 생각을 합니다. 어저께 우리 식구가 어딜 갔다 왔는데, 지하철 에스컬레이터를 타면서 왼쪽에 섰더니 어떤 사람이 와서 야단을 하더래요. 거기는 지나가는 사람이 가는 자리인데 오른쪽에 서지 그런다고. 그런 경우도 '좀 비켜 가면 어떨까요.', '나 좀 가게 해 주십시오.' 하면 되잖아요? 그런데 막 야단을 치면 공격적 본능의 표현이 되어 버리지요. 저쪽의 양해를 바라면 되는 건데, 이런 것이 작은 것이지만 인간관계의 근본적인 윤리적 관계를 손상시키는 것 같아요. 뭘 해야 된다고 명령하는 것이 의무가 아니고 '스스로 깨닫는 게 의무다.'라는 느낌이 있어요.

사유와 현실

문광훈 그건 우리의 큰 병폐의 하나인 사회성의 강화에 대한 선생님의 지속적 문제 제기와도 연결되어 있는 것 같습니다. 단정하지 않고 확정을 삼가는, 그래서 조금 더 유보적인 상태에서 계속 검토해 가는 언어와 사유의 탐구적 성격으로 해서 다른 한편으로는 이해의 어려움이 가중되는 면도 있습니다. 그래서 그 성취에 상응하는 메아리를 갖지 못한 점도 있지 않나 싶어요. 그럼에도 불구하고, 제가 보기에는, 선생님을 읽고 동의하고 따르는 학자들이 적지 않은 듯합니다. 많은 경우 선생님을 '현실 문제에 대한 새로운 사유법을 자극한 인문학자'라는 평을 하는데요?

김우창 같은 세계 속에 살면서 세계의 문제가 이렇고 우리의 상호 관계가 이래야 된다는 것을 서로 자연스럽게 얘기하는 것은 인문학에서 해야 되는 것 중의 하나라 하겠지요. 오늘 인문학의 위기를 얘기하지만, 인문학을 통해 무슨 도리를 가르쳐야 한다고 생각하는데, 도리를 '깨닫게' 하는 거지요. 그런데 그 깨달음이란 모든 사람이 다 개체이기 때문에 조금 다르게 하지요. 그것을 포용할 수 있는 공간을 만드는 것이 또 중요합니다. 사람은 모두 여러 일에 대하여 자기 나름의 이해법을 가지고 있지만, 동시에 같은 세계 속에 같은 자리를 가지고 살기 때문에 같은 결론에 이를 수가 있지요.

이걸 다시 이야기하면, 두 가지로 나누어 말할 수 있습니다. 하나는 인지 심리학에서 이미 말하고 있는 것입니다. 우리가 무엇을 안다는 것은, 그 앎의 내적인 과정을 보면, 알게 된 것을 마음속에 그대로 지니는 데 그치는 것이 아니라 그것을 통해 우리가 세계에 대해 가지고 읽던 지적 지도(cognitive map)를 시정하는 일이 됩니다. 이 지도는 더 정확한 것도 있고 덜 정확한 것도 있겠지요. 사람마다 살아온 과정이 다른 만큼 이 지도는 다를 수밖에 없지요. 이 지도의 수정 작업이 없는 사람은 분열증에 걸려 있는 사람이지요. 그러나 마음에 지닌 지도 때문에 어떤 사실의 수용을 거부하는 경우가 있지요. 완맹한 사람, 이데올로그, 광신자가 그러한 사람이지요.

그래도 사람이 가장 동의하기가 쉬운 것이 현실 작업의 문제에서입니다. 공동 토의에서 가장 중요한 논의는 '무엇을 해야 하는가?' 하는 문제에 대한 것이지요. 이것도 사안에 따라 입각지에 따라 그 질문에 대한 태도 그리고 그에 대한 대답이 달라질 수 있지요. 그러나 '무엇을 해야 하는가?' 하는 질문이 사실적 급박성에 가까운 것이 될수록 동의의 확률은 커진다고 할 수 있습니다. 홍수가 났을 때 구조 작업을 해야 한다는 것은 분명하지요. 그것을 어떻게 하는 것이 가장 좋은가 하는 것은 의견들이 있겠지만 합의가 어려운 문제가 아닐 것입니다. 그런데 홍수 방지를 위하여 무엇을 해야 하는가는 조금 더 복잡하고, 홍수의 철학적·형이상학적 의미가 무엇인가 하는 문제는 의견 일치가 있기 여간 어려운 문제지요.

인문 과학은 실제적인 문제를 해결하려는 것은 아니지만, 그것을 위하여 어떤 마음가짐이 준비되어 있어야 하는가, 또 그와 관련하여 인간 존재의 의미를 어떻게 이해해야 하는가를 생각하는 학문이라고 할 수 있습니다. 그러나 이러한 현실에서 조금 떨어져 있는 문제도 끊임없이 현실적 문제에 연결되어야 의미 있는 것이 되고, 토의할 만한 값어치가 있는 문제가 된다고 할 수 있습니다. 여기에 하나 덧붙인다면, 현실의 절대적인 중요성에 비추어 인문 과학도 사실에 주의하여야 하고, 사실의 법칙적 연쇄가 사실 세계를 움직이는 것이니만큼 그 법칙성과 뿌리를 같이하는 논리·합리성·이성에 주의하여야 하겠지요. 인문 과학도 사실 세계의 인간적 구성을 연구하는 학문 이외의 다른 것이 아니라고 할 수 있습니다. 또는 인간 세계의 사실적 구성을 연구한다고 할 수도 있고요. 문 선생이 말씀하신 '현실 세계에 대한 새로운 사유법'은 이 사실 충실성을 실현하는 사유법을 지칭하는 것이 되어야 하지 않을까 하는 생각이 듭니다.

그러나 아무리 사실에 충실한다고 하더라도 그것은 사람마다 다르게 보이는 것일 수밖에 없고, 그것이 현실의 당면 문제를 벗어날수록, 이 보임은 깨달음의 영역에 남는 것이니 다를 수밖에 없지요. 같은 진리라도 깨달음을 요구한다면, 그것은 각자의 마음에서 이루어져야 하는 것이기 때문에 별개의 사건이 되는 것이지요. 그러면서도 이 모든 것은 같은 세계에서 일어나는 것입니다. 이 같은 세계가 무엇인가 하는 데 대한 이해가 다를 뿐이지요. 대부분 다른 것은 인간의 가능성의 범위를 넘어가는 것은 아니기 때문에 그것을 수용할 수 있는 공간을 만드는 것도 인문 과학의 임무지요. 어떤 실천적 과제에 동의했다고 하여 세상을 보는 눈이 전적으로 같아지고 인생이 같아질 것을 기대하는 것은 이 공간이 부실한 상태에 있기 때문이지요. 그런데 우리나라 지식인들은 실천적인 과제보다도 추상적 이념의 차이를 두고 싸움을 많이 벌이는 것 같습니다.

사고의 팔림세스트

문광훈 한 사상가나 학자에 대한 의견은 사람마다 당연히 다를 수가 있고요. 또 선생님이 일구어 온 학문적 성취도 여러 가지 관점이나 방식을 통해 접근될 수 있는데요. 제가 보기에 가장 큰 성취의 하나는 우리 인문학의 가능성을 세계라는 보편적 지평 속에서 누구보다 엄밀하게 탐구하신 점에 있지 않나 여겨집니다. 그런 정열의 바탕에는, 그 뿌리까지 파헤쳐 보면, '근본적으로 사고한다.'는 것이 놓여 있지 않은가 여겨집니다. 근본적으로 사유한다 또는 끝까지 사유한다는 것의 의미가 어디에 있다고 여기시는지요?

김우창 아주 어려운 과제네요. 요전 토요일에 파주출판도시에 갔었어요. '대학생 독서토론대회'를 심사하라고 해서. 심사만 해야 되는데, 심사 과정에 대해 평을 하라고 해서 이런 얘기를 했어요. 독서한다는 건 두 가지를 동시에 한다는 것이다, 하나는 읽은 것을 지금까지 자기가 읽었던 것에 관계시켜 보는 일인데 이것은 자기가 읽었던 걸 다 동원한다는 것이니까 아주 어려운 일이지요. 그런데 학생들이 이것을 다 했더라고요. 그 독서토론대회에서 학생들이 읽고 평가해야 되는 게 전상국 씨의 「우상의 눈물」이라는 단편이었는데, 학생들은 이것을 다른 책들에 비춰서 보려고 애를 많이 썼어요. 아마 그것이 요구 사항이었던 같습니다. 선행 독서로서 에리히 프롬이나 르네 지라르 같은 사람들의 글을 읽게 한 겁니다. 거기에 연결해서 보려고 하니까 전상국 씨의 작품이 지나치게 복잡하게 해석되고 너무 어렵게 되어, 학생들의 말이 무슨 뜻인지 알아듣기도 어려웠어요. 그래서 별수 없이 넓게 읽는 또 하나의 방법을 이야기했지요.

「우상의 눈물」은 교실에서 일어난 폭력 사건의 이야기인데 그것을 잊지 말고, 어떻게 했어야 문제가 안 생기고 좋은 교실이 되었겠냐는 관점에서 생각해야지 전부 어려운 이론에다 연결해서 하려니 너무 힘들지 않은가 하는 말을 한 거지요. 읽었던 책들을 잊고 마음을 완전히 비워 작품 자체만을 보도록 해야 한다고 상식적인 이야기를 한 것입니다. 그러면서 읽은 것을 전부 동원하는 것과, 다 잊어버리고 마음을 비우는 것은 서로 다른 행위가 아니라 하나이고 그것은 무의식의 공간 안에서 서로 연결되어 있다는 말을 첨가했지요.

지금 문 선생이 질문하신 데 대해서도 비슷한 말을 할 수 있을 것입니다. 어떻게 보편적 차원에서 한국 문학을 보고 다른 모든 문제를 보느냐 할 때, 그 보편적 차원이란 우리의 빈 마음, 아무 선입견을 갖지 않은 마음이라고 할 수 있습니다. 이것은 비어 있는 마음인데, 사실은 완전히 비어 있는 것은 아니지요. 빈 마음은 많은 경험과 책 읽기와 사고가 집적되어 하나로 합쳐지고 그러면서 지워져서 생겨난 것이지요. 그러기 때문에 모든 것의 통합으로서 또 경험적 집적을 넘어가는 전체로서의 보편성이 생겨나는 것이지요. 이건 데리다에 나오는 비유 같은데, 우리가 책을 읽고 뭘 생각한다는 것은 여러 장의 종이를 겹쳐 놓고 거기에다 글을 쓴다는 것과 같다는 생각이 들어요.

문광훈 '팔림세스트(palimsest, 양피지)'라는 거지요?

김우창 팔림세스트에 글을 쓰는 것이지요. 내가 읽은 책이 있고 내가 읽은 생각이 있고 다른 사람한테 들은 얘기가 있는데, 이것을 아래에 깔아 두고 흰 종이에 글을 쓰는 것이지요. 여러 가지 것들이 비치기는 하지만 흰 종이에다 써야지요. 흰 종이가 가장 보편성에 가깝지요. 아래 것은 다 하나의 관점에서 본 겁니다. 나도 결국 쓰고 보면 하나의 관점에서 얘기한 것이지 완전히 보편성을 유지한 건 아니고. 그러나 적어도 마음의 자세로서 그 흰 종이를 생각해야지요.

흰 종이는 나를 새로운 사유의 공간으로 해방시킵니다. 그것이 그전의 말들에서 풀려나서 새로 마음대로 끝까지 생각할 수 있게 하지요. 그래서 이 글 쓰는 순간 내 마음은 경험적 전체를 넘어서 모든 것으로 열리는 보편성에로 나아갈 수 있게 되지요. 그러나 이 흰 종이는 그냥 흰 종이가 아니고 밑바닥에 많은 것이 감춰져 있는 흰 종이일 수밖에 없어요. 흰 종이만 있으면 우리가 무엇을 써야 될지, 무엇을 생각할지 알 수 없는 완전한 낭패 속에 들어가기 때문입니다. 나의 글도 보편성에는 이르지 못한 것, 종이 위에 쓰인 또 하나의 글이 되고 말지만.

그러나 쓰는 건 흰 종이고, 근본적으로 흰 종이가 보편성의 바탕입니다. 어떻게 해서 이 비어 있는 공간에 이르느냐는 중요한 문제입니다. 대부분의 경우 우리 마음은 선입견이나 편견, 들은 얘기나 배운 것으로 가득 차 있으니까요.

문광훈 우리가 읽고 보고 듣고 생각하는 것들이 층층이 쌓이면서 보편성의 흰 바탕 위에 어떤 새로운 세계로 축조되고, 이렇게 축조된 세계상은 '더 나은 보편성'을 위한 하나의 단계가 될 뿐이라는 것이지요?

김우창 그것도 완전한 것이 못 되지요. 선행한 것들은 보편성을 방해하는 것인데도 불구하고, 그것이 있어서 비로소 보편적인 흰 종이를 사용할 수 있게 되는 것처럼 됩니다.

문광훈 그래서 선생님은 『마음의 생태학』에서 '반성의 팔림세스트'라는 표현을 하신 것 같아요. 학문적 탐구의 지속적 추구 과정, 보편적 이성의 탐구 과정도 그런 식으로 나오지 않는가 생각을 하게 됩니다.

　김우창　내 글도 흰 종이에 쓰지만 내 주변, 내 편견, 내 주관적 관점의 표현이 되어 버리기 때문에, 다른 사람은 또 거기에다 흰 종이를 놓고 써야지 그냥 쓰면 편견을 수용하는 얘기밖에 안 되지요.

문명과 보편성

　문광훈　그렇다면 문화적 전통도 반성의 팔림세스트 작용의 누적적 구축을 통해서 이루어진다고 얘기할 수 있겠네요?

　김우창　문화도 바로 그런 것 같아요. 서양 사람들은 자기들이 보편적 문명을 대표한다고 했는데, 다른 문명에 비춰 보면 그건 보편성이 아니지요. 그러나 지금 시점에서 서양 사람들이 다른 사람들보다 보편적 관점을 가신 선 사실인 것 같아요. 하지만 그긴 역사적으로 형성된 보편성에 불과합니다. 다시 말하면, '역사적'이라는 형용사가 있기 때문에 보편성이 아니라는 얘기지요. 보편성은 역사를 초월하는 것이라야 되잖아요? 그러니까 일시적으로 형성된 보편성인데, 사람이 이룰 수 있는 보편성은 역사적 보편성밖에 없는 것 같아요. 그게 역사적으로 끊임없이 바뀌고 노력하는 사이에 조금 더 보편적인 것에 가까이 가는 것이지요.

　문광훈　인간의 보편성은 하나의 부분적 보편성과 또 하나의 다른 부분적 보편성 사이에 자리할 뿐인 것 같습니다.

　김우창　역사적으로 어떤 경우에 어떤 문명이 좀 더 보편적 차원에 있다는 것은 인정할 수 있지요. 그런데 서양 문명의 보편성이 사라져 가는 시점이 지금인 것 같아요. 우리가 위치해 있던 세계에서 보편적 문명은 중국 문명이었지요. 그것이 서양에 의하여 극복되는 것 같았습니다. 그런데 이제는 서양의 보편성이 약화되는 시기인 것 같습니다. 요전에도 한 번 얘기했지만, 자기들이 모르는 게 너무 많았다는 것, 서양 문명의 지방성을 유럽 사람들이 깨닫게 되는 것이 지금 시점입니다.

그러면 다른 문명과 서양 문명을 합쳐 놓으면 보편적인 것이 되느냐? 그건 아닌 것 같아요. 말하자면 씌어진 두 개의 것을 중복해 놓는 것이 아니고 그 위에 다시 흰 종이를 놓고 써야지요. 이것은 새로운 노력을 통해서 두 개면 두 개, 세 개면 세 개의 겹친 것들을 다시 하나로 합쳐서 생기는 것이지, 두 개를 합쳐서 "서양 것도 알고 동양 것도 아니까 보편적이다." 이렇게는 안 되는 것 같아요.

문광훈 이른바 '아시아적 가치'라든가 동양 학문이 하나의 중대한 요소로서 기여할 바도 있겠네요?

김우창 그것과 합쳐서 새로운 보편성을 만들어 내야지요. 그냥 "우리가 더 보편적이다."라는 것도 안 되고, 두 세계가 겹쳐서 새 보편성이 되는 것도 아니고. 기존의 보편성에 포용되지 않는 여러 가지 경험적 사실이 드러남으로써, 그것이 살아 있는 일체성이 됨으로써, 그리고 그 일체성이 전혀 새로운 가능성으로의 열림이 됨으로써 새로운 보편성이 나타나는 것이 아닌가 합니다.

문광훈 이해가 됩니다. 그런 점에서 보면, 유럽적 보편성의 위기 또는 어느 정도의 쇠퇴 과정이 확연하다는 거지요?

김우창 지금이 그런 시점일 것 같아요. 세계의 혼란도 일부는 거기에서 오지요. 새로운 보편성은 아직 형성되어 있지 않고. 서양 보편성에 의해서 억눌려 있던 것이 많지만, 억눌림 속에서도 "저게 기준이다.", "저게 문명이다." 하는 생각은 있었지요. 그러나 더 지나고 보니 이 보편성을 주장하던 문명에 모순이 너무 드러나니까, 보편성의 현실은 물론 보편성의 명성까지도 상실하게 되었지요. 새로운 보편성이 생겨날 시점일 것 같기도 하고 보편성이 사라진 잡탕의 세계가 그대로 앞으로의 세계일 것 같기도 해요.

문광훈 지금껏 말씀해 주셨지만 서구 보편성의 위기 같은 큰 주제는 선생님 같은 분이 진단하고 조감하며 전망할 수 있는 종류의 것이지 않나 생각합니다.

김우창 세계사적 과정이라고 해야 되지 않을까요? 그러나 이 전환기에 많은 사람들이 자신의 위치를 파악하려고 고민하고 노력하겠지요. 문학자의 경우에도 일단은 자기가 쓰고자 하는 재료를 객관적으로 볼 수 있는 위치에서야 좋은 문학이 나올 겁니다. 이 얘기는 내가 글로도 썼어요.

심훈의 『상록수』에 보면, 일본 파출소에서 야학의 학생 수를 제한하라는 통지가 나오지요. 심훈은 그것을 탄압이라고 보지만, 실제 내용은 건물의 안전성을 이유로 한 통지입니다. 사실 아이들의 안전이 공부보다 중요하지요. 이야기가 제대로 풀리려면, 어떻게 안전에 대한 조처가 탄압의 가면이 되는가에 대한 설명이 있어야 합니다. 이런 예들이 많지요. 그렇다고 작가 심훈을 폄하하려는 것은 아닙니다. 그의 작품 중에서 나는 시가 좋다고 생각해요. 왜 그런지 심훈 시는 크게 평가를 안 해요. 중국에 대해서 중국 여행에서 겪은 일에 대해 쓴 것도 있고.

지금도 앞뒤를 널리 고려하지 않고 이야기를 전개하는 작품들이 많은데, 그걸 가지고 세계적인 독자한테 호소한다는 건 안 되지요. 세계적 독자에게 호소한다는 게 중요한 게 아니라, 그렇게 작품을 쓰는 데 들어 있는 마음의 협소성이 작품의 가치를 떨어뜨리고, 문화와 사회의 윤리를 협소하게 하지요.

문광훈 작가는 무엇보다 보편적 지평 속에서 움직이는 사람이어야 하는데, 사고와 의식의 지방주의(localism)에 빠져 있다면 대외적으로 호소력을 가질 수 없다는 거지요?

김우창 자기 작품에 등장하는 모든 사람, 모든 관점, 모든 물건에 대해 그 관점에서 한번 봐야 합니다. 넓은 마음을 가져야지요. 살인범이면 살인범의 입장에서 문제를 한번 생각해 봐야지요. 진짜 넓은 소설가라는 건 애국자일 수도 없고 도덕가일 수도 없고 어떤 특정한 민족주의자일 수도 없고 특정한 윤리적 명령에 자기를 종속시키기가 어렵지요. 허무주의에 빠질 수도 있기 때문에, 개인적으로 철저한 보편적 사고를 한다는 것이 무서운 일이 될 수 있지요. 그러니까 보편성은 모든 사람의 지향점이면서 기피하는 것이 되는지도 모르지요. 허무한 느낌은 모두 가지고 있으면서 또 벗어던져 버리고 싶은 실존적 기분이지요.

허무, 죽음, 삶의 윤리

문광훈 그 허무적인 느낌으로부터 깊은 의미의 윤리적 기능성이 나올 수는 없을까요?

김우창 허무의 절정은 죽음이라고 할 수 있겠지요. 죽음 후에는 열사도 보통 사람도 없고, 정의도 부정의도 없다는 것이 하나의 위로가 되는 일이 아니겠느냐는 말을 했지만, 우리가 어떤 것을 아무리 중요하게 생각하여도 죽음이 그것을 아무것도 아니게 해 버린다는 것, 죽음의 절대적인 허무는 세상사를 가볍게 보고 너그럽게 보는 바탕이 될 수도 있을 것입니다. 일본에서 자기가 죽인 적수를 위하여 비석을 세운 것을 보았다고 하였는데, 그것도 이런 너그러움의 표현이 아닐까요?

다른 한편으로 죽음의 허무는 세상의 일들을 귀하게 보는 근거가 될 수도 있습니다. 『두이노의 비가』의 열 번째 것을 보면, 일찍 죽은 젊은이가

'비탄의 나라(die Landschaft der Klagen)'로 방황해 들어가는 장면이 있지요. 일찍 죽은 젊은이란 인생의 절정에서 삶을 죽음의 눈으로 보는 것을 배운 사람이겠지요. 물론 어떤 혹독한 체험 때문이겠지만,『두이노의 비가』의 이 부분은 난해하면서도 나에게는 큰 감동을 주는 장면입니다. 일찍 죽은 젊은이는 죽음의 나라에서 슬픔의 여인을 만나 많은 것을 봅니다. 어떤 것들은 슬픔 속에 존재하면서 별이 되어 있습니다. '고통의 나라의 별들(Die Sterne des Leidlands)'이 된 것으로 그가 말하는 것 가운데에는 기사라든가, 순례자의 지팡이, 바쿠스의 잔치에 나오는 열매 화관 같은 것이 있고, 그보다 멀리 요람이라든가, 길, 책과 인형, 유리창 같은 것이 있고, 더 멀리는 어머니의 상징이 있지요. 릴케가 그리워하는 어린 시절의 상징물들입니다.

사람의 삶에 일어나는 모든 것이 어린 시절의 일들처럼 그리움의 대상이 될 수 있는 것이 아니겠습니까? 별이 된 것도 아니고 그 나라에 있는 것은 아니면서, 젊어 죽은 이 사람이 보는 것에는 시장도 있고, 도박꾼도 있고, 돈도 있고, 연인들도 있지요. 하지만 이런 것들은 별이 된 것과는 다르고, 그가 죽음의 나라에서 본 또 다른 것들, 들판이나 동물이나 꽃들과도 다르고 또 역사의 거대한 창조물하고도 다르지요. 그는 이 모든 것을 죽음의 관점에서 보기 때문에 일단은 긍정적으로 보지만, 그가 참으로 긍정하는 것은 사람의 어린 시절의 그리움에 관계된 것과 자연에 자라는 것과 영웅들의 영웅적 삶입니다. 그래도 죽음의 관점에서 볼 때 삶의 모든 것은 긍정될 수 있지요.

릴케는 여러 곳에서 시인이 하는 일이란 주어진 삶을 찬미하는 것이라고 하지요. 동시에 죽음의 관점에서 보면 무엇이 중요한 것인가를 참으로 알게 되지요. 그것은 사람의 유기적 삶, 풀과 잎과 꽃과 그것들을 자라게 하는 봄비와 같은 것 그리고 그리움과 찬미의 대상이 될 만한 것이지요. 그렇다면 이러한 것들을 본래의 모습으로 있게 하는 것이 사람이 해야 할 일이 아닐까요? 허무로부터의 윤리를 말하자면, 이러한 것을 제대로 있게 하는 것, 이것이 윤리의 바탕이 될 성싶네요.

죽음을 통한 삶의 긍정, 삶의 귀중한 것들의 긍정, 이것들은 죽음이나 고통의 경험에도 불구하고 또는 그러한 것 때문에 긍정하는 것이지만, 선과 악은 어떻게 해야 하는 것인지, 그것은 더 복잡한 해석이 필요할 것입니다. 그러나 도덕적으로 나쁜 것까지는 아니라도 고통과 고민과 슬픔의 수락을 통하여 릴케는 세상 전부를 찬양(rühmen)해야 한다고 생각하는 것 같습니다.

문광훈 죽음이나 고통, 우울의 경험이 자기 승화에 이른 어떤 형식으로서 아름다움이 나오네요.

김우창 릴케식으로 얘기하면 그렇지요. 이건 또 조금 다른 이야기가 되지만, 진짜 보편적인 관점에서 쓰려면 인생에 대해 좀 절망한 사람일 수밖에 없을 거예요. 나쁜 놈도 동정을 가지고 보려면 절망할 수밖에 없습니다.

쉼 없는 생각의 움직임

문광훈 아까 말씀하신 반성의 팔림세스트는 이성에 대한 선생님의 매우 중요한 규정으로 저는 이해하고 있는데요. 나아가 글쓰기 과정이나 보편성을 획득하기 위한 절차적 과정도 바로 그런 식으로 이루어지지 않는가 여겨집니다.

김우창 보편성이 존재하고 그 안에서 뭘 해야 되지만, 또 동시에 그건 여러 가지 경험적 사실과 누적된 보편성의 경험으로부터 나오는 것이기 때문에 불가피하게 편파적이 되어서 역사적 성격을 갖는 도리밖에 없다, 이렇게 얘기할 수 있어요.

문광훈 양피지 위에 느낌과 생각의 이미지를 그리고, 그렇게 그려진 세계상 위에 또다시 이미지를 겹치게 하는, 그리고 이렇게 겹겹의 표현 속에서 행해지는 무한한 반성적 과정으로서 보편성이나 진리의 구성이 일어난다는 거지요. 참된 이성의 획득 과정도 그렇지 않은가 여겨집니다.

이것은 다음에 드릴 질문과 연결되는데요. 선생님은 『마음의 생태학』에서 '생각한다'는 것의 의미에 대해 「해체와 이성」(89쪽)이라는 글에서 적으셨는데요.

그러나 참으로 근본적으로 생각한다는 것은, 대상과 아울러 대상을 생각하는 주체를 생각한다는 것을 뜻한다. 그것은 움직임으로서의 마음과 움직임의 정지로서의 사유의 관계를 문제 삼지 않을 수 없는 것이다.

그러니까 대상 성찰과 대상을 성찰하는 자신에 대한 성찰을 동시에 행해야 한다는 거지요. 이것은 조금 전에 말씀하신 반성의 팔림세스트 과정에서 행해지는 구체적 방법이 되지 않을까 싶습니다. 마음의 작용은, 아래에 쓰셨듯이, 이 과정에서 핵심적 역할을 하는 것 같아요.

마음의 여러 기능은 상호 작용하면서 마음 전체를 변화하게 한다. 그러나 동시에 그중 가장 위에 있는 것은 근원에 대한 명상인 것으로 생각된다. …… 플라톤주의의 전통에서이든 기독교의 전통에서이든 또는 이슬람의 전통에서이든 최고의 존재에 대한 명상은 최고의 진리에 대한 직관을 목표로 하는 것일 뿐만 아니라 이 세상의 삶에 대한 기본적인 지침을 준다고 생각되었다.

마음을 통해 근원을 명상하는 것이 어떤 인문적, 문화적 의미를 가지는

지에 대해 말씀해 주십시오.

김우창 아까 얘기로 하면 보편성이란 모순된 과정이에요. 하나는, 여러 가지 쓰였던 글을 자꾸 쌓아 가는 과정이면서 그 쌓아 가는 과정을 종합하는 과정인데, 동시에 그것은 흰 백지를 얻는 과정이지요. 많은 걸 쌓아 가면서도 어떤 비어 있는 상태에 이르려는 과정이라고 할 수 있지요. 마음의 빈 상태가 중요한 것은 세계에 대해 아무 선입견 없이, 미리 정식화해 놓은 다른 것 없이 열려 있는 상태에 이르고자 하기 때문이지요. 그러니까 자기 마음에 대해서도 그렇고 세계에 대해서도 그렇고, 열려 있는 관점이 중요해요.

'어떻게 우리 마음을 비우면 세계에 열리느냐.' 하는 건 하나의 신비라고 할 수밖에 없어요. 마음을 비우기는 하지만, 세계는 마음에 대응해서만 나타난다고 해야지요. 그렇다면 그것은 마음이 만든 것이라고도 할 수 있을 것입니다. 그러나 환상이나 상상 또는 나의 의식으로 만든 것은 아니지요. 그것은 마음과 함께 생겨난 것이라고 할 수 있지 않나 합니다. 이 동시적인 사건을 가능하게 하는 근본이 뭐냐가 문제겠지요. 종교를 믿는 사람들은 신을 말하고, 플라톤적으로는 이데아의 세계를 얘기하게 되지요.

나는 종교적 바탕이 없는 사람인데 계속 글도 쓰고 생각하다 보면 더러 신앙은 없으면서도 스스로 종교적인 사람이라는 생각을 하게 돼요. 그런데 경험적인 자기를 지키고 싶기 때문에, 마음이 백지가 되고 그것이 투명해져 모든 것에 열리는 것, 이것을 가능하게 하는 근본 원리가 어떤 신성한 거라고 상상하고 싶지는 않아요. 그건 경험을 초월하기 때문이지요. 과학적, 경험적인 입지를 유지하기 위해서지요. 또 너무 한쪽으로 가 버리면 모든 것을 하나로 환원해서 다자(多者)를 잃어버리는 것이 되기 때문에, 다자와 일자(一者)의 균형을 위해서라도 경험적 입장을 지켜야 된다는 생각이 들어요.

문광훈 존재의 열림이나 초월적이고 형이상학적 탐색에 대한 호기심이 선생님께는 지속적으로 나타나는데요. 그런데 그것을 종교라든가 신앙과 연결 지어 얘기하시지는 결코 않는다는 거지요. 그러니까 좀 더 정면적으로, 또 직접적으로 말씀하셨으면 하는 생각도 가끔 들어요. 최근에는 성스러운 것에 대해 자주 말씀하시고요. 그전에는 종교적 함의가 들어 있는 이런 단어조차 아예 안 쓰셨거든요. 경험이나 사실성 그리고 구체성에 대한 거의 무의식에 가까운 고수가 선생님의 사유에는 항존한다는 생각이 들어요. 이것은 학문성 혹은 과학성(Wissenschaftlichkeit)의 가장 확연한 징표이기도 하고요.

김우창 경험주의적인 입장을 지켜 경험의 다양성에 대해 개방적 마음을 유지하고 싶은 거지요. 너무 쉬운 답변을 만들어 버리면 그 답변이 모든 걸 대신하기 때문에, 모든 걸 다시 들여다보는 과정은 생략되기가 쉽지요.

문광훈 그러면서도 지금 여기를 넘어서는 어떤 초월적 차원, 삶의 보다 항구적 차원에 대한 염원 같은 것이 늘 배어 있거든요. 다른 분들 ― 우리나라의 학자 일반과의 분명한 변별성이 나는 곳도 바로 이 대목이 아닌가 여겨집니다.

김우창 그런 점에서 나도 종교적인 사람이 아닌가 하는 생각을 하기는 합니다.

종교에 대하여

문광훈 신의 존재를 직접 상정하지는 않지만 존재와 우주의 신비를 떠올리고, 삶의 신성과 형이상학을 생각하면서도 그 사실적, 경험적 근거를 떠나지 않으려고 하시지요. 그 점에서 선생님은 '경건한 무신론자'를 떠올리게 합니다.

　김우창　종교보다는 종교적인 마음이 먼저가 아닌가 합니다. 사람들이 종교에로 나아가게 되는 것은 사람이 갖지 않을 수 없는 종교적인 것에 대한 느낌이나 직관으로부터 출발하는 것이라고 생각합니다. 그리고 이것을 충분히 생각하는 것이 종교적 독단론의 폐단을 피하고 사람들로 하여금 조금 더 넓은 포용성 속에서 자기 이해에 이르게 하는 방법이라는 생각도 듭니다.

　물론 특별한 종교적 체험을 말하는 경우가 없지 않습니다. 종교적 체험의 특이한 성격을 많이 이야기한 루돌프 오토는 이성으로는 설명할 수 없는 어떤 성스러운 것에 대한 느낌이 종교적 체험의 핵심이라고 생각하고, 그것을 '누멘(numen)'이라고 부르고, 또 '누멘적인(numinose)'이라는 말을 만들었습니다. 그리고 이 종교적 요소가 강력한 형태로 나타나는 것을 '두려움을 주는 신비(mystrium tremendum)'로 불렀습니다. 이것은 일종의 정신 착란에 가까운 심리 상태의 순간이지요. 이러한 것을 조금 통속적으로 말하면, 미국 철학에서 종교 체험에 관한 가장 일반적인 독서 목록에 드는 『종교적 경험의 다양성(The Varieties of Religious Experience)』이라는 책을 쓴 윌리엄 제임스는 어느 날 자기 방에 들어오니까 이상한 존재가 벽난로 앞에 앉아 있는 것을 보고 질겁한 경험을 가졌다고 하는데, 그것이 그가 종교적인 것에 관심을 가지게 된 계기가 되었다고 합니다. 이러한 충격적인 일들이 종교 체험에 있다고 할 수 있습니다. 그렇지만 종교적인 것이 반드시 이러한 형태로 사람에게 가까이 오는 것은 아니겠지요. 오토의 말로도 두려운 신비는 "물결처럼" 밀려오는 조용한 마음의 상태로도 체험된다고 합니다. 이것은 넓은 것에 열리는 체험을 말할 때 이야기되는 '대양(大洋)의 느낌'일 수도 있겠지요. 맹자에 나오는 호연지기(浩然之氣)와 같은 것도 이러한 것이라고 할 수 있습니다. 그런데 이 맹자의 말은 우리나라에서는 흔히 담대한 마음을 기르는 일과 관련하여 이야기됩니다. 호연지기가 호기(豪氣)에 일치한다는 해석은 시대상을 반영한 것이라고 할 수 있습니다.

우리가 더 쉽게 접하면서 또 중요한 것은 경건한 마음과 같은 것이 아닌가 합니다. 단순하게 말하면, 그것은 거대한 우주에서 인간 존재가 얼마나 한없이 왜소한 것인가를 느끼는 것과 관계되는 것이라 할 수 있습니다. 조금 더 심정적이고 실존적으로 말하면, 이것은 자기 존재가 또는 사람이 얼마나 연약한 것인가를 느끼는 데에서 연유하는 것이라고 할 수도 있습니다. 그런데 특이한 것은, 그렇다고 해서 이것이 부정적인 느낌만은 아니라는 것입니다. 거기에는 체념과 평화의 느낌이 있습니다. 또는 칸트 미학에서 숭고미를 설명할 때에 이야기되는 것 같은 심미적 고양감이 있다고 할 수도 있지요. 단순히 자신의 존재의 왜소함으로 하여 가지게 되는 열등감 같은 것은 아니지요. 이러한 것들과 관계되어 있는 것이 경건한 마음일 터인데, 이것은 우주의 거대함, 인간의 왜소함과 연약함, 이러한 것에 대한 느낌에 정신적·윤리적·인식론적 관점에서 정향성(定向性)을 부여한 것이라고 할 수 있습니다. 그러니까 자신의 정신이나 행동이나 사물, 주의하는 자신의 의식에 일정한 태도를 지니게 되는 것을 말한다고 할 수 있습니다.

이러한 마음가짐을 제일 잘 표현한 것이 유학에서 말하는 경(敬)이 아닌가 합니다. 이것을 영어로 번역할 때 mindfulness 또는 reverence라고도 하지요. 앞의 것은 주의한다는 뜻이지만, 대상에 주의한다는 것 외에 '마음을 주의하는 상태에 두다.'라는 뜻을 가진 것이라 할 수 있습니다. reverence는 그대로 경외심 또는 존경심이지요. 그러니까 둘을 합치면, 많은 것에 조심스러운 주의를 기울이되, 경외심을 가지고 그렇게 한다는 것입니다. 경외심이란 존경과 두려움을 합친 것이지요.

여기에서 두려움이란 낮은 차원에서 해석하면, 나의 안전이나 목숨에 손상이 올까 봐 두려워하는 것이지요. 그러나 조금 차원을 높여서 생각하면, 귀중한 것, 대상의 귀중함에 손상이 올까 봐 두려워하는 것입니다. 이때 대상의 귀중함이란 자신의 생명을 두고 말하는 것일 수도 있습니다. 그경우 자신의 생명도 자신의 것이라기보다는 보다 큰 생명 현상의 한 표현이고 자신이 잠시 맡아 가지고 있는, 존중해야 할 어떤 것이라는 생각이 들어 있다고 할 수 있습니다. 이 관점에서 보면, 자신의 생명을 아끼는 것이나 다른 것의 온전함을 존중하는 것이나 근본적으로는 같은 것이지요.

하여튼 경건은 동서에서, 앞에서 말한 대로 정신적·인식론적·윤리적의미를 갖는 정신의 자세로 생각되었다고 할 수 있습니다. 칸트에게도 공부한다는 것은 경건심의 공부이지요. 그리하여 pietas와 paideia는 불가분의 관계를 가지고 있습니다. 그런데 바로 성리학에서도 경의 마음가짐에이르는 것이 수양의 근본이지요.

이러한 태도에는 여러 뉘앙스의 차이가 있는 것 같습니다. 중심은 경의인식론적 의미입니다. 대상의 세계에 면밀하게 주의하는 태도가 경의 태도이니까요. 그러나 유교적 문화 속에서 그것은 삼강오륜을 받드는 사회질서에 대한 존중으로 연결되는 것 같습니다. 칸트에서 pietas는 이성의보편적 규범의 바탕이 되는 것이 아닌가 합니다.(그런 텍스트상의 근거는 분명치 않지만.) 그러나 경건함은 보다 넓은 삶에 대한 태도에 이어질 수 있습니다. 슈바이처의 철학에서 핵심적인 개념의 하나는 '생명에 대한 외경심(Ehrfurcht vor dem Leben)'입니다. 이것은 다른 사람을 존중해야 한다는 윤리적 의미를 가진 사람의 본능적이면서 규범적인 느낌을 말하기도 하지만, 조금 더 넓게 생명을 가진 것 일체에 대한 존중 ── Ehrfurcht라는 말이의미하는 바와 같이 존중과 두려움을 말합니다. 슈바이처는 특히 기독교적인 인간 중심의 세계를 넘어 동물들의 세계 ── 식물까지도 포함하는 생명에 대한 존중이 우리의 윤리 의식의 근본이 되어야 한다는 생각을 가지고 있었습니다.

그런데 인간 존재에 대한 의식은 저절로 생명을 넘어서 우주 자체의 신비 앞에 외경을 포함하지 않을 수 없지요. 생명은 단순히 귀중한 것이 아니라 그것을 있게 하는 다른 어떤 것으로 하여, 우리의 이해를 넘어가는 것입니다. 그것이 귀중하고 그 있음이 신비한 것이지요. 이것이 다시 한 번 종교를 생각하게 하는 것일 것입니다. 존재 그것이 우리에게 두려운 신비의 느낌을 갖게 하는 것이지요. 파울 틸리히(Paul Tillich)는 신학자이지만, 이러한 신비의 느낌을 인간 실존의 절실함 속에 설명한 사람이라고 할 수 있습니다. 그에게 신은 "신 위에 있는 신"인데, 그렇다는 것은 사람이 흔히 생각하는 신의 개념으로는 이해할 수 없는 것이 신이라는 말이지요. '존재의 바탕'이 신이라는 설명이 그의 생각을 더 잘 표현하고 있는 말일 것입니다.

그런데 흥미로운 것은 이 존재의 문제가 인간이 가지고 있는 실존적 두려움 — 존재하면서도 어느 때라도 존재하지 않게 될 가능성이 있는 자신의 존재에 대하여 우리가 가지고 있는 불안에 대한 질문과 답변으로서 주어진다는 것입니다. 이때 질문이 생기는 것도 그렇지만, 특히 답변이 이론적으로 주어지기 전에 실존적으로 주어진다는 것이 흥미로운 일입니다. 존재한다는 것은, 적어도 사람에게는 '존재의 용기'가 필요한 일입니다. 우리도 모르게, 살겠다는 결심이 있어서 사는 것이지요. 이것의 바탕이 되는 것이 존재의 근거로서의 신이지요. 실존적 불안 — 존재에 대한 물음과 결단 — 존재의 신비에 대한 두려움, 이러한 것들을 연결하여 생각한다는 점에서는 하이데거의 생각도 비슷한 궤도를 보여 준다고 할 수 있습니다.

그러나 하이데거의 생각은 신이라는 개념에 이어지는 것은 아니지요. 그러나 존재의 절대적인 초월성 또는 절대적 타자성과 신비, 그럼에도 불구하고 그것의 부름에 의하여 규정되는 인간 존재 — 이러한 생각의 연결은 그의 철학을 신학적인 것에 가까이 가게 합니다. 그래서 그의 철학을 무신론적 신학이라고 하는 사람도 있지요. 그러나 틸리히의 실존적 신학도 무신론에 가까운 것으로 볼 수 있습니다.

우주의 신비가 하필이면, 종교에서만 느껴지는 것은 아니지요. 다른 맥락에서도 이야기하였지만 과학, 특히 우주 물리학이 들추어 보여 주는 것이야말로 우주의 신비가 아니겠습니까? 다만 과학이 전하는 것이 존재론이나 신학적 사고와 다른 것은 그것이 우리 마음에 이는 신비의 느낌을 참조하지는 않는다는 것입니다. 그러니까 반성적 사고가 포착하는 인간 존재의 신비에 우주의 신비를 연결하지 않는다는 것이지요. 그러나 우주론적 탐구도 우리가 사는 세계에 대한 신비감에 깊이 연결되어 추동되는 것은 사실일 것입니다. 수학은, 여러 가지 것이 하나로 맞아 들어가는 재미를 드러내 주는 학문이라고 할 수 있지만, 사고의 일관성이나 정형성에 못지않게 무엇인가 신비한 것에 대한 끌림이 그 바탕에 놓인 동기라고 할 수 있습니다.

이러한 말을 하는 것은 종교의 씨앗이 어떤 특정한 종교를 떠나서도 인간 존재의 바탕에 있다는 것을 다시 지적하려는 것입니다. 위에서 말한 것처럼, 종교에 앞서서 종교적인 체험이 사람에게 있는 것이지요. 다시 말하여, 우주와 존재, 사람의 생명과 모든 생명체의 있음, 사물의 있음에 대한 신비감, 경이감이 그 통상적인 형태인데, 이것이 심화된 것이 종교적 체험이겠지요. 이러한 존재의 넓이와 깊이에 대한 느낌, 그에 대한 외경심이 널리 삼투되어 있는 사회가 좋은 사회이겠지요. 그러한 사회는 많은 것이 조심스럽게 행해지고, 사악한 일들을 제약하려고 노력하는 사회일 것입니다. 특히 무서운 것은 옳은 것을 위하여 나쁜 일이 일어나는 것인데 이것이 사람 사는 일에서의 불가피한 역설, 비극적 역설이라는 것을 인정하지 않을 수는 없지만, 이것을 무섭게 검토하고 걸러 내고 하는 사회가 좋은 사회지요.

개인적인 의미에서 내가 종교적인 사람인가 하는 물음도 물으시는데,

그것은 무어라고 답하기 어려운 질문이지만, 답하여 보면, '종교는 없지만, 종교적인 어떤 것이 내 안에 있는 것이 아닌가 하고 생각한다.'라고 할 수 있지 않을까 합니다. 그러나 참으로 종교인이 된다는 것은 어떤 특별한 체험의 계기가 있어야 하는 것으로 여겨집니다.

일반적으로 말하여, 모든 형태의 종교가 존중되어야 하고, 그것이 다져 내는 심성이 좋은 사회를 이루는 데에 중요하다고 할 수 있습니다. 다만 그 독단론적 경향이 갈등을 심화하고 미움을 정당화하는 것은 경계해야겠지요.

내면적 자아와 존재 의식

인문 과학의 길

문광훈 삶이나 예술·인간·사회·정치·철학·문화·환경 그리고 자아의 내면성에 대해 선생님만큼 엄밀하고 체계적으로 사고를 작동시킨 예는 우리의 인문학사에서 드물지 않나 생각하곤 합니다. 이와 관련하여 한국 인문학의 미래를 의식하는 소장 학자들, 후학들, 공부하는 학생들에게 몇 가지 말씀을 해 주십시오.

김우창 아까도 얘기했지만 '뭘 어떻게 해야 된다.'는 건 내가 소질이 없기 때문에 얘기하기가 어렵고, '자기 성향에 따라 하는 도리밖에 없다.' 이렇게 답해야 되겠어요. 그러니까 경험주의적인 과학적 입장을 취한다는 것이 중요하지요. 모든 면에서 너무 쉽게 도덕적·윤리적·당위적 해석에 자기 몸을 맡기지 않고 그걸 해명하도록 노력하는 것, 사실적 세계에 충실하는 것이 중요해요. 그래서 나는 인문학보다는 인문 과학이라는 말이 맞다고 생각합니다.

사실에 충실하면서 자기 마음속에 사실 추구의 정열을 유지해야지요. 그것이 사실에 의미를 부여하는 것이라는 점을 잊지 말아야 된다고 생각해요. 다시 말하면, 과학적 입장을 취해야 된다, 거기에서 사실을 존중해야 된다, 그리고 사실을 존중한다는 건 사실을 주어진 대로 나열하는 것이 아니라 사실 추구의 자기 마음에 주의한다는 것을 말한다, 그러니까 바로 사실에 의미를 부여하는 것은, 자기가 주관적인 의미를 부여하면 안 되지만 동시에 역설적으로 자기가 추구하는 마음이다, 이런 태도가 필요하다고 생각합니다. 이렇게 하는 데 계속적으로 반성적 사고를 단련하는 게 또 필요해요. 대답이 되지 않을지 모르겠네요.

문광훈 사실을 있는 그대로 추구하면서 그것에 단순히 주관적 자기 의미를 부여하는 것이 아니라 이렇게 부여된 의미가 객관적으로 되도록 노력하는 어떤 역설적 과제를 인문학자는 수행해야 된다는 거지요?

김우창 사실을 추구한다고 할 때 그 추구가 바로 자기의 표현이지요. 자기의 주관의 힘인 거지요. 그 추구란 보이지 않는 방법론이고 절차이기 때문에 내용적으로는 거기에 들어가는 게 아니지만, 사실은 글이나 학문의 결과에서 우리가 다 느낄 수 있는 거지요.

문광훈 이해가 됩니다. 그 점에서 저는 이번 질문의 항목을 '김우창학-김우창올로지(Kimuchangology)의 가능성'이라고 이름 붙였습니다. 이것은 단순히 선생님을 추종하거나 숭배하려는 뜻에서가 아니라 선생님과 더불어 삶의 어떤 다른 가능성을 모색하는 하나의 방식으로서, 또 소중한 반성적 자료로서 선생님의 학문을 이해하고 해석하는 것이 필요하지 않는가라는 뜻입니다. 그것은 말할 것도 없이 비판과 더불어 수용되어야 할 것이고 공정한 검토와 아울러 맹점의 가능성에 대한 직시도 동시에 이루어져야 할 것입니다. 결코 쉽지 않은 학업을 요구하지요.

여기에는 무엇보다 성실하고 정밀한 텍스트 독해가 우선시되어야 할 거고요. 그래서 말씀드리는데 후학들이 특히 주의해야 할 것을 지적하신다면 어떤 것이 있나요? 있을 수 있는 방향 상실에서 올 낭비를 줄여 준다는 점에서 이 질문은 필요한 것 같아요.

김우창 정밀하게 사고하고 사실에 충실하고 이성적인 것에 충실해야된다, 문 선생이 지적하신 것들은 다 내가 동의할 수 있는데, '김우창학'이라는 것은, 문 선생이 좋게 말씀하시느라 한 것이겠지만, 동의하기가 좀 어려울 것 같네요. 보편적인 걸 우리가 추구한다면 누구의 이름을 붙이기가어렵지요. 결국은 우리가 어떤 사람을 보고 공부하는 것이 아니라 그 사람과 더불어 공부해야 될 대상을 보는 것이기 때문이지요. 그러니 그 대상을추구하는 쪽으로 방향을 바꿔야 될 것 같아요. 김우창을 볼 게 아니라 나한테 도움을 받는다면 나와 더불어 다른 걸 봐야지요. 보편적인 진실된 것에 이르려고 노력을 해도 결국은, 아무리 그렇게 해도 결과를 따지고 보면, '그건 자기 의견이지…….' 이렇게 되지요.

서양 것도 충분히 봤어야 하지만 동양 것을 조금 많이 봤어야 된다는 생각이 들어요. 우리가 해야 될 일이고 내가 지금 아주 부족하게 느끼는 것이에요. 동양 것만 가지고 다 되는 것도 아니고, 이슬람 전통도 있고 아프리카의 구전 전통도 있고 우리가 알아야 될 게 많지만, 적어도 우리가 여기에있고 우리의 현실 자체가 동양적인 것 속에 있기 때문에 우리 것을 봐야지요. 그걸 본다는 것은 그냥 '옳은 말씀을 했다.' 이렇게 하는 게 아니라 반성적 차원에서 새로 봐야 된다는 거지요. 그건 지금 시점에서는, 그전에도얘기했지만, 서양 것을 공부해야 된다는 얘기가 되지요.

반성적 사고에는 사실 서양 것이 더 필요하지요. 퇴계의 좋은 글 중에편지니 하는 글을 모아 놓은 『자성록(自省錄)』이 있지요. 자성록이란 스스로 반성한다는 뜻인데 '자성'의 원뜻은 공자에서 나온 말이지요. 그것은내가 오늘 정해진 윤리적 규범에 맞게 행동했는가를 돌아보라는 얘기예요. 그러니까 자성하면 자기를 돌아본다는 걸로 생각되지만, '자기를 돌아보되 정해진 규범에 맞게 행동했는가를 돌아보라.'는 윤리적 명령이지요. 그런데 그 규범 자체를 문제 삼고, 규범을 문제 삼는 자기를 문제 삼는 것은 거기에 포함되지 않지요. 그러나 우리는 규범 자체가 어떻게 성립했고 규범을 생각하는 내가 어디에 있는가를 동시에 생각해야 되기 때문에, 그러한 의미에서의 자기 성찰, '자성'은 서양 전통에서 와야 될 것 같아요. 그러니까 되풀이해서, 동양 것을 다시 다 되살려야 되지만 자기비판적 사유의 서양적 토대 안에서 되살려야 된다는 겁니다.

오늘날의 공부하는 사람들도 고전적인 작품을 많이 읽어야 된다고 생각이 들어요. 요즘 사람들이 너무 현대 이론, 현대 담론가들의 글들에 집착해 있어요. 그래서 더 넓은 관점에서 토론하는 게 불가능해진다는 생각이 들어요. 현대적 담론에 주의를 기울이는 것은 두 가지 이유로 필요하지요. 현대적 담론은 오늘의 상황에서 나오는 것이기 때문에 내가 오늘의 상황을 이해하는 데 도움을 줄 수 있지요. 두 번째 이유는, 오늘날 내 얘기를 다른 사람들이 알아듣게 하려면 현대 담론의 테두리 안에서 해야 알아듣지 플라톤 가지고 얘기하면 못 알아듣지요. 그러니까 오늘의 담론에 참여하기 위해서 현대적 이론에 귀 기울일 필요가 있고, 또 현대에 대한 진단의 일부로서 현대 담론에 귀 기울일 필요가 있습니다.

그러나 거기에 사로잡히면 안 되는 것 같아요. 중요한 건 진짜 고전적인 것인 것 같아요. 문 선생도 알다시피, 요즘은 '정전이 다 독재의 수단이다.'라고 생각하고 무시하는 경향이 있지요. 인류 역사에는 조금 더 보편적인 것을 생각해 온 사람들이 있고, 그 사람들이 이룩한 업적이 뚜렷하게 있다고 생각합니다. 그것을 받아서 우리 것으로 만드는 것이 우리 삶을 더 넓은 차원에서 사는 데 중요한 재료가 된다, 이렇게 얘기가 될 것 같아요. 공부를 더 하는 도리밖에 없지요. 나도 공부가 부족하지만, 참 공부가 더 필요하고 언어가 필요해요.

인생에서 놓친 것

문광훈 살아오시면서 놓쳐 버린 가장 큰 것은 무엇이라고 생각하시는
지요?

김우창 내가 그런 데 답하는 공식이 하나 있어요. 다른 인생을 안 살아
봤기 때문에 무엇을 놓쳤는지 알 수가 없다, 모든 사람은 다 그렇게 답할
수밖에 없다, 그게 내가 하는 답 중의 하나예요. 답을 피하기 위해서 하는
얘기 중의 하나이겠지요. 그러나 고백하면, 놓친 건 큰 정열로 살지 못한
것이지요.

문광훈 선생님의 학문적 경로도 이미 유례가 드문 정열의 증거 아닌가
요?

김우창 그건 정열을 억제하고 규제하는 데서 온 것 같은 생각이 들어요.
큰 정열을 가지고 탐험을 한다든지 대모험을 한다든지 대행동가로서 산다
든지, 그런 걸 놓쳤지요.

문광훈 여태까지 축적된 사상의 지형도를 많은 부분 탐험하시지 않았
습니까?

김우창 몸을 움직여서 하는 것과는 다르지요.

문광훈 삶이 선생님께 준 가장 큰 축복은 뭐라고 생각하시나요?

김우창 이 정도 살아가는 것만도 참 얼마나 운수가 좋으냐는 생각을 많
이 하게 돼요. 우리나라가 겪은 역사를 생각해 볼 때도 그렇고 개인적으로
도 그렇고. 괴로운 것이 한없는 것 같은 세상에 취직도 제대로 되었고, 젊
을 때는 먹고살기가 좀 부족했지만 그래도 내 노력으로 살 수 있을 정도는

되었고.

공부의 시작

문광훈　문학 공부, 더 넓게 인문학 공부는 어떻게 시작하는 게 좋은가요?

김우창　처음 선택은 취미에 따라서 성향에 따라서 해야지요. 우리나라에서 아이들은 대부분 장래 직업을 생각해서 대학 전공을 선택한다는데, 이것은 우리나라 사람들이 지금 굉장히 현실주의적으로 되었다는 것을 말하기도 하고 또 우리 사회가 불안하다는 이야기도 되지요.《프랑크푸르터 알게마이네 차이퉁》에 나오는 거 보니까, 독일에서는 80퍼센트가 '자기 관심에 따라 전공을 선택한다.'로 되어 있어요. 인문 과학 선택은 독일에서도 그렇게 많지는 않지만, 그 학생들의 성취도는 높다는 보도였습니다. 자기가 관심 가진 분야에 들어갔기 때문에 그 관심의 힘으로 성취도가 높다는 겁니다. 그러니까 모든 사람이 할 필요는 없지만, 인문 과학 공부하는 사람은 자기 관심을 믿고 관심에 따라 추진하는 게 좋을 것 같아요. 물론 인문 과학 교육은 고등학교에서 그리고 대학에서 인간적 품성을 기르기 위해서 필요하고, 사회 전체의 질을 높이기 위해 필요하지요. 그렇지만 전공으로 선택하는 것은 자기 성향에 따라서 해야지요.

그런데 이 성향은 자기 발견의 계기에 확인되는 것이지만, 축적된 경험으로도 생겨난다고 할 수 있습니다. 피아니스트나 바이올리니스트에게 중요한 것은 단순히 음악성이나 기교의 습득이 아니고, 레퍼토리를 쌓아 가는 일입니다. 인문 과학 분야에서도 이것이 중요하지요. 그러니까 어릴 때부터 책 읽기를 좋아하는 데서 그것을 본격적으로 공부하려는 마음이 이는 것인데 여기에 추가해서 공부하는 자원으로서 어릴 때부터 쌓아 놓은 것이 있어야 되지 않나 하는 생각을 하게 됩니다.

경험의 누적으로 생기는 것인지, 타고나는 것인지는 모르지만, 소명이라는 것도 있는 것으로 생각합니다. 독일어로 직업을 '베루프(Beruf)'라고 하지요? 인문 과학을 공부하는 것만이 아니라 많은 직업은 직업이면서 부름이라고 할 수도 있는지 모릅니다. 그러나 인문학 공부에는 특히 그것이 강한 것이 아닌가 합니다. 많은 세속적인 것을 포기해야 하니까요. 물론 본인이 원하든 원하지 않든 그렇게 되지요. 나는 대학에 들어갈 때, 정치학과를 들어갔다가 영문과로 바꾸었는데, 대학을 졸업하고 수십 년이 지난 지금에 와서 보면, 정치학과 졸업생은 장관이다 뭐다 하는 자리에 이르렀던 사람이 여럿이지만, 영문과 졸업생 가운데는 그렇게 출세한 사람이 거의 없지요.

그러나 우리나라처럼 부귀의 전통이 강한 나라에서는 인문 공부를 한 사람도 출세를 원하는 것 같습니다. 이것하고, 생각으로 인생을 헤쳐 가려는 것하고는 양립하기가 어렵지요. 명성이라는 것을 밀턴은 "고고한 마음의 마지막 흠"이라고 부른 일이 있지만, 문사들의 관심사의 하나는 명성이지요. 그런데 그것도 우리나라에서는 '청동보다 오래가는 기념비'를 남기겠다는 마음보다 당대의 인기나 존경을 말하는 것 같습니다. 그러나 그것도 밀턴 말대로 흠임에는 틀림이 없습니다. 역시 중요한 것은 소명인 것 같은데 이것도 너무 믿으면 안 되지요. 중요한 것은 주어진 바 또는 맡은 일에 충실한 것일 뿐이라고 할 수 있지요.

글 읽기와 쓰기

문광훈 창조적 읽기와 쓰기 그리고 그 예외성에 대해 말씀해 주십시오.

김우창 모든 사람이 다 창조적으로 읽고 창조적으로 쓰게 되었다고 할 수 있습니다. 사람이 산다는 것 자체가 다른 사람과 같은 삶을 사는 것 같으면서도 다 다르기 때문이지요. 읽는 것도 그렇지요. 같은 책을 읽어도 읽은 내용이 다 다르지요. 그런데 그 창조성이 없어지는 것은 시험을 봐야 되기 때문이지요. 자기 멋대로 읽고 자기 멋대로 쓰면 시험에 점수가 좋지 않으니까, 시험 제도에 의해 창조성이 사라지는 것입니다. 뿐만 아니라 성장한다는 것은 사회화한다는 것이고, 많은 사회에서 그것은 사회적 상투성 속으로 흡수되어 들어간다는 이야기지요. 이것에도 불구하고 살아남은 창조성이란 보통의 창조성이 아니라고 하여야겠지요.

이것은 창조성에 대한 낙관론이고 창조성이 정말 사회적으로 또 인간의 일반적 입장에서 존중할 만한 것이 되는 건 지극히 드문 일이지요. 창조성을 다시 얘기하면, 모든 사람이 다 다른 삶을 산다는 의미에서 자기가 읽고 쓰는 데, 또 자기가 사는 방식에 다 고유한 창조적인 방식을 가지고 있다는 것이지만 그 방식이 고유하면서 동시에 보편적인 차원에 이를 정도가 되는 것은 드문 일이지요. 그것이 나타나면 존중해 주고 잘 되도록 도와줘야 되겠지요. 너무 쉽게 생각하니까, 높은 재능을 가진 사람들을 별로 존중 안 하게 됩니다.

창의성에 대하여 잘못 생각하는 것들이 있습니다. 전에 로티 교수와도 그런 얘기를 했어요. "사람은 자기만의 개성으로 고유한 자기 삶을 살아야 된다."라고 로티 교수가 얘기해서 나는 "진짜 위대한 창조적 인간은 반드시 고유한 개성을 가진 사람만은 아니다. 보편성을 가진 사람이다."라고 얘기했습니다. 르네상스 때 개념으로 'l'uomo generale'란 것이 있는데, 미켈란젤로라든지 레오나르도 다빈치 같은 창의적이면서 보편적 인간이지요. 그런 사람들은 독특한 의미에서의 창조성만이 아니라 독특하면서도 동시에 보편성을 갖춘 사람이지요. 창의성이란 예외성을 말하는 것이 아니라 전형성을 말하지요. 감추어져 보이지 않던 전형성을 드러내 주는 것이 창의성이 된다는 것이지요. 이런 것은 개인적 재능과 사회적 육성과 문화적 축적의 토대 위에 존재하는 것으로서, 자기의 힘만으로 되는 건 아니지요.

물론 전형성을 추구하면 따분해지지요. 사실 그것은 단순히 상투성이기 쉽고. 그래서 새로운 창의적인 실험이 필요하지요. 그러나 그것도 궁극적으로는 전형성 또는 어떤 보편성을 찾는 방식이지요. 요즘 우리나라를 보면 갑작스러운 물질적·정치적 해방으로 인하여 기발한 것을 추구하는 경향이 강합니다. 그런데 기발이 기발로 끝나는 경우가 너무 많지요.

그런데 보통의 차원에서의 창조성은 의문을 갖는 마음과 관계가 있지 않나 합니다. 의문을 가지려면 사실이 무엇인가를 확인하려는 태도가 있어야지요. 논술 고사라는 것이 있고 그 시험 준비가 있을 터인데, 그것이 상투적인 수사를 나열하는 방법을 요구하고 가르치는 것이 아닌지 모르겠어요. 글쓰기 연습을 하려면, 사실을 정확하게 기술하는 것을 훈련하는 것이 어떨까 합니다. 가령 집에서 학교까지 또는 교문에서 교실까지 오는 경로를 정확하게 적어 보게 한다거나, 다른 사람이 그 길을 찾아올 수 있게 쓰라고 하면, 또 다른 글 연습이 되겠지요. 다른 사람의 관점을 취하는 연습을 하여야 할 것이고, 전체성의 관점을 가지고 세부를 그리는 구성도 생각하여야 할 것이니까. 객관적인 사실을 자기 자신의 경험이라는 관점에서 적게 하는 것은 더욱 어려운 글쓰기 연습이 되겠지요. 자기 마음에 생각한 것을 적는 것은 그보다 어렵고. 정확히 관찰하고 적고 상투적인 수사학으로 그것을 대신하지 않고, 이런 것들이 작문 연습하는 것 아닌가 하지요.

그런데 사실적 기술이 그냥 가능한 것은 아니지요. 그 힘은 사실에서 오는 것이 아니라 그것을 기술하는 사람에게서 오지요. 이 힘을 길러야지요. 그것은 사실을 조직하는 힘이고 사물을 환기하는 힘이지요. 조직은 두 가지 방법으로 이루어집니다. 가장 대표적인 것이 서사(敍事)지요. 이야기를 순서대로 해내는 것입니다. 그다음은 논리지요. 아까 말한 묻는 힘을 지탱하는 것이 이것입니다. 사물을 환기하는 데는 이미지가 중요합니다. 이것이 잘되면 제임스 조이스가 말한 에피파니(epiphany, 나타남(顯現)), 지적 깨달음까지도 줄 수 있습니다.

그러나 서사와 이미지나 비유는 가장 상투적이기 쉬운 것이지요. 글을 자기 나름으로 쓰려면 상투성을 피하여야 하는데, 상투성은 세상을 분명하게 보려는 것보다 감정으로 얼버무리는 결과를 가져오기 쉽지요. 그러면 감정 표현은 안 하는가 하고 물을 수 있지만, 이것은 엘리엇이 말한 대로, '객관 상관물(objective correlative)'로 표현되는 것이지요. 사실을 적절하게 그려 내면 감정이 따른다는 말입니다. 물론 글에서 리듬도 중요하지요. 그것은 우리 사고와 언어를 조직하는 데 논리에 맞먹는 기본이 되는 것이지요. 내 글이 팍팍하다고 하지만, 요즘은 게을러져서 안 하는데, 전에는 글을 쓰면서 그것을 속으로 조금 읽어 보고 하였지요. 그것은 미문을 쓰려는 것이 아니라, 논리를 뒷받쳐 주는 것이 리듬이라고 생각했기 때문에, 내 글 뜻을 조금 더 쉽게 전달될 수 있게 하려는 생각에서 그런 것이지요.

창의적인 글쓰기가 아니라 논술 훈련 요령 이야기가 되었습니다. 그러나 하나만 더 보탤 것은 "창의성, 창의성" 하면서 주입식 교육을 자꾸 야단치는데 너무 그러면 곤란하지요. 정신은 훈련되어야 하고, 외우는 것은 훈련의 한 가지이지요. 그리고 모든 창조의 기본은 지나간 문화 업적의 흡수에 기초해서 존재해요. 거기에서 기억한다거나 외우는 일은 아주 중요한 일이라는 걸 잊어선 안 되지요.

문광훈 주입이 어느 정도 필요하다는 말씀인가요?

김우창 외우는 것이 필요하다는 거지요. '주입'이라고 표현하면 나쁜 말이 되지만, 기억하는 것, 텍스트를 기억하는 것은 아주 중요해요. 아이들이 외울 것은 외워야지요. 외우는 것이 다 나쁜 것처럼 얘기하는 건 잘못입니다.

외로움에 대하여

문광훈 외로움에 대해, 그러니까 생애적인, 학문적인, 실존적인 차원에서의 외로움에 대해서 말씀해 주십시오.

김우창 운수가 좋았다고 할지 나는 별로 외로움은 느끼지 않았던 것 같아요. 학문적 의미에서 별로 이해받지 못했다는 것은 있을는지 모르지만, 문 선생처럼 잘 이해해 주시는 분도 있고. 가령 넓은 영향력을 갖는 것과의 관련에서 그 질문을 묻는 것이라면, 난 별로 야심이 없어서 그런지 그런 갈증을 느끼는 것 같지 않아요. 내가 한 작업은 주로, 아까도 얘기한 것처럼, 내가 가진 질문을 가지고 내게 답하는 것이 많았기 때문에, 다른 사람이 그걸 충분히 이해했느냐는 큰 의미를 안 가졌다고 할 수도 있어요.

사람 사는 테두리란 매우 생물학적인 것 같아요. 가족, 이웃, 아는 사람들, 이런 사람들로 충분한 것 같아요. 먹고살고 가족이 있고 아는 사람들 있고 친구가 있고……. 많은 사람이 가지고 있는 이 정도면 충분한 것 같아요. 이런 점에서는 운수가 좋았다고 할까. 괜찮은 환경이었다고 할 수 있습니다.

문광훈 사제 관계를 포함한 지적인 관계, 나아가 좀 더 넓게 말하여 인간관계 일반에 있어서 우리나라처럼 상하 서열적·계파적·지역적 성격이 강한 데가 사실은 드뭅니다. 그런 점에서 보면, 선생님은 거의 홀로, 제가 보기엔, 필마단기(匹馬單騎)의 학문적 정열로 지금까지 작업해 오시지 않았나 여겨지는데요. 물론 계간지 발간, 작품의 심사, 학술 회의의 개최 등등에서 다른 사람과도 공동 작업을 많이 하셨지만, 제가 말씀드린 쓸쓸함이란 앞서 언급한 '홀로 길 가는 사람(Einzelgänger)'이란 뜻에서 사용한 것입니다.

김우창 앞에 얘기한 것처럼 한 분한테 많은 걸 배우지는 않았지만 여러 사람들한테 조금씩 다 배운 것 같아요. 아까 송욱 선생 말씀도 했지만, 스승과 선배에게 도움을 많이 받았다고 해야 할 것입니다. 서울대학교 취직할 때는 이양하 선생과 송욱 선생이 주로 힘을 많이 써 주셨고, 고대 때에는 김치규 선생께서 주로 도와주셨지만, 여러 선배 교수들께서 잘 대해 주셨지요. 까다로운 것 없이 그냥들 받아주셨지요. 요즘같이 취직이 어려워서는 나는 취직 못했을 것 같습니다. 젊을 때에는 교수하면서도 언제든지 그만둘 각오도 하고 있었다고 할 수 있는데, 아버지 사시던 아래에 가게 터가 있어서, 그 가게 터를 많이 생각했지요.

치섬 교수

김우창 작은 배움과 관련하여 한 가지만 보태지요. 미국에서 박사 과정 공부하다가 취직한 데가 버팔로의 뉴욕 주립 대학교였는데, 간단히 와 줄 수 없느냐 하는 전화로 시작했지요. 그냥 믿고 오라고 한 거지요. 거기 로런스 치섬(Lawrence W. Chisholm)이라는 이름의 주임 교수는 저서나 논문 같은 것을 크게 남긴 사람은 아니지만, 내가 만난 사람 중 드문 현자(賢者)였습니다. 많은 것을 일깨워 주었지요.

처음 정착하는 데 많은 걸 도와주었는데, 가구가 없는 아파트를 얻어 가구를 마련해야 했습니다. 치섬 교수와 헌 물건 파는 시장에 갔다가 아주 염가의 옷장을 봤지요. 옷 서랍 하나가 없어요. 네 개가 있어야 하는데 세 개밖에 없어요. 그래서 내가 안 사려고 하니까, 치섬 교수가 "서랍 하나 있고 없고 하는 게 옷 넣는 데 무슨 관계가 있나, 원래부터 없다고 생각하면 되지." 하는 것이었어요.

문광훈 그렇네요. 참 특이한 발상인데, 맞는 생각 같습니다.

김우창 그 말 듣고 놀랐지요. 얼마나 우리 머리가 관습적인 데 익숙해 있는가. 서랍에 네 구멍이 있으면 네 개가 다 차야만 한다고 별생각하지 않고 받아들이니까. 아까 말한 것처럼 책을 별로 쓰지는 않았지만, 중요한 문제에 관한 책은 다 알고 있었습니다.

나하고 같은 때 부임한 인류학 여교수가 있었는데, 이 사람은 아마존에 가서 온갖 고생을 하면서 인디오를 연구했고, 결국 미국 여성 연구의 시조(始祖)의 한 사람이 되었지요. 치섬 교수가 그 교수에게 도움을 많이 주었지요. 인디언 출신 교수를 채용하여, 인디언의 관점에서 미국과 서양을 보는 강의를 하게 했습니다. 스위스에서 세계 소수민족대회가 있었는데, 미국 여권이 아니라 인디언 마을에서 만든 여권을 가지고 갔다가 비행장에서 문제가 생겼는데, 몇 시간을 버텨 결국 회의에 참석하였지요. 치섬 교수 소개로 필립 아리에스(Pillipe Aries)의 어린 시절에 관한 연구를 처음 알고 어린 시절이라는 것도 그냥 주어지는 것이 아니라 사회적으로 역사적으로 만들어진다는 것을 깨닫게 되었지요. 정말 많은 것들을 새로 생각하게 하는 현자였지요. 한국에도 몇 번 왔었지만.

논문 쓰고 책 쓰는 것만이 제일이 아니지요. 요즘 서울대학교에서 희랍 철학 가르치시던 박홍규 교수 이야기가 더러 나오지 않습니까? 쓴 것은 별로 없으시지만, 한국 희랍 철학의 원조 중 한 분이지요. 학교 강의는 별로 충실히 하시지 않았지만 적어도 우리 학교 다닐 때에는 나중에 댁에서 매주 라틴어와 희랍어 읽기 세미나 하셨지요. 나도 더러 갔고. 교사는 여러 가지가 있는데, 요즘은 관료제로 옭아매기만 하면 최선의 결과가 나온다고 생각하지요.

또 이건 좀 다른 얘기인데 과사무실 복도에 안 쓰는 책상이 몇 개 쌓여 있었어요. 대학원생 하나가 자기한테 와서 복도에 오래 방치해 놓은 책상을 가리키며, "안 쓰는 책상이니까 내가 좀 가져가면 어떻겠느냐?"라고 했는데 치섬 교수는 안 된다고 그랬대요. 그러면서 하는 얘기가 "낭비되는 책상이니까 자기 책임하에서 그냥 가져갔으면 아무 말도 안 했을 텐데, 나한테 물어보니까 내가 안 된다고 했지." 그래요. 그런 것도 듣고 보니까 반드시 옳은 처사라고 할 수는 없지만, 법 관계와 인간적 차원이 다르다는 것을 문득 깨닫게 했어요. 내가 귀국할 때, 이 학생이 자기가 저금한 돈이 있는데, 나의 귀국 여비로 다 주겠다는 제안을 했습니다. 물론 안 받았지만. 나중에 미국 서부로 가서 출가하여 불교 스님이 되었다고 들었는데, 한참 전의 이야기지요.

문광훈 젊으셨을 때의 그런 경험들, 넓은 의미의 프래그머티즘적 생활 경험들이 선생님께도 가만히 보면 여러 군데서 드러나지 않는가 여겨집니다. 이름이나 명분을 고수하기보다는 거기로부터 거리를 두고 내실에 충실하겠다는 어떤 자세 말이지요.

김우창 시대가 험하니까 그런 것도 있지만, 그런 깨우침도 많이 작용했지요.

사상가들에 대하여

문광훈 니체는, 이렇게 쓴 적이 있습니다.

아, 위대하다는 사상 가운데는 풀무 이상의 일도 해내지 못하는 것들이
허다하다. 그들은 바람을 불어넣음으로써 그 속을 더욱더 공허하게 만든다.

니체가 이런 이야기를 『차라투스트라는 이렇게 말했다』에서 한 적이
있는데요. 사상의 현실적 의미, 생각한다는 것의 생활적 의미에 대해서 말
씀해 주십시오.

김우창 일시적으로 흥분하게 해서 사람을 움직이는 그런 사상이 있지요.
나치즘 같은 것도 그렇고. 그건 상당히 위험한 사상이기 쉬운 것 같아요. 내
가 요즘 그 얘기를 여러 번 했는데, 우리 처숙인 설의식 씨에 대해 글 쓰면
서 그 사상을 물어보고 그랬어요. 그 아들 둘이 있었는데, 둘 다 6·25 때 사
라졌어요. 사라지기 전에 하나는 우익 단체에서 활동했고, 하나는 좌익 단
체에서 활동하면서 우익들한테 얻어맞고 그랬어요. 같은 집안 같은 형제
인데. 자기가 속한 사상이 얼마나 사람의 방향을 바꾸어 놓을 수 있는가 또
얼마나 서로 다른 정치적 행동을 하게 하는가는 큰 의미를 갖지요. 그래서
사상은 별 의미가 없다고 할 수도 있지만, 아주 조심스럽게 생각해야 되는
것이라는 생각이 들어요.

그러나 더 깊은 의미에서의 문화적 토대를 만들어 내는 데 사상이 중요
한 역할을 하기는 하지요. 장기적으로 볼 때 사람이 보다 더 인간적으로 살
게 하는데, 더 관용적이 되게 하고 더 많은 걸 이해하고 존중하게 하고, 또
뭐라 그럴까, 식별할 건 식별하는 섬세한 능력을 길러 주고. 마르크스의 말
이 옳은 게 많지만 사상은 전부 상부 구조에 불과하다는 것은 맞는 얘기는

아닌 것 같아요.

문광훈 하나의 덕목을 갖기도 힘들지만, 좋은 덕목을 여럿 갖추는 사람이 있습니다. 20세기의 가장 뛰어난 시인과 소설가 그리고 철학자를 한두 사람씩 언급하신다면, 어떤 사람이 될는지요?

김우창 어려운 질문이네요. 문 선생 질문이 다 어려운 질문이지만, 그래서 즉답을 만들어 내느라고 횡설수설하지만. 읽을 때마다 그럴싸한 것은 아까도 얘기한 릴케라고 생각해요. 박사 논문은 윌리스 스티븐스에 대해서 썼지만, T. S. 엘리엇이 인간의 정신적 상황에 대해 많이 깨우쳐 주는 시인인 것 같습니다.

사상가로는 중간중간에 나한테 깨우침을 준 사람은 많지요. 메를로퐁티도 있고, 또 대학 졸업하고 나서인가 읽었던 촘스키의 『데카르트적 언어학(Cartesian Linguistics)』은 이성의 적극적 기능을 깨우치는 데 중요한 역할을 했지요. 마르쿠제의 『이성과 혁명(Reason and revolution)』 같은 것은 더 나이가 들어서 본 것이지만, 거기서도 이성이 적극적 역할을 할 수 있다는 것, 실증주의적(positivistic) 이성 말고도 능동적 역할을 하는 이성이 있다는 것을 깨우치는 데 중요한 역할을 했지요. 지금 와서 돌아보면, 하이데거 같은 사람들은 언제 봐도 많은 통찰을 가진 사람이란 생각이 들어요.

문광훈 소설가도 두어 사람 정도 말씀해 주신다면요?

김우창 소설가는 얼른 떠오르는 사람이 없네요. 학생 시절 헤르만 헤세는 나에게 중요한 사람이었지만.

문광훈 시·예술·철학·인문학·문화·삶을 관통하는 한두 가지 원리를 언급하신다면, 어떤 것이 있을까요?

김우창 가령 메를로퐁티의 중요성은, 인간의 사고가 현장에 얽매여 있다는 것, 특히 육체에 얽매여 있다는 것을 잊지 않고 그의 사고를 전개했다는 데 있지요. 조금 다른 개념으로 얘기한 것이지만, 만하임의 생각은 '존재 구속성'이라고 번역되는 'Seinsgebundenheit'라는 말에 나타나지요. 메를로퐁티를 표현한다면, 우리 몸의 구속성, 신체 구속성 같은 걸 강조한 사람이거든요. 구체적 인간을 존중하는 학문을 하면서 동시에 그것의 배경에 있는 보편적인 이성적 시점을 인지하는 것, 이 두 개를 동시에 하는 게 중요하지요. 늘 구체적 인간을 잊어버리지 않는다는 것이지요.

우나무노에 이런 얘기가 나와요. 우나무노 아니라도 할 수 있는 얘기지만, "정치가로서 자기가 발한 명령이나 법령이, 구체적 육신을 가진, 구체적 인간 위에 작용하는 것을 망각하는 정치가란 못된 정치다."라는. 그건 시장을 생각하는 모든 사람한테도 필요하지요. 추상적으로 생각하는 정치가는 고약한 정치가가 되기 쉽지요. 생각에 있어서도 자기가 생각하는 것이 구체적 인간에 해당된다는 걸 알면서, 인간이 자연에 연결되고 다른 사람에게 연결되어야 되기 때문에 그 구체적 인간을 연결하는 바탕으로서의 보편적 바탕도 알아야 되지요.

문광훈 구체적인 것의 어떤 보편성으로의 초월과 확장, 그리고 이런 확장의 가능성이 시나 소설·예술·철학·인문학 ── 문화를 관통하는 무엇이라는 거지요?

김우창 그것이 핵심이지요. 미학적인 것도 그래요. '형체의 미'라는 것도 있지만, 시나 예술 작품에서 미의 많은 부분은 구체적인 것과 추상적인 것이 겹치는 데서 오지요. 추상적인 것은 구체에 어리는 그림자로서 존재하지요. 그림자가 비추는 구체성을 우리가 아름답게 보는 것인데, 그 추상도 사람이 어설프게 만들어 내는 것이 있고, 참으로 세계의 신비한 로고스를 생각게 하는 것이 있지요.

소박함을 아는 삶

문광훈 시나 예술을 포함하여 인문적인 것에 대한 탐구가, 줄이고 줄이면, 결국 '단순 소박한 삶의 즐거움'을 발견하는 데 있다고 한다면, 이런 각성은, 어떻게 보면 너무 빈약한 것이 아닌가 여겨질 때도 있습니다. 왜냐하면 이런 공부가 아니더라도 세상에는 그냥 생활 속에서, 또 반성적 사고 없이도 선하고 아름답게 살아가는 사람들이 적지 않기 때문입니다. 선생님은 그 차이가 어디에 있다고 보시는지요?

김우창 실용적인 것도 있고 장인적인 것도 있고, 시를 가지고 할 수 있는 것도 있고 여러 가지가 있지요. 문 선생 말에 완전히 동의합니다. 그러나 동시에 사람 사는 큰 기쁨의 하나는 자기 사는 세계를 알고 그것을 고맙게 생각하는 것이지요. 미적인 탐구, 시적인 탐구의 핵심은 우리가 주변에 가진 것을 자세히 들여다보게 하고 그 의미를 생각하고 깨닫게 하고, 그래서 고맙게 알아볼 수 있게 하지요.

요즘 강영균 화백의 그림에 대해 쓰고 있어요. 강영균 씨의 그림은 사실적이지요. 그러나 그 사실적인 그림을 보면, 우리가 보는 것이 얼마나 많은 노력을 통해 더 향상될 수 있는가를 생각하게 됩니다. 강 화백 자신이 그림 그리는 일이 사물에 대한 발견의 과정이라는 말을 하고 있습니다. 자세히 보고 사는 사람은 인생의 밑천을 뽑는 사람이지요.

문광훈 그래서 보는 것은 화가에게 배워야 될 것 같고, 쓰는 것은 시인에게, 듣는 것은 음악가에게서 배워야 되지 않는가라는 생각이 듭니다.

김우창 멀리 가지 않아도 인생이 풍부하려면, 자세히 주의하는 법을 배워야지요. 그러려면 삶과 마음이 안정되어야 하고.

문광훈 그런 이유에서, 엉뚱한 말 같지만 '이사 가지 않는 사회'를 만들어야 될 것 같습니다.

김우창 '민생 안정'이란 말을 요즘도 쓰지요. 유교에서 안정(安定)은 정치의 핵심이고 삶의 핵심입니다. '안'이란 '마음을 편안하게 한다.'는 얘기고, '정'이란 '전혀 꼼짝 안 하게 한다.'는 얘기 아니에요? 답답할 수도 있겠지만, 움직임도 이 안정에 대한 변주로 필요한 것이지요. 정치하는 사람들이 그걸 이해 못하는 것 같아요.

맹목적 정열과 근본적 삶

문광훈 다음 질문은 좀 주관적인 것인데요. 사랑에 눈먼 것, 이런 눈멂의 어쩔 수 없는 수용, 이런 수용에서의 회의와 환멸, 이 환멸을 견뎌 나가는 나날의 덕성, 이런 것에 대해 좀 말씀해 주십시오.

김우창 아주 로맨틱한 얘기네요.

나이가 들어 가면 모르고 있었던 것이 너무 많다는 생각을 하게 되지요. 그래서 한쪽으로 더 지혜로워졌다는 느낌을 갖고요. 또 다른 쪽으로 바로 그 맹목의 정열이 하나의 현실을 만들어 내었던 것이라는 것을 깨닫거든요. 늙으면 그 현실을 잃어버리고 새로운 현실 속에서 그 현실을 바라지요. 그러면서 맹목적 정열이 만들어 낸 환각에 불과하였다는 생각을 해요. 어느 쪽이 옳은지 알 수가 없습니다. 한쪽으로는 늙어서 더 지혜로워진다고 할 수 있고, 다른 한쪽으로는 늙어서 젊은 정열이 만들어 낸 현실을 환각으로 잘못 생각한다고 할 수도 있고. 문 선생이 말씀하신 환멸도, 나이에 관계없이 경험하는, 인간 현실의 불확실성의 한 증후라고 할 수 있지 않을까요? 그러니까 얼른 생각하는 것과는 달리, 환멸이 더 삶의 진리에 가까운 것은 아니란 말이지요.

하여튼 사람이 정열에 의해서 산다는 것, 또 그 정열이 그 나름의 현실을 만든다는 것, 개인적으로도 그렇고 사회적으로도 그것이 만들어진다는 것을 인정할 필요는 있어요. 그것이 다른 사람을 해치는 쪽으로 움직이면 안 되지요. 역시 윤리적 규범이 이 삶의 사회적 관계를 조정하는 장치가 되는 것이겠습니다. 맹목의 정열과 환멸의 진자 운동 사이를 조정하는 장치이기도 하고.

문광훈 '근본으로 돌아가자.'라고 말씀하실 때 삶의 근본, 사람의 근본은 어디에 있다고 생각하시나요?

김우창 근본으로 돌아가는 것은 바로 후설이 얘기한 'Zur Sachen selbst(사물 자체로 돌아가는 것)', 그걸로 환원하면 될 것 같아요. 사실 자체로 돌아가는 것은 후설의 모토지요. 사람 사는 사실 자체로 돌아가서 그 사실을 존중하면서 사실을 에워싼 넓은 연관성을 존중하는 것이 중요해요.

사람 사는 사실이 제일이지요. 아까 젊은이의 문제도 그렇지만, 젊은이의 정열로 살고, 또 정열에 대응하는 현실이 만들어질 수 있고, 세상의 창조성이 있다는 것도 삶의 진실의 일부이겠지요.

문광훈 삶이 인간과 대지에 모독이 안 되는 방법이 무엇이라고 생각하시나요?

김우창 아까 윤리는 정열과 환멸 사이의 진자 운동을 조정하는 장치라고 하였는데, 그것은 사람의 삶이 일정한 테두리 안에서 이루어진다는 이야기이고, 이 테두리 안에 있어야 한다는 말이지요. 테두리는 다른 사람들을 말하고 자연환경을 말하지요. 정열과 환멸의 현실성을 말하면서 어느 쪽이 더 현실에 가까운가 하는 것을 말하기 어렵다고 하였는데, 이것을 초월하는 현실이 있는 것입니다. 정열이든 환멸이든, 이 현실 — 주로 자연에 이어지는 현실에 충실한 것이 삶의 근본으로 돌아가는 것이고, 대지에 모독이 되지 않는 것이겠지요. 앞에서 릴케의 시를 말했는데, 죽음의 나라에 가서도 회상되는 것은 자연과의 관계에서 일어난 일입니다. 자연에는 마음도 포함되지요. 모험이나 정신적 탐구나 축제의 기쁨은 잃었기 때문에 섭섭한 것이 되어 있습니다. 그러나 궁극적인 것은 동물과 식물, 들과 산과 물, 이러한 것이지요. 죽어서도 생각날 만한 것이 삶의 본질이라고 할 수 있습니다. 돈은 생각나지 않을 것 같은데요. 감투도 그렇고.

그중에도 하나하나의 물건은 이 넓은 삶의 현실을 대표한다고 할 수 있습니다. 세계의 사물은 삶을 가능하게 하는 환경의 한 부분이기 때문에 조금은 성스러운 느낌도 주는 것이 아닌가 합니다. 박두진 선생의 작품에 『수석열전(水石列傳)』이라는 것이 있지만, 수석은 조금은 그 자체로 마술적인 것이지요. 사물은 우리한테 쓸모 있는 것이면서 또 동시에 우리를 초월한 깊은 근원을 가지고 있지요. 여기에 있는 물건 하나하나는 우리보다 더 오래된 근원을 가진 것이라고 할 수 있지요. 우리도 그렇기는 하지만. 그러니까 우리 몸이나 사물을 구성하고 있는 분자나 원자는 사실 우주 창조의 본래 때부터 존재해 왔던 것이고, 그것이 어떻게 해서 우리 몸을 구성하고 우리가 쓸 수 있는 사물을 구성하는지 우리는 잘 이해 못하지요. 그러니까 사물로 돌아간다는 것은 사물을 존중한다는 것도 됩니다.

세상을 살아가는 데, 세상에서 살아가는 데, 사물과 우리의 관계를 제일 잘 표현한 말은 서정주 선생이 한 말인 것 같아요. 선생의 산문에, 세상에 사람이 나와서 물건을 사용한다면, 마치 어떤 집에 손님으로 가서 물건을 사용하는 것처럼 해야 된다고 한 것이 있지요. 이건 생태나 환경 얘기가 나오기 훨씬 전에 한 말입니다. 그러니까 유행을 넘어서 근원적인 통찰을 담고 있는 것이라 할 수 있습니다. 시인의 통찰력에서 나온 것이지요. 사물로 돌아간다는 건 바로 그런 것도 포함합니다. 근본으로 돌아간다는 것도 그렇고.

문광훈 삶과 사람에 대한 선생님의 경(敬)의 태도로도 보입니다.

김우창 유교에서 '경'이라고 하는 말을 요즘 말로 '주의'라고 번역하는 경우가 있지요. 영어로 할 때는 '마인드풀니스(mindfulness)'나 '어텐티브니스(attentiveness)'라고도 번역하고, 또 '레버런스(reverence, 존경·공경)'라고도 번역하지요. 존중하고 마음을 쓴다는 말이지요. 고려대학교에 계시던 김성태 선생이 쓴 짤막한 책에 『경과 주의』라는 게 있어요. 우리가 주의한다는 건 사실 사람 역시 동물이기 때문에 그런 것 같기는 한데, 두려워하는 것과 연결되어 있지요. 만약 여기에 갑자기 호랑이가 나타나면 다 집어치우고 그쪽으로 주의를 돌리게 되지요. 무서우니까. 반대로 얘기하면, 우리가 주의한다는 것은 많은 걸 무서움을 가지고 대한다는 얘기지요. 공경심, 외포감, 주의, 또 거기에서 오는 면밀한 관찰을 가지고 대하는 겁니다. 면밀한 관찰에서 오는 세상의 존재에 대한 어떤 고마움, 이런 게 다 연결되어 있는 현상인 것 같아요. 알베르트 슈바이처 철학의 근본에 '삶에 대한 외경'이란 중요한 말이 있습니다. 이것을 사물에 대한 외경으로 확대할 수 있을 것 같습니다.

늙어 가는 것, 잊어버리는 것, 알아야 할 것

문광훈 나이 듦, 늙어 감의 의미에 대해 말씀해 주십시오.

김우창 아까 얘기했는데 늙어 가면 지혜로워진 것 같은 착각이 들어요. 삶의 일부를 잃어버리지요. 그러나 사람을 떠난 세계에 가까이 간다는 점에서는 더 현명해지는 것인지는 모르지요. 늙어 간다는 건 인간이 시간적 존재라는 걸 많이 생각하게 되지요. 뭐 뻔한 얘기지만. 인간이 생물학적 존재라는 것, 그리고 유한성의 신비, 유한한 것도 섭섭한 것이면서 또 신비스러운 것이거든요. 잘못한 일에 대하여도 생각하게 되지요. 주로 조금 더 잘했어야 된다는 것, 다른 사람 사정 모르고 행동한 것도 후회하고 조금 더 공부했어야 한다는 것도 생각하고. 주변에 있는 식물들 보면, 일생을 같이 살면서도 자세한 것 알아보지 못한 것이 어처구니가 없지요.

문광훈 잊는다는 것에 대해서 좀 말씀해 주십시오.

김우창 제일 섭섭한 것 중의 하나가 잊어버리는 것인 것 같아요. 그렇지 않아도 짧고 빈한한 인생인데, 알았던 것과 봤던 것들을 잊어버린다는 건 인생을 빈약하게 하는 큰 요인이지요. 프루스트의 『잃어버린 시간을 찾아서』를 보면 제목만으로도 그는 잃어버린 시간을 다시 회복해서 살았으니까 가장 풍부하게 산 사람의 하나라는 느낌이 들어요.

또 다른 한쪽으로 "잊어버리지 않으면 창조적으로 살 수 없다."라는 괴테의 말도 있지요. 그러니까 잊어버려야 새로운 생각을 가지고 새롭게 할 수 있기 때문에, 잊어버린다는 것이 우리 기억의 중요한 활용 중의 하나라는 것도 맞는 말이지만 안 잊는 것이 좋지요. 러시아의 유명한 심리학자인 루리아(Alexander Luria)라는 사람의 『기억인의 마음: 거대한 기억에 대한 작은 책(The Mind of a Mnemonist: A little book about a vast memory)』이라는 것이 있는데, 아무것도 안 잊어버리는 사람에 대한 연구지요. 아무것도 안 잊어버리기 때문에 결국 삶을 제대로 살 수 없어요. 길거리에 가면, 어저께 간 길거리와 오늘의 길거리가 겹치기 때문에 오늘의 길거리에서 제대로 행동할 수가 없어요. 그 정도면 곤란하지만.

늙으면 기억이 나빠지지요. 맨 먼저 잊어버리는 것이 이름입니다. 이름만이 아니라 단어도 잊어버리지요. 그러나 신택스(syntax)는 남는 것 같습니다. 사실은 없어지고 논리가 남지요. 그런데 이것은 노인의 특징일 뿐만 아니라 사변적인 사람의 특징이지요. 논리가 분명해서 얼른 보기에 머리가 좋은 것 같지요? 사실이 잊혀지고 있다는 증거이기 쉽지요. 나는 머리는 좋지 않지만 조금 논리적이지 않느냐 하는 생각을 하는데, 섭섭한 일이지요. 사실을 빼고 인생의 실상이 어디에 있습니까? 사실은 인생이고 세계이지만 논리는 인생도 사실도 아니지요.

　문광훈　선생님은 생각나실 때마다 메모를 하고 그러시나요?

　김우창　그것도 참 섭섭한 것 중의 하나예요. 메모하고 일기를 좀 썼더라면 좋았을걸, 그런 생각이 들어요. 많은 걸 잊어버리니까. 그런데 글 쓰는 주제에 대해 메모를 안 하는 건, 게을러서도 그렇지만, 글 쓰는 일에 큰 중요성을 부여하질 않기 때문인 것 같아요.

　문광훈　그건 이해하기가 어려운데요.

　김우창　그게 실존주의적인 생각일 텐데, 하여간 옛날부터 '현재 일어나고 있는 것에 주의를 하는 것이 제일 중요하다.'는 생각이 있거든요. 그래서 글을 쓴다든지 책을 읽는다든지 할 때, 가령 연구실에서 학생이 학점 문제를 가지고 찾아오면 '그것을 내가 충분히 주의해서 처리해 주는 것이 더 중요하다.' 이런 생각은 있어요. 극단적인 실존주의의 관점에서, '현재 이 자리에서 일어나고 있는 인간의 육체적 필요에 반응하는 것이 중요하다.'고 생각하는 것이지요.

　문광훈　'매일, 지금 여기에서 삶을 향유하는' 선생님의 방식이 무엇인지 좀 알고 싶습니다.

　김우창　그때그때 닥친 문제에 주의하는 것, 매 순간 더 주의를 기울이는 것이지요. 청소할 일 있으면 청소하고, 밥할 것 있으면 밥하고, 설거지할 일 있으면 설거지하고. 다 잘 안 하는 것이지만. 매 순간 주의를 하면 도통하지만, 그렇게 못하는 거지요.

　불교의 우화에 그런 게 있어요. 낭떠러지에 떨어지다 중간에 나뭇가지를 하나 잡았는데, 위에는 무서운 호랑이가 으르렁거리고 있고 밑에는 독사가 우글거리고 있어, 떨어지면 죽고 위로 올라가면 호랑이한테 먹히는, 그런 상황에 있다고 생각하고 살라는 것이지요. 여러 가지로 해석할 수 있지만 초긴장 상태에서 정신을 집중하고 살아야 된다는 얘기 같아요. 이것은 물론 도통하는 이야기이고, 지금 시간이 있다면, 아까도 이야기했지만, 풀이나 나무나 이런 것을 좀 더 면밀하게 알았으면 하는 생각이 듭니다.

한번은 프랑크푸르트의 페트라 로트 시장(市長)을 안내해서 경복궁에 간 일이 있는데 인왕산을 보면서 "저 산이 얼마나 오래된 산인가?" 하고 묻는 거예요. 만날 보면서도 산은 산이고 물은 물이라고 볼 뿐, 그 지질학적인 연대 같은 것을 한번도 생각 안 한 것이지요. 그것을 알고 산다는 건 훨씬 더 우리 삶을 풍부하게 해 주는 것일 텐데. 물론 대답을 못했지요. 알고 살아야 될 게 얼마나 많은가 하고 반성했을 따름이지요.

개인과 사회적 윤리

문광훈 사람이 각자 자기 자신의 판관이 되는 일에서 민주 사회의 시민이 되는 일, 이 사이의 단계를 몇 가지 스케치 좀 해 주십시오.

김우창 결국 자기 판단에 따라 살면서 자기 판단을 보다 더 보편성 있는 판단이 되게 하는 것은 자기 삶을 풍부하게 하는 거지요. 자기의 좁은 세계가 아닌 넓은 세계에서 산다는 것이기 때문이에요. 그러는 사이에 다른 사람도 존중하고 내가 또 다른 사람을 존중하게 되면 그것은 보편적 규칙이 되는 것이지요. 그러니까 자기 삶을 풍부하게 산다는 것이 그야말로 헤겔적으로 얘기해서 '보편성의 고양'을 포함한다는 건 틀림없다는 생각이 들어요. 자기 속에만 살려면 골방에 가만 앉아 있으면 되지만, 모든 사람이 다 넓은 세계를 경험하고 살거든요.

우리 사회의 문제 중의 하나가, 급한 지경에 너무 오래 놓여 있었기 때문에 그렇겠지만, 모든 윤리적이고 도덕적인 것의 근본이 개인에 있다는 것을 잊어버린 거예요. 윤리나 도덕은 결국 사회적 성격의 규범인데, 그것이 다 개인에게 있다는 것을 너무 잊어버리고 있지요. 그래서 도덕이 강제나 강압이나 위압과 합치지요. 거꾸로 개인에게는 자신을 넘어가는 세계로 자신을 끌어올리는 것이 자신의 삶을 사는 것이라는 것도 잊어버렸지요. 그 결과의 하나가 공치사가 그렇게 많은 것입니다. 자신이든 선조이든 나라에 공을 세우면 그 값을 뽑아야지요.

문광훈 주체가 스스로 자신의 판관이 되고, 이러한 주체적 판단을 보편적으로 확대해 가게 되면 결국에는 시민 사회의 계몽적 일원으로 살 수 있는 회로가 생겨나게 될는지요?

김우창 좋은 이론만으로는 해결될 수 없는 현실적인 문제, 계급적인 문제 같은 것이 있기 때문에 그것만으로는 되지는 않겠지요. 사회의 바탕에 상호 주관성에 기초한 이해와 전통이 성립되어야 되겠지요. 사회 갈등이 조금 더 쉽게 해결될 수가 있으려면 말이지요.

역사와 영겁 회귀

문광훈 야만의 역사적·문화적 지배, 아니면 '항구적으로 동일한 것의 회귀(die Wiederkehr des Immergleichen)'에 대해 발터 벤야민이 말한 적이 있는데요. 이런 것에 대해 어떻게 생각하시는지요?

김우창 문 선생이 그 질문을 조금 더 설명해 주시지요. 벤야민이 한 얘기에 대해.

문광훈 벤야민의 관찰에 의하면 역사의 오류는 교정되고 개선되는 것 같으면서도 큰 틀에 있어 그 폭력성은 사실 끊임없이 반복된다는 겁니다. 현실에서 야만과 재앙은 일종의 역사적 항수(恒數)로서 자리하게 되는데, 이 항구적 억압의 역사에서 어떤 혁명적 변화란 마치 섬광처럼 순간적으로 나타난다고 그는 생각했습니다. '좌파 멜랑콜리'라고 하는, 역사를 보는 매우 음울하면서도 변화 지향적인 시각이지요.

김우창 그러면서 또 동시에 벤야민에는 묵시록적(apocalyptic) 생각이 있어서, 정말 어떤 혁명적 변화에 의해 전부 다 새롭게, 완전히 다른 세계로 바뀔 수 있다는 희망이 들어 있는 것 아닐까요? 벤야민의 역사적 테제에는.

문광훈 이른바 '세속적 계시(Profane Erleuchtung)'라고 하는 것이 그것입니다.

김우창 벤야민은 마르크스주의자이고 또 아포칼립스주의자(종말론자)이지요. 그 아포칼립스도 번개처럼 쳤다 사라져 버리는, 이 두 가지가 어떻게 이어지는지, 그의 역사관이 어떤 것이었는지 잘 모르겠어요. 그러나 세상을 완전히 바꿀 수 있다는 테제에 지금 상태에서는 동의하기가 어렵게 되었지요. '야만적 상태의 지속'에 대해서도 받아들일 수밖에 없고.

같은 것이 돌아온다는 것은 반드시 비관적 관점에서만이 아니라 낙관주의의 관점에서도 받아들여질 수 있지요. 니체가 '영겁 회귀(die ewige Wiederkehr des Gleichen)'를 말한 것은 다른 세계라는 탈출구를 봉쇄함으로써 추하고 쩨쩨한 이 세계의 삶을 긍정하게 하려는 것입니다. 한쪽으로는 허무주의적이면서 다른 한쪽으로는 대긍정 ── 물론 보통 사람보다는 초인을 위한 것이기는 하지만, 삶의 대긍정을 말하려는 것이지요. 그렇게 거창하게 말하지 않아도, 인간 사회나 인간의 조건을 근본적으로 쉽게 바꿀 수 있다는 생각은, 너무나 많은 비극을 만들어 내는 현실의 기능성을 부정할 수 있지요. 거기에 대해, 인간의 조건이 복합적이고 불합리하며 의미가 안 통하는 것들이 존재하는 것이지만, 그것이 별수 없다는 것을 어느 정도는 받아들이는 것이 주어진 삶 안에도 있는 아름다움, 선함, 진리를 알아볼 수 있게 하고 또 실천하게 할 수 있기도 하지요.

벤야민의 비유인 번개나 불빛 같은 것의 관점에서가 아니라, 인간이 노력해 간다면 50년, 100년이나 200년 후에 자유롭고 평등하고 공정한, 지구와 우주의 신비에 즉한 새로운 삶이 역사에서 가능할지도 모르지요. 그러나 그게 번갯불처럼 온다고 믿는 것은 비극의 원인이 되는 경우가 많지요. 지금 우리 사회도 그래요. 말은 그렇게 안 하지만 근본적으로 너무 쉽게 역사를 바로잡을 수 있다는 생각이 많은 물의를 일으키는 것 같아요. 노력은 해야 되지만, 그러나 성급하게 생각하는 건 또 다른 종류의 역사적 왜곡을 만들어 내는 씨앗이 될 것입니다. 더 큰 문제는 현재에 할 수 있는 작은 선의 실천을 부정하고, 불선을 선이라고 정당화하는 것입니다.

문광훈 새로운 세계에 대한 벤야민의 전망은 기존의 마르크시즘적 시각들, 즉 진보적·발전적 역사관이나 경제 결정론으로는 해소될 수 없는 더 미묘하고 복합적인 요소들을 내포하고 있습니다. 예를 들어 그가 신뢰한 계층은 단순히 프롤레타리아 노동자만이 아니라 피억압자 전체로 확대된다든가, 역사를 연속성이 아닌 단절을 통한 지양으로 이해했다든가, 생산적·기술적·경제적 토대만의 변화가 아닌 상징적·정신적·문화적 차원의 갱신을 시도했다든가 하는 것 말이지요. 기억하고 수집하고 기록하고 해석하는 가운데 일어나는 순간적 깨달음, 이 깨달음 속에서 얻어지는 구원적 계시에 의한 어떤 변화의 기대는 유대적 카발라 전통에서 나온 것이지만, 좀 더 넓은 맥락에서 보면, 사실 그의 저술은 이보다 더 세부적이고 뉘앙스에 찬 것 ― 삶의 위기 상황이나 변두리적 사물에 대한 미시적 관찰의 기록물이라고 할 수 있거든요.

김우창 물론 그렇지요. 그가 살아남는 것은 그 때문이 아닙니까?

문광훈 그런 점에서는 보통의 속류 마르크시스트와는 분명한 차별성이 있지 않나 생각됩니다. 또 이런 사상적 차별성은 다른 여러 가지 선구적 업적들 ― 기술 발전이 초래하는 지각 경험과 예술 장르의 변화 문제나, 사진이나 영화, 연극과 서사에 대한 매체론, 자본주의 상품 사회에 대한 분석, 현대 도시론 등에서도 잘 나타나고요.

김우창 그런 면에서 이데올로기적은 아니지요. 그러나 뒤에 가서 그런 믿음이 있어요. 그 믿음이 믿음에 그치면 되는데 현실로 실현될 수 있다고 할 때 문제가 생기지요. 벤야민의 경우에는 사실, 그것이 유대교적 관련이라고 설명하지만, 믿음에 그친 것 같아요. 그러니까 갑작스러운 세계의 변화가 현실에서 일어날 수 있다고 생각하지는 않아요. 그런데 현실과 맞부딪힐 때 문제가 있지요. 나도 더러 세계의 근본 원리 밑에는 플라톤적인 이데아가 있는 것 같다고 생각하는데, 그것은 하나의 가설로는 괜찮지만 세계를 플라톤적인 이데아에 맞춰서 개조한다면 무리가 생기게 되지요.

감수성과 세상의 경이

문광훈 예술적 감수성과 세상의 경이에 대해 말씀해 주십시오.

김우창 세상의 경이에 눈을 뜨는 것 외에 인생의 밑천을 뽑을 도리가 없지요. 아름답다는 것 그러니까 경이롭다는 걸 이해하는 것이 사는 보람인데, 그걸 빼고 찾을 수 있는 것이 별로 많지 않기 때문에 예술가도 보통 사람도 다 필요한 거지요.

그러나 예술적 감성을 가진 사람들은 좀 정신 이상이 되거나, 현실 적응력이 약하기가 쉽지요. 그것이 토마스 만 작품의 중요한 주제가 아닙니까? 그러면서 만 자신은 압도적으로 상식적인 인간이지요. 그러니까 예술적 감성이 병적인 것일 수 있다는 것을 인식하면서, 또 동시에 만처럼 상식적으로 균형 잡아서 생각하는 것이 좋은 일이겠지요. 만 자신은 예술가이면서도 스스로가 거짓말쟁이이고 사기꾼 비슷하다고 생각했지요.

문광훈 얼마 전 귄터 그라스도 자서전을 냈었고, 히틀러 평전으로 유명

한 요하임 페스트(Jochaim Fest)도 일흔아홉 살의 나이로 자서전을 썼는데
요. 노벨 문학상을 받은 헝가리 작가인 임레 케르테스(Imre Kertész)도 지지
난 주에 자서전을 냈다는 기사를 읽었습니다. 선생님께서는 자서전을 쓰
실 생각이 없으신지요?

　김우창　그런 사람들은 재미있는 일들에 관해 쓰는데, 나는 재미있는 인
생을 살지 않았어요. 한국 역사에 대해, 현대사에 대해, 우리 동시대 사람들
의 고통에 대해 쓰려면 재료는 많겠지요. 그러나 내게 그런 재간은 없는 것
같아요. 내 얘기만 하면 재미없고, 전체적인 얘기를 해야 될 텐데, 그러려면
소설가적인 상상력이 있어야 되지요. 그건 내 능력이 도저히 미치지 않을
것 같아요. 나의 성향은 결국은 문학적인 것보다 과학적인 쪽이 아닌가 하
는 생각을 합니다. 대학 갈 때도 물리학 같은 것을 생각하기는 했지요.

　문광훈　"모든 내면적 선회는 사람이 주체적이고 자율적 개인으로 자신
을 확립하고자 하는 불가피한 욕구의 철학적 표현이다."라고 적으신 적이
있습니다. 개인이 주체적이고 자율적으로 자라나기 위해서는 '내면적 선
회'가 꼭 필요하다는 것인데요. 이 어휘는 선생님 사고의 한 핵심으로 보입
니다. 간략하게 좀 설명해 주십시오.

　김우창　사람이 이 세상에서 떳떳한 존재로서 살려면 주체성을 세워야
되는데, 이 주체성을 세우는 방법이 몇 가지 있어요. 나한테 아주 설득력
있게 생각되는 것은 루이 알튀세르가 한 얘기예요. 『레닌과 철학』이라는
책에서 국가 이데올로기를 설명하면서, "모든 개인은 국가 이데올로기에
의해 환기되는 큰 주체의 부름에 따라서 주체로 된다."라고 하지요. 그러
니까 큰 주체가 "너는 누구다." 하면 "아, 난 그런 존재다."라고 깨우쳐서
주체가 된다는 거지요. 알튀세르는 그걸 상당히 비판적으로 얘기한 거지
요. 비판해야 되는 것임에는 동의하지만 사람이 그것을 피할 수 있느냐에
대해선 난 회의를 좀 가지고 있어요.

우리 시대를 보면 그게 너무나 강하게 움직이는 것 같아요. 통일, 민족, 민주화, 이러한 것들이 전부 "나는 그 부름에 응했다, 고로 나는 중요한 사람이다." 이런 식으로 큰 집단 이념들이 개인의 자기 존재감을 확립하는 데 작용하고 있지요. 우리나라에서처럼 이것이 많이 작용하는 데가 없는 것 같아요. 자기의 주체적 존재를 확립하는 데 큰 주체의 부름이 너무나 많이 작용하는 것 같아요.

그런 것 없이도 자기가 주체로서 존재하고 있다는 것을 확인하기 위해 자기 체험의 지속하는 핵심으로서 자기를 인식할 필요가 있어요. 그러기 위해서는 내면적 성찰이 절대적 계기가 돼요. 그러나 그것은 어려운 과정이지요. 민주적 사회에서는 자기 주체적 사고가 일반적으로 통용되고 있기 때문에 맹렬한 성찰로 자기 인식을 안 해도 상당히 성찰하게 되는데, 비민주적인 사회, 이데올로기가 지배하는 전체주의적 체제에서는 내면적 자기 주체성의 확립이 쉽지 않지요.

문광훈 과도한 사회성으로 각인된 우리 사회에서는 내면적 성찰의 계기가 절실하다는 것이지요?

김우창 우리 선조가 무엇무엇을 한 그런 집안이라는 것은 옛날에 자기 주체성의 중요한 핵심이었습니다. 이것은 집안의 사회적 위치로서 자기를 정립하는 것이지요.

문광훈 '현존의 권리(Daseinsberechtigung)'라는 말이 있습니다. 지금 여기, 나 그리고 우리의 의미는 어디에 있다고 생각하시는지요?

김우창 현존의 권리, 그건 내가 처음 듣는 말인데, 누가 한 얘기입니까?

문광훈 이건 제가 어디서 본 것 같은데 생각이 나질 않습니다. 말하자면, 현재적으로 존재하는 모든 것(Dasein)에 대해 권리를 부여하는(berechtigen) 일로 보면 될 것 같은데요. '나와 우리가 여기에 살고 있다.'는 것의 핵심적인 의미가 어디에 있는가를 내면적 선회와 연관시켜 말씀해 주십시오.

김우창 "나도 존재할 권리가 있다."라는 생각을 보통 사람이 갖기 어렵기 때문에 여러 가지 더 큰 권위에 자기를 종속시킴으로써 자기 존재를 확립하려는 경우가 많지요. 그런데 자기가 존재할 가치가 있다는 것, 어떤 사회적 권위에 의해서 뒷받침되지 않더라도 자기가 존재할 가치가 있다는 것을 깨닫는 것, 이것은 매우 어려운 일이지요.

미국의 소설가 랠프 엘리슨의 소설 『보이지 않는 사람(*Invisible Man*)』은 흑인이 여러 가지 사회적 차별 속에서 자기 인식을 어떻게 갖게 되느냐를 이야기한 것이지요. 주인공은 아무도 알아주지 않는 보이지 않는 인간인데, 숨어 들어간 지하실에서 고구마를 먹다가 "나는 나다."라는 생각을 하게 되지요. 고구마는 영어로 yam인데, 그것이 I am을 연상시키고, "I am what I am."이라는 말로 이어집니다. 이것은 성경에서, "존재하는 바로 그것이 나다."라는 하느님 얘기지요.

하느님은 다른 속성에 의해 규정될 수 없는 존재입니다. '있다'는 것이 그의 전부지요. 나는 애국자다, 나는 양반이다, 너는 장관이다, 이것은 자기를 어떤 특성으로 한정하는 것이지요. 이 소설에서는, 사회에서 차별받고 학대받는 사람이 우연히 고구마를 먹다가 깨닫는 게 "나도 있는 그대로의 나다."라는 사실이지요. 문 선생이 말씀하시는 '현존의 권리'가 이런 것인가요? 있는 대로의 나를 인정하는 것은 커다란 정신적 노력으로 세상의 통념을 씻어 내고 자기로 돌아가야 가능한 인식이지요.

그런데 거꾸로, 대상적 존재의 인정으로부터 자기의 존재를 인정하는 것이 오히려 쉬울 수도 있어요. 그러니까 "내가 어떻게 생겼든지 나는 나다." 하는 자기 존재에 대한 확인보다는, "저 사람도 당연히 존재할 권리가 있다."라고 할 때 "아 나도 저 사람들과 마찬가지로 존재할 권리가 있다."라고 생각할 수가 있지요. 타자에 대한 존재의 권리를 인정하는 것이 자기 존재를 인정하는 데 늘 중요한 계기가 되지요.

우리나라에 몇 차례 왔던 게리 스나이더는 생태적인 문제에 관심이 많은 미국 시인인데, 그의 글에 "모든 나무나 동물에게도 투표권을 줘야 된다."라는 말을 한 것이 있지요. 캘리포니아의 환경국, 환경위원회의 일에 적극적으로 참여해서 일도 많이 했지요. 나무가 어떻게 투표권을 행사할 수 있느냐 하는 문제가 있지만 그 존재를 인정하고 그것을 사람이 대변해서 모든 환경 문제를 처리해야 된다는 얘기입니다. 나무나 동물도 존재할 권리가 있다면, 나는 물론 존재할 권리가 있지요. 옛날 스님들이 석장(錫杖)을 가지고 다닌 이유는, 길을 걸을 때 지팡이에 달린 방울을 울리게 해서 개미 같은 곤충으로 하여금 발길을 피해 밟히지 않게 하려는 것이었어요. 개미까지도 존재할 권리가 있다면, 나도 물론 존재할 권리가 있지요.

내면적 자기 성찰을 통해 자기의 주체성을 확립하는 것도 가능하지만, 사람의 내면적 선회란 어려운 것이기 때문에 타자에 대한 생각을 통해서 자기 존재를 인정하는 방법도 있다고 할 수 있지요. 그런데 나무에게 투표권을 줘야 된다든지, 개미도 존중해야 된다든지 이런 것들을 생각하면, 이들의 존재와 함께 자기 존재도 보편적 존재 의식 속에서 인식하는 것이기 때문에 이미 자기 성찰을 한 것과 비슷하지요. 물론 보다 견고한 내면적 자아에 의하여 이러한 것들이 보강될 필요가 있지요. 요즘 문제가 많이 되는 '지적 정직성'이 있지 않습니까? 정직성은 자기 동일성 이외에 다른 것이 아닙니다. 그것이 인식이나 윤리적 행동의 바탕이 되는 것이지요. 그러면 여기에서부터 타자에 대한 윤리적 관계도 한층 단단한 것이 되는 것이지요. 내면적 자아는 이 모든 일의 중심이지요.

문광훈 내면적 선회로부터 살아 있는 모든 것의 현존적 권리를 인정하고, 여기에서 나와 우리의 권리가 자연스럽게 보살펴지는 이런 경로가 바람직하다는 거지요?

김우창 아까 아메리칸 인디언 교수를 이야기했지요? 그 사람은 잔디 같은 데 살충제 뿌리는 걸 이해할 수 없다고 말했습니다. 곤충은 거기에서 살 권리가 있는데, 자기가 살기 위해서 필요한 것도 아닌데 뭣 때문에 살충제를 뿌리느냐고 했어요.

문광훈 정치학자 권혁범 선생이 선생님과 한 대담에서 "관능이나 쾌락에 대한 언급이 이성에 의해 한구석으로 밀려났다."라고 언급한 적이 있습니다. 그것은 아마도 무용이나 춤, 운동, 대중음악, 이런 것에 대한 관심이 없으신 것과도 이어질 텐데요. 어떻게 생각하시는지요?

김우창 그것은 내 보편적 판단이랄 수는 없고, 성미와 신체 조건과 관련해서 좋아하는 사람은 좋아하겠지만 나는 별로 좋아하지 않는다, 이렇게 답할 수밖에 없네요. 관능에 대해 얘기하자면, 좋아하는 사람은 좋아하는 걸 즐기는 게 좋겠지만 거기에도 위험은 있습니다. 이성적 절제가 어려워지니까. 이성적 절제가 필요한 건 두 가지에서 그래요. 하나는, 자기 삶을 일관된 질서 속에서 살기 위해서는 자기의 많은 충동이나 욕망에 어느 정도 규율을 가할 수밖에 없지요. 또한 다른 사람과의 관계에서도 그가 자기의 자율적 삶을 살게 하기 위해 나의 관능 추구가 다른 사람에게 피해를 주어선 안 되기 때문에 이성적 절제가 필요하지요. 그러나 그런 두 가지 점에서 문제가 없다면, 그걸 즐기는 사람을 막을 아무런 이유가 없습니다. 그건 개인의 성품과 성향에 따라 결정해야지요.

문광훈 덧붙여, 저는 유머나 풍자 그리고 농담, 이런 것이 선생님께 좀 아쉽지 않나 여기는데요.

김우창 농담, 풍자는 내가 굉장히 좋아하는 것 중의 하나인데, 그것은 인생을 재미있게 하는 중요한 요소 중의 하나이지요.

문광훈 마지막 질문입니다. 큰 학자에 대한 수용 문제의 하나는 정당한 해석적 시도의 왜곡적 결과가 불가피하게 따른다는 점 아닌가 싶은데요. 이 대담 역시 그런 지적에서 크게 벗어나기 어렵지 않을까 염려됩니다.

지금까지의 질문들은 제가 선생님을 읽고 이해한 범위 내에서, 그러니까 저의 감각과 사고와 언어 관심과 가치와 문제의식 안에서 선생님의 세계를 위상학적으로 자리매김하려는 것이기 때문에, 노력에도 불구하고 불만이 여전히 남습니다. 이것을 '오독의 창조성'이라고 말하는 것은 너무 안이한 문제 해소법인 것 같고요. 우선은 정밀하고 성실한 이해의 작업이 또 다른 관점에서 이어져야 하지 않는가 여겨집니다. 왜냐하면 독창성이란 무엇보다 작품과의 친숙성으로부터 생겨나기 때문입니다. 그러면서 해석자 자신의 색채 — 에고와 정체성을 잃지 않는 것은 더 중요합니다. 이 대담은 바로 이 같은 이해를 위한 하나의 스케치, 하나의 안내 작업(introduction)으로 자리했으면 하는 바람을 저는 갖고 있습니다. 대담의 마무리로 한 말씀해 주십시오.

　김우창　문 선생이 이렇게 체계적으로 질문해 주셔서 내가 그렇게 생각했던가 하는 면들도 나오고, 또 내가 일찍이 생각지 못했던 것들도 하나의 답변으로 나왔어요. 사실 문 선생이 많은 걸 만들어 주신 거고, 이렇게 정리해 주신 거지요. 내가 그렇게 체계적인 사상가는 아니기 때문에 문 선생 노력이 많았습니다.

　창조적 오독이라는 문제에 대해 한마디 하지요. 의도적으로 오독을 하면 미안한 일이지요. 사람의 관계는 늘 창조적일 수밖에 없습니다. 사람은 늘 자기 세계를 만들면서 사니까. 면밀하게 해석하려고 하는 경우도 창조적 해석은 불가피해요. 완전히 맞는 해석이란 있을 수 없고, 그것은 불가피하지요. 그러면서 또 동시에 그것을 맞는 해석이라고 할 수 있어요. 우리가 어떤 합의에 이른다는 것은 딱 일치한다는 것보다도 어떤 범위 안에서 합의에 이른다는 것이지요. 그것은 합의할 수 있는 어떤 공통된 매트릭스를 그려 냈다는 의미를 갖고 있기 때문에, 충실하게 읽으려고 했는데도 차이가 생겨난 것은 충실성 속에 사실 남아 있다고 얘기해야 되겠지요.

원래 A라는 사람이 어떤 발언을 했다면 그것도 해석이지요. 따라서 절대성을 가질 수는 없지요. A의 발언, A의 해석은 거기에 의미가 있는 게 아니라 그것이 가리키는 것에 의미가 있는 것이거든요. 그런데 그 가리키는 것을 다시 B가 봤을 때 다른 모습으로 보이는 것은 너무나 당연하지요. 말 자체가 중요한 게 아니라 말이 가리키는 것이 중요하다고 할 때, 서로 차이가 생기는 것은 아주 당연한 것 같아요. 우리가 하는 언어 행위는 여러 사람이 같은 문제를 보면서 어떤 종류의 합의할 수 있는 공간을 만들어 내는 거라고 해석해야 되겠지요.

김우창

1936년 전라남도 함평 출생. 서울대학교 문리과대학 정치학과에 입학해 영문학과로 전과했다. 미국 오하이오 웨슬리언대학교를 거쳐 코넬대학교에서 영문학 석사 학위를, 하버드대학교에서 미국 문명사 박사 학위를 취득했다. 서울대학교 영문학과 전임강사, 고려대학교 영문학과 교수이 이화여자대학교 학술원 석좌교수를 지냈으며《세계의 문학》편집위원,《비평》편집인이었다. 현재 고려대학교 명예교수, 대한민국예술원 회원으로 있다.

저서로『궁핍한 시대의 시인』(1977),『지상의 척도』(1981),『심미적 이성의 탐구』(1992),『풍경과 마음』(2002),『자유와 인간적인 삶』(2007),『정의와 정의의 조건』(2008),『깊은 마음의 생태학』(2014) 등이 있으며, 역서『가을에 부쳐』(1976),『미메시스』(공역, 1987),『나, 후안 데 파레하』(2008) 등과 대담집『세 개의 동그라미』(2008) 등이 있다. 서울문화예술평론상, 팔봉비평문학상, 대산문학상, 금호학술상, 고려대학술상, 한국백상출판문화상 저작상, 인촌상, 경암학술상을 수상했고, 2003년 녹조근정훈장을 받았다.

김우창 전집 15

세 개의 동그라미 :마음, 이데아, 지각 ─ 김우창·문광훈의 대화

1판 1쇄 찍음 2016년 8월 12일
1판 1쇄 펴냄 2016년 8월 26일

지은이   김우창·문광훈
발행인   박근섭·박상준
펴낸곳   (주)민음사

출판등록   1966. 5. 19. 제16-490호
주소   서울시 강남구 도산대로 1길 62(신사동)
          강남출판문화센터 5층 (우편번호 06027)
대표전화 515-2000 | 팩시밀리 515-2007
홈페이지 www.minumsa.com

ⓒ김우창·문광훈, 2016. Printed in Seoul, Korea

ISBN   978-89-374-5555-1 (04800)
ISBN   978-89-374-5540-7 (세트)